CHRISTIANE SADLO

Wilde Wellen

Buch

Die Zeichen stehen auf Sturm in der Bretagne. Die »weiße Frau«, Céline Marchand, die die Einheimischen für eine Druidin halten, hört sie wieder: die Schreie der Männer, die vor fünfundzwanzig Jahren in einer Gewitternacht mit der *Helena* untergingen. Sie weiß, dass die Seelen der toten Seeleute keine Ruhe finden werden, solange das schreckliche Geheimnis um diese Katastrophe nicht gelüftet ist. Und sie spürt, dass fremde Menschen kommen und versuchen werden, Licht in die unheilvolle Vergangenheit des kleinen Orts Concarneau zu bringen. Doch im Dorf gibt es Menschen, die vor nichts zurückschrecken würden, um die Vergangenheit für immer ruhen zu lassen …

Autor

Christiane Sadlo arbeitete als Regie- und Dramaturgieassistentin, Dramaturgin und Journalistin. Seit 1991 schreibt sie äußerst erfolgreich für Film und Fernsehen. Aus ihrer Feder stammen unter anderen viele Drehbücher für Fernsehserien wie *Familie Dr. Kleist* (ARD) und die *Inga-Lindström*-Verfilmungen im ZDF.

Christiane Sadlo

Wilde Wellen

Roman

blanvalet

MIX
Papier aus verantwortungsvollen Quellen
FSC® C014496

Verlagsgruppe Random House FSC-DEU-0100
Das FSC®-zertifizierte Papier *Holmen Book Cream* für dieses Buch liefert Holmen Paper, Hallstavik Schweden.

1. Auflage
Taschenbuchausgabe Dezember 2012 bei Blanvalet, einem Unternehmen der Verlagsgruppe Random House GmbH, München.

Umschlaggestaltung: bürosüd°, München
Umschlagmotiv: plainpicture/whatapicture
Redaktion: Rainer Schöttle
ES · Herstellung:
Satz: Uhl + Massopust, Aalen
Druck und Einband: GGP Media GmbH, Pößneck
Printed in Germany
ISBN 978-3-442-37780-0

www.blanvalet.de

Erstes Buch

DER SCHUSS

1

Als alles vorbei war, dachte Marie Lamare manchmal darüber nach, ob sie an jenem Septembermorgen vielleicht gar nicht aufgestanden wäre, wenn sie gewusst hätte, was passieren würde. Vielleicht hätte sie sich ja einfach auf ihrem Polizeirevier krank gemeldet, hätte sich umgedreht und weitergeschlafen. Den ganzen Tag. Es wäre gar nichts passiert, und ihr Leben wäre einfach so weitergegangen wie bisher. Alles, was sie sich bis dahin erträumt hatte, wäre in Erfüllung gegangen. Sie hätte Karriere als Polizeikommissarin gemacht, hätte Thomas geheiratet, ein paar nette Kinder bekommen, und die Familie hätte sich einen Hund und wahrscheinlich auch ein Kaninchen angeschafft. Und sie wäre glücklich gewesen bis ans Ende ihrer Tage. Unbehelligt von den Schatten einer Vergangenheit, von der sie bis zu diesem Tag nichts geahnt hatte und die nun mit unheimlicher Macht in ihr Leben drangen. Marie war an diesem herrlichen Morgen, der ihr geliebtes Paris in mildes Spätsommerlicht getaucht hatte, nicht im Bett geblieben, hatte sich nicht umgedreht, um weiterzuschlafen. Sie hatte ja nicht geahnt, was an diesem Tag passieren würde. Und dass er der letzte ihres alten Lebens sein würde.

Aus dem Bett zu springen, sich mit angehaltenem Atem unter die unberechenbare alte Dusche zu stellen, die je nach Laune zwischen eiskaltem und kochend heißem Wasser hin und her wechselte und an der sich schon ganze Horden von Klempnern die Zähne ausgebissen hatten, den Milchkaffee auf dem winzigen Balkon hoch über den Dächern von Paris zu trinken, war ihr liebgewordenes Ritual. Selbst im Winter stand sie morgens auf ihrem Ausguck, hielt sich bibbernd an der alten, blau getupften Kaffeeschale fest, die sie an ihrem ersten Samstag in Paris auf einem Flohmarkt erstanden hatte. Sie war unendlich zufrieden, hier zu sein, in der Stadt ihrer Träume. Überhaupt, war sie nicht ein glücklicher Mensch? In Paris zu leben, einen interessanten Beruf zu haben, einen tollen Mann an ihrer Seite, davon hatte sie geträumt, seit sie als Teenager angefangen hatte, Pläne für ihre Zukunft zu machen. Monique, ihre Mutter, hatte immer ein wenig gelächelt, wenn Marie ihr die Pläne für ihre aufregende Zukunft ausgemalt hatte.

»Träume«, hatte sie gesagt. »Es ist gut, dass man sie hat. Aber ob sie sich erfüllen, liegt ausschließlich an dir.«

Monique hatte ihre Tochter ermuntert, sich ein tolles, aufregendes, erfülltes Leben auszumalen. Und dabei immer versucht, den bitteren Geschmack, der bei diesen Mutter-Tochter-Gesprächen in ihr aufgestiegen war, zu verbergen. Marie sollte nicht von ihr erfahren, wie schnell Träume sich in Luft auflösen können, wie schnell das Leben einen zwingen kann, ganz andere Wege zu gehen, als man sich je gedacht hatte.

»Du kannst alles erreichen, was du willst«, hatte sie zu ihrer Tochter gesagt. »Du darfst dich nur nicht beirren lassen und dein Ziel nicht aus den Augen verlieren.«

Wie immer, wenn sie an ihre Mutter dachte, stolperte Maries Herz ein, zwei Schläge lang. Und wie immer konnte sie einen winzigen Seufzer nicht unterdrücken. Monique war vor zwei Jahren bei einem Autounfall ums Leben gekommen. Sie hatte nicht mehr erlebt, wie glücklich und zufrieden ihre Tochter in ihrem Pariser Leben war. Wie sehr hätte sie sich gefreut über Maries Aussichten, demnächst die Ausbildung zur Kriminalkommissarin anfangen zu können, wie sehr darüber, dass Marie in dem Banker Thomas Berger einen attraktiven, weltgewandten

Partner gefunden hatte, den sie bald heiraten würde. Das Wichtigste war für Monique gewesen, dass Marie ihren Weg unbelastet würde gehen können. Und bis zu diesem Tag hatte es so ausgesehen, als würde dies auch geschehen.

»Drei Tage London, Maman. Du kannst dir gar nicht vorstellen, wie sehr ich mich darauf freue. – Ja, ich weiß, ich sollte endlich aufhören, mit einem Foto zu reden.« Marie verzog das Gesicht zu einem schuldbewussten Grinsen. Wie lange versuchte sie sich schon abzugewöhnen, mit dem Foto ihrer Mutter zu reden, das in der Küche an dem Büfett hing, das Marie als eines der wenigen Stücke aus dem Haushalt der Mutter mitgenommen hatte. Aber es war so schwer. Wenn sie dieses Foto ihrer Mutter ansah, war ihr die lebenslustige Frau mit den dunklen Augen einfach so nah. Und die Erinnerungen an ihr gemeinsames Leben so lebendig. Sie hörte deutlich Moniques schnelle, liebevolle Stimme, mit der sie, als Marie sieben war, dieses Küchenbüfett einem Elsässer Bauern abgeschwatzt hatte. Zusammen hatten sie in einer mühevollen Aktion die vielen Farbschichten, mit denen es über Generationen hinweg malträtiert worden war, abgebeizt, bis sie schließlich auf dem Holz angekommen waren. Auf Maries dringenden Wunsch war das hübsche Möbel anschließend liebevoll mit einer zarten hellblauen Lasur behandelt worden. Und es war eines dieser Stücke geworden, die einem sofort in den Sinn kommen, wenn man sich an einen bestimmten Ort erinnert. Für Marie gehörte das Wort »Zuhause« unbedingt mit der Erinnerung an dieses hellblaue Büfett zusammen, das den Mittelpunkt der gemütlichen Wohnküche in dem alten Fachwerkhaus in Colmar gebildet hatte.

Sie warf der hübschen Frau auf dem Foto eine Kusshand zu.

»Salut, Maman.«

»Ich wünsch dir einen schönen Tag, Marie«, schien Monique zu sagen. »Pass auf dich auf, Kind.« Wie oft hatte sie das gesagt. Als Marie sich morgens auf das Rad geschwungen hatte, um über die kopfsteingepflasterten Straßen von Colmar zur Schule zu fahren. Als sie mit ihren Freunden in die Disko nach Straßburg gefahren war oder auf die Abiturientenreise nach Rom. Und immer wieder, wenn sie nach einem innigen Wochenende in Colmar in den Zug nach Paris gestiegen war, um in ihren Alltag als junge Polizistin zurückzukehren. Die Zeit war gekommen, in der Marie ihre Mutter nicht mehr hatte ausreden lassen.

»Natürlich pass ich auf mich auf«, war sie ihr ins Wort gefallen. »Aber du musst auch auf dich aufpassen.«

Sie hatten es sich gegenseitig versprochen. Und dann hatte sich Monique nicht an ihr Versprechen gehalten. Sie hatte auf einer Landstraße angehalten, um einem angefahrenen Kaninchen zu helfen. Und war von einem Auto, das sie übersehen hatte, erfasst worden.

Noch immer zog es Marie jedes Mal das Herz zusammen, wenn sie sich an den Anruf aus dem Krankenhaus erinnerte, in dem ihr ein fremder Arzt mitteilte, dass ihre Mutter gerade in die Klinik eingeliefert worden war, man sie aber leider nicht habe retten können. Monique Lamare war mit 55 Jahren gestorben. Viel zu jung. Viel zu früh. Marie hatte nicht nur ihre Mutter verloren, sondern auch ihre beste Freundin. Plötzlich stand sie allein da. Doch sie gestattete es der Trauer, die sie in eine dunkle Wolke der Einsamkeit zu hüllen drohte, nicht, die Oberhand in ihrem Leben zu gewinnen. Auch weil sie wusste, dass ihre Mutter das nicht gewollt hätte. Monique hatte versucht, ihre Tochter zu einer starken, selbstbewussten, lebensbejahenden jungen Frau zu erziehen. Und in diesen Tagen der Verzweiflung und des Unbehaustseins zeigte es sich, dass es ihr gelungen war. Am Grab ihrer Mutter in dem alten, verwunschenen Friedhof auf einem Hügel über Colmar, von dem man weit in das grüne Land sehen konnte, versprach Marie ihrer Mutter, dass sie sich jetzt nicht aufgeben würde. Sie versprach, dass sie jeden Tag ihres Lebens bewusst und neugierig angehen und das Bestmögliche aus dem machen würde, was ihre Mutter ihr mitgegeben hatte.

»Ich versprech dir, ich pass auf mich auf.« Marie lächelte ihrer Mutter zu, schlüpfte in ihre Uniformjacke, schloss die Balkontür, nahm die kleine gepackte Reisetasche und verließ die winzige Dachwohnung. Sie bemerkte nicht, dass durch den Schwung, mit dem sie die alte Holztür hinter sich zuknallte, das blaue Büfett erzitterte. Das Foto von Monique trudelte zu Boden. Langsam, wie die gelben Blätter des Ahorns, der vor Maries Haus stand. Marie, die das dunkle Treppenhaus, wie immer zwei Stufen nehmend, hinuntereilte, hielt auf dem Treppenabsatz zwischen dem dritten und dem zweitem Stock plötzlich inne. Stand einen Moment still. Lauschte. War da nicht ein Geräusch gewesen? Wie ein weit entfernter Schrei? Doch da war nichts zu hören. Als sie etwas am Bein berührte, zuckte sie zusammen. Doch es war nur Miou, die Katze von Madame Pigall aus dem Dritten, die vorwurfsvoll maunzend zu ihr hochsah.

»Miou, ich hab heute nichts für dich. Tut mir leid.« Erleichtert streichelte sie kurz über das glänzend schwarze Fell der Katze, das sich knisternd aufrichtete. »Wenn ich aus London zurück bin, gibt's was Leckeres. Versprochen.«

Als sie eine halbe Minute später zu Jean Marais in den Streifenwagen stieg, hatte sie den kleinen Schauder, der ihr im Treppenhaus über den Rücken gelaufen war, schon wieder vergessen. Sie ahnte nicht, dass es fast einen Monat dauern würde, bis sie wieder in ihre geliebte Wohnung und in ihr Leben zurückkehrte. Und dass dann nichts mehr sein würde wie früher.

2

Leon Menec stand auf der Terrasse des Schlosses und starrte auf die tiefschwarze Wolkenwand, die der Sturm über die tobenden Wellen des Atlantiks auf das Land zutrieb. Die Farbe des Meeres hatte sich in Minutenschnelle von aquamarinfarbenem Blau über giftgrelles Grün in ein drohendes Schwarz verwandelt, gekrönt von weiß schäumenden Spitzen. Möwen tanzten ihre eleganten Tänze über dem brodelnden Wasser, unbeirrt von der elektrischen Spannung, mit der sich die Atmosphäre über der felsigen Landspitze Pointe de la Torche auflud. Ein einsamer Surfer jagte auf den Wellenkämmen der felsigen Küste entgegen; er stand auf dem Board so sicher wie andere Leute auf dem Teppich in ihrer Wohnung. Mann und Brett waren eine schwerelose Einheit, die in vollendeter Leichtigkeit den Gewalten der Natur zu trotzen schienen. Leon beobachtete seinen Sohn mit einer Mischung aus Stolz und Sorge. Er liebte diesen schmalen, durchtrainierten, jungen Mann mit jeder Faser seines Herzens. War er doch wie ein Geschenk des Himmels vor zweiundzwanzig Jahren in sein Leben gekommen. Ein unverdientes Geschenk. In einer Zeit, in der Leons Leben unter der Schuld, die er auf sich geladen hatte, zu zerbrechen drohte, hatte das Baby Caspar mit seiner winzigen Hand nach Leons Finger gegriffen. Hatte ihn mit festem Griff umklammert, und es war ihm, als hätte er ihn nie mehr losgelassen. Die Erinnerung an den bezaubernden kleinen Jungen, der sich mir nichts, dir nichts in sein erstarrtes Herz geschmuggelt hatte, brachte ein Lächeln auf das asketische Gesicht des großen Mannes. Caspar war seine Rettung gewesen. Der zarte Junge mit dem ungebärdigen Blondschopf und den großen blauen Augen hatte Leon wieder fest im Leben verankert. Durch ihn hatte sein Leben wieder einen Sinn bekommen. Durch ihn hatte er gelernt, mit der Schuld zu leben.

Auch wenn diese Schuld, die so drückend auf ihm lastete, in all den Jahren, die seit dem Untergang der *Helena* vergangen waren, nicht leichter geworden war.

Fünfundzwanzig Jahre war es nun her – er hatte gerade seinen vierzigsten Geburtstag gefeiert –, da hatte er auf dieser Terrasse gestanden. Im peitschenden Regen, hin und her gerissen von wilden Windböen, hatte er sich an die steinerne Brüstung geklammert und gehofft, dass alles gut würde. Der Tag war mit dem ersten Sturm des Herbstes gegangen, die Nacht hatte unter donnerndem Gebrause Mond und Gestirne verhüllt. Und dann war da plötzlich dieser neue Ton gewesen. Ganz fern zuerst, kaum vernehmbar in der Wucht der Naturgewalten, ein leises Stöhnen. Das angeschwollen war zu einem gequälten, vielstimmigen Todesschrei. Dem Schrei von zwölf Männern, die um ihr Leben gekämpft und es in der Unendlichkeit der Nacht verloren hatten. Als am anderen Morgen über der Stille des Meeres, das nach dem Sturm glatt wie ein seidenes Tuch dalag, eine glühende Sonne aufgegangen war, hatte Leon gewusst, dass er das riskante Spiel, das er gespielt hatte, gewonnen hatte. Der Todesschrei der zwölf Männer aber, die beim Untergang der *Helena* das Leben verloren hatten, würde ihn von nun an durch sein Leben begleiten. Jede Stunde. Bis zu seinem Tod.

Claire Menec stand am Fenster und beobachtete ihren Mann. Die attraktive blonde Frau, die in ihrer dunkelblauen Jeans und der weißen Bluse aussah wie ein Model, strich sich nervös eine Haarsträhne aus dem Gesicht. Wie jedes Jahr am vierten September wünschte sie sich, sie könnte einfach hinausgehen auf die Terrasse, ihren Mann am Arm nehmen und in das sichere Haus zurückbringen, in dem sie seit mehr als zwanzig Jahren mit ihm lebte. Wieso konnte er nicht endlich vergessen? Sie hasste die Macht, die die Erinnerung über Leon hatte. Sie wünschte sich, er könnte endlich aufhören, sich zu quälen. Das Leben genießen, hier und jetzt. Mit ihr. Mit Caspar. Doch sie wusste, dass sie keine Chance gegen die Erinnerung dieser Nacht hatte. Am Anfang ihrer Ehe hatte sie ein paar Mal versucht, Leon an diesem vierten September abzulenken von seinen trüben Gedanken. Sie hatte ihn nach London gelockt zu »Cats«. In die große Kandinsky-Ausstellung nach Wien. Sie hatte eine Kreuzfahrt ans Nordkap gebucht. Einen Tauchurlaub auf den Malediven. Und am Ende hatte sie eingesehen, dass nichts die Schatten der Erinnerung übertünchen konnte. Sie konnte nichts tun, als abzuwarten, bis es vorüber war. Jedes Jahr wieder.

Das Telefon riss sie aus ihren Gedanken.

»Claire Menec.« Es war der Anruf, auf den sie seit Tagen gewartet hatte.

»Heute Abend«, sagte die Stimme eines Mannes. Sie klang jung. Merkwürdig verschwommen. »Heute Abend ist der geeignete Zeitpunkt.« Einen Moment lang schloss Claire die Augen. Ihr Atem ging schneller. War das wirklich der richtige Zeitpunkt? Ausgerechnet der vierte September? Aber wieso nicht? Einmal musste es geschehen. Warum also nicht heute?

»Gut«, sagte sie. »Rufen Sie mich an, wenn es vorbei ist.«

»Und das Geld?« Der Anrufer hatte Mühe, die Worte klar herauszubekommen. Sie zögerte. War er überhaupt in der Lage, den Auftrag auszuführen? Aber sie hatte keine Wahl. Immerhin war ihr der Mann empfohlen worden.

»Sobald ich weiß, dass Sie den Auftrag erfolgreich ausgeführt haben, bekommen Sie den Rest.«

Einen Moment lang herrschte Stille. Claire fürchtete schon, dass der Mann aufgelegt hatte.

»Okay. Sie können es schon mal bereitlegen, Lady. Ich melde mich.«

Er legte auf, ohne eine weiteres Wort zu verlieren.

Als Claire das Telefon auf den gläsernen Esstisch legte, der in dem großen, mit schönen alten Möbeln bestückten Raum einen modernen Mittelpunkt bildete, wunderte sie sich, dass ihre Hand nicht zitterte. Für einen Moment berührte sie die kühle Oberfläche der Tischplatte. Wie lange hatte sie Leon damals bitten müssen, den riesigen Eichentisch, der mit seiner dunklen Schwere den ganzen Raum dominiert hatte, zu entfernen und durch das moderne, leichte Designerstück aus Glas zu ersetzen. Aber letzten Endes war es gewesen wie immer: Leon hatte sich ihrem Wunsch gebeugt.

Die vergoldete Kaminuhr schlug sechs. Für halb acht hatte Claire einen Tisch im »Cafè du Port« bestellt. Sie hoffte, dass Michel Dumonts berühmte Fischsuppe Leon auf andere Gedanken bringen würde. Dazu ein, zwei Gläser Rotwein aus Michels hervorragend bestücktem Weinkeller. Und die Nacht würde sich ertragen lassen. Leon würde vielleicht ein Glas zu viel trinken, wie jedes Jahr an diesem Tag, sie selbst würde wie immer nur Wasser zu sich nehmen.

»Einer muss ja einen klaren Kopf behalten«, lachte sie immer, wenn sie hastig die Hand auf ihr Glas legte und verhinderte, dass Michel nachschenkte. Dass sie in Wahrheit nichts mehr fürchtete, als die Kontrolle über sich oder die anderen zu verlieren, das wusste nur sie.

3

In dem kleinen Park hinter der Pariser Oper gab Hubert Polin der älteren Dame das Telefon zurück, der er vorgejammert hatte, dass es einen Notfall gebe und er ganz dringend telefonieren müsse. Es hatte all seine Überzeugungskraft gebraucht, die Frau dazu zu überreden, ihm ihr Mobiltelefon zu leihen. Aber es war Hubert gelungen, den Rest jenes jungenhaften Charmes zusammenzukratzen, der ihm vor Jahren ein paar Jobs als Model in Paris beschert hatte. Lange war das her. Gefühlte hundert Jahre. Dieses andere Leben in Glanz und Glamour. Heute war Hubert ein heruntergekommener Zwanzigjähriger, drogenabhängig, krank, verloren. Sein Haar hing ihm verfilzt in die Stirn, sein Blick war stumpf, seine Haut grau. Er zitterte am ganzen Leib.

»Geht es Ihnen nicht gut?« Es war der älteren Dame anzusehen, dass ihr vor dem jungen Mann ein wenig grauste.

»Sie sollten einen Arzt aufsuchen, junger Mann.«

»Was ich brauch, krieg ich nicht vom Arzt.«

»Haben Sie denn niemanden, der sich um sie kümmert? Wenn Sie wollen, nehmen Sie doch das Telefon noch einmal und rufen Sie jemanden an. Ihre Mutter vielleicht. Oder Ihre Freundin. Sie haben doch eine Freundin?«

Hubert war genervt.

»Sorry, Lady, kann nicht mehr mit Ihnen plaudern. Muss los. Hab einen Termin. Ein Job, wissen Sie?«

Er spreizte die Finger zum Victory-Zeichen und schlenderte durch den kleinen Park, in dem die Blätter schon anfingen, sich bunt zu verfärben, davon.

Er gab sich große Mühe, gerade zu gehen. Könnte ja sein, dass die Alte aus lauter Sorge einen Krankenwagen rief, wenn sie sah, wie schwach er auf den Beinen war. Oder gleich die Polizei. Bevor er den Ausgang des Parks erreichte, drehte er sich nochmals um. Doch die Frau, die sich gerade noch Sorgen um ihn gemacht zu haben schien, war verschwunden. Wahrscheinlich schon auf dem Weg in ihre gepflegte Wohnung im achtzehnten Arrondissement. Oder zum Fünfuhrtee mit ihren reichen Freundinnen im Ritz. Hubert verzog das Gesicht. Er kramte in den Taschen seiner schmuddeligen Anzugjacke, die er vor ein paar Monaten aus einem Klamottencontainer gezogen hatte, und fand schließlich, was er suchte. Verstohlen warf er ein paar Pillen ein. Die brauchte er jetzt auch dringend. Schließlich musste er sich konzentrieren bei seinem Job. Es durfte nichts schiefgehen, sonst würde er den Rest der Kohle nicht bekommen. Die Pillen wirkten schnell. Schon kam die Power zurück. Jetzt die Karre. Er brauchte ein Auto. Sofort. Sonst würde es nicht klappen. Er schlenderte lässig an den geparkten Autos der Rue de Chatillon entlang. Alles teure Wagen, die mit Sicherheit eine Alarmanlage hatten. Doch da, das junge Paar, das seinen alten Citroën gerade einparkte. Baujahr 1975, vermutete Hubert. Ziemlich vergammelt. Also sicher keine Alarmanlage. Das Paar holte die Kinder aus dem Auto, ein quengeliges Baby und eine maulige Fünfjährige, die darauf bestand, jetzt und zwar sofort ein Eis zu bekommen. Die jungen Eltern waren so genervt, dass sie sogar vergaßen, das Auto abzusperren.

Hubert wartete ab, bis die kleine Familie im Park verschwunden war. In das rote Auto zu steigen, es kurzzuschließen und wegzufahren, war die Sache von ein paar Sekunden. Aufatmend rückte er sich auf dem Sitz zurecht. Lief doch alles gut. Nur noch ein paar Stunden, und er konnte wieder anfangen zu leben. Er griff in seinen Hosenbund, holte eine Pistole heraus. Nicht besonders groß. Aber sie drückte ihn beim Sitzen. Er legte sie neben sich auf den Fahrersitz. Wow, im Fußraum lag der Einkauf des jungen Paares. Baguette, Obst. Und eine Flasche Whisky. Schottischer. Immerhin – Geschmack hatten sie. Er öffnete die Flasche mit den Zähnen, während er sich in den Feierabendverkehr einfädelte, und nahm einen großen Schluck. Wunderbar, wie das Feuerwasser die Kehle hinunterlief. Er machte das Radio an. Freddy Mercury sang sein ewiges Lied von der Liebe: »No One But You«. Hubert sang mit und trank weiter. Die Musik stellte er auf brüllend laut. Die Sonne ging in einem gigantischen Schauspiel hinter der Kuppel von Sacré Cœur unter. Hubert Polin, der Junkie, gab in seinem gestohlenen Auto Gas.

4

»Genau deswegen bin ich nach Paris gekommen.« Marie strahlte Jean an, als sie aus dem kleinen Tabakladen kamen, in dem es mal wieder einen Diebstahl gegeben hatte.

»Dieses Licht, diese Luft. Gott, ist das eine herrliche Stadt.« Sie sah sein Grinsen. »Lach mich nicht aus. Ich weiß, dass ich das schon tausendmal gesagt habe. Aber ich kann nichts dafür. Mann, Jean, es ist einfach so geil hier.«

Jean lachte laut auf. Maries ungetrübte Begeisterung für Paris amüsierte ihn jedes Mal. Natürlich war es ihm klar, dass ein Mädchen aus der Provinz die Stadt, in der er aufgewachsen war und die er wie seine Jeanstasche kannte, mit anderen Augen sah als er. Aber auch noch nach fünf Jahren? Sie hatte es in ihrem Job doch nun wahrlich nicht mit den glamourösen Seiten der Stadt zu tun, im Gegenteil. Es waren die finsteren, trostlosen Ecken, in die man sie rief.

Vom ersten Tag an, als sie ihm auf dem Streifenwagen zugeteilt worden war, hatte er diese junge Kollegin gemocht. Nicht nur weil sie sich so offen und unverhohlen darüber freute, einen Job als Polizistin in Paris ergattert zu haben, sondern weil sie ihr Leben so begeistert und optimistisch in die Hand nahm. Obwohl sie in dieser Kleinstadt im Elsass aufgewachsen war, hatte sie sich keine Sekunde vom Pariser Großstadtleben einschüchtern lassen. In allem konnte sie etwas Positives sehen. Ihre winzige Dachwohnung, die jedem anderen Beklemmungen einjagen würde, hatte sie zu ihrem Vogelnest über den Dächern von Paris erklärt, die Touristenmassen, die sich Tag für Tag durch die Straßen wälzten, sah sie als eine ständige Liebeserklärung an ihre Stadt an, und selbst wenn sie im Verkehrschaos wieder einmal stecken blieben, ließ sie sich nicht aus der Ruhe bringen, sondern sah es als willkommene Gelegenheit, sich mit den Schönheiten der Häuser im Detail vertraut zu machen. Und auch wenn sie die untergehende Sonne über Sacré Cœur schon Hunderte von Malen gesehen hatte, für Marie war es jedes Mal ein Ereignis, in das man sich schwelgend fallen lassen konnte. Ihre braunen Augen glühten, ihr hübsches Mädchengesicht strahlte vor Lebensfreude.

»Was ich allerdings nicht verstehe, wenn du Paris so herrlich findest: Wieso fliegst du dann heute schon wieder nach London? London, Marie. Grau. Verregnet. Dreckig. Und dieses Essen …«

Jean wusste genau, dass sie nicht der Stadt wegen nach London fliegen würde.

»Mir wäre es doch auch lieber, wenn Thomas hier arbeiten würde. Aber was soll ich machen? Der Mann meines Lebens hat seinen Traumjob nun mal in London gefunden. Also gibt's am Wochenende eben Fish und Chips.«

Sie stiegen in den Streifenwagen. Noch zwei Stunden, und Marie würde im Flieger zu ihrem Liebsten sitzen. Sie seufzte leise. Klar, das war kein idealer Zustand, diese Wochenendbeziehung diesseits und jenseits des Ärmelkanals. Aber Thomas hatte den Job als Banker gerade erst angetreten, als er Marie auf einem Fest kennenlernte. Er hatte lange auf so eine Chance gewartet, und Jobs dieser Art waren nun mal rar. Er konnte ihn nicht so einfach aufgeben, nur weil er sich in eine Frau verliebt hatte, die zufällig in Paris wohnte. Und Marie war nun mal Polizistin. Sie konnte in England nicht arbeiten. Mal ganz abgesehen davon, dass sie überzeugt war, dass sie sowieso nirgendwo anders als in Paris würde leben können. Es war schon erstaunlich, wie innerhalb eines Jahres aus dem jungen Mädchen aus der Provinz, das eine traumhafte Kindheit zwischen Weinbergen und alten Obstgärten verbracht hatte, mit Hunden und Katzen, dem Kaninchen Rosalie und der zahmen Elster Hanna, die aus dem Nest gefallen war und von Marie großgezogen wurde, eine richtige Großstadtbewohnerin geworden war. Eine Pariserin, die sich außerhalb ihres Dienstes lässig durch die Straßen der Stadt bewegte, als hätte sie nie woanders gelebt. Manchmal, wenn sie abends in ihr Vogelnest über den Dächern der Stadt zurückkehrte und sich mit einem Glas Wein auf den Balkon setzte, der die Größe eines Puppenwagens hatte, schickte sie ein kurzes Dankgebet zum Himmel. Wer auch immer dafür verantwortlich war, dass sie es im Leben so gut getroffen hatte, sie war ihm unendlich dankbar. Toller Job, tolle Wohnung, toller Mann, das alles in der Stadt ihrer Träume. Was wollte sie mehr? Der einzige Schmerz, den sie in ihrem Herzen verborgen mit sich trug, war die Tatsache, dass ihre Mutter nicht mehr bei ihr war.

»Wie wär's, wenn ich den Bericht schreibe, und du fährst gleich zum Flughafen?« Jeans Stimme riss Marie aus ihren Erinnerungen. Wie nett dieser Mann war. Fast wie ein Bruder, der sich um seine kleine, verliebte Schwester kümmerte. Dabei hatte er doch selbst vor, übers Wochenende wegzufahren. Seit sein Vater einen Schlaganfall erlitten hatte, versuchte Jean, seine Eltern, die in der Nähe von Vichy wohnten, so oft wie möglich zu besuchen.

»Quatsch, wir machen das schnell zusammen. Dann kommen wir beide gleichzeitig weg.«

»Aber es würde mir nichts ausmachen, ich …«

Marie legte die Hand auf Jeans Unterarm, grinste ihn an.

»Du bist süß, Jean, aber es ist nicht nötig, dass du mir zuliebe immer die Drecksarbeit machst.«

Marie wusste, wie sehr Jean, der mit Leib und Seele Streifenpolizist war, es hasste, am Computer zu sitzen und Berichte zu schreiben. Sein Ding war die Straße. Hier fühlte er sich wohl, hier konnte er das tun, was ihm am meisten lag: mit Menschen umgehen. Mit harmlosen Passanten, kleinen Gaunern, Touristen, Jugendlichen, Kindern. Das war die Welt, in der er sich wohl fühlte, sein Zuhause. Er hatte nie geheiratet, aber immer das Gefühl gehabt, eine Familie zu haben. Sie lebte auf den Straßen und Plätzen von Paris.

Während sie sich durch die enge Rue d'Anjou quälten, um von ihr aus in den Boulevard Hausmann einzubiegen, in dem ihr Polizeirevier lag, achtete Jean nicht weiter auf den alten dunkelroten Citroën, der ihnen entgegenkam. Marie allerdings sah kurz den jungen Mann, der den Citroën steuerte.

»Hey, hast du das gesehen? Ich glaube, der hat grade einen fetten Schluck aus einer Whiskyflasche genommen. Ich dreh um; den sehen wir uns an.«

Jean sah auf die Uhr.

»Dann kannst du deinen Flieger aber vergessen. Komm, lassen wir ihn laufen. Wahrscheinlich war das gar kein Whisky.«

»Du meinst, der Typ trinkt Apfelsaft aus einer Whiskyflasche?«

Es war klar, dass er keine Lust hatte, den Übeltäter zu verfolgen.

»Ich sag den Kollegen Bescheid. Hast du die Nummer von dem Typen gesehen?«

Marie schüttelte den Kopf. »Aber es war ein Citroën, ziemlich altes Modell. Dunkelrot. Er muss wenigstens überprüft werden.«

Plötzlich schauderte es sie.

»Ich hab keine Ahnung, aber vielleicht … Wenn es wirklich Whisky war … Der Typ ist vielleicht gefährlich. Ich will nicht, dass er am Ende jemanden totfährt, bloß weil wir ihn nicht gestoppt haben.«

»Frauen! Dass ihr immer gleich an das Schlimmste denkt. Wahrscheinlich hat der Typ seinen Wagen schon längst abgestellt und liegt mit seiner Liebsten in der Falle. Es ist Freitagabend, Marie. Wieso sollten wir ihm den Spaß verderben?«

Marie runzelte die Stirn. Sie drehte sich um, versuchte, das Auto noch zu sehen. Doch der rote Citroën war verschwunden.

»Okay, wahrscheinlich hast du mal wieder recht.« Sie steuerte den Streifenwagen in den Hof des Polizeireviers.

In Gedanken war sie schon bei Thomas in London.

5

Der Sturm hatte die französische Westküste erreicht. Die Wellen krachten meterhoch an die felsige Küste, erreichten sogar die Terrasse des trutzigen Schlosses, in dem Leon mit seiner kleinen Familie lebte. Im düsteren Zwielicht des Gewitters, aus dem giftig die Blitze schlugen, sah es aus wie die Location eines amerikanischen Vampirfilms. Eine Sekunde bevor sich auch die Schleusen des Himmels öffneten und der Regen Leon Menec durchnässen konnte, öffnete er die schmale hohe Terrassentür einen Spalt breit und schlüpfte ins Innere des Schlosses. Nachtschwarz war es mit einem Mal geworden, kaum einen Meter weit konnte man noch sehen. Alles versank in den Fluten des Wolkenbruchs. Nie war die Bezeichnung dieser westlichsten, französischen Region »Finistère« so gerechtfertigt wie in solchen Momenten. Hier hörte die Welt tatsächlich auf. Nichts war mehr zu sehen. Die felsige Küste nicht mehr, die weiten Sandstrände nicht und auch nicht das Meer, dessen Farbe und Substanz sich nun mit den Fluten des Himmels zu verbinden schienen.

Im Kamin prasselte ein Feuer, ein paar Kerzen brannten auf dem Tisch, die kleinen Lampen mit den geblümten Schirmen, die auf den Beistelltischen neben den gemütlichen Sofas standen, verbreiteten eine Wärme, die im krassen Gegensatz zur tobenden Natur draußen stand.

Leon schenkte sich ein Glas des alten Armagnacs ein, den er letztes Jahr von seinen Angestellten in der Fischfabrik zum Geburtstag bekommen hatte. Gerade als er das Glas zum Mund führen wollte, krachte etwas mit großer Wucht gegen eines der Fenster. Das Glas drohte ihm aus der Hand zu rutschen. Doch schon hatte er sich wieder in der Gewalt. Es war sicher nur eine starke Windböe gewesen, die am Fenster gerüttelt hatte, oder ein großer Schwall Regen. Trotzdem ging er zum Fenster, versuchte in der Schwärze des Unwetters etwas zu erkennen. Lag da nicht etwas vor dem Fenster? Etwas Dunkles? Er zögerte. Trank einen Schluck Armagnac. Es war plötzlich sehr heiß im Salon. Er lockerte die Krawatte. In einem plötzlichen Entschluss öffnete er die Terrassentür. Schlüpfte noch einmal hinaus auf die Terrasse. Die wütende Wucht des Unwetters nahm ihm den Atem, der Sturm drückte ihn gegen die Mauern des Schlosses. Und da sah er, dass es ein großer Rabe war, der im Sturm gegen das Fenster geschleudert worden war. Mit ausgebreiteten Flügeln lag er da. Der Aufprall am Fenster musste ihm das Genick gebrochen haben. Sein Kopf lag unnatürlich verrenkt neben seinem Körper, die Augen blickten starr in den Regen. Das glänzende Gefieder wurde durch den Sturm zerrupft. Das Tier war eindeutig tot. Leon konnte den Blick nicht von dem Vogel wenden. Obwohl er wusste, dass er ihm nicht mehr helfen konnte, tastete er sich, gegen den Wind ankämpfend, an der Mauer entlang hin zu ihm. Es war, als würde ihn etwas unwiderstehlich zu dem Tier hinziehen. Als er es erreicht hatte, bückte er sich und streckte die Hand nach dem Raben aus. Er musste ihn berühren. Er musste ihn wegschaffen aus dem Unwetter, er musste … In diesem Augenblick, seine Finger erspürten schon fast das nasse Gefieder des Vogels, ging ein Ruck durch das Tier. Es hob seinen Kopf. Seine schwarzen Augen starrten Leon an. Der Rabe breitete die Flügel aus und entschwand im Bruchteil einer Sekunde in der Schwärze des Regens. Leon rang nach Luft. Obwohl er sich sagte, dass er sich eben getäuscht hatte, dass der Rabe durch den Aufprall am Fenster wohl nur bewusstlos gewesen war, konnte er nicht verhindern, dass ein Schauder durch seinen Körper kroch. Sein Blick bohrte sich in die Dunkelheit, in der sich der Rabe längst verloren hatte. Es gefiel ihm nicht, dass ihn der Anblick des schwarzen Vogels so aus der Fassung gebracht hatte. Raben galten in der Mythologie als weise Vögel, als Begleiter der Götter. Es gab nicht den geringsten Grund für die Unruhe, die in ihm aufstieg. Mal ganz abgesehen davon, dass er sowieso nicht an diesen ganzen mystischen Blödsinn glaubte. Für Leon gab es nur das, was er sehen konnte. Und berühren. Die Realität, in der er lebte, nichts weiter. Jeden, der an Zeichen glaubte oder an übersinnliche Zusammenhänge oder mystische Bedeutungen, hielt er für irrational. Und belächelte ihn insgeheim. Das Hier und Jetzt war das Einzige, was ihn interessierte. Diese siebzig oder achtzig Jahre, die der Mensch auf Erden wandelte, auf sie allein kam es an. Danach würde nichts mehr kommen, da war er sich sicher. Umso wichtiger war es für ihn, war es immer gewesen, das Beste aus diesem Leben zu machen. Man hatte nur diese eine Chance.

Als sich sein Atem wieder normalisiert hatte, schalt er sich leise einen Narren. Sich so von einem Vogel erschrecken zu lassen. Gott sei Dank hatte Claire ihn nicht gesehen in dieser Situation. Leon war es wichtig, dass seine Frau nicht an seiner Stärke zweifelte. Er war verantwortlich für sie. Sie sollte sich sicher bei ihm fühlen. Geborgen. Ein Mann durfte keine Schwäche zeigen, das war sein Credo.

Claire schlug die Augen auf. Sie lag, umhüllt von duftendem Schaum in ihrer überdimensionalen Badewanne. Nur ein kurzes, wärmendes Bad hatte sie nehmen wollen, bevor sie mit Leon zum Essen ausging. Und war dann doch ein wenig eingenickt. Diese Zeit zwischen Sommer und Herbst machte ihr schon immer zu schaffen. Die Ahnung des kommenden Winters mit seinen endlosen Regentagen, mit den Stürmen, die über das Land fegten, den kurzen Tagen, den kalten, feuchten Nächten, lag ihr schwer auf der Seele. Auch wenn der September immer wieder diese schönen Tage brachte mit dem stimmungsvollen Spätsommerlicht und den wärmenden Sonnenstrahlen – Claire war es immer, als sei in ihr Inneres schon der Frost eingekehrt. So oft sie konnte, legte sie sich ins heiße Wasser, kuschelte sich mit einer dicken Kaschmirdecke in einen Sessel, trank heißen Tee.

»Kleine Frostbeule«, nannte Leon sie zärtlich. Und schenkte ihr ein ums andere Mal dicke Pullover, Stricksocken, Mützen und Handschuhe und Schals, in die sie sich dankbar hüllte.

»Nur noch fünf Minuten.« Sie ließ heißes Wasser zulaufen, schloss wieder die Augen. Wie schwer es jedes Mal war, aus der Geborgenheit der Wanne aufzustehen. Schon der Gedanke daran, in diese Nacht hinauszumüssen, ließ sie erschaudern. »Nur noch fünf Minuten.«

Leon klopfte zum zweiten Mal an die schwere Eichenholztür. Vermutlich hatte Claire ihn nicht gehört. Er wartete. Niemals war er in den Jahren seiner Ehe in Claires Badezimmer getreten, ohne vorher anzuklopfen. Nicht dass seine junge Frau das etwa von ihm verlangt hätte. Es war Leon von Anfang an ein Bedürfnis gewesen, Claire zu zeigen, dass er sie respektierte. Dass sie ihren Freiraum hatte, auch wenn sie verheiratet war. Vielleicht war es auch ein unbewusstes Schamgefühl gewesen, das Leon zu dieser deutlichen Rücksichtnahme veranlasst hatte. Immerhin war Claire gerade mal achtzehn Jahre alt gewesen, als er sie geheiratet hatte. Nur ein paar Jahre älter als seine Tochter Eva. Fast noch ein Kind. Auch wenn sie damals schon mit Caspar schwanger gewesen war. Er wusste, dass ihn die Leute schief ansahen, als bekannt wurde, dass er kurz nach der Trennung von seiner Frau Sabine die junge Claire heiratete und sie auch noch bald darauf ein Kind von ihm bekam.

»Was will sie von dem alten Kerl?«, fragten sich die Leute.

»Es geht ihr doch nur ums Geld.«

»Das hält nicht lange. In fünf Jahren sind sie wieder geschieden.«

»Er macht sich doch zum Narren, sich auf so ein junges Ding einzulassen.«

Aber wie egal war ihm das damals alles gewesen. Dieses junge Mädchen, in das er sich verliebt hatte und das seine Liebe erwiderte, hatte ihm den Weg zurück ins Leben gezeigt. Mit ihrer Lebenslust, mit ihrem Lachen, ja auch mit der naiven Schamlosigkeit, mit der sie Leons sexuelle Leidenschaft wieder entfacht hatte und auch heute, vierundzwanzig Jahre später, immer noch entfachte.

»Komm rein.«

Er öffnete die Tür und blieb stehen. Wie so oft wurde er von ihrem Anblick überwältigt. Im schimmernden Licht einer Fortuny-Lampe stand Claire in der Wanne wie die schaumgeborene Venus. Ihr Körper war immer noch straff und makellos, ihre kleinen Brüste perfekt gerundet, ihre Hüften fast knabenhaft schmal. An den langen Beinen lief der Schaum hinunter, während sie sich die Haare trockenrubbelte.

»Es ist schon fast sieben. Ich hab befürchtet, dass du mal wieder eingeschlafen bist.«

»War ich auch«, lachte sie leise. »Du kommst gerade richtig.«

Er kam auf sie zu. Nahm das Handtuch, das auf dem Stuhl neben der Wanne lag, hielt es hoch. Sie stieg aus der Wanne und ließ sich von ihm mit einem leisen Seufzer in das Handtuch hüllen. Leon trocknete seine Frau mit sanften Bewegungen ab. Folgte behutsam den Linien ihres Körpers. Und konnte sich nicht dagegen wehren, dass die Erregung in ihm erwachte.

Claire spürte Leons wachsende Lust. Sie drängte sich eng an ihn. Öffnete das Handtuch, ließ es zu Boden rutschen. Sie zog ihn auf die Chaiselongue, die in der Nähe des Fensters stand, gegen das noch immer der Regen prasselte. Sie lächelte zufrieden, als Leon wenig später mit einem Seufzer in sie eindrang. Wie gut, dass er sie immer noch begehrte. Wie gut, dass sie es schaffte, ihn wenigstens für eine Weile die Erinnerungen an jenen vierten September vergessen zu lassen. Die Kerzen flackerten unruhig, während Leon Menec seine Frau liebte. Er merkte nicht, dass sie mit den Gedanken nicht bei ihm war. Auch nicht, dass die leisen erregten Seufzer heute nicht ganz echt klangen.

6

Als wäre sie durch eine geheimnisvolle Macht gegen das Wüten des Sturms gefeit, schritt die weiß gekleidete Frau durch den kleinen Eichenwald. Wie ein weißer Schatten folgte ihr Merlin, ihr Hund, auch er unbeeindruckt vom bösen Geheul des Windes, der fauchend an den alten Bäumen riss, die seit Jahrhunderten in den bretonischen Himmel ragten.

Die Leute in der Gegend glaubten, dass Céline Marchand eine Druidin war. Eine weise Frau, die über Wunderkräfte verfügte und in einer mystischen Verbindung zu den Naturgöttern stand. Ihre alterslose Schönheit, der tiefe Blick aus ihren schwarzen Augen, mit dem sie den Menschen in die Seele zu blicken schien, ihr Wissen um die Heilkräfte der Natur, das alles machte sie zu einer geheimnisumwitterten Außenseiterin, der man sich jedoch in der Not anvertrauen konnte und von der man sich egal bei welchen Leiden auch immer Linderung erwarten konnte. Schon lange wunderten sich die Bewohner des kargen Landstrichs am Ende der Welt nicht mehr, wenn sie Céline in ihrem weißen langen Kleid bei jedem Wetter in den Wäldern begegneten. Während die anderen sich Schutz suchend in ihre Häuser flüchteten, schien sich Céline mit den Gewalten der Natur geradezu zu verbünden. Weder der Sturm noch der peitschende Regen schien ihr je etwas anhaben zu können. Unbeirrt ging sie unter den alten Eichen ihren Weg, deren dicke Äste unter der Wucht der Windböen ächzten und knirschten. Blätter wirbelten um sie herum, kleine Äste wurden vom Sturm herabgerissen und fielen dicht neben ihr zu Boden. Doch nichts davon konnte Céline etwas anhaben. Hin und wieder bückte sie sich, sammelte herabgefallene Mistelzweige in ihren Korb, schabte ein wenig graues Moos von einem Baum und barg es in einer weißen Papiertüte. Auch die Blätter der Maiglöckchen schnitt sie mit ihrem kleinen Messer ab und legte sie in den Korb. Sie ließ ihren Blick über das graue Meer schweifen, lauschte dem Branden der Wellen, dem Tosen des Sturms. Ihr Blick war furchtlos, ihre Haltung aufrecht. Es war schon lange her, dass Céline ihre Angst verloren hatte. Es gab nichts mehr, wovor sie sich fürchtete. Wieso auch? Ihr Herz war vor vielen Jahren gebrochen, damals, als sie die schwerste Entscheidung ihres Lebens getroffen hatte. Damals hatte sie eine kurze Zeit gedacht, dass sie nicht würde weiterleben können mit der ungeheuren Schuld, die sie auf sich geladen hatte. Sie hatte gehofft, dass eine gnädige Macht sie von ihrem irdischen Dasein befreien würde. Doch sie hatte weiterleben müssen. Tag für Tag. Und Nacht für Nacht. Einsam unter den Menschen, die sie verehrten und achteten. Irgendwann hatte sie begriffen, dass dieses Leben an diesem Ort die Strafe war für ihren fürchterlichen Entschluss. Sie hatte gelernt, damit zu leben. Auch wenn sie sich jeden Morgen aufs Neue darüber wunderte, dass es sie noch gab in dieser Welt.

Merlin blieb plötzlich stehen. Ein leises grollendes Knurren war zu hören. Der große Hund stand stocksteif da. Die Haare auf seinem Rücken waren zu einem Kamm aufgestellt. Irgendetwas beunruhigte ihn. Céline blieb ruhig.

»Da ist nichts, Merlin.«

Das Knurren wurde lauter. Drohender. Céline sah sich um. Was hatte der Hund? Seit er vor mehr als zehn Jahren vor ihrer Tür gestanden hatte, war er nicht mehr von ihrer Seite gewichen. Und noch nie hatte er bei ihren Wanderungen Anzeichen von Angst gezeigt.

Ihre Hand kraulte seinen Nacken. Sie spürte das unruhige Vibrieren seiner Muskeln. Der ganze Hund stand unter Spannung.

»Du wirst dich auf deine alten Tage doch nicht zum Angsthasen entwickeln. Da ist nichts. Nur ein wenig Wind. Das kennst du doch. Jetzt komm, lass uns weitergehen. Die Lilien am Menhir müssten inzwischen verblüht sein. Ich will mir ihre Samen holen.«

Sie versuchte den Hund an seinem Halsband mit sich zu ziehen. Doch er stand da, als sei er in der Erde verwurzelt.

»Was ist denn heute los mit dir?« Sie zögerte. Was hatte der Hund? War heute irgendetwas anders als sonst? Sie sah sich um. War da etwas in der Undurchdringlichkeit des Waldes? Ein Wildschwein? Ein Hirsch? Vielleicht einer der Wölfe, die ein paar Wanderer kürzlich in der Gegend gesehen zu haben glaubten und von denen man annahm, dass sie aus den Pyrenäen heruntergekommen waren und sich hier ansiedeln wollten? Doch sie konnte nichts erkennen und beschloss, einfach weiterzugehen. Der Hund würde ihr schon folgen, wenn er sah, dass sie nicht auf ihn wartete. Sie ging davon. Schon konnte sie am Horizont den aufragenden Menhir von Kerloas erkennen, um den wie eine schwarze Wolke ein paar Raben im Sturm tanzten. Als unerwartet ein gewaltiger Blitz neben ihr in eine Eiche einschlug, die sofort in hell lodernden Flammen aufging, war die Wucht des Einschlags so groß, dass sie zu Boden geschleudert wurde. Der Korb wurde ihr aus der Hand gerissen und davongeweht. Ein ohrenbetäubender Donnerschlag folgte und zerriss ihr fast das Trommelfell. Und dann war es plötzlich still. Der Sturm hatte sich von einer Sekunde auf die andere gelegt. Der Regen hatte aufgehört. Nur das Brausen der Flammen, die den alten Baum zu einer weithin leuchtenden Fackel machten, war zu hören. Céline lag auf dem Boden, unfähig sich zu rühren. Sie starrte in den brennenden Baum. Und da war plötzlich dieser stechende Schmerz in ihrem Herzen. Dieser Schmerz, den sie tief in sich verborgen wähnte, fast vergessen hatte. Er war wieder da. Und das betäubende Gefühl, dass etwas Furchtbares geschehen würde. Irgendetwas war anders an diesem Tag, der sich viel zu früh in die Dunkelheit der Nacht gehüllt hatte. Etwas Drohendes schien in der Schwärze verborgen. Etwas, das ihr den Atem nahm. So lange hatte sie dieses Gefühl nicht mehr gehabt. Wie ein dunkles Tuch legte sich eine bedrückende Ahnung um sie. Es würde etwas passieren. Etwas Schreckliches. Sie wollte aufschreien. Doch der Schrei blieb ihr in der Kehle stecken. Wie gelähmt lag sie am Boden. Merlin drückte sich zitternd an sie. Als sie den Tropfen auf sein weißes Fell fallen sah, wusste sie, dass sie weinte. Was immer auch geschehen würde, sie würde es nicht verhindern können.

7

Über Paris lag der Zauber eines Spätsommerabends. Die Stadt lag da, in mildes Licht getaucht, wie ein impressionistisches Gemälde. Selbst der Lärm des Großstadtverkehrs schien gedämpft durch die samtene Stimmung.

Paul Racine kam auf seinem Motorrad durch eine enge Nebenstraße gefahren. Er war ein wenig zu schnell und wie immer ein wenig zu spät. Im letzten Moment hatte er bei einem Blumenstand angehalten und einen überdimensionalen, vielfarbigen Strauß Rosen erstanden, den er unter seinen rechten Arm geklemmt hatte. Er hielt vor dem fünfstöckigen alten Bürgerhaus, in dem seine Freundin Sara wohnte, stieg ab, nahm den Helm vom Kopf und fuhr sich durch die ungebärdigen Haare. Er wollte gerade klingeln, da öffnete sich die Tür, und Sara stand vor ihm.

»Zu spät, wie immer.« Sara versuchte, ihn mit einem bösen Blick anzusehen. Doch als sie den zerknirschten Ausdruck auf seinem Gesicht sah, war es wieder einmal um sie geschehen.

»Ich hab im Stau gestanden, tut mir leid.«

Stau! Sie wusste ganz genau, dass er sich mal wieder nicht von seiner Arbeit hatte lösen können. Wie oft hatte sie sich schon vorgenommen, ihm diese kleinen Unpünktlichkeiten nicht mehr zu verzeihen. Doch wenn er dann vor ihr stand und sie mit seinen dunkelblauen Augen um Verzeihung heischend anblickte, war es immer das Gleiche. Sie konnte ihm einfach nicht böse sein.

Sie warf sich ihm in die Arme, drückte ihm einen heftigen Kuss auf die Lippen. Er lachte, hielt sie ein wenig von sich weg, sah in das schöne junge Gesicht mit dem ausdrucksvollen Mund, den sie wie immer ein wenig zu rot geschminkt hatte, und den großen blauen Augen, die strahlten wie die eines Kindes.

»Unfassbar, dass du schon dreiundzwanzig bist. Du siehst immer noch aus wie achtzehn.«

»Wie achtzehn. Danke für das Kompliment. Du hast keine Ahnung, wie ich mit achtzehn ausgesehen habe. Ich war grausam fett, hatte Pickel und trug dauernd diese bunten Hippiekleider und den fürchterlichen Federschmuck, den man auf dem Flohmarkt am Montmartre für einen Euro kaufen konnte. Hippieklamotten! Das musst du dir mal vorstellen. Ich war so was von out.« Sie umarmte ihn lachend. Er drückte ihr die Rosen in die Arme.

»Sah bestimmt süß aus. Happy birthday! Ich wünsche dir alles Gute, mon amour. Mögen alle deine geheimen Träume in Erfüllung gehen!«

»Das Einzige, was ich mir wirklich wünsche, kann mir nur einer erfüllen. Und der weigert sich.« Sara verzog ihren hübschen Mund zu einer Schnute. Paul verkniff sich einen Seufzer. Nicht schon wieder. Sie hatten das Thema schon so oft durchgekaut. Er hatte keine Lust, schon wieder darauf einzugehen.

Nicht an diesem herrlichen Abend. Nicht an Saras Geburtstag. Es war sowieso sinnlos. Sie wollte ihn ja doch nicht verstehen.

»Komm jetzt, die anderen warten schon.« Er drückte ihr den zweiten Helm, den er immer dabeihatte, in die Hand. Sie zögerte nur einen Moment. Doch eigentlich hatte sie auch keine Lust, sich ihren Geburtstag mit einem Streit zu verderben. Heute wollte sie nur mit ihren Freunden feiern. Und morgen würde sie wieder versuchen, Paul doch noch von seinem absurden Plan abzubringen. Sie hatte die Hoffnung noch nicht aufgegeben, dass er in Paris bleiben würde. Bei ihr. Vielleicht, wenn sie ihn ein wenig erpresste? Ihm drohte, sich einen anderen zu suchen, wenn er sie hier einfach zurückließ? Sie wischte die Gedanken mit einem Kopfschütteln weg. Heute war ihr Geburtstag. Und der sollte wie immer der schönste Tag des Jahres werden.

Als Paul den Schlüssel in das Schloss steckte und die Maschine anließ, fiel Saras Blick auf diesen seltsamen Anhänger, der an einem Ring baumelte. Paul hatte ihr erklärt, dass es eine Nachbildung des Menhirs von Kerloas war. Komisch. Solche Dinger konnte man wahrscheinlich in jedem blöden Souvenirladen kaufen. Es war nichts anderes als Kitsch. Dass ein seriöser Wissenschaftler wie Paul, der sich beruflich mit den Geheimnissen der Menhire und Steingräber in der ganzen Welt befasste, sich so ein blödes Ding an den Schlüssel hängte, konnte sie nicht verstehen. Er hatte etwas von einem Erinnerungsstück gemurmelt, als sie ihn einmal darauf angesprochen hatte. Und dass sie ihm doch einfach seine sentimentale Ecke lassen sollte. Sara hatte sich gefügt. Irgendwann würde sie schon herausbekommen, welche Frau ihm diesen Kitsch geschenkt hatte.

Hubert Polin trank den letzten Schluck Whisky aus der Flasche und zündete sich eine Zigarette an. Das Streichholzheftchen, von dem er längst vergessen hatte, wie es in die Tasche seiner

Jacke gekommen war, ließ er achtlos zu Boden fallen. Er starrte auf das Foto, das auf dem Beifahrersitz des roten Citroën lag. Sah gar nicht unsympathisch aus, der Typ. Bisschen jung für einen Universitätsdozenten vielleicht. Keine Ahnung. Was wusste ein Junkie wie er schon davon, wie man in der Uni Karriere machte? War vielleicht einer von diesen Überfliegern. Sicher hatte er nichts anderes im Kopf als seine Forschung. Archäologe sollte er sein. Soweit Hubert wusste, hatte das was mit altem Zeug zu tun. Tempeln und Ruinen oder so. War aber auch egal. Er hatte einen Auftrag, und den würde er heute ausführen. Er musste ihn ausführen. Weil er nur dann die zweite Hälfte der Kohle bekommen würde. Er nahm die Pistole in die Hand, die er gestern von einem Kumpel erhalten hatte. Ganz schön schwer, das Ding. Ob er überhaupt damit umgehen konnte? Aber sein Freund hatte ihm versichert, dass sogar ein Blinder mit dieser Waffe treffen würde. Und treffen musste er. Das war klar. Er sah auf seine billige Plastikuhr: kurz vor sechs. Er musste los. In ein paar Minuten würde alles vorbei sein. Und morgen würde er sich schon mit dem restlichen Geld auf den Weg nach Indien machen. Dort würde er ein neues Leben beginnen. Weit weg von hier. Da, wo niemand etwas wusste von ihm. Alles würde anders werden. Besser. Natürlich besser. Denn schlechter als jetzt konnte es ihm gar nicht gehen. Nur ein kurzes Zögern noch, dann ließ er den Motor des alten Autos an. Und fädelte sich in den dichten Feierabendverkehr ein.

Marie sah nervös auf die Uhr, als sie mit Jean aus dem Polizeirevier kam. Kurz vor sechs. Um acht ging der Flieger nach London. Nicht viel Zeit, um im Feierabendverkehr zum Flughafen Charles de Gaulle zu kommen. Sie hatten für den Bericht über den Diebstahl in der Rue Lombard doch länger gebraucht, als Marie gedacht hatte. Und jetzt musste sie zusehen, dass sie wegkam. Sie sah sich nach einem Taxi um. Aber sie hätte sich genauso gut eine Sänfte wünschen können. In Paris um diese Zeit ein Taxi zu bekommen, war komplett unmöglich. Eine Riesenstadt wie Paris, eine Weltmetropole, und es gab einfach zu wenig Taxis. Sie fluchte leise vor sich hin. Wieso hatte sie sich nicht längst das kleine Auto gekauft, von dem sie in solchen Momenten immer träumte? Sicher, es war ein Wahnsinn, in Paris ein Auto zu haben. Immer Stau, nie ein Parkplatz. Es würde sowieso die ganze Zeit unbenutzt herumstehen. Bis auf diese Zeiten, an denen sie zum Flughafen musste, um ihren Liebsten zu treffen.

»Steig schon ein, ich fahr dich hin.« Jean hielt die Beifahrertür des Streifenwagens auf. Marie wollte dankend abwehren. Sie wollte Jean nicht den Feierabend verderben. Von der Stadtmitte zum Flughafen und wieder zurück würde es ihn mindestens zwei Stunden kosten. Das wollte sie ihm nicht antun.

»Danke, das ist lieb. Aber ich nehm den Bus.«

Doch Jean ließ nicht locker. Er war Marie dankbar dafür, dass sie ihn mit dem Bericht nicht allein gelassen hatte. Ohne sie würde er immer noch an der alten elektrischen Schreibmaschine sitzen, um mit seinem Zwei-Finger-Suchsystem die Aussagen der Tabakladenbesitzerin Madame Deneuve aufzuschreiben. Er hasste diese Schreibtischarbeit. So wie er es überhaupt hasste, in ein Büro eingesperrt zu sein. Sein Ding war der Dienst auf den Straßen. Dass er gezwungen war, täglich einen Bericht darüber zu schreiben, hatte er schon immer als eine persönliche Schikane empfunden. Nicht zuletzt deswegen hatte er es von Anfang an genossen, Marie als Kollegin an seine Seite gestellt bekommen zu haben. Marie, die sich ausdrücken konnte, der die Worte nur so aus den Fingern in die Maschine zu fließen schienen. Die ihn nie allein ließ mit dieser ungeliebten Aufgabe. Schon dafür würde er sie zum Flughafen fahren. Er hätte sie auch persönlich nach London getragen, wenn sie es von ihm verlangt hätte.

»Los jetzt, sonst verpasst du den Flieger wirklich noch. Und ich kann dann am Montag wieder deine schlechte Laune ausbaden, weil du am Wochenende keinen Sex bekommen hast.«

»Ich fahre nach London, weil ich mir ein paar Musicals ansehen will. Und in die Tate Gallery will ich auch.«

»Klar. Und ansonsten wirst du gepflegt Tee trinken und diese abscheulichen Gurkensandwiches essen. Schon kapiert.«

Das vertraute Geplänkel zwischen ihnen setzte sich fort, als Jean losfuhr. Marie lehnte sich entspannt in ihrem Sitz zurück. Ein bisschen mehr als drei Stunden noch, und sie würde mit Thomas im Bett liegen. Kein Musical, keine Ausstellung, das ganze Wochenende würden sie die Wohnung nicht verlassen. Sie würden den besten Sex des Königreichs haben. Dazwischen fernsehen. Essen vom Chinesen in sich hineinstopfen und dann wieder übereinander herfallen. Als ihr ein leiser Seufzer der Vorfreude entschlüpfte, sah sie verlegen zu Jean hinüber.

»Meinst du, du erkennst Thomas überhaupt noch? Ihr habt euch doch mindestens zwei Wochen nicht gesehen.«

»Kein Problem«, lachte sie. »Er hat gesagt, er trägt eine rote Nelke zwischen den Zähnen.«

»Na, dann wird es wohl ein super Wochenende werden für dich.«

Jean lenkte den Wagen sicher durch den dichten Verkehr, während Marie, wie so oft, in dem zauberhaften Anblick der Stadt versank. Mit einem Mal wurde sie heftig Richtung Windschutzscheibe geschleudert. Der Gurt schnitt ihr in den Oberkörper, sie schrie leise auf. Jean riss das Lenkrad herum, der Streifenwagen schleuderte auf die Gegenfahrbahn, wo ihm ein schwerer SUV gerade noch ausweichen konnte.

»He, willst du uns umbringen?«

Jean gab keine Antwort. Er schaltete das Blaulicht an und gab Gas.

»Der rote Citroën da vorne. Er hat fast eine Frau mit einem Kinderwagen überfahren. Der ist wohl nicht ganz dicht.«

Jetzt sah Marie, weswegen Jean plötzlich so schnell fuhr. Ein paar Autos vor ihnen raste der alte rote Citroën durch den Verkehr. Er überholte rechts, drängelte die Fahrer vor ihm zur Seite. Jetzt schrammte er an einigen geparkten Autos entlang.

»Ist das der Typ von vorhin? Der mit dem Whisky?« Angespannt beobachtete sie den Kamikazefahrer vor ihnen.

»Der scheint die Flasche inzwischen geleert zu haben«, knirschte Jean durch die Zähne. »Ich könnte mir in den Arsch beißen, dass ich vorher nicht auf dich gehört habe. Wir hätten ihn aus dem Verkehr ziehen müssen.«

Als der Citroën eine rote Ampel überfuhr und der Rest des Verkehrs anhielt, konnte sich Jean direkt hinter den immer schneller werdenden Wagen setzen. Er wollte ihn überholen und an die Seite drängen. Doch der Citroën nahm noch mehr Fahrt auf. Jetzt bog er mit quietschenden Reifen in eine enge Nebenstraße ein, die durch die geparkten Autos noch enger wurde.

Vor dem kleinen hübschen Eckrestaurant *Claire de Lune* standen Saras Freunde in einer kleinen Gruppe und tranken ihren Aperitif. Sie lachten und stießen die Gläser aneinander. Junge Leute, die sich auf einen vergnügten Abend mit Sara und Paul freuten. Die hübsche Sabine hing am Arm ihres neuen Freundes Eduard, der an einem dicken Bündel Schnüre eine Traube Luftballons festhielt, die bunt über ihren Köpfen schwebten. François, Saras bester Freund aus der Schauspielschule, blies ein paar Töne auf seinem Saxophon: »Happy Birthday«, wie es sich für diesen Anlass gehörte.

»Da sind sie. Endlich. Sara, wir haben schon gedacht, du lässt uns hier allein feiern.« Sie redeten alle durcheinander, als sie Paul und Sara auf dem Motorrad ankommen sahen. Sara strahlte. Genauso liebte sie es. Sie würde der Mittelpunkt eines tollen Abends sein. Zuerst würden sie hier im »Claire de Lune« essen. Hummer, Austern, Sushi. Danach würden sie in den Soho Club gehen und bis in den Morgen tanzen. Die Freunde stürzten auf sie zu, umarmten sie, küssten sie.

»Herzlichen Glückwunsch, Sara! Happy Birthday, alles Gute!«

Lachend verschwand sie in der Mitte der kleinen Gruppe. Wie sehr sie diese ausgelassenen Augenblicke liebte.

Als Paul das Motorrad am Straßenrand abstellte, hörte er in der Ferne die Sirene eines Polizeiwagens. Er achtete nicht darauf. Zu normal war dieses Geräusch für einen Pariser. Irgendetwas war hier immer los. Irgendwo wurde immer die Polizei gebraucht.

»Komm schon, Paul, ich verhungere!« Sara winkte ihm aus der Mitte ihrer Freunde zu. Ihre Augen glühten vor Lebensfreude.

Vielleicht sollte ich doch nicht weggehen, schoss es ihm durch den Kopf. Was wollte er eigentlich mehr vom Leben, als mit dieser Frau, die auf ihn immer wie ein glückliches, verwöhntes Kind wirkte, ein unbeschwertes Leben zu führen? Er konnte den Job in Brest immer noch absagen. Sicher, es würde nicht einfach werden, hier in Paris eine adäquate Stelle zu bekommen, aber er hatte einen hervorragenden Ruf, es gab neben der Uni jede Menge Museen. Allzu schwer würde es wahrscheinlich nicht werden, sein Geld zu verdienen. Vielleicht sollte er wirklich alles noch einmal überdenken. Aber es war ja nicht nur der interessante Job, der ihn nach Brest zog. Da war auch diese Frau. Diese Frau, die seine Mutter war. Und die er noch nie in seinem Leben gesehen hatte. War es wirklich so wichtig, sie kennenzulernen?

»Paul, jetzt komm endlich!« Sara stand vor ihm. »Das Sushi wird kalt.« Sie reichte ihm die Hand, wollte ihn mit sich mit in das Lokal ziehen.

Der rote Citroën schoss aus der kleinen Gasse. Jetzt endlich gelang es Jean, ihn zu überholen. Er setzte den Streifenwagen hart vor das rote Auto. Hubert Polin fluchte. Das durfte doch nicht wahr sein. So kurz vor seinem Ziel wollte ihn dieser Bulle aufhalten. Das würde er nicht zulassen. Er griff zur Pistole und sprang aus dem Auto. Da, vor dem Lokal, war sein Ziel. Er erkannte den Mann sofort. Er rannte los, entsicherte die Waffe. Keiner würde ihn hindern, seinen Auftrag auszuführen. Auch nicht dieser Bulle, der jetzt plötzlich vor ihm stand.

»Lassen Sie die Waffe fallen!«

Hubert Polin schoss.

Ein Aufschrei ging durch die kleine Gruppe. Sie rannten ins Lokal, jemand zog Sara mit sich.

»Paul!«, schrie sie.

Sie drehte sich nach ihm um. Und sah den Polizisten lautlos zu Boden gehen. Der junge Mann, der auf ihn geschossen hatte, achtete nicht auf ihn. Er kam auf das Lokal zugerannt.

»Bleiben Sie stehen!«, schrie Marie. »Stehen bleiben!« Sie hatte ihre Waffe im Anschlag. Schoss in die Luft. Da drehte sich Hubert Polin zu ihr um. Sah ihr in die Augen. Aus dem Augenwinkel sah Marie Jean am Boden liegen. Wie verrenkt er auf dem Pflaster lag. Der rote Fleck auf seiner Uniformjacke wurde schnell größer. Was für ein Alptraum! Sie spürte, wie ihr Herz gegen ihre Rippen schlug.

»Legen Sie die Waffe auf den Boden und nehmen Sie die Hände über den Kopf!«

Hubert Polin schoss ein zweites Mal. Die Wucht der Kugel, die sie in die Schulter traf, warf Marie zu Boden. Der Schmerz brannte in ihrem Arm. Was passierte hier? Das war doch alles Irrsinn. Dieser Mann, er hatte auf sie geschossen! Und auf Jean. Die Gedanken rasten in ihrem Kopf, während sie zu Boden sank. Sie musste ihn stoppen. Wenn sie ihn nicht aufhielt, würde er weitermachen. Wie von weit entfernt hörte sie sich rufen, er solle stehen bleiben. Doch der Mann achtete nicht auf sie. Rannte weiter. Mit erhobener Waffe. Es würde ein Blutbad geben. Sie musste das einfach verhindern. Bevor ihr Kopf gegen den Rinnstein prallte, gab Marie einen Schuss ab. Hubert Polin sank zu Boden. Er starb, bevor er seinen Auftrag zu Ende bringen konnte.

Über den kleinen Platz senkte sich eine unwirkliche Stille. Einen Moment lang schien alles Leben zum Erliegen gekommen zu sein. Auch das immerwährende Rauschen des Pariser Verkehrs klang weit entfernt, gedämpft wie durch einen Wattebausch. Drei Menschen lagen auf dem Straßenpflaster. Jean, der Polizist, war sofort tot gewesen, als die Kugel aus der Waffe des Junkies Hubert Polin seine Bauchschlagader zerfetzt hatte. Jeans Mörder lag ein paar Meter entfernt. Als Maries Kugel ihn getroffen hatte, hatte er ungläubig die Augen aufgerissen. So war das nicht geplant gewesen. Das war doch vollkommen absurd – nicht er hatte sterben sollen an diesem Tag! Er hatte doch nur einen Auftrag ausführen sollen. Und dann sollte sein neues Leben … Bevor er den Gedanken zu Ende denken konnte, war es vorbei. Sein Herz, in dem die Kugel steckte, hörte auf zu schlagen. Ein letzter Seufzer drang aus seiner Brust, dann sank er auf die grauen Pflastersteine.

Sara und ihre Freunde standen wie im Schock im Eingang des Lokals. Und dann kam plötzlich Bewegung in die Gruppe. Paul ließ Saras Hand los. Er raste auf Marie zu. Hatte sich ihr Brustkorb nicht gerade bewegt? Die paar Meter zu der jungen Frau, die da auf dem Boden lag, kamen Paul vor wie ein Kilometer. Jetzt war er bei ihr, kniete sich neben sie. Und sah, dass sie tatsächlich noch atmete.

»Die Frau lebt!«, schrie er. »Ruft einen Krankenwagen!« Handys wurden gezückt, hektisch wurde gewählt. Paul sah das Blut, das aus der Wunde über Maries Herzen quoll. Was sollte er tun? Wie hilft man einem Menschen, der angeschossen wurde? Marie öffnete die Augen. Was passierte hier? Wer war dieser Mann über ihr? Sie sah, dass sich seine Lippen bewegten, aber sie konnte ihn nicht hören. Sie wollte ihm sagen, dass ihr kalt war. Vielleicht hatte er einen Pullover für sie. Vielleicht konnte er …

Paul sah das Flehen in Maries braunen Augen.

»Der Krankenwagen ist schon unterwegs. Gleich kommt Hilfe. Halten Sie durch.« Während er mit stammelnden Worten versuchte, Marie Mut zu machen, riss er sich das Hemd vom Körper. Er knüllte es hektisch zusammen und drückte es auf die blutende Wunde. Er musste den Blutfluss stillen. Er musste verhindern, dass diese Frau verblutete. Sie durfte nicht hier auf der Straße verbluten.

»Wo bleibt der Arzt?«, schrie er verzweifelt, während sich der Stoff seines grünen Hemds unter seinen Händen rot färbte. Sie verlor zu viel Blut. Wenn der Arzt nicht schnell kam, würde sie es nicht schaffen. Er hörte ein leises Stöhnen. Ob sie ihn hören konnte? Er beugte sich tief zu ihr hinunter.

»Sie schaffen das. Gleich ist der Arzt da.« Verdammt, wieso blutete sie so heftig? Er drückte das Hemd fester auf die Wunde. Und fühlte sich einfach nur hilflos. Da lag ein Mensch vor ihm und starb einfach. Er merkte nicht, dass aus seinen Augen Tränen flossen.

»Nicht sterben«, flüsterte er. »Bitte, Sie müssen kämpfen.«

Doch Marie schien den Kampf zu verlieren. Ihr Kopf sank zur Seite. Ihre Augen verdrehten sich und fielen dann einfach zu.

Fassungslos starrte Paul auf die junge Frau vor ihm. Das konnte doch alles nur ein Alptraum sein. So etwas passierte einem doch nicht an einem ganz normalen Tag in seinem Leben. Es war doch Saras Geburtstag. Sie wollten feiern, tanzen, sich betrinken. Es konnte doch nicht sein, dass er hier auf der Straße kniete, während ihm das Blut einer sterbenden Frau warm durch die Finger rann.

»Es ist gut, jetzt lassen Sie mich mal ran.« Paul hörte die Stimme des Notarztes, der sich jetzt neben die Frau kniete, wie aus weiter Ferne.

»Sie können loslassen.« Doch er verstand die Worte nicht. Drückte immer weiter fest auf die Wunde. Erst als der Notarzt seine Hand mit sanfter Gewalt von der Brust der jungen Frau löste, begriff Paul, dass er nichts mehr tun konnte. Er stand auf und sah sich um. Um ihn herum herrschte hektische Betriebsamkeit. Polizeiautos und Krankenwagen mit blinkenden Blaulichtern blockierten die Straße. Polizisten drängten die Schaulustigen zur Seite.

»Hier gibt es nichts zu sehen. Machen Sie Platz.« Einer legte eine Decke über seinen toten Kollegen, ein anderer stand leichenblass vor dem toten Körper des Mannes, der diese Katastrophe verursacht hatte.

Zwei Männer eilten mit einer Trage heran, der junge schwarze Notarzt kümmerte sich mit routinierter Professionalität um die junge Frau.

»Wird sie durchkommen?«, hörte Paul sich fragen. Er wollte, er *musste* wissen, ob sie leben würde. Doch er bekam keine Antwort.

Jetzt war Sara bei ihm. Tränenüberströmt drängte sie sich an ihn. Sie schluchzte und zitterte.

»Paul. Oh, mein Gott, Paul.« Ihre Augen waren weit aufgerissen. Es war deutlich, dass sie unter Schock stand.

»Sind Sie verletzt?« Ein junger Polizist stand vor Paul. »Sie sind voller Blut.«

»Ich bin okay.« Paul sah zu der jungen Frau hin, die nun auf die Trage gehoben wurde. Atmete sie noch? Er konnte nicht sehen, ob sich ihr Brustkorb noch hob. Aber würde der Arzt, der neben der Trage herlief, die Sauerstoffmaske auf ihr Gesicht pressen, wenn sie tot wäre?

»Wird sie es schaffen?« Paul wollte sich nicht von dem Polizisten wegdrängen lassen. Er stürzte zum Krankenwagen, in den die Trage geschoben wurde. Jetzt drehte sich der Arzt zu ihm um.

»Das haben Sie gut gemacht. Wenn Sie nicht gewesen wären, wäre sie wohl verblutet.«

8

Das kleine Restaurant *Café du Port* von Michel Dumont lag einladend beleuchtet am Rand des Hafens von Concarneau. In der Schwärze des Unwetters wirkte es wie ein warmer Zufluchtsort, in den man sich vor Sturm, Regen und Blitz flüchten konnte. Die gemütliche Gaststube, die mit hübschen Antiquitäten eingerichtet war, war bis auf den letzten Platz besetzt. Wie jeden Abend. Die Küche von Michel Dumont war weit über Concarneau hinaus für ihre exquisiten Speisen und ihre erlesenen Weine bekannt. Wer einmal Michels berühmte Fischsuppe gegessen hatte, deren Rezept er noch niemandem verraten hatte, kam immer wieder. Dazu kam, dass vor ein paar Jahren eine Gourmet-Zeitschrift einen begeisterten Artikel über das kleine Hafenrestaurant gebracht hatte. Die Folge davon war, dass man heute ohne Reservierung keinen Platz mehr im *Café du Port* bekam. Es sei denn, man gehörte zu den Stammgästen aus der Gegend. Oder zu den Freunden von Michel.

So wie Claire und Leon Menec, die wie immer einen der begehrten Fensterplätze bekommen hatten, als sie vor zehn Minuten in das Restaurant gekommen waren.

Claire sah Leon lächelnd an, als sie ihr Glas mit dem ausgezeichneten Sancerre in die Hand nahm. Ein Glitzern lag in ihren Augen, als sie leise sagte: »Auf uns, Leon.« Zufrieden betrachtete sie ihren attraktiven Mann, der sich nach dem Liebesspiel in ihrem Badezimmer deutlich entspannt hatte.

»Auf dich.« Leon sah Claire in die Augen. »Ich werde mein Leben lang nur noch auf dich trinken. Du bist das Beste, was mir je passiert ist.« Er stieß sein Glas mit dem tiefroten Bordeaux an das ihre.

Er wartete auf das leise »Pling«, das die einfachen Gläser immer machten, wenn sie aneinanderstießen. Doch er sollte es an diesem Abend nicht mehr hören. Denn in diesem Augenblick geschahen drei Dinge gleichzeitig: Ein greller Blitz erleuchtete plötzlich den Hafen und das Meer. Gleichzeitig begann irgendwo grell ein Telefon zu klingeln. Und als wäre es nicht genug, glitt Michel, der mit seiner langen weißen Schürze bekleidet gerade aus der Küche in den Gastraum trat, die Terrine mit der Fischsuppe aus der Hand. Die alte Porzellanschüssel mit dem zartvioletten Muster, die Michel bei der Auflösung eines Herrenhauses in der Nähe erstanden hatte, zerschellte mit ohrenbetäubendem Krach. Die heiße Suppe ergoss sich in einem Schwall auf den alten Steinboden. Und über Claires elegante cremefarbene Seidenschuhe.

»Verdammt, Michel!« Eine Zehntelsekunde lang hatte Claire sich nicht im Griff. »Kannst du nicht aufpassen?«

»Tut mir leid, Claire. Ich weiß auch nicht, wie das passieren konnte.« Michel war untröstlich. »Die Schüssel ist mir einfach aus der Hand gerutscht.« Während seine Kellnerin Violette schon mit Lappen und Eimer dabei war, das Unglück aufzuwischen, kniete Michel zu Claires Füßen und versuchte, die Suppenspritzer mit seiner Schürze von Claires Schuhen zu wischen.

»Lass das doch, Michel.« Leon war die Situation sichtlich unangenehm. Dass sich sein Freund vor seiner Frau hinkniete, um den Schaden zu beseitigen, war doch grotesk.

»Ich fürchte, die Schuhe sind ruiniert.« Michel erhob sich und sah Claire betreten in die Augen. »Ich bin untröstlich, Claire. Aber ich werde sie dir selbstverständlich ersetzen.«

»Da müsstest du schon zaubern können.« Claire konnte ihren Ärger über die ruinierten Schuhe nicht ganz verbergen. Sie hatte sie sich letztes Jahr in New York in einem kleinen, superteuren Schuhladen in Queens gekauft. Es war das letzte Paar gewesen, und sie hatte sich darüber gefreut wie ein Kind. Cremefarbene Seidenpumps mit kleinen aufgestickten Veilchenblüten – von solchen Schuhen hatte sie schon lange geträumt. Und jetzt waren sie ruiniert.

Michel spürte ihren Ärger sehr gut. Doch bevor er zu weiteren Entschuldigungen ansetzen konnte, sagte Leon, er solle sich nicht aufregen, das Ärgerlichste sei, dass sie jetzt noch länger auf die Fischsuppe würden warten müssen. Wo sie doch vor Hunger fast umkamen.

»Die Suppe! Natürlich, ich bringe euch sofort eine neue.«

Michel beeilte sich, in die Küche zu kommen. Violette hielt ihm das Telefon hin.

»Ein Anruf aus Paris, Michel.«

»Später. Ich muss zuerst Leon und Claire eine frische Suppe …«

»Es ist was mit deiner Tochter. Ein Unfall, sagen sie.« Michel riss ihr den Hörer aus der Hand.

»Michel Dumont, ja, ich bin ihr Vater.«

Und dann wurde das wettergegerbte Gesicht des Gastwirts mit einem Mal ganz grau. Es sah aus, als würde der große Mann jeden Moment zusammenbrechen, als er seinem Gesprächspartner lauschte.

Während Claire noch dabei war, mit spitzen Fingern winzige Fischstückchen von ihren Seidenschuhen zu klauben, war Leon schon bei Michel, der in diesem Moment den Telefonhörer auf den Tresen warf und die Schürze von seinem Bauch riss.

»Ich muss nach Paris.« Er griff nach seiner Jacke, tastete nach seinen Autoschlüsseln und wollte zur Tür hinaus.

»Was ist mit Marie, Michel?«

Michel sah Leon mit gehetztem Blick an.

»Ich weiß es nicht. Sie ist im Krankenhaus. Der Typ hat was von einem Unfall gesagt. Ich muss sofort zu ihr.« In Michels Blick lagen Angst und eine tiefe Qual.

»Ich bring dich zum Flughafen. Du kannst meine Maschine nehmen. Komm! Ich rufe von unterwegs den Piloten an.«

Es war das Natürlichste für Leon, seinem Freund in so einer Situation zu helfen. Ein Blick noch zu Claire, die verständnisvoll nickte, dann waren die beiden Männer auch schon draußen.

»Wollen Sie Ihre Fischsuppe noch essen, Madame?« Claire sah auf die neue Terrine, die Violette jetzt vor ihr auf den Tisch stellte. Die Suppe roch verlockend gut wie immer.

»Oder wollen Sie warten, bis Ihr Mann zurück ist und dann mit ihm zusammen essen?«

»Ich wusste gar nicht, dass Michel Kontakt zu seiner Tochter hat.« Claire sah Violette fragend an. Die hob die Schultern.

»Ich hab nicht einmal gewusst, dass er eine Tochter hat.«

Claire nickte. Das wussten viele Leute in Concarneau nicht. Nur die, die Michel schon sehr lange kannten, erinnerten sich, dass er vor vielen Jahren verheiratet gewesen war. Und dass ihn seine Frau Monique eines Tages verlassen hatte. Zusammen mit ihrer kleinen Tochter Marie.

9

»Nein, ich bin kein Angehöriger. Aber, verdammt, Sie müssen mir trotzdem sagen, ob sie es schaffen wird!« Paul schrie die junge Krankenschwester wütend an. Konnte sie das nicht verstehen? Dass er sich für die Frau interessierte, die da auf dem Pflaster fast gestorben wäre?

»Da, sehen Sie, das ist ihr Blut. Ich hab versucht, ihr zu helfen, ich hab ihre Hand gehalten, ich hab …«

»Sie wird durchkommen.«

Paul drehte sich um. Dr. Lenoir hatte den Disput zwischen Paul und der jungen Lernschwester mitbekommen. Er sah Paul beruhigend an.

»Marie Lamare hat zwar viel Blut verloren, weil die Kugel eine Schlagader verletzt hat, aber sie ist über den Berg.«

»Kann ich sie sehen?« Paul war selbst erstaunt über diesen Wunsch. Er kannte diese Frau doch gar nicht. Wieso reichte es ihm nicht zu wissen, dass sie nicht sterben würde?

»Tut mir leid, Besuch nur von Angehörigen im Moment. Wenn Sie wollen, können Sie in ein paar Tagen noch mal wiederkommen.«

In ein paar Tagen? Da würde er nicht mehr in Paris sein.

Irgendwie fühlte sich das merkwürdig an. Einfach wegzugehen. Ohne diese Fremde, der er anscheinend das Leben gerettet hatte, noch einmal wiederzusehen. Aber geschah das nicht jeden Tag? Sanitäter, Ärzte, Schwestern, sie alle retteten Menschen. Und sahen sie nie wieder. Das gehörte einfach dazu. Wieso also sollte er diese Marie Lamare noch einmal wiedersehen? Mit der ihn nichts verband? Oder alles? Was konnte einen mehr mit einem anderen Menschen verbinden, als ihm in der Minute seines Todes beizustehen?

Maries flehender Blick, das Blut, das rhythmisch aus ihrer Wunde quoll, die immer farbloser werdenden Lippen, die vergeblich versuchten, Worte zu formulieren. Paul konnte die Bilder nicht von seinem inneren Auge verdrängen. Er musste Marie noch einmal sehen. Er musste mit eigenen Augen sehen, dass es ihr gut ging. Er musste ihr sagen, dass sie … Ja, was musste er ihr sagen? Dass sie auf ihn zählen konnte? Dass er dasselbe immer wieder tun würde? Dass er froh war, dass sie lebte?

»Ich bin der Vater von Marie Lamare«, hörte Paul eine sonore Stimme. »Man hat mich angerufen. Sie hat wohl einen Unfall …«

»Kommen Sie, ich bringe Sie zu Ihrer Tochter.« Die Krankenschwester sah den großen, schmalen Mann mit dem zerfurchten Gesicht mitfühlend an. Sie ging mit kleinen, eiligen Schritten vor Michel her. Wie erschöpft dieser Mann wirkte.

Die Sorge um seine verletzte Tochter schien ihm schwer auf den Schultern zu lasten, als er mit schleppendem Schritt hinter der kleinen Schwester auf die Tür zur Intensivstation zuging. Paul sah ihm nach, bis sich die Tür hinter ihm schloss. Also war da jemand, der sich um die angeschossene Polizistin kümmerte. Sie brauchte ihn nicht. Er hatte seine Schuldigkeit getan und konnte gehen. Ja, riss er sich zusammen, er musste gehen. Zurück zu Sara. Zurück zu den Freunden, denen die Geburtstagsfeier gründlich verdorben worden war. Obwohl er jetzt am liebsten allein gewesen wäre.

Es waren nur noch ein paar Tage, bis er Paris verlassen würde. Und er hatte Sara versprochen, so viel Zeit wie möglich mit ihr zu verbringen. Nicht dass er das nicht auch gewollt hätte. Natürlich wollte er das. Sie war seine Freundin. Er liebte sie. Er wollte mit ihr zusammen sein. Und wenn er bei ihr war, würden sicher auch die Bilder von Marie Lamare wieder aus seinem Kopf verschwinden.

10

Jemand hatte auf sein Kind geschossen. Jemand hatte einfach eine Pistole gezogen und auf sein Kind geschossen. In Michels Brust tobten Wut und Verzweiflung. Sorge und Hass. Seine Tochter wäre beinahe gestorben. Bevor er sie wiedergesehen hätte. Aufstöhnend küsste er Maries blasse, kühle Hand.

»Marie.« Seine raue Stimme brachte den Namen kaum heraus.

»Marie. Wenn ich dich verloren hätte …«

Was wäre gewesen, wenn sie gestorben wäre? Wenn er keine Gelegenheit mehr gehabt hätte, sie noch einmal zu sehen?

Aber das Schicksal hatte es anders gewollt. Marie lebte. Der Arzt hatte Michel versichert, dass sie wieder gesund würde. Dass keine körperlichen Schäden bleiben würden.

»Wenn Sie wollen, können Sie Ihre Tochter schon in zwei, drei Tagen mit nach Hause nehmen«, hatte Dr. Lenoir gesagt. »Sie muss sich noch eine Zeitlang schonen, aber schon bald wird sie wieder ganz hergestellt sein.«

»Nach Hause?« Natürlich, Michel würde seine Tochter mit nach Concarneau nehmen. Er würde sich um sie kümmern. Für sie sorgen. Um seine kleine Marie. Die er nie aufgehört hatte zu lieben. Sein wunderbares kleines Mädchen würde zu ihm zurückkommen. Und wenn nicht? Wenn sie aufwachen und ihn wegschicken würde? Wenn sie ihn mit dem gleichen hasserfüllten Blick ansehen würde wie ihre Mutter?

Michels Herz zog sich zusammen. Würde sie ihm eine Chance geben? Wenigstens die Chance, ihr alles zu erklären?

»Marie.« Er strich über die blasse Wange. Hatte er das nicht immer getan, als er sie damals ins Bett gebracht hatte? Seine süße kleine Tochter.

»Marie. Ich versprech dir, es wird alles gut. Alles. Wird wieder gut. Alles.« Wie ein Mantra kreiste dieser Gedanke in Michels Kopf. Es musste einfach alles wieder gut werden.

Es war nach Mitternacht, als Marie endlich die Augen aufschlug. Sie wusste nicht, wo sie war. Sie wusste nicht, was mit ihr geschehen war. Und sie wusste nicht, wer sie war. Sie sah in die Dunkelheit des Raums, die nur von kleinen bunten Punkten und einer roten Wellenlinie unterbrochen zu sein schien. Ein merkwürdiges Gefühl kroch in ihr hoch. Sie spürte ihr Herz rasen. Panik überkam sie. Was war hier los?

Ein Mann beugte sich zu ihr herunter. Ein nettes Gesicht sah sie an. Mit blauen Augen, in denen Sorge zu liegen schien. Ein Gesicht, das sie nicht kannte.

»Ich bin dein Vater, Marie«, sagte der Mann, »alles wird gut. Ich nehme dich mit nach Hause. In die Bretagne.«

11

Céline Marchand brachte ihrem Chef Leon Menec wie jeden Morgen eine Tasse Kaffee, einen Keks und die Tageszeitungen.

Wie jeden Morgen lächelte sie, als sie Leons Büro betrat, und sah, dass er am Fenster stand und aufs Meer starrte. Sie wusste, wie sehr es ihm gefiel, dass Claire und Caspar zusammen surften. Claire war eine großartige Sportlerin. In Caspars Alter war sie französische Meisterin im Surfen gewesen. Und auch heute machte sie auf dem Board immer noch eine hervorragende Figur.

»Sie könnte seine Schwester sein. Oder seine Freundin. Ich hab keine Ahnung, wie sie ihre Figur hält.«

Céline hörte den Stolz in seiner Stimme schwingen. Ihr Blick wanderte zum Meer. Claire Menec war seit Langem ihre Freundin. Und auch eine häufige Kundin in dem kleinen, mit Reet gedeckten Haus am Meer, in dem Céline Marchand in ihrer freien Zeit als eine Art Heilpraktikerin arbeitete. Oft kam Claire nur auf einen Tee oder eine Tasse Kaffee, um mit der Freundin über belanglose Dinge zu plaudern. Manchmal aber suchte sie Célines Rat. Nicht nur wenn ihre Nackenmuskeln verspannt waren. Sondern auch wenn es um die Erziehung ihres Sohnes Caspar ging. Der seit seiner Geburt der Mittelpunkt von Claires Leben war.

»Sie achtet gut auf sich.«

Leon nickte, als er zur Zeitung griff. Ja, das war es wohl. Claire achtete auf sich. So wie sie auf ihn achtete und auf Caspar. Sie war einfach die ideale Frau an seiner Seite. Klug. Liebenswert. Und dazu noch von einer seltenen reinen, beinahe unvergänglichen Schönheit. Es war sich jede Stunde bewusst, dass Claire das große Glück seines Lebens war. Niemals würde er es zulassen, dass dieses Glück zerstört wurde. Niemals. Von niemandem.

Die Schlagzeile der großen Tageszeitung *Le Monde* sprang ihm ins Auge. »Polizistenmord am Montmartre. Amokläufer von Polizistin getötet.« Er sah das Bild der schwer verletzten Marie auf dem Titelblatt.

»Sie hat Glück gehabt, dass es ihr nicht gegangen ist wie ihrem Kollegen.«

Célines mitfühlender Blick betrachtete das Foto von Marie.

»Wie klein ein Mensch wirken kann. So verletzlich. Hast du gehört, wie es ihr geht?«

»Sie wird wieder ganz gesund werden«, sagte Leon. »Aber sie hat wohl ihr Gedächtnis verloren.«

Einen Moment lang herrschte Stille in Leons Büro. Man hörte nur die wilden Schreie der Möwen, die vor seinem Fenster ihre gewagten Lufttänze aufführten.

»Armes Ding.« Célines Stimme wurde leise. »Aber vielleicht hat das ja auch sein Gutes.«

»Wie meinst du das?« Leon betrachtete nachdenklich Célines ruhige Schönheit.

»Vergessen kann eine Gnade sein.«

Eine Gnade, ja, das war es, wenn man vergessen könnte. Leon wusste, was sie meinte. Aber war das wirklich möglich? Einfach alles zu vergessen? Bestand nicht immer die Gefahr, dass das Unbewusste, das mühsam Verdrängte, irgendwann doch wieder an die Oberfläche des Erinnerns drückte?

»Was ist, wenn sie sich doch wieder erinnert?«

Sie sahen sich an. Nur einen kurzen Moment lang verhakten sich ihre Blicke ineinander. Einen kurzen Moment des Erinnerns lang. Es wäre so einfach gewesen zu reden. Zu fragen. All die Jahre lang hatte Céline Tag für Tag neben Leon gearbeitet und gelebt. Wieso hatte er sie nie gefragt? Wieso hatte er das Vergessen zugelassen?

»Sag es mir, Céline, was ist, wenn Marie sich wieder erinnert?«

Da war plötzlich wieder dieser Schmerz. Dieser tiefe, grauenvolle Schmerz in Célines Brust, der sie am Tag der Schießerei am Menhir von Kerloas überwältigt hatte.

»Ich weiß es nicht, Leon. Ich weiß nur, dass das Schicksal sich nicht aufhalten lässt. Nicht von mir. Nicht von dir. Von niemandem.«

12

Er war wirklich nett, dieser Mann, der sie zum Taxi führte. Er war nett, und er würde sie nach Hause bringen. Nach Hause. Wie sehr sie sich auch anstrengte, es wollte ihr nicht einfallen, wo das sein sollte. Und wie es da aussehen mochte.

»Concarneau«, hatte Michel gesagt. »Unser Haus am Hafen. Und mein Restaurant. Das Meer, Marie. Die Felsen, auf denen wir uns immer gesonnt haben. Und die Bucht von St. Martin, in der wir im Sommer immer Sandburgen gebaut haben.« Seine blauen Augen leuchteten, wenn er von diesen schönen Sommern erzählte, in denen er und Monique – die Frau, die wohl ihre Mutter war – und sie zusammen die Tage am Strand verbracht hatten. Er hatte ihr Fotos von Concarneau gezeigt. Von den schmalen Gassen, von den Häusern aus grauem Stein, von der Steinmauer, die sich um die auf einer Insel gelegene Altstadt zog, von der kleinen steinernen Kirche, in der sie getauft worden war. Und sie hatte sich gequält. Hatte auf die Bilder gestarrt und dem Erzählten nachgelauscht und hatte versucht, eigene Bilder aus sich heraufzubeschwören. Eigene Geschichten. Aber da war nichts. Nur eine farblose Leere. Dr. Lenoir hatte sie ermahnt, nicht zu streng mit sich zu sein.

»Die Erinnerung kommt vermutlich wieder. Aber sie lässt sich nicht herbeizwingen.« Er hatte ihr geraten, in ihr Leben zurückzukehren und es langsam angehen zu lassen. Und das würde sie jetzt tun. Mit klopfendem Herzen. An der Seite dieses unglaublich hilfsbereiten und geduldigen Mannes, der ihr Vater war. Sie würden nach Hause zurückkehren. Und hoffen, sich dort wieder zu finden. Sich – und ihr Leben.

Michel spürte, wie sich Maries Hand verkrampfte, als sie den Flughafen von Brest verließen. Erinnerte sie sich schon jetzt? Würde sie ihn gleich ansehen und sagen, dass sie auf der Stelle wieder nach Paris zurückwollte? Für einen kurzen Moment legte sich eine kalte Hand um sein Herz. Er durfte sie nicht wieder verlieren. Es durfte einfach nicht sein.

Doch es war der ungewohnt steife Wind, der Marie irritierte, der salzige Duft des dunkelblauen Meers.

»Wunderschön«, sagte sie leise. »Was für eine wunderschöne Gegend.«

»Hier ist dein Zuhause, Marie. Du warst immer gern hier.«

Michel sah seine Tochter von der Seite an. Wie schön sie geworden war in den Jahren, in denen er sie nicht gesehen hatte. Und durch den »Unfall«, wie er die Schießerei nannte, fast durchsichtig blass. Ein zartes Mädchen, um das man sich sorgen musste. Um das er sich sorgen würde.

»Ich freu mich«, hörte er ihre zaghafte Stimme. »Ich freu mich auf mein Zuhause.«

Michel musste schnell den Kopf wegdrehen. Sie sollte nicht sehen, dass ihm die Tränen in die Augen geschossen waren. Sollte wirklich alles gut werden? Sollte er wirklich eine zweite Chance bekommen? Falls ja, war er fest entschlossen, sie zu nutzen. Er würde seine Tochter zurückgewinnen. Egal wie groß die Opfer für ihn werden würden.

13

»Ihr Vater hat sie mitgenommen?« Thomas Berger sah Dr. Lenoir fassungslos an. »Sie hat nie von einem Vater geredet. Sie hatte nur noch eine Mutter, und die ist vor ein paar Jahren gestorben.«

Dr. Lenoir hatte keine Zeit, sich den Fragen des aufgebrachten Mannes zu stellen. Marie Lamare war von ihrem Vater mit nach Hause genommen worden, wo er sich um sie kümmern würde. Mehr wusste er nicht. Mein Gott, die Polizei hatte dem Krankenhaus die Telefonnummer dieses Monsieur Dumont gegeben, eine Mobilfunknummer wohlgemerkt, man hatte ihn angerufen, und er war gekommen und hatte seine Tochter mitgenommen. Ein ganz normaler Vorgang. »Michel Dumont?« Thomas war wütend. Wie sollte er einen Michel Dumont finden? Es gab Tausende Franzosen mit diesem Allerweltsnamen. Wo sollte er anfangen, Marie zu suchen? Und das musste er doch tun. Sie konnte doch nicht einfach aus seinem Leben verschwinden. Gerard Manzel, Maries Chef bei der Polizei, versuchte Thomas zu beruhigen. Sie würde schon wieder auftauchen, wenn sie erst wieder ganz gesund wäre. Thomas konnte es nicht glauben – auch Gerard machte sich keinerlei Sorgen darum, wo Marie abgeblieben sein konnte. Wieso auch? Gerard hatte Michel an Maries Krankenbett gesehen. Einen gebrochenen Mann, der vor Sorge um seine Tochter fast umkam. Sie war gut aufgehoben bei ihm, keine Frage. Er würde sie aufpäppeln. Und wenn sie wieder fit wäre, und wenn sie vor allem ihr Gedächtnis wiederhätte, würde sie sich melden. Auch bei Thomas. Bis dahin blieb ihnen allen nichts anderes übrig, als sich in Geduld zu üben. Geduld! Seine Freundin war angeschossen worden, sie war fast gestorben. Und als er in London endlich davon erfahren hatte, war sie aus dem Krankenhaus verschwunden. Und in dieser Situation verlangte man von ihm, dass er abwartete. Tatenlos herumsaß und darauf wartete, dass Marie eines Tages wieder auftauchte. Und was, wenn das nicht passierte? Wenn sie einfach verschwunden blieb? Sollte er dann vielleicht so tun, als hätte es Marie nie gegeben? Wie in Trance durchsuchte Thomas Maries Wohnung. Es musste hier doch einen Hinweis auf diesen Vater geben, von dem sie nie geredet hatte. Ein Foto. Eine Telefonnummer. Eine Adresse. Doch er fand nichts. Nicht das geringste Zeichen dafür, dass es in Maries Leben einen Mann gab, der Michel Dumont hieß. Und ihr Vater war.

14

»Marie Lamare. Marie Lamare. Marie Lamare.« Marie saß am Fenster ihres Zimmers und starrte auf den kleinen Hafen. »Marie Lamare. 28 Jahre. Marie Lamare. Concarneau. Marie Lamare. *Café du Port*.« Mechanisch murmelte sie die Worte vor sich hin. Verzweifelt. Es musste doch Erinnerungen geben, die zu den Fakten passten, die Michel ihr nach und nach mitteilte. Es musste doch Bilder dazu geben. Gefühle.

Wie sehr hatte sie gehofft, dass die Erinnerung sich einfach wieder einstellen würde, sobald sie in ihrem Elternhaus angekommen war. Sie lebte doch hier. Sie hatte ihr ganzes Leben in dem kleinen, verwinkelten Haus am Hafen verbracht. Doch da war nichts. Nichts, als sie die enge Stiege hinter Michel hinauf in ihr kleines Dachzimmer gegangen war, nichts, als sie sich auf ihr Bett legte und die zartgrüne Papierlampe über sich an der Decke sah, nichts, als Michel ihr das Töpfchen Hummersuppe brachte, die er für ihre Mutter kreiert hatte und die angeblich ihr absolutes Lieblingsgericht gewesen war. Wer war diese Fremde, die ihr da aus dem Spiegel entgegensah? Diese junge Frau mit den dunklen Haaren und dem leeren Blick. Wer war Marie Lamare?

Während Marie sich quälte, versank Michel in Selbstvorwürfen. Es brach ihm fast das Herz, wenn er sah, wie seine Tochter mit verschlossenem Gesicht wieder einmal das Haus verließ, um sich in der Stadt umzusehen, in der sie anscheinend aufgewachsen war. Er wusste, dass sie versuchte, Erinnerungen zu finden, dass sie verzweifelt darum rang, einer Vergangenheit auf die Spur zu kommen, die nicht ihre Vergangenheit war. Sie würde keine Erinnerung finden an die kleinen Bistros in der Stadt. An die hübschen, verschrobenen Läden. Nicht einmal eine Erinnerung an die Altstadt, die, nur durch eine Brücke mit dem Festland verbunden, auf einer Insel lag, von einer Mauer geschützt wie eine Festung. Denn Marie war nicht in Concarneau aufgewachsen. Es war eine grausame Lüge, die Michel ihr auftischte, wenn er ihr erzählte, wie glücklich sie hier gewesen sei. Mit ihm, mit ihrer schönen Mutter. In einer harmonischen kleinen Familie.

»Was soll ich denn tun? Wenn ich ihr die Wahrheit sage, packt sie sofort ihren Koffer und geht.«

»Das wird sie auch tun, wenn sie eines Tages herausfindet, dass du sie angelogen hast.«

Leon rührte in seinem schwarzen Kaffee und sah seinen Freund mitfühlend an. Er konnte nachvollziehen, dass Michel mit aller Macht versuchte, den Lauf des Schicksals zu ändern. Natürlich konnte er es nachvollziehen. Über die Jahre hinweg hatte er gesehen, wie sehr Michel darunter gelitten hatte, dass Monique ihn damals verlassen hatte. Mit der erst zweijährigen

Marie. Er war ein gebrochener Mann gewesen, dessen Leben von einem Tag auf den anderen in Scherben gelegen hatte. Anfangs hatte er noch versucht, wenigstens mit Marie in Kontakt zu bleiben. Doch Monique hatte es nicht zugelassen.

»Meine Tochter soll mit einem Mann wie dir nichts zu tun haben«, hatte sie ihm unmissverständlich geschrieben. »Ein Feigling wie du hat in unserem Leben nichts zu suchen.«

Michel hatte das damals akzeptiert. Vielleicht auch, weil Leon ihm dazu geraten hatte.

»Du musst sie gehen lassen«, hatte Leon gesagt. »Du musst dieses Kapitel beenden. Wenn nicht, wirst du den Rest deines Lebens damit verbringen, hinter einem Traumbild herzujagen, das du nie erreichen kannst.«

Es hatte so plausibel geklungen damals. Es war das Beste, was er tun konnte. Jedenfalls das Beste für die kleine Marie. Sie würde aufwachsen ohne einen von Schuld zerfressenen Vater, den ihre Mutter einen Feigling nannte. Sie würde eine unbeschwerte und fröhliche Kindheit haben, ohne ihn. Und wahrscheinlich würde sie ihn auch gar nicht vermissen. Michel hatte aufgegeben. Hatte sein Leben gelebt. Ein Leben, das nur aus Arbeit bestand. Er hatte Leons großzügiges Geschenk angenommen, hatte aus dem kleinen, unscheinbaren *Café du Port* ein Gourmetrestaurant gemacht. Hatte sich mit wütender Entschlossenheit einen Stern erkocht. Und war dabei in seinem Innern seines Lebens nie mehr froh geworden. Aber war das nicht richtig? Hatte er das nicht verdient? Er, der Feigling, der es nicht gewagt hatte, die Wahrheit zu sagen, hatte er es nicht verdient, allein zu sein? In diesen langen, schlaflosen Nächten nur von der Erinnerung gequält. Von der Erinnerung an jenen vierten September, der den Wendepunkt nicht nur in seinem Leben bildete.

Leon trank seinen Kaffee und betrachtete seinen Freund nachdenklich. Seit er Marie zurückgebracht hatte, schien Michel ihm noch labiler, als er schon immer gewesen war. Leon wusste, dass Michel insgeheim hoffte, dass Marie ihr Gedächtnis nicht mehr zurückerlangen würde. Er wusste, dass Michel sich für diese Hoffnung zutiefst schämte. Sah er doch jeden Tag, wie sehr sich seine Tochter quälte. Würde Michel das auf Dauer aushalten? Oder würde er eines Tages zusammenbrechen und Marie alles erzählen?

»Du wirst dich ins Unglück stürzen, wenn du ihr alles erzählst. Und mich auch. Aber das werde ich nicht zulassen.« Leons leise Stimme war kalt. »Ich werde nicht zulassen, dass du mein Leben zerstörst, Michel.«

Die beiden Männer, die einmal die besten Freunde gewesen waren, sahen einander in die Augen.

»Vielleicht ist mir das egal. Dein Leben. Vielleicht ist mir das wirklich egal, Leon. Vielleicht geht es dieses Mal nur um mein Leben. Und um das von Marie.«

Michel war selbst überrascht über die Härte in seiner Stimme. So hatte er noch nie mit Leon gesprochen.

»Ich bin ein alter Mann, Leon. Ich habe nichts mehr zu verlieren. Aber ich habe eine winzige Hoffnung, etwas zu gewinnen. Und wenn ich das nur kann, indem ich Marie endlich die Wahrheit sage, werde ich das tun.«

»Du wirst nur leider nichts davon haben, wenn du dann im Gefängnis sitzen wirst.«

Mit einem Lächeln stand Leon auf. Er berührte Michels Schulter.

»Überleg dir gut, was du tust, mein Freund.«

Der Griff wurde härter. Nur ein klein wenig. Aber genug, dass Michel seinen Freund verstand. Leon meinte es ernst.

15

Claire war nervös in diesen Tagen. Alles war so merkwürdig in Bewegung. Die Dinge schienen zwar noch an ihrem Platz zu sein, aber sie schwangen ganz sacht. Zitterten. Bebten. So musste sich die Luft vor einem Tsunami anfühlen. Eine böse Spannung lag unter dem blauen Septemberhimmel. Claire tat, was sie gern tat, wenn sie unruhig war. Sie ging shoppen. Ein Paar elegante Schuhe, ein, zwei Teile sexy Unterwäsche, normalerweise reichte das, um ihren Puls wieder auf normal zu bekommen. Aber dieses Mal, das wusste sie, war etwas anders. Wenn sie nicht aufpasste, würden sie alle in dem Tsunami umkommen. Sie, Leon und Caspar. Das Beängstigende aber war, dass die Gefahr nicht nur von Marie und Michel auszugehen schien. Es gab noch eine weitere Bedrohung, die sich in der letzten Zeit unmerklich aufgebaut hatte. Und der sie hatte begegnen wollen. Doch ihr Plan war gescheitert. In Paris hatte nichts geklappt. Im Gegenteil. Der Mann, von dem die Bedrohung ausging, lebte. Und nicht nur das. Er war inzwischen ganz in ihrer Nähe.

Zweites Buch

DIE BEGEGNUNG

1

Das Laufen fiel Marie nicht schwer. Sie war gut trainiert, ihr Schritt war leicht und federnd, und selbst wenn sie das Tempo erhöhte, kam sie kaum außer Atem. Es war eindeutig, dass sie sportlich war. Eine weitere kleine Erkenntnis, die sie den Puzzlestücken hinzufügen konnte, aus denen sie versuchte, sich ihr Bild von sich selbst zusammenzusetzen. Die Runde durch den Ort, dann die Felder entlang und durch den kleinen Eichenwald bis hinab zum Strand von St. Martin gefiel ihr. Vor allem der Blick aufs Meer, das, wenn sie den kleinen Wald hinter sich ließ, in seiner unendlichen, sich dauernd verändernden Bläue vor ihr lag, beeindruckte sie jedes Mal. Wie meistens, wenn sie an den Strand kam, traf sie auf ein paar Surfer, die sich in die Wellen des Atlantiks warfen und ihr Board in eleganten Schwüngen die Wellenkämme hinab bis auf den weißen Sand lenkten.

»Hast du es inzwischen rausgefunden?« Caspar kam atemlos auf sie zu. Sie hatte dem blonden Jungen, der sie an ihrem ersten Tag hier am Strand unbefangen angeflirtet hatte, erzählt, dass sie nicht so genau wüsste, ob sie surfen könnte. Auch daran erinnerte sie sich nicht. Dass sie schwimmen konnte, das hatte sie schnell im mutigen Selbstversuch herausgefunden. Aber das mit dem Surfen war ihr noch nicht klar.

»Ist doch eigentlich auch egal, ob du es kannst oder nicht. Wenn du willst, bring ich es dir bei.« Caspar hatte sie aus seinen knallblauen Augen angegrinst. Es war deutlich, dass sie ihm gefiel. Auch wenn er bestimmt drei, vier Jahre jünger war als sie. Aber das schien ihn nicht zu beeindrucken.

»Du bist Michels Tochter. Das Mädchen ohne Gedächtnis.« Es stellte sich heraus, dass er Leon Menecs Sohn war. Bretonischer Surfmeister. Braun gebrannt, durchtrainiert, die blonden, langen Haare vom Wasser und der Sonne gebleicht, war er der Typ Junge, in den sich die Mädchen auf den ersten Blick verliebten. Er wusste das. Und spielte damit. Ernst war es ihm allerdings noch mit keiner gewesen. Bis jetzt. Bis er Marie Lamare getroffen hatte. Diese Frau hatte ihn vom ersten Augenblick an umgeworfen. Nicht nur, weil sie toll aussah. Das taten viele Mädchen, die man hier an den Stränden treffen konnte. Da war noch etwas anderes. Vielleicht diese leise Trauer, die von Marie ausging? Diese fragende Ernsthaftigkeit, die in ihrem Blick lag? Dieses trotzige Ankämpfen gegen ihre Situation, der sie hilflos ausgeliefert war?

Marie spürte Caspars intensiven Blick auf sich.

»Ich frage mich, wieso es mich nicht aufs Board zieht? Ich meine, das Laufen kam praktisch automatisch. Es war ganz klar, dass ich das schon immer gemacht habe. Auch das Schwimmen scheint zu mir zu gehören. Aber Surfen? Es gefällt mir, wenn ich dir zusehe. Aber es gibt nicht so ein … na ja, so ein dringendes Bedürfnis in mir, mich aufs Brett zu stellen. Kann es sein, das ich hier aufgewachsen bin und nicht gesurft habe?«

Caspar wusste, dass sie recht hatte mit ihrer Irritation. Ein derart sportliches Mädchen wäre gar nicht umhingekommen, sich aufs Board zu stellen, wenn es hier aufgewachsen wäre.

»Irgendetwas stimmt hier nicht.« Marie hatte das schon bei ihrer ersten Begegnung am Strand gemurmelt. Sie hatte auf das Meer gestarrt, ihr Blick hatte sich in der Weite verloren, und es war da etwas in ihr hochgekrochen, das sich anders anfühlte als der Zorn und die Ungeduld, die sie in sich spürte, wenn sie sich an nichts erinnerte. Da war etwas in ihr, so ein Gefühl des tiefen Zweifels. Des Misstrauens. Sie konnte nichts finden, woran sich dieses Gefühl festmachen ließ. Und es war trotzdem da. Zur tiefen Fremdheit, die sie in sich spürte, kam diese leise, bedrohliche Angst vor dem, was geschehen würde, wenn sie sich irgendwann tatsächlich erinnern würde.

»Okay, heute ist der Tag. Ich will es versuchen.« Selbst wenn sich herausstellen sollte, dass sie noch nie gesurft hatte – sie war sich sicher, dass es ihr Spaß machen würde, die Wellen zu besiegen. Vor allem mit diesem Lehrer, auf dessen Flirtversuche sie sich locker einlassen konnte. Denn tatsächlich waren die Begegnungen mit Caspar am Strand in diesen Tagen das Unkomplizierteste auf diesem merkwürdigen Abschnitt ihres Lebens.

Caspar klemmte zufrieden sein Board unter den Arm, nahm Marie an der Hand und rannte mit ihr ins Wasser. Gut fühlte sich das an. Ihre Hand in der seinen. Ein Prickeln stieg in ihm auf. Er würde sie einfach nicht mehr loslassen. Egal wer sie war. Egal woher sie kam. Egal wohin sie wollte.

»Erst mal versuchst du, auf dem Brett zu knien.« Marie stellte sich gut an, als sie auf das Board kletterte. Ein bisschen wacklig vielleicht. Aber das gab ihm die Gelegenheit, sie um die Taille zu fassen. Als er ihre kühle Haut berührte, nahm es ihm einen Moment den Atem. Er hörte ihr Lachen. Spürte ihre Aufregung.

»Halt mich fest; ich steh jetzt auf.«

»Nicht so hastig. Erst mal lernst du, das Gleichgewicht im Knien zu halten, dann darfst du aufstehen. Das ist die Regel.«

Folgsam blieb Marie in der Hocke auf dem Brett. Als Caspar sich hinter sie schwang und breitbeinig an sie heranrutschte, lachte sie vergnügt auf. Sie fühlte seinen muskulösen Körper an sich gedrängt. Seinen Atem in ihrem Nacken. Und es gefiel ihr gar nicht schlecht.

»Wenn wir uns anstrengen, sind wir in zwei, drei Monaten in Amerika.« Caspar paddelte kraftvoll los.

Marie lachte auf. Amerika? Wieso eigentlich nicht? Fremder als hier würde sie sich dort wahrscheinlich auch nicht fühlen.

Als sie Caspars Lippen an ihrer Schulter spürte, hielt sie den Atem an. Es fühlte sich gut an. Erregend. Aber auch ein bisschen zu schnell. Wollte sie das? Konnte sie das? Gefühle für diesen Supertypen zu entwickeln, war nicht schwierig. Aber musste sie nicht erst ein Gefühl für sich selbst bekommen?

Paul Racine konnte es nicht fassen. Von so einem Haus träumte man normalerweise nur. Oder man sah es in einem Film und wusste, dass man so ein Haus niemals finden würde. Geschweige denn je darin leben. Es war ein verlassenes Leuchtturmhaus, in das er gerade einzog. Ein kleines weißes Haus, gekrönt von einem gläsernen Turm, in dem in früheren Zeiten das Leuchtfeuer gebrannt hatte. Es lag am Ende einer schmalen Landzunge, praktisch direkt über dem Meer. Was für ein unerhörtes Glück, dass die Besitzerin Chantal Miller gerade beschlossen hatte, dass sie nicht mehr allein hier wohnen wollte, und zu ihrer Schwester nach Rennes gezogen war, um dort ihren Lebensabend zu verbringen. Wenn er in den letzten Tagen gezweifelt haben sollte, dass es richtig gewesen war, für diese Dozentenstelle an der Universität von Brest sein Leben in Paris aufzugeben – jetzt war wieder alles im Lot. Das kleine Haus auf der Klippe und der grandiose Blick aufs Meer entschädigten ihn für alles. Hier würde er den Kopf frei bekommen für seine Arbeit über die Menhire. Und vielleicht auch sein Herz öffnen können für das Abenteuer, dieser Frau zu begegnen, die seine Mutter war. Oder eben doch nicht seine Mutter, sondern nur die Frau, die ihn geboren und sofort nach der Geburt weggegeben hatte. Noch immer war ihm nicht ganz klar, ob er sie überhaupt kennenlernen wollte. Aber hier in der Abgeschiedenheit dieses Hauses, an diesem wundervollen Ort, der sich anfühlte, als läge er am Ende der Welt, hier würde er Zeit haben, sich zu überlegen, ob er eine Begegnung mit dieser Fremden, von der er erst nach dem Unfalltod seiner Eltern vor einem halben Jahr erfahren hatte, wirklich herbeiführen wollte.

Céline Marchand. In den ersten Tagen, nachdem er auf so brutale Weise erfahren hatte, dass seine Eltern, die er liebte und bewunderte, ihm seine Adopiton verschwiegen hatten und dass in Wahrheit eine Frau, die in der Bretagne lebte, seine Mutter war, war es ihm gewesen, als hätte man ihm den Boden unter den Füßen weggezogen. Drei Tage lang hatte er sich vor Wut und Schmerz bis zur Besinnungslosigkeit betrunken. Noch tief versunken in die Trauer um seine Eltern hatte er von ihrem Anwalt erfahren, was sie nie gewagt hatten, ihm zu erzählen. Sein Leben lang hatten diese wunderbaren Menschen, die ihn mit Liebe, Zärtlichkeit und Verständnis erzogen und die ihm ein Elternhaus voller Geborgenheit geschenkt hatten, ihn angelogen. Er war ins Straucheln gekommen. Hatte alles hinwerfen wollen, weggehen. Aus Paris. Aus Frankreich. Aus diesem Leben, das so plötzlich nicht mehr seins gewesen war.

Wie bewusstlos hatte er drei Tage in seiner Wohnung gelegen, hatte nicht einmal die Tür für Sara aufgemacht. Und hatte sich dann wieder beruhigt. Und einen Plan gemacht. Auch wenn er nicht wusste, ob er die Frau, die seine leibliche Mutter war, tatsächlich kennenlernen wollte, so wollte er sie sich doch auf jeden Fall ansehen. Wollte sie beobachten. Sich ihr nähern. Und dann entscheiden, ob er ihr sagen würde, wer er war. Vielleicht würde er einfach wieder weggehen und sie vergessen. Möglich war das. Denn im Grunde brauchte er sie nicht. Seine Eltern waren Amelie und Philip Racine gewesen, die liebevollsten Eltern, die man sich vorstellen konnte. Er war ihnen auf ewig dankbar für das Leben, das sie ihm geschenkt hatten. Für all ihre Liebe. Nachdem er begriffen hatte, dass sie ihm von der Adoption nur deswegen nichts gesagt hatten, weil sie nicht auch nur den Schatten eines Zweifels an ihrer Zusammengehörigkeit in ihm hatten aufkommen lassen wollen, hatte er ihnen verziehen, dass sie ihm verschwiegen hatten, dass er nicht ihr leiblicher Sohn war. Selbst wenn er Céline Marchand wirklich begegnen würde, selbst wenn er sie vielleicht sogar mögen würde – an seinem tiefen Gefühl für seine verstorbenen Eltern würde das nichts ändern, dessen war er sich inzwischen sicher.

In den paar Tagen, die er nun schon hier in der Bretagne war, war ihm den Name Céline Marchand schon einige Male begegnet. Dass sie die Chefsekretärin des Unternehmers Leon Menec war, dem eine Fischfangflotte und ein Fischverarbeitungsunternehmen gehörten, hatte er aus den Unterlagen erfahren, die ihm der Anwalt seiner Eltern überreicht hatte. Dass Céline Marchand aber noch eine ganz andere Seite hatte, derentwegen die Menschen hier in der Gegend sie verehrten, das hatte ihn überrascht. Eine Druidin sollte sie sein? Die »Weiße Frau« nannte man sie hier? Von besonderen Kräften war die Rede, wenn die Menschen mit ehrfürchtig gesenkter Stimme von ihr redeten? Paul war sich nicht sicher, was er von diesen Gerüchten halten sollte. Er war Wissenschaftler durch und durch. Zauberkräfte hielt er für Hokuspokus. Druiden akzeptierte er allenfalls als lustige Figuren in den Comics um Asterix und Obelix. Alles andere war für ihn Scharlatanerie. Wollte er wirklich eine Frau kennenlernen, die so etwas betrieb?

»Halt mich fest, Caspar, ich kann das Gleichgewicht nicht halten.«

Die aufgeregte Mädchenstimme, die vor Vergnügen vibrierte, erregte Pauls Aufmerksamkeit. Tief unter seinem Haus sah er im Gegenlicht zwei Menschen, die sich offensichtlich mit einem Surfbrett abmühten. Die junge Frau versuchte wackelnd das Gleichgewicht zu halten. Sie streckte die Arme weit aus, korrigierte mit dem Oberkörper ihre Haltung, klammerte sich am Kopf des Jungen fest, der breitbeinig auf dem Board saß, schrie auf und stürzte ins Wasser, aus dem sie einen Moment später prustend wieder auftauchte.

»Ich hab dir doch gesagt, dass Surfen nicht meins ist.« Sie schnappte nach Luft, und ließ sich von dem blonden Jungen wieder aufs Brett ziehen.

»Sagte sie nach ihrem ersten Versuch. Ich hätte dich für zäher gehalten, Marie.«

Er zog sie an sich. Küsste sie auf den Mund. Offensichtlich ein sehr verliebtes junges Paar.

Paul kam sich ein bisschen vor wie ein Spanner, wie er da so von seinem Ausguck herab unbemerkt die beiden jungen Leute beobachtete. Aber etwas war da, das ihn irritierte. Diese junge Frau – er hatte das Gefühl, dass er sie kannte.

»Noch mal, Marie. Keine Müdigkeit vorschützen.« Der Junge half ihr, sich aufzurichten. Und für einen Moment stand sie da. Aufrecht. Strahlend. Wunderschön. Um in der nächsten Sekunde wieder kreischend ins Wasser zu stürzen.

Das konnte nicht sein. Er täuschte sich bestimmt. Diese vergnügt junge Frau, das war sicher nicht die junge Polizistin. Natürlich war sie es nicht. Marie Lamare, der er das Leben gerettet hatte, lebte in Paris. Bestimmt ging sie längst wieder ihrer Arbeit nach – und versuchte die Schießerei zu verarbeiten.

In dem Moment, als Paul die Unterlagen über Céline Marchand, die er auf der Terrasse seines kleinen Hauses mal wieder studiert hatte, zusammenpackte, sah Marie nach oben. Es war ihr plötzlich, als könne sie dort oben auf der Felsnase, wo das kleine weiße Haus wie ein Adlernest an der Klippe klebte, einen Menschen sehen, der auf sie heruntersah. Ein Mann war es. Ihr Herz schlug schneller. Kannte sie diesen Mann? Spielte er eine Rolle in ihrem Leben?

»Da oben, der Typ – kennst du den?«, fragte sie Caspar atemlos. Doch als dieser zum Haus auf der Klippe sah, war da niemand.

»Wen meinst du?«

»Da war ein Mann. Ich hab das Gefühl, ich kenne den. Weißt du, wer da wohnt?«

»Da wohnt überhaupt niemand. Das Haus steht seit ein paar Wochen leer. Seit Chantal Miller ausgezogen ist.«

»Aber ich hab da jemanden gesehen. Er kam mir so bekannt vor.«

Marie war plötzlich außer sich. Zum ersten Mal hatte sie das Gefühl, den Anfang des roten Fadens in der Hand zu haben.

»Wenn ich es dir doch sage. Das Haus steht leer. Wird wohl ein Tourist gewesen sein, der ein Foto machen wollte. Jetzt komm, neuer Versuch. Ich hab das Gefühl, du willst nur ablenken.«

Maries Lachen klang nicht ganz überzeugend. Aber vermutlich hatte Caspar recht. In ihrer Panik, ihre Vergangenheit nie mehr wiederzufinden, bildete sie sich sicherlich ein, den Mann da oben zu kennen.

2

»Du bist einfach viel zu geduldig mit ihm.« Claire war wütend. Sie wusste nicht, zum wievielten Mal ihr Sohn ihr versichert hatte, heute ganz bestimmt seinen Vater ins Büro zu begleiten. Aber natürlich war das wieder einmal nicht geschehen. Leon hatte es wieder einmal mit Ausflüchten versucht, als sie ihn gefragt hatte, ob Caspar mit in der Firma gewesen sei.

»Ähm, ich glaube, dass er mich verpasst hat. Ich musste ja schon früh nach Brest zu Sargens wegen der neuen Kühlanlagen. Wahrscheinlich hat er eine Weile im Büro auf mich gewartet und …«

So konnte es nicht weitergehen. Wieso wollte Leon nicht begreifen, dass Caspar endlich mit seinem Lotterleben, das nur aus Surfen und Partys bestand, aufhören musste. Er war kein kleiner Junge mehr, für den das Leben nur aus Spiel und Spaß bestand. Mit zweiundzwanzig hatten andere schon ein Studium hinter sich und gingen einer sinnvollen Arbeit nach. Nur ihr Sohn schien nicht daran zu denken, dass er endlich anfangen musste, sein Leben in geordnete Bahnen zu lenken. Okay, sie hatte akzeptiert, dass er nicht studieren wollte. Sollte es so sein, dann musste er aber das Geschäft an der Seite seines Vaters von der Pike auf lernen. Caspar war Leons einziger Sohn. Er würde einmal sein Nachfolger werden. Wer, wenn nicht er?

»Meine Güte, Claire, sei doch nicht zu streng mit dem Jungen. Das Leben wird noch früh genug ernst werden für ihn. Soll er doch noch eine Weile seinen Spaß haben.«

Leon nahm sich zufrieden ein Stück von der Apfeltarte, die Claire am Morgen in der Boulangerie besorgt hatte.

»Diese Tarte ist einfach göttlich. Sag Madame Souril einen schönen Gruß von mir, wenn du sie das nächste Mal siehst.«

Wie immer lenkte Leon ab, wenn Claire sich über ihren Sohn aufregte. Er hatte den Jungen sein Leben lang viel zu sehr verwöhnt. Und das war das Ergebnis. Caspar hatte keine Vorstellung davon, wie ein sinnvolles Leben auszusehen hatte. Und natürlich hatte er keine Vorstellung davon, was Claire sich für ihn wünschte. Ihr Sohn würde einmal der Chef von Leons Firma werden. Wie es allein ihm zustand. Ihm, ihrem Sohn.

»Was ist, wenn er einfach keine Lust hat, Fischhändler zu werden?«

»Keine Lust? Herrgott, Leon, darauf kommt es nicht an. Es ist einfach der Gang der Dinge, dass er in deine Fußstapfen treten wird. So wie du die Firma von deinem Vater übernommen hast, wird er sie von dir übernehmen.«

Leon lachte auf. Claire wusste genau, was Leon damals von

seinem Vater geerbt hatte. Eine kleine, dumpfe Klitsche. Ein Fischerboot. Mehr nicht. Die erfolgreiche Firma Menec, die mit ihren Fischen den ganzen europäischen Markt belieferte, hatte er in den letzten zwanzig Jahren aufgebaut. In den Jahren nach dem Untergang der *Helena*.

»Ich war immer der Meinung, dass unser Sohn seinen eigenen Weg gehen soll. Wenn er ihn in meine Firma führt, schön. Aber wenn nicht, ist das auch keine Katastrophe. Das Wichtigste ist, dass er etwas tut, was ihm Freude macht.«

»Er hat doch keine Ahnung, was Freude machen kann. Außer Surfen hat er noch nie etwas getan.«

»Und deswegen ist er bretonischer Meister geworden. Ich für meinen Teil finde das großartig.«

»Ich war sogar französische Meisterin. Aber da war ich achtzehn. Und wusste, dass das irgendwann mal aufhören würde mit dem Surfen.«

Leon verstand Claires Wut nicht. Sie liebte ihren Sohn doch. Mehr als alles andere auf der Welt. Wieso konnte sie nicht abwarten, wohin er sich entwickelte? Natürlich würde es ihm gefallen, wenn Caspar an seiner Seite arbeiten würde. Aber doch nur, wenn er das freiwillig und mit Freuden tat.

»Man kann niemanden zu seinem Glück zwingen.«

»Das sehe ich anders.« Claire war felsenfest davon überzeugt, dass das genaue Gegenteil richtig war. Manche Menschen musste man hart anfassen. Man musste sie auf ihren Weg zwingen. Und dann würden sie eines Tages schon erkennen, dass er der richtige war.

»Apfeltarte, super! Ich hab einen irren Hunger.«

Caspar strahlte wie ein kleiner Junge. Seine Haare waren vom Wind zerzaust, sein Hemd hing über die verschlissene Jeans, seine Augen strahlten, als er seine Mutter auf die Wange küsste.

»Wie war der Wind heute?« Leon reichte seinem Sohn einen Teller mit einem Stück des leckeren Kuchens.

»Lau. Für Herbst ist da draußen echt ziemlich wenig los.«

»Dann hättest du ja gut in die Firma gehen können.«

Claires Stimme war kühl, als sie ihrem Sohn zusah, wie er gierig die Tarte in sich hineinstopfte.

»Ach, verdammt, hab ich glatt vergessen.« Caspar sah seinen Vater schuldbewusst an.

»Vergessen? Vergessen kann man nur etwas, das man sich auch ernsthaft vornimmt. Verdammt, Caspar, dein Vater hat mit dir gerechnet. Du weißt, dass er dich in der Firma braucht.«

»Ich hab was gearbeitet, falls du das meinst. Ich hab Marie Surfstunden gegeben. Sie ist gar nicht mal so unbegabt.«

Claire und Leon sahen einander an. Es war klar, dass beide gleichermaßen beunruhigt waren.

»Marie Lamare? Was hast du mit Marie zu tun?«

»Hab ich doch gesagt: Ich bring ihr Surfen bei.«

Leon fühlte sich plötzlich unbehaglich. Caspar und Marie – das war etwas, was ihm nicht gefiel. So wie es ihm überhaupt nicht gefiel, dass Marie immer noch in Concarneau war.

»Vielleicht gehst du morgen wirklich mal mit in die Firma.«

»Aber Marie …«

»Marie Lamare kann auch einen anderen Surflehrer finden. Ich weiß sowieso nicht, wieso sie das unbedingt lernen muss. In ein paar Tagen wird sie sicher nach Paris zurückkehren. Dort ist ihr Leben.«

»Falls sie sich erinnert, meinst du? Oder falls Michel ihr endlich sagt, dass sie gar nicht hier gelebt hat vor der Schießerei? Ich versteh sowieso nicht, wieso er ihr nichts davon erzählt.«

»Anscheinend folgt er dem Rat von Maries Arzt. Der hat wohl gesagt, dass sie sich selbst erinnern muss. Und dass der Schock zu groß wäre, wenn man ihr einfach erzählen würde, was wirklich passiert ist. Du hast es ihr doch nicht erzählt?«

Tatsächlich hatte Caspar eine Sekunde lang überlegt, ob er Marie alles berichten sollte, was ihr Vater ihr so offensichtlich verheimlichte. Aber die Befürchtung, dass sie dann sofort ihre Sachen packen und nach Paris verschwinden würde, hatte ihn daran gehindert. Sie gefiel ihm. Er wollte nicht, dass sie wieder aus seinem Leben verschwand. Eigentlich konnte es ihm egal sein, an was sie sich erinnerte. Jetzt war sie hier. Und er würde sie so oft wie möglich sehen. Sie fand ihn nett, das war eindeutig. Vielleicht würde sie sich ja in ihn verlieben. Er würde jedenfalls alles dafür tun. Denn so viel war klar: Er war regelrecht verknallt in sie. Und wenn er an seine Zukunft dachte – die hatte so gar nichts mit dem zu tun, was sich seine Mutter für ihn ausgedacht hatte. Er sah sich mit Marie an einem Strand, an den die tollsten Wellen klatschten. Sie würden das Leben genießen. Hand in Hand. Und wenn seine Mutter das nicht akzeptierte, konnte er auch nichts machen. Dann würde er eben mit Marie zusammen abhauen. Irgendwo in der Welt würden sie einen Ort finden, an dem sie miteinander glücklich sein konnten.

Claire beobachtete ihren Sohn, der zufrieden neben seinem Vater auf dem Sofa saß und eine Tasse Tee in sich hineinstürzte. Wie sehr hatte sie immer diese Teestunden genossen. Caspar hatte auf dem dicken, hellen Berberteppich mit seinen Bauklötzen gespielt, Leon und sie hatten auf den geblümten Sofas gesessen und über die Firma geredet. Oder über ein Theaterstück, das sie gesehen, oder über ein Buch, das sie gelesen hatte. Es war die schönste Zeit in Claires Leben gewesen. Sie hatte sich am Ziel ihrer Wünsche gefühlt. Einen wunderbaren Mann an ihrer Seite, attraktiv und auch noch reich, einen kleinen hübschen Sohn, ein herrliches Schloss, das ihr Zuhause war. Leons altes Leben mit seiner Exfrau Sabine und seiner Tochter Eva war Lichtjahre entfernt gewesen. Nichts würde ihr Glück mehr trüben, dessen war sie sich damals sicher gewesen. Alles würde so werden, wie sie es für sich und ihren kleinen Sohn erträumte. Kein Schatten hatte über diesen sonnigen Tagen gelegen.

Und dann hatte sie eines Tages durch einen Zufall von der Existenz Paul Racines erfahren. Plötzlich war es ihr gewesen, als hätte sie an einem Abgrund gestanden. Doch sie wäre nicht Claire Menec gewesen, wenn sie zugelassen hätte, dass sie in diesen Abgrund stürzte. Das durfte nicht geschehen. Und sie würde alles tun, um das zu verhindern. Alles.

»Einen Centime für deine Gedanken.« Leon küsste Claire auf die Wange. Sosehr er diese Teestunden mit ihr liebte, er musste zurück in Büro.

»Ach, ich habe nur über das Abendessen nachgedacht.« Leon wusste, dass sie log. Claire wusste, dass er es wusste. Sie grübelten beide über die dunklen Wolken, die unvorhergesehen über ihrem Leben dräuten, fragten sich beide, ob das Ende ihres Glücks unausweichlich war.

»Ich komm mit dir«, sagte Caspar plötzlich unerwartet. Claire sah ihren Sohn verblüfft an.

»Wunderbar. Du wirst sehen, du wirst Spaß haben.«

»Mit totem Fisch?« Caspar verzog das Gesicht. »Vielleicht kann ich Papa ja dazu überreden, den Fischhandel aufzugeben. Wir könnten Kreuzfahrtschiffe chartern und …«

»Hör auf mit dem Unsinn.«

»War ein Scherz, Maman. Ich liebe tote Fische.« Caspar rannte aus dem Salon. »Nicht weglaufen, Papa, ich zieh mir nur schnell was anderes über.«

Leon und Claire sahen einander an. Er zog sie an sich. Wie sehr er ihren Duft liebte. Wie sehr er dieses Leben liebte, das sie ihm geschenkt hatte.

»Sie muss zurück nach Paris. Du musst mit Michel reden.«

Er verstand die Furcht, die in ihr aufstieg. Er verstand sie nur zu gut. Es war die gleiche Furcht, die er seit ein paar Tagen in sich wachsen spürte. Caspar durfte Marie Lamare nicht zu nahe kommen. Es war nur eine Frage der Zeit, bis die Bombe hochgehen und sie alle ins Verderben reißen würde.

»Ich liebe dich, Leon. Ich will, dass unser Leben so bleibt, wie es ist.«

Es kam selten vor, dass Claire sich wie ein junges Mädchen an ihn drängte. Leon hielt sie fest umfangen. Er spürte ein leises Zittern.

»Mach dir keine Sorgen, Claire. Der Spuk wird bald vorbei sein.«

»Und wenn Michel zusammenklappt?«

Ja, was würde sein, wenn Michel zusammenklappte?

3

Xavier Leonard pfiff leise durch die Zähne. Die beiden Boardercollies, Sam und James, spitzten die Ohren und reagierten sofort. Sie trieben die kleine Schafherde, die sich zwischen den Menhiren die Gräser schmecken ließ, zusammen. Der Schäfer wusste, dass er sich auf seine Hunde verlassen konnte, und ging den Weg an den Klippen entlang. Sein Gesicht, in das das Leben im Freien tiefe Spuren gegraben hatte, verdüsterte sich. Da waren sie wieder. Die Schreie. Die Schreie der toten Seeleute von der *Helena*. Wenn der Wind vom Meer aufs Land blies, waren sie deutlich zu hören. Manche Leute sagten, das käme davon, dass der Wind sich in den Felsen fing. Aber Xavier wusste es besser. Es waren die unerlösten Seelen der zwölf ertrunkenen Männer, die keine Ruhe finden konnten, solange ihr Tod nicht gesühnt war. Es gab Zeiten, da vernahm man die gequälten Schreie nicht. Es schien dann, als hätten sie für immer aufgehört. Doch in letzter Zeit waren sie wieder oft zu hören. War die Zeit der Sühne endlich gekommen?

Als Céline Xavier in der Ferne sah, ging ein Lächeln über ihr Gesicht. Es war ein bitteres, trauriges Lächeln. Sie wusste, dass er genau wie sie spürte, dass sich etwas verändern würde. Doch würden es gute Veränderungen sein? Der Schmerz, den sie in letzter Zeit in ihrem Herzen spürte, beunruhigte sie. Sie hatte immer gewusst, dass die Dinge einmal ans Licht kommen mussten. Und lange hatte sie geglaubt, dass dann alles gut werden würde. Dass endlich Frieden in die Seelen der Menschen einziehen würde, die sie liebte. Doch kündigte sich *so* Frieden an?

»Sturm zieht auf«, sagte Xavier, als Céline bei ihm ankam. Seine schwielige Hand strich Merlin über das weiße Fell. »Bist du gewappnet?«

Céline sah auf das Meer, das glatt unter dem wolkenlosen Blau des Septemberhimmels lag.

»Ich habe keine Angst vor dem Sturm.«

Xavier lächelte. Ja, sie hatte keine Angst. Nicht um sich.

»Es wird nichts mehr so sein, wie es einmal war.«

»Es geht um die Wahrheit. Vieles wird sie zerstören. Aber anderes wird erblühen. Auch wenn ich das vielleicht nicht mehr erlebe.«

Céline hatte schon vor langer Zeit mit ihrem Leben abgeschlossen. Damals hatte sie ein paarmal daran gedacht, sich umzubringen. Sie hatte auf der Klippe gestanden, und es wäre nur ein sehr kleiner Schritt gewesen, ihrer unendlichen Qual ein Ende zu setzen. Doch es war Xavier gewesen, der sie zurückgehalten hatte.

»Jeder Mensch hat eine Aufgabe zu erfüllen in der Zeit, die ihm gegeben ist. Hast du deine Aufgabe erfüllt?«

Sie hatte nicht gewusst, was ihre Aufgabe war. Ein Kind großzuziehen, das wäre ihre Aufgabe gewesen. Aber dieser Pflicht hatte sie sich entledigt. Sie hatte dieses Kind weggegeben. Aus Selbstsucht. Und das Loch, das durch die Schuldgefühle in ihrem Herzen entstanden war, hatte sich nie mehr geschlossen.

»Ich habe keine Aufgabe«, hatte sie gesagt. »Ein schlechter Mensch wie ich hat keine Aufgabe.«

Doch Xavier hatte das nicht gelten lassen. Für Schuld muss man sühnen. Er hatte ihr in dieser dunklen Zeit, als Céline nicht den Schimmer einer Hoffnung gehabt hatte für ihr verpfuschtes Leben, den Weg gewiesen. Er hatte sie auf die verborgenen Fähigkeiten aufmerksam gemacht, mit denen sie den Menschen Gutes tun konnte. Und Céline hatte sich auf ein Abenteuer eingelassen. Sie hatte gelernt, ihren Fähigkeiten zu vertrauen. Und damit eine Möglichkeit gefunden, sich mit ihrem traurigen Leben zu arrangieren.

Es war ein einsamer Weg geworden, den sie gegangen war. Aber sie wusste, dass das der Preis war, den sie zu zahlen hatte.

»Ich wollte die Samen der Herbstzeitlosen einsammeln. Sie haben nicht so reich geblüht in diesem Jahr.«

»Zwischen den Menhiren findest du ein ganzes Feld.«

Es war mit den Herbstzeitlosen wie mit vielen anderen Dingen im Leben. Sie waren hochgiftig. Doch in der richtigen Menge angewandt konnten sie Leben retten. Sie verschwand zwischen den riesigen Menhiren und schnitt die zarten, verwelkten Blüten ab.

Als sie sich nach Xavier umsah, um ihm für den Tipp zu danken, war er nicht mehr da. Am Horizont sah sie, wie die Hunde die kleine Schafherde zusammentrieben. Vom Schäfer war nichts mehr zu sehen. Wie sie ging er seinen einsamen Weg. Verschmolzen mit der überwältigenden Natur.

Sie sah aufs Meer. Hatte Xavier recht? Würde der Sturm kommen, der alles durcheinanderbringen würde? Wieso gerade jetzt? All die Jahre war nichts geschehen. All die Jahre hatten sie hier gelebt, als wäre alles gut. Als sie die Schreie der toten Seeleute in der Ferne hörte, wusste sie, es war so weit. Sie klangen so nah und so durchdringend. Die Zeit der Sühne war gekommen.

4

Paul liebte es, mit seiner Harley an der Küste entlangzufahren. Am liebsten nahm er die kleinen Seitenwege fern der Landstraßen. Es war nicht die Geschwindigkeit, die er genoss, sondern das Gefühl, der Natur nahe zu sein. Er hatte nie ein Auto besessen, obwohl ihm seine Eltern zum Abitur eins hatten schenken wollen. Doch da hatte er schon seine erste Vespa gehabt, danach eine Motoguzzi und jetzt seit ein paar Jahren die Harley. Seine Mutter hatte immer Angst um ihn gehabt, wenn er mit dem Bike unterwegs gewesen war. Aber Paul hatte ihr versprochen, vorsichtig zu sein. Und mit der Zeit hatte seine Mutter die Nervosität, die sie immer befiel, wenn Paul auf Tour war, zumindest in den Griff bekommen. In der Ferne sah er jetzt den Menhir von Kerloas aufragen. Was für ein gigantisches Monument. Wie immer war Paul tief beeindruckt, wenn er einen dieser mächtigen, geheimnisvollen Zeugen einer untergegangenen Kultur zum ersten Mal sah. Er hielt an und betrachtete den riesigen Stein. Noch immer rätselten die Wissenschaftler, was diese Steine tatsächlich zu bedeuten hatten. Paul, den seine Forschungen in den letzten Jahren bis nach Asien geführt hatten, arbeitete am Beweis einer Theorie, die besagte, dass die Menhire in Europa, ebenso wie die Steinmonumente, die man in asiatischen Ländern gefunden hatte, mit den astrologischen Theorien ihrer Erbauer zu tun hatten. Noch hatte er die endgültigen Beweise nicht gefunden, aber die Aufsätze, die er über seine Arbeit in wissenschaftlichen Zeitschriften veröffentlich hatte, waren von der Fachwelt zumindest interessiert aufgenommen worden. Nicht zuletzt wegen seiner Theorien hatte er auch die Stelle an der Universität von Brest bekommen. Der Dekan des archäologischen Instituts freute sich sehr, mit Paul Racine einen jungen kreativen Wissenschaftler gewonnen zu haben.

In seiner Hand hielt Paul seinen Schlüsselbund, an dem er alle Schlüssel, die für sein Leben wichtig waren, angehängt hatte. Seit einiger Zeit befand sich an dem Bund auch etwas, das seine Freundin Sara als den puren Kitsch bezeichnet hatte: eine Nachbildung des Menhirs von Kerloas. Eigentlich passte es gar nicht zu ihm, so ein Souvenir, das man hier sicher in jedem kleinen Touristenladen kaufen konnte, mit sich herumzuschleppen. Aber dieser kleine Plastikmenhir war bei den Unterlagen gewesen, die seine Eltern ihm über seine Vergangenheit hinterlassen hatten. Wollten sie ihm damit ein Zeichen geben? Dass er hier in dieser Gegend zu Hause war? Dass er hierherkommen sollte, um nach seinen Wurzeln zu suchen? Doch noch war Paul unschlüssig. Er wusste nicht, ob ihn das, was seine Wurzeln sein konnten, überhaupt interessierte. Was war es denn, was einen Menschen ausmachte? Die Frau, die ihn auf die Welt gebracht hatte? Oder die zwei Menschen, die ihn an der Hand genommen und ihm geholfen hatten, sich in dieser Welt zurechtzufinden? Es war sicher ein Zufall gewesen, aber er hatte seinem Vater, von dem er heute wusste, dass er nur sein Adoptivvater gewesen war, doch ähnlich gesehen. Sie hatten die gleichen widerspenstigen Haare gehabt, Philip Racine dunkel, Paul blond. Den gleichen forschenden Blick auf die Welt. Niemals in seinem Leben wäre Paul auf die Idee gekommen, dass seine Eltern nicht seine leiblichen Eltern gewesen waren. Vom ersten Tag seines Lebens an war er in ihrer Obhut gewesen. Ein geliebtes Kind, dem Philip und Amelie auf unnachahmlich liebenswerte Weise alles nahegebracht hatten, was ihnen für die kurze Dauer, die der Mensch auf Erden weilt, wichtig schien. Wenn er sich heute an der Natur freute und sich um ihre Erhaltung sorgte, war das ihr Verdienst. Dass er Musik liebte, vor allem die Klassiker, hatte damit zu tun, dass Amelie Klavier gespielt hatte und Philip ein Geigenvirtuose war. Dass er ein mitfühlender Mann geworden war, hing mit der großen Empathie zusammen, mit der seine Eltern auf alle Lebewesen zugegangen waren. Bessere Eltern, dessen war sich Paul immer sicher gewesen, hätte er nicht haben können. Was also würde er gewinnen, wenn er seine leibliche Mutter fand? Eine Fremde. Die ihn nicht in ihrem Leben gewollt hatte. Einen kurzen Moment lang hatte er geglaubt, dass er diese Frau hasste, als er so unerwartet von ihr erfahren hatte. Er musste sie doch hassen, sie, die ihn nicht gewollt hatte. Aber musste er ihr nicht einfach dankbar sein? Für das Leben mit Philip und Amelie Racine? Der nächste Schritt war gewesen, dass er nicht an sie denken wollte. Dass er einfach so tat, als wisse er nichts von der Existenz von Céline Marchand. Doch da hatte er sich überschätzt. Immer wieder waren seine Gedanken doch zu der Frau geschweift, die ihn geboren hatte. Er konnte nichts dagegen tun, dass sie ihn beschäftigte. Mehr, als er eigentlich wollte. Die Lösung hatte sich angeboten, als er die Ausschreibung der Stelle der Universität Brest gesehen hatte. Er hatte einen Deal mit sich gemacht. Wenn er die Stelle in Brest bekam, würde er sich Céline Marchand wenigstens ansehen. Wenn nicht, würde er weiter versuchen, sie zu vergessen

Und jetzt war er hier. In der Gegend, in der seine Mutter lebte. Und er wusste noch immer nicht, ob er sie wirklich sehen wollte.

Gerade, als er wieder auf das Motorrad steigen wollte, erfasste ihn eine Windböe. Vollkommen unerwartet zerrte sie an ihm. Warf ihn fast um. Und dann war da etwas, das ihn tief erschrecken ließ. Es war ihm, als hörte er Schreie. Schreie, die von weit entfernt an sein Ohr drangen. Was war das? Wer schrie da? Er konnte niemanden sehen. Ganz allein stand er an der Klippe und sah auf das Meer hinaus. Nun war es wieder ganz still. Nur die ewigen Schreie der Möwen, die über dem Wasser ihre halsbrecherischen Sturzflüge veranstalteten, waren zu hören. Und das ferne Blöken der Schafe, die am Horizont einem einsamen Schäfer folgten.

5

Laute Musik dröhnte durch das Schloss. Claire war wütend. Wie kam Caspar dazu, seinen Vater so lange warten zu lassen? Er hatte gesagt, er wolle sich nur schnell umziehen. Als sie die Tür zu Caspars Zimmer aufriss, warf sie der Lärm der Heavy-Metal-Musik fast um. Caspars riesiges Zimmer, das vollgestopft war mit wunderbaren alten Möbeln, Computern, einem überdimensionalen Fernseher und jeder Menge Surfer-Pokale und Fotos von den gigantischen Wellen der Weltmeere, schien unter den lauten Tönen zu vibrieren. Caspar stand vor dem Spiegel und strich sich die lockigen Haare mit Gel glatt.

»Dein Vater wartet auf dich. Was machst du so lange?«

Caspar sah sie im Spiegel. Drehte sich strahlend um, nahm seine Mutter in den Arm.

»Findest du wirklich, dass ich in so einer Uniform gut aussehe?«

Claire hatte ihm den schmalen schwarzen Anzug, der ihm wie eine zweite Haut passte, vor einigen Wochen gekauft. Sie hatte gehofft, dass er sich darin wohlfühlen würde. Und wieso auch nicht? Er sah toll aus in dem Designerstück.

»Du siehst großartig aus. Wie es sich für Leons Sohn gehört.«

»Okay, wenn du das sagst.« Es war klar, dass Caspar sich eher wie eine geschniegelte Modepuppe vorkam. Aber er wusste, wann er klein beigeben musste. Das hatte er schon immer gewusst. Wie oft hatte er Claire mit seinen verrückten Ideen auf die Palme gebracht. Um sie dann, genau in dem Moment, in dem sie zu explodieren drohte, mit seinem umwerfenden Charme einfach auszuknocken. Er küsste sie auf die Wange.

»Sorry, Maman, ich weiß ja, dass ich ein Idiot bin. Ich versprech dir, ich werde von jetzt an ein folgsamer Junge sein.«

»Darum geht es nicht. Du sollst nichts tun, weil ich es so will.

Du sollst es endlich einmal begreifen. Dein Vater zählt auf dich. Er braucht dich. Es ist deine verdammte Aufgabe, an seiner Seite zu sein.«

Es war wie immer. Claire hatte das Gefühl, dass Caspar sich nichts aus dem machte, was sie zu sagen hatte.

»Verdammt, Caspar, begreifst du nicht, dass du dabei bist, dein Leben zu verplempern? Es wird Zeit, dass du endlich Verantwortung übernimmst.«

»Und wenn ich andere Pläne hätte?«

»Was denn für andere Pläne? Du bist Leons einziger Sohn. Sein Erbe. Andere Leute wären froh, wenn sie so eine Chance bekämen. Aber du tust so, als wäre das alles vollkommen egal.«

Caspar unterdrückte einen leisen Seufzer. Sie wiederholte sich. Sie konnte einfach nicht damit aufhören, sein Leben gestalten zu wollen. Wieso ließ sie ihn nicht in Ruhe? Er war alt genug, um zu wissen, was er wollte. Oder zumindest, um zu wissen, was er nicht wollte. Und Fischhändler wie Leon wollte er um keinen Preis der Welt werden. Dass er sich heute darauf einließ, Leon zu begleiten, hieß nicht, dass er endlich klein beigeben würde. Er hatte nur keine Lust auf diese ewigen Diskussionen. Und außerdem, heute war ein guter Tag. Er hatte Marie wiedergesehen. Er hatte ihre Haut berührt, er hatte ihren Duft gerochen. Und er hatte sie geküsst. Seine Stimmung war großartig. Es ging ihm super. Wieso sollte er da nicht mal ein kleines Opfer bringen? Ein, zwei Tage würde er tun, was seine Mutter von ihm erwartete. Und dann würde er sehen. Vielleicht würde er das hier alles hinter sich lassen und weggehen. Zusammen mit Marie. Die die Frau seines Lebens war.

»Mach dir keine Sorgen, Maman. Alles wird gut.«

Er küsste sie auf die Wange, wirbelte sie einmal um ihre Achse und eilte los. Das Leben war gar nicht so übel. Er musste nur noch einen Weg aus diesem Gefängnis finden, das seine Mutter um ihn herum gebaut hatte.

Claire blieb allein in Caspars Zimmer zurück. Sie machte die Musik aus und setzte sich in den Schaukelstuhl, in dem schon Leons Vater gesessen hatte. Sie war sich absolut nicht sicher, ob sie ihrem Sohn trauen konnte. Aber vielleicht war es ja ein Anfang, dass er jetzt seinen Vater begleitete.

Als sie Vater und Sohn aus dem Portal kommen und auf Leons Limousine zugehen sah, konnte sie ein Lächeln nicht unterdrücken. Vater und Sohn. Es sah aus, als würden sie sich verstehen. Was sie ja auch taten. Leon war dem Charme und der Lebenslust seines Sohns rettungslos ausgeliefert. Das war schon immer so gewesen. Ob es um ein Pony ging oder um einen Hund, um Surfer-Ferien auf Hawaii oder die riesige Party zu Caspars achtzehntem Geburtstag, den er im tollsten Club in Brest feierte – Leon hatte immer Verständnis für Caspar gehabt. Und ein offenes Portemonnaie. Egal was Claire einzuwenden hatte, zwischen Vater und Sohn hatte sie nie gepasst. Und wenn sie ehrlich zu sich war: Genau das hatte sie sich für diese Vater-Sohn-Beziehung erhofft. Dass sich Leon und Caspar so nahe waren, dass Leon vergaß, dass er noch ein anderes Kind hatte. Seine Tochter Eva aus erster Ehe, die in Frankfurt am Main als Bankerin arbeitete und die sofort in die Firma einsteigen würde, wenn Leon sie nur rufen würde.

Aber Leon würde Eva nicht rufen. Er hatte seine Tochter vor Jahren abgeschrieben. Damals, als er sich nach der Trennung von Sabine, Evas Mutter, in Claire verliebt hatte, hatte sich Eva, die gerade mal zwölf gewesen war, mit aller Power und aller Gemeinheit, zu der ein verletztes Kind fähig sein kann, gegen Claire gestellt. Sie hatte ihr vorgeworfen, sich Leon geangelt zu haben. Sie hatte ihr vorgeworfen, für seine Scheidung von Sabine verantwortlich zu sein. Sie hatte Claire, die sogar einmal ihre Englisch-Nachhilfelehrerin gewesen war, gehasst. Und ihren Vater nicht minder. Leon hatte eine Zeitlang bei seiner Tochter um Verständnis geworben. Hatte ihr zu erklären versucht, dass die

Ehe mit Sabine schon am Ende gewesen war, bevor er Claire kennengelernt hatte. Doch Eva hatte mit dem untrüglichen Gespür des verstoßenen Kindes gewusst, dass das nicht stimmte.

»Sie hat es schon lange auf dich abgesehen. Aber sie will gar nicht dich, sie will bloß dein Geld!«, hatte das Mädchen seinen Vater angeschrien. Als Leon sie in wütender Fassungslosigkeit geohrfeigt hatte, hatte sich Eva umgedreht und ihn einfach stehen lassen. Und seitdem hatte sie nie mehr ein Wort mit ihm geredet.

Dass Leon die Ohrfeige in dem Moment, als er sie Eva gab, bereute, dass er sich die schlimmsten Vorwürfe machte, weil er derart die Beherrschung verloren hatte, das hatte er Eva sofort sagen wollen. Doch sie wollte ihn nicht sehen. Nicht mit ihm sprechen. Und auf die zahlreichen Briefe, die er ihr geschrieben hatte, hatte sie nie geantwortet. Irgendwann hatte Leon eingesehen, dass er seine Tochter verloren hatte. Sie war in die Schweiz zum Studium gegangen und hatte dann den Bankerjob in Frankfurt angetreten. Sie führte ein Leben, von dem Leon nichts wusste. Genauso wenig wie Eva etwas von Leons Leben mitbekam. Hin und wieder kam sie nach Hause, um ihre Mutter zu besuchen. Sabine, die nach ihrer Scheidung eine bekannte Malerin geworden war, hatte längst ein zivilisiertes Verhältnis zu ihrem Exmann. Und sie wünschte sich, dass auch Leon und Eva endlich friedlich miteinander würden umgehen können. Aber Eva wollte davon nichts wissen. Sie meinte, es wäre an Leon, den ersten Schritt zur Versöhnung zu tun. Aber darauf, und da war Claire sich sicher, würde sie lange warten müssen. Für Leon existierte seine Tochter schon lange nicht mehr. Nur in seinem Testament stand sie noch als gleichberechtigte Erbin mit Caspar. Doch das würde sich in nächster Zeit auch ändern. Leon hatte Claire versprochen, seinen geliebten einzigen Sohn als Alleinerben einzusetzen. Nur noch ein paar Tage, dann sollte auch diese Hürde genommen sein. Claire seufzte leise auf, als sie wie automatisch in die Taschen von Caspars Hosen griff. Und auf das stieß, was sie vermutete. In einer Plastiktüte befand sich eine Handvoll kleiner weißer Pillen. Obwohl sie darauf gefasst war, die Drogen zu finden, schossen ihr doch die Tränen in die Augen. Hatte er es ihr nicht immer und immer wieder versichert, dass er nun wirklich clean sei? Nach dem letzten Entzug war er so fertig gewesen, dass er geschworen hatte, nun endgültig die Finger von dem Zeug zu lassen. Also doch nicht. Also hatte er doch wieder allen was vorgemacht. Und sie hatte sich etwas vormachen lassen. Während sie die Pillen ins Klo spülte, versuchte Claire sich einzureden, dass er ja vielleicht noch nichts davon genommen hatte. Vielleicht hatte er sich das Zeug nur besorgt, um sich zu beweisen, dass er der Versuchung widerstehen konnte. Doch in dem Moment, in dem sie diesen Gedanken dachte, wusste sie, das sie sich etwas vormachte. Sie fühlte, wie die Angst in ihr hochkroch. War ihr Sohn wirklich nicht zu retten? Die Tränen stiegen ihr in die Augen, und sie weinte bitterlich. Warum Caspar? Ein Junge, dem es an nichts fehlte? Er wurde geliebt. Er bekam jeden Wunsch von den Augen abgelesen. Er sah blendend aus. Hatte einen guten Schulabschluss gemacht. Wieso konnte er die Finger nicht von den Drogen lassen? Sie durchsuchte Caspars Zimmer gründlich. Sie kannte alle seine Verstecke seit vielen Jahren. Doch sie waren leer. Sollte er wirklich nur dieses eine Tütchen gehabt haben? Das sie jetzt im Klo entsorgt hatte? Sie wagte kaum zu hoffen, dass sie ihn vielleicht gerade noch vor einem Rückfall erwischt hatte.

»Bitte, lieber Gott, lass es so sein. Mach, dass er die Sucht überwunden hat.« Sie war schon lange nicht mehr gläubig. Das letzte Mal hatte sie Gott angefleht in der Nacht, als die *Helena* untergegangen war. »Bitte, lass sie nicht gesunken sein. Bitte, lass sie überleben. Alle. Oder wenigstens meinen Vater.« Sie hatte Gott einen Handel angeboten. Hatte ihm versprochen, eine Wallfahrt nach Lourdes zu machen. Auf den Knien. Und jeden

Sonntag in die Kirche zu gehen. Wenn er nur ihren Vater überleben ließ. Doch Patrick Fedon, Claires Vater, war mit den anderen elf Seeleuten mit der *Helena* untergegangen. Nicht einmal sein Leichnam war gefunden worden. Claire hatte Gott verflucht, als die Nachricht kam, dass nur ein Mann überlebt hatte, nämlich der Kapitän der *Helena*. Sie hatte vier Wochen um ihren Vater geweint und vier Tage um ihre Mutter, die sich kurz darauf das Leben genommen hatte. Und sie hatte beschlossen, dass sie ihr Leben allein in die Hand nehmen würde. Und dass sie nie mehr in eine Situation kommen würde, in der sie die Hilfe Gottes oder eines anderen Wesens brauchen würde.

Und doch flehte sie jetzt wieder um Hilfe – und fühlte sich hilfloser denn je. Sie wusste, dass ihr niemand helfen konnte. Dass niemand Caspar helfen konnte. Es war seine Entscheidung. Das war das Fatale. Alles andere konnte sie steuern. Nur nicht ihren Sohn. Und dabei war er ihr das Wichtigste.

6

Jedes Mal, wenn Marie von einem ihrer Ausflüge zurückkam, wagte Michel es kaum, sie anzusehen. Die Furcht, dass sie irgendetwas erfahren haben konnte, über sich oder ihn, presste ihm das Herz zusammen. Genauso wie die Erkenntnis, dass sie wieder einmal nichts erfahren hatte. Denn Maries Verzweiflung tat ihm weh. Er hatte keine Ahnung, wie lange er diesen Zustand noch würde aufrechterhalten können. Das schmale, traurige Mädchengesicht ansehen zu müssen, ging fast über seine Kräfte. Aber andererseits … er hoffte so sehr, dass sie ihn jeden Tag, an dem sie hier zusammenlebten, ein Stück mehr akzeptieren würde. Sie schafften es inzwischen, zusammen über seine verzweifelten Witze zu lachen. Er zauberte ein Lächeln auf ihr Gesicht, wenn er ihr in seiner Küche beibrachte, wie man Gemüse in Windeseile hackte. Sie fing an, sich ein wenig zu entspannen, wenn er ihr abends wie einem kleinen Mädchen aus dem alten Märchenbuch vorlas, das Monique damals in der Eile ihres Aufbruchs vergessen und das er wie einen Schatz aufbewahrt hatte. Jede Minute, jede Stunde, jeder Tag mit Marie zusammen waren Michel unendlich kostbar. Wie er dieses Mädchen liebte. Wie hatte er sie nur gehen lassen können? Wieso hatte er damals aufgegeben, um sie zu kämpfen? Dieses Mal würde er das nicht tun. Er durfte sie nicht wieder verlieren. Bevor dies geschah, würde er ihr alles erzählen. Auch wenn er dafür ins Gefängnis wandern würde. Aber noch schien es ihm, als würde das Schicksal ihm eine Gnadenfrist gewähren. Marie blühte tatsächlich langsam auf. Sie hatte sich von ihm überreden lassen, in der Küche mitzuhelfen.

»Besser als nichts zu tun ist das allemal«, hatte er sie beschworen. Und sie hatte genickt. Und sich darauf eingelassen, zusammen mit Marc und Eliane, den beiden Küchenhilfen, in Michels Sterne-Küche mitzuarbeiten.

»Aber ich muss doch einen Beruf haben, Papa. Ich habe doch vor dem Unfall nicht hier bei dir gearbeitet«, hatte sie ihn bedrängt, als sie sich wieder einmal beinahe in den Finger geschnitten hatte. So ungeschickt, wie sie sich in Michels Küche anstellte, konnte es einfach nicht sein, dass sie hier ihr Leben verbracht hatte. Wenn sie etwas über sich erfahren hatte bis jetzt, dann dass sie ganz sicher keine Köchin war.

»Natürlich nicht. Nur in den Ferien hast du hin und wieder ausgeholfen«, hatte er hastig gelogen. »In den Semesterferien, meine ich.«

Er hatte ihr erzählt, dass sie Jura studierte. Und das war nicht einmal gelogen. Denn vor ihrer Ausbildung zur Polizistin hatte sie ein Jurastudium mit Bravour durchgezogen.

»Jura?« Marie hatte ihn verwundert angesehen. Paragraphen, Gesetze – wenn sie sich doch nur erinnern könnte. Aber auch da war diese große Leere.

»Was wollte ich denn nach dem Studium machen? Wollte ich Anwältin werden? Oder Richterin?«

»Ja, Anwältin. Genau.« Er konnte ihr einfach nicht sagen, dass sie Polizistin war. Denn dann brauchte sie einfach nur in eine Polizeistation zu gehen und nach der Polizistin Marie Lamare zu fragen, und der Computer würde alle Informationen über sie ausspucken. Alles würde herauskommen. Dass sie in Paris gelebt hatte. Dass Michel in ihrem Leben keine Rolle gespielt hatte. Er konnte es einfach nicht zulassen. Noch nicht. Sie sollte sich einfach sicher sein können, dass er sie liebte. Dass sie ein Leben mit ihm zusammen gehabt hatte. Ein glückliches Leben. Dass Monique seit ein paar Jahren tot war, hatte er ihr gesagt. Das war unumgänglich gewesen.

»Wir haben wohl sehr um Maman getrauert«, hatte sie traurig gesagt. Traurig vor allem, weil sie sich einfach nicht an ihre Mutter erinnern konnte. Nicht einmal daran, wie unglücklich sie gewesen war, als sie sie verloren hatte.

Eine zweite Chance, ja, das war es für Michel. Nicht mehr und nicht weniger als eine zweite Chance. Sie war so dankbar dafür, dass er für sie da war. Dass er sich um sie sorgte. Sie liebte ihn, wie man einen Vater liebt. Das durfte er nicht verlieren. Das musste er hegen und pflegen. Wenn ihre Erinnerung nie mehr zurückkam, konnten sie zusammenleben bis ans Ende seiner Tage. Sie würden sich aneinander festhalten. Sie würden sich umeinander kümmern. Und wenn Marie sich endlich darauf einlassen würde, nicht mehr um die Vergangenheit, die sie verloren hatte, zu trauern, sondern optimistisch in die Zukunft zu sehen, würde er an ihrer Seite stehen und sie auf ihrem neuen Weg durchs Leben begleiten.

»Ich hatte heute meine erste Surfstunde. Ich hab mich gar

nicht so blöd angestellt.« Marie lachte. Sie sah gut aus. Hatte ein wenig Farbe bekommen von den Stunden auf dem Meer.

»Caspar ist ein guter Lehrer.«

Sie hatte Caspar Menec kennengelernt? Michel wusste einen Moment lang nicht, ob das gut oder schlecht war. Gut war es sicher, weil eine Freundschaft mit einem jungen Mann sie vielleicht davon ablenken würde, immerzu über das Vergangene zu grübeln. Aber musste es ausgerechnet Leons Sohn sein? Der natürlich wusste, dass Marie hier nicht gelebt hatte. Was mochte er ihr erzählt haben? Lauernd beobachtete er Marie, die sich daranmachte, Karotten in feine Scheiben zu schneiden. Aber wäre sie so ruhig, wenn sie von Caspar tatsächlich etwas erfahren hätte?

»Vielleicht sollte ich nach Paris fahren.« Michel zuckte zusammen.

»Es könnte doch sein, dass ich mich erinnere, wenn ich mir den Ort ansehe, wo der Unfall geschehen ist.«

Nein. Nicht Paris. Nur das nicht. Sie durfte nicht nach Paris fahren. Noch nicht.

»Das ist eine gute Idee. Wenn du wieder ganz fit bist, fahren wir zusammen hin.« Er musste Zeit schinden. Und kam sich dabei so furchtbar schäbig vor.

»Ich bin mehr als eine Stunde gejoggt, dann war ich zwei Stunden mit Caspar auf dem Wasser. Fitter kann ich gar nicht werden.« Es war klar, dass er sie nicht mehr lange davon abhalten konnte, sich aktiv auf die Suche zu machen.

»Mach dir doch nicht immer solche Sorgen.« Marie nahm ihren Vater in den Arm. Sie war tief gerührt von der Sorge dieses Mannes um ihr Wohlergehen. »Es geht mir gut.«

War es nicht das, was er sich für sie wünschte? Dass es ihr gut ging? Er schämte sich unendlich dafür, dass er insgeheim hoffte, sie würde einfach aufgeben, sich mit dem Unabänderlichen arrangieren und einfach nur bei ihm bleiben.

»Ich will ja nur, dass du nicht enttäuscht wirst. Ich meine: Was ist, wenn du in Paris keine Antwort findest? Vielleicht solltest du einfach aufhören zu grübeln. Alles, was du wissen musst über dich, weißt du doch schon. Du bist Marie. Meine Tochter. Du fühlst dich doch wohl hier bei mir. Wieso nimmst du es nicht einfach als eine Chance, ein ganz neues Leben zu führen?«

Wie oft hatte er ihr in den letzten Tagen von Menschen erzählt, die sich nichts mehr wünschten, als ihre Vergangenheit vergessen zu können. Einfach noch einmal von vorne anfangen zu können. Unbelastet von dem, was sie erlebt hatten. Doch Marie hatte ihn nicht verstanden.

»Ein Mensch ohne Vergangenheit, das ist doch wie eine Pflanze ohne Wurzeln. Er muss verkümmern.«

Nein, sie würde nicht verkümmern. Er wollte doch dafür sorgen, dass sie wieder aufblühen würde. In ihrem neuen Leben. Ob er ihr einfach vorschlagen sollte, mit ihr wegzugehen? So manches Mal hatte er in den letzten Jahren darüber nachgedacht, Concarneau zu verlassen. Seiner eigenen Vergangenheit zu entfliehen. Er hätte nach Amerika gehen können. Irgendwo ein Restaurant eröffnen. Französische Restaurants hatten dort großen Zulauf, hatte er gelesen. Die Amerikaner waren verrückt nach europäischer Küche. War jetzt nicht der Zeitpunkt gekommen, diesen Traum wahr zu machen? Zusammen mit Marie? Die, weit weg von allem, ihr zweites Leben leben könnte? Aber konnte man seinem Schicksal entgehen? Nahm man nicht alles, was man erlebt hatte, mit sich wie einen großen übervollen Rucksack? Wer garantierte ihm, dass sie in New York oder Boston oder Los Angeles nicht eines Tages aufwachen und sich an alles erinnern würde?

»Gib dir noch ein paar Tage. Ich kann hier gerade nicht so gut weg. Ein, zwei Wochen, ja, Liebes? Dann fahren wir nach Paris.«

Es war ihm, als feilschte er mit dem Schicksal um jede Minute, die er mit seiner Tochter hatte. Er würde den Rest seines Lebens von diesen Tagen mit Marie zehren können. Und vielleicht würde diese intensive Zeit mit Michel Maries Verhältnis zu ihm prägen. Vielleicht würde sie ihr helfen, ihm eines Tages zu verzeihen.

7

Magische Hände, ja die hatte sie. Céline hatte einfach magische Hände. Claire seufzte leise unter der sanften Massage. Sie spürte förmlich, wie ihre verkrampften Nackenmuskeln unter Célines Berührungen weich wurden. Wie sich die Anspannung löste.

»Was ist los?«, fragte Céline. »Wieso bist du so verspannt? Du hast doch keine Sorgen?«

»Ach was. Ich werde mich verhoben haben, als ich die Rosenkübel im Park verschoben habe.«

Nie würde Claire vor irgendjemandem zugeben, dass sie sich Sorgen machte. Keiner sollte wissen, dass sie nicht die glückliche Frau in einem perfekten Leben war, für die sie alle hielten. Die Fassade musste stimmen. Wie es in ihr aussah, ging keinen etwas an. Auch nicht Céline.

»Du mutest dir zu viel zu.« Célines Hände fuhren an Claires Wirbelsäule entlang.

»Ich tue nur das, was ich tun muss. Auf dem Platz, auf den mich das Schicksal gestellt hat.«

Es hatte eine Zeit gegeben, da hatte Céline Claire beneidet. Dieser schönen jungen Frau schien das Glück einfach nur hold zu sein. Sie hatte das Herz von Leon Menec gewonnen, sie hatte einen wunderbaren kleinen Sohn mit ihm zusammen. Sie war schön und beliebt, hatte keine Geldsorgen. Ein herrliches Leben. Und vor allem, sie wurde geliebt. Leon trug sie auf Händen. Es hatte Céline jedes Mal ins Herz geschnitten, wenn sie das verliebte Lächeln gesehen hatte, mit dem Leon das Foto von Céline, das in seinem Büro auf seinem Schreibtisch stand, angesehen hatte. Dieser jungen, lebenslustigen Frau war es damals gelungen, Leon wieder Freude am Leben zu geben nach der Katastrophe der *Helena*. Alle im Ort hatten mit Sorge beobachtet, wie der junge Eigner des untergegangenen Schiffes beinahe an seinen Schuldgefühlen zerbrochen war. Grau war er geworden in ganz kurzer Zeit, seine Ehe war auseinandergegangen, sein Lachen erloschen, sein Blick war dumpf und abweisend geworden. Zwar hatte er den Hinterbliebenen der Seeleute, die mit seinem Schiff im Meer versunken waren, großzügig geholfen. Doch es hatte so ausgesehen, als würde keiner *ihm* helfen können. Nicht einmal sie, Céline, die ihm als seine Sekretärin näher gewesen war als viele andere, hatte es geschafft, zu ihm durchzudringen. Es hatte ihr fast das Herz gebrochen, wenn sie ihn so verzweifelt an seinem Schreibtisch sitzen sah und sie einfach nichts tun konnte. Dabei hatte sie es in der Hand gehabt. Sie hätte es ihm doch nur sagen müssen. Aber diesen Mut hatte sie nicht gehabt. Und dann war ja auch bald Claire aufgetaucht, die Leon entschlossen an der Hand genommen und zurück ins Leben geführt hatte. Und Leon würde Claire für den Rest seines Lebens dankbar sein.

»Was meinst du? Wird Marie ihr Gedächtnis wiederbekommen?« Claires unvermittelte Frage riss Céline aus ihren Gedanken.

Marie war das Tagesgespräch in Concarneau. Alle hatten von der Schießerei in Paris gehört, bei der Marie fast gestorben wäre. Und alle hatten erstaunt zugesehen, als Michel seine Tochter zu sich nach Hause holte.

»Ich hab von Fällen gelesen, da erinnern sich die Menschen erst nach vielen Jahren wieder.«

»Michel hofft, dass sie sich nie mehr erinnern wird. Findest du das in Ordnung?«

Ein paar letzte lange Striche über Claires schönen Rücken.

»So. Fertig, meine Liebe.«

Claire blieb wie immer noch einen Moment liegen. Sie liebte es, mit geschlossenen Augen der Massage ein wenig nachzuspüren.

»Er kann doch nicht allen Ernstes glauben, dass sie nicht dahinterkommt, wie er sie behandelt hat. Er macht sich doch was vor.«

»Er hat damals sein Kind verloren. Da ist es doch kein Wunder, dass er es wie einen Wink des Schicksals empfindet, dass sie nun bei ihm ist und sich an nichts erinnert.«

»Aber *er* erinnert sich. Es ist doch nicht fair, ihr nichts zu sagen. Im Gegenteil, ich finde, das ist feige. Er hat einen Fehler gemacht. Er muss dazu stehen.«

»Das kann nur eine Frau sagen, die noch nie einen Fehler gemacht hat.« Céline lächelte. Im Gegensatz zu Claire konnte sie sich sehr gut in Michel einfühlen. Er hatte Monique damals gehen lassen. Ohne um die kleine Marie zu kämpfen. Er hatte einen Teil seines Lebens einfach aufgegeben. Und er hatte all die Jahre darunter gelitten.

»Ein Kind gibt man nicht auf. Er hätte es nicht zulassen dürfen, dass Monique ihm die Kleine weggenommen hat. Er hätte alles tun müssen, um sie zurückzuholen.« Claire war wie immer absolut gnadenlos in ihrem Urteil. »Er hat sie aus seinem Leben gehen lassen. Wie kann er sie jetzt darin festhalten wollen?«

Während Céline sich die Hände wusch, sah sie ihr Gesicht im Spiegel an. Sahen andere diese tiefe Trauer in ihren Augen auch? Vielleicht hatte Claire ja recht. Vielleicht gab es keine zweite Chance im Leben.

»Du meinst, Fehler, die man einmal gemacht hat, sind nicht zu heilen?«

»Genau das meine ich. Er stiehlt ihr ihr Leben, um seins zu bereichern.«

»Sie ist seine Tochter. Verstehst du nicht, dass er um sie kämpft? Du würdest um Caspar doch genauso kämpfen.«

»Ich? Ich würde Caspar niemals gehen lassen. Ich würde alles tun, um ihn nicht zu verlieren. Ein Kind ist das Wichtigste und Größte, was man in seinem Leben haben kann. Aber natürlich, das kann man nur verstehen, wenn man selbst ein Kind hat.«

Ja, da hatte sie recht. Nur wenn man selbst ein Kind hat, konnte man den Schmerz verstehen, den Michel empfunden hatte all die Jahre.

»Du hast wahrscheinlich recht. Eine einsame alte Jungfer wie ich hat da nicht mitzureden.«

Célines Stimme klang leicht. Es gelang ihr sogar ein kleines selbstironisches Lachen. Sollte Claire doch glauben, was sie da sagte. Dass Céline Marchand keine Ahnung hatte davon, wie schmerzhaft es sein konnte, ein Kind zu verlieren.

8

Der Vollmond hing dunkelgelb und prall an einem sternenlosen Himmel über dem ruhigen Meer. Der kleine Ort lag in nächtlichem Frieden. Nur eine Katze strich an der Hafenmauer entlang, auf der Suche nach den Fischresten, die ihr die Fischer immer mal wieder hinwarfen. Die Ratte, die sich an einem umgeworfenen Abfalleimer gütlich tat, ahnte nicht, dass ihr letztes Stündlein geschlagen hatte. Ein lautloser Sprung, ein quietschend greller Schrei, dann der erlösende Biss in den Nacken. Vorbei.

Marie setzte sich schwer atmend in ihrem Bett auf. Dieser Schrei, kam der aus ihrem Traum? Oder war er real gewesen? Sie öffnete das Fenster, lauschte in die Nacht. Doch da draußen war alles ruhig. Nur eine Katze schlich lautlos zwischen den Booten herum, die am Strand aufgebockt lagen. Marie versuchte, sich an ihren Traum zu erinnern. Dieser Schrei – war sie es, die geschrien hatte? Dieses rote Auto – war es das Auto, das sie angefahren hatte? Und da waren diese Augen. Kalte, schwarze Augen, in die sie gesehen hatte. Wem gehörten diese Augen, die ihr so eine Angst einjagten? Jedes Mal, wenn sie diesen Traum hatte, wachte sie schweißgebadet auf. Sie war sich sicher, dass er etwas mit ihrem Unfall zu tun hatte. Und trotz allen Grauens, das der Traum in ihr auslöste, hoffte sie jeden Abend, wenn sie zu Bett ging, dass er wiederkam. Und endlich weitergehen würde. Sie wollte wissen, zu wem diese Augen gehörten. War es der Fahrer des Wagens, der sie angefahren hatte? Aber wieso war so ein böser Glanz in diesen Augen? Als wenn der Mensch, zu dem sie gehörten, ihr bewusst etwas antun wollte. Erschöpft legte sie sich ins Bett zurück. Sie wollte an etwas anderes denken. Caspar kam ihr in den Sinn. Sein freches Lachen, seine offensichtliche Freude, sie zu sehen. Vielleicht sollte sie sich einfach auf seine Verliebtheit einlassen. Er war nett, dieser Junge. Attraktiv und voller Leben. Vielleicht, wenn sie seine warme Haut auf der ihren spüren, wenn sie seine Lippen küssen, sich einfach seinen Armen überlassen würde … Konnte es nicht sein, dass das die Lösung war? Einfach nach vorne zu sehen? Sich verlieben? Sich eine Zukunft ausmalen? Michel würde sich freuen, wenn sie endlich aufhören würde, nach der Vergangenheit zu suchen. Und, wer weiß, vielleicht würde ja alles von selber wiederkommen, wenn sie einfach loslassen würde. Dr. Lenoir hatte ihr ja schon im Krankenhaus empfohlen, nicht zu verbissen nach den Erinnerungen zu suchen. Je verkrampfter sie sei, desto geringer sei die Chance, sich zu erinnern, hatte er gesagt.

Aber das war einfacher gesagt als getan. Egal was sie tat – auf Schritt und Tritt verfolgte sie die Sehnsucht nach ihrem alten, unbekannten Leben.

Paul liebte diese stillen Stunden in seinem Büro. Wenn die Nacht alles Leben aus der Universität vertrieben hatte, fühlte er sich dort am wohlsten. Es war ihm dann, als gehöre die ganze Universität mit all dem hier gespeicherten Wissen ihm ganz allein. In der Stille konnte er konzentriert arbeiten, seine Gedanken wurden durch nichts abgelenkt. Voller Vorfreude hatte er angefangen, sich auf seine Vorlesung über die Steingräber in Korea vorzubereiten. Die ersten sechs Stunden standen schon. Jetzt war er dabei, die entsprechenden Fotos auf seinem Computer zusammenzusuchen.

»Oh, Entschuldigung, ich wusste nicht, dass noch jemand hier ist.« Die junge Putzfrau in dem rosa Kittel sah ihn erschrocken an, als sie in Pauls Büro hereinplatzte.

»Kein Problem. Ich brauche noch eine Stunde. Vielleicht können Sie ja mein Büro ans Ende Ihrer Runde legen.«

Die Putzfrau nickte scheu und beeilte sich, die Tür wieder zu schließen. Paul wandte sich erneut seinem Computer zu, und da poppte plötzlich ein Foto von Céline auf. Das war eigentlich nicht weiter merkwürdig, denn er hatte alle Unterlagen, die er vom Anwalt seiner Eltern über seine Mutter erhalten hatte, in seinem Computer gespeichert. Wie er allerdings jetzt in diese Datei geraten war, war ihm ein Rätsel.

»Moment, bitte.« Er öffnete die Tür und ging suchend den Gang entlang. »Ich wollte Sie noch etwas fragen.«

Die Putzfrau steckte ihren Kopf aus einem der angrenzenden Büros.

»Sagen Sie mal, sind Sie von hier?«

Als sie nickte, fragte er sie, ob sie schon einmal etwas von einer gewissen Céline Marchand gehört hatte.

Sie lachte. »Natürlich. Alle hier kennen Céline. Sie ist unsere Druidin.«

Unsere Druidin? Schon wieder dieser Blödsinn.

»Klingt komisch, ich weiß.« Die Putzfrau sah ihn vergnügt

an. »Wir wissen selbst, dass Druiden schon lange ausgestorben sind. Aber Céline … Wir denken hier, dass sie vielleicht so was ist wie eine … na ja, wie eine Wiedergeburt. Sie sollten sie mal sehen in ihren weißen Kleidern und mit dem weißen Hund. Sie ist sehr klug. Sie kennt sich mit Pflanzen und Kräutern aus. Und mit den Menschen. Wenn ich ein Problem habe, gehe ich nicht gleich zum Arzt. Zuerst frage ich Céline.«

Okay. Seine Mutter war also die ortsansässige Druidin. Paul wusste einen Moment lang nicht, ob er lachen oder weinen sollte. Auf jeden Fall wollte er nichts mehr darüber hören. Und auf jeden Fall war in diesem Moment seine Entscheidung gefallen, dass er keinen Kontakt zu dieser Frau haben wollte. Was sollte er mit einer Verrückten in seinem Leben? Einer Frau, die eigentlich eher in einen Comic zu gehören schien als in die Wirklichkeit seines Wissenschaftlerlebens. Damit wäre also das Thema Céline Marchand für ihn abgeschlossen. Er konnte wahrscheinlich froh sein, dass sie ihn nicht behalten hatte damals. Was hätte er schon von einer kräutersammelnden Heilerin gehabt?

»Aber sie arbeitet doch bei *Menec Poissons*? Ich habe gehört, sie sei die Sekretärin des Chefs.«

»Klar tut sie das. Sie muss ja Geld verdienen. Und für Monsieur Menec hat sie ja schon lange gearbeitet, bevor sie ihre Fähigkeiten entdeckte. Sie ist eine sehr gute Sekretärin. Leon Menec hat keine bessere Mitarbeiterin.«

Die Putzfrau wandte sich wieder ihrer Arbeit zu. Also führte seine Mutter so etwas wie ein Doppelleben. Tagsüber im Büro, nachts bei den Heilkräutern. Wie auch immer, das interessierte ihn nicht mehr. Er würde sich hier einfach auf seine Arbeit konzentrieren. Und sobald es eine Möglichkeit gab, einen Job in Paris zu bekommen, wäre er weg. War doch sowieso ein Blödsinn gewesen hierherzukommen. Weg von seinem guten Leben in Paris. Mit Sara, die ihm sowieso nicht verziehen hatte, dass er ans »Ende der Welt« gegangen war.

Zufrieden setzte er sich wieder an seinen Computer. Die Sache war entschieden. Seine Zeit hier in Brest würde bald vorbei sein. Er löschte die Datei Céline Marchand aus seinem Computer. So, als könne er die Tatsache, dass hier ganz in der Nähe seine Mutter lebte, damit gleichzeitig aus seinen Gedanken löschen. Als er zum Telefon griff, um Sara von seinem Entschluss zu erzählen, fühlte er sich merkwürdig erleichtert. Er hatte sein Leben wieder im Griff. Keine fremde Mutter würde ihm da noch hineinpfuschen.

»Du hast dich für die Lüge entschieden, Michel. Das kann ich dir nicht verzeihen. Deswegen verlasse ich dich. Ich kann mein Leben nicht an der Seite eines Mannes verbringen, der nicht zu seiner Schuld stehen will.« Michel las zum wohl tausendsten Mal den Brief, den Monique ihm damals hinterlassen hatte, als sie bei Nacht und Nebel mit Marie aus seinem Leben verschwunden war. Sie hatte recht gehabt. Ja, natürlich hatte sie recht gehabt. Er hatte es nicht anders verdient. Er hatte Schuld auf sich geladen, und die Strafe dafür war gewesen, dass er ein Leben als einsamer Mann hatte führen müssen. So einfach war das. Wie so oft in seinen schlaflosen Nächten grübelte er über die Möglichkeiten, die er gehabt hätte. Hätte er tun sollen, was sie von ihm verlangte? Aber das hätte Leon ins Gefängnis gebracht. Leon, seinen Freund aus Kindertagen. Den Mann, dem er sein Leben verdankte.

»Gib nicht auf, Michel. Ich hol dich da raus. Du darfst nicht aufgeben, hörst du?«

Die Höhle in den Klippen, die die beiden Jungen erkundet hatten, war über Michel eingebrochen. Sie hatte ihn verschüttet. Schon war die Luft knapper geworden. Er würde jämmerlich ersticken unter den Sandmassen, die ihn begraben hatten. Aber da war Leons Stimme gewesen. Er hatte sie nur leise gehört. Sie hatte ihn beschworen, nicht aufzugeben. Leon hatte sich, aller

Gefahr zum Trotz, selbst verschüttet zu werden, zu ihm durchgegraben. Hatte ihn in dem Moment, als ihm die Sinne endgültig zu schwinden drohten, an seiner Jacke aus dem dunklen Loch ins Freie gezogen. Und ihm damit das Leben gerettet. Denn kurz nachdem sie atemlos und vollkommen verdreckt am Strand gelegen hatten, war der Rest der Höhle in sich zusammengefallen. Nicht auszudenken, wenn er noch darin gesteckt hätte. Michel hatte nie vergessen, dass Leon damals, ohne an die Gefahr für sich selbst zu denken, einfach das getan hatte, was er tun musste. Er hatte seinem Freund das Leben gerettet. Wie hätte er ihn nun verraten sollen? Wie hätte er das Leben, das Leon ihm geschenkt hatte, weiterleben können, wenn der Freund durch seinen Verrat im Gefängnis gelandet wäre? Monique hatte das nicht verstanden. Sie hatte ihn gehasst für seine Treue zu seinem Freund. Er hatte sich entscheiden müssen zwischen der Frau, die er liebte, und dem Mann, dem er sein Leben verdankte. Und er hatte keine Sekunde gezögert, sich für Leon zu entscheiden. Aber damit waren sie quitt. Jetzt konnte Leon seine Solidarität nicht mehr erwarten. Wenn er jetzt vor die Entscheidung gestellt würde, Leon zu verraten oder Marie die Wahrheit zu sagen, würde er wissen, was er zu tun hatte.

Marie zuckte erschrocken zusammen, als sich die Küchentür öffnete.

»Papa. Was machst du hier um diese Zeit?«

»Und du? Was machst du in meiner Küche mitten in der Nacht?«

Marie war dabei, Crêpes zu backen. Der leichte Teig floss in die heiße Pfanne, in Sekundenschnelle entstand ein dünner Pfannkuchen, den Marie geschickt auf einen Berg schon gebackener Crêpes gleiten ließ.

»Du kannst Crêpes backen?«

»Ich bin auch ganz verblüfft. Ein weiteres Puzzlestückchen

von meiner geheimnisvollen Gesamtpersönlichkeit.« Sie streute Zucker auf einen der zarten Pfannkuchen, rollte ihn zusammen und reichte ihn Michel. »Und sie schmecken auch noch perfekt.«

»Super!« Michel war beeindruckt. »Woher kannst du das?«

»Von dir, vermute ich mal. Du bist der einzige Koch, den ich kenne.« Verschmitzt lächelte sie ihn an.

»Auf jeden Fall könnte ich eine Crêperie aufmachen. Das ist doch schon was.« Sie ließ zwei Espressi aus der Maschine und setzte sich zu ihrem Vater an den Tisch, wo sie ihre Crêpes verspeisten.

»Du hast mir immer noch nicht gesagt, wieso du nicht schläfst um diese Zeit.«

»Senile Bettflucht, würde ich sagen«, versuchte Michel zu scherzen. Dass er seit vielen Jahren kaum schlief, würde er Marie nicht sagen.

»Dagegen musst du was tun. Es ist nicht gesund, zu wenig zu schlafen. Warst du schon beim Arzt?«

Es rührte ihn, wie ehrlich besorgt sie um ihn war.

»Bei mindestens zehn Ärzten. Aber die verschreiben einem ja nur diese Killertabletten. Einmal nehmen und fünf Tage ausgeknockt sein. Das kann ich mir nicht leisten.«

»Und bei dieser Céline? Warst du auch schon bei ihr? Ich hab gehört, sie kann Wunder vollbringen.«

»Céline? Ja. Natürlich war ich bei ihr. Aber besser ist es nicht geworden.«

Schon wieder log er seine Tochter an. Aber sollte er ihr sagen, dass er nur einmal bei Céline gewesen war? Und dass sie ihm gesagt hatte, dass er seine Schlafprobleme nicht in den Griff bekommen würde, wenn er nicht mit sich im Reinen wäre?

»Schade.« Marie klang enttäuscht. »Ich dachte, vielleicht gehe ich mal zu ihr. Kann ja sein, dass sie ein Kraut hat gegen Gedächtnisverlust. Oder so was Ähnliches.«

»Sie ist eine großartige Frau, das stimmt wohl. Aber dieses Kräuterzeugs – ehrlich gesagt, ich glaube nicht daran.«

»Okay, dann eben nicht Céline. Aber ich könnte es mal mit Hypnose versuchen. Ich hab darüber was in der Zeitung gelesen. Ach ja, apropos lesen. Ich finde, wir sollten uns einen Computer zulegen. Damit könnte ich im Internet recherchieren. Wer weiß, vielleicht gibt's ja irgendwo auf der Welt jemanden, der mir helfen kann.«

Michel fühlte, wie die Schlinge sich um ihn zuzog. Er war froh gewesen, dass er sich bislang noch nicht hatte entschließen können, sich einen Computer und einen Internetanschluss zuzulegen. Aber Marie würde bestimmt nicht lockerlassen. Und dann musste sie nur noch ihren Namen eingeben. Sehr schnell würde sie am Ziel ihrer Suche sein.

9

Der Sturm würde kommen, hatte der Schäfer prophezeit. Céline sah auf das glatte, schwarze Meer, an dessen Horizont, nur geschmückt von einer Reihe Positionslichter, die funkelten wie bunte Perlen, sich der Nachthimmel mit dem Wasser verband. Vielleicht täuschte sich Xavier ja. Auch er konnte irren. Vielleicht saß ihm eine Erkältung in den Knochen oder vielleicht hatte er ein bisschen viel von dem Gras geraucht, das er im Wald heimlich anbaute. Sie stand still am Fenster ihres Büros. Versuchte zu erspüren, was kommen würde. Entgegen der Annahme ihrer Kunden konnte sie nicht in die Zukunft sehen. Das Hellsehen gehörte nicht zu ihren Fähigkeiten. Aber diese Schwingungen, die unter der Oberfläche der Realität das Leben auf der Erde begleiteten, die konnte sie manchmal wahrnehmen.

Hin und wieder hatte sie gedacht, dass sie in einem früheren Leben vielleicht eine Katze gewesen war. Die Erdbeben schon Tage vorher spüren konnte. Aber Xavier hatte ihr gesagt, dass eigentlich alle Lebewesen diese Fähigkeit in sich trugen. Bei manchen waren sie ausgeprägter, bei anderen fast verloren. Verschüttet durch das ständige Bemühen, das Dasein rational zu erklären. Vielleicht war es aber auch ein Schutzmantel, den sich die Menschen im Laufe der Jahrtausende zugelegt hatten, der half, die kurze Spanne Zeit, die sie auf Erden verbrachten, einigermaßen unbeirrt zu erleben. War es nicht besser, von den Ereignissen überrascht zu werden? Entspannt bis zu dem Zeitpunkt, an dem das Unvermeidliche eintrat? Oder wäre es hilfreich zu wissen, dass etwas passieren würde? Man könnte sich innerlich darauf einstellen, würde vielleicht die kurze Zeit, die einem bliebe, sinnvoll nutzen. Oder sie damit verbringen, voller Angst auf das Ende zu starren. Céline hatte keine Wahl. Sie hatte sich diese Fähigkeiten nicht ausgesucht, und danach, ob sie so hätte werden wollen, wie sie heute war, mit all den Konsequenzen, die daraus entstanden waren, hatte sie niemand gefragt.

Als ein Schwarm Raben plötzlich nah am Fenster vorbeiflog, wie düstere Boten der Nacht, zuckte Céline zurück. Sie wusste, dass Raben als die Vögel der Weisheit angesehen wurden. Das hinderte sie aber nicht daran, vor ihnen zu erschrecken.

»Schluss für heute, Céline.« Sie zuckte zusammen, als sie Leons Stimme hinter sich hörte. »Es ist spät. Morgen ist auch noch ein Tag.«

»Ich will nur noch die aktuellen Positionen überprüfen. Die *Sandrine* hat gefunkt, dass sie noch einen Tag draußenbleiben. Und die *Margot* …«

»Das hat Zeit bis morgen. Geh nach Hause, wir brauchen alle unseren Schlaf.«

Leon Menec war wirklich das, was man einen guten Chef nannte. Nie war er ungeduldig mit ihr. Nie bürdete er ihr zu viel auf. Seit er diese Firma hatte, hatte er sich um seine Angestellten gekümmert. Er kannte sie alle mit Namen, wusste, ob sie verheiratet waren oder Kinder hatten. Sogar, wenn sie sich Kinder wünschten und keine bekommen konnten, wusste er Bescheid.

»Céline!«

»Ich brauche nur noch ein paar Minuten. Geh nur schon, ich schließe dann ab. Claire wartet nicht gern.«

Er löschte die Lampe auf seinem Schreibtisch und nahm den alten Aktenkoffer, den er von seinem Vater geerbt und nie durch einen neuen, modernen ersetzt hatte.

»Ich wünschte mir, jemand würde auch auf dich warten.«

Sie wusste, dass er das ernst meinte. Der Gedanke, dass sie allein in ihrem kleinen Haus lebte, behagte ihm nicht.

»Merlin wartet auf mich. Hast du das vergessen?« Sie zwang sich zu einem Lächeln, als sie ihn ansah. Sie wollte nicht, dass er sich Sorgen um sie machte. Sie wollte nicht, dass er sich überhaupt Gedanken um sie machte.

»Okay, dann gute Nacht. Bis morgen, Céline.«

Sie atmete auf, als er die Tür hinter sich schloss. Sie würde noch ein paar Stunden hier sitzen, sich mit Arbeit ablenken. Und dann, wenn sie müde genug war, würde sie nach Hause gehen, um in einen erschöpften, traumlosen Schlaf zu fallen.

»Ist alles in Ordnung?« Sie zuckte zusammen, als sie seine Stimme noch einmal hörte. Sie hatte nicht gemerkt, dass er zurückgekommen war.

»Natürlich. Aber gut, dass du noch da bist. Ich habe vergessen, dir zu sagen, dass ich den Notartermin auf Mittwoch gelegt habe. Elf Uhr dreißig bei Maître Jumas. Er wird das Testament dann schon vorbereitet haben, sodass du nur noch zu unterschreiben brauchst.«

»Mittwoch schon? Das hätte doch noch Zeit gehabt.«

»Wichtige Dinge soll man nicht auf die lange Bank schieben. Und für Claire ist es nun mal wichtig, dass du deine Angelegenheiten in Ordnung bringst. Du willst doch nicht, dass sie sich Sorgen macht.«

Sie sah ihn nicht an, als sie das sagte. Er ging zum Fenster, blickte hinaus in die Nacht. Alt war er geworden im letzten Jahr. Man sah ihm die fünfundsechzig nun wirklich an. Claire hatte recht, man wusste nie, was kommen würde, und für den Fall der Fälle musste alles geregelt sein. Als er sich zu ihr umdrehte und sie direkt ansah, lag in seinen Augen eine Bangigkeit, die sie schon lange nicht mehr bei ihm gesehen hatte.

»Muss sie sich denn Sorgen machen?«

»Natürlich nicht.« Ihre Antwort kam ein bisschen zu hastig. Sie versuchte das mit einem leisen Lachen zu kaschieren. »Sie hat den besten Mann der Welt, der sich um sie kümmert.«

»Aber manchmal reicht alles Kümmern nicht. Denkst du das nicht auch?«

Sie konnte ihn nicht ansehen, tippte ein paar Daten in den Computer. Und wünschte sich, er würde endlich gehen. Aber Leon ließ nicht locker.

»Du würdest es mir sagen, wenn wir uns Sorgen machen müssten, oder? Wenn du eine von deinen Ahnungen hättest?«

»Aber Leon.« Sie zwang sich, ihm in die Augen zu sehen. »Du hast noch nie etwas auf meine Ahnungen gegeben, wenn ich dich daran erinnern darf. Es ist für dich Hokuspokus.«

Sie schaltete den Computer aus. Plötzlich war es dunkel in ihrem Büro. Nur der Vollmond warf sein graues Licht herein.

»Hängt es mit dem Auftauchen von Marie zusammen?«, fragte Leon leise in die Dunkelheit. »Ist sie der Bote der unausweichlichen Veränderungen?«

Sie wollte ihm nicht antworten. Sie würde lügen müssen, wenn sie ihm keine Angst machen wollte. Und sie hatte ihn nur ein einziges Mal angelogen. Damals, als er sie gefragt hatte, wie ihr Urlaub in den Staaten gewesen sei. Da hatte sie geantwortet, dass es ganz großartig gewesen wäre und sie die drei Monate sehr genossen hätte. Die Wahrheit war, dass es die furchtbarste Zeit ihres Lebens gewesen war. Dass sie sich gar nicht in den Staaten befunden hatte. Dass sie sich bei einer Cousine weit entfernt in den Pyrenäen versteckt und dort ein Kind zur Welt gebracht hatte. Sie hatte keine andere Wahl gehabt, als ihn anzulügen, weil sie nicht wollte, dass alles durcheinanderkommen würde. Sein Leben. Ihr Leben. Und das Leben der kleinen Familie, mit der er damals noch glücklich gewesen war. Jetzt war er wieder mit einer Frau glücklich und mit seinem Sohn. Sollte sie ihm sagen, dass sie spürte, das würde alles bald zu Ende sein?

»Lass uns nach Hause gehen, Leon.« Sie nahm die schicke kleine Chanel-Tasche, die er ihr zum letzten Geburtstag geschenkt hatte und die so gar nicht zu ihr passte. Sie wusste schon lange, dass Claire alle Geschenke für sie aussuchte. Mit denen sie in der Regel Célines Geschmack nicht traf. Aber was spielte das für eine Rolle? Leon liebte diese Frau an seiner Seite. Er war glücklich mit ihr. Céline wünschte ihm von ganzem Herzen, dass das noch lange so bleiben würde.

Als sie Leons Auto nachsah, das hinter einem Gebäude verschwand, fasste sie einen Entschluss. Sie würde mit Michel reden. Sie würde versuchen, ihn davon zu überzeugen, dass es das Beste wäre, wenn Marie wieder in ihr eigenes Leben in Paris zurückginge. Ohne dass er ihr die Wahrheit gesagt hatte. Man konnte das Schicksal nicht ändern, dessen war sie sich sicher. Aber vielleicht konnte man manche Ereignisse ein wenig beeinflussen. Versuchen wollte sie es jedenfalls. Vielleicht würden sie alle noch ein wenig Aufschub bekommen, bevor die Katastrophe endgültig über sie hereinbrach. Vielleicht waren es ja nur die Vorboten des großen Sturms, den Xavier kommen sah.

Wie so oft ging Céline in dieser mondhellen Nacht den Weg am Strand entlang auf ihr kleines, in eine Düne geducktes Haus zu. Als Mädchen hatte sie gern dem leisen Plätschern der nächtlichen Wellen gelauscht, wenn sie wieder einmal vor den endlosen Streitereien ihrer Eltern von zu Hause geflüchtet war. Sie hatte sich in eine Sandmulde gekuschelt, in der sie, vor dem Wind geschützt, ihren Gedanken nachhängen konnte. Und hatte von den Geschichten geträumt, die das Meer ihr erzählte. Erst waren es Geschichten gewesen von fantastischen Reisen in die weite Welt, von einem Prinzen aus dem Morgenland, der sie auf seiner luxuriösen Yacht mitnehmen würde in ein Leben voller Reichtum und Liebe. Dann, als sie älter wurde, hatte sie davon geträumt, als Forscherin den Dschungel zu erkunden oder die fernen Inseln unter dem Wind. Und schließlich hatte sie weinend in den Dünen gesessen und das Kind, das in ihrem Bauch heranwuchs, verflucht.

»Verdammt, kannst du nicht aufpassen? Du bist mir auf die Hand getreten.«

Caspar lag zusammengekrümmt im Sand und fauchte sie an wie ein wütender Kater. Céline hatte ihn in der Dunkelheit nicht gesehen.

»Um Gottes willen, Caspar. Geht es dir gut?«

Eine überflüssige Frage. Es ging ihm nicht gut. Sie wusste zu genau, was es zu bedeuten hatte, wenn sie ihn hier fand. Sie nahm seinen Arm.

»Komm, ich bringe dich nach Hause.«

»Lass mich in Ruhe, alte Hexe.« Er schob sie mit aller Kraft von sich weg.

»Du weißt ganz genau, dass das keine Lösung ist. Wieso lässt du dich immer wieder …«

»Hau ab!«, schrie er sie an. »Wieso wissen immer alle, was gut für mich ist?«

»Ich weiß nur, was nicht gut für dich ist. Und du weißt es auch.«

Sie wusste schon lange von seinem Suchtproblem. Als es vor ein paar Jahren anfing, war sie die Erste gewesen, der aufgefallen war, wie er sich veränderte. Sie hatte damals versucht, Claire auf Caspars Problem aufmerksam zu machen. Doch Claire hatte abgewinkt. – Caspar? Ihr Caspar sollte Drogen nehmen? Was für ein Quatsch. Sie hatte nicht auf Céline hören wollen, hatte Caspars Veränderungen auf die Pubertät geschoben und auf seinen ersten Liebeskummer. Bis sie ihn dann eines Tages in seinem Zimmer gefunden hatte mit einer Überdosis. Caspar war damals im letzten Moment gerettet worden. Und hatte es erst vor einem halben Jahr geschafft, aus dem Teufelskreis der Drogen zu entkommen. Das hatten wenigstens alle geglaubt. Aber als sie ihn da so liegen sah, als sie seine Aggressionen spürte, hinter denen sich nichts anderes als eine furchtbare Angst verbarg, war sich Céline nur allzu sicher, dass es wieder angefangen hatte.

»Komm«, sagte sie, »lass mich dir helfen.«

»Ich brauche deine Hilfe nicht. Es geht mir gut. Lass mich einfach in Ruhe.«

Er stand schwankend vor ihr. In seinen Augen lag ein unnatürlicher Glanz.

»Bonne nuit, Céline. Ich geh jetzt schlafen. Angenehme Träume wünsch ich dir.«

Er stapfte durch den weichen Sand davon. Unsicher. Stolpernd. Ob Claire wusste, dass er wieder etwas nahm? Ob sie mit ihr reden sollte?

»Ach … und, Céline, kein Wort zu meinen Eltern, ja?« Sein Lachen hatte einen hysterischen Klang, als er sie durchdringend ansah. »Mein Vater soll nicht glauben, dass er seine Firma einmal einem Junkie übergeben muss.«

Dass er sich selbst als Junkie bezeichnete, war vielleicht ein Anfang. Nur wer sich eingestand, dass er ein Suchtproblem hatte, konnte damit anfangen, es zu bekämpfen.

Aber konnte er es allein schaffen? Caspar war so labil. So voller Unsicherheit. Ein Junge, der Angst davor hatte, den Erwartungen, die in ihn gesetzt wurden, nicht entsprechen zu können.

Céline hatte von Anfang an mit Sorge beobachtet, wie Claire versucht hatte, ihren kleinen Sohn zum Kronprinzen der Firma Menec zu erziehen. Schon als Sechsjähriger hatte er geschliffene Manieren gehabt. War charmant und viel zu klug für sein Alter gewesen. Er hatte die Namen aller Schiffe, die Leon gehörten, auswendig gewusst, hatte die Fische gekannt, die in Leons Firma verarbeitet wurden, hatte alle Fanggründe auf den Seekarten in Leons Büro aufzeigen können. Man hatte den Eindruck gehabt, dass es ein Spiel für den kleinen blonden Jungen war, bei seinem Vater auf dem Schoß zu sitzen und seinen wichtigen Telefonaten zu lauschen. Doch Céline hatte nie die Schärfe in Claires Stimme vergessen, wenn Caspar sich einmal mit den Bruttoregistertonnen vertan hatte oder mit den Namen der Besatzungen der jeweiligen Schiffe. Für Claire war die Erziehung ihres Sohnes zu Leons Nachfolger nie ein Spiel gewesen. Sie hatte einen Masterplan, und in den hatte sich Caspar einzufügen. Und das hatte er. Bis er bei einer Party zum ersten Mal Ecstasy genommen hatte und es ihm schlagartig klar geworden war, dass er sich damit auf eine Realitätsebene flüchten konnte, auf die ihm seine Mutter nicht folgen konnte. Die Drogen waren seine Lebensretter geworden.

»Ich hab es im Griff, Céline. Dieses Mal hab ich es wirklich im Griff. Ich brauch nur noch ein bisschen Zeit, dann …«

»Wenn du glaubst, dass die Drogen dir helfen, dann irrst du dich.«

»Ich helf mir schon selbst. Du wirst sehen, nicht mehr lange und ich bin aus allem raus.«

Jetzt ließ er sie endgültig stehen. Er rannte durch die Dunkelheit davon.

»Es wird ein geiles Leben. Es wird ein echt geiles Leben.« Seine Stimme verhallte in der Nacht. Céline setzte sich mit einem Seufzer in den Sand. Wo waren die märchenhaften Geschichten geblieben, die ihr das Meer vor langer Zeit erzählt hatte? Die nicht von Verzweiflung und Tod gehandelt hatten und traurigen Geheimnissen?

10

Paul war früh aufgewacht. Er fühlte sich gut an diesem Tag eins nach seiner Entscheidung. Keine Suche nach einer unbekannten Mutter, kein Versauern am Ende der Welt. Er freute sich darauf, schon am nächsten Wochenende Sara in Paris zu besuchen. Und am Ende des Semesters Brest den Rücken zu kehren. Er musste nur noch den Dekan informieren. Und seinen Mietvertrag kündigen. Die paar Sachen, die er mitgebracht hatte, würden schnell gepackt sein. Und dann würde er dieses unnötige Intermezzo hinter sich gebracht haben. Nur diese Aussicht, die würde er vermissen. Und den Duft des Meers, den ewigen Klang der Wellen. Das Haus von Chantal Miller hätte wirklich sein Haus werden können, wenn er denn hiergeblieben wäre. Aber so? Eigentlich hatte er vorgehabt, endlich die Basisausstattung an Lebensmitteln zu kaufen, die er so brauchte. Kaffee, Zucker, Milch, Salz, Pfeffer, Nudeln, Reis. Er hatte sich darauf gefreut, morgens mit einer Schale Milchkaffee auf der Terrasse zu sitzen und den Schiffen nachzusehen. Und abends vielleicht bei einem Glas Wein Musik zu hören. Oder noch ein wenig zu arbeiten. Eigentlich hätte es doch ein gutes Leben sein können, hier auf der Klippe. Aber da er sich nun mal entschieden hatte, nicht zu bleiben, würde er sich gar nicht häuslich einrichten. Seinen Kaffee würde er auf dem Weg nach Brest in einer kleinen Bar nehmen.

Vielleicht am Hafen von Concarneau. Er war dort schon ein paarmal vorbeigefahren in den letzten Tagen, auch wenn der kleine Ort nicht unbedingt auf seinem Weg lag. Bestimmt würde er da seinen Kaffee bekommen und ein Croissant auch.

In den engen Straßen der hübschen kleinen Stadt mit den mittelalterlichen Häusern herrschte reges Vormittagstreiben. Hausfrauen waren auf dem Weg zum Einkaufen, Schulkinder trieben sich vor der Schule noch auf den malerischen Plätzen herum, junge Männer in properen Anzügen waren auf dem Weg ins Büro. Und da war plötzlich dieses Mädchen. Nur ein paar Meter von ihm entfernt kam es aus einer Boulangerie mit einer kleinen Tüte aus der Hand. Paul starrte sie an. War sie es wirklich? War das wirklich Marie Lamare, die Polizistin aus Paris?

»Marie?«

Er murmelte ihren Namen leise vor sich hin. Bestimmt irrte er sich. Solche Zufälle gab es doch eigentlich nicht.

Marie wollte gerade in das Croissant beißen, das sie aus der Tüte gefischt hatte, als sie glaubte ihren Namen zu hören.

»Marie?«

Sie drehte sich um. Aber da war niemand, den sie kannte. Nur dieser Mann mit dem Motorrad, der sie anstarrte. Und jetzt auf sie zukam.

»Sie sind es ja wirklich! Wie geht es Ihnen, Marie? Haben Sie alles gut überstanden?«

»Entschuldigen Sie, ich … ich weiß nicht …«

»Mein Gott, ist das ein Zufall. Sie sehen gut aus. Das heißt wohl, dass Sie die Schießerei gut überwunden haben. Ich kann Ihnen gar nicht sagen, wie froh ich darüber bin.«

Alles begann sich um Marie zu drehen. Das rote Auto, Jeans Stimme, sein Schrei, als der Schuss ihn zu Boden riss, ihre eigene Stimme.

Bleiben Sie stehen, lassen Sie die Waffe fallen.

Der Blick aus diesen schwarzen Augen. Die Pistole, die er auf sie richtete. Der Schuss.

Paul fing Marie auf, als sie in sich zusammensank.

»Ist alles in Ordnung, Marie? Es tut mir leid; ich wollte Sie nicht erschrecken.«

Dieser erschrockene Blick, mit dem sie ihn ansah. Dieses Keuchen. Dieser furchtbare Schreck in ihren Augen.

»Ich war bei Ihnen, als Sie angeschossen wurden. Ich habe …«

»Jean. Was ist mit Jean? Geht es ihm gut?«

Konnte es sein, dass sie nicht wusste, dass ihr Kollege gestorben war? Paul begriff nicht, was hier vor sich ging. Die junge Frau starrte ihn voller Angst an.

»Wir wollten ihn aus dem Verkehr ziehen. Es sah aus, als würde er Amok laufen. Wir wollten doch nur, dass er anhielt. Aber er hat nicht reagiert. Ist einfach immer weitergerast.«

Die Erinnerung war schlagartig wieder da. Er hatte auf Jean geschossen. Und war weitergerannt, die Pistole in der Hand. Er war auf diese kleine Gruppe Menschen zugerannt. Sie hatten Blumensträuße in den Händen. Und Luftballons. Sie musste verhindern, dass er noch einmal schoss. Sie musste ihn anhalten. *Bleiben Sie stehen.* Da hatte er sich umgedreht. Und die Waffe auf sie gerichtet.

Lassen Sie die Waffe fallen. Er hatte geschossen. Sie fühlte die Wucht des Schlags, als die Kugel sie traf. Fühlte den brennenden Schmerz und die verzweifelte Gewissheit, dass er weiterlaufen und noch einmal schießen würde.

Marie saß keuchend auf der Bank, zu der Paul sie geführt hatte. Die Erinnerung an die Geschehnisse in Paris war mit einer derart ungeheuren Wucht zurückgekehrt, dass sie glaubte, ersticken zu müssen.

»Es tut mir leid.« Wie durch eine dicke Lage Watte hörte sie die Stimme des Mannes, der neben ihr saß. »Soll ich Sie zu einem Arzt bringen?«

Der Notarzt wird gleich da sein. Halten Sie durch. Sie müssen durchhalten. Marie erkannte die Stimme wieder. Sie hatte auf dem Boden gelegen, hatte gespürt, wie ihre Uniform nass wurde.

Dieser Mann hatte sich das Hemd vom Leib gerissen und auf ihre Wunde gedrückt. Und er hatte auf sie eingeredet. Dass alles gut würde. Dass Hilfe schon unterwegs sei. Und dabei hatte er eine abgrundtiefe Angst in seinen Augen gehabt.

»Es ist alles in Ordnung. Es geht mir gut«, hörte sie sich sagen. Und dabei war gar nichts in Ordnung. Der Moment der Wahrheit war auch der Augenblick, in dem Marie Lamare die Lüge erkannte.

Drittes Buch

RÜCKKEHR

1

Als Michel die Kiste mit den Fischen vom Boot seines Freundes Pierre auf die Ladefläche seines kleinen Pickups wuchtete, hörte er Maries Stimme. Sie klang anders als sonst. Lebendiger. Entschlossener. Und voller Wut.

»Marie, sieh dir das an, die Doraden sind …«

»Ich fahre zurück nach Paris. Mein Chef wird sich schon wundern, wieso ich mich so lange nicht gemeldet habe.«

Sie wusste alles.

»Marie, hör mir zu. Ich kann dir alles erklären.«

Doch Marie hatte sich schon wieder umgedreht und lief auf dem langen Steg davon, an dem die Fischerboote festgemacht hatten. Michel rannte atemlos hinter ihr her. Die Gedanken in seinem Kopf spielten verrückt. Was war nur passiert? Wieso erinnerte sie sich plötzlich an alles?

»Marie, warte. Lass uns reden. Ich will nicht, dass du einfach so weggehst.«

Verzweifelt versuchte er, sie aufzuhalten. So durfte es nicht enden. Er musste ihr doch erklären, wieso er ihr nichts gesagt hatte. Dass er sie nur hatte beschützen wollen.

Marie rannte die Treppe zu ihrem Zimmer hinauf. Sie wollte nichts hören. Nicht von diesem Mann. Der ihr vorgemacht hatte, dass er ihr Vater war. Ja, natürlich, Michel Dumont war ihr Vater. Das stimmte. Aber sonst stimmte überhaupt nichts. Mit einem Schlag lag ihr ganzes Leben wieder glasklar vor ihr. Ihr

Leben, das ohne Michel Dumont stattgefunden hatte. Wie kam dieser Mann dazu, sie derart anzulügen? Sie warf ein paar der neuen Sachen, die sie sich mit Michels Geld gekauft hatte, in eine kleine Reisetasche. Hastig, ohne nachzudenken. Nur schnell weg von hier. Sie musste nach Paris. Musste wissen, was mit Jean war. Musste Thomas anrufen. Mein Gott, Thomas – er würde doch umkommen vor Sorge. Was dachte er, was mit ihr passiert wäre? Bestimmt hatte er von dem Vorfall erfahren. Und sie dann nicht mehr gefunden. Weil ihr Vater – der Mann, der vorgab ihr Vater zu sein – sie entführt hatte. Aus ihrem Leben hinein in etwas, das sich als komplette Lüge herausgestellt hatte.

Michel fühlte sich hilflos, als er Maries wütende Aktion beobachtete.

»Lauf nicht weg, Kind. Es hatte alles einen Grund, dass ich dir nichts erzählt habe. Ich wollte einfach nur, dass …«

Maries dunkle Augen waren schwarz vor Zorn.

»Du wolltest mir mein Leben wegnehmen. Du hast mich angelogen. Du hast mir vorgemacht, dass wir ein gutes Verhältnis haben. Wie kann ein Mensch so was tun?«

Sie drängte sich an ihm vorbei durch die Tür.

»Bitte, bleib hier. Oder sag mir, wann du wiederkommst. Du kannst doch nicht einfach …«

»Doch, das kann ich. Genau da weitermachen, wo ich vor der Schießerei aufgehört habe. Ich gehe zurück in mein Leben. In dem du keinen Platz hast.«

Sie wollte nur weg. Schnell weg aus dieser Lüge, die nicht ihr Leben war.

Michel konnte ihr nur noch schnell ein paar Geldscheine in die Hand drücken.

»Für das Ticket.«

Sie hielt inne. Starrte auf das Geld. Starrte auf ihn.

»Sobald ich in Paris bin, schicke ich es dir zurück.«

Und sie rannte die Treppe hinunter. Er hörte ihre polternden

Schritte auf den Holzbohlen. Es klang, als würde sie von Teufeln gehetzt fliehen.

Und sie hatte ja recht. Vor einem Mann wie ihm konnte man nur fliehen. Mit einem Mann wie ihm durfte man nichts zu tun haben. Er sank auf Maries Bett. Es hatte nichts genützt. Das ganze gut gemeinte Konstrukt, das er so sorgsam aufgebaut hatte, war in sich zusammengebrochen und hatte seine Hoffnung begraben. Die Hoffnung darauf, mit seiner Tochter doch noch ein harmonisches Leben führen zu können.

Marie verließ das Haus ihres Vaters, ohne sich noch einmal umzusehen. Sie musste ein Taxi finden, das sie nach Brest brachte. In ein paar Stunden würde sie in Paris sein.

»Ist alles in Ordnung, Marie?«

Paul hatte auf sie gewartet. Er hatte sich inzwischen zusammengereimt, dass Marie das Unglück in Paris wohl vergessen haben musste. Und dass er der ahnungslose Auslöser dafür gewesen war, dass sie sich nun wieder erinnerte. Diese Fassungslosigkeit in ihren Augen. Dieser bodenlose Zorn, mit dem sie Richtung Hafen losgestürzt war. So richtig konnte er sich das nicht erklären. Sicher, das, was geschehen war, war eine furchtbare Katastrophe gewesen. Aber sollte sie nicht froh sein, dass sie sich wenigstens erinnerte? Die letzten Wochen mussten doch eine Qual für sie gewesen sein. Immer auf der Suche nach der Erinnerung. Doch da war keine Erleichterung bei ihr zu spüren gewesen. Nur diese fassungslose Wut.

»Ich muss nach Paris.« Sie wollte an ihm vorbeigehen. Noch immer wirkte sie, als wäre sie von Furien gehetzt.

»Ich kann dich zum Flughafen bringen.«

Sie stoppte. Und nickte.

»Je schneller ich von hier weg bin, desto besser.«

Sie setzte den Helm auf, den er ihr reichte, klemmte sich samt ihrer Tasche hinter ihn. Und er fuhr los. Im Rückspiegel sah er diesen Mann aus dem Haus kommen und ihnen nachsehen, den sie vorhin so wütend angeschrien hatte.

Der Wind war stärker geworden. Weiße Schaumkronen tanzten auf den Wellen. Der Himmel, der gerade noch so stechend blau gewesen war, lag grau über dem Wasser. Die scharfe Linie des Horizonts war nun verschwommen, es war nicht mehr genau auszumachen, wo das Meer aufhörte und der Himmel anfing. Marie klammert sich an dem Mann, der ihr die Erinnerung wiedergebracht hatte, fest. Sie spürte den Wind im Gesicht, der ihr Tränen in die Augen trieb. Sie fühlte sich plötzlich wie erstarrt. Natürlich war da diese unendliche Erleichterung darüber, wieder Herr ihres Lebens zu sein. Sich an alles zu erinnern, was ihre Existenz jemals ausgemacht hatte. Aber gleichzeitig wuchs in ihr die Enttäuschung darüber, was Michel ihr angetan hatte.

Paul hielt das Motorrad an.

»Du solltest dich erst mal beruhigen.«

Er hatte gespürt, dass sie am ganzen Leib gezittert hatte. Sie schlang die Arme eng um sich, so als würde sie schrecklich frieren. Blass war sie plötzlich, durchscheinend blass. Als würde sie jeden Moment umkippen. Sie setzte sich auf einen Felsen.

»Als ich im Krankenhaus aufgewacht bin, gab es nichts mehr. Ich hab mich gefühlt, als würde ich in einem leeren schwarzen Raum schweben. Kannst du dir das vorstellen? Du siehst dein Gesicht im Spiegel, und du weißt nicht, wer das ist, der dich da ansieht. Ja natürlich, sie haben mir gesagt, dass ich Marie Lamare bin. Aber sie hätten mir auch sagen können, dass ich Kleopatra bin oder Vanessa Paradis.«

Paul bereute, dass er Marie im Krankenhaus nicht besucht hatte. Vielleicht hätte er ihr vieles ersparen können. Vielleicht hätte sie sich an ihn erinnert. Und damit an alles andere auch.

»Es muss schrecklich gewesen sein.«

»Das Merkwürdige war, dass ich nicht alles vergessen hatte.

Ich wusste, wie man isst und trinkt. Ich konnte lesen. Wusste, dass man sich die Zähne putzt. All die alltäglichen Sachen waren mir geblieben. Dr. Lenoir sagte, das sei gar nicht ungewöhnlich. Und er machte mir Hoffnung, dass ich mich auch wieder an alles andere erinnern würde. Aber dieser Mann hat versucht, das zu verhindern.«

Sie sagte: »dieser Mann«, weil sie es nicht über sich brachte, Michel Dumont ihren Vater zu nennen. Er war für sie nichts anderes als ein herzloses Monster.

»Vielleicht wollte er dich schützen.« Paul konnte sich nicht vorstellen, wieso Michel seine Tochter im Unklaren gelassen hatte über ihr Leben in Paris und vor allem über die Schießerei.

»Vielleicht hatte er Angst, dass du zusammengebrochen wärst, wenn du dich daran erinnert hättest, was wirklich passiert ist?«

»Es ging ihm nicht um mich. Er hat ausschließlich an sich gedacht.«

Mit stockender Stimme versuchte sie, Paul zu erklären, was Michel Dumont beabsichtigt hatte, als er ihr weiszumachen versuchte, dass sie bei ihm in Concarneau gelebt hatte.

»Er hat nicht um mich gekämpft, als meine Mutter ihn verlassen hat. Ich erinnere mich ganz genau. Ein Feigling sei dieser Mann, hatte sie gesagt. Einer, über den es sich nicht lohne nachzudenken. Und noch weniger, um ihn zu trauern.«

»Und wenn er das jetzt wiedergutmachen wollte? Ja, sicher, mit den total falschen Mitteln offensichtlich, aber vielleicht hat er deinen Gedächtnisverlust als so was wie eine zweite Chance begriffen.«

»Wieso verteidigst du ihn? Du kennst ihn doch gar nicht.«

Es lag Paul nichts ferner, als diesen Mann zu verteidigen, den er gar nicht kannte. Er versuchte, eine Erklärung für dessen total irrationales Handeln zu finden.

»Das Mieseste ist, dass er es zugelassen hat, dass ich ihn mochte. Er war so lieb zu mir. Er hat sich um mich gekümmert.

Hat mir zugehört, wenn ich vor lauter Verzweiflung nicht mehr weiterwusste. Er hat mich getröstet, wie ein Vater sein Kind zu trösten hat.« Sie konnte nicht verhindern, dass ihr die Tränen in die Augen schossen. Wie gut es sich angefühlt hatte, dass er da war, wenn sie nachts aus ihren Alpträumen aufwachte. Sie hatte sich umsorgt und geliebt gefühlt. Und sicher. Egal was noch kommen würde, hatte sie manchmal gedacht, immerhin hatte sie ihn. Diesen wunderbaren Vater mit dem großen Herzen.

»Wieso bin ich nur nicht darauf gekommen? Als ich nach Fotos von uns dreien gesucht habe, war da nur eins, das fast fünfundzwanzig Jahre alt war. Wir sahen aus wie eine unheimlich glückliche Dreierbande, so wie wir in die Kamera gegrinst haben. Aber andere Fotos hatte er nicht. Nicht von mir und nicht von Maman. ›Sie hat es gehasst, fotografiert zu werden‹, war seine Erklärung gewesen. Und ich hab es ihm geglaubt. Wieso auch nicht? Woher hätte ich denn wissen können, dass er lügt?«

Wie sie so zart und verletzt an den Menhir gelehnt dasaß, rührte Marie Pauls Herz unerwartet heftig. Er wünschte sich, er hätte ihr irgendwie helfen können.

»Wenn ich irgendetwas tun kann …«, begann er zaghaft.

»Mehr als mir das Leben zu retten, kannst du wahrscheinlich nicht tun.« Sie versuchte ein Grinsen. »Sei froh, dass ich keine Indianerin bin. Ich hab mal gelesen, dass sie den Menschen, der ihnen das Leben gerettet hat, für den Rest seiner Tage mit Dankesbeweisen überschütten. Du würdest mich nie mehr loswerden.« Sie wischte sich mit einem Papiertaschentuch über das Gesicht und stand auf.

»Danke, dass du mir zugehört hast. Muss dir ja alles ziemlich verworren vorkommen.«

»Verworren, ja, und irgendwie auch nicht besonders plausibel. Alles was du über deinen Vater, ich meine über diesen Michel, erzählst, klingt nicht besonders nachvollziehbar.«

»Und ich sag dir was, es ist mir egal. Das Kapitel Michel Dumont ist für mich abgeschlossen. Ich hab mein Leben lang keinen Vater gehabt. Jetzt brauch ich auch keinen mehr.«

»Das heißt, du willst so tun, als sei das alles nicht geschehen?«

»Ganz genau.«

»Wenn du dich ein bisschen beruhigt hast, könntest du vielleicht noch mal hierherkommen und in aller Ruhe mit ihm reden. Vielleicht würdest du ja verstehen …«

»Nein. Diese Tür ist zu. War sie schon immer. Und es gibt keinen Grund für mich, sie wieder zu öffnen.«

Wie entschlossen sie plötzlich wirkte. So als hätte sie ihr Leben total im Griff.

»Weißt du schon, was du jetzt tun wirst?«

»Was soll ich schon tun? Ich werde mein Leben leben. Aber zuallererst werde ich Jean treffen. Er hat sich bestimmt gewundert, wieso ich mich nicht bei ihm gemeldet habe. Ich werde am Flughafen noch einen edlen Armagnac für ihn kaufen – den trinkt er irre gern –, und dann …«

»Marie …« Es war so etwas Trauriges in Pauls Stimme, dass sie sich sofort unterbrach.

»Ja?« Sie wusste es, bevor er es aussprechen konnte. Jean war tot. Ihr Kollege und Freund war tot. Alle Kraft, die sie gerade in sich gespürt hatte, schien aus ihr zu weichen. *Nein. Nicht Jean.* Nicht dieser wundervolle Mensch. Nicht Jean.

Paul konnte nichts anderes tun, als Marie einfach an sich zu ziehen. Sie festzuhalten. Der Schmerz um den verlorenen Freund ließ sie am ganzen Körper beben. *Nicht Jean.*

Und dann riss sie sich plötzlich los. Und schrie ihn wütend an.

»Das hat er mir auch verschwiegen: dass ich einen Freund verloren habe! Er hat es nicht einmal zugelassen, dass ich um Jean trauern konnte! Kannst du mir mal einen Grund sagen, wieso ich diesen Menschen nicht hassen soll?«

2

Er hätte es ihr gesagt. Wenn sie ihm nur eine Minute zugehört hätte, hätte er ihr alles erklärt. Ohne jede Rücksicht auf Verluste. Michel arbeitete in seiner Küche wie ein Automat stumm vor sich hin. Er zerlegte die Fische für seine legendäre Fischsuppe, er gab knappe Anweisungen an Eliane und Marc. Rührte den Teig für die Crêpes Suzettes an, schälte die Kartoffeln für die Pommes Dauphines, die es heute zu dem Filet vom Kobe-Rind geben sollte. Eliane und Marc erledigten ihre Aufgabe geschwind und perfekt wie immer. Sie spürten, dass Michel mit seinen Gedanken heute nicht bei der Sache war.

»Marie ist nach Paris zurückgegangen«, hatte er ihnen kurz erklärt, als sie nach ihr fragten. Und es war ihnen klar, dass es ihnen nicht zustand nachzufragen.

Als Leon den Kopf in die Küche streckte und fragte, ob er einen Kaffee bekommen könnte, obwohl es schon fast Zeit fürs Abendessen war, ließ Michel den Kaffee selbst aus der Maschine und brachte ihn Leon auf die Terrasse an seinen gewohnten Tisch.

»Die Leute sagen, Marie sei nicht mehr da.« Als Leon das Gerücht gehört hatte, hatte er seine Termine sofort abgesagt. Er musste wissen, was das bedeutete. Im günstigsten Fall hätte es sein können, dass Marie sich plötzlich wieder an alles erinnerte und einfach gegangen war. Aber es war nicht ausgeschlossen, dass Michel alles versucht hatte, um sie zu halten. Alles, das würde bedeuten, dass er ihr gestanden hatte, was damals geschehen war. Und wenn dies der Fall war, dann würde Leon sofort die Reißleine ziehen müssen. Seit ein paar Tagen hatte er darüber nachgedacht, was er tun würde, wenn Michel die Wahrheit über den Untergang der *Helena* preisgeben würde. Und er war zu dem Schluss gekommen, dass er dann nichts anderes tun konnte, als das Land zu verlassen. Er hatte sich eine Liste der Länder ausgedruckt, die kein Auslieferungsabkommen mit Frankreich hatten. Und er hatte veranlasst, dass sein kleiner Jet, den er sich vor Jahren aus einer eitlen Laune heraus geleistet hatte, aufgetankt auf dem Flughafen von Brest stand. Aber bevor er die Flucht auf eine unbekannte Südseeinsel antrat, musste er wissen, wie weit Michel tatsächlich gegangen war.

»Falls du wissen willst, ob ich ihr die Wahrheit gesagt habe, kannst du beruhigt sein. Sie hat mich gar nicht zu Wort kommen lassen.«

Leon atmete innerlich auf. Sollte dieser Kelch tatsächlich an ihm vorübergegangen sein?

»Aber ich sage dir auch: Sollte ich noch einmal die Gelegenheit haben, mit ihr zu reden, werde ich ihr alles sagen.«

»Und was würde das ändern?«

Leon sah Michel kühl an.

»Glaubst du, sie wird dir verzeihen, dass du sie belogen hast? Du hast deinem einzigen Kind das Leben gestohlen. Wieso denkst du, sollte sie das vergessen?«

Michel setzte sich zu Leon an den Tisch. Seine Hände strichen ruhig über die rotkarierte Tischdecke, an der der Herbstwind zerrte.

»Wie konnten wir glauben, dass wir davonkommen würden? Kannst du mir das sagen? Wir haben Schuld auf uns geladen. Glaubst du wirklich, dass es dafür keine Sühne geben muss?«

Leon lachte leise auf.

»Schuld und Sühne, mein Freund, was für pathetisches Geschwafel. Es gibt keine Schuld auf dieser Welt, die man durch Sühne ungeschehen machen kann. Die Männer der *Helena* werden nicht wieder lebendig, wenn wir ins Gefängnis gehen.«

»Glaubst du das wirklich? Ich frage dich, Leon, schläfst du eigentlich gut?«

»Wieso nicht?«

»Weil ich die Schreie höre. Jede Nacht höre ich sie. Die Schreie meiner ertrunkenen Kameraden.«

Leon hörte diese Schreie auch. Nicht jede Nacht. Aber einmal im Jahr, wenn sich der Tag des Untergangs der *Helena* jährte, verfolgten auch ihn die Schreie der Seeleute, für deren Tod er verantwortlich war. Aber das würde er Michel niemals eingestehen. Er hatte nach dem Untergang des Schiffs alles getan, um die Hinterbliebenen zu entschädigen. Er hatte ihnen die Miete in den Wohnungen erlassen, in denen sie wohnten. Er hatte ihren Kindern die Ausbildung bezahlt. Chantal Miller hatte er sogar den Rest des Preises für das Haus, in das sie gerade mit ihrem Mann eingezogen war, erlassen. Mehr konnte ein Mensch nicht tun, dessen war er sich sicher. Und niemand, weder einer der Hinterbliebenen noch Michel und er, würden etwas davon haben, wenn nach so vielen Jahren die ganze Sache vor Gericht kam und sie beide ins Gefängnis gingen.

»Es dürfte Sühne genug sein, dass man sein Leben lang diese Schuld mit sich herumträgt.«

»Du hast gut reden. Du hast dir ein neues Leben aufgebaut. Du hast dir einfach eine neue junge Frau genommen und mit ihr noch einmal ein Kind bekommen. Aber ich? Ich habe alles verloren.«

Leon griff nach Michels Hand. Seine Stimme wurde unerwartet warm.

»Ich habe mir immer gewünscht, dass du noch einmal eine Frau findest, mit der du neu anfangen kannst, das weißt du.«

Wenn Michel es geschafft hätte, Monique und Marie zu vergessen und sich auf eine neue Frau einzulassen, würden sie heute nicht hier sitzen. Da war er sich sicher. Er würde nicht fürchten müssen, dass Michel in einem unüberlegten Moment alles zerstören könnte, was er sich aufgebaut hatte.

»Es geht mir doch nicht nur um mich. Ich bin ein alter Mann. Ich habe mein Leben gelebt, so gut es ging. Aber da ist Claire.

Und vor allem Caspar. Könntest du es wirklich verantworten, sie ins Unglück zu stürzen? Zwei Menschen, die nichts, aber auch gar nichts mit unserem Versagen zu tun haben?«

»Unser Versagen?! Es war dein Versagen, Leon. Du trägst die alleinige Verantwortung. Meine Schuld ist nur, dass ich dich gedeckt habe.«

»Wenn du dich erinnern willst – ich habe dich nicht darum gebeten. Du hast dich aus freien Stücken dafür entschieden, mir zu helfen. Und dafür, mein Freund, werde ich dir bis ans Ende meiner Tage dankbar sein.«

»Du musst zur Polizei gehen und ihnen alles sagen. Du darfst diesen Verbrecher nicht decken.« Monique war fassungslos gewesen über Michels Entschluss, Leon zu helfen. »Er ist ein skrupelloser Mörder, dein sauberer Freund. Es ging ihm um nichts anderes als um seinen Gewinn. Dafür hat er in Kauf genommen, dass zwölf Männer starben. Du hast es in der Hand, dass er zur Verantwortung gezogen wird.«

Michel hatte noch jedes Wort des entsetzlichen Streits mit Monique im Ohr. Kaum hatte er ihr gestanden, was er über den Unfall der *Helena* wusste, hatte sie ihm ein Ultimatum gestellt.

»Leon oder ich«, hatte sie gesagt. Es war ganz einfach gewesen. Ein Dazwischen hatte es für sie nicht gegeben.

»Aber es war ein unglückliches Zusammentreffen verschiedenster Umstände. Er hatte nicht voraussehen können, was passieren würde. Er hat doch nicht gewollt, dass Menschen zu Schaden kamen. Dafür kann man ihn doch nicht bestrafen.«

»Das sollen andere entscheiden. Für so etwas gibt es Gerichte, Michel. Auf jeden Fall muss er die Verantwortung übernehmen. Und du auch.«

Er hatte sich für seine Schwäche verwünscht. Hätte er Monique nur nicht erzählt, was in dieser Nacht auf der *Helena* wirklich passiert war. Aber sie hatte gespürt, dass etwas an ihm nagte in den Tagen und Wochen nach seiner Rettung. Sie hatte nicht verstanden, wieso er sich nicht darüber freuen konnte, am Leben zu sein. Sie hatte sich Sorgen gemacht um seine Seele. Und deswegen nicht aufgehört zu fragen, was ihn so bedrückte. Und eines Nachts, als die Schreie wieder in seinem Kopf dröhnten, hatte er es nicht mehr ausgehalten. Er hatte ihr alles gestanden. Und in der Sekunde, in der er seine Last auf ihr abgeladen hatte, hatte er gewusst, dass sie ihn nur unter einer Bedingung stützen würde: unter der Bedingung, dass er zur Polizei ging und seinen besten Freund verriet. Der ihm außerdem schon einmal das Leben gerettet hatte. Was war er nur für ein Mensch, der seine große Liebe ziehen ließ, um einen Mann zu retten, der für den Tod von zwölf Männern verantwortlich war?

»Kannst du nicht einfach so tun, als wäre diese Sache mit Marie so etwas wie ein Geschenk gewesen? Wieso nimmst du diese paar Tage, die du mit ihr verbringen durftest, nicht als etwas unerwartet Schönes, mit dem du nie gerechnet hast?«

Leon wusste, dass er einen schwierigen Kampf auszufechten hatte. Er hatte nie einen aufrechteren Menschen in seinem Leben kennengelernt als Michel. Deswegen hatte er auch nie daran gezweifelt, dass er ihn nicht verraten würde. Dass er damals unter Lebensgefahr den Freund aus der einstürzenden Höhle gerettet hatte, war ein unverbrüchliches Band zwischen ihnen beiden. Seinen Lebensretter verriet man nicht. So einfach war Michels Rechnung. Und darauf hatte sich Leon bis jetzt verlassen können.

»Wenn du ihr jetzt alles erzählst, wird sie vielleicht – und ich sage ganz bewusst vielleicht – verstehen, dass du Monique und sie hast gehen lassen. Das ist tatsächlich möglich. Aber wird sie dir verzeihen? Wird alles gut werden zwischen euch?«

Leon hatte ja recht, es konnte gar nicht mehr gut werden zwischen ihm und Marie. Wie hatte er sich das nur einreden können? Aber dieser Anruf aus dem Krankenhaus – er war wie ein Wink des Schicksals gewesen. Sie hatten bei Marie nicht die

Telefonnummer ihres Freundes gefunden, weil ihr Handy, in das sie alle Nummern gespeichert hatte, bei der Schießerei kaputtgegangen war. Ihn hatten sie als Erstes ausfindig gemacht. Den Vater. Zu dem sie die meiste Zeit ihres Lebens keinen Kontakt gehabt hatte. Aber das hatten die Ärzte nicht gewusst. Für sie war er der nächste Angehörige des Opfers; er musste sich um Marie kümmern.

Vielleicht sollte er wirklich Ruhe geben. So oft in seinem Leben hatte er überlegt, wie es seiner Tochter wohl gehen mochte. Wie sie aussah. Ob sie verheiratet war, einen Beruf hatte. Damals, als er in der Zeitung gelesen hatte, dass Monique tödlich verunglückt war, hatte er darüber nachgedacht, Kontakt zu Marie aufzunehmen. Er hatte ihr beistehen wollen, sie trösten. Für sie da sein, jetzt, da sie außer ihm keinen Verwandten mehr hatte. Ein paar Nächte hatte er die Situation durchgespielt. Wie es sein würde, sie zu treffen. Ihr zu sagen, wer er sei. Aber schließlich hatte ihm doch der Mut gefehlt. Wie hätte er seiner Tochter erklären sollen, dass er sie einfach hatte gehen lassen?

»Sie ist schön. Und sie ist stark. Sie hat einen Beruf. Und wahrscheinlich gibt es auch einen Mann in ihrem Leben. Glaubst du wirklich, dass sie dich braucht, Michel? Sie hat nie einen Vater gehabt. Sie braucht auch jetzt keinen.« Konnte es sein, dass Leon recht hatte? Wieso war er nicht einfach froh darüber, dass sie so ein wunderbarer Mensch geworden war, der offensichtlich sehr gut im Leben zurechtkam? War das nicht alles, was ein Vater sich für seine Kinder wünschen konnte?

»Sie hasst mich.«

»Zu Recht, mein Freund. Du warst nicht für sie da. Und jetzt ist es zu spät.«

Würde Michel begreifen, was er zu tun hatte? Oder besser: Würde er begreifen, was er zu lassen hatte?

»Weißt du, wie oft ich mir gewünscht habe, ich wäre mit der *Helena* untergegangen?«

Leon nickte. Er konnte es sich vorstellen. Und wenn er ehrlich war – vielleicht wäre es ja das Beste gewesen.

3

Würde sie sich umdrehen? Paul hoffte, dass Marie ihn noch einmal ansehen würde, bevor sie durch die Tür des Flughafens verschwand. Es war ihm unerklärlich, aber er konnte sich nicht vorstellen, dass er sie jetzt in diesem Moment zum letzten Mal sehen sollte. Ihr schmaler Rücken, auf den der dunkle, nachlässig zusammengebundene Pferdeschwanz fiel, rührte ihn. Sie wirkte so verletzlich und einsam, wie sie mit hängenden Schultern und langsamem Schritt durch die große Glastür ging. Am liebsten wäre er hinter ihr hergelaufen und hätte ihr gesagt, dass er sie begleiten würde. Wenn er wenigstens den Mumm gehabt hätte, sie nach ihrer Telefonnummer zu fragen. Und ob er sie anrufen, sie vielleicht sogar wiedersehen dürfe. Aber war das der richtige Zeitpunkt für ein Date? Definitiv nicht. Sie hätte bestimmt kein Verständnis für seine Bitte gehabt. Ausgerechnet jetzt, da sie sich mit ihrem Leben, das sie schon verloren geglaubt hatte, konfrontieren musste. Außerdem gab es da doch einen Mann in Maries Leben: Thomas. Sie konnte es kaum erwarten, wieder bei ihm zu sein. Und so ging sie davon. Er sollte die Hoffnung, sie wiederzusehen, schnellstens begraben. Er ließ den Motor an, um wegzufahren. Und da geschah es doch: Marie drehte sich um. Ihr Blick suchte ihn. Und als sie ihn sah, lächelte sie, hob ganz leicht die Hand. Ihr Mund formte sich zu einem unhörbaren »Merci«. Paul winkte lächelnd. »Au revoir, Marie«, sagte er leise. Und er glaubte in diesem Moment, dass es dieses Wiedersehen geben musste.

Als Marie noch einmal auf ihn zugeeilt kam, dachte er schon, sie wolle ihm ihre Telefonnummer geben. Oder ihn nach seiner fragen.

»Ich weiß gar nicht, ob ich mich bei dir bedankt habe«, sagte sie atemlos. »Danke für alles. Vor allem dafür, dass du mir mein Leben zurückgegeben hast.« Sie drückte ihm einen hastigen Kuss auf die Wange. Drehte sich um – und eilte davon.

Marie, wollte er rufen. Warte.

Doch jetzt verschwand sie endgültig hinter der gläsernen Tür.

Schade, dass sie keine Indianerin ist, dachte Paul wehmütig. Dann wäre es selbstverständlich gewesen, dass sie sich nicht aus den Augen verloren hätten. Sie hätte diese Verbindung, die auf dem Pflaster der Pariser Straßen entstanden war, als er verzweifelt versucht hatte zu verhindern, dass sie starb, als eine Verpflichtung angesehen. Als ein Zeichen des Schicksals. Sie hätte sich auf ewig mit ihm verbunden gefühlt. Eine Vorstellung, die Paul in diesem Moment sehr gefiel.

4

Leise sphärische Töne schwebten durch das Schloss. Es war das Zeichen dafür, dass sich Claire zu ihrer Qi-Gong-Übung in den spartanisch eingerichteten Raum im westlichen Seitenflügel zurückgezogen hatte, den sie sich vor ein paar Jahren eingerichtet hatte. Sie hatte die fernöstlichen Übungen auf einer Reise nach China für sich entdeckt, wo sie in Peking auf einer ihrer morgendlichen Joggingrunden eine Gruppe von Männern beobachtet hatte, die, in Businessanzügen, ganz in ihre Übungen versunken, sich auf ihren Arbeitstag vorbereitet hatten. Es hatte eine ungewöhnliche Ruhe und Konzentration über dem kleinen Park gelegen, in dem sich die Männer, wie sie bald herausfand, jeden Morgen trafen, um Geist und Körper in Einklang zu bringen. Fasziniert hatte sie sich einen Lehrer gesucht, der sie in diese fremdartigen Übungen eingewiesen hatte. Und zog sich seitdem fast jeden Tag für eine Weile zurück, um sich ganz auf sich zu konzentrieren. Leon hatte Claires neue Leidenschaft anfangs belächelt. Dass seine umtriebige Frau sich einen Raum der Stille zulegte, fand er zwar interessant, aber im Geheimen erwartete er, dass ihr die langsamen, behutsamen Übungen schnell zu langweilig werden würden. Doch das Gegenteil war der Fall gewesen. Claire war der Kunst des Qi-Gong verfallen. Sie konnte sich schon lange nicht mehr vorstellen, dass es einmal eine Zeit gegeben hatte, in der sie sich nicht damit beschäftigte. In dieser Stunde am Tag war sie ganz bei sich. Sie fühlte, wie der Druck nachließ, wie die Probleme, die sie beschäftigten, wenigstens für eine Weile in den Hintergrund traten. Dass Leon und Caspar sie belächelten, focht sie nicht an. Jeder musste seinen eigenen Weg finden, mit seinem Leben zurechtzukommen. Und sie hatte ihren gefunden. Der stille Raum, in den sie sich zurückzog, war so etwas wie ein Zufluchtsort für sie geworden. Jeder im Schloss wusste, dass sie hier nicht gestört werden durfte. Nur sehr selten kam es vor, dass sie nicht abschalten konnte, sobald sie den stillen Raum betrat. Normalerweise fühlte sie sich in dem Moment, in dem sich die schwere Tür hinter ihr schloss, wie befreit. Ihre Schultern entspannten sich. Ihre Haltung wurde unwillkürlich aufrecht. Ihr Atem wurde regelmäßig und tief.

Heute allerdings hatte Marie es geschafft, sich mit in den Raum zu drängen. Claire hatte, kurz bevor sie sich ihren Übungen widmen wollte, von ihrer Köchin Mimi erfahren, worüber schon der ganze Ort redete. Michels Tochter war nach Paris zurückgegangen.

Claire war erleichtert gewesen. »Sehr gut. Ein Problem weniger.« Doch sie wusste, dass es so einfach nicht sein würde.

Da war zum einen Michel, dem sie nicht zutraute, dass er seine Tochter ein zweites Mal aus seinem Leben entschwinden ließ. Und da war Caspar. Der sich offensichtlich in Marie verliebt hatte. Claire konnte nicht einschätzen, wie ernst es Caspar mit Marie meinte; bislang waren alle seine Beziehungen nach ein paar Monaten Vergangenheit gewesen. Claire hatte sich oft gefragt, wieso ihr Sohn sich nicht dauerhaft binden wollte, wieso die Mädchen, die er mit ins Haus brachte, entweder so schrill oder so langweilig waren. Aber als kluge Mutter hatte sie sich der Kommentare meistens enthalten. Sie hatte genug Schwierigkeiten mit ihrem Sohn, da wollte sie nicht auch noch über seine Freundinnen mit ihm streiten. Zumal sie es ja doch nie sehr lange waren. Ob es mit Marie etwas anderes sein würde? Sie wusste, dass sie das nicht zulassen konnte. Wenn sich Caspar zu eng an Marie band, würde das bedeuten, dass auch seine Beziehung zu Michel intensiver werden würde. Und das musste verhindert werden. Michel drohte zu einem sentimentalen alten Mann zu werden. Wer wusste schon, was er Caspar erzählen würde, wenn der erst einmal in seinem Haus ein und aus ging? Sie schüttelte den Kopf. Was für absurde Gedanken. Marie war weg. Caspar würde sich damit abfinden und ein neues Mädchen finden. Und Michel würde sich beruhigen. Er würde sein Leben weiter so führen, wie er es bis jetzt auch getan hatte. – Und wenn nicht? Claire hielt in der Bewegung inne. Würde Leon Michel in den Griff bekommen? Oder würde sie sich einschalten müssen? Auf jeden Fall musste sie die Sache im Auge behalten, bevor sie aus dem Ruder lief. Und wenn nötig würde sie handeln müssen. Und dieses Mal, das schwor sich Claire, würde sie dafür sorgen, dass die Sache richtig gemacht würde. Es war in der letzten Zeit schon viel zu viel schiefgegangen.

5

Michel wollte gerade sein Restaurant abschließen, als die Tür von außen geöffnet wurde. Einen Moment schoss in ihm die Hoffnung hoch, Marie sei zurückgekehrt.

»Michel, bon soir, sag nicht, das Restaurant ist schon zu.«

Sabine du Maurier sah, dass es ihrem alten Freund Michel nicht gut ging. Seine Haut war grau und sein Blick stumpf.

»Sabine.«

Michel gelang es nicht, die Enttäuschung zu verbergen, dass es nicht Marie war, die da in der Tür stand, sondern Leons Exfrau. Sie umarmte ihn und küsste ihn auf beide Wangen.

»Kann ich noch ein Glas Wein bekommen? Ich bin gerade gelandet, und in meiner Küche findet sich weder etwas Essnoch etwas Trinkbares.«

»Aber natürlich, komm rein. Du kannst auch noch eine Suppe haben oder ein wenig Coq au Vin.«

»Ein Glas von deinem Bordeaux genügt mir. Gegessen hab ich noch im Flieger. Allerdings, wenn ich störe …«

»Nein, du störst nicht. Tut mir leid, ich bin ein bisschen durch den Wind heute. Der Laden war brechend voll, und ich habe die Crème brulée versaut. Kein guter Tag heute.«

Eigentlich freute sich Michel immer, Sabine zu sehen. Auch nach der Scheidung von Leon waren sie befreundet geblieben. Er holte eine Flasche Wein und zwei Gläser und setzte sich mit Sabine an einen Tisch am Fenster.

»Du siehst toll aus. Die Monate in Mexiko scheinen dir gutgetan zu haben.«

»Ja, es war großartig. Ich habe gemalt wie eine Besessene. Diese Farben, das Licht, die Menschen. Es ist mir schon lange nicht mehr so gut gegangen.«

»Das freut mich. Ich bin gespannt auf deine Bilder.«

»Deswegen bin ich auch hier. Ich will so schnell wie möglich eine Ausstellung machen. Und dich brauche ich fürs Catering.«

Sie ließ ihr Glas an das seine klingen.

»Santé, Michel.«

»Santé, Sabine. Schön, dass du wieder da bist. Wann soll die Ausstellung denn sein? Und mit wie vielen Fans rechnest du?«

»Ach, ich glaube, es werden die üblichen hundert Verdächtigen kommen. Übernächsten Samstag, dachte ich, könnte ein guter Tag für die Vernissage sein.«

»Gut. Dann hab ich ja noch ein bisschen Zeit. Wie wär's, wenn ich in den nächsten Tagen mal vorbeikomme und dir ein paar Kostproben bringe?«

Er bemühte sich sehr, professionell interessiert zu wirken. Aber Sabine entging nicht, dass sein Blick immer wieder nach draußen schweifte.

»Erwartest du noch jemanden? Ich will dich auf gar keinen Fall von etwas abhalten.«

»Nein, das tust du nicht. Ich erwarte niemanden.«

Er schüttete das Glas Wein in einem einzigen Schluck in sich hinein.

»Was ist los, Michel? Ist irgendetwas passiert, als ich weg war?«

Ja, es war etwas passiert. Sein ganzes Leben war für eine kurze Zeit auf den Kopf und dann wieder zurück gestellt worden.

»Nicht der Rede wert. Ein paar kleine Turbulenzen, die ich nicht erwartet hatte.« Er lachte ein bitteres kleines Lachen. »In meinem Alter mag man einfach keine Überraschungen mehr, weißt du? Aber jetzt ist alles wieder in Ordnung.«

Er sah ihr an, dass sie ihm kein Wort glaubte. Im Gegenteil, sie machte sich Sorgen.

»Du bist doch nicht krank? Oder pleite? Sag schon, was bedrückt dich, Michel?«

Sie legte ihre Malerhand, die immer ein bisschen ungepflegt

und rau war, auf seine große Hand, die unruhig einen unsichtbaren Streifen auf dem blütenweißen Tischtuch nachzog.

»Erinnerst du dich an Marie?«

»Du meinst an deine Tochter? Sag nicht, dass du sie wiedergesehen hast. Michel, das ist ja wundervoll. Ich hatte schon befürchtet, ihr würdet überhaupt nie mehr zusammenfinden.«

Sabine freute sich ehrlich für Michel, doch als er ihr die ganze Geschichte erzählt hatte, konnte sie nichts anderes tun, als den Freund erschüttert in die Arme zu nehmen. Auch wenn sie nie verstanden hatte, dass er keinen Versuch unternommen hatte, sein Kind in irgendeiner Weise in sein Leben zu integrieren – jetzt bedauerte sie Michel grenzenlos. Was für eine schreckliche Berg- und Talfahrt der Gefühle musste das sein. Erst die Angst, dass Marie hätte sterben können, dann das Glück, sie hierher in sein Haus zu bringen, dazu die ständige Scham, weil er sie anlog, und jetzt der Schmerz, sie gehen lassen zu müssen.

»Oh, Gott, Michel, das ist alles so grausam. Aber weißt du was? Lass ihr etwas Zeit. Und dann fährst du nach Paris und redest mit ihr. So wie du sie geschildert hast, ist sie eine kluge junge Frau. Sie wird dir verzeihen, da bin ich mir ganz sicher.«

Verzeihen, dachte sie. Ist ein Kind, das von seinem Vater verlassen worden ist, wirklich imstande zu verzeihen? Sie dachte an ihre eigene Tochter, die nach ihrer Scheidung von Leon ihren Vater verloren hatte. Sicher, Eva war damals schon zwölf gewesen. Aber die Kränkung darüber, dass ihr Vater sie zurückgewiesen und quasi durch ein neues Kind, seinen Sohn Caspar, ersetzt hatte, diese Kränkung hatte Eva nie überwunden. Sollte das bei Marie anders sein?

»Du glaubst wirklich, dass sie mich anhören wird?«

Sie nickte, und gleichzeitig dachte sie, dass sie das nicht glaubte. Verletzte Kinderseelen heilen nur schwer. Es bleiben immer Narben zurück. Und im Fall von Marie sah es auch noch so aus, als habe Michel diese Narben, die vielleicht noch gar nicht so lange verheilt waren, wieder aufgerissen. Weil er dachte, er könne die eine lebenslange Lüge durch eine andere Lüge aus der Welt schaffen.

Aber da täuschten sich die Menschen. Lügen kann man nur mit einem einzigen Mittel heilen. Mit der Wahrheit.

6

Es war alles wie immer. Und doch war alles ganz anders.

Paris empfing Marie mit einem dieser wundersam leuchtenden Herbsttage, die sie so liebte. Noch saßen die Menschen draußen in den Straßencafés, um ihren Café au lait zu trinken. Touristen flanierten selig über die Champs Éliseés, Studenten saßen auf den Stufen, die zur Seine hinunterführten, und dösten in der noch warmen Sonne. Marie aber schien davon nichts wahrzunehmen. Reglos starrte sie auf die Stelle, an der Jean gestorben war. Zwei verwelkte Rosen lagen auf dem grauen Pflaster und ein Strauß weißer Lilien, deren Blüten schon dunkle Ränder hatten. Eine kleine Kerze flackerte im Wind neben einem Foto von Jean. Zeichen der ohnmächtigen Trauer, die die Menschen empfunden hatten ob Jeans so unnötigem Tod. Neben der tiefen, fassungslosen Trauer um den Freund und Kollegen empfand Marie auch eine bittere Schuld. Hätte sie es nicht verhindern können? Hätte sie nicht schneller sehen müssen, dass dieser Junkie eine Pistole bei sich hatte? Hätte sie Jean nicht daran hindern müssen, den Jungen zu verfolgen? Aber sie hatte einfach nicht erwartet, dass der Autoraser eine Waffe bei sich trug. Sie waren doch beide davon ausgegangen, dass sie einen Betrunkenen verfolgten, den sie nur aus dem Verkehr ziehen wollten. Sie hätten ihm den Führerschein abgenommen. Vermutlich hätte er die Nacht in einer Ausnüchterungszelle verbringen müssen. Wie hätten sie damit rechnen sollen, dass er gleich auf sie schießen würde? Die Erinnerung an die Schüsse dröhnte in ihrem Kopf. *Oh, Gott, Jean. Es tut mir so leid, dass ich nicht besser auf dich aufgepasst habe.*

»Marie.« Als sie Thomas' Stimme hinter sich hörte, drehte sie sich um und sank ihm einfach in die Arme. Jetzt konnte sie ihre Tränen nicht mehr zurückhalten.

»Ich kann dir gar nicht sagen, wie viele Sorgen ich mir um dich gemacht habe.« Thomas drückte sie erschüttert an sich. Als sie ihn vor ein paar Stunden angerufen hatte, war ihm einen Moment lang richtig schwindlig geworden. Sie war es tatsächlich. Und es schien ihr gut zu gehen. Er war so unendlich erleichtert gewesen, sie zu hören.

»Ich hab Himmel und Hölle verrückt gemacht, weil du so einfach verschwunden warst. Weißt du, wie viele Michel Dumonts es in Frankreich gibt?«

Sie lachten und weinten gleichzeitig. Marie versuchte zu erklären, was passiert war, Thomas schilderte ihr seine vergeblichen Versuche, sie zu finden. Sie fielen sich gegenseitig ins Wort, hielten inne, fingen wieder gleichzeitig an. Und waren doch nur froh, dass sie sich wiederhatten.

»Es tut mir so leid, dass ich dir nicht Bescheid geben konnte.«

»Und mir tut es leid, dass ich nicht bei dir war. Meine Güte, Marie, es war das Schrecklichste, was ich je erlebt habe. Ins Krankenhaus zu kommen und zu hören, dass jemand auf dich geschossen hat. Und dann warst du einfach verschwunden. Ich wusste überhaupt nicht, was ich denken sollte. Ich hab die Ärzte angeschrien, weil sie dich einfach einem fremden Mann mitgegeben haben, ich hab deinem Chef gedroht, dass ich ihn anzeigen würde, weil er sich weigerte, eine Fahndung nach dir rauszugeben. Ich bin wie ein Verrückter durch Paris gelaufen und hab in allen Hotels und in allen Pensionen nach dir gefragt. Es war die Hölle.«

Marie drückte sich an ihn. Ihre Lippen suchten seine. Ja, es war die Hölle gewesen, auch für sie. Aber jetzt hatten sie sich wieder. Alles war wieder gut. Aber war es das wirklich? Im Zeitalter des Internets hatten sie sich von einem Tag auf den anderen einfach so verloren. Marie hatte nicht einmal geahnt, dass es Thomas in ihrem Leben gab. Und Thomas hatte den Alptraum schlechthin erleben müssen. Dass der Mensch, den man liebt, plötzlich wie vom Erdboden verschluckt ist. Sicher, Gerard Manzel, Maries Chef, hatte versucht, ihn zu beruhigen.

»Sie ist bei ihrem Vater. Übrigens ein sehr netter Mann. Der kümmert sich um sie. Und sobald sie wieder fit ist, wird sie wieder auftauchen.«

Thomas hatte keinerlei Verständnis für Gerard Manzels Haltung gehabt. Marie hatte nie von diesem Vater erzählt. Er war wie selbstverständlich davon ausgegangen, dass er schon lange tot war. Und jetzt war er plötzlich aus der Versenkung aufgetaucht und hatte Marie entführt? Gerard Manzel hatte Thomas ausgelacht. Von Entführung konnte doch keine Rede sein. Immerhin war er ja Maries Vater. Von dem keiner wusste, was er tat und wo er wohnte.

»Ich hab schon befürchtet, ich würde dich nie mehr wiedersehen.« Marie lachte leise auf. Und wusste gleichzeitig, dass dieser Gedanke so absurd gar nicht war. Was, wenn sie sich nie mehr erinnert hätte? Wenn sie einfach in der Bretagne geblieben wäre? Vielleicht hätte Thomas ja irgendwann zufällig Urlaub in der Bretagne gemacht, und sie wären sich begegnet. Sie hätte ihn nicht erkannt. Und er hätte womöglich gedacht, dass sie ihn nicht erkennen wollte.

Als sie an diesem Abend auf der Terrasse von Maries Wohnung standen und auf die Dächer von Paris hinabsahen, dachte

Marie, dass es nie mehr so sein würde wie früher. Diese kleine Zufriedenheit, die sich immer in ihr Herz geschlichen hatte, wenn sie in ihrer Wohnung war, sie war nicht mehr da.

»Sag mir, dass alles wieder gut ist.«

Thomas nahm ihr das Glas aus den Händen und stellte es auf den zierlichen Eisentisch. Er zog sie an sich. Seine Lippen waren warm und lebendig, als sie sich auf ihre drückten. Wie gut sich das anfühlte. Nicht mehr reden. Nicht mehr denken. Er trug sie in das winzige Schlafzimmer, das von dem breiten Bett fast ganz ausgefühlt wurde, und zog sie aus. Sie erinnerte sich, dass sie es geliebt hatte, wenn er mit seinem Mund ihren Körper erkundet hatte. Wie hatte sie das nur vergessen können? Aber nicht denken. Sie wollte nicht darüber nachdenken. Nur spüren. Seine wachsende Erregung, die Hitze, die in ihr aufstieg. War es so wie immer? Sein schneller Atem erregte sie. Das leise Stöhnen, als er ihre Brüste küsste.

»Wie ich das vermisst habe«, flüsterte er an ihrem Bauch.

Sie schloss die Augen. Wie gern würde sie sagen, dass sie ihn auch vermisst hatte. Denken, denken. Sie zog seinen Kopf zu sich hoch, und ihre Münder verschmolzen gierig ineinander.

»Sag mir, dass ich mich nicht verändert habe.« Sie musste es von ihm hören. Musste sicher sein, dass alles war wie immer. Er küsste vorsichtig die Narbe unter ihrer Schulter. Das war das einzige Zeichen, das von der Katastrophe geblieben war.

»Es fühlt sich gut an«, murmelte er, als er in sie eindrang. Sie stöhnte leise auf, als sie ihn in sich spürte. Ja, es fühlte sich gut an. Sie versuchte sich auf seinen Rhythmus einzulassen. Wenn sie doch nur aufhören könnte zu denken. Wieso wünschte sie sich plötzlich, dass es vorbei wäre? Dass sie sich einfach umdrehen und einschlafen könnte? Als Thomas den leisen Schluchzer hörte, den sie nicht unterdrücken konnte, hielt er inne.

»Ist alles okay?« Er sah, dass ihr Tränen über die Wangen rannen. Nein, es war nicht okay.

»Lassen wir uns Zeit«, sagte er und rollte sich neben sie. »Wir müssen nichts tun, was du nicht willst.«

»Aber ich will es doch.« Sie wollte es wirklich. Sie wollte mit ihm schlafen, als sei nichts geschehen. So wie sie es vorgehabt hatte, an jenem Tag, als sie auf dem Weg zu ihm nach London gewesen war. Sie küsste seine Brust. Wie gut es war, sein Herz schlagen zu hören.

»Ich bin nur ein bisschen durcheinander.« Ihre Lippen wanderten über seinen Körper. Über den Bauch hinab zu seinem Glied. Als sie es berührte, stöhnte er auf. Er legte sich wieder auf sie und stieß heftig in sie hinein. Und Sekunden später verströmte sich Thomas in Marie. Dass sie nicht gleichzeitig mit ihm gekommen war, war ihnen beiden klar. Doch in der Stille nach dem vollzogenen Akt konnten sie nicht darüber reden. Die Angst, dass es nie mehr so sein würde, verschlossen beide in ihren Herzen.

7

Der Sturm jagte über das Land. Er riss an den alten Eichen. Äste krachten zu Boden, Blätter wirbelten durch die Nacht, weiße Wolkenfetzen wurden über den schwarzen Himmel getrieben. Die Schreie mischten sich mit dem Geheul des Sturms zu einer bedrohlichen Todesmelodie. Die Lichter eines Autos erschienen in der Dunkelheit. Ein Motor heulte auf. Sie versuchte noch auszuweichen, doch sie konnte der tödlichen Gefahr nicht entgehen.

Céline stand keuchend am Fenster des kleinen gemütlichen Hauses. Ihre Hände umkrampften den pfeifenden Wasserkocher, den sie angeschaltet hatte, um sich einen Tee aufzubrühen. Sie schrak zusammen, als sie Merlins Nase an ihrem Bein spürte.

»Es ist nichts«, sagte sie leise und kraulte seinen Nacken. »Du musst dir keine Sorgen machen. Leg dich einfach wieder hin.« Doch Merlin wollte nicht von Célines Seite weichen. Er spürte die Unruhe seiner Herrin. Céline goss das heiße Wasser über die getrockneten Thymianblätter. Der Duft des Tees verbreitete sich schnell in der kleinen Stube. Sie schenkte sich eine Tasse des beruhigenden Gebräus ein und trat vor die Tür. Merlin rannte nicht, wie er es normalerweise tat, in die Nacht hinaus, um vielleicht noch ein paar Kaninchen zu erschrecken oder den Fuchs auf seinem Beutezug zu stören. Heute blieb er so dicht bei ihr, dass sie seine Wärme an ihrem Bein spüren konnte. Der Vollmond beleuchtete die Landschaft und das Meer mit seinem weißen Licht, das so hell war, dass die wenigen Bäume, die sich um Célines Haus gruppierten, scharfe Schatten warfen. Die Blätter der zweihundertjährigen Eiche, in deren Schutz das kleine Haus lag, bewegten sich nicht. Auch das Rauschen des Meeres, das nur einen Steinwurf entfernt war, war in dieser Nacht sanft und fromm. War es die Ruhe vor dem Sturm, dem sie sich in ihrer Vision ausgeliefert gesehen hatte? Würde er wirklich kommen? Sie atmete tief die würzige Meeresluft ein und trank einen Schluck von ihrem Tee. Den Thymian hatte sie vor Jahren um das Haus gepflanzt, abwechselnd mit dem dunkelblau blühenden Lavendel und den weißen Rosen, die angefangen hatten, am Haus hochzuklettern. Es war eine Idylle, die sie sich hier geschaffen hatte, in der sie sich immer sicher und geborgen gefühlt hatte. Auch vor ihren Ahnungen und Träumen. Und vor ihren Erinnerungen. Sie hatte das Haus gefunden, als sie damals nach Hause zurückgekommen war, ohne das Kind, das sie geboren und von dem sie keiner Menschenseele erzählt hatte. Die Fenster waren eingeschlagen gewesen, das Reetdach verfault, der Fußboden von Vandalen herausgerissen. Der Besitzer hatte das Haus für unbewohnbar erklärt und es ihr zu einem niedrigen Preis verkauft. Er war sich sicher, dass der neue Besitzer das alte Gemäuer nur noch abreißen konnte, um dann ein neues Haus an den einsamen Ort zu bauen. Céline hatte sofort gewusst, dass dieses Haus zu ihr passte. Eigentlich war es wie sie. Man konnte seine frühere Schönheit gerade noch erahnen. Aber dazu musste man darüber hinwegsehen, dass es eigentlich nur noch eine Ruine war. Leon hatte sie eine Närrin genannt, als sie ihm sagte, dass sie ausgerechnet dieses Haus gekauft hatte. Michel war sich sicher gewesen, dass sie sich finanziell total übernehmen würde mit dem Vorhaben, das Haus zu restaurieren. Der ganze Ort hatte über sie gelächelt. Und gespannt darauf gewartet, dass sie aufgeben würde. Doch unerwarteterweise hatte sich alles zum Guten gefügt. Es hatte sich herausgestellt, dass die Substanz des Hauses noch sehr gut war. Kein Schimmel in den Mauern, kein Pilz in der Holzkonstruktion des Daches. Das Grundstück hatte sogar einen eigenen Brunnen. Und so war es geschehen, dass nach einem langen Jahr unendlicher Arbeit und Mühe Céline in ihr Haus einziehen konnte. Und so wie aus der Ruine ein wirkliches Kleinod entstanden war, so hatte sich auch Célines zerbrochenes Leben zu einem neuen zusammengefügt. Es war ganz bestimmt nicht das Leben, das sie sich als kleines Mädchen erträumt hatte, wahrlich nicht. Aber es war das bestmögliche Leben, das sie erreichen konnte. Und das sie sich selbst zugestanden hatte. Als vor zehn Jahren dann auch noch eines Tages dieser winzige weiße Welpe vor der Tür gesessen und sich ganz unverfroren in ihr Leben gedrängt hatte, war eigentlich alles gut gewesen. Merlin war zu einem bildschönen, sanften, treuen Schäferhund herangewachsen, der Céline besser zu verstehen schien als all die menschlichen Wesen um sie herum. Céline hatte eine Zeitlang Xavier, den Schäfer, in Verdacht gehabt, dass er ihr das Hundebaby vor die Tür gelegt hatte, doch Xavier hatte abgewinkt.

»Merlin hat seinen Weg zu dir ganz allein gefunden. Du weißt ja, es gibt Tiere, die haben es im Gespür, wenn ein Mensch sie braucht.«

Sie hatte abwehrend erklärt, dass sie niemanden brauchte. Auch keinen Hund. Sie käme schon allein zurecht.

»Jeder braucht jemanden, sonst verkümmert er.« Der Schäfer ahnte, dass Céline nur keine Verantwortung übernehmen wollte. Nicht einmal für ein Tier. Ihre Scham war so groß gewesen, dass sie glaubte, sie wäre nicht fähig, sich um irgendjemanden zu kümmern. Geschweige denn, jemanden zu lieben. Nicht einmal einen Hund. Aber Merlin hatten Célines Vorbehalte nicht interessiert. Der kleine Hund war einfach nicht mehr weggegangen. Er hatte vor ihrer Tür gelegen, wenn sie morgens aufstand, und vor dem Bürogebäude, in dem sie arbeitete, gewartet, wenn sie abends nach Hause ging. Bei Sturm und Regen hatte er auf ihrer Türschwelle gelegen. Hatte nicht um Futter gebettelt und nicht um Einlass gewinselt. Aber wenn sie ihre Wege am Strand oder durch den Eichenwald ging, war er an ihrer Seite gewesen. Und eines Tages hatte sie, wie unabsichtlich, die Tür offen gelassen, als sie zusammen zum Haus gekommen waren. Aber Merlin war nicht eingetreten. Er hatte vor der offenen Tür gesessen, bis Céline ihn, quasi offiziell, in ihr Haus gebeten hatte. Wohl wissend, dass sie ihn damit auch in ihr Leben bat. Und Merlin hatte sich des Geschenks, das ihm Céline mit ihrer Aufforderung gemacht hatte, als würdig erwiesen. Nie hatte er um Futter gebettelt. Nie hatte er versucht, auf dem Sofa zu schlafen oder gar in ihrem Bett. Er hatte seinen Platz vor dem Kamin auf dem bunten Kelim bezogen, den Céline extra für ihn gekauft hatte, und hatte sich so hingelegt, dass er Céline bei jedem ihrer Schritte beobachten konnte. Den Kopf auf die dicken, weichen Pfoten gelegt, folgten seine Augen seiner Herrin. Nur wenn sie nervös war oder traurig, dann kam er so nah zu ihr heran, dass sie die Wärme seines Körpers spüren konnte. Sie hatte nie viel mit dem

Hund geredet, sie hatte ihn nicht verwöhnt oder gar wie ein menschliches Wesen behandelt, aber trotzdem, oder vielleicht gerade deswegen, war zwischen Céline und dem weißen Hund eine Beziehung entstanden, die sie zu einem Menschen nie gehabt hatte. Mit einem leisen Seufzer ging sie ins Haus zurück. Zum ersten Mal verschloss sie an diesem Abend die Tür. Als wenn sie damit versuchen wollte, ihre bösen Ahnungen draußen zu halten.

Sie konnte sich nicht erklären, wieso sie so unruhig war. Zunächst hatte sie gedacht, dass es an Maries Rückkehr liegen mochte. Doch nun war das Mädchen auch ohne ihr Zutun weggegangen. Sie hätte also wieder ruhig sein können. Wieso war ihr aber trotzdem immer noch so kalt, dass sie ständig innerlich zu zittern glaubte? Weder das Feuer im Kamin noch der heiße Tee konnten etwas dagegen ausrichten. Der Sturm würde kommen. Und er würde Unheil mit sich bringen. Anders konnte sie ihre Unruhe nicht interpretieren. Das Leben der Menschen um sie herum würde durcheinandergewirbelt werden. Und danach würde nichts mehr so sein, wie es einmal gewesen war.

8

Nur eine einzige Nacht hatte Paul ruhig geschlafen, nachdem er sich entschlossen hatte, wieder nach Paris zurückzukehren. Jetzt warf er sich schlaflos in dem Bett, das unter dem Fenster zum Meer stand, hin und her. Die Bilder von der Schießerei in Paris drängten sich unerwartet wieder in sein Gehirn. Die Schüsse, der zu Boden gehende Jean. Der Mann, der mit der Pistole in der Hand auf Saras Geburtstagsgesellschaft zugestürmt war, sein fassungsloser Blick, als er von Maries Kugel getroffen zu Boden ging. Und dann Marie, die reglos auf der Straße lag. Das Blut, das aus der Wunde strömte. Seine Hände, die auf die Brust des Mädchens drückten und von ihrem Blut rot wurden. Er konnte nicht aufhören, an sie zu denken. An ihren schwindenden Blick, als er sie anflehte, nicht aufzugeben. Und an das Lächeln, mit dem sie ihm am Flughafen dafür gedankt hatte, dass er ihr ihr Leben zurückgegeben hatte. Es war ein ihm völlig fremdes Sehnen, das in ihm wuchs. Ein lächerliches Sehnen? In jedem Fall doch ein sinnloses. Marie Lamare war zwar mit einer geradezu existenziellen Wucht in sein Leben gekracht, aber er war viel zu rational, um daraus eine Bedeutung für die Zukunft abzulesen. Er hatte einige Beziehungen hinter sich, bevor er bei der Party eines Freundes Sara getroffen und sich auf Anhieb in sie verliebt hatte. Jung, witzig, unbeschwert hatte sie sich auf ihn gestürzt und sein Wissenschaftlerleben in die Hand genommen. Und er hatte es geschehen lassen. Es hatte ihm gefallen, dass sie ihn ohne zu zögern in ihren großen bunten Freundeskreis integriert hatte, in dem er sich anfangs wie einer der unscheinbaren braunen Pariser Spatzen in einem Schwarm farbenfroher, lärmender Papageien vorgekommen war. Saras hedonistische Schauspielerwelt war nie zu der seinen geworden, aber er hatte sich eingestehen müssen, dass es ihm Spaß machte, das ausgelassene Treiben vom Rand aus zu verfolgen. Was Sara allerdings an ihm, dem ehrgeizigen, vor allem auf seine Arbeit konzentrierten Wissenschaftler fand, das war ihm bis heute schleierhaft geblieben.

»Man kann sich nicht aussuchen, in wen man sich verliebt«, lachte sie immer. »Wahrscheinlich interessiert mich sowieso nur der Sex mit dir.«

Er hatte sich gefragt, ob es auch das war, was ihn an Sara interessierte. Der zugegebenermaßen großartige Sex, den sie auch nach zwei Jahren immer noch hatten. Aber es war eigentlich auch egal, wieso sie zusammen waren. Es war aufregend mit ihr.

Und erregend. Nie langweilig. Und zuweilen auch wirklich interessant. Eine perfekte Beziehung also.

»Die Schöne und das Hirn«, nannte Sara sie beide mit einer gehörigen Portion Selbstironie. »Wir müssen nur aufpassen, dass unsere Kinder meine Schönheit und dein Gehirn bekommen. Andersrum wäre es fatal.«

Sie war schön, sie war lebenslustig, sie war witzig. Das Leben mit ihr war abwechslungsreich und nie eintönig.

Mein Gott, was sollte er denn sonst noch von einer Frau erwarten? Dass sie sein Herz berührte? Er konnte nicht glauben, dass er das dachte. Sein Herz berührte – das klang wie aus einem Kitschfilm, den er sich nie angesehen hätte, oder wie aus einem billigen Liebesroman, von denen er noch nie einen gelesen hatte. Er war sich nie sicher gewesen, ob es dieses Ding mit der Liebe wirklich gab. Verliebtsein, ja, natürlich, das kannte er. Schmetterlinge im Bauch. Verlangen. Gier. Das kannte er gut. Aber hatte eine der Frauen, mit denen er bisher zusammen gewesen war, sein Herz berührt? Das Herz war nichts anderes als ein Muskel. Um den zu berühren, würde man ihm die Brust aufschneiden müssen. Oder alles tun, dass das Herz nicht aufhörte zu schlagen?

Das ging Paul jetzt aber doch zu weit. Er wusste nicht, was mit ihm los war. Aber er wusste, dass die Richtung, in die seine Gedanken gerade gingen, ihm überhaupt nicht gefiel.

Er zog sich eine Jacke über und ging nach draußen. Um wie angewurzelt in der Tür stehen zu bleiben. Was der Vollmond aus dieser Septembernacht machte, nahm ihm die Luft. Ein weißer Lichtstrahl lag vom Horizont bis in die kleine Bucht unter Pauls Haus auf dem ruhigen Meer. Die alten, vom Wind gebeugten Kiefern, die den Weg zu seinem Haus säumten, warfen wirre Schatten. In der Ferne glänzte der Menhir von Kerloas, als wäre er mit Silber übergossen. Und über diesem zauberhaften Bild war der klagenden Ruf eines Käuzchens zu hören. Paul atmete tief durch. In solchen Nächten mussten die Geschichten um die Magie dieser Gegend entstanden sein, um die Zauberkraft der Druiden, um die geheimnisvolle Wirkung der Menhire. Er verstand, dass sich die Menschen damals in diesen hellen Vollmondnächten einerseits gefürchtet hatten, sich aber andererseits wie von einer großen, unbekannten Macht geführt glauben mussten. Was war nur mit ihm los? Er kam sich vor, als wäre er vom Regen der Gefühlsduselei geradewegs in die Traufe des Aberglaubens geraten. Das passte alles nicht zu ihm. Er war ein Mann der Ratio. Und das würde er verdammt noch mal auch bleiben. Es war wirklich an der Zeit, dass er nach Paris und zu Sara zurückkehrte. Bevor er hier noch ganz durchdrehte.

9

Während Caspar, der einfach nicht glauben konnte, dass Marie abgehauen war, ohne sich von ihm zu verabschieden, wütend und vergeblich an Michels Tür klopfte, um ihn nach Maries Telefonnummer zu fragen, schien seine Mutter Claire der einzige Mensch zu sein, der in dieser Nacht ruhig schlief. Es schien Leon immer, als könne Claire ihren Gedanken befehlen, sich aus ihrem Schlaf und aus ihren Träumen herauszuhalten. Wenn sie die Augen zumachte, fiel alle Anspannung und Nervosität von ihr ab. Entspannt lag sie in ihren weißen Kissen. So schön wie vor fünfundzwanzig Jahren, als er sie über die Schwelle in sein Schlafzimmer getragen hatte. Selbst die winzigen Fältchen, die sich im Laufe der Jahre um ihre Augen eingefunden hatten, schienen wie weggebügelt, wenn sie schlief. Sie war eine perfekte Schönheit mit ihren klassischen Zügen, den wunderbaren hellen Augen, dem ausdrucksstarken Mund. Jeder griechische

Bildhauer hätte seine Freude an ihr gehabt. Jetzt schlug sie die Augen auf. Und als sie seinen Blick sah, der auf ihr lag, streckte sie lächelnd die Arme nach ihm aus.

»Komm zu mir.« Sie zog ihn an sich. Und Leon konnte ihr nicht widerstehen. Sie liebten sich zärtlich wie immer. Und wie so oft fragte sich Leon, ob er diese Frau wirklich verdient hatte.

»Du musst Caspar in der nächsten Zeit gehörig einspannen.«

Leon unterdrückte einen Seufzer. Manchmal hatte er wirklich das Gefühl, dass es keine Minute am Tag gab, an der Claire nicht an ihren Sohn dachte. Hatten sie sich nicht gerade geliebt wie ein junges Paar? Hatte er sie nicht gerade befriedigt? Wieso war sie nicht wenigstens in so einem Moment ganz bei ihm?

»Du weißt doch, dass er sich in Marie verliebt hat. Er wird traurig sein, dass sie wieder weg ist.«

Mein Gott, er liebte seinen Sohn wirklich, aber hatte der Liebeskummer des Jungen wirklich eine derartige Bedeutung, dass Claire ihn bis in ihr gemeinsames Bett mitnehmen musste?

»Arbeit ist die beste Ablenkung. Spann ihn einfach richtig ein, ja?«

Sie stand auf und schenkte sich ein Glas Wasser aus der Kristallkaraffe ein, die immer auf dem kleinen Biedermeiertisch am Fenster stand. Das Mondlicht beleuchtete ihren Körper, ihre weiße Haut strahlte geradezu überirdisch.

»Komm zurück ins Bett.«

Doch sie zog sich den seidenen Kimono an, den er ihr zum letzten Geburtstag geschenkt hatte, und setzte sich in einen der tiefen Sessel.

»Du hast mir noch gar nicht erzählt, wie er sich macht.«

»Gut. Er macht sich wirklich gut. Zeigt Interesse an allem, stellt die richtigen Fragen. Du brauchst dir keine Gedanken zu machen.«

Sie lachte leise auf. Hatte sie eine andere Antwort erwartet? Leon würde es ihr nicht sagen, wenn Caspar sich nicht gut anstellte. Er hasste diese Diskussionen über die berufliche Zukunft seines Sohns, das wusste sie. Wie alle Männer dachte er nicht daran, dass er einmal nicht mehr sein würde. Im Grunde hielt er sich für unsterblich. Und sah deswegen nicht den geringsten Grund dafür, sich um seine Nachfolge Gedanken zu machen. In seinen Augen hatte das alles noch Zeit. Er war fit und gesund, er würde noch lange arbeiten können. Und Caspar sollte einfach seine eigenen Erfahrungen machen. Ob in der Firma oder auf den Surfbrett, das war ihm eigentlich egal. Hauptsache, der Junge war glücklich.

»Zum Chef wird man nicht geboren. Er muss sich in seine Aufgabe einarbeiten. Und du musst ihm dabei helfen.«

Sollte er ihr sagen, dass er anderer Meinung war? Dass er sicher war, dass es im Charakter eines Menschen lag, ob er Verantwortung übernehmen konnte? Menschen motivieren und führen? Zielstrebigkeit war die Voraussetzung. Ehrgeiz. Eine Portion Skrupellosigkeit vielleicht. Brachte Caspar diese Voraussetzungen wirklich mit? Eva, seine Tochter, ja, die war aus dem gleichen Holz geschnitzt wie er. Sie war erst achtundzwanzig gewesen, als sie zur Leiterin ihrer Abteilung in der Bank aufstieg. Und mit zweiunddreißig hatte man sie in die Direktion der Bank berufen. Auch wenn er das nicht von ihr persönlich erfahren hatte, sondern zufällig durch einen Freund, der mit Evas Bank zu tun hatte. Er hatte erfahren, dass sie sehr erfolgreich und angesehen war. Und dass es ihr gut ging. Im Geheimen war er stolz auf seine erfolgreiche Tochter. Und ganz tief in seinem Innern hoffte er immer noch, dass sie eines Tages …

»Er ist dein einziger Sohn. Wenn er nicht dein Nachfolger wird, dann wird das das Ende deiner Firma sein.«

Claire wusste, dass Leon nie aufgehört hatte, an Eva zu denken. Aber sie würde das nicht zulassen. Niemand anderem als Caspar stand es zu, Leons Erbe anzutreten, wenn der einmal nicht mehr sein würde. Auch wenn sie das nie laut aussprach –

sie war der Meinung, dass Leon seine Schuld ihr gegenüber nur so abtragen konnte. Nur ihr und ihrem Sohn stand es zu, das, was nach dem Untergang der *Helena* von Leon aufgebaut worden war, eines Tages zu erben. Und sie würde sich das von niemandem streitig machen lassen.

Es war ihr nie um Rache gegangen. Auch nicht darum, dass Leon für etwas büßen sollte, was er ihr und ihrer Familie angetan hatte. Noch am Grab ihres Vaters hatte sie sich damals geschworen, dass sie sich vom Leben zurückholen wollte, was Leon Menec ihr gestohlen hatte. Glück und Reichtum. Nur deswegen hatte sie damals vor seiner Tür gestanden. Eine verzweifelte Achtzehnjährige, deren Leben er zerstört hatte. Sie hatte ihn nur um einen Job gebeten, nachdem ihre Mutter sich aus Kummer das Leben genommen und sie allein zurückgelassen hatte. Sie hatte den Job in der Verwaltung nicht lange ausüben müssen; dann war sie, wie geplant, Leons Frau geworden und kurz danach die Mutter seines Sohnes. Und sie hatte sich den Platz erobert, der ihr ihrer Meinung nach zustand. An der Seite eines erfolgreichen, geachteten Mannes, in einem Schloss, war sie auf der Sonnenseite des Lebens gelandet.

Dass sich Leon tatsächlich unsterblich in sie verliebt hatte und ihr und Caspar die Welt zu Füßen legte, hatte sie damals nicht erwartet. Aber es hatte alles leichter gemacht, das Wichtigste in seinem Leben zu sein. Es war alles so gekommen, wie sie es geplant hatte. Und sie würde nicht zulassen, dass irgendjemand die Krönung ihres Plans torpedieren würde. Auch nicht das in ihren Augen total überschätzte Schicksal.

Caspar warf sich wütend auf sein ungemachtes Bett. Er hatte dem Mädchen schon vor langer Zeit verboten, täglich sein Zimmer aufzuräumen und zu putzen. Einmal alle zwei Wochen war genug, auch wenn seine Mutter das abscheulich fand. Unhygienisch. Und kindisch. Aber er wollte einfach nicht das Gefühl haben, auch noch in seinem Zimmer dauernd kontrolliert zu werden.

Er würde das nicht akzeptieren. Er würde nicht akzeptieren, dass Marie ihn verlassen hatte. Als er Michel endlich aus dem Bett getrommelt hatte, hatte dieser versucht ihm weiszumachen, dass er keine Adresse von Marie hatte und keine Telefonnummer.

»Willst du mich verarschen? Du bist ihr Vater, du musst doch wissen, wie du sie erreichen kannst. Bitte, ich brauche ihre Nummer, ich …«

»Sie will nichts mehr mit mir zu tun haben.«

Michel hatte ihm die Tür vor der Nase zugemacht. Und Caspar hatte davor gestanden wie der letzte Idiot. Das gab's doch nicht. Michel musste doch wissen, wo Marie lebte. Nachdem er sie unter diesen ganzen Mühen und Lügen hierhergezerrt hatte, würde er sie doch nicht einfach so wieder gehen lassen.

Aber Michel hatte nicht mehr auf seine Rufe reagiert. Auch nicht auf die Faustschläge, mit denen Caspar die Tür malträtierte. Okay, dann eben anders. Er würde sie finden. Er würde gleich morgen nach Paris fahren und einfach bei einer Polizeiwache nach der Polizistin Marie Lamare fragen. Die würde ihm schon weiterhelfen. Und dann würde er mit ihr reden. Würde ihr sagen, dass er sie liebte. Dass sie zu ihm gehörte, dass er schon Pläne machte für ihre Zukunft.

Es würde alles gut werden. Sie würde sich freuen, ihn zu sehen. Und sie würde ihm sagen, dass sie sich auch in ihn verliebt hatte. Dann würde er einfach ihre Hand nehmen, und sie würden zusammen weggehen. Um irgendwo in einem fernen Land ein neues Leben anzufangen.

Caspar lächelte bei diesem Gedanken. Keine Firma. Keine Mutter. Nur er und Marie. Sie würden sehr glücklich miteinander werden, keine Frage.

10

Marie war den ganzen Tag durch die Stadt gewandert. An der Seine entlang, über die Île de Paris, zum Montmartre hinauf, durch den Bois de Boulogne. Sie war in ihrem Polizeirevier gewesen, wo sie von den Kollegen herzlich empfangen worden war, hatte das Foto von Jean mit dem schwarzen Trauerband auf dessen ehemaligem Schreibtisch gesehen. Sie hatte ihren Chef gebeten, wieder arbeiten zu dürfen, doch Gerard Manzel hatte darauf bestanden, dass sie ihm erst eine Bestätigung der Ärzte brachte, dass sie wieder voll einsatzfähig sei. Im Übrigen solle sie sich alle Zeit der Welt nehmen, um wieder zu Kräften zu kommen. So ein Ereignis stecke man nicht so einfach weg. Es hatte kein Bitten und kein Flehen genützt, ihr Chef war hart geblieben. Und Marie war unzufrieden von dannen gezogen. Der Neid auf die Kollegen, die gerade zum Einsatz gerufen wurden, hatte in ihr gebohrt.

Sie hatte es sich einfacher vorgestellt, ihr altes Leben wieder aufzunehmen. Aber ohne ihre Arbeit, ohne Jean, war es, als würde ein Teil von ihr fehlen. Thomas war nach London zurückgeflogen. Am Wochenende würde er wieder da sein. Dann müsste er nach Rom, hatte er noch gesagt; wenn sie Lust hätte, könnte sie ja mitfliegen. Zwei Tage eine andere Umgebung – bestimmt würde ihr das guttun.

Mit Thomas nach Rom? Sie wusste, dass sie sich vor dem Tag X, wie sie den Tag der Schießerei in Gedanken nannte, ohne Bedenken ein Ticket gekauft und sich wahnsinnig auf zwei Tage in Italien gefreut hätte. Und jetzt? Jetzt hätte sie sich am liebsten in ihrer Wohnung verkrochen. Sich die Decke über den Kopf gezogen. Gehofft, dass sich irgendwann herausstellen würde, dass sie die letzten Wochen in einem Alptraum gelebt hatte.

»Paul!« Ihn sehen und in seine Arme stürzen war für Sara eins.

»Was machst du denn hier? Wieso hast du nicht angerufen? Wie lange kannst du bleiben?« Sie sprudelte über von Fragen, auf die sie ihn aber nicht antworten ließ. »Ich wäre zum Friseur gegangen, ich hätte mir die Nägel lackiert und die Beine rasiert, wenn du mir gesagt hättest, dass du kommst. Egal, jetzt musst du eben mit der hässlichen Sara vorliebnehmen, die ich immer vor dir versteckt habe.« Sie drückte ihn und knutschte ihn und drehte ihn wie verrückt um seine eigene Achse.

»Super! – Und ich hab schon gedacht, ich muss morgen allein zu Lianes Fest gehen. Sie wird zweiundzwanzig und feiert gegenüber von Notre-Dame unter der Brücke, du weißt schon, da, wo …«

»Ich weiß nicht, ob ich morgen noch da bin. Ich hab spontan geschwänzt heute, mehr wird mir mein Dekan wahrscheinlich übel nehmen.«

»Du hast geschwänzt, weil du Sehnsucht nach mir hast? Du bist so süß, Paul.«

Sara zog ihn wie immer mit sich mit. Sie hatte vor, mit ihren Freunden aus der Schauspielschule Pizza essen zu gehen, und es war ganz selbstverständlich, dass Paul da mitging. Ob er Lust auf Pizza hatte, war Nebensache.

Paul fühlte Saras entschlossenen Griff, mit dem sie ihn hinter sich herzog, er sah ihren dicken blonden Zopf auf ihrem Rücken hin- und herschwingen, als sie mit großen Schritten ihren Freunden folgte, auf die kleine Pizzeria an der Ecke zu. Er hatte ein schlechtes Gewissen. Denn wenn er ehrlich war – es war nicht die Sehnsucht nach Sara, die ihn noch in der Nacht aufs Motorrad getrieben und nach Paris gebracht hatte. Er blieb stehen.

»Ich kann nicht mit zum Pizzaessen, Süße. Ich hab ein paar Termine in der Uni. Tut mir leid.«

Sara verzog den Mund.

»Also bist du nicht meinetwegen gekommen.« Bevor Paul zu einer ungeschickten Erklärung anheben konnte, lachte sie laut auf.

»Weißt du was? Das ist mir egal. Hauptsache, du bist da. Geh zu deinem Termin, und nachher erwarte ich dich in meiner Wohnung.« Sie küsste ihn mit einem Schmatz auf den Mund.

»Ich freu mich auf dich, Liebster. Ich weiß schon, wie wir das bisschen Zeit optimal ausnutzen werden.« Sie griff ihm unverblümt an den Hintern, küsste ihn nochmals und rannte mit großen Schritten ihren Freunden hinterher.

»Bring Champagner mit. Ich besorge die Chips.« Sie machte ein Victory-Zeichen und warf ihm einen Handkuss zu, bevor sie in der Gruppe ihrer Freunde untertauchte.

Wieso war nicht das ganze Leben so unkompliziert? Wie so oft beneidete Paul Sara um ihre ausgelassene Lebendigkeit. Sie war so optimistisch. So unbekümmert. Für sie war das Leben nichts als ein großer Spaß, den es einfach zu genießen galt.

Einen Moment lang hatte sich Paul tatsächlich vormachen können, dass es die Sehnsucht nach Sara gewesen war, die ihn zu seinem Entschluss, nach Paris zu fahren, gebracht hatte. Aber als er sich kurz darauf vor der Polizeistation wiederfand, zu der Marie gehörte, wusste er, dass es nicht stimmte. Er zögerte nur kurz, dann betrat er das Gebäude. Um sich eine Minute später im Büro von Gerard Manzel wiederzufinden. Wenn einer wusste, wo er Marie würde finden können, dann er.

Marie legte einen kleinen Strauß blauer Vergissmeinnicht auf das Grab ihres Freundes und Kollegen Jean. Sie hatten ihn auf dem größten Friedhof von Paris im Familiengrab der Marais' beigesetzt. Hier, zwischen den Gräbern vieler Berühmtheiten und noch viel mehr ganz normaler Leute, hatte Jean seine letzte Ruhe gefunden. Mitten in Paris, wo er gelebt hatte, wo er mit Freude und Pflichtgefühl seiner Arbeit als Polizist nachgegangen war. Das Herz war ihr schwer, als sie durch die stillen Reihen der Grabstätten ging, auf denen sich die Pariser Katzen sonnten. Wie oft waren sie in ihrem Streifenwagen an dem Friedhof vorbeigefahren. Wie oft hatte Marie davon geredet, dass sie hier auch einmal liegen wollte.

»Auf dem Père Lachaise ist es nie langweilig«, hatte sie gelacht. Fast jeden Tag gab es in irgendeiner Ecke eine Promibeerdigung. Schauspieler trugen Kollegen zur Grabe, Politiker verabschiedeten sich von Freunden oder Gegnern. Touristen schlenderten durch die engen Grabreihen auf der Suche nach dem Grab von Victor Hugo oder Charles de Gaulle, fotografierten die Grabsteine berühmter Verstorbener und die scheinbar unsterblichen Katzen. Bestimmt würden sie einmal auch einen Blick auf das Grab der unbedeutenden Polizistin Marie Lamare werfen. Und sich vielleicht überlegen, ob sie ein glückliches Leben gehabt hatte.

Hatte Jean ein glückliches Leben gehabt? Marie dachte an sein spöttisches Grinsen, das er oft gezeigt hatte, wenn sie ihm mal wieder vorgeschwärmt hatte, dass Paris für sie die schönste Stadt der Welt sei. Er hatte sie nicht ausgelacht, das wusste sie. Eher hatte er ihren Enthusiasmus belächelt. Die kindliche Freude, am Leben zu sein. Wenn sie nur nicht zugelassen hätte, dass er sie zum Flughafen bringen wollte an diesem Tag. Dann wären sie dem roten Citroën des Junkies nicht mehr begegnet, dann hätten sie ihn nicht verfolgt. Jean wäre zu seinen Eltern gefahren, hätte sich um sie gekümmert, und am nächsten Tag hätte er wieder seinen Dienst angetreten. Wieso hatte sie nur nicht den Bus genommen, wie sie es vorgehabt hatte?

»Ach, Jean.« Sie kniete sich auf den steinernen Rand der Grabstelle, strich über die kühle Grabplatte, in die Jeans Name eingemeißelt war.

»Ich weiß doch gar nicht, wie ich ohne dich Streife fahren soll.« Dass er hier unter der dicken Granitplatte liegen sollte, war ihr unvorstellbar. War es ihm nicht zu kalt in der kühlen Erde?

Als Paul Marie endlich von weitem an Jeans Grab sah, fuhr ihm der Schreck in die Glieder. Sie saß zusammengekrümmt auf der Grabumrandung. Ihr ganzer Körper bebte. Mitleid überschwemmte sein Herz. Wie klein sie aussah, wie einsam in ihrer haltlosen Erschütterung. Als er neben ihr stand, sah sie auf. Ein Staunen lag in ihren verweinten Augen. Sie hatte keine Ahnung, wieso Paul plötzlich hier war.

»Ich dachte … Keine Ahnung, ich hab einfach gedacht, dass du nicht allein sein solltest.«

Sie erhob sich und sah ihn nur an. Wie sollte er ihr sagen, dass der Gedanke an sie ihn nicht losgelassen hatte. Dass es ihn einfach hierhergezogen hatte, zu ihr. Er wollte sie nicht überrumpeln mit einem Gefühl, das ihm selbst noch nicht ganz geheuer war. Er wollte … Ja, was wollte er eigentlich?

»Würdest du was mit mir essen gehen?« Sie wischte sich die Tränen mit dem Handrücken weg und lächelte. »Keine Ahnung, wieso das so ist, aber wenn ich traurig bin, krieg ich immer einen Riesenhunger.«

Sie warf Jean einen traurigen Abschiedskuss zu und ging durch die Grabreihen davon. Paul folgte ihr. Irritiert. Und ganz sicher, dass es richtig gewesen war, sie zu suchen.

Das »Temps des Cerises« gab es schon seit mehr als vierzig Jahren. Generationen von Studenten und Touristen hatten sich mit den riesigen Steaks und den legendären Fritten die Bäuche vollgeschlagen.

Dass Marie, kaum stand die doppelte Portion Fritten vor ihr, zur Ketchupflasche greifen würde, hatte Paul nicht erwartet.

»Sag mal, dein Vater ist doch Sterne-Koch.« Kaum hatte er es ausgesprochen, wünschte er, er hätte ihren Vater nicht erwähnt. Aber wider Erwarten grinste Marie ihn nur an.

»Da kannst du mal sehen, dass es nicht auf die Gene ankommt, sondern auf die Umgebung, in der man aufgewachsen ist. Meine Mutter hat Ketchup auch geliebt. Sie hat immer gesagt, dass sie uns den französischen Pass abnehmen würden, wenn wir unserer Leidenschaft allzu deutlich in der Öffentlichkeit frönen würden.«

Sie ließ die rote Sauce auf die Kartoffelsticks tropfen, tauchte dann einen hinein und steckte ihn sich mit verdrehten Augen in den Mund.

»Wahnsinn. Gut, dass ich mich endlich an meine Vorlieben erinnere. Ich liebe übrigens auch Crêpes Suzettes und Muscheln und Artischocken und Spaghetti mit Steinpilzen.«

»Gott sei Dank. Ich hab schon überlegt, wie ich mich rausreden kann, solltest du mich mal zum Essen einladen.«

Sie sah ihn nachdenklich an. Es war komisch, wie sie es genoss, hier mit ihm zu sitzen und zu essen. Es hatte so was Normales. Als hätten sie das schon öfter gemacht.

»Sag mal … ähm … Das ist jetzt vielleicht eine blöde Frage, aber ich kenne dich doch wirklich erst seit …«

»Wenn du das meinst – wir sind uns am Tag, als du angeschossen wurdest, zum ersten Mal begegnet. Vorher hatten wir uns noch nie gesehen.«

»Ich dachte nur. Ich hatte plötzlich so ein komisches Gefühl …«

Sie schnitt sich ein Stück Fleisch ab, steckte es in den Mund. Er wusste, was sie meinte. Diese Vertrautheit zwischen ihnen machte ihn auch nachdenklich. Da war so gar nichts Fremdes zwischen ihnen. Nichts Verlegenes, wie es oft bei einem ersten Date vorkam. Aber im Grunde war das auch kein Date. Immerhin hatten sie sich ja nicht verabredet, sondern er war einfach aufgetaucht. Und hatte gehofft, dass sie … Ja, was hatte er eigentlich gehofft, als er auf den Tipp von Gerard Manzel hin auf den Friedhof gegangen war? Dass sie sich freuen würde, ihn zu sehen? Wie kam er eigentlich dazu, so etwas zu erwarten? Nur weil es ihn selbst so unwiderstehlich zu ihr hinzog?

»Sagst du mir, was du gerade denkst?«

»Ich? Wieso… ähm… Ich denke gar nichts. Ich meine, ich habe darüber nachgedacht, ob dir meine Kartoffelsuppe schmecken würde. Ich bin nämlich ein Meister der Kartoffelsuppe.«

Sie sah ihm nachdenklich in die Augen. Und er wusste, dass sie ihm nicht glaubte.

»Da wirst du dich aber anstrengen müssen. Die beste Kartoffelsuppe, die ich in meinem Leben gegessen habe, hat meine Mutter gekocht.«

Da saßen sie und redeten über Kartoffelsuppe, als würde es in ihrem Leben nichts Wichtigeres geben. Aber sollte er sie fragen, ob sie sich wiedersehen würden?

»Hast du dir Sorgen um mich gemacht?«

Ihre Stimme war leise, als sie ihn das fragte. Und ihr Blick ernst und tief.

»Du warst so durcheinander, als ich dich zum Flughafen gebracht habe. Irgendwie habe ich mich, ich weiß nicht, wahrscheinlich hab ich mich verantwortlich gefühlt. Ich meine, das ganze Durcheinander ist doch erst durch mich ins Rollen gekommen. Als ich dir von der Schießerei erzählt habe.«

»Vielleicht. Aber andererseits – es scheint doch so, als hätte das alles ganz dicht unter der Oberfläche geschlummert. Nur ein paar Sätze von dir. Und alles war wieder da.«

Ihr Blick ging über den hübschen kleinen Platz, an dem das Lokal lag. Da draußen, das war die reale Welt. Der stockende Verkehr, die Menschen, die aus der Metrostation kamen, die Schulkinder, die eine Coladose vor sich herkickten. Es war noch gar nicht lange her, da war sie ein Teil dieses Lebens gewesen.

»Wenn mein Vater… Ich meine, wenn er mich nicht angelogen hätte, hätte ich mich vielleicht schon viel früher an alles erinnert. Also, mach dir keine Sorgen. Du bist nicht für meine

Situation verantwortlich. Ich muss ganz allein damit klarkommen.«

»Das wirst du auch, da bin ich mir sicher. Aber vielleicht ist es ja einfacher, wenn du jemanden zum Reden hast.«

»Wenn ich das recht verstanden habe, hast du einen Job in Brest.«

Und sie würde hier in Paris bleiben.

»Ich habe vor, zum Sommersemester wieder in Paris zu sein. Meinst du, wir könnten uns dann mal sehen? Ich meine, ich weiß, dass dich im Moment ganz andere Sachen beschäftigen, aber ich würde mich freuen. Es wäre einfach schön, wenn du nicht wieder aus meinem Leben verschwinden würdest.«

Jetzt hatte er es doch gesagt. Er hielt den Atem an. Würde sie jetzt sagen, dass in ihrem Leben kein Platz für ihn war? Dass sie ihn nicht brauchte? Dass sie vorhatte, bald zu heiraten und zu ihrem Freund nach London zu ziehen?«

»Schade, dass du nicht länger bleiben kannst.«

Er war verblüfft. Meinte sie das wirklich? Wollte sie ihn tatsächlich wiedersehen? Und wenn ja, als was? Als Freund zum Reden? Er hatte gehört, dass es Menschen, die unter einem Trauma litten, guttun könnte, wenn sie sich einem Fremden anvertrauen konnten. Einem, der nicht viel wusste über sie. Aber er wollte mehr wissen. Er wollte alles erfahren über diese Marie Lamare. Er wollte kein Fremder sein für sie.

Als sie gleichzeitig zum Salzstreuer griffen, berührten sich ihre Hände. Sie zuckten nicht zurück. Er wagte es, Maries Hand festzuhalten, diese kleine, kühle Hand. Sie sah ihn nicht an, als sie sagte, dass sie sich freuen würde, ihn wiederzusehen. Im Sommer. Dann wäre sie bestimmt auch wieder besser drauf. Und sie könnten vielleicht spazieren gehen. An der Seine.

»Vielleicht kommst du ja auch vorher noch einmal in die Bretagne.«

Sie zog ihre Hand weg. Schmerz verdunkelte ihre Augen.

»Ich wüsste nicht, wieso.« Sie verhaspelte sich, als sie ihm erklären wollte, dass das nicht gegen ihn gerichtet war. Sie hätte nur nichts zu tun in der Bretagne.

»Ich dachte nur, diese Sache mit deinem Vater … Könnte es nicht sein, dass du ihm noch eine Chance geben willst?«

»Michel Dumont ist mein Erzeuger. Mein Vater ist er ganz bestimmt nicht.«

»Aber er war da, als es dir schlecht ging.«

»Und er hat nichts dafür getan, dass es mir besser ging. Ich will ihn nicht mehr sehen.«

Sie aß stumm die restlichen Fritten auf. Winkte dann nach der Kellnerin.

»Ich muss gehen.«

Er hatte es überreizt, das war deutlich.

»Es tut mir leid, ich wollte dich nicht verärgern. Ich dachte nur … na ja, Menschen machen nun mal Fehler. Und bereuen sie dann. Ich meine, vielleicht gibt es ja eine Erklärung für das Verhalten dieses Mannes. Ist dir das noch nie passiert, dass du das Richtige wolltest und das Falsche getan hast?«

Sie antwortete nicht. Dann sah sie ihm ins Gesicht.

»Du kennst mich nicht, aber du willst mir sagen, was ich tun soll?«

»Das will ich ganz sicher nicht. Ich weiß, dass mich das alles nichts angeht. Aber, Marie …« Er griff noch einmal nach ihrer Hand. »Vielleicht wünsche ich mir ja auch nur, dass du in die Bretagne kommst, weil ich hoffe, dich vor dem Sommer noch mal zu sehen.«

Sie hatte schon dazu angesetzt, ihm ihre Hand zu entziehen. Aber dann rührte sie sich doch nicht. Sie schwieg, den Blick auf ihrer beider Hände gerichtet, die da auf dem Tisch lagen.

»Ich weiß nicht genau, was du von mir willst, Paul«, sagte sie leise.

»Wirklich nicht?«

Sie sah hoch. Sah das Lächeln in seinen blauen Augen. Und stand nun abrupt auf.

»Ruf mich an, wenn du wieder in Paris bist. Dann sehen wir weiter.«

Als sie das Lokal verließen, war die Sonne schon untergegangen. Paris hatte sich in den Mantel der blauen Stunde gehüllt. Die ersten Lichter gingen in den Häusern an, der Abend senkte sich leise in die engen Straßen. Irgendwo war noch der Tag zu spüren, der sich gerade verabschiedete. Letzte Sonnenstrahlen färbten ein paar Wölkchen am Himmel rosenrot.

»Au revoir, Paul, es war schön.«

Sie stand vor ihm und sah ihn mit traurigem Blick an.

»Ja. Ich bin froh, dass ich hergekommen bin, Marie.«

Sie sahen sich an. Stumm. Unschlüssig. Und jetzt doch verlegen. Wäre das ein richtiges Date gewesen, hätten sie sich in die Arme genommen und geküsst. Aber es war kein Date. Es war … was war es gewesen? Ein ungeplantes, aber unvermeidliches Zusammentreffen?

»Pass auf dich auf, Marie. Und falls du mich sehen willst, du weißt …«

Sie nickte und drehte sich hastig um. Paul sah ihr noch einen Augenblick nach. Dann wandte auch er sich um und ging in die entgegengesetzte Richtung davon. Aber dann geschah es. Das kleine Wunder. Es war ihm, als hätte er sie seinen Namen rufen gehört. Schnell drehte er sich um. Und er sah, dass Marie sich auch in diesem Moment umdrehte. Über die Autos hinweg, die den kleinen Platz in der Rushhour verstopften, trafen sich ihre Blicke. Und dann stand die Welt still. Sie gingen aufeinander zu. Ohne auf den Verkehr zu achten. Überquerten die Straße, bis sie sich mitten auf der Kreuzung trafen. Und sie warteten keine Sekunde mehr. Küssten sich einfach. Maries Arme schlangen sich um Pauls Hals, er zog sie so eng an sich, dass sie fast keine Luft mehr bekam. Sie hörten nicht das genervte Hupen der Autofahrer um sich herum, sahen nicht die amüsierten Blicke der Passanten, die sie beobachteten; sie versanken einfach ineinander. Es war, als hätten sie ihr ganzes Leben lang auf diesen Augenblick gewartet.

11

Maries Handy klingelte, als sie spät in dieser Nacht ihre Wohnungstür aufschloss. Sie nahm es aus der Tasche. Es konnte nur Paul sein, der sie anrief. Den sie vor weniger als einer Minute an der Tür ihres Hauses zum letzten Mal geküsst hatte. Doch sie sah auf dem Display, dass Michel versuchte, sie zu erreichen. Seit sie weg war, hatte er schon ein paarmal angerufen, doch sie hatte den Anruf nie angenommen. Was sollte sie mit ihm reden?

Sie legte das Telefon auf den Küchentisch. Das Klingeln hörte auf, und es war ganz still in der Wohnung. Sie öffnete die Tür zum Balkon, sah auf die Lichter der Stadt. Weit entfernt rauschte der nächtliche Verkehr. Ein wenig klang es wie das Rauschen des Meeres, das sie in ihrem kleinen Zimmer in Michels Haus in der Nacht gehört hatte.

Sie setzte sich auf die schmale Holzbank, zog die Knie an, massierte sich gedankenverloren die Füße. Das nächste Mal würde sie Turnschuhe anziehen, das war sicher. Das nächste Mal? Wieso war sie sich so sicher, dass es eine Wiederholung dieses wundersamen Tages geben würde? Vielleicht war das mit Paul heute ja nur passiert, weil er zum richtigen Moment am richtigen Ort gewesen war. Wenn Thomas nicht in London gewesen wäre, sondern sie stattdessen zu Jeans Grab begleitet hätte, hätte er es übernommen, sie zu trösten. Es war nur ein

Zufall gewesen, dass Paul sie in dieser labilen Situation angetroffen hatte. Als sie sich eine Haarsträhne aus dem Gesicht strich, roch sie plötzlich den Duft von Pauls Rasierwasser. Sie hatte die Hand auf seine Lippen gelegt, als er sie wieder bat, ihn in Brest zu besuchen. Er hatte ihre Hand genommen und an seine Wange geführt. Sie spürte das leichte Kratzen seiner Bartstoppeln noch, als sie tief einatmete, als wollte sie die Erinnerung an die verzauberten Stunden, die sie mit diesem fremden Mann verbracht hatte, unverlierbar in sich einsaugen. Sie hatte keine Ahnung, was da gerade mit ihr geschah. Hätte sie ihn nicht gehen lassen sollen? Hätte sie ihn einfach mit in ihre Wohnung nehmen sollen, auf dass das geschehe, was geschehen sollte? Sie war verwirrt, weil sie sich jetzt schon nach Paul sehnte. Danach, ihn zu berühren, ihn zu spüren. Ihn zu lieben? Gerade als sie zum Telefon griff, fing es erneut an zu klingeln. Und dieses Mal war es nicht Michel.

»Ich wollte dir nur sagen, dass es ein wundervoller Tag war.«

Pauls leise Stimme klang zärtlich. Er hatte es ihr nicht übelgenommen, dass sie sich von ihm verabschiedet hatte. Er hatte verstanden, dass sie plötzlich allein sein wollte. Hingerissen von den Gefühlen, die sie so unerwartet überrollt hatten.

»Ja, es war schön.«

Mehr konnte sie nicht sagen. Sie schwiegen beide. Hörten nur den Atem des anderen. Ahnten das, was sie nicht aussprechen konnten.

»Schlaf gut, Marie. Ich wünsche dir eine gute Nacht.«

»Ich dir auch. Und eine gute Fahrt nach Brest.«

Wieso sagte sie nicht einfach, dass er kommen sollte? Dass sie nichts mehr wünschte, als dass er hier wäre und nicht mehr wegging? Weil sie eine erwachsene Frau war. Und wusste, dass man so einem Ausnahmetag nicht zu viel Bedeutung zumessen durfte. Sie atmete tief durch, als sie aufgelegt hatte. Es würde vorübergehen. Es musste einfach vorübergehen. Eine weitere

Irritation konnte sie im Moment einfach nicht ertragen. Am Wochenende würde Thomas aus London kommen, und sie würde den Tag mit Paul vergessen haben. So würde es sein. Sie hatte sich vor mehr als zwei Jahren für ein Leben mit Thomas entschieden, den sie liebte. Und das änderte sich auch nicht durch das kurze Zusammensein mit Paul. Es durfte sich einfach nicht ändern.

Paul stand vor Saras Haus und sah nach oben. Sie erwartete ihn. Wollte mit ihm die Nacht verbringen. Aber er hatte den Champagner vergessen, den er mitbringen sollte. Er wusste, dass Sara ihm das locker verzeihen würde. Wenn es keinen Champagner gab, dann würden sie eben Wein trinken. Oder Bier. Oder … Es war klar, dass es nicht um den Champagner ging. Selbst wenn er ihn dabeigehabt hätte – er hätte es nicht gekonnt, zu ihr hinaufzugehen. Er konnte sie jetzt nicht sehen. Nicht berühren. Oder sie gar lieben. Nicht jetzt, da die Erinnerung an diesen Nachmittag mit Marie noch in ihm glühte. Es war feige, das wusste er, aber er schickte Sara eine kurze SMS, dass er noch mit seinen Gesprächspartnern aus der Uni zu Abend essen müsse. Danach würde er nach Brest zurückfahren. Und sich dann melden. Als er auf dem Motorrad Richtung Westen davonfuhr, bereute er nur eins: dass er Sara angelogen hatte. Er war nicht ihretwegen nach Paris gekommen. Der einzige Grund war seine Sehnsucht nach einer Frau gewesen, die er kaum kannte, die ihn aber vollkommen durcheinandergebracht hatte. Und von der er auch nach diesem Tag nicht wusste, ob er sie wiedersehen würde.

12

»Ich hätte dafür sorgen müssen, dass sie das Foto mitnahm. Ich hätte es ihr einfach in die Hand drücken oder in ihre Jackentasche stecken sollen.«

Michel betrachtete dieses einzige Foto, das er von sich, Monique und Marie hatte. Er erinnerte sich noch genau an den Tag, an dem es aufgenommen worden war. Sie hatten die historische Regatta von Douarnenez besucht. Es war ein strahlender Sommertag gewesen; die ganze Gegend hatte sich zum Empfang der alten Segler in der kleinen Hafenstadt getroffen. Er und Monique hatten Marie fest an den Händen gehalten; sie sollte ihnen im Gedränge der Leute nicht verloren gehen. Er spürte immer noch die kleine heiße Hand seiner Tochter in der seinen. Und hörte ihr aufgeregtes Plappern. Sie war fröhlich und aufgekratzt gewesen, hatte sie vom Zuckerwattestand zu der Bude mit den Crêpes gezogen, vom Imbiss, an dem es Bratwürste gab, zu den kleinen Bistros, die frische Austern verkauften. Es war ein seliger Tag gewesen, voller ausgelassener Freude. Als sie an der Hafenmauer saßen und die süßen Crêpes vergnügt in sich hineinstopften, hatte Michel einem Bekannten seine Kamera in die Hand gedrückt. Er wollte diesen Augenblick unbedingt festhalten. Als wenn er geahnt hätte, dass es das letzte Mal war, dass er mit seiner Familie so glücklich sein würde. Marie hatte sich gefreut, als sie das Foto vor Kurzem gefunden hatte.

»Wie glücklich wir aussehen. Wir müssen uns sehr lieb gehabt haben.« Sie war wehmütig geworden, weil sie sich nicht an diesen Tag erinnern konnte. Er würde ihr das Foto schicken, beschloss er. Vielleicht, wenn sie es in Paris ansehen würde, in aller Ruhe, weit weg von ihm, vielleicht … Er wusste nicht, was er erwartete. Und was er zu hoffen wagte. Ein Foto konnte sie ihm nicht zurückbringen. Das zu glauben, so naiv war er nicht.

Aber vielleicht würde sie die Liebe erkennen, die er für sie verspürt hatte. Die Liebe, die sie ihm so vehement absprach.

Als es an der Tür klopfte, dachte er zuerst, es wäre wieder Caspar, der ihn nach Marie fragen wollte. Der Junge schien sich tatsächlich Hals über Kopf in sie verliebt zu haben. Michel fragte sich, wann das geschehen war. Zwar hatte ihm Marie erzählt, dass er ihr ein paar Surfstunden gegeben hatte, aber dass da so etwas wie eine Verliebtheit entstanden war, hatte sie nicht erwähnt. Es rührte ihn, wenn er sah, wie verzweifelt Caspar darüber war, dass Marie weggegangen war, ohne ihm etwas zu sagen. Andererseits – er hatte kein Recht, ihm ihre Nummer zu geben, wenn sie es nicht getan hatte. Er würde sich nicht in ihr Leben einmischen. Und vielleicht einen weiteren Fehler machen.

»Tut mir leid, Caspar, aber …«

»Du weißt es also auch schon?« Leon trat einfach in das Haus.

»Dass Caspar sich in Marie verliebt hat? Das tut mir leid. Ich fürchte, der Junge macht sich da was vor. Falls er dich geschickt hat, um mich um Maries Nummer zu bitten – ich kann das nicht. Das muss sie selbst entscheiden.«

»Ich wollte eigentlich nur sehen, wie es dir geht, mein Freund.«

Michel sah ihn erstaunt an. Er musste doch wissen, dass es ihm nicht gut gehen konnte. Alles war anders gekommen, als er es sich ausgemalt hatte.

»Wie soll es mir schon gehen? Ich habe es zum zweiten Mal versaut!«

Leon ging in dem kleinen Wohnzimmer, das immer noch so aussah wie zu der Zeit, als Monique hier gelebt hatte, auf und ab.

»Ich fürchte, deine Tochter hat das Richtige getan. Du wirst das schon noch begreifen.«

Michel wollte sich nicht schon wieder anhören, was Leon von der Rückkehr seiner Tochter in sein Leben dachte.

»Sie ist weg. Also lass uns über etwas anderes reden. Wie geht es Claire? Was macht die Firma?«

Leon glaubte nicht, dass für Michel die Sache abgeschlossen war.

»Ich weiß, dass das alles schwer war für dich, Michel. Deswegen hab ich mir ein paar Gedanken über dich gemacht. Meinst du nicht, es würde dir guttun, hier mal rauszukommen?«

»Ich soll Urlaub machen? Seit wann machen Wirte Urlaub, zumal wenn sie auch noch der Koch des Ladens sind? Meine Gäste nehmen mir ja schon die paar Tage im Januar übel, die ich schließe, um zu renovieren.«

»Denkst du nicht manchmal, dass du dein Talent einmal woanders unter Beweis stellen solltest? Ich rede nicht von Rennes oder Cannes. Ich dachte eher ans Ausland. Boston. New York. Die Amerikaner sind verrückt nach französischer Küche.«

Er traute ihm nicht mehr und wollte ihn loswerden. Das war ganz offensichtlich.

»Ich spreche ganz schlecht Englisch.«

»Noch ein Grund, in die Staaten zu gehen. Ohne Englisch ist man heute doch nur ein halber Mensch. Falls du glaubst, du würdest das finanziell nicht stemmen, ich könnte dir einen Kredit geben. Ich bin sicher …«

»Ich weiß, was du beabsichtigst, Leon. Aber gib dir keine Mühe; ich werde nicht von hier weggehen.«

Sie schwiegen. Zwei Männer, die sich ihr ganzes Leben lang kannten. Die sich einmal gegenseitig einen kleinen Schnitt in den Arm gesetzt und dann feierlich die Wunden aufeinandergedrückt hatten, auf dass ihr Blut sich vermenge und sie zu Brüdern mache. Sie trauten einander nicht mehr.

»Kannst du mir garantieren, dass du jetzt keine Dummheiten machst?«

Michel sah den Mann an, der doch eigentlich sein Freund war. Diese Treue, die sie sich damals als Kinder geschworen hatten –

wie ernst musste er sie noch nehmen? Hob das Leben nicht all die feierlichen Schwüre, die man sich einmal gegeben hatte, auf?

»Du weißt, dass ich nicht zulassen kann, dass du mein Leben zerstörst.«

»Soll das eine Drohung sein? Womit willst du mir drohen, Leon? Ich habe im Gegensatz zu dir nichts zu verlieren.«

»Wenn du nicht an dich denken willst oder an mich, dann denk an Marie. Sie wird schnell vergessen, dass du kurz in ihrem Leben aufgetaucht bist. Und sie wird weitermachen wie davor. Alles, was du ihr sagen könntest, wird ihre Pläne durcheinanderbringen. Es wäre einfach nur egoistisch von dir, wenn du ihre Entscheidung nicht akzeptieren würdest.«

Dachte er wirklich nur an sich? Ging es ihm wirklich nur darum, sich endlich von seiner Schuld reinzuwaschen? Würde er danach endlich wieder schlafen können? Würde sein Leben endlich ruhig werden?

»Mach keinen Fehler, Michel. Ich bin mir sicher, du würdest es bereuen.«

Leon ging in die Nacht hinaus. Er hatte gesagt, was zu sagen war. Er hatte getan, was er tun konnte. Der Rest lag bei Michel. Er konnte nur hoffen, dass er sich nicht von seinen Gefühlen hinreißen ließ.

Michel zerriss das Foto in kleine Fetzen und ließ sie in den Papierkorb fallen. Dieses kleine wunderbare Mädchen, das auf dem Foto so fröhlich in die Kamera lachte, war schon lange kein Teil seines Lebens mehr. Er hatte das doch immer akzeptiert. Marie war glücklich ohne ihn. Sie hatte ihn nicht gebraucht. Und sie würde ihn auch in Zukunft nicht brauchen. Als er sich auf sein schmales Bett legte und auf eine weitere schlaflose Nacht wartete, sandte er einen Abschiedsgruß an Marie in die Nacht. Pass auf dich auf, dachte er. Ich werde dich nicht vergessen. Aber ich werde es ertragen, wenn du mich vergisst.

13

Paul war die Nacht durchgefahren und wollte in sein Büro in der Uni gehen. Er musste sich auf seine Vorlesung vorbereiten, die am Montag beginnen würde. Und er wollte endlich mit seiner Forschungsarbeit anfangen, wegen der er die Stelle hier ja bekommen hatte. Nur noch schnell einen Kaffee im Bistro an der Ecke, dann würde er sich endlich auf seine Arbeit konzentrieren. Er ließ sich zwei Croissants einpacken und holte sich beim Kiosk die Tageszeitungen.

»Oh, entschuldigen Sie, ich hab Sie nicht gesehen.« Es war ihm peinlich, dass ihm die elegante Frau, die gerade aus ihrem Auto stieg, entgangen war.

»Kein Problem, ich war auch in Gedanken.«

Sie sahen sich an. Lächelten sich entschuldigend zu und gingen ihrer Wege. Eine kleine unbeabsichtigte Rempelei, wie sie schon mal vorkommen konnte, wenn man nicht aufpasste.

Paul hatte sie im Bruchteil einer Sekunde vergessen.

Claire nicht. Dieser Mann war Paul Racine. Ihr Herz schien ein paar Schläge lang auszusetzen. Das war doch vollkommen unmöglich. Raul Racine lebte in Paris, das wusste sie. Was tat er hier? Oder war er es doch nicht? Vermutlich hatte sie sich das nur eingebildet.

»Einen Moment, Monsieur.« Sie musste wissen, ob sie sich getäuscht hatte.

Paul drehte sich um. Sollte er die attraktive Frau, mit der er gerade zusammengestoßen war, kennen?

»Madame?«

»Ähm … entschuldigen Sie, ich dachte gerade … Sind Sie tatsächlich Paul Racine?«

Paul sah sie fragend an. Und nickte.

»Es tut mir leid, ich erinnere mich nicht …«

»Nein«, lachte Claire. »Machen Sie sich keine Gedanken; Sie müssen mich nicht kennen. Ich habe Ihr Foto in der Zeitung gesehen. Die Universität ist ja mächtig stolz, Sie gewonnen zu haben. Wissen Sie, die Archäologie ist quasi so was wie ein Hobby von mir. Ich habe einige Ihrer Artikel gelesen.«

Paul fühlte sich geschmeichelt. Es kam nicht oft vor, dass er auf der Straße erkannt wurde. Sehr groß war das Interesse der Leute an seiner Forschung nun wahrlich nicht.

»Ich will Sie nicht aufhalten, ich wollte Ihnen nur sagen, dass ich es schön finde, dass Sie nach Brest gekommen sind. Ein bisschen wissenschaftlicher Glanz tut unserer kleinen Uni gut.«

»Das ist nett, dass Sie das sagen. Ich hoffe, ich sehe Sie in einem meiner Vorträge, Madame …«

»Oh, entschuldigen Sie, ich bin Claire Menec. Wie gesagt, ich bin ein Fan von Ihnen.«

Sie lächelte, nickte ihm zu und ging davon.

Claire Menec? Konnte es sein, dass es sich hier um die Frau von Leon Menec handelte, dessen Sekretärin seine Mutter war? Die Welt ist klein, dachte er und schüttelte sofort den Kopf über diese Binsenweisheit. Aber hier im Finistère war die Welt wahrscheinlich wirklich sehr klein. Die Menschen hatten alle etwas miteinander zu tun. Also war es gar kein so merkwürdiger Zufall, dass ihm an diesem Morgen die Frau von Leon Menec über den Weg gelaufen war.

Claire war nur ein paar Schritte weitergegangen. Als sie sich sicher war, dass Paul Racine sie nicht mehr sehen konnte, blieb sie stehen. Ihr Atem ging jetzt schnell. Sie presste eine Hand auf ihr Herz, um sich zu beruhigen. Paul Racine war in die Bretagne gekommen. Das konnte kein Zufall sein. Sicher war er auf der Suche nach seiner Mutter. Hatte er sie schon getroffen? Hatte sie ihm schon alles erzählt?

Sie drehte auf dem Absatz um. Ihr Zahnarzttermin, dessentwegen sie eigentlich nach Brest gekommen war, war ihr plötzlich egal; es wäre sowieso nur eine Routineuntersuchung gewesen. Jetzt war etwas anderes viel wichtiger. Sie griff nach ihrem Handy.

»Céline? Gut, dass ich dich erwische. Ich brauche dich. Mir ist etwas ins Kreuz gefahren. Du musst mir unbedingt helfen.«

Wieso sagte sie nicht einfach einmal Nein? Céline war gerade auf dem Weg ins Büro gewesen. Sie liebte die Stunden, bevor Leon eintraf. Da konnte sie eine Menge wegarbeiten, bevor der tägliche Wahnsinn wieder begann. Sie hätte Claire einfach sagen sollen, dass sie am Abend für sie Zeit hätte. Oder morgen. Aber das war noch nie geschehen. Wenn Claire sie brauchte, war Céline zur Stelle. Claire erwartete das einfach von ihr. Und Céline hatte diese Erwartung noch nie enttäuscht. Außerdem – war da nicht etwas in Claires Stimme, das sie noch nie gehört hatte? Es hatte wie ein Anflug von Panik geklungen. Etwas, das sie bei Claire nicht kannte. Sie war immer die Beherrschung in Person. Ein Schauer lief über Célines Rücken, als sie die Massageliege vorbereitete.

»Ich weiß nicht, was ich getan habe, aber plötzlich war da dieser Schmerz. Ich konnte mich einen Augenblick praktisch nicht bewegen. Ich fürchte, ich werde alt.«

Claire war so wie immer, als sie auf Célines Massagebank lag. Also hatte sie sich nur eingebildet, dass da etwas anderes gewesen war. Céline rieb ihre Hände aneinander, um sie leicht anzuwärmen, dann ließ sie ein paar Tropfen des kostbaren Arganöls auf Claires durchtrainierten Rücken tropfen.

»Vielleicht hast du eine falsche Bewegung gemacht, als du aufgestanden bist.«

»Kann sein, dass ich wieder mal zu hastig aus dem Bett gesprungen bin. Aber, weißt du, ich wollte unbedingt noch mit Caspar und Leon frühstücken, bevor sie in die Firma gehen.«

Die Lüge kam ihr leicht von den Lippen.

»So ist das, wenn man Kinder hat. Wenn ich Caspar am Morgen nicht mit einem Kuss verabschiede, bin ich den ganzen Tag unruhig.«

»Du sorgst dich um ihn. Das ist normal.« Célines Hände bearbeiteten sanft Claires Rücken.

»Oh, tut das gut. Ich sollte viel öfter zu dir kommen.«

Sie schloss die Augen, als sie leise weiterredete. So, als würden ihr die Gedanken gerade so durch den Kopf gehen.

»Ich dachte immer, dass das aufhören würde, wenn er erst einmal erwachsen ist. Aber das Gegenteil ist der Fall. Wie sagen die Leute: kleine Kinder, kleine Sorgen, große Kinder, große Sorgen. Zu seinen eigenen Sachen kommt man einfach nicht mehr.«

»Ich kann mir vorstellen, dass es für dich nichts Wichtigeres gibt als ihn. Er ist dein einziges Kind. Vermutlich wird man sich immer Gedanken machen, ob es ihm gut geht.«

Ein kleines, irgendwie genervt klingendes Lachen entfuhr Claire.

»Ohne Kinder ist das Leben auf jeden Fall … na ja, ich würde sagen, irgendwie einfacher. Ich verrate dir ein Geheimnis: Manchmal hab ich echt darüber nachgedacht, dass es vielleicht besser gewesen wäre, ihn einfach nicht zu bekommen.«

Céline hielt in ihrer Bewegung inne.

»Ich meine das natürlich nicht so. Aber dass er den Rest meines Lebens beeinflussen würde, das hatte ich mir damals nicht so vorgestellt. Manchmal beneide ich dich wirklich, Céline. Du musst dich um nichts anderes kümmern als um dich und … na ja, um Merlin. War vielleicht klug von dir, dich gegen ein Leben mit Kindern zu entscheiden.«

Sie hielt den Atem an. Was würde Céline antworten?

»Ich würde nicht sagen, dass es meine Entscheidung war. Es hat einfach nicht sein sollen.«

»Hättest du denn ein Kind gewollt? Ich meine, ich habe immer den Eindruck gehabt, dass du zufrieden bist, so wie dein Leben ist.«

Zufrieden? Vielleicht war sie das ja tatsächlich. Weil sie sich sicher war, dass ihre Entscheidung damals die einzig richtige gewesen war.

»Das bin ich auch. Mein Leben ist genau so, wie es sein soll. Ich hadere nicht damit.«

»Das dachte ich mir. Und, ehrlich gesagt, ich kann mir dich auch gar nicht als Mutter vorstellen.«

Wieso sagte Claire das? Wollte sie ihr weh tun? Natürlich wäre sie eine gute Mutter geworden, wenn die Dinge anders gelaufen wären. Wenn der Mann, den sie bis zur Selbstaufgabe liebte, frei für sie gewesen wäre.

»So, fertig für heute. Pass ein bisschen auf dich auf. Und halt deinen Rücken warm.«

Sie ging zum Waschbecken, um sich die Hände zu waschen, während Claire sich anzog. Wieso war Claire zu ihr gekommen? Ihr Rücken war vollkommen in Ordnung. Céline hatte keinerlei Verspannungen spüren können.

»Du hast mir den Tag gerettet, meine Liebe. Ich danke dir.«

Claire küsste Céline auf die Wange. Auch das tat sie nicht oft. Sie waren zwar irgendwie befreundet, aber es bestand doch immer eine gewisse Förmlichkeit zwischen ihnen. Wie es sich wahrscheinlich gehörte zwischen der Frau des Chefs und seiner Sekretärin.

»Ich muss los. Ich will mir das Vorlesungsverzeichnis für das neue Semester an der Uni holen. Weißt du, ich überlege mir, ob ich mich nicht als Gasthörerin einschreiben soll. Sie haben da einen neuen Dozenten an der Fakultät für Archäologie. Er hält Vorlesungen über die Menhire. He, wäre das nicht auch was für dich? Paul Racine, vielleicht hast du von ihm gehört. Er hat einige wichtige Bücher geschrieben.«

Céline sah sie verblüfft an.

»Ich wusste gar nicht, dass du dich für Archäologie interessierst.«

Claire beobachtet Céline scharf. War da wirklich kein Zusammenzucken? Keine Irritation, als sie Pauls Namen erwähnt hatte? Es sah so aus, als ob ihr der Name Paul Racine wirklich nichts sagte. Oder war sie nur eine gute Schauspielerin? Immerhin hatte sie sich nie in ihr Herz blicken lassen. Und nie etwas von sich erzählt. Dass Claire von der Existenz Paul Racines erfahren hatte, war ein absoluter Zufall gewesen. Dass er sich nun allerdings in der Nähe seiner Mutter herumtrieb, beunruhigte sie sehr. Selbst wenn Céline noch nicht wusste, wer er war – es würde doch nur eine Frage der Zeit sein, bis die beiden aufeinandertrafen. Hier in ihrer kleinen Welt des Finistère.

14

Was hat er dir angetan, Maman? Es musste etwas Furchtbares gewesen sein, denn sonst hätte Monique ihren Exmann nicht so gänzlich aus ihrem Leben verbannt. Sie war so geduldig gewesen mit ihren Mitmenschen, ungeheuer tolerant und verständnisvoll. Wenn es nur so etwas wie eine »lässliche Sünde« gewesen wäre, hätte sie Michel doch sicher irgendwann vergeben. Hätte es zumindest zugelassen, dass Marie sich eine eigene Meinung über ihren Vater bildete. Es verunsicherte sie mehr als sie sich eingestehen wollte, dass sie Michel Dumont in den Tagen im Krankenhaus und in der Bretagne als einen so liebevollen, aufmerksamen, mitfühlenden Menschen kennengelernt hatte. Er konnte das doch nicht gespielt haben.

Meinst du, er hat sich geändert? Menschen ändern sich tatsächlich, Maman. Die lächelnde Frau auf dem Foto würde ihr keine Antwort geben. *Wieso konntest du ihm nicht vergeben?*

Marie hatte als kleines Mädchen hin und wieder nach ihrem

Vater gefragt, es dann aber aufgegeben. Sie brauchten ihn nicht, ihre Mutter und sie. Sie waren sich immer selbst genug gewesen. Nicht einmal, als Monique gestorben war, hatte Marie das Bedürfnis gehabt, nach ihrem Vater zu suchen, dem einzigen Verwandten, den sie noch hatte. Wieso konnte sie jetzt nicht aufhören, an ihn zu denken? Könnte es sein, dass Paul recht hatte? Dass sie Michel wenigstens anhören sollte? Ihre Mutter hatte sie dazu erzogen, sich eine eigene Meinung zu bilden, nicht auf andere zu hören. Galt das auch für ihren Vater? Sie hasste es, plötzlich so verunsichert zu sein. Alles war klar gewesen, als sie so wütend aus Concarneau abgereist war. Wieso zweifelte sie nun? Oder war es etwas ganz anderes, was sie darüber nachdenken ließ, noch einmal zurück in die Bretagne zu fahren? Diese Sehnsucht, die sich in ihr aufbaute wie eine große Welle. Die Sehnsucht nach dem Mann, der ihr das Leben gerettet hatte.

Ich bin keine Indianerin, basta. Es war alles romantischer Quatsch. Es konnte nichts anderes sein als romantischer Quatsch. Sich in jemanden zu verlieben, der zufällig zur richtigen Zeit am richtigen Ort gewesen war. Jeder andere hätte dasselbe getan wie Paul Racine. Aber es war nicht jeder andere gewesen. Es war dieser Mann gewesen mit dem intensiven, mitfühlenden Blick. Dessen Kuss ihr in die Glieder gefahren war. Und wenn schon. Sie hatte doch immer wieder einen Mann geküsst, der sie verwirrt hatte. Das kam vor. Und hieß noch lange nicht, dass daraus etwas entstehen musste. Sie würde ihn vergessen, genauso wie sie ihren Vater vergessen musste. Schluss mit den sentimentalen Gedanken. Morgen würde sie zum Arzt gehen, sich gesund schreiben lassen und den Faden ihres früheren Lebens wieder in die Hand nehmen.

15

Die Sonne malte dramatische Bilder an den Abendhimmel, als sie glutrot im Meer versank. Der Himmel leuchtete in Pastellfarben, wie man sie nur auf den Bildern italienischer Meister sehen konnte. Von einem durchsichtigen zarten Grün über ein strahlendes Aquamarin bis hin zu einem irisierenden Rosenrot, das die letzten kleinen Wolken, die sich am Horizont tummelten, wie kleine Engelsinseln erscheinen ließ. Paul hielt den Atem an, als er zu seinem Haus fuhr. Doch es war nicht allein die Dramatik, derer sich die Natur bediente. Es war der Anblick der Frau, die sich wie ein Schattenriss vor dem Sunset-Schauspiel abhob, der sein Herz fast aussetzen ließ. Sie war gekommen. Er stellte das Motorrad ab und ging auf die Felsen zu, auf denen Marie stand wie eine Statue. Ihr dünnes Kleid wehte in dem leichten Wind; man konnte fast Angst haben, dass die zarte Person gleich in den Himmel flog. Er brauchte nichts zu sagen. Er ging einfach zu ihr. Und als sie sich zu ihm umdrehte, sah er in ihrem Blick diese Gewissheit, dass es richtig war. Dass es einfach nur richtig war, dass sie sich hier befand. Und er auch. Wortlos nahm er sie in die Arme. Einen leidenschaftlicheren Kuss hatte es noch nie gegeben.

Es war, wie sie es sich erträumt hatte. Sie fühlte Pauls Hände auf ihrer Haut. Warm, fest, sicher. Er machte alles richtig. Seine Lippen waren trocken und fordernd. Sein Atem ging im gleichen Rhythmus wie ihrer. Als er mit seinem Mund den Linien ihres Körpers nachspürte, wollte sie, dass es nie mehr aufhörte. Seine Erregung war ihre Erregung, seine Lust war ihre Lust. Nur einen Moment lang dachte sie, dass es richtig gewesen war hierherzukommen, dann flog sie davon auf den Wellen der Begierde. Ihr Stöhnen wurde begleitet vom Rauschen der Wellen und der sanften Brise, die der Nachtwind durch das offene Fenster schickte.

Der Mond ging auf und wieder unter, und sie hatten immer noch nicht genug voneinander. Noch kannten sie nicht jeden Nerv und jede Pore des Körpers des anderen. Dass Marie kichernd aufstöhnte, als er die Grübchen über ihrem Po küsste, sagte ihm, dass das ihre kitzligste Stelle war, dass es ihn schauderte, wenn sie ihn auf den Nacken direkt unter dem Haaransatz küsste, rührte sie zutiefst. Es war ein Spiel von Suchen und Finden in dieser Nacht, dem sich das Mädchen und ihr Lebensretter hingaben. Paul fragte nicht, warum sie zu ihm gekommen war. Marie musste nichts erklären. Es war alles so selbstverständlich, so unendlich vertraut, so als hätten sie beide ihr Leben lang aufeinander gewartet.

Als die Sonne aufging, forderte Marie stöhnend etwas zu essen und zu trinken. Liebe mache nicht nur zufrieden, sondern auch hungrig.

»Schnellkaffee und Kekse, was anderes kann ich dir leider nicht bieten.«

Marie war es egal. Sie hätte Wasser aus einer Pfütze getrunken, so durstig war sie nach dieser Nacht.

Sie sprang aus dem Bett und ließ Wasser in ein Glas laufen, während Paul die trockenen Kekse aus dem Schrank holte. Er beobachtete sie, wie sie gierig trank. War das das traurige Mädchen, das er kennengelernt hatte? Sie war entspannt. Und gut gelaunt.

»Ich mag es gar nicht sagen, aber irgendwie war es vielleicht wichtig, dass auf mich geschossen worden ist.« Sie erschrak, als der Satz über ihre Lippen kam. Wie konnte sie so etwas sagen?

»Ich wollte sagen, wenn diese furchtbare Sache nicht passiert wäre, wäre ich nicht hier. Verstehst du, was ich meine?«

»Es dürfte Leute geben, die so etwas Schicksal nennen.« Er zog sie an sich, streichelte ihren Rücken, ließ seine Hand zu ihrem kleinen festen Po wandern. Sie machte sich lachend los. »Ich hab noch nie an so was wie Schicksal geglaubt. Meine Mutter hat immer gesagt, dass man sein Leben in die Hand nehmen muss.«

Sie schlüpfte in sein Hemd, das er achtlos hatte auf den Boden fallen lassen. Ihr Blick fiel auf die Papiere, die auf dem kleinen Schreibtisch aus dunklem Holz lagen, der am Fenster stand.

»Kann es sein, dass du auf ältere Frauen stehst?« Verschmitzt hielt sie das Foto von Céline hoch, das auf dem Schreibtisch gelegen hatte. »Das ist doch diese Céline Marchand. Stehst du auf sie?«

Paul versuchte ihr das Foto wegzunehmen.

»Ach, das hab ich nur zufällig.«

»Hallo, du wirst ja rot.« Sie lachte und war doch erstaunt über seine Reaktion. »Muss ich vielleicht eifersüchtig sein? Schon nach der ersten Nacht?«

»Ich kenne die Frau überhaupt nicht.« Er wollte nicht über Céline reden. Nicht nach dieser Nacht. Er steckte das Foto in den Ordner zurück, in dem er die Unterlagen über seine Mutter gesammelt hatte.

»Was wollen wir heute machen? Ich muss in die Uni, aber heute Nachmittag kann ich mir freinehmen. Willst du inzwischen was für uns einkaufen?«

Marie spürte, dass er ablenken wollte.

»Du hast dieses Foto doch nicht zufällig. Was hast du mit Céline Marchand zu tun?«

Er wusste, er würde ihr nicht entkommen. Und er wollte sie auch nicht anlügen. Er wollte diese Beziehung nicht mit einer Lüge beginnen.

»Okay, wenn du es so genau wissen willst: Céline Marchand ist meine Mutter.«

Marie sah ihn geschockt an.

»Hast du nicht gesagt, dass deine Eltern tot sind?«

»Mutter ist ja auch zu viel gesagt. Sie ist die Frau, die mich geboren hat. Sie hat mich zur Adoption freigegeben, am Tag meiner Geburt. Ich hab mit ihr nichts zu schaffen.«

Er ging unter die Dusche. Es war klar, dass er nicht über diese Frau reden wollte. Doch so einfach konnte er Marie nicht abwimmeln. Sie kam zu ihm unter die Dusche und drehte das Wasser ab.

»Weiß sie, dass du hier bist?«

»Nein, tut sie nicht. Sie weiß es nicht und wird es nicht erfahren. Ich will sie nicht sehen.«

Er drehte das Wasser wieder auf. Marie zog ihn unter der Dusche hervor. Stand ganz nah vor ihm.

»Zu mir sagst du, ich soll meinen Vater kennenlernen, und du gehst deiner Mutter aus dem Weg?«

»Sie ist nicht meine …«

»Genauso wenig wie Michel mein Vater ist. Wieso misst du mit zweierlei Maß?«

Tat er das wirklich? Natürlich tat er das.

»Ruf sie an. Triff dich mit ihr. Sie soll eine tolle Frau sein! Alle bewundern und achten sie hier.«

»Sie hat mich weggegeben.«

»Vielleicht hatte sie Gründe.«

»Sie ist eine Druidin. Wer braucht so was schon?«

»Keine Ahnung, aber du solltest wenigstens herausfinden, ob du das brauchst. Bevor du sie getroffen hast, kannst du das nicht wissen.«

Es waren die gleichen Argumente, mit denen er versucht hatte, Marie davon zu überzeugen, dass sie vielleicht ihren Vater doch kennenlernen sollte. Ihre Worte klangen wie ein Echo dessen, was er gesagt hatte.

Marie griff zum Telefonhörer.

»Ruf sie an. Jetzt gleich. Triff dich mit ihr und dann entscheide …«

Céline wollte auf dem Weg zum Büro noch Blumen holen. Leon liebte die opulenten Sträuße, die immer frisch auf seinem Tisch standen. Als sie den Blumenladen betrat, stand Claire vor ihr.

»Céline. Hallo. Ist das nicht ein wunderbarer Tag? Du siehst aus, als hättest du gut geschlafen.«

Claire hatte einen Rosenstrauß im Arm. Sie war schön wie immer. Schon zu so früher Stunde war sie perfekt geschminkt und frisiert, das hellgraue Ensemble aus Etuikleid und leichtem Mantel sah aus wie aus einer Modezeitschrift.

»Nimm die Gladiolen, es dürften die letzten im Jahr sein. Rosen hat Leon schon zu Hause.«

»Danke für den Tipp. Ich wollte sowieso keine Rosen kaufen.«

Sie hatte Leon noch nie Rosen auf seinen Schreibtisch gestellt; sie war der Meinung, das stünde nur Claire zu. Rosen waren die Blumen der Liebe. Als Leons Sekretärin wusste sie, wo sie stand.

Ihr Telefon klingelte.

»Céline Marchand.«

Die Stimme des Mannes war ihr unbekannt. Und doch zuckte sie zusammen. Ein Mann sagte, er sei Paul Racine.

»Ja, doch, ich … Ich habe schon von Ihnen gehört, Monsieur Racine.«

Claire, die ihre Rosen bezahlte, rührte sich nicht. Doch der Schreck fuhr ihr ins Herz.

»Natürlich können wir uns treffen, wenn das für Sie so wichtig ist. Heute Abend, natürlich. Ich wollte zwar am Menhir die letzten Herbstzeitlosen suchen, aber … Gern, wir können uns gern dort treffen. Um halb acht? Ja. Ich werde da sein, Monsieur Racine. Bis dann.«

Claire drehte sich zu Céline um. Ihr Lächeln war offen wie immer.

»Was verheimlichst du mir, Céline? Ich dachte, du kennst Paul Racine nicht. Und dabei hast du ein Date mit ihm?«

»Ich habe kein Date. Und ich kenne ihn auch nicht. Er will mich treffen. Wahrscheinlich hat er ein Problem, bei dem ich ihm helfen soll.«

Céline wollte nicht zugeben, wie sehr sie dieser Anruf verwirrte. Diese Stimme. Sie war sich sicher, dass sie sie noch nie gehört hatte. Und doch war da etwas, das ihre Nerven zum Vibrieren brachte.

Wieder gab ihr Claire einen Abschiedskuss. Wieder war Céline von der ungewohnten Intimität überrascht.

»Nimm die Gladiolen, meine Liebe. Leon wird sich freuen.«

Damit ging sie zu ihrem Auto und fuhr davon. Céline sah ihr einen Moment nach, bevor sie die Gladiolen aussuchte. Das leise Unbehagen, das sich in ihr ausbreitete, versuchte sie nicht zu beachten.

Viertes Buch

DER UNFALL

1

Paul war den ganzen Tag nervös gewesen. Er hatte versucht, seine Notizen, die er sich über die Aufstellungsorte der Menhire in der Bretagne gemacht hatte, zu ordnen, wollte sie vergleichen mit seinen Erkenntnissen, die er über die Steinmale in Asien gewonnen hatte. Doch seine Gedanken schweiften dauernd ab. Er schrieb das dieser wundersamen Nacht zu, die er mit Marie verbracht hatte. Wie ein Teenager freute er sich darauf, sie heute Abend nach der Begegnung mit Céline wiederzusehen. Eigentlich hätte er das Treffen mit Céline am liebsten verschoben. Es zog ihn nicht zu ihr. Er musste sie nicht unbedingt sehen. Ganz im Gegensatz zu Marie. Die wollte er sehen. Und spüren. Am liebsten hätte er den ganzen Tag mit ihr im Bett verbracht. Aber Marie hatte gelacht.

»Wir haben so viel Zeit. Wir müssen uns nicht benehmen wie Teenager.« Sie hatte ihm versprochen, heute Abend, wenn er zurückkam, da zu sein. Sie wollten zusammen kochen. Essen. Trinken. Reden. Es gab so viel, über das sie reden mussten. Oder vielleicht auch gar nichts. Sie waren zusammen, und das war gut so. Als er ein und denselben Satz zum vierten Mal gelesen hatte, ohne zu wissen, was darin stand, hatte er sein Notebook eingepackt und war losgefahren. Er wollte das Menhirfeld noch einmal vermessen. Vielleicht würde ihn diese Arbeit vor Ort von seiner Sehnsucht ablenken.

Xavier Leonard, der Schäfer, hatte den jungen Wissenschaftler schon ein paarmal beobachtet, als er sich an den Menhiren zu schaffen machte. Er hatte gesehen, dass Paul fotografierte. Und die Abstände zwischen den Steinen vermaß. Dann die Messergebnisse in das Notebook eintrug, das er stets bei sich hatte.

Paul war verblüfft, als er im Visier seines Messgeräts eine kleine Gruppe Schafe erkannte. Er hob den Blick. Tatsächlich, da grasten die Tiere zwischen den Steinen. Zwei Hunde umkreisten sie ständig.

»Sie lieben die Pflanzen, die zwischen den Steinen wachsen.«

Paul fuhr herum. Er hatte nicht bemerkt, dass der Schäfer näher gekommen war. Das alte Gesicht des Mannes sah ihn freundlich an.

»Sind das Ihre Schafe?«

»Sie mögen die Kräuter hier. Schmecken intensiver. Auch das Gras, das zwischen den Steinen wächst, ist saftiger.« Als der Schäfer lächelte, legte sich sein Gesicht in tausend Falten.

»Das Phänomen ist mir schon ein paarmal begegnet. Sogar in Asien. Die Weisen dort behaupten, es gehe eine besondere Strahlung von den Steinmalen aus.«

»Ich lasse sie gern in der Nähe der Menhire fressen. Ihre Wolle ist dann dichter. Und sie haben weniger Krankheiten.«

Paul war mit diesem Phänomen tatsächlich bereits vertraut. Die Weisen in Asien behaupteten, es läge daran, dass die Steine auf heiligem Boden stünden. Der Schäfer trank einen kleinen Schluck aus einer kleinen Flasche, die er aus seinem weiten grauen Mantel zog, und reichte sie dann Paul. Der zögerte nicht, einen Schluck zu nehmen. Und war erstaunt, dass ihm nicht einer dieser rauen Schnäpse durch die Kehle rann, die so mancher Bauer hier aus wilden Äpfeln und Schlehen brannte, sondern dass die Flüssigkeit, die ihm der Schäfer anbot, von einer einschmeichelnden Sanftheit war.

»Trockenbeerenschnaps. Ich bekomme ihn von Céline. Im Herbst, wenn die letzten Trauben geerntet sind, brennt sie immer ein paar Liter aus den getrockneten Trauben, die keiner von den Weinstöcken genommen hat.«

»Schmeckt gut. Und diese eigenartige Konsistenz, wie Honig …«

Als der Schäfer die Flasche wieder in seinem Mantel verstaute und seinen Hunden pfiff, wurde die Luft plötzlich mit diesen merkwürdigen Lauten erfüllt, die wie verzweifelte Schreie klangen. Paul zuckte zusammen. Wie jedes Mal, wenn er in den letzten Tagen die Schreie gehört hatte.

»Können Sie mir sagen, was das ist? Ich meine … Ich vermute, es ist der Wind, der sich in den Felsen fängt. Allerdings … im Moment weht ja kein Lüftchen.«

»Das sind die Schreie der Männer von der *Helena.*« Der Schäfer sagte das einfach so. Als ob es nicht den geringsten Zweifel an dieser Aussage gäbe. Paul sah ihn verblüfft an.

»Ihre Seelen flehen um Erlösung.«

Paul hatte vom Untergang des Trawlers *Helena* schon gehört. Das Schiff von Leon Menec war im Sturm gesunken, zwölf Männer waren ums Leben gekommen.

»Was ist damals eigentlich genau passiert?«

»Es war der erste schwere Herbststurm. Am vierten September. Keiner hatte mit ihm gerechnet. Noch am Tag vorher hatten wir dreißig Grad. Das Schiff kam in den Sturm und ist gesunken. Einfach so abgesoffen. Mit Mann und Maus. Nur ein Mann hat überlebt: Michel Dumont.«

Paul glaubte, nicht richtig gehört zu haben.

»Michel Dumont? Dem das *Café du Port* gehört? Er war Matrose?«

»Er war der Kapitän.«

Das überraschte Paul dann doch. Oder sollte es ihn nicht überraschen? Wie schon öfter überkam ihn das Gefühl, dass in diesem kleinen Landstrich am Ende der Welt alles und jedes miteinander verbunden war. Michel Dumont, Maries Vater, hatte also für Leon Menec gearbeitet. Genau wie Pauls Mutter Céline.

»Es hat ihn schwer getroffen. Aber letztes Endes war es sein Glück.«

Paul sah den Schäfer fragend an.

»Es war Michels Glück? Sein Schiff und seine Mannschaft verloren zu haben?«

»Ich rede von Leon. Natürlich war es eine Katastrophe. Aber er hatte eine gute Versicherung. Mit dem Geld, das er bekommen hat, hat er den Grundstock für seine neue Firma gelegt.«

Paul versuchte diese Neuigkeiten einzuordnen.

»Es gibt keine Erinnerung daran, dass es die Schreie schon vor dem Untergang der *Helena* gegeben hat. Ich lebe seit mehr als siebzig Jahren hier, und ich hatte sie vorher nie gehört. Und die anderen auch nicht.« Der Schäfer sah auf das Meer, wo sich am Horizont eine schwarze Wolkenwand aufbaute.

»Ich glaube nicht an so was. Es gibt für alles eine rationale Erklärung. Ich vermute, dass sich die Felsen an den Klippen nach einem Sturm verschoben haben. Es reichen da manchmal ein paar Zentimeter. Der Wind kann sich darin fangen.«

»Es ist windstill, Monsieur Racine.«

Paul war überrascht, dass der Schäfer seinen Namen kannte.

»Aber der Sturm wird kommen.«

Die Hunde hatten die Schafe zusammengetrieben, der Schäfer stieß einen leisen Pfiff aus und ging davon. Schafe und Hunde drängten sich eng um ihn.

Paul sah ihm nach. Er wollte ihn aufhalten, wollte ihn nach Céline fragen, die der Schäfer ja offensichtlich kannte. Aber Xavier ging seines Weges. Und Paul nahm sich vor, seine Fragen eben bei der nächsten Begegnung mit dem ungewöhnlichen Mann zu stellen.

Die schwarze Wolkenwand war inzwischen ganz nah, als Céline auf ihr Fahrrad stieg. Der Wind wurde stärker, brachte

Regen mit sich. Sie sah, dass Merlin schon voraus in die Dämmerung rannte. Also zog sie die weiße Wollmütze tiefer in die Stirn und fuhr los. Den Kopf tief über den Lenker gebeugt, um dem kalten Regen, der ihr ins Gesicht peitschte, so wenig Angriffsfläche wie möglich zu bieten, kämpfte sie sich auf der schmalen Straße Richtung Menhir.

Céline sah das Auto, das langsam durch die immer stärker werdende Dunkelheit rollte, nicht. Sie hörte auch das Aufdröhnen des Motors nicht, als der Fahrer des Wagens plötzlich Gas gab. Es ging im Rauschen der Wellen und des Windes unter.

Paul stand fluchend neben dem Menhir. Was für eine saublöde Idee, hier im strömenden Regen zu stehen. Und auf eine Frau zu warten, die er nicht kannte. Er hätte jetzt mit Marie vor dem Kamin sitzen können. Er sah auf die Uhr. Zwei Minuten vor halb acht. Okay, noch zwei Minuten. Aber wenn Céline Marchand nicht wirklich pünktlich war, würde er abhauen. Konnte doch niemand verlangen, dass er bei diesem Wetter noch länger auf sie wartete.

In dem Augenblick, als Céline die zwei Scheinwerfer des Autos vor sich aus der Dunkelheit auftauchen sah, wusste sie es. Sie wusste, dass sie sterben würde. Sie versuchte, dem Auto, das auf sie zuraste, noch auszuweichen, aber da hatte es sie schon erfasst. Der Aufprall war so heftig, dass sie von ihrem Rad flog. Es schien eine Unendlichkeit zu dauern, bis sie auf dem nassen Asphalt aufschlug. Der Sturm war gekommen. Mit seinem Dröhnen begleitete er Céline Marchand in den Tod. Das Herz schien in ihr zu bersten, als sie als Letztes Paul Racines Stimme zu hören glaubte.

Ich würde Sie gern sprechen, Madame Marchand. Es ist wichtig.

In dem Moment, als das Leben Céline verließ, war eines

plötzlich glasklar. Sie wusste, warum Paul Racine sie sprechen wollte. Sie wusste, dass er seine Mutter sehen wollte. Ihr Sohn war gekommen. Aber es blieb ihr keine Zeit, ihm zu sagen, wie sehr sie darunter gelitten hatte, ihn aus ihrem Leben verbannt zu haben.

Paul war sauer. Sie hatte ihn also versetzt. Natürlich. Das Wetter war ja auch viel zu schlecht, um aus dem Haus zu gehen. Er konnte es ihr nicht einmal verdenken. Er stieg auf sein Motorrad. In ein paar Minuten würde er in seinem Haus sein und sich von Marie aufwärmen lassen. Da tauchte aus der Dunkelheit ein weißer Schatten auf. Es war ein weißer Hund, der geradewegs mit großen Sprüngen auf ihn zugelaufen kam. Paul hatte das Tier noch nie gesehen. Trotzdem ging er darauf zu. Der Hund stand jetzt hechelnd vor ihm. Bellte ihn mit tiefer Stimme an. Machte kehrt, rannte ein paar Schritte davon. Blieb stehen, sah zu Paul. Als wollte er ihm etwas sagen. Paul verstand nicht. Was wollte der Hund? Merlin kam noch einmal zu Paul zurück. Das Bellen wurde drängender. Wieder lief er davon. Wieder blieb er stehen, wieder sah er Paul an. Und Paul stieg auf das Motorrad und folgte dem Hund langsam. Es war nur ein knapper Kilometer, da sah er, dass der Hund stehen blieb. Das Tier jaulte auf. In einem unsagbar herzzerreißenden Ton. Paul stellte das Motorrad ab. Er ging auf den Hund zu. Und da sah er sie. Er sah Céline Marchand auf der Straße liegen. Sein Herz setzte aus.

»Céline.«

Er war bei ihr. Kniete sich neben ihren leblosen Körper. Sie sah aus, als würde sie schlafen. Paul tastete nervös nach ihrem Puls.

»Céline.«

Doch die Frau, die seine Mutter war, war tot.

Das Jaulen des Hundes drang wie ein nicht enden wollender Schmerzensschrei durch die Dunkelheit.

2

Marie stand in eine Ecke gedrückt zwischen zwei Häusern und sah auf das *Café du Port*. Den Regen, der über ihr Gesicht lief, schien sie nicht zu bemerken. Durch die Fenster des hell erleuchteten Restaurants sah sie, wie Michel die ersten frühen Gäste bediente. Seine Bewegungen waren geschmeidig wie immer, als er einer Frau die Terrine mit seiner Fischsuppe servierte. Sein Lächeln war freundlich wie immer – oder doch nicht? Marie konnte nicht genau ausmachen, ob es nicht doch ein wenig verhaltener war als sonst. Wollte sie überhaupt wissen, ob er vielleicht traurig war? Sie wischte sich den Regen vom Gesicht und drehte sich um, um zu gehen. Sie hatte eingekauft und wollte jetzt nichts anderes, als mit Paul vor dem Kamin zu sitzen. Morgen war auch noch ein Tag. Sie konnte ja morgen wiederkommen und Michel aufsuchen. Oder übermorgen. Oder auch gar nicht. Noch war sie nicht so weit, ihm zu verzeihen. Sie wusste nicht, ob sie es je sein würde.

»Marie?«

In dem Moment, als sie in einer kaum beleuchteten Gasse verschwinden wollte, hörte sie Michels Stimme. Sie drehte sich um. Sah ihn vor dem Restaurant stehen. Er spähte in die Dunkelheit. Ganz sicher konnte er sie nicht sehen. Und rief trotzdem noch einmal nach ihr. Sie trat aus dem Schatten der Häuser. Das fahlgelbe Licht einer Straßenlaterne fiel auf sie.

»Kind. Um Gottes willen, du bist ja ganz durchnässt.« Er war schon bei ihr. Sah sie an. Unendliche Erleichterung in seinen Augen.

»Willst du nicht hereinkommen und dir etwas Trockenes anziehen?« In seinen Augen stand die Angst geschrieben, dass sie Nein sagen würde. Jetzt lief auch ihm der Regen übers Gesicht. Vermischte er sich mit seinen Tränen? Sie sah ihn an. Und konnte nichts sagen. Konnte sich nicht bewegen. Sie standen voreinander. Es gab plötzlich keine Worte, die sie einander hätten sagen können.

»Michel!«

Violettes Stimme drang aufgeregt in die Nacht.

»Es ist etwas passiert. Céline Marchand hatte einen Unfall. Sie ist tot.«

Es zerriss Marie fast das Herz, als sie Paul auf der Straße knien sah. Neben dem Leichnam seiner Mutter. Sein Gesicht schien eingefallen, sein Blick war leer. Seine rechte Hand hielt Célines. Merlin lag dicht neben seiner toten Herrin. Ein hohes, schrilles Wimmern drang aus seiner Kehle. Zuckende Blaulichter von Polizeiautos und dem gerade ankommenden Krankenwagen zerrissen die Dunkelheit. Der Sturm hatte sich gelegt, der Regen aufgehört. Nur die Straße glänzte noch nass. In respektvollem Abstand stand eine Gruppe Menschen da. Der Schreck war ihnen anzusehen.

Marie sah beklommen, wie Paul sich jetzt erhob und wie betäubt an dem Arzt und der Krankenwagenbesatzung vorbeiging, die eilig auf Céline zustürzten. Doch sie hatten nicht mit dem Hund gerechnet. Merlin stand plötzlich auf. Ein drohendes Knurren zerriss die Stille, die sich auf die Szene gelegt hatte. Der Arzt streckte die Hand nach dem Hund aus.

»Ruhig. Ganz ruhig.«

Doch Merlin ließ sich nicht von ihm beruhigen. Er sah gefährlich aus, als er seine Lefzen fletschte. Das Knurren wurde zu einem wüst klingenden tiefen Grollen. Der Arzt blieb stehen.

»Kennt jemand den Hund? Ich kann nichts tun, wenn er mich nicht an sie heranlässt.«

Marie war bei Paul. Sie wollte ihn umarmen. Doch da war plötzlich so eine Unnahbarkeit, die sie innehalten ließ. Es war deutlich, dass Paul unter Schock stand. Er ging einfach an ihr vorbei auf sein Motorrad zu.

Die Spannung, die in der stillen Luft lag, war greifbar.

»Ich lasse einen Tierarzt kommen, der soll den Hund betäuben.«

Bernard Tessier war blass geworden, als er an den Unfallort gelangte und gesehen hatte, wer das Opfer war.

»Unfall mit Fahrerflucht«, war die Meldung gewesen, die das Polizeirevier bekommen hatte. Madeleine, seine junge Kollegin, versuchte sich dem Hund zu nähern. Doch Merlins Aggression wurde nur noch größer.

»Lass ihn, Madeleine, das ist zu gefährlich. Wir warten, bis der Tierarzt da ist.«

»Aber wenn sie noch lebt? Vielleicht ist es bis dahin ja zu spät.« Marie stellte sich Bernard als Kollegin aus Paris vor. Man konnte doch nicht einfach so herumstehen und nichts tun. Vielleicht konnte man Céline ja noch helfen.

»Hast du einen Gürtel an?« Michel verstand sie sofort. Er zog den alten Ledergürtel aus den Schlaufen. Marie nahm ihn und ging auf Merlin zu. Da wurde ihr der Gürtel aus der Hand genommen. Paul näherte sich dem Hund. Und der stand plötzlich ganz ruhig da. Ließ sich von Paul den Gürtel durch sein buntes Halsband ziehen. Sanft zog Paul an der improvisierten Leine. Und tatsächlich – der Hund ging neben ihm her. Mit hängendem Kopf und hängendem Schwanz folgte er Paul. Sie gingen einfach weg. Und schnell hatte sie die Dunkelheit verschluckt.

Claire lag in der Badewanne, als Leon ohne zu klopfen die Tür aufmachte. Bevor sie sagen konnte, ob er nicht anklopfen könne, sah sie, dass etwas nicht stimmte. Sein Gesicht war grau. Seine Schultern hingen kraftlos herunter, als er sich an den Türrahmen lehnte.

»Was ist passiert? Es ist doch nichts mit Caspar?«

Leons Augen waren dunkel vor Schmerz.

»Céline ist tot.«

»Natürlich kannst du früher gehen.«

Leon hatte Céline erstaunt angesehen, als sie gefragt hatte, ob sie nicht ausnahmsweise heute einmal früher gehen konnte. Das hatte sie noch nie getan. In all den Jahren war sie immer die Letzte gewesen, die das Büro verlassen hatte.

»Hast du etwa eine Verabredung? Kenne ich ihn?«

Leon hatte sie scherzhaft angelächelt. Wohl wissend, dass sich Céline, so lange er sie kannte, nie verabredet hatte. Doch sie hatte nicht, wie er erwartet hatte, den Kopf geschüttelt. Es war ein unbekannter Schimmer in ihren Augen gewesen, als sie sagte, dass er auch nicht alles wissen müsste.

»Du hast einen Mann kennengelernt?« Er war sofort neugierig geworden. Und ein bisschen eifersüchtig? Schließlich war sie in all den Jahren ausschließlich für ihn da gewesen. »Sollte ich ihn kennen?«

Sie hatte plötzlich innegehalten. Ihr Blick war ernst geworden.

»Bevor es was Ernstes wird, stellst du ihn mir aber vor, ja?«

Sie hatte leise gelacht.

»Auch wenn es so aussieht – ich bin nicht deine Leibeigene, Leon. Sogar jemand wie ich hat das Recht auf ein bisschen Privatleben.«

Sie hatte den Computer ausgeschaltet, ihm die Mappe mit den Briefen, die von ihm zu unterschreiben waren, auf den Schreibtisch gelegt, ihn noch einmal an den Termin mit seinem Notar erinnert und war gegangen. Er hatte ihr noch nachgerufen, dass er ihr viel Spaß wünsche. Und hatte sich belustigt gefragt, ob der Unbekannte wusste, wie außergewöhnlich die Frau war, mit der er sich treffen würde.

Als Claire ihre Arme um Leon schlang, spürte sie, wie erstarrt ihr Mann war. Sie wusste, wie sehr er Céline geschätzt hatte. Manchmal hatte sie ihn lachend gefragt, ob sie eigentlich auf Céline eifersüchtig sein müsse. Er verbringe schließlich wesentlich mehr Zeit mit seiner Sekretärin als mit ihr, seiner Ehefrau.

»Céline gehört zum Inventar«, hatte er immer gelacht. »Die Firma *Menec Poissons* ist ohne sie nicht denkbar.«

Tatsächlich war sie auch schon Leons rechte Hand gewesen, als er nur einen einzigen Trawler, die *Helena,* besessen hatte. Sie war bei seiner Hochzeit mit Sabine gewesen und auf dem Tauffest ihrer Tochter Eva. Sie war viel mehr als eine Sekretärin. Sie war Vertraute und Freundin, die ihr Leben ihrer Arbeit und ihrem Chef verschrieben hatte. Es gab niemanden in seinem Leben, dem Leon mehr vertraute.

»Es ist ein Alptraum. So was darf doch nicht passieren. Wer fährt denn einen Menschen an und lässt ihn einfach liegen?«

Claire war klug genug zu wissen, dass sie jetzt nicht zu antworten brauchte. Sie musste einfach nur da sein. Irgendwie würde sie Leon schon über seinen Verlust hinweghelfen.

3

Marie hatte ihre Kollegen beobachtet, wie sie ihre Arbeit machten. Nachdem man Céline weggebracht hatte, hatten sie den Unfallort weiträumig abgesperrt und das Terrain untersucht. Vielleicht gab es ja einen Hinweis auf den Fahrer des Autos, der Céline getötet hatte. Doch der Regen hatte viel verwischt. Falls es Reifenspuren gegeben hatte, waren sie nicht mehr zu sehen. Célines Fahrrad lag ein paar Meter entfernt in der Wiese. Das Hinterrad war verzogen, doch auf den ersten Blick konnte man nicht sagen, ob es vom Aufprall des Autos oder vom Sturz herrührte. Die Spurensicherung würde das Rad gründlich untersuchen.

»Wahrscheinlich hat er sie in der Dunkelheit nicht gesehen. Vielleicht hat er ja nicht mal gemerkt, was passiert ist.«

»Eine Frau in komplett weißer Kleidung soll man nicht sehen? So dunkel ist es nicht mal im Grab.« Marie hatte Bernard aufgebracht angefahren. Und sich sofort entschuldigt.

»Tut mir leid, ich will mich nicht einmischen. Aber ich kann mir das einfach nicht vorstellen. Ich meine, selbst wenn er sie nicht gesehen hat – es muss einen ziemlichen Rumms gegeben haben, als er sie angefahren hat. So was merkt man doch normalerweise.«

»Nicht, wenn man telefoniert. Oder laut Musik hört. Er könnte gedacht haben, dass er über einen Stein gefahren ist. Nach dem Sturm liegen hier immer mal wieder ziemliche Brocken auf der Straße.«

»Vielleicht war er ja auch betrunken und hat deswegen nichts mitbekommen.« Die junge Polizistin Madeleine, die nicht älter als zweiundzwanzig sein konnte, hatte, mit einem starken Scheinwerfer bewaffnet, das Terrain abgesucht.

»Das ist auf jeden Fall keine Entschuldigung. Wenigstens nicht in Paris.«

»Hier auch nicht«, sagte Bernard scharf. »Wir sind hier zwar in der Provinz, aber bei uns gelten dieselben Gesetze wie in der Hauptstadt.« Marie hatte begriffen, dass sie zu weit gegangen war.

»Sorry. War blöd. Es ist nur… Da liegt der Typ vielleicht in seinem warmen Bett neben seiner hübschen Frau und tut so, als wäre nichts passiert. Ich finde so was so ätzend.«

»Wir werden ihn finden.« Bernard nickte ihr zu, sammelte seine Kollegin ein, und sie fuhren ohne Blaulicht davon. Plötzlich war es still. Marie stand da und starrte auf die Stelle, an der

Céline Marchand gestorben war. Sie sah Paul vor sich, wie er neben seiner toten Mutter gesessen hatte. Sie hörte das jämmerliche Jaulen von Merlin.

Einen Augenblick lang war alles in Ordnung gewesen. Letzte Nacht. Einen Augenblick lang hatte sie das Gefühl gehabt, dass alles gut werden konnte. Und jetzt gab es diese tote Frau. Und das furchtbare Gefühl beschlich Marie, dass es noch lange nicht zu Ende war.

Paul saß auf der Bank und starrte aufs Meer. Merlin hatte seinen großen Kopf auf seinen Schoß gelegt und hörte nicht auf, ihn mit seinen schwarzen Augen anzustarren.

»Hast du den Hund schon mal gesehen?«

Paul strich Merlin über das harte Fell. Schüttelte den Kopf.

Marie setzte sich neben ihn. Und erschrak, als sie spürte, wie kalt Paul war.

»Wie lange sitzt ihr hier schon? Es ist doch viel zu kalt. Komm, gehen wir rein vor den Kamin.«

Sie stand auf. Paul blieb sitzen. Es war deutlich, dass er, obwohl er nur ein dünnes T-Shirt anhatte, die Kälte nicht spürte.

»Mir ist nicht kalt.« Seine Hand hörte nicht auf, den Hund zu streicheln.

»Das ist, weil du unter Schock stehst. Jetzt komm bitte; ich will nicht, dass du dich erkältest.« Sie nahm seine Hand, wollte ihn mit sich ziehen.

»Ich hätte nicht so lange warten dürfen.«

Sie lief ins Haus, holte eine dicke Decke, zog sie über sie beide und kuschelte sich eng an Paul.

»Wenn ich früher den Mut gehabt hätte, sie anzurufen …« Er lachte bitter auf. »Oder wenn ich sie einfach gar nicht angerufen hätte, dann wäre sie bei diesem Dreckswetter nicht unterwegs gewesen und wäre diesem Typen nicht begegnet. Sie würde noch leben.«

»Vielleicht. Vielleicht hätte sie aber beschlossen, einen Spaziergang zu machen. Kräuter zu sammeln oder so was. Oder vielleicht wäre der Typ mit dem Auto ihr morgen früh begegnet, mitten in der Stadt. Du darfst dir keine Vorwürfe machen.«

»Wieso weiß man erst, was gut gewesen wäre, wenn es zu spät ist?«

Sie wusste keine Antwort darauf. Nahm einfach seine Hand in die ihre und hielt sie fest.

Michels Gesicht schoss ihr durch den Kopf. Die flehende Freude, als er sie entdeckt hatte, vorher in der Gasse.

War das erst ein paar Stunden her? Was, wenn Michel das Opfer gewesen wäre? Wenn er da tot auf der Straße gelegen hätte?

»Ob sie gewusst hat, mit wem sie sich treffen wollte? Ich frage mich die ganze Zeit, ob sie gewusst hat, dass ich ihr Sohn bin.«

»Es hat doch keinen Sinn, dass du dir den Kopf zerbrichst.« Irgendwie überraschte es sie, wie erschüttert Paul war. Noch gestern hatte er ihr weiszumachen versucht, dass er gar nicht wusste, ob er diese Frau überhaupt sehen wollte. Und jetzt sah es so aus, als würde ihr Tod ihm das Herz brechen.

»Ich hatte vor, ganz kühl zu ihr zu sein. Sie einfach zu fragen, was sie gegen mich gehabt hat. Gegen ein Baby, dem sie doch das Leben geschenkt hat. Wie konnte sie mich einfach so aus ihrem Leben werfen?«

»Es ist ihr bestimmt nicht leichtgefallen. Wahrscheinlich hat sie dich nie vergessen.«

»Aber sie hätte das nicht tun dürfen. Wie kann ein Mensch nur zu so was fähig sein?«

»Weißt du, wozu du fähig bist, wenn du in eine Notlage gerätst?«

Er war so furchtbar durcheinander. Er hatte sie hassen wollen, diese Frau, und jetzt schlug dumpfe Trauer über ihm zusammen. Wut auf sich selbst, weil er nicht früher gehandelt hatte. Wut auf sie, weil sie ihn nicht hatte haben wollen. Er stand auf.

»Du bist schon ganz durchgefroren. Lass uns reingehen.«

Sie schlang die Arme um ihn, als sie hineingingen. Sie wollte ihm das Gefühl geben, dass er nicht allein sei. Der Hund ging wie selbstverständlich neben ihnen her. Und legte sich vor den Kamin, als hätte er das schon immer getan.

Claire kochte Spaghetti Bolognese. Die hatte Caspar als Kind immer verlangt, wenn er krank war. Oder wenn er Kummer im Kindergarten oder in der Schule hatte. Der kräftige Fleischsugo machte ein warmes Gefühl im Bauch. Und Nudeln machten sowieso glücklich. Dass sie Leon nicht aufheitern konnte, war ihr klar. Aber wenn sie ihn so in seinem Kummer dasitzen sah, hatte sie das Bedürfnis, ihm irgendetwas Gutes zu tun. Während sie die Karotten und die Zwiebeln für den Sugo schnibbelte, ging ihr durch den Kopf, was in den nächsten Tagen auf sie zukommen würde. Es war klar, dass sie sich um Célines Beerdigung kümmern würde. Céline hatte ja keine Verwandten, und Leon und sie hatten ihr am nächsten gestanden. Im Kopf hatte sie eine Liste der Leute erstellt, die man zur Beerdigung einladen musste. Sie hatte über den Blumenschmuck auf dem Sarg nachgegrübelt und über die Musik, die bei der Trauerfeier gespielt werden sollte. *Candle In The Wind* war ihr als Erstes eingefallen. Aber sie hatte es gleich wieder verworfen. Céline hatte nie eine Ader für Kitsch gehabt. Sie würde versuchen, irgendeine einfache Volkweise zu finden. Ein Lied, das seinen Ursprung in Célines bretonischer Heimat hatte. Sie hatte sich eine Liste auf den Küchentisch gelegt und alle ihre Ideen notiert. Als der Sugo vor sich hin köchelte, machte sie eine Flasche Rotwein auf und setzte sich an den Tisch. Gut, dass ihre Köchin Mimi heute frei hatte. Claire hatte sich in der großen, perfekt ausgestatteten Schlossküche mit dem alten rot-weißen Fliesenboden schon immer wohl gefühlt. Sie mochte die Gerüche, sie mochte die Geräusche, wenn Saucen blubberten oder Fleisch scharf angebraten wurde. Wenn sie Leon nicht getroffen hätte, wäre sie vielleicht sogar Köchin geworden.

Ob Caspar schon wusste, was passiert war? Leon würde ihn jetzt wirklich brauchen. Caspar würde Céline nicht ersetzen können, natürlich nicht. Aber er würde Leon unterstützen, wo immer es nötig war. Am besten würde es sein, wenn er zunächst einmal Célines Büro übernehmen würde. Da wäre er in der Nähe seines Vaters und würde jederzeit für ihn da sein können. Das war eine gute Idee. Allerdings, schoss es ihr plötzlich durch den Kopf, sollte sie vorher noch Célines Schreibtisch aufräumen. Wer konnte schon wissen, was in ihm verborgen lag? Und da war ja auch noch Célines Haus. Und der Hund. Wo war eigentlich der Hund? Irgendjemand hatte erzählt, dass ein Mann ihn mitgenommen hatte. Der Mann, der Céline gefunden hatte. Sie runzelte die Stirn. Merlin war mit einem Fremden mitgegangen? Er hatte sich von ihm von Célines Leichnam wegbringen lassen?

»Hier hast du dich verkrochen.« Leon lächelte müde, als er seine Frau an dem großen, schweren Küchentisch sitzen sah.

»Ich dachte, Spaghetti Bolognese würden dir guttun.«

»Dein Allheilmittel gegen jede Art von Kummer? Lieb von dir. Aber ich fürchte, ich bringe heute nichts runter.«

Sie schenkte ihm ein Glas Wein ein, reichte es ihm.

»Céline würde nicht wollen, dass du zusammenklappst.«

Sie umarmte ihn. Hielt ihn einen Moment fest.

»In schweren Zeiten muss man wenigstens was Anständiges im Magen haben.«

Er trank einen Schluck Wein. Und war froh, dass Claire in solchen Situationen nicht den Kopf verlor. Es war bewundernswert, wie sie Haltung bewahrte. Immerhin war Céline auch ihre Freundin gewesen. Sicher war sie genauso geschockt über ihren Tod wie er.

»Vielleicht willst du jetzt noch nicht darüber reden, aber ich habe mir Gedanken über Célines Beerdigung gemacht.« Sie lächelte traurig. »Jemand muss es ja tun.«

»Ja. Jemand muss es tun. Ich bin froh, dass du deine fünf Sinne zusammenhältst, Claire.«

»Es klingt so schäbig, aber es ist nun einmal wahr: Das Leben geht weiter, Leon. Die Toten haben es hinter sich. Aber wir Lebenden müssen weitermachen. Und wenn ich ehrlich bin – ich bin froh darüber. Es ist ein Glück, am Leben zu sein.«

Sie küsste ihn. Spürte, dass seine Erstarrung endlich nachließ.

»Ich helfe dir, dass du darüber wegkommst. Caspar und ich stehen dir bei, darauf kannst du dich verlassen.«

»Wobei soll ich Papa beistehen?«

Caspar stand plötzlich in der Küche. Grinste. Es war deutlich, dass er ein wenig angetrunken war. Und dass er keine Ahnung hatte, was passiert war.

»Spaghetti Bolognese. Was ist passiert? Mama, du hast doch nicht wieder eine Delle in Papas Auto gefahren?«

Als er nun erfuhr, was geschehen war, war es Caspar peinlich, dass er so flapsig reagiert hatte. Aber er hatte keine Ahnung von dem Unfall gehabt. Er war mit ein paar Kumpels in einem neuen Club in Brest gewesen. Und hatte sich nur gewundert, dass in der Küche noch Licht brannte, als er nach Hause kam.

»Natürlich werde ich dich unterstützen, Papa. Du kannst dich auf mich verlassen.« Er umarmte seinen Vater, den Célines Tod vollkommen fertigzumachen schien. Okay, das war nun eine Falle, mit der er nicht gerechnet hatte. Jetzt war sein Typ ja wohl tatsächlich gefragt. Seine Mutter würde nicht zulassen, dass er auch nur einen Tag die Arbeit schwänzte. Er gehörte an die Seite seines Vaters, hatte sie gesagt. Und zwar für jetzt und alle Zeiten. Innerlich verfluchte er Céline. Was musste sie auch bei so einem Scheißwetter mit dem Fahrrad unterwegs sein? Hätte sie nicht zu Hause bleiben können? Hätte sie nicht einfach am Leben bleiben können? Caspar ließ sich seinen Frust nicht anmerken. Aber er war sich sicher, dass schwere Zeiten auf ihn zukommen würden. Er würde ganz schön geschickt sein müssen, wenn er sich aus dem Netz, das seine Mutter eng um ihn zuzog, noch einmal herauswinden wollte.

4

Sabine du Maurier stand an ihrer Staffelei. Kurz nachdem sie von Célines Tod erfahren hatte, hatte es sie gedrängt zu malen. Auch wenn der Kontakt zu Leons Sekretärin nach ihrer Scheidung sehr viel lockerer geworden war, trauerte sie um sie. So ein plötzlicher Tod ließ niemanden kalt. Und wenn man dadurch nur an die eigene Sterblichkeit erinnert wurde. Daran, dass man es nicht in der Hand hatte, jeden Augenblick unerwartet aus dem Leben gerissen werden zu können. Wie es Leon wohl ging? Sie hatte Mitleid mit dem Mann, mit dem sie einmal verheiratet gewesen war. Es musste furchtbar für ihn sein, seine engste Vertraute verloren zu haben. Sie hatte es nicht geplant, und doch erstand auf der Leinwand vor einem hellen Hintergrund aus Wolken und Meer das Gesicht von Céline. Als wäre es Sabine ein spontanes Bedürfnis, der Toten ein Denkmal zu setzen. Es war ein stilles Bild, das Ruhe ausstrahlte und eine gewisse Traurigkeit, die sich vor allem im umschatteten Blick von Célines dunklen, fragenden Augen ausdrückte. Es stand im totalen Gegensatz zu den farbenfrohen, lebenssatten Bildern, die sie in Mexiko gemalt hatte und die sie in ein paar Tagen der Öffentlichkeit präsentieren wollte. Aber durfte sie das überhaupt? So kurz nach Célines Tod eine Vernissage machen? Wäre das nicht pietätlos?

Genau dasselbe hatte sich Michel gefragt, als er am Morgen, wie ausgemacht, ein paar Kostproben seiner Kochkunst für Sabine zusammenstellte.

»Ich glaube nicht, dass Céline gewollt hätte, dass ich die Vernissage verschiebe.«

Als Sabine Michel mit seinem Tablett voller Köstlichkeiten in ihr lichtdurchflutetes Atelier mit Blick auf den Atlantik ließ, erschrak sie über den Ausdruck von Hoffnungslosigkeit in seinen Augen.

»Wir müssen den schrecklichen Ereignissen etwas entgegensetzen, Michel. Etwas, das zeigt, dass wir am Leben sind und dass … ja, dass wir uns auch an diesem Leben freuen.«

Michel reichte ihr ein Schälchen mit Linsengemüse.

»Linsen mit geräucherten Kalbsbäckchen.«

Sie probierte alle Vorschläge nacheinander durch, und wie immer war sie begeistert von Michels Kreativität, die eine gewisse bretonische Bodenständigkeit mit Ansätzen moderner Kochkunst originell zu verbinden verstand. Michel freute sich über Sabines Lob, gewiss, doch es war, als erreichte es sein Herz nicht. Er verstand selbst nicht, wieso er dermaßen erschüttert war. Céline war eigentlich nur eine Bekannte gewesen. Vertrautheit oder gar eine freundschaftliche Nähe hatte es zwischen ihnen nicht gegeben. Und doch, ihr Tod machte ihn bange. Was hatte sie für ein Leben geführt? Nur der Arbeit bei Leon und ihrer merkwürdigen Gabe verschrieben. Einsam in dem kleinen Haus am Strand, nur mit einem Hund als Lebensgefährten?

»Manchmal habe ich das Gefühl, dass alles sinnlos ist. Was soll das eigentlich, diese paar Jahre, die einem gegeben sind? Ist das nicht alles nur ein großer Krampf? Man bemüht sich, alles richtig zu machen, und verbringt die Jahre damit, die Fehler, die einem unterlaufen sind, wiedergutzumachen oder zu vertuschen. Was bleibt von jemandem wie Céline? Die nicht einmal in einem Kind weiterleben wird?«

»Was von ihr bleibt, bestimmen wir. Sie hat mitten unter uns gelebt. Sie war ein Teil von uns. Wir müssen achtsam mit der Erinnerung an sie umgehen.«

»Hast du jemals das Gefühl gehabt, sie wirklich zu kennen? Wie kann sie ein Teil von uns gewesen sein, wenn wir nichts über sie wissen, außer dass sie hier gelebt hat?« Sabine erkannte, dass es Michel nicht nur um Céline ging. Er fragte sich, woran sich die Menschen erinnern würden, wenn *er* einmal tot sein würde. Sicher, eine Zeitlang würde man an seine Kochkunst denken, daran, wie gern und gut man bei ihm gegessen hatte. Aber woran würde der einzige Mensch, bei dem es ihm wirklich wichtig war, denken? In Maries Gedächtnis würde er als Lügner weiterleben. Als der Mann, der so wenig wert war, dass ihre Mutter ihm den Kontakt mit ihr untersagt hatte.

»Ich habe gehört, sie ist zurückgekommen.«

Michel schrak aus seinen Gedanken.

»Das ist ein gutes Zeichen, Michel. Lasst euch Zeit. Geht behutsam miteinander um. Und vor allem, erzähl ihr einfach, was damals passiert ist zwischen dir und Monique.«

Außer Leon, Michel und Claire, der Leon in einer schwachen Stunde vor vielen Jahren alles gestanden hatte, wusste niemand die ganze Wahrheit über die Tragödie der *Helena*. Vielleicht hatte Céline Bescheid gewusst, das war möglich. Aber sie hätte niemals etwas verraten. Dazu war ihre Loyalität Leon gegenüber viel zu groß gewesen.

»Erzähl ihr, was passiert ist.« Sabine hatte keine Ahnung, was sie da vorschlug. Die Wahrheit würde ihn auch nicht retten können.

Als hätte es nie gestürmt, spannte sich der Himmel postkartenblau über die Bretagne. Die Farben des Meeres, des Sandes, der letzten Hortensien, der Steine leuchteten fast zu grell in dem Licht nach dem Sturm. Claire atmete zufrieden die glasklare Luft ein, als sie ihre morgendliche Joggingrunde am Meer entlang machte. Sie hielt an, als sie die Raben sah, die über dem Reetdach von Célines Haus schwebten, das in die Dünen geduckt lag, als wäre nichts geschehen.

Im Haus war es ganz still. Durch die kleinen Fenster fiel das Sonnenlicht in Streifen auf die wundersamen Dinge, die Céline gesammelt hatte. Auf Kräuterbuschen, die von der Decke hingen und ihren intensiven Duft verströmten. Auf merkwürdig geformte Steine, die sie gesammelt hatte. Auf den schweren, mit einem starkfarbigen Kelim bezogenen Sessel am Fenster und Merlins bunten Teppich, der in der Nähe des Kamins lag. Wie viele Stunden hatte Claire in diesem Haus verbracht! Hatte sich wohl gefühlt unter Célines Händen. Und hatte darüber nachgegrübelt, wo sie wohl irgendwo in den hübschen alten Schränken oder in dem kleinen Schreibtisch, der an einem der Fenster stand, einen Hinweis auf ihr Geheimnis verborgen hatte. Das für Claire kein Geheimnis mehr war. Sie erinnerte sich noch genau an dieses alarmierende Gefühl, das sie überkommen hatte, als sie dahintergekommen war, dass Céline vor fünfunddreißig Jahren den Sommer in den USA verbracht hatte. Den ganzen Sommer. Mehr als acht Wochen hatte Céline Urlaub genommen. Sie hatte das nicht glauben können. Céline, die kaum mal einen Tag der Firma und Leon fernblieb, sollte sich acht Wochen in den USA vergnügt haben? Einen Sprachkurs hatte sie dort machen wollen, hatte ihr Leon erklärt. Weil ihr Englisch so schlecht gewesen sei.

»Ich hatte vor, mein Geschäft auszudehnen. Da war es wichtig, dass Céline englisch sprach.« Leon hatte nicht an dieser Erklärung gezweifelt. Claire dagegen schon. Sie hatte sofort gespürt, dass da etwas nicht stimmen konnte. Und sie hatte herausgefunden, dass Céline nie in den Staaten gewesen sein konnte. Sie war ihr ausgewichen, als sie fragte, wo sie denn in New York gelebt hätte, sie konnte keine Antwort geben, als sie sie fragte, wie denn die Schule hieß, in der sie den Sprachkurs gemacht hatte. Das sei alles so lange her, hatte sie geantwortet, sie könne sich nicht erinnern. Claires Neugier war geweckt gewesen. Und am Ende hatte sie mithilfe eines Privatdetektivs herausgefunden, dass Céline diesen Sommer nicht in den Staaten, sondern bei ihrer Schwester in den Pyrenäen verbracht hatte. Einen Ausflug in das kleine Bergdorf zu machen, in dem Célines Cousine Marguerite gelebt hatte, die inzwischen gestorben war, war eine Sache von zwei Tagen gewesen. Und das Resultat davon war, dass sie jemanden gefunden hatte, der sich daran erinnerte, was für eine hübsche Schwangere Céline Marchand gewesen war. Wie ein Terrier, der eine Spur verfolgte, hatte Claire nicht nachgegeben, bis sie schließlich alles erfahren hatte. Auch, was aus Célines Kind geworden war. Und wer sein Vater war.

Aber jetzt würde Paul Racine nichts herausbekommen. Mit Céline war der einzige Mensch gestorben, der ihm die Wahrheit über seine Herkunft hätte erzählen können. Und falls Céline in ihrem Haus noch Hinweise auf ihr Geheimnis versteckt hatte, würde Claire sie finden. Und vernichten. Als sie vor dem Haus ein Auto herankommen sah, schob sie die Papiere, die sie durchwühlt hatte, in die Schubladen zurück.

»Madame Menec?« Bernard Tessier war erstaunt, Claire in Célines Haus vorzufinden, das er gerade versiegeln wollte. Solange der Tod Célines nicht aufgeklärt war, sollte das Haus keinem Fremden zugänglich sein.

»Darf ich fragen, was Sie hier machen?«

»Céline war meine Freundin. Ich hatte plötzlich so ein Bedürfnis … ach, ich wollte ihr noch einmal nahe sein. Wissen Sie, ich bin so oft hier bei ihr gewesen. Ich habe gehofft, dass …«

Sie drehte sich weg, wie um ihre Tränen vor den beiden Polizisten, die sie jetzt betreten ansahen, zu verbergen.

Sie schluchzte leise auf.

»Es tut mir leid.« Bernard Tessiers Verlegenheit war groß.

Wer war er, dass er der Frau von Leon Menec untersagen konnte, Abschied von ihrer toten Freundin zu nehmen? »Aber ich muss das Haus versiegeln.«

»Natürlich. Ich verstehe das. Tun Sie Ihre Pflicht, Monsieur Tessier.«

Sie nickte ihm und seiner Kollegin Madeleine zu und verließ das Gebäude. Damit hatte sie nicht gerechnet, dass die Polizei das Haus versiegeln würde.

»Obwohl – ich verstehe nicht ganz, was hat das denn zu bedeuten? Glauben Sie denn, dass Sie hier einen Hinweis auf den Unfallfahrer finden? Ist das nicht ein wenig abwegig?«

Bernard Tessier nickte. Sie hatte ja recht; er wusste auch nicht so genau, was diese Maßnahme bringen sollte.

»Vielleicht, wenn Céline mit dem Mann verabredet gewesen wäre … Sie könnte sich eine Notiz gemacht haben. Die Spurensicherung wird sich hier umschauen.«

Es war klar, die Polizei würde das Haus durchsuchen. Und vielleicht würde sie auf das stoßen, was Claire nicht gefunden hatte.

Es war Marie gewesen, die Bernard Tessier zu dieser Maßnahme veranlasst hatte. Sie war am frühen Morgen auf der Polizeistation in Brest erschienen und hatte verlangt, darüber informiert zu werden, was sie über Célines Tod bis jetzt herausgefunden hatte. Es war klar, dass sie kein Recht hatte, nach den Ermittlungen zu fragen. Ebenso klar war aber auch, dass sie eine Kollegin war. Die auch noch aus der Gegend stammte. Bernard hatte Marie am Unfallort sofort erkannt. Das Bild der Polizistin, die von dem Junkie in Paris angeschossen worden war, war in allen Zeitungen gewesen. Marie Lamare, die Tochter des bekannten Sternekochs Michel Dumont aus Concarneau. Wie sollte er ihr eine Auskunft verweigern? Es war deutlich, dass es Marie wichtig war, den Fahrer des Autos so schnell wie möglich zu finden.

»Die Leute sind schockiert über Célines Tod. Wir wissen doch aus Erfahrung, dass sie erst wieder ruhig werden, wenn der Täter zur Verantwortung gezogen wird.«

Bernard musste zugeben, dass sie damit nicht unrecht hatte. Aber er wusste auch, dass die Sache schwierig werden würde. Es gab keine Zeugen. Es gab keine Hinweise auf das Auto. Keine Lackspuren am Fahrrad, die wenigstens auf die Farbe gedeutet hätten, keine Reifenspuren. Nichts. Aber die Polizei durfte nicht den Anschein erwecken, untätig zu sein. Also hatte Bernard beschlossen, sich wenigstens Célines Haus anzusehen. Obwohl er sich sicher war, dass er dort nichts finden würde.

Es war nicht so, dass Marie ihren bretonischen Kollegen nicht getraut hätte. Aber vier Augen sahen besser als zwei oder sechs. Jedenfalls stand sie nun am Ort des Unfalls und sah sich um. Konnte ein Mensch wirklich ums Leben gebracht werden, ohne dass es eine einzige Spur gab? Sorgfältig suchte sie die Straße und die Wiese um den Unfallort ab. Aber da war nichts. Nur dieser verwaschene Blutfleck auf dem Asphalt erinnerte noch daran, was hier passiert war. Und doch, da war dieses Gefühl. Diese Frage, wieso Céline ausgerechnet zu diesem Zeitpunkt ums Leben gekommen war. Kurz bevor sie sich mit dem Mann treffen wollte, der ihr Sohn war.

»Ich habe gehört, dass ein Mann sie gefunden hat.« Marie zuckte zusammen, als sie Claires Stimme hörte.

»Paul Racine, ja. Er ist Archäologe an der Uni Brest. Er hat bei den Menhiren gearbeitet, und als er nach Hause fahren wollte, hat er Céline gefunden.«

Marie erzählte Claire nicht, dass Paul mit Céline verabredet gewesen war. Diese tragische Geschichte ging niemanden etwas an. Sie ahnte nicht, dass Claires Herz aussetzte, als sie hörte, dass es Paul gewesen war, der Céline gefunden hatte.

Natürlich – wieso hatte sie nicht selbst daran gedacht? Sie

waren ja verabredet gewesen. Als Céline nicht gekommen war, hatte sich Paul wohl aufgemacht, sie zu suchen. Plötzlich war da der Schimmer einer neuen Idee.

»Ist es denn sicher, dass er sie nur gefunden hat? Er war doch mit dem Motorrad unterwegs. Vielleicht hat er sie ja angefahren. Und dann so getan, als hätte er sie nur gefunden. Ich meine, kennt jemand diesen Mann? Er ist nicht von hier. Es kann doch sein, dass er uns allen was vormachen will.«

Marie war erschrocken. Ihr blieb kurz die Luft weg ob des ungeheuren Verdachts, den Claire geäußert hatte.

»Ich musste einfach sehen, wo sie gestorben ist.«

Claires Stimme war leise und voller Trauer. Sie hatte Marie entdeckt, als sie auf dem Weg nach Hause war. Und wie es immer schon ihre Art gewesen war, war sie der Begegnung nicht aus dem Weg gegangen, sondern hatte sofort beschlossen, den Stier bei den Hörnern zu packen.

»Ich bin überrascht, dich hier zu sehen, Marie. Sie haben dich doch wohl nicht hierhergeschickt, um Célines Tod zu untersuchen?«

Es hörte nicht auf. Als sie gehört hatte, dass Marie nach Paris zurückgegangen war, hatte es doch so ausgesehen, als ob alles wieder ins Lot kommen würde. Was tat sie jetzt hier? Hatte sie schon mit Michel geredet? Hatte er ihr alles erzählt?

»Ich bin noch nicht wieder im Dienst. Und selbst wenn, die Polizei hier braucht mich nicht.«

»Dann bist du also zurückgekommen, um hier noch ein paar Tage Urlaub zu machen? Bei deinem Vater?«

Marie wusste nicht, was Claire das anging. Aber sie nickte.

»Die Ärzte sagen, ich würde noch ein bisschen Zeit brauchen. Die kann ich genauso gut hier verbringen.«

»Hier? Findest du, dass das ein guter Ort für Urlaub ist? Jetzt, wo gerade die Herbststürme anfangen? Wenn ich Urlaub machen wollte, würde ich in die Sonne fliegen. In die Karibik.

Oder nach Thailand. Wenn du willst… Ich könnte dir die Adresse von einem großartigen Wellness-Hotel geben. Sie verwöhnen dich dort auf jede erdenkliche Weise.«

»Danke, aber ich bin kein Typ für Wellness.«

Also würde Marie hierbleiben. Claire wagte nicht, sich auszumalen, was es bedeutete, wenn sie sich mit Michel versöhnen würde.

5

Sie musste ihn fragen. Auch wenn er wütend auf sie sein würde – sie musste diesem irren Verdacht, den Claire in ihr geweckt hatte, einfach nachgehen.

»Wolltest du sie wirklich nur kennenlernen?« Paul sah von dem Buch auf, das er gerade las. Marie stand vor seinem Schreibtisch in der Uni.

»Was meinst du? Natürlich wollte ich sie nur kennenlernen.« Jetzt begriff er plötzlich. Das war doch vollkommen absurd.

»Man kann einen Menschen schon sehr hassen, der einen nicht haben will. Sie hat dich weggegeben. Vielleicht konntest du ihr das nicht verzeihen?«

Paul sah sie fassungslos an. Marie verdächtigte ihn, seine Mutter umgebracht zu haben?

»Vielleicht erinnerst du dich – du warst es, die darauf bestanden hat, dass ich mich mit ihr treffe. Marie! Traust du mir wirklich zu, meine Mutter getötet zu haben?«

Er hatte ja recht. Wie konnte sie so was nur eine Sekunde lang glauben? Dieser wunderbare Mann. Er hatte ihr das Leben gerettet, sie war seinetwegen hierhergekommen. Sie hatten sich geliebt. Das war noch keine zwei Nächte her.

»Du bist der einzige Mensch, von dem wir wissen, dass er dort war.« Wieso sagte sie das? Es war doch klar, wie sehr sie ihn damit kränken musste.

»Es tut mir leid, aber ich muss dich das einfach fragen: Hast du Céline Marchand getötet?«

Paul stand auf. Das war doch zu irre. Da stand diese Frau, in die er sich verliebt hatte, und fragte ihn, ob er seine Mutter getötet hatte.

»Ich bin nun mal Polizistin.« Marie hörte selbst, wie kläglich ihr Versuch klang, ihm zu erklären, was hier gerade vor sich ging. »Ich muss einfach jeder Frage nachgehen.«

»Das Komische ist nur, dass deine Kollegen mir sofort und ohne jedes Zweifeln geglaubt haben, dass ich mit Célines Unfall nichts zu tun habe.«

Diese furchtbare Fremdheit. Plötzlich war es, als hätten sie noch nie etwas miteinander zu tun gehabt. Er war der Verdächtige, und sie war die Polizistin. Das hatte sie nicht gewollt.

»Ich glaube dir ja auch. Wenn du mir sagst, dass du nichts mit dem Unfall zu tun hast …«

Er schrie sie an. »Ich habe nichts mit dem Tod von Céline Marchand zu tun! Und ich kann nicht fassen, dass du diese Fragen stellst!«

»Paul?«

Sara stand in der Tür.

»Sara, was machst du hier?«

Sara stellte ihre schicke Reisetasche ab und umarmte ihn innig.

»Sie haben es in den Nachrichten gebracht. Es tut mir so leid. Wie geht es dir, mein Liebster?«

Marie stand da wie vom Donner gerührt. Sara? Mein Liebster?

»Ähm … entschuldige, Sara, das ist Marie. Marie, das ist Sara.«

Die beiden Frauen sahen sich an. Sara wusste sofort, wer Marie war.

»Sie sind doch diese Polizistin. Die angeschossen worden ist. Ermitteln Sie bei diesem Unfall?«

Bevor Marie sagen konnte, dass sie das natürlich nicht tat, sagte Paul mit schneidender Stimme:

»Ja. Sie ermittelt. Sie sucht den Unfallfahrer.«

Wie hatte sie nur glauben können, dass es keine Frau in Pauls Leben gab? Marie versuchte seinen Blick zu erhaschen. Doch Paul sah sie nicht an. Sie konnte es ihm nicht verdenken.

»Gut, ich denke, ich weiß dann alles. Au revoir, Paul. Sara.«

Sie beeilte sich wegzukommen. Es war schon schlimm genug, dass sie Paul diese furchtbaren Fragen gestellt hatte. Aber dass nun auch diese junge Frau aufgetaucht war, Sara, die ganz offensichtlich Pauls Freundin war … Plötzlich schien nichts mehr zu stimmen.

»Du hast mir gar nicht erzählt, dass du diese Polizistin wiedergetroffen hast.« Sara schmiegte sich eng an Paul.

»Es war ein komischer Zufall. Was tust du eigentlich hier?«

Er wollte mit Sara nicht über Marie reden. Vor allem jetzt nicht, da in ihm die Wut auf sie noch hochkochte.

»Deine Mutter ist gestorben. Es ist doch normal, dass ich da bei dir bin.« Sie küsste ihn sanft. Ja natürlich, sie hatte ja recht. Wenn er vom Tod ihrer Mutter erfahren hätte, wäre er auch zu ihr gefahren und hätte sie trösten wollen. Es war das Selbstverständlichste der Welt, dass Sara hier war.

Und es war genau das, was er nicht wollte.

»Wie lange willst du denn bleiben? Ich meine, du kannst doch nicht einfach die Dreharbeiten schwänzen?« Sie hatte vor ein paar Wochen eine Rolle in einer Seifenoper ergattert und drehte täglich. Sie war unheimlich froh gewesen, dass es endlich geklappt hatte. Für eine junge Schauspielerin war das zwar keine große Herausforderung und auch sicher nicht das, was sie sich während der Schauspielausbildung erträumt hatte. Aber es war Arbeit. Sie konnte Erfahrungen sammeln. Und verdiente sich dabei auch noch ihren Lebensunterhalt.

»Die Produktionsleitung hat echt Verständnis gezeigt, als ich erzählt habe, was passiert ist. Sie haben meinetwegen den Drehplan umgestellt. Bis zur Beerdigung kann ich auf jeden Fall bleiben. Und wenn du willst, auch noch länger.«

Bis zur Beerdigung von Céline. Zu der er auf keinen Fall gehen würde, wie er heute Nacht beschlossen hatte. Er wollte unter allen Umständen vermeiden, dass sich irgendwer fragte, was dieser Fremde an Célines Grab zu tun hatte. Céline hatte das Geheimnis, dass sie einen Sohn hatte, mit ins Grab genommen. Es war nicht an ihm, dieses Mysterium an die Öffentlichkeit zu bringen.

Marie beeilte sich, ihre Sachen aus Pauls Haus zu holen. Sie konnte dort nicht bleiben, das war klar. Sie packte ihre Tasche in den kleinen Mietwagen, den sie sich genommen hatte, und fuhr los. Als sie das Haus, das hell in der Septembersonne leuchtete, im Rückspiegel immer kleiner werden sah, fragte sie sich, ob sie noch einmal hierher zurückkommen würde. Sie hatte Merlin, der geduldig im Haus auf Paul wartete, über den Kopf gestrichen.

»Sag ihm, dass es mir leidtut.«

Es tat ihr leid, ja. Dass sie ihn so gekränkt hatte mit ihrem Verdacht. Aber sie nahm es ihm auch übel, dass er ihr nichts von seiner Freundin erzählt hatte. Vielleicht, wenn sie gewusst hätte, dass es diese Sara in seinem Leben gab, vielleicht wäre sie nicht zu ihm gekommen. Ob sie einfach zum Flughafen fahren und nach Paris zurückfliegen sollte? Einen kurzen Moment lang dachte sie, dass das vielleicht die einzige Lösung war. Doch Marie nahm nicht die Abzweigung nach Brest. Sie fuhr nach Concarneau. Entschlossen, wenigstens die Sache mit Michel gut zu Ende zu bringen.

»Ich weiß nicht, ob ich dir verzeihen kann, aber ich will wenigstens hören, was du mir zu sagen hast.« Michel wusste, dass er es in der Hand hatte. Wenn er jetzt alles richtig machte, würde er noch einmal eine Chance bekommen, das Verhältnis zu seinem Kind zu heilen. Es war alles, was er sich gewünscht hatte. Dass sie ihm einfach zuhörte. Danach sollte sie sich ihre Meinung bilden und entscheiden, ob sie weiter etwas mit ihm zu tun haben wollte. Marie hatte sich geweigert, ins Haus zu kommen. So gingen sie am Hafen entlang. Sie war so verletzt. Und gleichzeitig so entschlossen. Sie hätte nicht zurückkommen müssen. Sie hätte einfach so tun können, als würde er nicht existieren. Hätte ihr Leben einfach weiterleben können.

»Keine Lügen mehr, Michel. Das könnte ich dir nicht verzeihen.« Dass sie ihn Michel nannte, tat ihm weh. Aber er verstand, dass es nicht die Zeit für Marie war, ihn *Vater* zu nennen. Das war etwas, das er sich erst erarbeiten müsste.

»Ihr sprecht euch aus, das ist schön. Marie, du weißt nicht, wie sehr dein Vater darunter gelitten hat, dass du weggegangen bist.«

Leon konnte sich vorstellen, was gleich passieren würde. Er hatte von Claire erfahren, dass Marie beschlossen hatte, in Concarneau zu bleiben, und hatte sich sofort auf den Weg gemacht, um Michel zu sprechen. Er musste das Schlimmste verhindern. Michel sah Leon ungeduldig an. Wie konnte er es wagen, in diese Situation zu platzen?

»Wenn du uns entschuldigen würdest, Leon.«

»Natürlich. Ich will nicht stören. Ich wollte nur sagen, Marie, du darfst deinen Vater nicht verurteilen. Es war nicht seine Schuld; diese Frau hat ihn einfach überrumpelt.«

Michel hatte keine Ahnung, wovon Leon redete. Bevor er ihn fragen konnte, sprach Leon schon hastig weiter.

»Carla Besson war wunderschön. Und gerissen. Sie hat sich einfach in Michels Leben gedrängt. Sie hat ihn verführt. Und er konnte sich nicht wehren. Du kannst dir sicher vorstellen, dass deine Mutter sehr verletzt war.«

Marie sah Leon verblüfft an. Das war es? Sie glaubte plötzlich zu verstehen. So furchtbar einfach war es gewesen? Ihr Vater hatte ihre Mutter betrogen?

»Hast du sie geliebt? Wolltest du uns ihretwegen verlassen?« Ihre Stimme war ganz dünn. Und traurig. Michel wusste nicht, was er sagen sollte. War das die Lösung? Sollte er Leons Lügengeschichte bestätigen? Dass er Monique untreu gewesen war? Die einfachste Sache der Welt. Ein Mann betrügt seine Frau, und die verlässt ihn deswegen. Monique war tot. Sie konnte nicht mehr eingreifen. Und Leon würde niemals verraten, dass er diese Geschichte erfunden hatte. Die Gedanken rasten in seinem Kopf durcheinander. Die Wahrheit. Er wollte die Wahrheit erzählen. Die ihm Monique nicht verziehen hatte. Die ihm Marie aber vermutlich auch nicht verzeihen würde. Leons unverfrorene Geschichte konnte die Rettung sein. So viele Männer betrogen ihre Frauen. So viele Frauen zogen sich danach enttäuscht zurück. Marie würde verstehen. Und sie würde vielleicht verzeihen.

»Ich wollte es nicht«, hörte er sich leise sagen. »Ich weiß, dass das alle Männer sagen, denen so etwas passiert. Und vielleicht … vielleicht stimmt es auch nicht.«

Als Leon merkte, dass Michel den Faden, den er ihm in die Hand gelegt hatte, weiterspinnen würde, zog er sich mit dem Hinweis auf einen Termin zurück. Er hoffte, dass es klappen würde. Michel schien begriffen zu haben, dass er diesen Ausweg nehmen musste.

»Es war so ein großer Fehler, Marie. Aber ich habe es erst gewusst, als Monique ihre Sachen gepackt hat und einfach weggegangen ist mit dir. Ich habe die Sache mit Carla sofort beendet. Ich habe deiner Mutter versprochen, sie nicht mehr zu treffen. Ich habe sie angefleht, mir zu verzeihen. Aber ich habe alles zerstört.«

Würde sie ihm glauben? Und, vor allem – würde sie ihm verzeihen? Marie konnte nichts sagen. Sie hasste ihren Vater in diesem Moment. Wie hatte er ihre Mutter nur so verletzen können? Wie hatte er wegen einer Affäre alles aufs Spiel setzen können? Seine Liebe, seine Ehe, sein Leben mit seiner Familie?

»Du kannst dir nicht vorstellen, wie sehr ich es bereut habe. Ich war so ein furchtbarer Idiot. Ich hätte alles getan, um das Ganze ungeschehen zu machen.« Michels Stimme war voller Traurigkeit. Er wollte Maries Hand nehmen. Doch sie entzog sie ihm.

»Hast du diese … diese Carla geliebt? Mehr als Maman und mich?«

»Nein, natürlich nicht. Mit dir hatte das nichts zu tun. Weißt du, es war zu dieser Zeit nicht ganz einfach zwischen Monique und mir. Ich … na ja, es gab Probleme im Restaurant, ich hatte Angst, dass ich es nicht schaffe. Ich war ständig gereizt und nervös. Ich war ungerecht. Habe euch angeschrien. Wir haben ständig gestritten.«

»Und dann war da plötzlich diese Frau?«

Michel konnte es nicht fassen, wie leicht es ihm fiel, Leons Lügengebäude weiterzubauen. »Sie machte Urlaub in St. Martin. Sie fand mich toll. Sie fand mein Restaurant toll. Sie war lustig und unkompliziert. Sie hat mich bewundert. Und mir hat das geschmeichelt. Ich war ein Idiot. Ich hätte wissen müssen, dass ich alles aufs Spiel setze … Glaubst du mir, wenn ich dir sage, dass ich in meinem Leben nichts mehr bereut habe als diesen einen furchtbaren Fehltritt?«

Marie wollte nichts mehr hören. Sie wollte nur allein sein und über das, was sie eben erfahren hatte, nachdenken. Natürlich hatte ihr Vater ihr das nicht sagen können, als er sie aus dem Krankenhaus geholt hatte. Was hätte es für ein schlechtes Licht auf ihn geworfen? Er hatte doch nur Angst haben können, dass sie gleich wieder aus seinem Leben verschwinden würde, wenn sie das erfuhr.

Michel musste Marie gehen lassen. Sie wollte nicht bei ihm wohnen. Sie sagte, dass sie nicht wisse, was jetzt passieren würde.

»Aber eines kannst du mir doch sagen... Bitte, Marie – meinst du, es gibt ein kleines Fünkchen Hoffnung für uns?« Sein Blick war ein einziges Flehen. Das sie tief in ihrem Inneren berührte. Aber was daraus werden würde, das wusste sie in diesem Moment nicht.

Caspar warf gerade ein paar der Pillen ein, die er am Tag zuvor in dem Club von seinem Freund Emile bekommen hatte. Gleich würde die Welt wieder lustig und bunt sein. Die Wellen würden psychedelisch glänzen, sein Board würde sich anfühlen wie eine Rakete. Seine Sprünge würden ihn bis an den Rand des Himmels tragen. Und Marie würde ihn lieben. Marie? War es eine Illusion, oder kam sie wirklich den Strand entlang? Sie war es wirklich. Schön wie eine Madonna mit ihrem leuchtenden kleinen Gesicht. Um ihren Körper strahlte eine silberne Aura. Diese Frau war nicht von dieser Welt.

»Caspar.« Marie freute sich wirklich, ihn zu sehen. Er schien ihr der einzige Mensch in dieser Gegend zu sein, der nichts vor ihr verbarg. Als er sie in seine Arme riss und überschwänglich küsste, ließ sie es lachend zu.

»Meine Königin, meine Göttin, du bist zu mir zurückgekommen.« Sie lachte über Caspars übertriebene Freude. Ein bisschen irre war er wohl schon. Aber wieso nicht? Lieber lebenslustig und ein bisschen durchgeknallt als ein Lügner. So wie Michel. Und Paul. Der ihr nichts davon erzählt hatte, dass er eine Freundin hatte.

»Soll ich ein Lagerfeuer machen? Oder willst du tanzen gehen? Wir könnten auch ausreiten; ein Freund meines Vaters hat ein Gestüt ganz in der Nähe.« Er sprudelte über vor verrückten Einfällen.

»Hat dein Vater auch einen Freund mit einem Hotel? Ich brauche ein Zimmer.«

»Du kannst im Schloss schlafen. Wir könnten zwei Fußballmannschaften dort unterbringen, so viele Zimmer haben wir da.«

»Lieber nicht. Es hat nichts mit dir zu tun. Es ist nur … Ich glaube, ich brauche meine Ruhe.« Caspar nahm sie an der Hand.

»Komm, ich hab eine supertolle Bleibe für dich.«

»Die Yacht deines Vaters?« Marie starrte die luxuriöse Yacht an, die im Hafen von Concarneau lag. »Ich weiß nicht … Ich glaube, das will ich nicht.«

»Quatsch. Das ist die beste Lösung. Du hast Platz, du bist allein. Und wenn du Lust hast, rufst du mich an und wir segeln los.«

»Aber wenn dein Vater morgen …«

»Mein Vater ist seit Jahren nicht mehr mit der Yacht draußen gewesen. Ich glaube, er hält sie sich nur, weil sich so was für einen Mann in seiner Position gehört.«

Er machte mit ihr einen Rundgang durch das luxuriöse und mit allen Schikanen ausgestattete Boot und versicherte ihr, dass niemand etwas dagegen hätte, wenn sie ein paar Nächte bleiben würde. Sie solle sich häuslich einrichten, er würde sofort lossprinten und ein paar Sachen zum Essen holen. Bevor Marie etwas einwenden konnte, hatte er ihr einen festen, ziemlich fordernden Kuss auf den Mund gedrückt und war von Bord gesprungen.

Okay – ein, zwei Nächte könnte sie ja hier schlafen. Bis sie sich entschieden hatte, wie es weitergehen sollte. Marie seufzte leise und sah aufs Wasser. Irgendwo dort, wo im Dunst Meer, Himmel und Land miteinander verschmolzen, lag auf einer Klippe Pauls Haus. Ob er jetzt mit Sara in seinem Bett lag?

Es fühlte sich gut an. Es fühlte sich absolut super an. Marie war zu ihm zurückgekommen. Das konnte doch nur bedeuten, dass sie ihn liebte. Caspar war wie elektrisiert, als er in der Küche einen Korb mit Leckereien füllte. Champagner, das musste sein. Und Leberpastete und frisches Brot. Lachs, Käse, Obst. Alles, was es für ein luxuriöses Picknick zwischen zwei Liebenden sein musste. Die Apfeltarte, die seine Mutter immer in der Boulangerie kaufte, nahm er im Ganzen mit. Jetzt noch ein paar der feinen Pralinen aus der Schale im Kaminzimmer, und dann hatte er alles beisammen.

»Und du bist dir absolut sicher, dass Marie ihm diese Geschichte abnimmt?«

Die Stimme seiner Mutter war leise und drängend. Caspar, der gerade den Salon betreten wollte, hielt inne.

»Und viel wichtiger: Du bist sicher, dass Michel bei der Geschichte bleiben wird?«

»Er ist doch nicht blöd. Ich hab ihm die Rettung praktisch auf dem Silbertablett präsentiert. Marie wird ihn ein paar Tage lang hassen, und dann wird sie ihm verzeihen.«

»Er ist labil, das weißt du. Und er hat nie damit abgeschlossen, dass er dich damals gedeckt hat.«

Caspar lauschte. Worüber redeten seine Eltern? Was hatten sie mit Michel und Marie zu tun? Mit ihrer unglücklichen Geschichte?

»Wenn er zur Polizei geht und denen erzählt, dass es deine Schuld war, dass die *Helena* untergegangen ist, ist alles aus. Du wirst ins Gefängnis gehen und Caspar und ich können sehen, wo wir bleiben.«

»Er wird nichts erzählen. Weil er sonst auch ins Gefängnis gehen würde. Immerhin hat er einen Meineid geschworen. Nein, Claire, ich versichere dir, die Gefahr ist gebannt. Du kannst dich darauf verlassen, dass Michel Marie nicht die Wahrheit erzählen wird.«

Die *Helena*? Caspar wusste genau, wovon seine Eltern redeten. Er war damals zwar noch nicht geboren gewesen, als das Schiff seines Vaters mit Mann und Maus untergegangen war. Aber er erinnerte sich, dass die Leute darüber geredet hatten. Vor allem im September, wenn sich der Untergang des Schiffs jährte. Seine Eltern hatte ihn viele Jahre in die Kirche mitgenommen, wo in einem feierlichen Akt der Toten gedacht wurde. Sein Vater war immer sehr bedrückt gewesen.

Aber die Leute waren nach der Messe zu ihm gekommen. Sie hatten seine Hände gedrückt, manche hatten ihn stumm umarmt. Und einige hatten sich bei ihm bedankt. Für das, was er für die Familien der Toten getan hatte. Leon Menec sollte schuld sein am Untergang der *Helena*? Caspars Herz schlug schnell. Was für eine interessante Neuigkeit! Und Michel wusste das?

Sie steckten unter einer Decke? In Caspars Kopf überschlugen sich die Gedanken. Sein toller Vater, dieser Wohltäter, dieser großzügige Mann, den alle bewunderten und achteten, er war ein Verbrecher? Falls Caspar darüber enttäuscht sein sollte, dass das Monument des großen Leon Menec gerade von seinem Sockel stürzte, traf ihn das nicht sonderlich. Im Gegenteil, es war so etwas wie eine klammheimliche Freude, die in ihm wuchs. Er war nicht perfekt, der Mann, den ihm seine Mutter ein Leben lang als Vorbild hingestellt hatte. Er hatte einen ganz großen schwarzen Fleck auf seiner Seele. Und er hatte Angst, dass irgendjemand das herausfinden konnte. Natürlich, wenn ans Licht kam, was er getan hatte, dann würde nichts mehr so sein, wie es war. Er hatte doch sicher damals eine immense Summe von der Versicherung bekommen. Die würde er zurückgeben müssen. Was ihn höchstwahrscheinlich seine geliebte Firma kosten würde, wenn nicht auch sein Privatvermögen. Er würde in den Knast wandern. Sein Leben wäre vorbei. Und auch das Leben von Claire. Caspar ahnte, dass er plötzlich einen wertvollen Schlüssel in der Hand hatte. Den Schlüssel zu einem neuen Leben. Er musste sich nur noch überlegen, wie er ihn verwenden wollte.

6

Paul hatte ein paarmal versucht, Marie anzurufen. Doch es war immer nur die Mailbox angesprungen. Beim ersten Mal hatte er noch daraufgesprochen. Hatte sie gebeten, ihn doch anzurufen. Sie müssten reden. Doch Marie hatte sich nicht gemeldet. »Ich geh noch mal mit dem Hund raus.« Er konnte nicht einfach mit Sara essen und trinken und so tun, als wäre nichts gewesen. Die kühle Nachtluft, die vom Meer her wehte, tat ihm gut. Zunächst musste er einen klaren Kopf bekommen. Und Marie sehen. Er war so wütend auf sie gewesen, als sie ihn mit ihren Zweifeln konfrontiert hatte. Aber schon in dem Moment, als er ihren enttäuschten Blick gesehen hatte, als Sara da plötzlich aufgetaucht war, hatte er gewusst, dass ihre Zweifel nichts damit zu tun haben konnten, dass sie ihn nicht geliebt hätte. Sie war Polizistin. Sie liebte ihren Job, und sie machte ihn – nach allem, was er erfahren hatte – auch gut. Wieso sollte sie sich da keine Gedanken darüber machen, ob es zwischen ihm und Célines Tod eine Verbindung gab? Es ging nicht darum, was sie persönlich, als die Marie Lamare, dachte, die mit Paul Racine im Bett gewesen war. Es ging darum, was sie als Polizistin zu tun hatte. Er musste ihr sagen, dass er ihr das nicht übelnahm. Und vor allem musste er ihr die Sache mit Sara erklären. Was war er für ein Idiot gewesen, dass er ihr nicht gleich erzählt hatte, dass es Sara gab. Er hatte einfach nicht daran gedacht. Als er Marie auf dem Felsen gesehen hatte, war da nur diese ungeheure Freude gewesen, dass sie gekommen war. Paris war weit weg gewesen. Weder Maries Leben in Paris war in diesem Moment wichtig gewesen noch das von Paul. Es hatte ganz einfach nur das Hier und Jetzt gezählt.

Wenn sie immer mal wieder in Frauenzeitschriften Artikel gesehen hatte mit dem ebenso banalen wie auch uninteressanten Titel »Sind denn alle Männer Lügner?«, hatte sie einfach weitergeblättert. Alle Männer, alle Frauen – sie hasste solche Verallgemeinerungen. Und jetzt hatte sie innerhalb von ein paar Stunden erfahren, dass die beiden Männer, die im Moment, ob sie es wollte oder nicht, in ihrem Leben eine Rolle spielten, die Frauen, die sie angeblich liebten, nicht nur belogen, sondern auch betrogen hatten. Ihre Mutter hatte Michel nie verziehen. Sie hatte einen Schlussstrich gezogen und ihn aus ihrem Leben verbannt. Marie wagte nicht, darüber zu urteilen, ob das richtig gewesen war. Vermutlich waren die Verletzungen in Monique einfach zu schwer gewesen. Sie konnte es verstehen. Zu erfahren, dass der Mann, den man liebte, dem man vertraute, mit dem man bis ans Ende der Tage zusammen sein wollte, einen betrogen hatte, das musste ein unendlicher Schmerz sein. Und nicht nur das. Es musste die Basis der Liebe und des Zusammenlebens grundlegend zerstört haben. War es das Gleiche, was ihr gerade mit Paul passierte? In dem Moment, in dem Marie das dachte, wusste sie auch schon, dass es Unsinn war. Wenn hier jemand betrogen worden war, dann war es doch nicht sie. Dann war es Sara, die ganz offensichtlich nichts davon gewusst hatte, dass Marie in Pauls Leben eine Rolle spielte. Ein Lügner war er also doch. War es nicht egal, wen er belog und betrog? Sie oder Sara? War es nicht wirklich egal? Er hatte nicht den Mut gehabt, die Wahrheit zu sagen. Und das war genau das, was sie auch Michel vorgeworfen hatte.

Merlin sprang mit einem großen Satz auf die Yacht. Und warf

Marie mit seiner Begrüßungsfreude beinahe um. Was machte der Hund hier? War er ausgerissen? Sie hatte die Tür doch fest verschlossen, als sie Pauls Haus verlassen hatte.

»Er hatte plötzlich eine Spur in der Nase und ist einfach davongerast.« Paul stand am Kai. »Er hat wohl Sehnsucht nach dir …«

»Blödsinn, er kennt mich doch überhaupt nicht.« Sie nahm Merlin am Halsband und führte ihn auf die Gangway zu.

»Okay, dann hat er wahrscheinlich gespürt, dass ich dich sehen wollte. Was tust du eigentlich auf diesem Schiff?«

Sie ging mit dem Hund an Land. Paul legte ihm die neue Leine um, die er in Brest gekauft hatte.

»Ich wollte nicht bei meinem Vater wohnen. Da hat mir Caspar angeboten, dass ich ein paar Tage auf dem Schiff seines Vaters wohnen kann.«

»Caspar?«

»Er hat mir ein paar Surfstunden gegeben, sein Vater ist Michels bester Freund. Leon Menec. Ich weiß nicht, ob du schon …«

»Céline hat für ihn gearbeitet. Das Haus, in dem ich wohne, gehörte einer Frau, die es von Leon geschenkt bekommen hatte, nach dem Untergang der *Helena*. Und Leons Frau hat mir in aller Öffentlichkeit ihre Bewunderung ausgesprochen. Ich vermute, man kann hier keinen halben Tag leben, ohne auf den Namen Leon Menec zu stoßen.«

»Der Untergang der *Helena* …« Marie wusste nicht, wovon Paul redete.

»Sag nicht, dass du noch nichts davon gehört hast. Hat Michel dir nichts davon erzählt?«

»Wieso sollte er? Wir haben im Moment Wichtigeres zu besprechen.«

»Na ja, ich vermute, das hat sein Leben damals ganz schön durcheinandergebracht. Ehrlich gesagt, ich hab keine Ahnung, wie ein Kapitän das überhaupt verkraften kann, wenn sein Schiff mit der ganzen Mannschaft untergeht und er als Einziger überlebt.«

Der Boden unter Maries Füßen schien zu wanken. Was für eine ungeheuerliche Geschichte erzählte ihr Paul da?

»Michel ist Koch. Sternekoch. Er hat nichts mit diesem Schiff zu tun.«

Sie wusste, dass er die Wahrheit sagte. Sie wusste es sofort. Michel hatte ihr wieder nicht alles gesagt. Aber wieso nicht? Wieso hatte er ihr nicht von dieser fürchterlichen Katastrophe erzählt?

»Ihr lügt und lügt und lügt. Wieso tut ihr so was? Seid ihr wirklich alle solche Feiglinge, dass ihr nicht den Mut habt, zu dem zu stehen, was ihr tut?«

Sie drehte sich um, wollte zurück aufs Schiff. Einfach nur ihre Sachen holen und endgültig abhauen. Paul hielt sie am Arm fest. Er sah ihr in die Augen.

»Ich hätte dir von Sara erzählen müssen, du hast ja recht. Aber, verdammt, es war irgendwie nie der richtige Zeitpunkt. In Paris warst du so furchtbar traurig wegen Jean. Und als du plötzlich hier warst … Ich war einfach nur froh, dich zu sehen. Hätte ich in dem Moment sagen sollen: Schön, dass du gekommen bist, aber da gibt es noch eine Frau in meinem Leben?«

»Ja!«, sagte sie einfach. »Das hättest du tun sollen. Und ich hätte die Wahl gehabt, zu bleiben oder zu gehen.«

Verstand sie denn nicht, dass er das nicht gekonnt hatte? Nicht weil er Angst gehabt hatte, dass Marie gleich wieder gegangen wäre, wenn sie von Sara erfahren hätte. Er hatte sie schlicht und einfach ausgeblendet. In dem Moment, als Marie zu ihm gekommen war, hatte Sara aufgehört zu existieren. Er hatte nicht mehr an sie gedacht. Bis zu dem Moment, in dem sie in seinem Büro aufgetaucht war.

»Liebst du sie?« Marie hatte das Gefühl eines Déja-vu. Hatte sie nicht vor ein paar Stunden ihren Vater genau dasselbe gefragt? Paul wollte den Kopf schütteln. Und fühlte sich in diesem Moment wirklich wie ein Lügner. Er konnte doch nicht sagen, dass er Sara nicht liebte. Sie war seine Freundin, sie waren seit einem Jahr zusammen. Sie hatten wunderschöne Tage miteinander verbracht. Und Nächte.

»Bis ich dich getroffen habe … ja, ich glaube schon, dass ich sie geliebt habe.« Wie gruselig das klang. Unentschieden. Als wolle er sich um eine klare Aussage drücken. Marie sagte denn auch nichts. Wartete nur ab.

»Wenn du das wissen willst – ich hab ihr nichts von uns erzählt.« Er hatte Sara betrogen. Eigentlich von dem Moment an, in dem er Marie zum ersten Mal gesehen hatte. Es war ihm nicht klar gewesen, aber dieser Moment, in dem er versucht hatte zu verhindern, dass sie starb – das musste der Moment gewesen sein, als er sich in sie verliebt hatte.

»Lügt ihr, weil ihr feige seid? Oder weil ihr nicht anders könnt?« Plötzlich hatte Marie alles satt. Es fühlte sich an, als gäbe es um sie herum nichts anderes als Lügen. Und sie war mittendrin. Denn was machte sie eigentlich mit Thomas? Dem sie eine Mail geschrieben hatte, dass sie nochmals in die Bretagne fahren müsste, um mit ihrem Vater zu reden? Dabei war sie als Allererstes mit Paul im Bett gelandet.

»Es war blöd von mir. Es ist einfach alles so rasend schnell gegangen. Ich war total überrumpelt von dem, was du mit mir gemacht hast. Ich werde Sara alles sagen. Wir werden uns trennen.«

»Und dann?«

Paul war erleichtert. Da war ein kleines Lächeln in Maries Augen. Ein Lächeln, das Hoffnung in ihm aufkeimen ließ.

»Und dann fangen wir nochmals bei null an.«

Er wollte sie an sich ziehen, wollte sie küssen, wollte, dass alles wieder gut wäre zwischen ihnen.

»Da bin ich, Marie.«

Caspar sprang aus einem blauen VW-Bus. Wer war dieser Typ? Was hatte er mit Marie zu tun?

»Jetzt wird gegessen. He, das ist ja Merlin.« Er streichelte den Kopf des Hundes.

»Na, Alter, wie geht's dir? Bist du sehr traurig?« Der Hund schmiegte sich an Caspars Beine. Es war deutlich, dass er den Jungen kannte.

»Kann mir mal einer erklären, was hier los ist?«

»Das ist Paul Racine. Er… Er hat Céline gefunden. Und er war der Einzige, von dem sich Merlin beruhigen ließ.«

»Und deswegen hab ich ihn erst mal zu mir genommen. Wir haben gerade einen Spaziergang gemacht, da hat er Marie entdeckt.«

Caspar wollte nichts mehr hören. Er wollte mit Marie allein sein. Nichts anderes.

»Kommst du, Marie? Ich hab super Sachen zu essen.« Er nahm ihre Hand wie selbstverständlich, wollte sie mit aufs Schiff ziehen. Sie lachte.

»Ich komm ja schon.« Sie sah Paul in die Augen. »Grüß deine Freundin von mir. Mach's gut.« Sie ging hinter Caspar her aufs Schiff. Paul sah ihr einen Moment lang nach. Er konnte nicht erwarten, dass sie mit ihm kam. In das Haus, in dem Sara vermutlich gerade etwas für ihn kochte. Er musste mit Sara reden. Und zwar sofort.

Manchmal hatte sie sich gefragt, ob sie das verdient hatte. Sie hatte alles, was man sich wünschen konnte: einen nicht nur sehr reichen, sondern auch geachteten Mann, der sie liebte. Ein absolut großartiges Zuhause. Und Caspar, ihren geliebten Sohn. Sie führten ein zufriedenes Leben im Wohlstand. Würde sie da nicht irgendwann die Quittung bekommen? Claire hatte auf der Terrasse gesessen und in die Nacht gestarrt und sich gefragt, ob es da oben jemanden gab, der für Ausgleich sorgte. So vielen Menschen ging es schlecht, sogar unverdient schlecht – wieso sollte es ihr da so unverdient gut gehen? Und sie hatte den Kopf eingezogen und auf den großen Schlag gewartet. Andererseits, ihr Vater war einer der Männer auf der *Helena* gewesen. Er war ihr genommen worden, bevor sie erwachsen war. Da hatte sie doch schon einen Ausgleich verdient vom Schicksal. Sie war mit den Jahren in die Rolle der Frau an Leon Menecs Seite hineingewachsen, die nicht nur seinem Haushalt mit Bravour vorstand und ihm immer eine attraktive, charmante Begleitung war, sondern die ihn auch liebte und die von ihm geliebt wurde. Ein perfektes Paar, dem das Glück einfach hold zu sein schien. Wann hatte sich das Blatt gewendet? Wann hatte Claire angefangen zu fürchten, dass die guten Zeiten irgendwann vorbei sein konnten? Schon damals, als sie von der Existenz Paul Racines erfahren hatte? Oder erst, als seine Eltern verunglückt waren und er die Unterlagen über seine Herkunft bekommen haben musste? Aber es war ja nicht nur die Gefahr, die von Paul drohte und die jetzt durch Célines Tod auf ein Minimum geschrumpft war. Plötzlich war die Bedrohung von einer Seite gekommen, mit der sie überhaupt nicht gerechnet hatte. Marie hatte für Michel nicht existiert und für Claire schon gar nicht. Bis zum Tag dieser Katastrophe in Paris. Diesem Tag, an dem alles schiefgegangen war. Wenn dieser idiotische Junkie nicht so versagt hätte, wäre nichts von dem passiert, was nun ihre Existenz bedrohte. Paul Racine wäre nicht in die Bretagne gekommen, Marie wäre nicht verletzt gewesen, es hätte kein Grund für Michel bestanden, sie in sein Leben zurückzuholen.

Und sie selbst hätte sich keine Sorgen mehr machen müssen.

Claire beendete ihre Übungen nach ein paar Minuten. Es brachte einfach nichts, wenn sie ihre Gedanken nicht abschalten konnte. Ihr Leben schien ihr im Moment aus den Händen zu gleiten. Egal wo sie sich hinwandte, gab es Bedrohungen. Aber sie würde es nicht zulassen, dass ihr Leben zerstört wurde.

Der Anruf der Sängerin riss sie aus ihren trüben Gedanken. Sie wollte wissen, ob Claire bestimmte Wünsche hatte, was sie auf Célines Beerdigung singen sollte. Oder ob sie ihr eine Liste mit Titeln mailen sollte.

»Titel nützen mir ehrlich gesagt nicht so viel. Ich bin kein Kenner von Folkloremusik.«

»Ich kann Ihnen auch ein paar CDs schicken, wenn Ihnen das lieber ist. Hören Sie sich die einfach an, und dann telefonieren wir.«

Sie hatte es angefangen, und sie würde es zu Ende bringen. Jetzt musste erst einmal Céline beerdigt werden. Und dann würde sie weitersehen.

Als Michel das Lokal verließ, um nach Hause zu gehen, sah er die Raben um die Mauern der grauen Häuser fliegen. Ihr Krächzen erfüllte die Nacht. Wo Marie jetzt wohl war? Sie hatte gesagt, dass sie nachdenken müsse. Er hoffte so sehr, dass es richtig war, dass er sich auf Leons Lügengespinste eingelassen hatte. Aber im Grunde gab es niemanden, der Marie hätte erzählen können, dass die Geschichte um die Liaison mit dieser Carla Besson frei erfunden war. Trotzdem fühlte er sich unbehaglich. Das Herz war ihm schwer, weil er fürchtete, dass der einen Lüge eine weitere folgen würde. Und dass er sich immer mehr in diesen erfundenen Geschichten verirren würde. Marie beobachtete ihren Vater, wie er sein Lokal verließ. Sie hatte Caspar nach der opulenten Schlemmerei gesagt, dass sie noch ein paar Schritte gehen wollte. Allein. Und war unversehens am *Café du Port* gelandet, das Michel in diesem Augenblick verließ. Er war bestimmt einmal ein sehr attraktiver Mann gewesen, groß und schlank, wie er war. Mit seinen tiefblauen Augen und den blonden Haaren hatte er die Mädchen sicher reihenweise begeistert.

Es war kein Wunder, dass sich ihre Mutter in ihn verliebt hatte. Und sicher auch kein Wunder, dass diese Carla ihn sich hatte schnappen wollen. Er hätte ihr doch von der *Helena* erzählen können. Ein Mann, dem so etwas passiert war, der musste doch neben der Spur sein. Er, als Kapitän, war der einzige Überlebende gewesen; alle seine Leute waren mit seinem Schiff untergegangen. Was für eine furchtbare Tragödie. Nicht nur für die Toten und ihre Familien, sondern auch für den einzigen Überlebenden. Ein Mann, der so etwas erlebt hatte, musste doch angeknackst sein. Marie spürte, wie ihr Herz schmolz und das Mitleid für ihren Vater in ihr anschwoll. Einen Moment lang hatte sie wieder wütend werden wollen. Noch eine Lüge, hatte sie gedacht. Noch etwas, was er mir nicht erzählt hat. Doch wie sie ihn da so durch die dunklen Gassen gehen sah, mit hochgezogenen Schultern, die Hände tief in den Taschen seiner blauen Caban-Jacke vergraben, den Kopf gesenkt, glaubte sie zu wissen, wieso er ihr nicht von der *Helena* erzählt hatte. Er hatte einfach nicht den Eindruck erwecken wollen, sich mit dieser schrecklichen Geschichte für seinen Betrug zu entschuldigen.

»Michel.«

Michel drehte sich um. Da war sie ja. Er versuchte den Ausdruck in ihrem Gesicht zu enträtseln. Konnte sie ihm verzeihen? Oder war sie gekommen, um sich endgültig zu verabschieden?

»Ich finde es traurig, dass du es zugelassen hat, dass Maman mich dir weggenommen hat. Du hättest um mich kämpfen müssen. Ich war dein Kind. Man darf ein Kind nicht gehen lassen.«

»Nein, das darf man nicht. Ich habe eine Menge Fehler in meinem Leben gemacht. Aber glaub mir, Marie, dich gehen zu lassen, das war der größte aller Fehler.«

Sie sahen sich an. Sie konnte nicht anders, sie glaubte ihm das. So viel Schmerz konnte man nicht vortäuschen.

»Es gibt so viel, was ich dir erzählen will. Schöne Sachen, wie die von deinem zweiten Geburtstag, als du den Nachbarshund mit der Torte gefüttert hast, bevor die Gäste kamen.« Die Erinnerung an die kleine Szene zauberte ein Lächeln auf sein Gesicht. »Aber auch traurige Sachen.«

»Ich will alles wissen. Vielleicht kann ich dich verstehen. Und Maman auch.«

»Und vielleicht kannst du mir dann auch vergeben? Denkst du, das ist möglich?«

Ihr Blick hielt seinem bittenden Blick stand. Sie musste nichts sagen. Michel nahm ihre Hand. Und sie gingen zusammen auf sein Haus zu.

Merlin hörte nicht auf Pauls Rufen. Nachdem er eine Zeitlang lammfromm neben ihm hergelaufen war, gab er plötzlich Gas und raste davon. Paul rief noch hinter ihm her. Doch der weiße Hund schien ihn nicht zu hören und verschwand zwischen den Dünen. Eigentlich hatte Paul keine Lust auf einen Umweg. Der Spaziergang von seinem Haus nach Concarneau war schon eine ganz schöne Strecke gewesen; jetzt wollte er auf dem kürzesten Weg wieder zurück. Er hörte das leise Bellen des Hundes und folgte ihm. Das Bellen wurde lauter. Und von einem aggressiven Knurren unterbrochen.

»Was ist denn, Merlin?« Das Knurren wurde drohender, während Paul durch den Sand in Richtung von Célines Haus stolperte, wo er den Hund vermutete. Merlin tauchte aus dem Dunkel auf, sah Paul auffordernd an. Paul erinnerte sich, dass der Hund das Gleiche getan hatte, als er ihn vor ein paar Tagen zu Céline führen wollte.

»Ich komm ja schon.« Wenn das Gehen im Sand nur nicht so mühsam gewesen wäre. Obwohl er gut in Form war, strengte es ihn ziemlich an, dass er bei jedem Schritt bis zum Knöchel im Sand versank. Wieder hörte er Merlins Knurren. Was er wohl gefunden hatte? Einen Bau, in den sich ein Fuchs verkrochen hatte, eine Katze auf einem Baum? Als er zwischen dem fast mannshohen Strandhafer herauskam und freien Blick auf Célines Haus hatte, sah er, dass Merlin vor der Haustür saß und wütend mit der Pfote am Holz kratzte.

»Da kannst du nicht rein, alter Junge. Es ist abgeschlossen. Und ich hab keinen Schlüssel. Komm, Merlin, lass uns nach Hause gehen.«

Doch der Hund folgte ihm nicht. Er lief jetzt ums Haus herum. Stellte sich an einem der kleinen Fenster auf die Hinterbeine, kratzte an der Scheibe.

»Du denkst, sie ist da drin? Tut mir leid. Sie ist nicht mehr da.« Er wusste nicht, wie er den Hund trösten sollte. Er strich ihm über die Flanke, kraulte seinen Nacken.

»Komm, gehen wir.« Der Hund wollte sich nicht beruhigen lassen. Als Paul ihm die Leine anlegte und ihn mit sich ziehen wollte, stemmte er sich mit aller Kraft dagegen. Es war deutlich, er wollte nicht von dem Haus weg. Schließlich gelang es Paul, ihn mit sich zu bugsieren. Aber der Heimweg wurde anstrengend. Denn der Hund wollte nicht aufhören, in die entgegengesetzte Richtung zu ziehen, hin zu dem Haus, in dem er mit Céline, seiner Herrin, so viele Jahre gelebt hatte.

7

Claire bürstete sich gerade ihre Haare, als sie den Knall hörte. Erschrocken fuhr sie zusammen. Da, noch ein Knall. Es klang wie eine weit entfernte Explosion. Claire sprang auf, ging zum Fenster. Und sie sah den Feuerschein am Horizont. Als Leon ins Zimmer kam, sah sie ihn fragend an.

»Glaubst du, dieser Schein da am Horizont – das ist ein Feuer?«

Leon erkannte sofort, was da brennen musste.

»Das ist in Richtung von Célines Haus.« Er griff zum Telefon, um die Polizei zu alarmieren. Und erfuhr, dass er nicht der Erste war, der anrief. Aber auch, dass die Feuerwehr nichts mehr tun konnte. Célines uralter Gasherd musste explodiert sein. Die Feuerwehr konnte nichts mehr retten. Als sie dort ankam, brannte das Haus schon lichterloh.

»Célines Haus.« Claires Gesicht verlor in einer Sekunde seine Farbe. Sie musste sich setzen, sonst wäre sie ohnmächtig geworden. Fassungslos sah sie Leon an. Erst Céline, dann ihr Haus.

»Es wird überhaupt nichts von ihr übrig bleiben. Nicht einmal ein Stäubchen Asche.«

Sie schluchzte auf. Und ließ sich von Leon in die Arme nehmen.

»Céline hat vielen Menschen Gutes getan … Keiner hier wird sie vergessen.« Er starrte auf den Feuerschein, der immer höher in die Nacht leuchtete. »Ich hoffe nur, dass sie den Mann finden, der sie überfahren hat. Wenigstens soll er seine gerechte Strafe bekommen.«

Er schenkte ein Glas von Célines Trockenbeerenschnaps ein. Reichte es Claire, die nachdenklich in die klare, bernsteinfarbene Flüssigkeit sah.

»Ich bin so froh, dass ich Caspar habe. Da lebt wenigstens ein bisschen etwas von mir weiter.« Sie klang sehr kindlich in ihrer Trauer. »Ich hab Céline immer wieder gesagt, wie ungerecht ich es finde, dass sie keine Kinder bekommen konnte. Ich weiß nicht, ob sie eine gute Mutter geworden wäre, aber das ist egal. Jedenfalls hätte sie ihre Gene weitergegeben. Ach, Leon, wieso ist das alles so traurig?« Sie ließ sich von Leon festhalten. Spürte seinen schnellen Herzschlag. »Oder denkst du, sie wollte keine Kinder?«

»Ich bin mir sicher, dass sie eins auf keinen Fall wollte: ein Kind allein aufziehen. Und da es keinen Mann in ihrem Leben gab …«

Claire sah zu ihm auf.

»Ja. Das ist auch so schade. Sie war so eine schöne, warmherzige Frau. Wieso hat sie keinen Mann gefunden?«

Sie wusste, dass sie keine Antwort bekommen würde. Ihr war klar, Leon würde nicht sagen, dass Céline einmal sehr verliebt gewesen war. Dass aber diese Liebe keine Chance gehabt hatte, weil der Mann verheiratet war.

Im Grunde war sie ja selbst schuld. Es war ein kleiner gemeiner Gedanke, den Claire da in sich zuließ. *Ich an ihrer Stelle hätte mich nicht dadurch abschrecken lassen, dass der Mann verheiratet war. Man muss um sein Glück kämpfen.* Ja, hätte Céline die gleiche Power gehabt wie Claire, hätte sie nicht so große Skrupel gehabt, eine Ehe zu zerstören – sie hätte vielleicht sogar eine Chance gehabt, mit ihrer großen Liebe glücklich zu werden. Sie hätte kämpfen müssen um ihr Glück. Doch Gott sei Dank hatte sie es nicht getan. Claire lächelte bei dem Gedanken. Denn wenn Céline den Mann ihrer Träume bekommen hätte, hätte Claire keine Chance gehabt, Madame Menec zu werden und dem Besitzer der Firma *Menec Poisson* den einzigen Sohn und Nachfolger zu gebären.

»Sagen Sie nicht, Sie haben noch nie etwas von Florence LaRue gehört?« Natürlich war Paul der Name LaRue ein Begriff. Kaum eine große Baustelle hatte es im letzten Jahrzehnt in Paris gegeben, an der nicht der Name François LaRue prangte. Der Bauunternehmer hatte es geschafft, sich die meisten der lukrativen Aufträge, die die Stadt und das Land vergaben, unter den Nagel zu reißen. Es war von Vetternwirtschaft gemunkelt worden, hin und wieder auch von Schmiergeld, das in großen Mengen geflossen sein sollte, doch nachzuweisen war François LaRue bis zu seinem Tod vor zwei Jahren nichts gewesen. Der steinreiche Mann hatte es zum geachteten Mitglied der Pariser Gesellschaft gebracht; seine Freunde waren in der Politik genauso zu finden gewesen wie im Showbusiness und in der Kunst. Als er die schöne Vietnamesin Florence geheiratet hatte, war das Foto des Glamourpaars nicht nur auf den Titelseiten der bunten Blätter zu sehen gewesen, sogar die altehrwürdige *Le Monde* hatte eine Notiz über die Hochzeit des Jahres gebracht. »François LaRue war seit Jahren ein sehr spendabler Sponsor unserer Universität. Ich lüge nicht, wenn ich sage, dass wir ohne seine großzügige Unterstützung den Neubau nicht zustande bekommen hätten.« Paul wusste nicht, was sein Dekan von ihm wollte. Dass er ihn in sein Büro gebeten hätte, um eine Hymne auf seinen wichtigsten Sponsor zu singen, konnte er sich eigentlich nicht vorstellen.

»Madame LaRue will Sie in Paris sehen. Übermorgen werden Sie von ihr zum Abendessen erwartet. In ihrer Stadtvilla. Ihr Chauffeur wird Sie am Flughafen abholen.«

»Übermorgen? Tut mir leid, das geht nicht. Da halte ich mein Abendseminar für die Studienanfänger.«

»Ich habe schon Bescheid gegeben, dass es ausfällt.« Er schob Paul ein Flugticket über den Schreibtisch. »Sie fliegen um sechzehn Uhr dreißig, und am nächsten Morgen nehmen Sie den ersten Flieger zurück. Dann muss Ihre Vorlesung nicht auch noch ausfallen.« Paul wusste nicht, was hier vor sich ging. Wie kam sein Dekan dazu, ihn so vor vollendete Tatsachen zu stellen?

»Was habe ich mit Madame LaRue zu schaffen? Ich kenne sie überhaupt nicht.«

»Aber sie kennt Sie. Sie hat mir signalisiert, dass sie sehr an Ihrer Arbeit interessiert ist und dass sie sich mit Ihnen unterhalten will. Und Madame LaRues Wunsch ist mir Befehl.«

Pauls Irritation wuchs. Sponsoren darf man nicht verärgern. Zu schnell könnte der Geldfluss versiegen. Das war klar. Aber musste man nach ihrer Pfeife tanzen? Alles stehen und liegen lassen, wenn sie riefen? Dekan Patou stand auf. Für ihn war die Besprechung mit Paul Racine beendet. »Ich wünsche Ihnen einen guten Flug. Seien Sie sicher, Sie werden einen interessanten Abend mit der schönen Florence verbringen.«

»Ich unterhalte mich gern mal mit Madame LaRue. Wir können sie doch zum Sommerfest der Uni einladen. Oder …«

»Wir richten uns nach den Plänen von Madame LaRue und nicht umgekehrt. Das haben wir immer so gehalten, Paul.« Der Dekan hatte keine Lust mehr, mit Paul über Florence LaRue zu reden. Es gab da auch nichts mehr zu sagen. Sie rief, und man folgte dem Ruf. Es war ganz einfach. Und es hatte seiner Uni in den letzten Jahren sehr geholfen, diese Beziehung ganz pragmatisch zu sehen. Er entließ Paul mit dem Wunsch, sofort nach Pauls Rückkehr über den Abend mit der Sponsorin unterrichtet zu werden. Paul begriff, dass es keinen Sinn hatte, seinem Ärger über dieses Gehabe noch Ausdruck zu verleihen. Das Einfachste war, nach Paris zu fliegen, die fordernde Sponsorin zu treffen, einen Abend mit sicher gutem Essen und möglicherweise banalem Smalltalk zu verbringen und das Ganze dann einfach so schnell wie möglich zu den Akten zu legen.

Sara konnte seine schlechte Laune nicht verstehen.

»Du triffst Florence LaRue? Wow, das ist ja irre.« Florence war nach dem Tod ihres Mannes zu einer schillernden Gestalt der Pariser Gesellschaft geworden. Keine wichtige Ausstellungseröffnung, die sie durch ihre Anwesenheit nicht zum Glänzen brachte, keine Charity-Veranstaltung, die durch ihr Erscheinen nicht plötzlich an Wichtigkeit gewann, keine Filmpremiere, die sie nicht durch ihre geheimnisvolle Schönheit veredelte. Alles, was in Paris Rang und Namen hatte, stand Schlange, um eine Einladung zu den Salon-Gesprächen zu ergattern, die Florence kurz nach dem Tod ihres Mannes in ihrer eleganten Villa initiiert hatte – kleine, wichtige und hochinteressante Diskussionen, zu denen sie Kulturschaffende und Wissenschaftler lud. Sie hatte es in kurzer Zeit geschafft, sich einen Namen als herausragende Gastgeberin und vor allem als unentbehrliche

Networkerin zu machen. Dass sie Paul sehen wollte, noch dazu zu einem kleinen, privaten Essen, konnte nur bedeuten, dass sie sich für seine Forschung interessierte und seine Arbeit fördern wollte. Sara war überzeugt davon, dass Florence LaRues Interesse Paul in kurzer Zeit in den Olymp der Wissenschaft heben würde.

»Kannst du mich nicht mitnehmen? Diese Frau ist mein Vorbild. Sie ist großartig. Sie hat Einfluss. Es ist eine absolute Ehre, sie kennenzulernen.«

»Wenn's der Wissenschaft dient. Okay, dann esse ich eben mit ihr. Aber, ehrlich gesagt, große Lust hab ich nicht dazu.« Sara konnte es nicht fassen, wie lässig Paul mit dieser Einladung umging. »Hast du überhaupt einen vernünftigen Anzug? In Jeans kannst du jedenfalls da nicht erscheinen.«

Das war doch nicht zu fassen. Sollte er sich vielleicht ein neues Outfit zulegen nur für dieses Essen? Er dachte nicht daran.

»Sie wird mich schon nehmen müssen, wie ich bin. Schließlich will sie mich sehen und nicht umgekehrt.« Und wenn Madame LaRue nicht gefiel, was sie sah – umso besser.

Claire war zufrieden. Nach Célines Tod würde es nichts mehr geben, was Paul Racine noch in Brest hielt. Wie gut, dass ihr ihre alte Freundin Florence eingefallen war. Natürlich hatte die schon etwas von Paul Racine gehört. Vor allem seine Arbeiten über die Steinmale im asiatischen Raum hatte die gebürtige Vietnamesin mit Interesse gelesen. Sie war Claire fast dankbar, dass sie sie darauf aufmerksam gemacht hatte, dass Paul Racine seit kurzer Zeit an der Uni Brest arbeitete, ausgerechnet der Uni, die schon so lange von der Familie LaRue unterstützt wurde. Wenn sich die Dinge so entwickelten, wie sie sich das vorstellte, würde Paul Racine Brest bald verlassen. Und keine Veranlassung mehr haben, hierher zurückzukommen.

Von draußen waren Schüsse zu hören. Wie so oft, wenn er nervös war oder ihm ein Problem zu schaffen machte, lenkte sich Leon durch Wurftaubenschießen ab. Er beherrschte das eigentlich meisterlich. Doch jetzt hatte er schon sechsmal danebengeschossen. Claire beobachtete durchs Fenster, dass er sich eine andere Flinte geben ließ. Er hatte sich vor vielen Jahren eine Wurfmaschine zugelegt, die von seinem alten Gärtner Manuel bedient wurde. Leon wollte sich damit unabhängig machen von Klubs und Schießanlagen. Es ging ihm auch nicht darum, im Wettbewerb mit anderen zu schießen. Für ihn war der Sport nicht mehr als ein Konzentrationstraining.

»Vielleicht solltest du die Wurfmaschine mal wieder justieren lassen.« Claire spürte, wie unzufrieden Leon über seine schlechten Schüsse war. Er gab ihr wortlos die Flinte in die Hand. Claire setzte Brille und Gehörschutz auf. Die Wurfscheibe wurde in den Himmel geschnellt. Und segelte unbeschädigt zu Boden.

»Sag ich doch; lass die Maschine durchchecken.«

Sie lächelte Leon an, als sie ihm die Flinte zurückgab. Er würde nicht erfahren, dass sie absichtlich danebengeschossen hatte.

»Ich muss sowieso ins Büro. Ich hab Caspar schon viel zulange allein gelassen.«

Er gab Manuel die Waffe. Der würde sie sicher im Waffenschrank in der großen Halle verstauen. Es war ihm klar, dass er mit dem Schießen nur den Zeitpunkt hinauszögern wollte, ins Büro zu gehen. Es graute ihm jedes Mal davor, an Célines Büro vorbeizukommen. Jedes Mal, wenn er den Gang entlangkam, blieb er vor der offenen Tür stehen. Lauschte. Aber er hörte ihre dunkle Stimme nicht mehr. Und es kostete ihn Überwindung, das leere Büro zu betreten, von dem aus eine Tür zu seinem Büro führte. Er konnte niemandem sagen, wie sehr ihm Céline fehlte. Es war, als hätte man ihm einen Arm abgeschnitten.

Der Pfingstrosenstrauß, den Claire am Tag nach Célines Tod auf ihren Schreibtisch gestellt hatte, war längst verwelkt. Die schweren Blütenköpfe hingen bis auf die Tischplatte. Braun und unansehnlich. Aber er brachte es nicht übers Herz, den Strauß zu entfernen. Genauso wenig, wie er es übers Herz brachte, Célines wenige persönliche Sachen wegräumen zu lassen. Ihre Kaffeetasse aus dunkelblauer Keramik. Die kleine Duftlampe, die sie immer nur abends angezündet hatte, wenn sie sich allein im Büro wusste, um länger zu arbeiten. Die Näpfe von Merlin, die blank geputzt in einer Ecke standen. Sie hatte den Hund nicht oft mit ins Büro gebracht. Nur hin und wieder, wenn sie samstags arbeitete oder sonntags, da hatte sie es nicht übers Herz gebracht, den Hund allein zu lassen. »Er freut sich doch so aufs Wochenende. Wenn ich Zeit für ihn habe.« Sie wollte dem Hund nicht mehr Kummer machen, als nötig war. Genauso wenig wie den Menschen, die sie umgaben.

Caspar zuckte zusammen, als die Tür geöffnet wurde.

»Was machst du hier?« Leon sah ihn verblüfft an.

»Ich dachte, es wäre gut, wenn ich in deiner Nähe wäre.« Der Junge sprang hastig von Célines Stuhl auf. Der Pfingstrosenstrauß war nicht mehr da. Ebenso wenig wie Célines Habseligkeiten.

»Wenn du nicht willst, dass ich hier bin, musst du es nur sagen. Ich kann auch wieder in mein altes Büro.«

»Nein, es ist eine gute Idee. Ich wundere mich, wieso ich nicht selbst darauf gekommen bin. Ich freue mich, dich in meiner Nähe zu haben.«

Er freute sich wirklich. Dass sein Sohn so viel Initiative zeigte, mitdachte und ihn wohl wirklich stützen wollte in dieser Zeit, berührte ihn. Er musste zugeben, dass er das nicht erwartet hatte. Denn im Gegensatz zu Claire war Leon ganz und gar nicht überzeugt, dass sein Sohn der richtige Mann für seine Firma war. Aber vielleicht hatte er sich ja getäuscht. Vielleicht wäre das wenigstens etwas Gutes, was Célines Tod mit sich brachte: dass Caspar plötzlich erkannt hatte, wie kurz das Leben sein kann. Und dass man es nicht nur so dahinplätschern lassen darf.

Leon ahnte nicht, dass Caspar durchaus begriffen hatte, dass er sein Leben in die Hand nehmen musste. Noch weniger ahnte er, dass Caspar ganz eigene Pläne hatte. Und auch schon eine Idee, wie es ihm gelingen konnte, diese Pläne umzusetzen.

Marie trieb es noch einmal zum Unfallort. Es konnte doch nicht sein, dass es nichts gab, was auf den Unfallfahrer hingewiesen hätte. Dabei wusste sie, dass das natürlich sein konnte. Das Auto musste Céline ja nur am Bein erfasst haben, dann wäre überhaupt nichts zu sehen. Nicht hier. Nicht am Auto. Allerdings hatte im Obduktionsbericht, den ihr die Kollegen gemailt hatten, nichts von einem Hämatom am Bein gestanden. Vielleicht war sie ja auch nur am Schuh berührt worden. Marie setzte sich ins Gras. Die Bilder vom Unfallort stiegen in ihrem Gedächtnis auf. Céline, wie sie dalag, das Fahrrad in die Wiese, der zähnefletschende Hund. Und Paul mit seinem erschütterten, fassungslosen Blick.

Sie zuckte zusammen, als sie die Schreie hörte

»Das sind die Toten der *Helena.*« Als sie sich umdrehte, sah sie im Gegenlicht eine dunkle Figur stehen, die einen langen Stock in der Hand hatte.

»Wer sind Sie?« Marie sprang auf. Als sie die Schafe in der Nähe grasen sah, wusste sie, dass sie Xavier, den Schäfer, vor sich hatte. Sie hatte gehört, dass er ein Freund von Céline gewesen sei.

»Sie sind nicht erlöst, bis die Wahrheit ans Licht kommt.«

Marie wusste nicht, was er meinte. Die Schreie wurden lauter. Sie spürte einen Schauder ihren Rücken herunterlaufen. Was redete der Mann? Von unerlösten Seelen, deren Schreie man hören konnte?

»Kein Toter kommt zur Ruhe, bevor die Schuld nicht gesühnt worden ist.«

Die blauen Augen des Mannes verschleierten sich, als er den Unfallort betrachtete.

»Sind Sie in der Nähe gewesen, als Céline verunglückte? Haben Sie etwas gesehen? Ein Auto? Können Sie es beschreiben?«

Ein Funken Hoffnung glomm in Marie auf. Hier war vielleicht ein Zeuge. Doch die Hoffnung erlosch sofort. Der Schäfer schüttelte den Kopf.

»Die Schafe waren auseinandergelaufen in jener Nacht. Der Sturm hatte sie verängstigt. Ich musste sie wiederfinden, bevor sie die Klippen hinunterstürzten.«

»Sie kannten Céline. Die Leute sagen, Sie waren ihr Freund. Sie würden es mir doch sagen, wenn Sie etwas wüssten?«

»Du kannst sie erlösen, Marie. Es ist an dir, das Verborgene sichtbar zu machen.«

Es war, als würde seine Stimme durch den Wind verweht werden. Als würde sie sich mit den Schreien, die vom Meer kamen, mischen und zu einer traurigen Melodie verbinden, die Marie ins Herz schnitt. *Wieso ich? Ich hab mit all dem doch nichts zu tun. Ich bin doch nicht einmal von hier. Ich hab Céline Marchand nicht einmal gekannt.* Doch als sie den Schäfer fragen wollte, war er nicht mehr da. Als hätte er sich in den Nebelschwaden, die vom Meer heraufkamen, verflüchtigt.

»Hallo. Warten Sie, ich muss Ihnen noch ein paar Fragen …«

Doch sie bekam keine Antwort. Es war, als hätte sie die Begegnung mit dem Schäfer nur geträumt.

Paul fluchte leise. Der Nebel, der plötzlich vom Meer heraufkam, hatte die Arbeit am Menhir unmöglich gemacht. Für heute konnte er seine Messungen vergessen. Er hatte seine Geräte auf das Motorrad gepackt und war losgefahren. Vorsichtig hatte er sich die schmale Straße entlanggetastet, immer wieder anhaltend und angestrengt nach der Straßenbegrenzung Ausschau haltend. An manchen Stellen führte die Straße dicht am Abgrund entlang. Zu dicht für eine Blindfahrt durch den Nebel, sollte sie nicht durch einen Sturz ins Meer beendet werden.

Alles war plötzlich ganz still. Der Nebel war so dicht, dass er alle Geräusche verschluckte. Das Rauschen der Wellen, die unheimlichen Schreie, das unentwegte Kreischen der Möwen. Marie stand ganz ruhig da. Die Stille schärfte ihre Sinne. Und doch sah sie nichts als weiße undurchdringliche Wände um sich herum, hörte nichts als das Geräusch ihres eigenen Blutes in ihren Ohren. Ihr Herz klopfte stark und ruhig. Sie hatte keine Angst, kam sich, im Gegenteil, seltsam geborgen vor. Sie würde einfach warten, bis der Nebel sich aufgelöst hatte. Als sie sich auf den Boden setzte und den Rücken an einen Felsen lehnte, war es ihr plötzlich, als hätte sie im Nebel einen Lichtschein gesehen. War da jemand?

»Hallo!«

Doch sie bekam keine Antwort. Es musste eine Sinnestäuschung gewesen sein. Oder war es doch kein Auto, dessen Fahrer sich vorsichtig den Weg durch die wabernde Suppe suchte? Es war Paul. Der urplötzlich aus der weißen Wand auftauchte. Und vollkommen überrascht war, Marie hier anzutreffen. Er stieg vom Motorrad.

»Marie!«

Sie ärgerte sich über die Erleichterung, die sie verspürte, als sie ihn sah. Als wenn sie auf jemanden gewartet hätte, der sie aus dieser Situation erlöste.

»Hast du dich verirrt?«

»Ich warte, bis der Nebel sich aufgelöst hat. Dann gehe ich nach Hause.«

Diese Distanz, die zwischen ihnen herrschte. Paul wollte das nicht zulassen. Natürlich, es war seine Schuld, dass sie so kühl war.

»Ich könnte dich fahren. Es geht zwar etwas langsam, aber immer noch besser, als hier herumzustehen und zu frieren. Meinst du nicht?«

Sollte sie trotzig sein? Ihn weiterfahren lassen? Und hier allein zurückbleiben? Wenn sie Pech hatte, würde der Nebel nicht weggehen, bevor es dunkel wurde. Und dann würde es noch kälter werden, als es jetzt schon war.

»Sara fliegt morgen nach Paris zurück.« Wenigstens das musste er ihr sagen. Er hatte es zwar noch nicht geschafft, ihr von Marie zu erzählen. – *Nicht geschafft?* Wenn er ehrlich war, hatte er nicht den Mut gefunden. Sara war süß und lieb. Sie war gekommen, um ihn zu trösten. Er hatte einfach nicht die Worte gefunden, um ihr mitzuteilen, dass es aus sei zwischen ihnen.

»Es ist vorbei. Du musst mir das glauben. Es war schon vorbei, bevor wir uns wiedergesehen haben, Marie.« Vielleicht stimmte das sogar. Vielleicht hatte er es nur nicht so genau wissen wollen. Dass diese junge Frau nicht die Richtige war. Aber war er nicht auch deswegen nach Brest gekommen, um eine räumliche Distanz zu schaffen? Paul wusste, dass er sich etwas vormachte.

»Aber du hast es ihr nicht gesagt?«

»Es war einfach nicht die Gelegenheit. Marie, du musst mir glauben.« Wie konnte er erwarten, dass sie ihm glaubte, wo er doch selbst so ein schales Gefühl hatte wegen seines Verhaltens?

»Wenn ich von ihr gewusst hätte, wäre ich nicht gekommen.« Marie wollte nicht die Frau sein, mit der ein Mann seine Freundin betrog. Es stimmte, sie hätte sich nicht auf ihn eingelassen. Egal was zwischen ihnen entstanden wäre. Sie hatte immer darauf geachtet, anderen Frauen nicht weh zu tun. Nicht weil sie eine Heilige gewesen wäre. Sie hatte nur nicht das tun wollen, von dem sie nicht wollte, dass es ihr selbst geschah.

Was konnte er sagen? Dass es ihm leidtäte. Er wusste, das war nicht genug.

»Ich werde alles in Ordnung bringen.«

Wieso war es nur so schwer, die Wahrheit zu sagen? Wieso war es immer viel einfacher zu lügen? Aber war es das wirklich? War die Lüge nicht nur einen Moment lang der einfachere Weg? Um sich dann wie ein schwerer dunkler Schatten über alles zu legen? Als er mit ihr geschlafen hatte in jener Nacht, die sie als so wundersam und einzigartig erlebt hatte, hatte er da nicht daran gedacht, dass Sara sich in Paris befand und glaubte, dass er ihr treu war? Hatte er nicht daran gedacht, wie es sein würde, ihr in die Augen sehen zu müssen? Hatte er nicht in dem Moment, als er Sara mit Marie betrogen hatte, auch Marie mit Sara betrogen? Die fiese Stimme in ihrem Ohr, die flüsterte: »...und was war mit Thomas?«, wollte sie überhören. Doch die Stimme wollte nicht verstummen. Sie hatte nicht an Thomas gedacht. Hatte nicht daran gedacht, dass sie ihn betrog. Hatte nicht daran gedacht, wie es sein würde, wenn sie ihm wieder gegenüberstehen würde. Er war in jenem Moment aus ihrem Leben ausgeblendet gewesen, so als hätte es ihn nie gegeben. War das nicht noch gemeiner?

»Bring mich nach Hause.«

Sie wollte raus aus dieser Situation. Wollte aufhören zu grübeln, wollte diesen Gedanken entfliehen, die am Ende darauf hinauslaufen würden, dass sie nicht besser war als der Mann, dem sie vorwarf, ein Lügner zu sein. Und nach dem sie sich so sehnte.

Die Fahrt auf dem Motorrad mit Paul war eine Qual für Marie. Aber gleichzeitig hoffte sie, dass sie nie aufhören würde. Sie spürte durch Pauls Lederjacke sein Herz klopfen, sie fühlte seine Wärme. Roch den Duft seines herben Rasierwassers. Der Nebel hatte nichts Bedrohliches. Im Gegenteil, es war Marie, als schütze er sie vor der Realität. Einfach so weiterfahren. Immer nur weiter. Um dann am Ende der Nacht in einem anderen Leben anzukommen.

Der Kuss, mit dem sie sich von Paul verabschiedete, als sie

schließlich doch Michels Haus erreichten, war anders, als sie es geplant hatte. In dem Moment, als sie Paul einen leichten, unverbindlichen Kuss auf die Wange drücken wollte, wandte er ihr das Gesicht zu. Und es geschah. Ihre Lippen berührten die seinen. Und es riss ihr den Boden unter den Füßen weg. Paul, der ebenso überrascht war über die elektrisierende Wirkung des Kusses, griff ohne nachzudenken nach ihr. Zog sie an sich. Meine Güte, es stimmte doch alles. Es war doch so, wie es sein sollte. Mit einem leisen, glückseligen Seufzer ergab sich Marie ihrer Sehnsucht. Jetzt und hier war es gut. Alles andere würden sie regeln. Und danach würde es keine Probleme mehr geben.

Der Nebel lichtete sich in dem Moment, als Caspar um die Ecke bog. Er war auf dem Weg zu Michel, wo er Marie anzutreffen hoffte. Sie hatte ihn angerufen und ihm dafür gedankt, dass er sie auf der Yacht seines Vaters hatte wohnen lassen. Das sei sehr nett von ihm gewesen. Aber jetzt sei sie wieder bei ihrem Vater. Und sie würde wohl noch ein paar Tage bleiben. Sie war einfach gegangen. Hatte ihn mit seinem Champagner und den in Schokolade getauchten Erdbeeren, die er extra als Nachtisch noch besorgt hatte, auf der Yacht zurückgelassen. Und mit seiner schmerzenden Sehnsucht. Er war noch nicht wieder ganz klar im Kopf, als er vor Michels Haus ankam. Vielleicht sollte er noch warten, bis er mit ihr redete. Es war wahrscheinlich ein Fehler, wenn sie ihn so sah. Er hatte den Champagner allein getrunken und die noch mehr als halb volle Flasche Wodka, die er in der Bar gefunden hatte, mit ein paar seiner Pillen hinterhergeschüttet. Nur so konnte er den Schmerz, den dieses Messer verursachte, das in sein Herz gebohrt worden war, einigermaßen ertragen. Aber er musste sie sehen. Er musste ihr Lächeln sehen. Ihre Stimme hören. Dieses Lachen, das ihm so gefiel. Alles würde gut sein, wenn sie bei ihm wäre.

Aber sie war nicht bei ihm. Unter dem vom Nebel noch verwaschenen gelben Licht der Straßenlaterne sah er Marie in den Armen eines anderen. Marie! Er ging keuchend in die Knie, versuchte krampfhaft, sich irgendwie an der Mauer festzuhalten. Das konnte nicht sein. Sie gehörte ihm. Wieso stand sie da und küsste diesen Fremden?

»Marie!« Sie blieb stehen, bevor sie Michels Haus erreichte. Aus dem Dämmerlicht tauchte Caspar auf. Er war blass. Sein Blick flackerte, als würde es ihm nicht gut gehen.

»Caspar! Geht es dir nicht gut?« Sie legte den Arm um ihn, wollte verhindern, dass er stürzte.

»Ich wollte dich sehen.«

»Ich glaube, es ist besser, ich bringe dich nach Hause. Du siehst schrecklich aus. Hast du dir was eingefangen?« Sie führte ihn durch die kleinen Straßen, in denen gerade die Rollläden krachend vor den Schaufenstern runtergelassen wurden.

Sie sorgte sich um ihn. Das war gut. Caspar stützte sich schwer auf Marie. Ihren Körper zu spüren tröstete ihn.

»Ich habe auf dich gewartet. Wieso bist du nicht aufs Schiff zurückgekommen?« Sie hatte ihm doch gesagt, dass sie wieder bei Michel wohnen würde.

»Aber hat es dir nicht gefallen auf dem Schiff? Wir hätten einfach den Anker lichten und wegsegeln können. Einfach losfahren. Und mal sehen, wohin der Wind uns treibt. Das wäre doch toll.«

Er redete wirres Zeug. Fiel mit der Tür ins Haus. Genau das, was er nicht gewollt hatte. Es war besser, wenn er jetzt den Mund hielt, bevor er sie mit seinen Ideen total verschreckte.

»Einfach lossegeln?« Sie lachte, während sie ihn in Richtung Schloss schleppte. Sie lachte! Also fand sie die Idee gar nicht so absurd.

»Das hab ich mir immer schon mal gewünscht. Einfach alles hinter sich lassen und irgendwo anders neu anfangen. Wer träumt nicht von so einer Gelegenheit?«

Ob sie ernst meinte, was sie da sagte? Sie musste es ernst meinen. So etwas sagt man nicht einfach so daher. Caspar blieb stehen. Sie sah ihn fragend an. Diese wunderbaren Augen. Diese zarte Haut. Dieses Lächeln. Noch nie hatte er eine Frau so geliebt.

»Hawaii. Bist du schon mal da gewesen? Wir könnten dort leben. Ich würde Surfunterricht geben, und du …«

»Ich glaube nicht, dass eine französische Polizistin große Chancen auf Hawaii hätte.« Sie lachte. Lachte sie ihn etwa aus? Nein, sicher nicht. Vielleicht wollte sie einfach nur woanders hin.

»Du musst ja nicht als Polizistin arbeiten. Es gibt bestimmt andere Sachen, die du machen könntest.«

Er versuchte sie an sich zu ziehen. Wieso stellte er sich so ungeschickt an? Er musste zusehen, dass er aufrecht stehen konnte. Diese verdammten Pillen. Er würde sofort damit aufhören.

»Kannst du den Rest des Wegs allein schaffen?« Das Schloss lag in seiner ganzen angeberischen Pracht vor ihnen. Sein Zuhause, das er bald nicht mehr würde sehen müssen.

»Klar. Ich schaff das. Ich leg mich am besten gleich hin. Morgen geht's mir sicher besser.«

»Wenn nicht, solltest du einen Arzt rufen.«

Wie besorgt sie klang. Sie musste ihn lieben. Natürlich. Sie liebte ihn.

»Marie.« Er musste es ihr sagen. Er musste ihr sagen, wie sehr er sie liebte. Doch die Worte ließen sich nicht formulieren. Sie waren ganz klar in seinem Kopf. Er hörte sogar, wie sie klangen, aber sie wollten nicht aus seinem Mund kommen. Morgen. Morgen, wenn er wieder einen klaren Kopf hatte, würde er es ihr sagen. Und er würde ihr sagen, was er plante. Sie würde begeistert sein.

»Gute Nacht, Caspar. Schlaf dich aus. Mach's gut.« Sie küsste ihn leicht auf die Wange. Schmetterlingskuss, hatte seine Mutter immer gesagt, als ihre Lippen seine Wange wie ein Hauch berührten.

»Bis morgen, Marie. Schlaf auch gut. Und träum was Schönes.« Träum von mir, wollte er ihr nachrufen, als er sie weggehen sah. Träum von uns. Und als ob sie gehört hätte, was er ihr in Gedanken nachrief, drehte sie sich noch einmal um.

»Geh rein. Es ist kalt. Gute Nacht.«

Als Caspar in sein Bett und in einen Schlaf voller bedrohlicher Alpträume fiel, war das Letzte, was er vor seinen Augen sah, Maries Lächeln. Das ihm so viel versprach.

Marie machte sich Sorgen um Caspar. Sie musste Michel fragen, ob Caspar irgendwelche Drogen nahm. Er war berauscht, das stand außer Frage. Und soweit sie das beurteilen konnte, war es kein ausschließlicher Alkoholrausch. Aber sie mochte den Jungen. Er war charmant. Und sehr liebenswürdig. Er hatte gespürt, dass es ihr nicht gut ging. Hatte sich Sorgen um sie gemacht. Und ihr einen Schlafplatz besorgt, als sie nicht wusste, wohin. Und diese unbekümmerte Surferattitüde, die er an den Tag legte, hatte ihr von Anfang an gefallen. Er schien ganz einfach das Leben umarmen zu wollen. Und es hatte so ausgesehen, als würde das Leben auch ihn umarmen. Bis zum heutigen Abend. Da hatte es ihr Angst gemacht zu sehen, wie sehr er neben sich stand. Er hatte wirres Zeug geredet. Hatte offensichtlich einen Menschen gesucht, bei dem er sich anlehnen konnte. Aber vielleicht hatte er auch nur mit ein paar Freunden ein bisschen zu viel getrunken, und sie machte sich ganz unnötig Sorgen um ihn.

Wir machen jetzt ein bisschen Ordnung in deinem Kopf, dann kannst du besser schlafen. Marie seufzte leise, als sie die Stimme ihrer Mutter hörte. Es war ein geliebtes Ritual zwischen ihnen gewesen. Jeden Abend, nachdem sie die Zähne geputzt und schon im

Bett gelegen hatte, war ihre Mutter in ihr Zimmer gekommen, hatte sich auf den kleinen Spielhocker neben das Bett gesetzt und Marie sanft mit dem Zeigefinger über die Stirn gestrichen. Und Marie hatte ihr erzählt, was sie den Tag über so getrieben hatte. Was ihr gefallen hatte. Was sie nicht gern gemacht hatte. Wovor sie sich ängstigte. Und worüber sie sich Sorgen machte. Diese kleinen Mädchensorgen. *Ach, Mama. Wenn meine Sorgen nur so klein wären wie damals.* Und wenn ich meine Gedanken nur so einfach ordnen könnte.

Sie starrte aus dem kleinen Fenster in die Dunkelheit. Die Altstadt mit ihrer dicken Stadtmauer lag in nächtlicher Stille. Nur die Nachbarskatze war wieder auf Streifzug. Die Ratten mussten sich in Acht nehmen vor der eifrigen Jägerin.

Sie war wieder bei ihrem Vater. Sie hatten miteinander geredet. Über sein Leben als Kapitän. Über den furchtbaren Untergang seines Schiffs. Über sein Unvermögen, je wieder zur See zu fahren. Er hatte in sein Weinglas gestarrt und mit stockender Stimme geredet. Wie sehr er seinen Fehler mit Carla bedauert hatte. Wie sehr er sich nach Monique und nach Marie gesehnt hatte. Und dass er schließlich einfach akzeptiert hatte, was geschehen war.

»Vielleicht war es die gerechte Strafe gewesen. Meine Männer waren tot. Sollte ich da glücklich leben dürfen?«

»Aber es war ein Unfall. Ein furchtbarer Unfall. Und es war ein Glück, dass du überlebt hast.«

»Ich habe es nie als Glück empfunden. Ein Kapitän muss mit seinen Männern untergehen. Das wäre gerecht. Nicht, dass er als Einziger gerettet wird.«

Ihr Herz, das sie doch vor ihm verschlossen halten wollte, hatte sich geöffnet wie eine Blüte. Sie konnte nicht anders. Sie musste diesem traurigen Mann, der so um eine zweite Chance mit ihr flehte, einfach verzeihen.

Und es fühlte sich richtig an, gut und erleichternd. Sie würden es noch einmal miteinander versuchen. In aller Ehrlichkeit. In Liebe. Ohne Lügen.

Am besten würde es sein, wenn sie noch eine Weile hierbliebe; sie war ja noch krankgeschrieben. Sie würde Michel in seiner Küche helfen. Sie würden miteinander leben. Würden reden. Und einander kennenlernen. Und dann? Marie wusste nicht, wie ihr Leben weitergehen würde. Aber das war im Moment auch nicht so wichtig. Morgen war auch noch ein Tag. Sie lachte leise auf, als sie diesen Gedanken schon wieder dachte. Wie sehr hatte sie diesen Film gehasst. Jedes Mal wenn er im Fernsehen kam, hatte sich ihre Mutter mit einer Familienpackung Eis vor den Fernseher gelegt und war zwei Stunden nicht ansprechbar gewesen. Jeden einzelnen Satz aus *Vom Winde verweht* hatte sie auswendig mitsprechen können. Dass Marie sie auslachte, weil sie diese Mutter aller kitschigen Melodramen so liebte, hatte sie nicht gestört. Und nun gebrauchte sie selbst Scarlett O'Haras Motto für ihr eigenes Leben. Aber Scarlett hatte ja recht. Es gab einfach Dinge, die sich heute nicht lösen ließen. Man musste darauf vertrauen, dass ein neuer Tag auch neue Gedanken bringen würde. Neue Lösungen für alte Probleme.

Nur ein paar verkohlte Balken und ein Häufchen Asche, die der Wind in alle Richtungen geweht hatte, waren von Célines Haus übrig geblieben. In der Zeitung hatte gestanden, dass die Feuerwehr tatsächlich davon ausging, dass der alte Gasherd, den Céline schon lang hätte austauschen sollen, einfach explodiert war. Kein Hinweis auf Célines Geheimnis würde je in die falschen Hände fallen. Und wenn Paul Racine Brest wieder verlassen hatte, würde von dieser Seite keine Gefahr mehr drohen. Claire stand vor der immer noch rauchenden Ruine. Die frühe Morgensonne hatte den Nebel verdrängt, der rosige Schimmer, den sie über die Landschaft legte, ließ sogar die verbrannten Reste des kleinen Hauses irgendwie romantisch aussehen. Sie wollte gerade wieder wegjoggen, da sah sie Merlin mit großen Sprüngen durch die Dünen jagen. Stirnrunzelnd blieb sie stehen. Und tatsächlich, kurz hinter dem Hund tauchte jetzt Paul Racine aus den Dünen auf. Merlin war schon bei der Ruine. Er jaulte auf. Konnte ein Hund begreifen, was geschehen war?

»Hallo. Guten Morgen.« Paul stand atemlos vor Claire. »Dieser Hund schafft mich. Wenn ich ihn ohne Leine laufen lasse, dauert es nicht lange, und er nimmt Reißaus. Und immer ist dieses Haus sein Ziel.« Er streichelte Merlin über den Kopf. »Begreifst du es jetzt? Es hat keinen Wert, dass du immer hierherrennst.« Der Hund wimmerte leise und wollte mit der Nase in der Asche stöbern.

»Halten Sie ihn fest. Die Asche könnte noch heiß sein.«

Paul nahm Merlin an die Leine.

»Es ist so ein Jammer.« Claire Menec, die in ihrem schwarzen Jogginganzug blendend aussah, wirkte bekümmert. »Ich war fassungslos, als ich hörte, dass das Haus abgebrannt ist. Ich hätte mir so gern noch ein Erinnerungsstück an Céline ausgesucht.«

»Haben Sie sie gut gekannt?«

»Jeder hat Céline hier gekannt. Sie war so etwas wie eine lokale Berühmtheit hier. Und«, ihre Stimme stockte, »sie war meine Freundin. Ich weiß gar nicht, was ich ohne sie machen soll.«

»Hoffentlich finden sie wenigstens den Fahrer des Autos.« Pauls Blick schweifte über die Reste des Hauses. Wie gern hätte er es sich angesehen. Vielleicht hätte er etwas über seine Mutter erfahren. Wie sie gelebt hatte. Was sie gelesen hatte. Und wenn es nur ihr Geschmack, was Möbel anbetraf, gewesen wäre.

»Ich frage mich, wer so etwas tut. Einen Menschen anzufahren und dann einfach abzuhauen.«

»Ich habe gehört, die Polizei hat die Akte geschlossen. Ich war auch empört darüber. Aber sie sagen, dass es keine Hinweise gibt. Und dass es oft passiere, dass man flüchtige Fahrer nicht finde.«

»Und wenn es Absicht gewesen ist?«

Claire sah Paul überrascht an.

»Was wollen Sie damit sagen? Dass jemand Céline umgebracht hat? Aber das ist doch vollkommen absurd. Kein Mensch hatte etwas gegen Céline. Im Gegenteil, wir haben sie alle geliebt. Wie kommen Sie nur auf so eine Idee?«

»Vielleicht hat sie jemandem nicht helfen können und er war sauer darüber. Oder es gab doch jemanden, der sie, aus was für einem Grund auch immer, gehasst hat.«

»Ich sage es Ihnen doch: Wir haben Céline geliebt.«

»Hat sie eigentlich allein gelebt? Ich meine, gab es da keinen Mann in ihrem Leben? Sie war eine schöne Frau.«

Claire begriff, dass Paul sich nicht so einfach damit zufrieden geben würde, dass seine Mutter tot war.

»Na ja, es gab schon immer wieder mal einen Mann, der sie verehrt hat. Aber sie hat sich nie auf eine feste Bindung eingelassen. Sie war ein ganz eigener Mensch, der gut mit sich selbst zurechtkam. Selbst Michel hat das …« Sie unterbrach sich. Aber Paul hatte aufmerksam zugehört.

»Michel Dumont? Der Wirt vom *Café du Port*? Er hatte was mit Céline?«

»Ach was, ich habe das nie geglaubt. Die Leute haben getrascht. Aber sie reden viel in so einem kleinen Ort. Und selbst wenn es stimmen würde – Michel kann keiner Fliege etwas zuleide tun. Nie im Leben hat er Céline getötet. Das ist vollkommen absurd.«

Claire nickte Paul noch einmal zu.

»Ich wünsche Ihnen einen schönen Tag, Monsieur Racine.«

Und sie joggte mit leichtem Schritt davon.

Der Gedanke aber, den sie in Pauls Hirn gepflanzt hatte, begann seine Blüten zu treiben. Wenn Céline Michel wirklich abgewiesen hätte? Die Männer in der Bretagne sind stolz. Hatte es ihn gekränkt? Hatte er es nicht ausgehalten, sie täglich zu sehen und täglich daran zu denken, dass er bei ihr nicht hatte landen können? Michel Dumont war ein seltsamer Mann. Das Schicksal hatte ihm übel mitgespielt. War er einmal zu viel gekränkt worden und hatte dann blind um sich geschlagen?

Als Paul mit Merlin zusammen am Strand entlangging, wo die Wellen ihr ewiges Spiel spielten, wusste er nicht, ob er Marie erzählen sollte, was er erfahren hatte. Vielleicht hatte Claire Menec ja recht und es war ein absurder Gedanke, dass Michel etwas mit dem Tod von Céline zu tun haben könnte. Ein Gedanke, der auf nicht mehr als einem Gerücht basierte. Er beschloss, erst einmal nach Paris zu diesem Essen mit Florence LaRue zu fliegen. Inzwischen konnte er sich ja überlegen, was er Marie sagen würde.

Fünftes Buch

DER VERDACHT

1

»Ihr habt die Untersuchung eingestellt?« Marie sah Bernard Tessier fassungslos an.

»Das ist das Übliche, wenn man nicht eine Spur findet. Wir können unsere Zeit nicht mit aussichtslosen Fällen verschwenden. Ich nehme an, das macht man in Paris nicht anders.« Bernard Tessier war ungeduldig. Was wollte Marie noch von ihm? Es gab einfach keinen Hinweis auf den Unfallfahrer. Und nachdem Célines Haus unglücklicherweise abgebrannt war, war er sich sicher, dass er nicht weitersuchen musste.

»Es ist eine Tragödie. Aber wir müssen akzeptieren, dass wir den Täter nicht finden können.«

Marie wusste, dass ihr Kollege recht hatte. Aber sie wollte es einfach nicht hinnehmen. Es durfte nicht sein, dass ein Mensch getötet wurde und man den Täter nicht zur Rechenschaft ziehen konnte. Sie war Polizistin geworden, weil sie für Gerechtigkeit sorgen wollte. Nicht nur für Ordnung auf den Straßen. Die Stelle als Streifenpolizistin hatte sie damals nur angenommen, weil es der einzige Job gewesen war, den sie in Paris bei der Polizei hatte bekommen können. Aber es war immer klar gewesen, dass sie sich über kurz oder lang für die Ausbildung zur Kriminalpolizistin bewerben würde. Man hatte ihr bescheinigt, dass sie gute Chancen hatte, einen der begehrten Ausbildungsplätze auch zu bekommen. Am Tag vor dem Unfall hatte sie die Unterlagen für die Bewerbung abgeschickt. Thomas hatte ihre

Pläne zwar belächelt – er war immer der Meinung gewesen, dass Marie mit ihrem guten Juraexamen ihr Talent bei der Polizei verschwendete –, doch sie hatte sich nicht beirren lassen. Sie wusste, dass sie ihren Weg bei der Polizei schon gehen würde. Umso mehr widerstrebte es ihr jetzt, Célines Tod einfach als abgehakt betrachten zu müssen. Natürlich wusste sie, dass Bernard Tessier mit seiner Einschätzung, dass man den Täter nicht finden konnte, richtiglag. Und sie konnte es ihm auch nicht verdenken, dass er über ihren Eifer lächelte. Er kannte das von jungen Polizisten, die nicht zugeben wollten, dass das Leben eben ganz anders spielte, als es in den schicken Fernsehkrimis so aussah. Das Leben und vor allem die Arbeit der Polizei. Sie wollten mit dem Kopf durch die Wand, wollten einfach nicht aufgeben. Und den Deckel einer Akte endgültig zu schließen, ohne dass die Untersuchungen Erfolg gehabt hätten, fiel ihnen schon deswegen immens schwer, weil es an ihrem Selbstbild als Polizisten kratzte.

Brest zeigte sich an diesem Tag von seiner besonders hässlichen Seite. Der Himmel hing tief und grau über der Hafenstadt, deren Sechzigerjahregebäude gleichförmig und vom ewig salzigen Atlantikwind verwittert die breiten, viel befahrenen Straßen säumten. Marie fröstelte, als sie Paul anrufen wollte, um sich mit ihm auf einen Kaffee zu treffen. Doch während sie wählte, fiel ihr ein, dass er auf dem Weg nach Paris war. Zu irgendeinem wichtigen Termin. Sie hatte vergessen, zu welchem. Es war eindeutig kein guter Tag. Sie beschloss, Merlin zu einem Spaziergang abzuholen, wie sie es Paul versprochen hatte. Wenn der Wind ihr das Hirn freipustete, würde sie sich vielleicht besser fühlen.

Leon war froh, dass die Beerdigung vorbei war. Diese Zeit zwischen Célines Tod und ihrer Beisetzung hatte sich nach seinem Gefühl endlos hingezogen. Er hatte sich wie in einem Dämmerzustand gefühlt. Die Tage waren gleichförmig und grau vergangen. Wie viele es gewesen waren, hätte er nicht sagen können. Vielleicht war es ja richtig, wie es in südlichen Ländern gehandhabt wurde, dass die Toten oft schon am nächsten Tag beerdigt wurden. Denn erst dann, wenn der Sarg in die Tiefe gesenkt und mit Erde bedeckt wird, ist der Abschied endgültig vollzogen. Der Alltag konnte wieder beginnen. Es war eine anrührende Feier gewesen, die Claire mithilfe des jungen Pfarrers auf dem kleinen Friedhof hoch über dem Meer organisiert hatte. Die Menschen waren aus der ganzen Gegend gekommen, bis vor den Mauern des Friedhofs hatten sie gestanden, um von Céline Abschied zu nehmen. Und als die Sängerin Chantal das ergreifend einfache Abschiedslied gesungen hatte, zu dessen wehmütiger Melodie Célines weißer, mit weißen Lilien geschmückter Sarg ins Grab gelassen wurde, konnte keiner der Trauernden die Tränen zurückhalten. Sie fehlte ihm. Sie würde ihm immer fehlen. Er wusste, dass sie unersetzbar sein würde. Natürlich würde er sich über kurz oder lang eine neue Sekretärin suchen müssen. Die ihn organisierte, sein Büro führte, seine Termine im Auge behielt, aber all das andere, das Céline für ihn gewesen war, das würde niemals wieder eine Frau sein können. Ob er sie geliebt hatte, hatte er sich in den letzten Tagen manches Mal gefragt. *Liebe?* Was für ein großes Wort. Aber wenn es bedeutete, dass man jemandem vertraute, dass man sicher wusste, sich auf ihn verlassen zu können … Wenn man sich um ihn sorgte. Und sich nicht vorstellen konnte, wie das Leben ohne ihn sein sollte. Vielleicht war das wirklich Liebe. Oder hatte er es nur ausgenutzt, dass sie ihn liebte? Sie waren beide so jung gewesen, so angespannt und so voller nervöser Energie an diesem Wochenende damals in Paris. Leon hatte versucht, die Erinnerung wegzuwischen, als sie unerwartet in ihm aufgestiegen war. Aber da war es wieder gewesen, Célines aufgeregtes Lachen, ihre Bewunderung für die Chuzpe, mit der er seine größenwahnsinnigen Pläne anging. »Es ist nur Geld. Die Banken haben es, ich will es. Es wird schon klappen.« Sie hatten vor dem Ehrfurcht einflößenden Gebäude der größten französischen Bank gestanden, und ihre Hand hatte unwillkürlich nach der seinen gegriffen.

»Vielleicht solltest du ein bisschen kleiner anfangen. Gleich eine ganze Fischfangflotte und dann noch die Fabrik. Hast du keine Angst, dass es schiefgehen könnte?«

»Kleiner Angsthase. Dem Mutigen gehört die Welt. Komm, Céline, vertrau mir. In ein paar Jahren sind wir das größte Unternehmen in der Bretagne.« Er wusste bis heute nicht, wie er es am Ende geschafft hatte, diesen riesigen Kredit an Land zu ziehen. Und wie es geschehen war, dass er am Ende dieses Tages mit seiner Sekretärin Céline im Bett gelandet war. Wahrscheinlich waren sie noch ganz benommen gewesen, weil die Bank ihnen das Geld praktisch nachgeworfen hatte. Und ganz betrunken von dem vielen Champagner, mit dem sie ihren Erfolg begossen hatten. Am nächsten Morgen jedenfalls, als er seine hübsche Sekretärin neben sich in seinem Bett liegen sah, hatte er sich heimlich aus dem Hotelzimmer gestohlen. Es war ihm peinlich gewesen, was passiert war. Immerhin war er jung verheiratet und hatte eine kleine Tochter. Sie hatten sich in der Hotelhalle wiedergesehen. Und wenn da Schmerz in Célines dunklen Augen gelegen hatte, hatte er ihn ignoriert. Geredet hatte sie jedenfalls in all den Jahren nie über diese eine Nacht in Paris. Die Sache mit der Fischfangflotte war dann ja auch grundlegend schiefgegangen. Schließlich hatte er nur noch ein Schiff gehabt, die *Helena*. Und auch sie hatte schon mehr den Banken gehört als ihm. Seiner Frau Sabine hatte er von seinen geschäftlichen Schwierigkeiten nichts erzählt. Aber Céline hatte alles gewusst. Sie war an seiner Seite geblieben. In den schlechten wie in den guten Zeiten. Selbst als sie ein tolles Angebot von einer Konkurrenzfirma erhalten hatte, war sie bei ihm geblieben. Und hatte alles mit ihm durchgestanden. Treu, loyal, verständnisvoll.

Leon wusste genau, dass er niemals wieder eine Mitarbeiterin wie Céline finden würde. Und vermutlich auch keine Frau, die so unbedingt an seiner Seite stand.

Michel hatte einen Plan. Es war ihm ein Bedürfnis, Marie etwas zu schenken. Irgendwie wollte er der Freude darüber, dass sie bei ihm war, Ausdruck verleihen. Er hatte an ein hübsches Schmuckstück gedacht. Parfüm. Oder an einen teuren Computer. Einen Fotoapparat vielleicht. Er wusste nicht, was junge Frauen heute gern hatten. Es sollte etwas Besonderes sein. Und dann war es ihm eingefallen, und er hatte sich gewundert, dass er nicht schon lange darauf gekommen war. Er eilte durch die Gassen. Jetzt, da er wusste, was er Marie zu schenken gedachte, wollte er keine Zeit verlieren. Claire wollte Michel grüßen, als sie ihn sah. Aber bevor sie dazu kam, verschwand er durch die Tür eines kleinen Schuppens. Sie wunderte sich. Sie hatte nicht gewusst, dass Michel neben dem Restaurant und seinem Haus noch eine andere Immobilie in der Stadt besaß. Sie wartete einen Augenblick und näherte sich dann der ein wenig ramponierten Holztür, durch die Michel verschwunden war. Was sich wohl dahinter verbarg? Hatte er da eine Werkstatt? Oder ein Weinlager? Sie wollte schon anklopfen, als sie Caspars Stimme hinter sich vernahm.

»Maman?« Caspar sah gut aus in dem Anzug, den sie ihm gekauft hatte. Zwar wirkte er immer noch sehr jung mit seinem blonden Haarschopf, den er auch mit einer großen Menge Haargel nicht wirklich bändigen konnte, aber – wie war das doch? – Kleider machen Leute. Und so ein auf Taille geschnittener dunkler Anzug machte aus einem wilden Surfer doch so etwas wie einen seriösen Jungunternehmer.

»Ich dachte, du bist im Büro.«

Es war nur ein Anflug von Ärger, der in Caspar hochschoss und den er auch sofort zu unterdrücken wusste. Seit seine Pläne konkreter geworden waren, hielt er den Kontrollwahn seiner Mutter wesentlich leichter aus.

»Ich war am Hafen. Die *Selina* ist gerade eingelaufen. Ich wollte mich davon überzeugen, wie viel sie gefangen haben.«

»Und? War die Tour erfolgreich?« Claires Misstrauen schwand sofort, als sie hörte, wie selbstverständlich ihr Sohn über seine Arbeit sprach.

»Sehr. Der Thun sieht hervorragend aus. Wir werden mal wieder Höchstpreise erzielen.«

Sie wollte ihn zum Kaffee einladen, doch Caspar winkte ab. Keine Zeit. Er wollte unbedingt bei der Besprechung dabei sein, die Leon heute mit Pierre Santini hatte, einem der wichtigsten Abnehmer ihrer Fische. Er küsste seine Mutter eilig auf die Wangen und eilte davon. Claire atmete tief durch. Es funktionierte. So lange Caspar gebraucht hatte, um zu begreifen, wo sein Platz im Leben war – jetzt schien es, als würde er ihn ausfüllen können.

Aus dem Augenwinkel sah sie, dass sich die Tür von Michels Schuppen öffnete. Rasch trat sie in einen Hauseingang, um ihn ungesehen zu beobachten. Michel sah zufrieden aus. Einen Tick zu zufrieden, dachte Claire. Sie würde schon herausbekommen, was er in dem Schuppen verbarg. Als sie an der Tür vorbeischlenderte, nahm sie wahr, dass sie nur mit einem einfachen Vorhängeschloss gesichert war.

Der Calvaire ragte in den blauen Himmel. Ein Mahnmal des Leids. Und der Erlösung. Der Schmerz, den der Bildhauer in das Gesicht der Christusfigur gemeißelt hatte, berührte Marie tief. Es war egal, ob sie an Gott glaubte oder nicht, diese wuchtigen Darstellungen der Kreuzigung Jesu, die man oft in der Bretagne auf Pfarrhöfen finden konnte, war ein beeindruckendes Zeugnis des Glaubens und der künstlerischen Meisterschaft ihrer Schöpfer. Sogar die Tränen auf dem Gesicht Marias, die unter dem Kreuz stand und um ihren Sohn weinte, waren auch nach Jahrhunderten, in denen die Plastik Wind und Wetter ausgesetzt gewesen war, deutlich zu sehen. Und die Trauer der Menschen, die den Mann am Kreuz verloren hatten, war wie mit Händen zu greifen. Marie hatte eigentlich mit Merlin am Strand spazieren gehen wollen, der im Herbst menschenleer war. Aber der Hund hatte sie hierhergezogen. Es war, als hätte er begriffen, dass er Céline nicht mehr in dem niedergebrannten Haus finden konnte. Seit er Paul dorthin abgehauen war, war er kein einziges Mal mehr ausgerissen, um seine Herrin dort zu suchen, wo sie gelebt hatte. Er lief mit langen Sätzen durch den kleinen Friedhof und stand wie angewurzelt vor Célines Grab. Als würde er wissen, wer hier beerdigt lag. Er fing an, die frische Erde, mit der das Grab bedeckt war, aufzuscharren. Wild und wütend. Marie konnte ihn nur mit Mühe wegziehen.

»Nicht, Merlin, das darfst du nicht.« Sie zog ihn zu einer Steinbank, von der aus sie einen großartigen Blick über die lang gezogene Bucht hatte, an deren Ende auf einer Klippe das Haus stand, in dem Paul wohnte. Der Hund ließ sich mit einem tiefen Seufzer neben ihr zu Boden. Lag nun da wie das sprichwörtliche Häufchen Elend. Den schönen Kopf auf seine Pfoten gelegt, starrte er unverwandt auf Célines Grab. Es rührte Marie, wie der Hund um seine Herrin trauerte.

»Ich weiß, dass du sie vermisst. Ich verstehe das.« Ob Merlin wusste, wer für Célines Tod verantwortlich war? Er war doch in der Nähe gewesen. Würde er das Auto erkennen, wenn er ihm wieder begegnete? Oder sogar den Fahrer? Marie lachte sich insgeheim aus. Jetzt machte sie den Hund schon zum Hilfspolizisten.

Als der Wind drehte, traf es sie wie ein Schlag, als plötzlich die Schreie ganz deutlich zu hören waren. Sie sprang auf. Sie musste noch einmal mit diesem Schäfer reden.

Es schien, als ob er jeden in der Gegend kannte. Selbst wenn er am Abend von Célines Tod nicht in der Nähe gewesen war – vielleicht hatte er eine Ahnung. Oder er hatte in den Tagen nach dem Unfall vielleicht ein verdächtiges Auto gesehen. Wer weiß, vielleicht war der Fahrer noch einmal zurückgekommen, um zu sehen, ob es einen Hinweis auf ihn gab? Genau wusste Marie nicht, wieso ihr dieser Fall keine Ruhe lassen wollte. War es, weil Céline Pauls Mutter war?

Da war ein auffälliges Funkeln in der Wiese. Eine Glasscherbe wahrscheinlich, in der sich ein letzter Sonnenstrahl fing. Marie ging an den Kreidezeichen, die die Polizisten nach dem Unfall auf der Straße hinterlassen hatten, vorbei auf den Straßenrand zu. Es konnte nichts Wichtiges sein. Sowohl die Kollegen aus Brest als auch sie selbst hatten hier alles abgesucht und nichts gefunden. Sie bückte sich. Und dann hatte sie es in der Hand. Das erhoffte Beweisstück. Nur eine Sekunde lang fragte sie sich, wieso sie es alle übersehen hatten, dann griff sie zu ihrem Handy.

»Ich habe eine Scherbe gefunden. Vermutlich von einem Autoscheinwerfer. Ganz in der Nähe des Unfallorts. Ich bringe sie euch sofort, damit sie untersucht werden kann.«

Sie packte die Scherbe vorsichtig in ein Taschentuch, um Fingerabdrücke, die sich eventuell darauf befanden, nicht zu verwischen. Es war ihr sofort klar, dass es sich nicht um ein neues Auto handeln konnte, zu dem diese Scherbe gehörte. So eine Art Plastik wurde schon lange nicht mehr für Autoscheinwerfer verwendet. Und die Form, die sich aus der Scherbe erahnen ließ, deutete auch darauf hin, dass es sich um ein älteres Baujahr handeln musste. Vielleicht hatte sie tatsächlich etwas in der Hand. Wenn es sich wirklich um ein älteres Automodell handelte, dann würde man es vielleicht finden. Und damit seinen Besitzer. Komisch war nur, dass sie erst jetzt auf die Scherbe gestoßen war.

2

Paul hätte nie gedacht, dass es einmal eine Situation geben würde, in der er froh war, auf Sara gehört zu haben. Diese Halle, in der der Butler ihn auf Madame LaRue warten ließ, raubte ihm den Atem. Der Marmorboden, in den Intarsien aus farbigem Granit eingelassen waren, spiegelte den enormen Kristallluster wider, der von der sicher zehn Meter hohen Decke zwischen den beiden geschwungenen Treppenläufen herunterhing und auf dem mehr als hundert Kerzen brannten.

Sie warfen flackernde Schatten auf die Gemälde, die die Wände bedeckten. Englische Landschaften von William Turner, ein Seestück von Claude Monet, dazwischen eine Venedig-Ansicht von Canaletto. Paul war froh, dass er nicht in Jeans und Pullover erschienen war, sondern in seinem einzigen Anzug, den er auch angehabt hatte, als man ihm die Doktorwürde verlieh.

»Ich freue mich sehr, dass Sie es einrichten konnten, Dr. Racine.«

Sie war viel kleiner, als er erwartet hatte. Sehr schmal, fast zart. Sie reichte Paul ihre Hand, die er kaum zu drücken wagte, so zerbrechlich fühlte sie sich an.

»Ich danke für die Einladung, Madame LaRue.« Mit einem Lächeln bat sie ihn, ihr zu folgen. Plauderte auf dem Weg durch dieses unglaubliche Haus, dem die gewagte Mischung aus edelsten Antiquitäten, modernen Plastiken und ungewöhnlichen Designstücken die lässige Anmutung eines selbstverständlichen Umgangs mit Kunst und Kultur gab, über das Wetter, über die Kinopremiere mit der unvergleichlichen Cathérine Deneuve, der sie gestern beigewohnt hatte, über das hübsche Haus, in dem Paul wohnte. Letzteres verblüffte Paul. Sie wusste, wo er wohnte?

»François und ich liebten es, an der Atlantikküste zu segeln.

Schon bei unserem ersten Turn habe ich das Haus auf der Klippe entdeckt. Und mich darin verliebt.« Mit einer anmutigen Geste strich sie die langen schwarzen Haare, die wie Rabengefieder glänzten, hinter ihre kleinen Ohren, an denen diamantene Ohrringe in Form eines Sternenschwarms baumelten. Der perfekte Schnitt ihres Gesichts wurde durch sie noch mehr betont. Sara und die Gazetten hatten recht: Florence LaRue war wirklich eine außergewöhnliche Erscheinung. Fast so groß wie er, ungewöhnlich schlank, wirkte sie in dem nachtblauen, streng geschnittenen Hosenanzug, zu dem sie ein weißes T-Shirt trug, auf den ersten Blick eher kühl und unnahbar. Doch als sie lachte, erschienen um ihre Mandelaugen kleine Fältchen, die Nase legte sich ein wenig kraus, und sie sah aus wie ein vergnügtes kleines Mädchen, dem ein Streich gelungen war.

»François wollte mir das Haus sofort kaufen. Aber die Besitzerin, Charlotte – oder… nein, warten Sie, Chantal Miller hieß sie – wollte sich um keinen Preis davon trennen. Sie sagte, sie würde das Haus erst verlassen, wenn man sie mit den Füßen voran heraustragen müsste.«

Sie kamen im Wintergarten der Villa an, wo an einem Ende eines Kirschholztisches ein kleines Essen für zwei Personen gedeckt war.

»Wie haben Sie es geschafft, Madame Miller das Haus abzuluchsen? Was haben Sie ihr versprochen?« Sie hielt inne. »Sie ist doch nicht tot?«

»Das Haus gehört ihr immer noch. Ich habe es nur gemietet. Madame Miller war es nun wohl doch zu einsam geworden. Sie ist zu ihrer Schwester gezogen.«

Keine Geschäfte während des Essens. In Zeiten, in denen Geschäftsessen zum Normalsten gehörten, dessen man sich bediente, wenn man einen möglichen Kunden, Partner oder Konkurrenten abtasten wollte, hatte François LaRue die Maxime gehabt, sich niemals bei einem guten Essen durch ein Gespräch über Gewinne oder Verluste stören zu lassen. Er war gut damit gefahren. Mit geistreichen Gesprächen hatte er seine Gäste durch ein Fünf-Gänge-Menü geführt, war seinem Ruf als eloquenter, spritziger Gastgeber gern gerecht geworden. So hatte er es erreicht, dass sich seine Gäste entspannten. Und sich willkommen fühlten. Um sie dann, beim Kaffee, den er gern in der grünen, verwirrend duftenden Hölle des Wintergartens servieren ließ, unverhofft mit seinen Plänen und Vorschlägen zu konfrontieren, um nicht zu sagen zu überrumpeln. Es war eine höchst erfolgreiche Strategie gewesen, die er gefahren hatte. Und Florence hatte in all den Jahren still im Hintergrund gestanden oder als Schmuckstück an seiner Seite und hatte sich unwillkürlich eingeprägt, wie es François immer wieder hinbrachte, auch unwilligste Geldgeber und störrischste Partner für seine Ideen zu begeistern. Nach François' Tod war Florence nicht nur auf seinen Chefsessel gerutscht und hatte den ziemlich bald zur großen Überraschung aller gut ausgefüllt – es war ihr auch gelungen, die Taktiken und Strategien ihres Mannes zur Vollendung zu treiben. Sie war nicht nur unergründlich schön, sie war auch klug genug, ihre Schönheit und ihre Intelligenz in einen unwiderstehlichen Einklang zu bringen, dem kaum jemand etwas entgegenzusetzen hatte. Im Allgemeinen gelang es ihr, für ihre neuen Ideen und Projekte ziemlich schnell potente Mitstreiter und Unterstützer zu finden. Kurz, sie war es nicht gewohnt, dass man ihr widersprach.

Natürlich hatte Florence LaRue der Versuchung widerstanden, dem jungen Wissenschaftler aus Brest ein komplettes Fünf-Gänge-Menü zu servieren. Paul Racine schien ihr nicht wie die Herren aus den Rathäusern und Banken mit Luxus zu beeindrucken zu sein. Also verzichtete sie auf Beluga-Kaviar und Tartar vom Kuckucksfisch und ließ einen Mix aus asiatischem und europäischem Essen servieren. Sushi waren in ihrem Haushalt unvermeidlich. Sie bevorzugte die gefüllten Röllchen aus kaltem Reis mit einer vegetarischen Füllung, ließ aber für Paul auch welche servieren, die mit Fisch und Krabben gefüllt waren, danach gab es Spaghettini in einer leichten Limonensauce und zum Dessert eine Creme brulée, in die sich Paul am liebsten hineingelegt hätte.

Anfangs war Paul noch ungeduldig gewesen. Er hatte erwartet, dass Florence sofort zur Sache kommen und ihm schnell erzählen würde, was sie eigentlich von ihm wollte. Doch seine Versuche, das Gespräch auf den Zweck seines Besuches zu lenken, scheiterten im Ansatz. Florence steuerte das Gespräch geschickt auf Pauls persönliche Situation. Und brachte ihn mit sanfter Gewalt dazu, auf ihre durchaus neugierigen Fragen zu antworten. Was Florence natürlich am meisten interessierte, war die Schießerei, bei der Paul dieser Polizistin ja anscheinend das Leben gerettet hatte. Sie fragte direkt, was er in der Situation empfunden habe. Ob er diese Polizistin wiedergesehen hätte. Ob er wegen des Schocks, den er wegen der Schießerei doch sicher erlitten hatte, Paris verlassen habe. Dabei war sie so reizend und wirklich interessiert, dass es Paul keineswegs schwerfiel, ihr zu antworten. Und dabei mehr von sich preiszugeben, als er das gewöhnlich tat. Florence, durch unzählige Smalltalks mit durchaus verschlossen bleiben wollenden Gesprächspartnern geschult, spürte genau, dass er nicht so gelassen und ruhig war, wie es aussah. Da war eine innere Unruhe in seinem Blick, eine Irritation, die nichts damit zu tun hatte, dass er nicht genau wusste, worauf die Begegnung mit ihr hinauslaufen sollte. Und da war eine Traurigkeit, die er zu verbergen suchte, die aber für einen sensiblen Menschen spürbar über ihm zu schweben schien. Keine schlechte Ausgangssituation für das, was Florence mit ihm vorhatte. Wenn man ihm eine Fluchtmöglichkeit anbieten würde – da war sich Florence sicher –, würde er sie ergreifen. Egal wovor er floh. Männer waren so einfach zu manipulieren! Davon ging Florence aus.

Und war dann doch sehr erstaunt, dass Paul ihren Vorschlag, den sie ihm machte, als sie sich zum Kaffee in die kleine asiatische Sitzgruppe an den großen Fenstern mit Blick auf einen gepflegten Barockgarten setzten, nicht sofort bejubelte.

»Ihr Angebot klingt sehr interessant, Madama LaRue. Aber, wie Sie sicher wissen, habe ich meinen Job an der Uni gerade erst angetreten. Ich würde Brest ungern jetzt schon wieder verlassen.«

»Die Forschungen in Vietnam sind mir eine Herzensangelegenheit. Und ich kann mir keinen fähigeren Mann als Sie vorstellen, der das Projekt leiten könnte. Dekan Patou ist übrigens meiner Meinung. Er sieht kein Problem darin, Sie für ein paar Semester freizustellen.«

Also hatte Patou genau gewusst, was Florence LaRue von ihm wollte. Und hatte es ihm wohlweislich nicht gesagt. Denn wenn Paul auch nur den Schimmer einer Ahnung davon gehabt hätte, dass Madame LaRue ihn zum Leiter eines archäologischen Projekts in Vietnam machen wollte, wäre er zu diesem Abend überhaupt nicht angetreten. Egal wie viel Geld sie in das Projekt stecken wollte. Und egal wie groß sein Renommee durch diese Arbeit werden könnte.

Florence hatte Pauls Widerstand durchaus erwartet. Wissenschaftler waren ihrer Erfahrung nach eine besondere Sorte Mensch. Sie entschieden nie schnell und spontan. Sie mussten das Für und Wider gründlich abwägen, mussten sich in aller Ruhe mit einem Vorschlag auseinandersetzen. Und sie waren nicht bestechlich. Geld spielte für sie nur eine Rolle, wenn es der Wissenschaft diente. Persönlich interessierte es sie nur am Rande. Insofern entsprach Paul Racine genau den Erwartungen von Florence LaRue.

»Sie sollten sich die Zeit nehmen, um über mein Angebot nachzudenken.« Sie reichte ihm eine Mappe, die nicht nur eine Dokumentation über die schon geleisteten Vorarbeiten enthielt, sondern auch eine präzise Auflistung der Unterstützung, die Madame LaRue dem Projekt angedeihen lassen wollte. Es war sehr viel Geld im Spiel. Florence wusste, wie groß die Verlockung für einen Wissenschaftler sein musste, ein paar Jahre in aller Ruhe vor Ort forschen zu können, ohne sich mühsam um die Finanzierung kümmern zu müssen, ohne das ständige Damoklesschwert des Abbruchs der Arbeiten wegen finanzieller Schwierigkeiten über sich hängen zu wissen. Sie konnte sich nicht vorstellen, dass Paul nicht wenigstens den Gedanken durchspielen würde, ihr Angebot anzunehmen. Und wenn er sich erst einmal auf die Idee eingelassen hatte, würde er so schnell nicht mehr davon loskommen.

Leon sah den Zettel, der unter den Scheibenwischer seines Jaguars geklemmt war, schon von Weitem. Ein Strafzettel? Hier auf dem Gelände seiner eigenen Firma? Das ging dann wohl doch zu weit. Er wollte den Zettel zerknüllen und wegwerfen. Doch in dem Moment, als er ihn in der Hand hatte, war ihm klar, dass es sich nicht um einen Strafzettel handeln konnte. Das Papier war zu steif. Kein Vordruck, wie ihn die Polizei üblicherweise benutzte. Er faltete den Zettel auf.

»Ich weiß, was Sie am 4. September getan haben. Wenn Sie nicht wollen, dass die Polizei davon erfährt, zahlen Sie eine Million Euro.«

Ein Scherz. Das konnte nur ein Scherz sein. Es gab nur zwei Personen, die wussten, was er getan hatte. Claire und Michel. Und keiner der beiden würde ihn erpressen. Zerreißen, wegwerfen, vergessen. Was anderes konnte er nicht tun. Er starrte auf die Computerschrift. Und da war sie wieder, die Erinnerung an jene Nacht, in der er auf der Terrasse gestanden und in den wüsten Sturm über dem Atlantik geblickt hatte. Der Knall der Explosion mischte sich mit dem unheilvollen Ächzen des Schiffes, als es in der Mitte auseinanderbrach. Und mit den Schreien der zum Tod im eisigen Meer verurteilten Männer. Wie ein schwarzer Schwall brachen die Bilder, die sich in den Jahren vor seinem geistigen Auge zu einem fürchterlichen Horrorfilm zusammengebraut hatten, über ihm zusammen. Die Buchstaben des Erpresserbriefs tanzten vor seinen Augen. Musste er diesen Schrieb tatsächlich ernst nehmen? Musste er davon ausgehen, dass es jemanden gab, der hinter sein Geheimnis gekommen war? Er konnte nicht ausmachen, aus welcher Richtung dieser neuerliche, vollkommen unerwartete Schlag kam. Eine unheilvolle Gewissheit stieg in ihm auf, dass ihm die Sache langsam aber sicher aus der Hand glitt.

»Willst du mir sagen, dass du mich verdächtigst?« Michels Blick war ein einziger, verständnisloser Vorwurf. »Du glaubst, dass ich dich erpresse? Um eine Million?« Sein Lachen klang böse. »Wenn ich dich jemals hätte erpressen wollen, hätte ich es viel früher getan. Und du kannst dir sicher sein, dass du mit einer Million nicht davongekommen wärst.«

Leon wusste, dass es absurd gewesen war, Michel auch nur eine Sekunde zu verdächtigen. Wieso hatte er ihm den Schrieb überhaupt gezeigt?

»Mit einer Million könntest du ein neues Leben anfangen. Zusammen mit deiner Tochter. Irgendwo im Ausland, wo dich keiner kennt.«

»Wenn ich dich anzeige, gehe ich mit in den Knast. Hast du das vergessen?« Er hatte ja recht. Es war ein vollkommen abwegiger Gedanke.

»Du hast Marie doch nichts erzählt?«

Michel wurde langsam sauer. Nicht nur, dass diese Unterstellung eine Unverschämtheit war. Dass Leon auch Marie zutraute, eine Erpresserin zu sein, machte ihn unheimlich wütend.

»Sie ist Polizistin. Und sie ist der ehrlichste Mensch, der mir je begegnet ist. Wie kannst du es wagen, so etwas auch nur zu denken? Marie hat mit dem Sumpf, in dem wir stecken, nichts zu tun!«

»Und wer erpresst mich dann?«

»Keine Ahnung.«

»Und was soll ich tun?«

Es war bemerkenswert, wie kleinlaut Leons Stimme klang. Sollte der selbstbewusste Mann endlich auch einmal in die Knie gehen? Angst haben? Davor, jemandem ausgeliefert zu sein, den er nicht einmal kannte? Sein unsichtbarer Gegner verdammte ihn zur Hilflosigkeit. Und das war eine Erfahrung, die Leon Menec noch nie gemacht hatte.

»Wenn ich einmal zahle, liefere ich mich ihm doch auf ewig aus. Wo steht denn, dass es mit der einen Million vorbei ist?«

Die ewige Angst der Erpressten. Der Zweifel. Die Unsicherheit. Michel spürte eine leise Genugtuung in sich aufsteigen. Leon Menec wankte. Der unbesiegbare Leon Menec, den nichts zu erschüttern schien, bekam weiche Knie.

»Du hast keine Wahl. Du musst zahlen. Oder doch, warte – natürlich hast du eine Wahl. Du kannst dem Erpresser den Wind aus den Segeln nehmen, wenn du selbst zur Polizei gehst.«

Claire betrachtete sich im Spiegel. Eine Frau in den besten Jahren. Wer hatte nur beschlossen, dass dies die besten Jahre sein sollten? Die Jahre zwischen vierzig und fünfzig waren vielleicht nicht die schlechtesten, aber ihre besten Jahre waren die gewesen, als sie als junge Mutter mit ihrem Mann und ihrem Kind ein unbeschwertes, fröhliches Leben geführt hatte. Sie hatte sich nicht um ihr Gewicht kümmern müssen und nicht um ihre Haarfarbe, hatte nicht ihr Gesicht kritisch nach neuen kleinen Fältchen abgesucht und nicht fürchten müssen, dass ihr die Zeit davonlief. Sie hatte alles im Griff gehabt; das Leben war genauso verlaufen, wie sie es geplant hatte.

Sie erinnerte sich an den Morgen ihres vierzigsten Geburtstages. Leon hatte ihr neben dem obligatorischen riesigen Rosenstrauß einen phänomenalen Diamantring geschenkt. Und gesagt, wie wunderschön sie immer noch sei. Die feine Nadel, die er ihr damit ins Herz gestoßen hatte, schmerzte noch wie damals. *Immer noch.* Das implizierte, dass die Zeit verging. *Immer noch.* Das hieß, dass es irgendwann nicht mehr so sein würde. Dass ihre Schönheit von nun an nicht mehr selbstverständlich wäre. Dass sie ein Geschenk mit Verfallsdatum war. Das Lächeln, das sie ihrem Spiegelbild zuwarf, war bitter. Eines Tages würde es zu Ende sein. Ihr Mann würde sich dann daran erinnern, wie schön die Frau einmal gewesen war, die er geheiratet hatte. Frauen werden alt. Männer interessant. Leon wäre niemals auf die Idee gekommen, dass er die Falten, die sich seit einiger Zeit tiefer in sein Gesicht gruben, mit Cremes und Lotionen behandeln müsste. Er würde nicht auf die Idee kommen, dass die grauen Strähnen in seinem dunklen Haar ein Zeichen des Verfalls sein könnten, die man wegretuschieren müsste. Während man von ihr eines Tages sagen würde, dass sie für ihr Alter noch sehr gut aussah, würde Leon einfach nur ein interessanter, attraktiver Mann bleiben. Sie cremte ihr Gesicht sorgfältig mit der teuren Creme ein, die versprach, die Zeichen der Alterung aufzuhalten. Und wusste gleichzeitig, dass es so etwas nicht gab. Noch war sie schön. Noch bekam Leons Blick, wenn er sie ansah, diesen zufriedenen Glanz eines Eroberers, der sich an seiner Beute freute. Sie musste die Zeit, die ihr blieb, klug nutzen.

Leon blieb in der Schlafzimmertür stehen. Er wünschte, er hätte den Gedanken, der wieder in ihm aufstieg, aus seinem Gehirn verbannen können. War es möglich, dass es Claire war? Claire, eine Erpresserin? Aber wieso sollte sie so etwas tun? Sie hatte alles, was sie wollte. Und wenn sie ihn um eine Million bat, würde er sie ihr sofort geben. Als Claire Leons nachdenklichen

Blick im Spiegel hinter sich sah, drehte sie sich zu ihm um. Ihr Zeigefinger fuhr über seine Stirn.

»Du machst dir schon wieder Sorgen. Das ist nicht gut für dich.« Der Kuss, den sie ihm gab, war intensiver als sonst. Ihre Zunge fuhr tief in seinen Mund. Das kleine Stöhnen erregte Leon.

»Lass mich dir helfen, auf andere Gedanken zu kommen.« Ihre Stimme klang rau. Als ihre Hand über seinen Rücken fuhr, überkam ihn ein Zittern. Sie wollte ihn noch immer. Nach so vielen Jahren hatte sie immer noch Lust auf ihn. Leon schüttelte die düsteren Gedanken, die er gehabt hatte, von sich. Und überließ sich seiner Erregung. Seine Hände wanderten unter ihren seidenen Kimono, fühlten ihre harten Brustwarzen. Ihr Lachen klang jung und mädchenhaft, als sie seine Hose öffnete und seiner Erregung nachspürte.

»Wie schön«, flüsterte sie, »es fühlt sich an, als wolltest du dasselbe wie ich. Komm. Ich will, dass du zu mir kommst, mein Liebster.«

Wie so oft war es vor allem ihre ungezügelte Lust, die ihn den Verstand verlieren ließ. Dass sie ihn begehrte, hatte ihn schon damals, als sie sich das erste Mal liebten, aus der Fassung gebracht. Diese wunderschöne Frau mit der hell schimmernden Seidenhaut lieben zu dürfen war jedes Mal wie ein unerwartetes und unverdientes Geschenk. Das er dankbar und voller Leidenschaft annahm. Wieso konnte nicht alles so einfach sein wie dieses Liebesspiel, das nur aus Begierde und Erregung zu bestehen schien? Das ihn auf die höchsten Höhen der Lust trug? Als er in sie eindrang, war für diesen glückseligen Moment alles vergessen. Es gab nur Claire und ihn. Keinen Erpresserbrief. Keine Angst, alles zu verlieren. Keine Trauer um Céline. Nichts war wichtig. Und wenn das Leben in dem Moment, als er mit einem kaum verhaltenen Schrei zum Höhepunkt kam, zu Ende gewesen wäre, wäre es gut so gewesen.

Als Paul im Flugzeug nach Brest die Unterlagen, die ihm Florence LaRue mitgegeben hatte, durchsah, konnte er nicht leugnen, dass sie ihn beeindruckten. So wie der ganze Abend mit der schönen Asiatin ihn beeindruckt hatte. Diese Frau wusste genau, was sie wollte. Und nun wollte sie anscheinend ihn für dieses Projekt in ihrem Heimatland, das ihr sehr am Herzen zu liegen schien. Alles, was sie gesagt und vorgeschlagen hatte, hatte Hand und Fuß gehabt. Das Projekt war bis ins letzte Detail ausgearbeitet. Sie hatte sogar schon mit Clement Dafure gesprochen, einem jungen Wissenschaftler, der einige Zeit Pauls Assistent gewesen war bei seinen Forschungen im asiatischen Raum. Clement würde sehr gern wieder mit Paul arbeiten. Und dann war da noch die Finanzierung. Erst einmal war vorgesehen, dass das Projekt drei Jahre lang komplett von Florence LaRue finanziert werden würde. Das war mehr als großzügig. Er wäre ein Idiot, wenn er nicht auf dieses Angebot eingehen würde. Sollte er es einfach machen? Er könnte danach nach Brest zurückkehren, auch das war Teil des Vorschlags, und sich dann wieder ganz seiner eigenen Forschungsarbeit widmen. Drei Jahre, das war doch keine Zeit. Er wäre dann achtunddreißig. Das richtige Alter, um sich niederzulassen.

Als das Flugzeug mit dem Landeanflug auf Brest begann, steckte Paul die Unterlagen in seine Tasche, schnallte sich an und sah auf das nächtliche Land unter ihm mit seinen wenigen Lichtern. Wieso nur fiel es ihm so schwer, sich mit dem Gedanken anzufreunden, von Brest wegzugehen? Lag es wirklich nur an Marie? Die er gefunden hatte und nicht mehr verlieren wollte? Aber war es heutzutage nicht normal, eine Fernbeziehung zu führen? Er könnte sie in Paris besuchen, sie könnte ihren Urlaub bei ihm in Vietnam verbringen. Vielleicht könnte sie auch einfach mit ihm gehen? Natürlich konnte sie das: Das Honorar, das Florence LaRue ihm zahlen würde, war so gigantisch, dass sie beide ein luxuriöses Leben führen konnten.

Vietnam würde ihr gefallen, da war er sich sicher. Das grüne, fruchtbare Land mit den freundlichen Menschen. Sie würde sich wohlfühlen dort. Als das Flugzeug auf der Landebahn ausrollte, ignorierte Paul das Zeichen, dass er den Anschnallgurt noch nicht öffnen durfte. Er riss seine Tasche aus der Gepäckablage und ging, ohne auf die empörte Stimme der Stewardess zu hören, zum Ausgang. Er hatte sich entschieden. Und er hatte es plötzlich sehr eilig, Marie zu sehen.

3

»Wir wissen, was es für ein Auto war.« Marie hatte Pauls Schritte vor der Tür gehört. Zusammen mit Merlin, der aufgeregt von seiner Decke vor dem Kamin aufgesprungen und auf die Tür zugestürzt war, hatte sie Paul empfangen.

»Ich habe eine Scherbe gefunden vom linken vorderen Scheinwerfer. Sie gehört zu einem Peugeot 403, Baujahr 1957.«

»Soll das heißen, ihr habt den Kerl?« Alles, was Paul Marie gerade noch hatte erzählen wollen, rutschte in den Hintergrund.

»Noch nicht. Aber sie haben den Fall wieder aufgerollt. Sie prüfen jetzt die Besitzer der siebenundfünfziger Peugeots. So viele wird es hier in der Gegend ja nicht geben.«

Sie war aufgeregt und tatendurstig. Célines Tod würde nicht ungesühnt bleiben, das war sicher.

»Das wollte ich dir eigentlich nur sagen.« Sie nahm ihre Jacke, schlüpfte hinein, strich Merlin über den Kopf und wollte gehen.

»Was machst du denn?« Paul hatte einen Moment vergessen, dass es nicht selbstverständlich war, dass Marie sich hier in seinem Haus befand.

»Ich gehe nach Hause. Merlin braucht jetzt ja keinen Babysitter mehr.«

»Willst du nicht noch bleiben? Lass uns was essen. Ich muss dir auch was erzählen.«

Ihr Blick war prüfend. Waren sie schon wieder so weit? Dass sie bei ihm blieb?

»Ich weiß nicht…« Sie war unschlüssig. Hatte sie ihm verziehen? Und er? Hatte er ihr auch verziehen? Sollten sie einfach so tun, als hätte sie ihn nie verdächtigt, mit Célines Tod etwas zu tun zu haben? Sollten sie so tun, als gäbe es Sara nicht?

»Ich hab dich verdächtigt, an Célines Tod schuld zu sein.«

»Und ich hab dir nichts von Sara gesagt. Man könnte also meinen, wir sind quitt.«

»Du meinst, meine Verdächtigung gegen deine Lüge? Glaubst du, das hebt sich auf? Man kann so was doch nicht gegeneinander aufwiegen!«

Natürlich konnte man das nicht. Aber man konnte Kränkungen in Relation zu dem stellen, was man verlieren würde, wenn man der Kränkung zu viel Platz einräumte.

»Du bist Polizistin. Ich hab verstanden, dass du diese Fragen stellen musstest.«

»Es war gemein von mir. Ich hab doch gewusst, dass du sie nicht getötet hast. Ich hab keine einzige Sekunde daran geglaubt, dass du…« Stimmte das? Nicht eine Sekunde?

»Die Wahrheit ist, als Claire über dich redete – dass du als Erster am Unfallort gewesen bist, dass du hier fremd bist –, hat sich das zusammengereimt mit meinem Wissen, dass du mit Céline verabredet warst und sie zur Rede stellen wolltest.«

Sie schämte sich für ihre Gedanken. Aber sie hatte sie gehabt. Und sie wollte Paul nicht vormachen, dass es diesen Moment nicht gegeben hatte, an dem ihr Zweifel an ihm gekommen waren.

»Was hat eigentlich Claire Menec damit zu tun?«

»Nichts. Sie war nur zufällig da. Wir haben ein paar Sätze gewechselt.«

»In denen sie den Verdacht auf mich lenkte.«

Marie sah ihn erstaunt an.

»Claire war Célines Freundin. Es ist doch kein Wunder, dass sie sich auch Gedanken macht, wer sie getötet haben könnte.«

»Das Komische ist …« Er brach ab. Er hatte sich doch vorgenommen, Marie nicht zu erzählen, was Claire ihm über Michel gesagt hatte.

»Was ist komisch? Kennst du Claire Menec eigentlich?«

»Nicht gut, wir sind uns ein-, zweimal begegnet.«

»Und?« Marie spürte, dass da noch etwas war.

»Nichts und. Ich … Ich hab nur das Gefühl, dass … Ach, was weiß ich, wozu Menschen in ihrer Trauer fähig sind. Erst verdächtigt sie mich, dann …«

»Dann? Wen hat sie noch verdächtigt? Vielleicht ist es ja ein Hinweis?«

»So wie der Hinweis auf mich? Es ist Quatsch, Marie. Vergiss es. Hör mir lieber zu, was mir in Paris …«

»Sag es mir. Wen hat sie verdächtigt?«

Paul saß in der Falle. Er fühlte sich schrecklich unbehaglich.

»Céline war eine schöne Frau. Es ist doch unwahrscheinlich, dass sie … na ja, dass sie keinen Freund gehabt hat.«

»Sie hatte einen Freund? Wer ist es? Wieso hat uns niemand davon erzählt? Ich muss mit ihm reden. Vielleicht …«

»Claire ist überzeugt davon, dass es nur ein Gerücht ist. Sie kann sich nicht vorstellen, dass Céline …« Er wusste nicht, wie er aus dieser Falle herauskommen sollte. »Wollen wir nicht was essen? Es müsste noch Schinken da sein und …«

»Ich geh jetzt. Ich muss mit Claire reden.«

»Nein, warte. Ich sag es dir doch. Es ist … Na ja, es ist eben nur nicht so einfach.«

Marie setzte sich auf einen Küchenstuhl und blickte ihn erwartungsvoll an. Als er erzählt hatte, was Claire ihm suggeriert hatte, sprang sie auf.

»Michel?« Die Wut blitzte aus ihren Augen. »Du verdächtigst meinen Vater, Céline getötet zu haben? Du bist verrückt. Das ist doch völlig absurd. Mein Vater! Herrgott, wie kannst du so was auch nur denken?«

»Ich hab dir gesagt, dass ich es nicht glaube. Ich hab dir gesagt, es war nur ein Gerücht. Und ich hab dir auch gesagt, dass auch Claire Menec nicht glaubt, dass Michel …«

»Sie glaubt es nicht? Redet aber darüber.«

»Ich hätte es dir nicht sagen sollen.« Genau diese Reaktion hatte Paul erwartet. Natürlich würde Marie durchdrehen, wenn sie von diesem Verdacht hörte. Er hatte es gewusst. Aber jetzt war es zu spät. Sie packte endgültig ihre Jacke. Noch ein wütender, enttäuschter Blick. Und sie war weg.

Ich sollte wirklich nach Vietnam gehen, dachte Paul einen Moment lang. Da würde alles einfacher sein. Aber wollte er es überhaupt einfach?

Marie lief am Strand entlang nach Hause. Seit sie Pauls Haus verlassen hatte, war sie gerannt. Den schmalen Weg zwischen den Felsen hinunter zum Strand, immer an der Kante entlang, die die Wellen im Sand bildeten. Was fiel Paul bloß ein? War es eine dumme Retourkutsche, weil sie ihn verdächtigt hatte? Verdächtigte er deswegen jetzt umgekehrt ihren Vater?

Atemlos blieb sie stehen. Versuchte gegen das Seitenstechen anzuatmen, das ihr Zwerchfell zusammenzog.

Michel war vielleicht ein Lügner. Aber er war doch keiner, der eine schwer verletzte Frau auf der Straße liegen ließ. Niemals. Niemals. Und außerdem – er hatte einen kleinen Pickup, Baujahr 2007. Keinen Oldtimer-Peugeot. Sie schüttelte unwillig den Kopf über sich. Jetzt fing sie schon an, Argumente gegen

Pauls Verdacht zu suchen. Als wenn das nötig gewesen wäre. Sie brauchte keinen Beweis für Michels Unschuld.

Das Seitenstechen hörte nicht auf. Das kam davon, dass man unaufgewärmt und überstürzt losrannte. Sie atmete tief in ihren Bauch hinein. Und ging dann langsam weiter. Sie wusste nicht mehr, wieso sie es eigentlich so eilig hatte, nach Hause zu kommen. Wo sie ihrem Vater gegenüberstehen würde, der sie wie immer mit diesem angstvollen, waidwunden Blick ansehen würde. Sollte sie ihm erzählen, was sie gehört hatte? Sie musste diesen Verdacht so schnell wie möglich vergessen. Und sie musste zu Claire Menec gehen und ihr verbieten, derartige Vermutungen zu äußern. Diese Frau hatte sich offensichtlich nicht unter Kontrolle. Am besten wäre es, wenn sie sofort ins Schloss ginge. Doch ein Blick auf die Uhr belehrte Marie eines Besseren. Es war schon nach zwölf. Keine gute Zeit, um einen Besuch zu machen. Schon gar nicht, wenn man jemandem seine Wut an den Kopf schleudern wollte.

Claire schlief ruhig an Leons Seite. Wie hatte er auch nur einen Moment lang denken können, dass sie den Erpresserbrief geschrieben hatte? Er schämte sich für diesen Gedanken. Sie liebte ihn. Und sie hätte auch nichts davon gehabt, ihn zu erpressen. Sie wusste, dass er ihr jeden Wunsch von den Augen ablesen würde. Seine Gedanken kreisten um die Personen, die er kannte. Gab es in seiner Firma jemanden, der ahnen konnte, was damals passiert war? Die Gesichter seiner Angestellten tauchten vor seinen Augen auf. Doch da war keiner, von dem er annehmen konnte, dass er Bescheid wusste. Aber der Erpresserbrief war Realität. Er musste ihn ernst nehmen. Sollte er wirklich die Million zahlen und hoffen, dass damit alles wieder in Ordnung kommen würde? Es war so eine absurde Situation. Oder war nun endlich der Zeitpunkt gekommen, an dem es keine andere Möglichkeit mehr gab, als sich zu stellen? Er stellte sich vor, was passieren würde, wenn er zur Polizei ging und erklärte, was damals wirklich auf der *Helena* geschehen war. Er würde verhaftet werden. Gut, vielleicht würde ihn sein Anwalt davor zu bewahren versuchen, in Untersuchungshaft zu kommen. Aber in so einem Fall? Man würde ihn des Mordes anklagen. Des zwölffachen Mordes. Natürlich würden sie ihn verhaften. Und natürlich würde er die Zeit bis zum Prozess in Untersuchungshaft sitzen. Und danach? Das Unglück war so lange her. Das Schiff lag auf dem Meeresgrund. Es gab keine Beweise für seine Tat. Aber wenn es wirklich keine Beweise gab, wovor hatte er dann Angst? Vor *Michel*. Michel war das Problem. Der Mann, der überlebt hatte. Der wusste, wie es zu dem Untergang gekommen war. Wenn Michel gegen ihn aussagte ... Wer konnte davon wissen? Wer konnte damit rechnen, dass Michel die Wahrheit sagen würde? Marie? Das würde bedeuten, dass Michel doch mit ihr über alles geredet hatte. Aber Marie war Polizistin. Sie würde ihn nicht erpressen. Wenn sie alles gewusst hätte, hätte die Polizei schon längst vor seiner Tür gestanden. Leon hielt es nicht im Bett. Als er durch das spärlich beleuchtete Treppenhaus nach unten zum Salon ging, flirrte ein Kinderlachen durch den Raum. Caspar rutschte jauchzend das lange hölzerne Treppengeländer hinunter.

Caspar, mach das nicht. Das ist viel zu gefährlich. Wie oft hatte Claire unten an der Treppe gestanden. Sie hatte es Caspar strikt verboten, das Geländer herunterzurutschen. Was, wenn er das Gleichgewicht verlor und nicht auf die Stufen, sondern auf der anderen Seite in die Tiefe stürzte. Caspar hatte gelacht und vor Lust geschrien. Der kleine Junge konnte die Angst seiner Mutter nicht verstehen. Es kitzelte doch so toll im Bauch, wenn er mit Höchstgeschwindigkeit ins Erdgeschoss raste.

Sag du ihm, dass er das lassen soll. Claire hatte ihn angefleht, den Kleinen zur Vernunft zu bringen. Aber Leon hatte es nie über sich gebracht, diesem strahlenden Kind, das wieder Licht in sein Leben gebracht hatte, irgendetwas zu verbieten. Er hatte ihn aufgefangen, ihn herumgewirbelt, dicke prustende Küsse auf den weichen Kinderbauch gedrückt. Und Caspar hatte die Ärmchen um den Hals seines Vaters geschlungen und glucksend vor Vergnügen geschrien.

Noch mal, Papa, noch mal. Wie lange waren diese glücklichen Zeiten schon vorbei?

»Kann ich auch einen haben?« Leon lachte leise auf, als er die Stimme seines Sohnes hörte. Er schenkte ihm ein Glas Cognac ein, reichte es ihm. Er war ein Mann geworden, dieser kleine, glückliche Junge. Ein hübscher und, wie sich jetzt herausgestellt hatte, auch verantwortungsbewusster Mann.

Sie ließen die Gläser aneinanderklingen.

»Santé, Papa.«

»Auf dein Wohl, mein Junge.«

Sie setzten sich gegenüber in die tiefen Sessel, tranken den Cognac. Schwiegen.

»Ich wollte dir noch sagen, dass ich froh bin, dass du …«

»Schon gut. Ich mache es gern.«

Leon lächelte.

»Trotzdem, ich muss dir sagen, dass es mich freut, wie du dich entwickelst. Ehrlich gesagt, ich hätte nicht gedacht, dass du dich so schnell einarbeiten würdest. Es sieht ganz so aus, als würde dir die Arbeit in der Firma Spaß machen.«

Caspar nickte. Spaß, na ja, Spaß war was anderes. Aber er wollte seinen Vater nicht kränken. Im Gegenteil, eigentlich freute er sich, dass Leon mit ihm zufrieden war.

»Wenn das so weitergeht, setze ich mich nächstes Jahr zur Ruhe und übergebe dir die Firma.« Natürlich meinte er das nicht ernst. Er war zu jung, um auf dem Altenteil zu sitzen. Außerdem, die Firma war sein Leben. Er würde sie noch lange nicht einem Nachfolger übergeben.

»Und was willst du dann den ganzen Tag machen? Auf Tontauben schießen?« Caspar grinste seinen Vater an. »Das Leben ist kein Spiel, Papa.«

Wenigstens nicht, wenn man vierundzwanzig Stunden am Tag an nichts anderes dachte als an seine Fischfirma. An Fangquoten. Filettiermethoden, an Gewinnmaximierung und Expansion. Jedes einzelne dieser Worte ließ Caspar frösteln. Wie konnte ein Mensch nur sein ganzes Leben in einem Büro verbringen und sich mit Fisch beschäftigen? Okay, zweimal die Woche Fischsuppe oder gegrillte Seezunge, darüber ließe sich reden. Aber alles andere interessierte ihn nicht.

»Das war natürlich ein Scherz. Ich werde natürlich noch nicht aufhören. Im Gegenteil, ich freue mich darauf, mit dir zusammenzuarbeiten. Es gibt eine Menge, was ich dir beibringen will. Und natürlich bin ich auch gespannt darauf, was du für Ideen hast. Ich meine, ich verschließe mich der neuen Zeit nicht. Also, wenn du neue Methoden einführen willst oder überhaupt Änderungsvorschläge hast – ich habe immer ein offenes Ohr für dich.«

»Danke. Das ist gut zu wissen. Aber im Moment bin ich ja quasi noch in der Lehrlingsphase.«

Caspar stellte sein Glas ab. Und diese Phase würde nicht allzu lange dauern. Schon sehr bald würde er mit Marie von hier abhauen. Sein Vater würde dann eben sehen müssen, wie er ohne ihn zurechtkam. Aber es würde ihm schon was einfallen, da war sich Caspar sicher.

Leon sah seinem Sohn nach, wie er die Treppe hinaufging. Das ferne Jauchzen des Kindes irrlichterte noch einmal durch den Raum. Wie schade, dass die Zeit so schnell verging. Er hatte diesen kurzen Moment der Ruhe mit seinem Sohn genossen. Ein paar Minuten lang hatte er sein Problem tatsächlich vergessen. Doch jetzt packte es ihn mit umso größerer Wucht. Wie konnte er sich darauf freuen, mit Caspar zusammenzuarbeiten, wenn die Gefahr bestand, dass seine Firma schon bald nicht mehr existierte? Was würde aus dem Jungen werden, wenn er, Leon, im Gefängnis saß? Was würde aus Claire werden? Sicher, die beiden waren jung. Claire hatte Kraft. Sie würde einen neuen Anfang finden. Aber Caspar? Der erst gerade seinen Platz im Leben gefunden hatte? Würde ihn die Tatsache, dass sein Vater ein Verbrecher war, aus den Schienen schleudern? Leon erinnerte sich noch genau an die Zeit, als er Angst haben musste, seinen Sohn an die Drogen zu verlieren. Er erinnerte sich an Claires Verzweiflung, wenn der Junge wieder einmal bewusstlos in seinem Zimmer lag. An die Fassungslosigkeit, als er aus der Entzugsklinik abgehauen war. Das war alles Vergangenheit, ja. Aber gab es eine Garantie, dass der Junge stabil war? Stabil genug für eine Erschütterung, die sein Leben komplett auf den Kopf stellen würde? Es war Leon in diesem Augenblick klar, dass er keine Wahl hatte. Er würde das Geld zahlen. Und er würde hoffen, dass der Erpresser es bei der einmaligen Zahlung bewenden ließ.

4

Sabines Ausstellungseröffnung war wie immer ein lokales Ereignis. Ihre Bewunderer kamen in Scharen in das idyllisch gelegene Atelierhaus, das sie sich vor Jahren in die Dünen gebaut hatte. Es war ein zauberhafter, sehr individueller Ort. Eine gläserne Oase der Ruhe, deren große Fenster auf der einen Seite auf den Atlantik hinausgingen und auf den anderen Seiten auf den traumhaften Garten, der im Sommer von mannshohen rosaroten und himmelblauen Hortensienbüschen eingesäumt wurde, sodass es dem Besucher, der auf das Haus zuging, vorkam, als würde es in einer pastellfarbenen Wolke schweben. An einer Seite des Hauses wucherte eine alte englische Kletterrose bis aufs Dach, deren dunkelrote Blüten einen überwältigenden Duft verströmten. An diesem sonnigen Oktobertag scharten sich die Gäste überrascht vor Sabines neuen Bildern, die sie in Mexiko gemalt hatte und die von einer neuen Ära ihres Schaffens kündeten. Lange war Sabines Werk von einer zurückhaltenden Melancholie geprägt gewesen. Vor allem ihre winterlichen Bilder des Finistère, der menschenleeren Strände, der graudunklen Wellen, über denen ein tiefer Himmel dräute, spiegelten das zurückgenommene Leben der Bretonen in der kalten Jahreszeit wider. Den Schlaf, in den Mensch und Natur zu fielen schienen. Sie erzählten von einsamen Seelen, von Vergänglichkeit, von der Sehnsucht nach Wärme und Licht. Und genau dieses Licht und die Wärme und eine überschäumende Lebendigkeit prallten nun aus den neuen, starkfarbigen, sehr expressiven Bildern auf die begeisterten Gäste. Sabine, die sich nicht sicher gewesen war, wie ihre neue Malerei bei ihren Fans ankommen würde, wurde mit Glückwünschen überhäuft. Schon eine Stunde nach ihren Begrüßungsworten war ein Drittel der Bilder verkauft. Eva Menec beobachtete ihre Mutter, wie sie sich lächelnd und plaudernd ihren Gästen widmete. Dem einen ein paar Sätze zu einem Bild sagte, das ihm gefiel, für den anderen fürsorglich ein Schüsselchen Fischsuppe von Michels Büfett holte. Wie oft hatte Eva sich gewünscht, mehr von dem geduldigen und freundlichen Interesse zu haben, das ihre Mutter seit jeher allen Menschen um sie herum entgegenbrachte. Wer mit Sabine du Maurier redete, hatte in dem Moment das Gefühl, der einzige Mensch zu sein, der für sie wichtig war. Ihre Bewunderer fühlten sich in jeder auch noch so naiven Frage, die sie an die Künstlerin hatten, ernst genommen. Nie verlor Sabine die Geduld. Nie ihre liebenswürdige Aufmerksamkeit.

»Die Ausstellung scheint ein Erfolg zu werden.« Marie hielt Eva ein Tablett mit kleinen Blaubeertörtchen hin.

»Dabei war sie ziemlich unruhig, weil sie nicht wusste, ob ihre Fans ihre Hinwendung zu diesen starken Farben mitmachen würden.« Sie nahm sich eins der Törtchen. Marie reichte ihr eine Serviette.

»Ich war ja auch skeptisch gewesen, als ich die Mails gelesen habe, die sie aus Mexiko geschickt hatte. Sie hat so von den leuchtenden Farben geschwärmt, vom lärmenden Leben, sogar die für unsereinen unerträgliche Hitze schien sie einfach nur zu inspirieren. Ich erkannte sie gar nicht wieder.« Sie sah zu ihrer Mutter, die gerade mit dem Bürgermeister von Brest vor einem Bild stand, das einen gelben Papagei zeigte, und lächelte. »Ehrlich gesagt, ich war mir nicht sicher, ob mir diese neuen Sabine du Mauriers gefallen würden. Ich war einfach schon immer ein großer Fan ihrer melancholischen Meerbilder.«

Marie lächelte. Sie konnte Eva verstehen. Als sie in Michels Wohnzimmer zum ersten Mal ein kleines Bild von Sabine gesehen hatte, hatte es sie sofort in der Seele berührt.

»Dabei ist sie ein durch und durch fröhlicher Mensch. Manche Leute wollen es gar nicht glauben, wie sehr meine Mutter dem Leben zugewandt ist. Sie erwarten eine ernste, in sich gekehrte, vielleicht auch traurige Frau und finden dann diese sprühende, lebenslustige Schönheit vor.« Mit einem leichten Seufzer widmete sie sich dem nicht ganz einfachen Unterfangen, das Blaubeertörtchen zu essen, ohne dass die Beeren über ihre schicke weiße Seidenbluse kullerten, wo sie zweifellos unauslöschliche Spuren hinterlassen hätten.

Als Marie vor ein paar Stunden mit Michel das Büfett aufgebaut hatte, war Eva plötzlich in der Tür gestanden. Zu Sabines großer Überraschung hatte sie sich spontan entschlossen, ihre Mutter aus Anlass der Vernissage zu besuchen. Sabine war einen Moment lang sprachlos gewesen vor Freude. Eva war in ihrem Job als Bankerin in einem internationalen Geldinstitut, das seinen Sitz in Frankfurt hatte, so eingespannt, dass sie nicht oft die Zeit fand, ihre Mutter zu besuchen. Umso glücklicher war Sabine über Evas spontanen Besuch jetzt zu dieser für sie so aufregenden und wichtigen Ausstellung. Arm in Arm waren sie durch das Atelier geschlendert. Hatten sich zusammen Sabines Bilder angesehen; hin und wieder hatte Eva ihre Mutter herzlich umarmt. Ihre blauen Augen hatten um die Wette geleuchtet, ihr Lachen den Raum erfüllt. Obwohl sie sich äußerlich gar nicht so ähnlich waren – Sabine war eher klein und zart, eine elfenhafte Schönheit mit ihren rötlichen Haaren, Eva dagegen eine große, sportlich durchtrainierte Frau mit einem Wust von dunklen Locken, die sie in einem lässigen Knoten gebändigt trug –, gab es viel, was Mutter und Tochter gemeinsam hatten. Der ovale Schnitt des Gesichts, die großen, blauen Augen mit den geraden Augenbrauen darüber, die eher tiefe Stimme und das gurrende Lachen, das tief aus dem Bauch zu kommen schien. Aber die aufrechte Haltung und die bestimmte Gestik, mit der sie ihre Worte unterstrich, erinnerten Marie an Evas Vater, dessen dunkle Haare sie auch geerbt hatte. Eva hatte Marie vom ersten Blick an gefallen. Sie erinnerte sich, dass Michel erzählt hatte, es habe seit vielen Jahren keinen Kontakt zwischen Eva und Leon gegeben, weil Eva Leon die Scheidung von Sabine und die Ehe mit Claire nicht verziehen hatte. Insgeheim war Marie gespannt auf das Treffen zwischen Leon und seiner Tochter Eva. Ob sie miteinander reden würden? Bei den meisten von Sabines früheren Ausstellungen waren Leon und Claire selbstverständlich erschienen. Und hin und wieder hatte Leon auch ein Bild gekauft. Er und Sabine hatten es geschafft, die Scheidung ohne Verletzungen zu überstehen; sie waren zwar keine dicken Freunde geworden – das hatte Claire zu verhindern verstanden –, aber sie gingen, wenn sie sich sahen, freundlich und verständnisvoll miteinander um. Obwohl Leons Freunde irgendwann einfach hatten akzeptieren müssen, dass er mit Claire zusammen war, gab es insgeheim viele – unter ihnen Michel –, die der Meinung waren, dass Leon einen Fehler gemacht hatte, als er Sabine verließ. Und wenn sich Marie nun Sabine so ansah – schön, selbstbewusst, liebenswürdig, freundlich –, konnte sie nicht verstehen, dass man eine Frau wie sie verlassen konnte.

»Schwesterlein. Mein Gott, wie gut du aussiehst.« Caspar umschlang seine Halbschwester Eva von hinten, drehte sie zu sich und knallte ihr einen Kuss auf die Wange.

»Caspar.« Eva lächelte, als sie den Jungen umarmte. Auch wenn sie sich geschworen hatte, nie mehr ein Wort mit ihrem Vater zu wechseln – auf die Dauer war sie Caspars unbekümmerter familiärer Aufdringlichkeit nicht entgangen. Die wenigen Male, die sie zu Besuch bei ihrer Mutter gewesen war, war sie ihm immer wieder mal begegnet. Und hatte sie am Anfang noch versucht, sich in einen Laden zu drücken oder sich umzudrehen und so zu tun, als hätte sie ihn nicht bemerkt, hatte er einfach nicht nachgelassen in seinem Wunsch, ein einigermaßen normales Verhältnis zu Eva zu haben.

»Geht's dir gut? Wie lange bleibst du? Hast du Zeit, mit mir zu surfen?« Wenn man Caspar hörte, konnte man meinen, dass ihr Verhältnis vollkommen ungetrübt war. Zwar hatte sich Eva immer wieder mal darauf eingelassen, mit ihm durch die Klubs zu ziehen oder aufs Wasser zu gehen. Doch so unbekümmert wie er war sie dabei nicht. Immerhin war er Claires Sohn. Andererseits – Caspar konnte nun wirklich nichts dafür, dass Claire sich ohne jeden Skrupel in die Ehe von Leon und Sabine gedrängt und sie zum Scheitern gebracht hatte. Eva lächelte bei der Erinnerung daran, wie der kleine blonde Junge eines Tages bei einem Regatta-Fest durch die Menge der Zuschauer auf sie zugestürmt gekommen war und sie einfach auf offener Szene umarmt hatte. Er hatte verlangt, dass sie sich wie eine Schwester benahm. Und sie hatte ihm verlegen eine Zuckerwatte gekauft und ihn dann zu Claire zurückgebracht. Das war der Anfang ihrer Freundschaft gewesen.

»Du siehst gut aus. Im Anzug. Sieh mal einer an. Ich hatte gedacht, du würdest nur Surferklamotten besitzen.«

Caspar verdrehte die Augen.

»Wenn man zur arbeitenden Bevölkerung gehört, ist das die Strafe.« Eva hatte von Célines Tod gehört und auch davon, dass Caspar seinem Vater momentan zur Seite stand. Sie war darüber zwar erstaunt, weil Caspar ihr gegenüber nie erwähnt hatte, dass er vielleicht einmal in Leons Firma würde arbeiten wollen. Andererseits schien ihm die regelmäßige Arbeit ganz gutzutun. Oder war da noch etwas anderes? Eva bemerkte, dass Caspar, während sie miteinander redeten, seine Augen unablässig durchs Atelier schweifen ließ.

Und plötzlich war auch sie angespannt. Vermutlich wartete Caspar darauf, dass Claire und Leon endlich erschienen. *Natürlich sind sie nicht pünktlich,* dachte sie mit einem Anflug von Bosheit. *Claire liebt den großen Auftritt, und den hat sie nur, wenn sie als Letzte kommt.* Eva hatte sich vorgenommen, sich in dem Moment, in dem ihr Vater und seine neue Frau die Bühne betraten, ins Gästezimmer zurückzuziehen. Sie wollte auf keinen Fall plötzlich unversehens vor Leon stehen. Was hätten sie sich auch zu sagen nach dieser langen Zeit des gegenseitigen Ignorierens? Obwohl Sabine immer mal wieder versucht hatte, Eva dazu zu überreden, sich Leon wieder anzunähern, sich zu benehmen wie eine erwachsene Frau, hatte Eva das immer vehement abgelehnt. Vielleicht, wenn Leon von sich aus auf sie zugegangen wäre … vielleicht hätte sie es dann über sich gebracht, wenigstens einmal mit ihm zu reden. Aber da war nie ein Zeichen gekommen, dass Leon eine Versöhnung mit seiner Tochter wünschte. Kein Anruf, keine Mail, kein Brief. Er hatte sie abgeschrieben, und sie hatte das umgekehrt mit ihm auch getan. Dass sie manchmal, wenn sie Freunde oder Kollegen aus der Bank von ihren Eltern erzählen hörte, durchaus auch mal von einem heftigen Streit mit dem Vater, tief in ihrem Inneren den Wunsch verspürte, doch einmal mit Leon zu reden, hatte sie nie jemandem gesagt. Nicht einmal ihrer Mutter. Sie wollte Sabine nicht damit belasten, dass sie an manchen Abenden, wenn sie in Frankfurt allein auf der schicken Dachterrasse ihrer Wohnung saß und ein Glas Wein trank, eine unbestimmte Sehnsucht in sich fühlte, mit ihrem Vater zu reden. Den sie, bei allem, was sie gegen ihn hatte, für einen hervorragenden Geschäftsmann hielt. Im Gegensatz zu Sabine, die überhaupt kein Verhältnis zu Zahlen und zu Geld hatte, würde Leon sie verstehen, wenn sie aus ihrem Alltag in der Bank erzählen würde. Er würde die richtigen Fragen stellen. Würde vielleicht sogar eine Lösung für das eine oder andere Problem haben, das sie umtrieb. Sie vermisste ihren Vater. Aber das würde sie niemals zugeben.

Claire war angespannt, als sie aus dem Auto stieg. Die Vernissage war schon in vollem Gange. Sabines hübscher Garten und das Atelier waren voller Leute. Schnell schweifte ihr Blick über die plaudernden Gäste. Ob Eva da war? Es war hin und wieder vorgekommen, dass Leon auf einer von Sabines Vernissagen unerwartet vor seiner Tochter gestanden hatte. Claire hatte der wehe Blick ihres Mannes jedes Mal heftig zugesetzt. Diesen Wunsch, mit der verlorenen Tochter zu reden, sich mit ihr vielleicht sogar zu versöhnen, konnte sie nicht ertragen. Sie würde unter allen Umständen eine Situation verhindern, in der der Vater vor seiner Tochter stand und sie mit diesem flehenden Blick ansah und Eva sich einfach umdrehte und ihn stehen ließ. Diese Demütigung würde sie Leon ersparen.

Es war, als spürte Eva Claires Blick, der wie ein Suchscheinwerfer über Sabines Gäste wanderte. Als sie sich umdrehte, sah sie genau in Claires Augen. Ihr Lächeln war freundlich wie immer. Eva wollte sich umdrehen und gehen, wie sie es geplant hatte.

»Claire! Leon! Schön, dass ihr da seid.« Sabines erfreute

Stimme drang an Evas Ohr. »Kommt, seht euch um. Ich bin gespannt, was ihr zu den Bildern sagen werdet.« Sie führte Leon und Claire ins Atelier. Eva sah, wie sie sich suchend umschaute. Nichts wie weg. Sie wollte ihrer Mutter den Abend nicht verderben.

»Liebes, da bist du ja.« Für Sabine war die Gelegenheit günstig wie nie. Sie drängte sich durch die Gäste und hielt Eva auf, die gerade ins Gästezimmer verschwinden wollte.

»Könntest du Leon und Claire bitte was zu trinken bringen? Ich muss mich um den Bürgermeister kümmern.«

Eva wusste, was Sabine vorhatte. »Ich bin gerade auf dem Weg zur Toilette, tut mir leid.« Sie winkte Marie, die mit einem Tablett voller Weingläser zwischen den Gästen durchmäanderte.

»Sei doch so nett und kümmere dich um Leon und Claire.« Nur schnell weg. Sie konnte einfach nicht mit Leon und Claire in einem Raum sein. Marie beobachtete, wie Eva hinter einer Tür verschwand. Doch bevor sie darüber nachdenken konnte, ob sie ihr vielleicht folgen sollte, sah sie, dass sich Claire plötzlich schwer an Leons Arm hängte. Sein Blick war sofort besorgt. Und als sie ihre Stirn berührte und ihre Augen sich zusammenzogen, als würde sie etwas blenden, ging Leon schnell zu Sabine. Sagte ein paar Worte. Und dann führte er Claire aus dem Atelier. Sabine sah den beiden bedauernd nach. Es war deutlich, dass sie enttäuscht über diesen kurzen Besuch war.

»Marie.« Maries Herz schlug schneller. Paul. Wenn sie sich nur einfach hätte umdrehen und ihm um den Hals fallen können. Aber das war unmöglich. Seit er ihr gesagt hatte, dass er es für möglich hielt, dass ihr Vater an Célines Tod schuld war, hatte sie nicht mehr mit ihm gesprochen. Diese Ungeheuerlichkeit konnte sie ihm nicht verzeihen. Ohne ihn anzusehen, hielt sie ihm stumm das Tablett hin.

»Ich wusste nicht, dass Sabine dich eingeladen hat.«

»Hat sie nicht. Dekan Patou hat eine Einladung bekommen. Und da er verhindert ist, hat er sie mir überlassen.« Seine Augen schweiften durch den Raum, über Sabines Gemälde.

»Um ehrlich zu sein, ich habe nicht erwartet, dass Leon Menecs Exfrau so viel draufhat. Die Bilder sind ja ganz schön gewaltig.«

Marie wollte alles, nur keinen Smalltalk mit Paul. Sie sah, wie ihr Vater sie mit Blicken zu einer Gruppe Gäste dirigierte, die nichts mehr zu trinken hatten, und war froh darüber, von Paul wegzukommen. Doch Paul ließ sich nicht so einfach abschütteln.

»Ich hab keine Ahnung, wieso das mit uns so unrund läuft ... Aber du musst mit mir reden.«

»Worüber soll ich mit dir reden? Dass du meinen Vater für einen Mörder hältst, weiß ich schon.« Maries Augen waren schwarz vor unterdrückter Wut.

»Du weißt, dass das nicht stimmt. Ich hab dir nur gesagt ...«

»Marie?« Michel winkte ihr zu. Die Nachspeisen waren aus. Sie musste aus dem Kühlschrank Nachschub holen. Marie nickte und verschwand Richtung Küche. Paul folgte ihr. Bevor sie nicht geredet hatten, würde er sie nicht in Ruhe lassen. Er schloss die Küchentür hinter sich.

»Hast du mit deinem Vater geredet?«

»Bist du verrückt geworden? Was soll ich ihm sagen? Dass es Leute gibt, die ihm zutrauen, dass er Céline umgebracht hat? Verdammt, Paul, wir haben gerade so was wie eine Basis für uns gefunden. Und die ist noch längst nicht stabil. Was glaubst du, was passiert, wenn er annehmen muss, dass ich ihm misstraue?«

»Tust du das denn?«

Maries Gedanken platzten in ihrem Kopf wie Popcorn. Schossen wild durcheinander. Es konnte doch nicht sein, dass sie dachte, Michel könnte ... Sie dachte an seine Lügen, an seine Versuche, sie zu manipulieren, daran, dass er ihr verschwiegen hatte, dass er der Kapitän der *Helena* gewesen war. All das wies darauf hin, dass Michel nicht besonders charakterfest war. Aber war er ein Mörder? Ihr Herz schrie *Nein*. Und ihr Verstand?

»Es gibt kein Motiv.«

So ruhig es ihr möglich war, ging sie mit einem neuen Tablett voller Blaubeertörtchen an ihm vorbei. Die plötzlich ins Rutschen kamen und auf dem weißen Kachelboden der kleinen Küche in dunkelblaue Punkte zerspritzten. Marie und Paul merkten nichts davon. Ihre Lippen hatten sich gefunden. Ihre Herzen spürten einander schlagen, als sie sich küssten.

»Nicht. Ich kann das nicht«, wollte Marie noch murmeln. Doch dann gab sie jeden Widerstand auf. Morgen war auch noch ein Tag. »Marie, die meisten Gäste gehen gerade. Wir könnten …«

Caspar blieb das Wort im Hals stecken, als er die Küchentür öffnete, um Marie zu einer kleinen Spitztour zu überreden.

Marie und dieser Paul? Die Wut, die in ihm hochstieg, fühlte sich an, als würde sie seinen Schädel sprengen. Was tat sie denn da? Wieso küsste sie diesen Mann? Er wollte Marie aus Pauls Armen reißen. *Du gehörst mir. Wieso betrügst du mich?* Er wollte diesen Mann niederschlagen. Seinen Kopf gegen die Wand krachen lassen. Er wollte sein Blut spritzen sehen, wollte ihn aufstöhnen hören. Alles war voll Blut; vor seinen Augen war es rot.

»Ist Marie in der Küche? Sie muss unbedingt noch Käse bringen.«

Als Marie Michels Stimme vernahm, machte sie sich von Paul los.

»Käse? Ja klar, kommt sofort, Papa.«

»Mach schnell, die Gäste wollen noch einen Abschiedsschluck nehmen, da ist der Käse gut dazu.«

Michel sah die blaue Katastrophe auf dem Boden.

»Was ist denn hier passiert?«

»Meine Schuld.« Paul sah Michel zerknirscht an. »Ich war Marie im Weg.«

Marie nahm hastig die Platten mit dem Käse aus dem Kühlschrank, zog die Schutzhüllen weg, drapierte ein paar Trauben dazu. »Ich putze das sofort auf.« Sie stieg über die zermatschten Törtchen weg und verschwand im Atelier.

Michel und Paul griffen gleichzeitig zur Küchenrolle. Zwei Männer, ein Gedanke.

»Nach Ihnen.« Michel lachte Paul unbefangen an.

Paul nahm die Rolle, riss zehn Blatt ab, fing an, den Törtchenmatsch aufzuwischen.

»Danke, das ist nett von Ihnen.«

Paul sah Michel in die Augen, als er sich die Hände gewaschen hatte. Michel, dem die kleine Pause gut in den Kram passte, hielt ihm in ein Glas Rotwein hin.

»Mein bester Burgunder.«

Da standen sie. Und als Michel sein Glas hinhielt, um mit Paul anzustoßen, zögerte der keine Sekunde. Das helle »Pling« erklang, sie tranken. Und Paul fragte sich, wie er auf die Idee gekommen war, Michel zu verdächtigen. Dieser Mann wirkte so freundlich und so harmlos. Er war Maries Vater. Und Marie als Polizistin musste doch über eine gute Menschenkenntnis verfügen. Aber Michel war auch der Kapitän, der seine Matrosen hatte ertrinken lassen. Und der Marie unfassbar kühl belogen hatte, als sie darum rang, ihre Erinnerung wiederzubekommen.

Eva. Leon hatte seine Tochter erblickt. Hatte es nicht einen Moment so ausgesehen, als wollte sie auf ihn zugehen? Leon saß auf der Terrasse und hörte dem Meer zu. Claire hatte sich für den Migräneanfall, bei dem es ihr vor Schmerzen schwarz vor Augen geworden war, entschuldigt. Wie leid ihr das getan hatte, wo sie doch wusste, wie sehr Leon Sabines Bilder schätzte. Sie hatte ihm vorgeschlagen, sie nach Hause zu fahren und dann zur

Vernissage zurückzukehren. Doch Leon wollte sie nicht allein lassen, auch wenn sie sich sofort ins Bett zurückgezogen hatte. Wenn sie nicht dabei war, würde er sowieso keinen Spaß haben, hatte er ihr gesagt.

Und eigentlich bin ich ja auch ganz froh, der Begegnung mit Eva ausweichen zu können, dachte er jetzt, als er seinen Rotwein trank. Was hätte er Eva auch sagen sollen? In so einer öffentlichen Situation? Dass er sich jeden Tag danach sehnte, wieder Kontakt mit ihr zu haben? Dass er sich nichts mehr wünschte, als dass sie wieder miteinander redeten? Dass er stolz auf sie sei? Dass er ihren Werdegang durchaus beobachtet hatte? Natürlich, das alles wollte er ihr sagen. Und hatte doch Angst davor, dass sie ihn mit diesem kalten Blick ansah, den sie ihm zugeworfen hatte, als sie sich das letzte Mal gesehen hatten. Und dass sie sich einfach wegdrehte und ihn stehen ließ. Er wusste doch, dass sie ihm keine Chance mehr geben wollte. Wie oft hatte Claire versucht zu vermitteln? Sie war sogar nach Frankfurt geflogen, um Eva anzuflehen, wieder auf ihren Vater zuzugehen. Und Eva? Hatte ihm ausrichten lassen, dass er für sie gestorben sei.

Aber wenn es vorhin doch geklappt hätte? Wenn sie sich nicht weggedreht hätte? Wenn sie ihm signalisiert hätte, dass sie auch den Wunsch hatte, mit ihm zu reden? Sie war die einzige Person, mit der er über die Erpressung geredet hätte. Was soll ich tun?, hätte er sie gefragt. Und ihr klarer kühler Verstand hätte gearbeitet und ihm schließlich einen Rat präsentiert. Leon trank das Glas mit einem Schluck aus. Alles Blödsinn. Natürlich war Eva nicht die Person, mit der er reden konnte. Weil sie nichts wusste von seiner Schuld. Und weil sie auch nie etwas davon erfahren würde. Und außerdem – hatte er nicht längst einen Entschluss gefasst?

»Auf Ihrer Yacht. Morgen früh um halb sechs. Legen Sie das Geld in einen Plastikbeutel verpackt an die Reling.« Die Forderung war klar. Und genauso klar war, dass er ihr nachkommen würde. Er hatte keine Wahl. Das Geld lag in seinem Arbeitszimmer im Safe bereit. Morgen würde dieser Spuk zu Ende sein. Und wenn nicht? Wenn danach neue Forderungen kämen? Leon wusste, dass er sich dem Erpresser ausliefern würde, wenn er zahlte. Er begab sich wissentlich in die Hand des Unbekannten, der fortan mit ihm würde spielen können, je nach Lust und Laune. Er würde in Zukunft ständig unter der Anspannung leben, ob sich der Erpresser wieder meldete. Kein sehr angenehmer Gedanke.

Claire hatte die Tabletten, die Leon ihr fürsorglich aus dem Medikamentenschrank geholt und mit einer Karaffe Wasser auf den Nachttisch gestellt hatte, nicht genommen. Ihr Kopf war klar. Und schmerzfrei. Was hätte sie anderes tun sollen, als einmal mehr einen Migräneanfall vorzutäuschen? Es hatte keinen anderen Weg gegeben, um Leon aus dieser brenzligen Situation herauszumanövrieren. Und es hatte wieder einmal geklappt. Vater und Tochter hatten keine Gelegenheit bekommen, miteinander zu reden. Sie hatte Leon vorgeschlagen, dass sie morgen versuchen würde, Eva bei Sabine zu treffen und sie wieder einmal zu bitten, sich mit Leon zu versöhnen. Und sie wusste, dass sie Eva wie immer sagen würde, ihr Vater lege keinen Wert darauf, sie zu sehen. Wie naiv Leon war. Spürte er tatsächlich nicht, dass Claire nicht den geringsten Wert darauf legte, dass er seine Tochter traf? Dass sie noch nie einen Versuch unternommen hatte, die beiden miteinander zu versöhnen, was immer sie Leon auch erzählt hatte? Eine kleine Weile würde sie dieses Spiel noch spielen müssen. Zumindest so lange, bis Leon endlich beim Notar gewesen war, um sein Testament zu ändern. Céline hatte den Termin noch gemacht, aber nachdem die Ereignisse sich durch ihren Tod überschlagen hatten, hatte Leon den Termin abgesagt. Es hatte Wichtigeres gegeben, als sein Testament zu ändern. Das konnte er immer noch tun, wenn endlich wieder Ruhe eingekehrt sein würde. Er ahnte nicht, dass es für Claire kaum etwas Wichtigeres gab, als es endlich schwarz auf weiß zu haben, dass Leon Menec seinen Sohn Caspar als Alleinerben eingesetzt hatte. Morgen oder übermorgen würde sie ihn daran erinnern. Er würde lächeln und sagen, dass er so schnell noch nicht abzutreten gedenke. Und sie würde ihn daran erinnern, dass man dem Schicksal nicht in die Karten sehen konnte. Sie wollte ja nichts für sich. Jeden Cent sollte Leon Caspar vermachen. Seinem einzigen Sohn. Ihm und nur ihm stand es zu, Leons Erbe anzutreten. Einmal der alleinige Besitzer der Firma zu werden, der alleinige Erbe des immensen Vermögens, das sich Leon in den Jahren seit dem Untergang der *Helena* erarbeitet hatte. Und das ihm, als Sohn von Leon und vor allem als Enkel von Patrick Fedon, Claires Vater, der mit dem Schiff untergegangen war, zustand wie keinem anderen. Ein paar Tage noch, dann würde wenigstens dieses Problem gelöst sein. Und die anderen würde sie auch noch in den Griff bekommen.

5

Sabine war sehr zufrieden mit ihrer Vernissage. Die neuen Bilder hatten ihren Gästen gefallen, Michels Büfett war wie immer originell und sehr köstlich gewesen, ihre kleine Rede war sehr gut angekommen. Ein rundum gelungener Abend eigentlich. Wenn man davon absah, dass Leons und Claires kurzer Auftritt mehr als merkwürdig gewesen war. Sabine wusste, dass es Eva kränkte, wenn ihr Vater sie keines Blickes würdigte, auch wenn sie es niemals zugeben würde. Sabine sah ihre Tochter auf der Terrasse sitzen. Einsam sah sie aus, wie sie da in einem Sessel kauerte, die Arme um die Knie geschlungen, den Blick auf das schwarze Meer gerichtet.

Sie schenkte zwei Gläser Rotwein ein und näherte sich Eva zögernd. Bevor sie etwas sagen konnte, sah Eva sie an. Lächelnd.

»Gelungene Party, Maman, gratuliere. Du hast sie alle mit deinen neuen Bildern umgehauen. Mich übrigens auch.«

Sabine bedankte sich für das Kompliment, reichte Eva eins der Gläser und setzte sich in den anderen Sessel.

»Wenn du willst, kannst du dir eins aussuchen.«

»Ja? Du weißt, dass ich da nicht zögere. Am liebsten würde ich den Papageien mitnehmen. Ich weiß schon einen guten Platz für ihn in meinem Büro.«

Sabine freute sich ehrlich darüber, dass ihre Bilder Eva gefielen. Sie schätzte den Kunstverstand ihrer Tochter und betrachtete es als aufrichtiges Kompliment, wenn Eva eins ihrer Bilder sogar in ihrem Büro aufhängte, in dem sie es ihren Kollegen und Kunden präsentierte. Einen Moment lauschten sie der ungewöhnlichen Stille dieser Nacht. Es war erstaunlich, wie leise das Meer klingen konnte, wenn es in weichen kleinen Wellen das Land berührte. Die helle Sichel des neuen Mondes war längst untergegangen, jetzt prangte ein gigantischer Sternenhimmel über ihnen.

»Claire hat diese Anfälle öfter. Sie war schon als junges Mädchen von Migräne geplagt.«

Sabine versuchte, Leons Verhalten zu entschuldigen. Und wusste doch, dass sie damit Evas Schmerz nicht lindern konnte.

»Mach dir keine Gedanken, ich lege keinen Wert darauf, ihn zu sehen. Mir war es ganz recht, dass sie gleich wieder abgehauen sind, kaum dass sie mich gesehen hatten.«

»Ich bin mir gar nicht sicher, dass Leon dich bemerkt hat. Vielleicht, wenn er gewusst hätte, dass du da bist ...«

»Was?« Eva stellte ihr Glas hart auf dem kleinen Beistelltisch ab. »Du glaubst doch nicht, dass er dann nochmals zurückgekommen wäre. Es ist irgendwie komisch, dass du ihm immer noch gute Absichten unterstellst. Er will nichts mit mir zu tun haben. Ich habe das längst akzeptiert, Maman.«

»Aber es kränkt dich. Und sag jetzt nicht, dass das nicht stimmt. Ich weiß ganz genau …«

»Können wir es nicht einfach dabei belassen, dass mein Vater sich für eine andere Familie entschieden hat?«

Sabine wusste, dass es keinen Sinn hatte, weiter auf diesem Thema zu bestehen. Evas Gesichtsausdruck war genauso trotzig wie damals, als sie ihr gesagt hatte, dass Leon und Claire geheiratet hatten. Keine Träne war über das Gesicht der Zwölfjährigen geflossen. Sie hatte ihre Mutter nur mit einem vor lauter Schmerz und Trotz zur Grimasse erstarrten Gesicht mit Blicken durchbohrt und herausgestoßen, dass es ihr egal sei, mit wem ihr Vater sein Leben verbringe.

»Es ist einsam um ihn geworden nach Célines Tod. Eine vertraute Freundin zu verlieren ist schmerzhaft.«

»Er hat immer noch Claire. Und Caspar.«

»Wer hat mich?« Caspar tauchte schwankend aus der Dunkelheit auf. Er sah nicht mehr so cool und schick aus wie am Anfang des Abends. Sein Hemdkragen stand offen, die Krawatte baumelte aus seiner Jackentasche. Seine Haare standen ungebändigt von seinem Kopf ab. Mit glasigen Augen grinste er Eva an.

»Mich hat keiner, Schwesterlein. Ich bin ein freier, unabhängiger Mann.« Als er die Rotweinflasche, die er locker in der Hand hatte, zum Mund führen wollte, fiel ihm Sabine in den Arm.

»Ich würde sagen, du hast genug gehabt für heute.«

Sie wollte ihm die Flasche aus der Hand winden, doch Caspars Griff war fest. Er legte den Arm um Sabine.

»Schönste Künstlerin, deine Bilder sind spitzenklasse. Ich werde Vater vorschlagen, ein paar zu kaufen. Das mit dem Bandoneonspieler könnten wir in meinem Büro aufhängen.« Sabine konnte nicht verhindern, dass er einen langen Zug aus der Flasche nahm.

»Ich meine natürlich in Célines Büro. Vielleicht vertreiben die Farben ja den dunklen Geist, der da immer noch haust.«

Er ließ sich auf die Bank zwischen den beiden Sesseln fallen.

»Kennt ihr das, dass ihr in einen Raum kommt und da ist immer noch der Geruch des Vorgängers drin? Und so viel man die Fenster aufreißt und lüftet, so viel man raucht und kifft, er will einfach nicht weichen.«

Eva nahm seine Hand.

»Ich bring dich nach Hause, Caspar. Du musst morgen doch wieder fit sein.«

»Morgen muss ich fit sein. Und ich sag dir, ich werde fit sein. Fitter als je zuvor. Weil, Schwesterlein, morgen der wichtigste Tag in meinem Leben ist. Und natürlich muss man da fit sein. Wäre ja fatal, wenn man es nicht wäre.«

Er hörte nicht auf, vor sich hin zu reden, als Eva ihn sanft, aber entschlossen mit sich zog.

Als sie zu Caspars VW-Bus kamen, begegneten sie Michel und Marie, die gerade dabei waren, die Platten und das Geschirr in Michels Auto zu laden. Als Caspar die beiden sah, machte er sich aus Evas Griff los.

»Marie, schönster Stern dieser Nacht.« Er wollte nach ihr greifen, doch er schwankte so sehr, dass Michel ihm hastig unter die Arme griff. Caspar wollte sich losmachen.

»Lass mich, Michel. Ich muss Marie küssen. Seht ihr diese Milliarde Sterne da oben. In so einer Nacht muss man den allerschönsten Stern doch küssen. Marie, sei meine Königin der Nacht.«

Marie lachte auf. Sie wehrte Caspars taumelnden Versuch, seine Lippen auf die ihren zu drücken, ab, schob ihn zu seinem VW-Bus. »Du gehörst ins Bett, Caspar. Schlaf deinen Rausch aus. Und wundere dich morgen nicht, wenn dir der Kopf platzt.«

Gemeinsam mit Eva bugsierten sie den betrunkenen Jungen auf den Beifahrersitz.

»Falsche Seite«, stammelte er. »Da komm ich nicht ans Gaspedal.«

»Es reicht, wenn ich ans Gaspedal komme.« Eva setzte sich auf den Fahrersitz.

»Das kann ich doch machen«, bot Michel an. Es war doch völlig unnötig, dass Eva die Strecke zum Schloss fuhr. Es lag doch auf dem Weg nach Concarneau. »Ich fahre Caspars Auto, und Marie fährt hinter mir her. Gar kein Problem.«

Sie hatten nur noch ein paar Schüsseln und eine Kiste mit leeren Weinflaschen einzuladen, dann würden sie auch schon losfahren können. Eva war ihnen im Grunde dankbar, dass sie nicht mitten in der Nacht noch durch die Gegend fahren musste.

»Wenn euch das nicht zu viel ist? Ich meine, ihr habt so viel geschuftet heute, da ist es eigentlich eine Zumutung, dass ihr euch auch noch um unsere Gäste kümmern müsst.«

»Marie soll den Bulli fahren.« Caspars zungenschwerer Wunsch klang wie der eines verwöhnten Kindes. »Ich will, dass Marie mich nach Hause bringt.«

Es war ja eigentlich egal, wer welches Auto fahren würde. Also setzte sich Marie, nachdem sie sich von Sabine und Eva verabschiedet hatte, an das Steuer des VW-Busses und fuhr den inzwischen wie ein Baby schlafenden Caspar zum Schloss.

Sie küssten sich. Nein, sie verschlangen sich gegenseitig. Ihre Hände tasteten sich wechselweise ab. Ihr Hals. Ihre Schultern. Ihre Brüste. Diese wunderschönen Brüste mit den harten Brustwarzen. Sie schob ihr Becken gegen seins. Spürte sie seine Erektion? Spürte sie, dass er gleich explodieren würde? Caspar wurde durch einen Ruck aus seinem Traum geweckt.

»Wir sind da. Die paar Schritte kannst du wohl allein gehen. Oder muss ich deine Mutter rufen, damit sie dich ins Bett bringt?« Sie war da. Sie war direkt neben ihm. Ihre Hand berührte seinen Arm.

»Marie.«

Caspar griff nach Marie. Er wollte sie an sich ziehen. Sie hatte sich so gut angefühlt in seinem Traum. So weich. So heiß.

»Marie. Ich will dich küssen.«

Wieso lachte sie? Sie lachte ihn nicht aus. Sie war doch hier.

»Komm mit. Komm mit mir.« Ihr Gesicht verschwamm vor seinen Augen. Wieso schwankte sie so? Sie sollte mit ihm kommen. Sich in sein Bett legen. Es war breit genug für sie beide. Dieses Ungeheuer von einem schwarzen Holzbett, in dem welcher König auch immer mal geschlafen haben sollte. Er hatte es immer gehasst. Aber jetzt würde er Marie darin lieben. Sie musste nur mit ihm kommen.

»Komm, Marie, ma belle. Komm in mein Schloss.« Seine Arme umfingen sie wie zu einem Tanz. Wie leicht er sich fühlte. Wie beschwingt. Es war diese Frau, die das mit ihm machte.

»Komm, Junge, ich bring dich noch zur Tür.« Das war Michels Stimme. Seine Hand auf seiner Schulter. Was machte Michel hier? Wie kam er hierher? Er wollte ihn wegschieben. Marie sollte mit ihm gehen.

»Marie.«

»Gute Nacht, Caspar. Schlaf gut.«

»Das wird er. Wenn er erst mal in seinem Bettchen liegt, der Kleine, ist er in drei Sekunden im Tiefschlaf.«

Redeten sie über ihn? Wie redeten sie über ihn? Was fiel Michel ein? Marie war erwachsen. Wenn sie mit ihm gehen wollte, würde sie das tun. Michel war hier nicht der Bestimmer.

»Marie …«

Caspars Stimme wurde dünner, als Michel ihn die Auffahrt hoch zum Schloss schleppte. Marie war ihrem Vater dankbar, dass er das übernommen hatte. Sie hatte als Polizistin oft mit Betrunkenen zu tun und wusste, wie schwer es war, sie aufrecht zu halten, wenn der Alkohol einen gewissen Pegel überschritten hatte.

Sie lehnte sich gegen Michels Auto. Ihr Blick wanderte über die Unendlichkeit des Sternenhimmels. Und sie spürte Pauls Lippen noch auf den ihren. Sie würde Michel noch schnell beim Ausladen des Autos helfen, und dann würde sie zu Paul fahren. Ob er wusste, dass sie kommen würde? Ob er auf sie wartete? Egal, auch wenn er schon fest schlafen sollte, sie würde sich einfach zu ihm legen. Ihr Gesicht an seinen Rücken pressen, mit ihren Lippen seine schlafwarme Haut spüren. Ihr Herz war plötzlich ganz leicht. Sich einfach mal freuen, wie gut das war. Auf den Mann, in den sie sich verliebt hatte, auf sein weiches, gemütliches Bett unter dem Fenster, auf den Sonnenaufgang, der das Zimmer zum Glühen bringen würde, und auf die hemmungslose Lust, mit der sie sich lieben würden.

Ein Mann trat aus dem Schatten der Eingangstür von Michels Restaurant, als Marie den Pickup rückwärts vor den Hintereingang parkte.

»Ich hab schon gedacht, ich hätte mich in der Adresse geirrt.«

Thomas Berger sah blendend aus wie immer in seinem Trenchcoat, den er lässig über dem dunkelgrauen Anzug aus einem Kaschmir-Seide-Gemisch trug. Seine dunklen Haare waren perfekt geschnitten, ein Hauch Gel gab ihnen einen Glanz, in dem sich die gelbe Laterne spiegelte.

Marie war wie vom Donner gerührt. Die Worte, mit denen man Besuch, sei er willkommen oder nicht, begrüßt, blieben ihr im Hals stecken.

»Liebes, du siehst aus, als würdest du ein Gespenst sehen.« Thomas zog sie in seine Arme und küsste sie auf den Mund.

»Ich bin's doch nur. Sag nicht, du erkennst mich nicht wieder.«

Michel sah den Mann, der seine Tochter im Arm hatte, verdutzt an.

»Oh, entschuldigen Sie. Ich bin Thomas. Thomas Berger. Marie und ich …«

»Ich hab von Ihnen gehört. Guten Abend. Wie kommen Sie denn um diese Zeit noch hierher?«

Marie erwachte aus ihrer Erstarrung. Thomas war hier.

»Fluglotsenstreik in halb Europa. Meine Termine die nächsten zwei Tage sind gecancelt worden. Nach London komme ich auch nicht zurück. Da dachte ich, dass es ganz schön wäre, dich zu besuchen, Liebes. Ich hab mich spontan ins Auto gesetzt und bin losgefahren. Einfach immer Richtung Westen, bis nichts mehr ging.«

»Wieso hast du nicht angerufen?« Marie wusste, wie schal ihre Stimme klang. »Ich meine, ich hätte dich … Du hättest hier nicht die ganze Nacht … Wann bist du denn überhaupt angekommen?« Sie war durcheinander. Die Worte purzelten ihr irgendwie unkontrolliert aus dem Mund.

»Haben Sie Hunger? Wollen Sie etwas trinken? Marie, ich würde sagen, bitte deinen Gast doch erst mal herein.«

Marie wollte das nicht. *Paul,* schoss es ihr durch den Kopf.

Paul.

»Wenn Sie wollen – wir haben noch Rehfilets vom Büfett und Salat. Etwas Brot dazu …« Thomas spürte tatsächlich seinen Magen knurren. Er war mittags in Paris losgefahren, als er vom Fluglotsenstreik erfahren hatte. Zusammen mit gefühlten zehn Millionen anderer Pariser, die plötzlich auch zwei geschenkte Tage hatten. Bis Rennes war er Stop and Go gefahren. Immer kurz vor dem endgültigen Stau. Erst danach, als er sich der Küste näherte, war der Verkehr flüssiger geworden. Natürlich war ihm klar, dass er Marie mit seinem Besuch überrumpelte. Er hatte auch ganz bewusst nicht angerufen. Er hatte ihr einfach keine Gelegenheit für irgendwelche Ausreden geben wollen. Jetzt war er da. Und jetzt würde er herauskriegen, was hier eigentlich los war.

Denn es war ihm durchaus aufgefallen, dass Maries Anrufe in letzter Zeit immer weniger geworden waren. Und die Gespräche, wenn sie denn mal zustande kamen, immer einsilbiger.

»Ich helfe meinem Vater noch schnell das Auto auszuräumen, dann bekommst du was zu essen.« Marie musste ihre Gedanken ordnen, die ins Schleudern geraten waren, als sie Thomas vor sich sah. Und vor allem ihre Gefühle. Die Achterbahn fuhren. Ihr war plötzlich übel. Und ihr Fluchtinstinkt war geweckt. Nur schnell weg von hier.

»Wir sind doch schon fast fertig. Den Rest schaffe ich allein. Kümmere dich nur um deinen Gast.«

Wieso sind Männer nur so schrecklich begriffsstutzig? Michel begriff anscheinend überhaupt nicht, in welche emotionale Bredouille Marie gerade rauschte.

Als Thomas den Arm um sie legte, konnte sie sich gerade noch beherrschen, nicht zusammenzuzucken. Essen, okay, sie würde ihm jetzt erst mal was zu essen machen. Und dann?

Sie wusste es nicht, als sie diesen attraktiven Mann ansah, der ihr jetzt gerade eine der charakteristischen hellblauen Schachteln mit dem weißen Seidenband in die Hand drückte, denen man auf den ersten Blick ansah, dass sie vom Kultjuwelier Tiffany's stammten.

»Damit du nicht vergisst, wo du wohnst.« Marie sah auf den winzigen silbernen Eiffelturm, der an einem grobgliedrigen Bettelarmband hing, und konnte nicht verhindern, dass ihr die Tränen in die Augen schossen. Wie konnte sie nur? Wie konnte sie nur so untreu sein? Thomas. Und ihrer geliebten Stadt. Beschämt gestand sie sich ein, dass sie an beide in der letzten Zeit nicht gedacht hatte. Sie war weggefahren, ohne Bedauern. Hatte keine Zeit dafür verschwendet zu überlegen, ob sie Thomas verletzte. Hatte betrogen, hatte belogen. War einfach angekommen in einem Leben, das sie so schnell wie möglich zu dem ihren machen wollte. Ihre Hand zitterte beim Umlegen des Armbands.

»Warte, ich helfe dir. Die Verkäuferin hat mir schon gesagt, dass es ein bisschen Übung braucht, das Teil anzulegen.« Wie selbstverständlich zog Thomas ihre Hand zu sich und wand ihr das Band um das schmale Handgelenk.

Zu weit. Gott sei Dank war das Armband zu weit. Es rutschte Marie in geschlossenem Zustand über die Hand.

»Tut mir leid, ich hab anscheinend vergessen, wie dünn du bist. Oder hast du hier so viel abgenommen? Gibt dir dein Vater nicht genug zu essen?«

Marie lachte schwach. Sie küsste Thomas auf die Wange.

»Es ist wunderschön. Vielen Dank!«

»Du kannst es bei Tiffany's enger machen lassen. Dieser Service ist im Preis inbegriffen. Sobald du zurück in Paris bist, gehst du einfach hin.«

»Ja. Das mache ich.« Sie legte das Armband und den kleinen Eiffelturm zurück auf das weiße Seidenbett. Schloss die Schachtel und legte sie auf den dunklen Holztisch im Restaurant.

»Was trinkst du? Weiß oder Rot? Wir haben einen ungewöhnlichen weißen Burgunder von 2006, der wird dir schmecken. Aber vielleicht ist dir der Bordeaux aus St. Estephe zum Rehfilet lieber?«

Sie versteckte sich hinter ihrem unwichtigen Gerede. Nur Thomas nicht zu Wort kommen lassen. Die Fragen, die er stellen würde, würde sie nicht beantworten können.

Michel sah Marie und diesen Thomas im hell erleuchteten Lokal. Marie stellte ihm ein Glas Wein hin. Setzte sich. Sprang wieder auf. Holte einen Korb mit Brot. Setzte sich wieder. Und sah ihn nicht an. Michel spürte die Distanz, die Marie zu diesem Mann herstellte, deutlich. Aber lebte sie nicht mit ihm zusammen? Zumindest wenn er in Paris war, wohnte er doch bei ihr, hatte sie ihm erzählt. Und dass sie seit zwei Jahren ein Paar waren. Allerdings viel hatte sie nicht über ihn geredet. Wenn er darüber nachdachte, sogar immer weniger in den letzten Tagen. Das konnte natürlich damit zusammenhängen, dass sie nach Célines Unfall kaum mehr von etwas anderem geredet hatten als darüber, wie so etwas Schreckliches hatte geschehen können. Und, vor allem, wer so etwas Schreckliches tun konnte. Sie machten sich alle Gedanken, wer der Unfallfahrer gewesen sein konnte, der Céline auf der Straße hatte sterben lassen, ohne sich darum zu kümmern. Da waren Pariser Liebesdinge möglicherweise in den Hintergrund geraten. Er drehte sich weg, um nach Hause zu gehen. Doch plötzlich war er wieder hellwach. Die Müdigkeit, die ihm gegen Ende der Vernissage in die Knochen gekrochen war, war wie weggeblasen. Jetzt würde er nicht schlafen können. Sollte er sich zu den beiden setzen und noch ein Glas Wein mit ihnen trinken? Ein Blick auf das Paar, das sich schweigend gegenübersaß, sagte ihm, dass das keine gute Idee sei. Dann nicht. Dann würde er das tun, was er schon lange vorhatte. Er ging davon in die schmalen Gassen. Als er vor der blauen Holztür stand, die so windschief in den Angeln hing, holte er den Schlüssel aus der Jackentasche. Schloss auf und verschwand in dem kleinen Schuppen, der zwischen zwei Häuser gezwängt war. Kurz darauf leuchtete eine müde Lampe im Inneren des Schuppens auf. Doch das, was Michel vorhatte zu tun, musste warten. In der Sekunde, in der er sich in den verschlissenen Sessel setzte, um sich nur kurz auszuruhen, fiel er in einen erschöpften Schlaf.

Der weiße Hund kam aus dem Nebel auf ihn zugerannt. Er wurde mit jedem der gewaltigen Sprünge, die er machte, größer und bedrohlicher. Sein Bellen wurde zum Getöse, die Augen glühten wie Kohlen. Jetzt war er bei ihm. Setzte zum Sprung an. Er würde sich auf ihn stürzen. Er würde den Halt verlieren. Und über die Klippe stürzen. In das tosende Meer, das sich in wütenden Wellen am Fuß der Klippe brach.

Paul erwachte keuchend. Merlin, der wie immer auf der Decke neben dem Bett schlief, setzte sich sofort auf und sah ihn fragend an. Paul erhob sich. Er musste sich bewegen, um wieder zur Ruhe zu kommen. War es richtig gewesen, Marie bei der Vernissage zu überraschen? Doch er hatte es einfach nicht ausgehalten, an sie zu denken und nichts zu tun. Sicher, er hatte sie verletzt, als er von dem Verdacht gegen ihren Vater gesprochen hatte. Aber es war ihm ja selbst klar gewesen, dass an diesem Verdacht nichts dran sein konnte. Wie hatte er sich nur so von Claire Menec beeindrucken lassen können? Andererseits – Claire lebte hier. Sie kannte die Leute. Sie kannte die Gerüchte. Sie kannte Michel. Kannte überhaupt jemand diesen Michel Dumont richtig? Diesen merkwürdigen Mann, um den die Trauer ständig wie ein schwarzer Schatten schwebte? Paul hatte noch nie einen Menschen gesehen, der so viel unterschwellige Bitternis ausstrahlte. Dieser Blick, mit dem er Marie ansah. Voller Schuld und Scham. Aber das war es doch: Es war diese Scham, die nicht zu einem Mörder passte. Michel schien ein Mensch zu sein, den seine Skrupel quälten. Wenn er tatsächlich Céline angefahren hätte – er wäre stehen geblieben, hätte versucht zu helfen. Und selbst wenn er in seiner ersten Panik weitergefahren wäre – er hätte sich der Polizei gestellt. Weil er es nicht ertragen hätte, noch mehr Schuld auf sich zu laden. Das hatte er Marie sagen wollen, als er sie bei Sabine sah. Und er war nicht mehr dazu gekommen. Weil Marie … ja, wieso eigentlich? Hatte Marie tatsächlich gespürt, was ihn bewegt hatte? War es deshalb zu diesem Kuss gekommen? Oder war es die Verzweiflung gewesen, die sie in seine Arme getrieben hatte? Es war so viel Erleichterung in ihr gewesen, als er sie endlich in den Armen hielt. So viel Freude. Und Verlangen. Körperliches Verlangen. Natürlich. Aber da war auch dieses andere. Dieses Gefühl, dass sie wirklich zusammengehörten. Dass das Schicksal sie zusammengeführt hatte. Dass es einfach nur richtig war, dass sie sich getroffen und ineinander verliebt hatten. Marie. Marie. Marie. Er konnte nicht anders als sich nach ihr zu sehnen. Er stand auf der Terrasse unter dem gewaltigen Sternenhimmel; ein leiser Wind war aufgekommen und strich über das Meer, mild und sanft, so als wollte er noch einmal, bevor endgültig der Herbst mit seinen Stürmen über das Land kam, an den Sommer erinnern. An die Düfte von Rosen und Hortensien, an den Geruch des würzigen Grases. An die Leichtigkeit des Sommerlebens, in dem die Wärme die Menschen beruhigte und die Kälte des Winters und des Todes vergessen ließ. Der Kuss war wie ein Versprechen gewesen. Nicht nur für die heutige Nacht, in der er hoffte, dass Marie zu ihm kommen würde. Sondern auch für das Leben. Er wusste, dass er so schnell wie möglich seine Beziehung zu Sara beenden musste. Oder besser, dass er Sara gestehen musste, dass für ihn diese Beziehung schon lange nicht mehr bestand. Aber er wollte ihr nicht weh tun. Noch weniger wollte er ihre Tränen sehen. Ihren Schmerz. Und ihre Wut, die sie sicher auf ihn haben würde. Es war feige, die Begegnung mit ihr hinauszuzögern. Als könnte man hoffen, dass sich so etwas von selbst erledigte. Sara saß in Paris und glaubte, dass alles in Ordnung sei zwischen ihnen. Sie sehnte sich nach einem Mann, der schon lange einer anderen gehörte. Es war gemein, sie im Unklaren zu lassen, nur weil er sich davor fürchtete, sie mit der Wahrheit zu konfrontieren. Er würde nach Paris fahren. Er würde Sara treffen. Er würde ihr gestehen, was passiert war. Und dann würde er frei sein. Für Marie.

Er sah in der Ferne die Lichter von Concarneau wie kleine Flammen in der klaren Nachtluft zittern. Marie. Wieso fand sie in dieser Nacht nicht den Weg zu ihm? Aber wahrscheinlich war sie nach dem anstrengenden Abend bei Sabine einfach zu müde. Aller Voraussicht nach musste sie Michel noch helfen, die Sachen in Ordnung zu bringen. Gläser und Teller zu spülen, die Abrechnung zu machen. Sie würde todmüde in ihr Bett fallen. Vielleicht würde sie an ihn denken. Vielleicht würde sie sich so nach ihm sehnen wie er sich nach ihr. Und sicher würde er sie morgen sehen. Der Tag würde anbrechen, und er würde zu ihr fahren und sie in seine Arme schließen. Und er würde ihr sagen, dass er sie nicht mehr loslassen wollte. Merlin stupste mit seiner trockenen Nase gegen sein Bein.

»Alles wird gut, mein Alter.« Er streichelte den Kopf des Hundes. »Ich hab mich nur in ein paar romantische Gedanken versponnen. Lach nicht, Hund, ich weiß ja, dass das nicht zu einem Mann passt. Aber was soll ich machen? Ich kriege diese Frau einfach nicht aus meinen Gedanken. Und aus meinen Gefühlen schon gar nicht.«

Als er wieder im Bett lag, nahm er sich vor, von Marie zu träumen. Keine düsteren Erinnerungen wollte er mehr zulassen. Die Vergangenheit musste einfach vorbei sein. Sie durfte die Gegenwart nicht mit ihren Schatten beschweren. Als Paul einschlief, glaubte er, Maries Duft zu riechen. Er spürte ihren schmalen, warmen Körper, der sich an ihn schmiegte. Marie. Mit dem Gedanken an sie überließ er sich endlich den sanften Wellen des Schlafs.

Thomas hatte den Imbiss, den Marie ihm hingestellt hatte, nicht aufgegessen. Nur den köstlichen Bordeaux hatte er getrunken. Er war müde von der Fahrt und wollte nichts anderes, als ins Bett zu gehen. Zusammen mit Marie. Als sie nebeneinander in Maries schmalem Bett lagen, eng aneinandergeschmiegt, ihr Rücken an seinem Bauch, tasteten seine Hände sich an ihrem Körper entlang. Er wollte mit ihr schlafen. Er wollte, dass sie ihn genauso begehrte wie er sie. Doch Marie hielt seine suchende Hand fest. So fest, dass er wusste, sie wollte nicht, dass sie ihr Ziel fand.

»Was ist?«, murmelte er an ihrem Nacken.

»Ich bin total kaputt. Lass uns einfach nur schlafen.« Ihre Stimme klang, als wäre sie kurz vor dem Wegdriften.

»Ich hab mich nach dir gesehnt.« Er wollte sie. Viel zu lange hatten sie sich nicht gesehen. Hatte sie denn keine Sehnsucht nach ihm?

»Der Abend war irre anstrengend.« Wieso drehte sie sich nicht zu ihm um? Ihr Körper war so angespannt, als würde sie bei der leisesten Bewegung, die er machen würde, aufstehen und weggehen.

»Komm mit mir zurück nach Paris. Es ist nicht gut, dass du mich so lange allein lässt.« Jetzt stand sie tatsächlich auf. Sie zog einen Pullover über das dünne Hemd, das sie zum Schlafen trug, schlang die Arme um sich und sah aus dem Fenster. Wie fern sie war. Als sie sich zu ihm umdrehte, sah er die Trauer in ihren Augen. Jetzt. Jetzt würde sie es ihm sagen. Dass sie nicht mehr zurückkommen würde. Dass es vorbei war. Er wollte das nicht hören. Sie war verwirrt. Es war zu viel passiert in der letzten Zeit.

»Du brauchst Zeit, Marie.« Er stand auf, schlüpfte in seine Hose, zog sich sein weißes Hemd über. »Aber ich glaube nicht, dass es eine Lösung ist, dass du dich hier vergräbst. Dein Leben ist in Paris. Unser Leben. Wir wohnen zusammen, hast du das vergessen? Wir sind ein Paar. Wir wollen irgendwann heiraten und wahrscheinlich auch Kinder haben.«

»Du lebst in London, Thomas. Und ich würde nie nach England ziehen.«

»Ich könnte mir einen Job in Paris suchen. Der wäre vielleicht nicht ganz so spannend. Und auch nicht ganz so gut bezahlt. Aber wenn es das ist, was du willst, mache ich das.«

Jetzt endlich sah sie ihn an.

»Ich will nicht, dass du dein Leben meinetwegen aufgibst. Irgendwann würdest du mir das vorwerfen. Und es würde kaputtmachen, was wir miteinander haben.«

»Haben wir denn noch was miteinander?«

Die Frage stand hart im Raum. Er ging auf sie zu. Wollte ihre

Hand nehmen. Doch sie entzog sie ihm. Mit einer ganz leichten Geste strich sie sich eine Haarsträhne aus dem Gesicht. Man hätte es unabsichtlich nennen können. Doch das war es nicht.

»Als ich deine Mail bekommen habe, dass du noch einmal hierhermusst, hab ich das verstanden. Du hast hier noch so viel zu klären. Aber mir scheint, die Sache mit deinem Vater läuft doch nun ganz gut. Jedenfalls sah es so aus, als ihr da vorher aus dem Auto gestiegen seid.«

Marie nickte. Und sagte nichts.

»Wenn du noch länger bleiben musst, sag es mir. Aber sag mir auch, wie lange du bleiben willst. Ich muss das wissen. Ich kann nicht in London sitzen und dauernd darüber nachdenken, ob ich überhaupt noch eine Freundin habe.«

Er hatte ja recht. Es war nicht fair, was sie machte. Aber sie war so verunsichert. Zwei Jahre war sie überzeugt gewesen, dass Thomas der Mann ihres Lebens war. Sicher, sie hatte sich immer geweigert, darüber nachzudenken, wie ihre Zukunft aussehen könnte. Weil sie auf keine Lösung gekommen wäre. Er in London, sie in Paris. Wie lange konnte man so eine Beziehung überhaupt führen? Vor der Katastrophe war sie überzeugt gewesen, dass es gut war, wie es war. Eine leidenschaftliche Wochenendbeziehung zu führen, hatte ja auch etwas für sich. Da war dieses Sehnen gewesen, da war diese Lust, wenn sie sich sahen. Die traumhaften Tage, an denen sie sich ausgehungert aufeinandergestürzt hatten. Es waren immer nur Sonntage gewesen. Lange gemütliche Frühstücke im Bett, Spaziergänge im Bois de Boulogne oder an der Themse. Museumsbesuche. Kino. Theater. Tolle Restaurants. Sie hatten sich Häuser in London angesehen, hatten Stunden damit verbracht, Pläne zu machen, wie sie sie ausbauen, wie sie sie einrichten würden. Und dann war Marie wieder in den Flieger gestiegen, und die Pläne hatten sich über dem Ärmelkanal aufgelöst. Sie hatten geträumt. Und sie hatten gewusst, dass es Träume waren, in die sie sich versponnen hatten.

Mit Alltag hatte das nichts zu tun. Aber das war kein Problem gewesen. Marie hatte während der Woche über den Hunderten Fotos, die sie mit ihrem Handy aufgenommen hatte, die Erinnerung an das letzte Zusammensein aufrechterhalten. Sie hatten lange, sehnsüchtige Telefongespräche in der Nacht geführt. Sie hatten Mails geschrieben. Und wenn sie geskypt hatten, hatte sie ihm ihre neuesten Klamotten vorgeführt und über sein Urteil gelacht. Wieso hatte sie niemals darauf gedrängt, realistisch über die Zukunft zu reden? Hatte sie gewusst, dass es keine Zukunft für sie gab? Hatte sie insgeheim darauf gewartet, den Menschen zu treffen, mit dem sie das haben konnte, was mit Thomas unmöglich war?

»Wir lieben uns doch, Marie.«

Thomas' Stimme drang in ihre Überlegungen. Sie klang unsicher. Fragend. Liebten sie sich? War das Liebe gewesen? Oder nur ein erregendes und dabei sehr bequemes Spiel?

6

Eine fahle Sonne kämpfte vergeblich gegen den Dunst, der sich über das Land gelegt hatte. Der Horizont verschwamm mit dem graugelben Himmel, das ewige Geschrei der Möwen klang wie gedämpft. War es die Ahnung des kommenden Winters, die Leon fröstelnd ließ, als er das Schloss verließ? Oder war es das unangenehme Gefühl, sich jenem Unbekannten auszuliefern, der irgendwo lauern mochte und ihn beobachtete, wie er sich mit dem Koffer auf den Weg machte, um einer Erpressung nachzugeben? Der alte Aktenkoffer in seiner Hand wog schwer, als er ihn zum Auto trug. Dabei hatte die Million Euro, die sich darin befand, doch kaum Gewicht. Zehntausend Hunderteuroscheine wogen nicht einmal zehn Kilo und waren locker in einer ganz gewöhnlichen Plastiktüte unterzubringen. Monsieur Lander, der Direktor der Bank, mit der Leon seit vielen Jahren seine Geschäfte abwickelte, hatte sein Erstaunen darüber, dass Leon so viel Geld in bar abhob, kaum verborgen. Aber selbstverständlich war er zu diskret gewesen, Leon danach zu fragen, wofür er so eine große Summe Bargeld brauchte. Leon hatte etwas von einem wichtigen Geschäft gesagt, das musste genügen. Der Jaguar fuhr langsam auf der kurzen Strecke zwischen Schloss und Hafen, wo Leons Yacht lag. Früher hatte sich Leon immer über das leise Schnurren des Motors gefreut, doch heute schweiften seine Gedanken zu dem Unbekannten, der ihn in diese unausweichliche Situation gebracht hatte. Noch immer konnte er sich nicht erklären, wie er von Leons Schuld erfahren haben konnte. Aber eigentlich war das jetzt auch egal. Der andere diktierte das Spiel. Und Leon konnte nichts anderes tun, als sich auf dessen Regeln einzulassen. Er parkte den Jaguar zwischen zwei großen Lastwagen, die darauf warteten, den Fang, den die Fischer in der Nacht gemacht hatten, in Leons Fischfabrik zu bringen. Die Fahrer hatten sich in das kleine Bistro am Hafen zurückgezogen, das die ganze Nacht offen hatte, wo sie zu jeder Uhrzeit frischen Kaffee und Sandwiches bekommen konnten. Als junger Mann hatte Leon die Atmosphäre in diesem Bistro geliebt. Die rauen Männer, die stumm vor ihrem Kaffee saßen, ihre schwarzen Gauloises rauchten und nur hin und wieder über einen schmierigen Witz, den einer von ihnen machte, laut auflachten, um danach sofort wieder in ihr Schweigen zurückzufallen. Der fünfzehnjährige Leon hatte sich gewünscht, einmal zu werden wie diese Männer. Stark, schlicht, mit sich und ihrer Welt zufrieden. Damals hatten sie alle noch gut vom Fischfang leben können. Die kleinen Kutter waren jeden Morgen mit einem befriedigenden Fang eingelaufen. Das Meer hatte die Fischer und ihre Familien noch gut ernährt. Inzwischen gab es kaum mehr einen privaten Fischer, der sich auf seinem Boot auf das fast leer gefischte Meer wagte, um nach Nächten härtester Arbeit mit nicht einmal halb gefüllten Tanks zurückzukommen. Nur die Großen wie Leon, die sich Schiffe leisten konnten, die weit in die offene See fuhren, fast bis nach Grönland, deren Schiffe mit Kühlkammern ausgestattet waren, manche davon auch mit Vorrichtungen, die schon an Bord die Fische verarbeiteten, konnten heute noch überleben. Und gar nicht mal so schlecht. Leon hatte damals die Zeichen der Zeit erkannt. Die immense Versicherungssumme, die er nach dem Untergang der *Helena* eingestrichen hatte, hatte er klug in seine Fischfangflotte investiert und in den Bau seiner Fabrik, in der der Fisch zu Tiefkühlgerichten verarbeitet wurde, die man in jedem Supermarkt kaufen konnte. Um dies alles, was er als sein Lebenswerk betrachtete, zu retten, für sich und seinen Erben Caspar, hatte er sich auf den Erpresser eingelassen. Trotzdem verlangsamte sich sein Schritt, als er an der Hafenmauer entlang auf seine elegante Segelyacht zuging. Tat er wirklich das Richtige? Die Yacht lag im fahlen Morgenlicht, die Takelage klingelte leise im leichten Wind. Leon hatte sich auf den ersten Blick in das Schiff verliebt, als es zum Verkauf stand. In den ersten Jahren war er oft tagelang gesegelt. Meistens allein, weil Claire nicht besonders seefest war. Was ihm allerdings nicht viel ausgemacht hatte. Diese Tage auf dem Meer hatten ihm gefallen. Sich allein mit den Kräften der Natur zu messen, hatte ihm gefallen. In mehr als einem Sturm hatte er darum kämpfen müssen, sich und das Schiff sicher in den Hafen zu bringen, und es war ihm immer gelungen. Claire hatte diese Fluchten, wie sie es nannte, immer voller Unruhe betrachtet. Sie hatte ihn erst gebeten, dann angefleht, seine Touren aufzugeben. Oder wenigstens nur bei schönem Wetter und in Küstennähe zu segeln. Leon hatte über Claires Ängste gelacht. Doch als er nach einem tagelangen Sturm, in dem die Yacht mehrmals kurz vor dem Kentern gewesen war, vollkommen erschöpft und mit einem gebrochenen Schlüsselbein nach Hause gekommen war und weder Claire noch Caspar vorgefunden hatte, musste er einsehen, dass Claire die Drohung, ihn zu verlassen, wenn er weiter sein Leben aufs Spiel zu setzen gedachte, wahr machen würde.

»Das Meer oder ich« – Claires Forderung war einfach und eindeutig gewesen. Leon hatte sich für seine Frau entschieden. Und war seit zehn Jahren nicht mehr mit seiner Yacht draußen gewesen. Claires Bitte aber, die Yacht zu verkaufen, war er nicht nachgekommen. Im Gegenteil, sie wurde gewartet und gepflegt. Immerhin dieses Gefühl hatte er sich bewahren wollen, dass es ihm immer möglich sein würde, wieder hinauszufahren, zu welcher Stunde auch immer. Ausgerechnet auf der Yacht sollte er das Geld für den Erpresser deponieren. Wusste der auch *davon*? Dass Leon diesen heimlichen Traum hatte? Eines Tages einfach auf und davon zu segeln und alles, was ihm das Leben so schwer machte, einfach hinter sich zu lassen?

Ein Sonnenstrahl fing sich in der Messingglocke neben dem Steuerrad, als Leon den glänzenden Mahagoniboden der Yacht betrat. Im gleichen Augenblick erwachten die Möwen im Hafen und setzten mit großem Geschrei zu ihren morgendlichen Lufttänzen an. Leon sah sich um. Hoffte er, dass der Erpresser so dumm sei, sich in der Nähe aufzuhalten? Würde er ihn erkennen? Wollte er ihn überhaupt erkennen? Was würde er tun, wenn er plötzlich vor ihm stand? Doch es war niemand zu sehen. Noch war keine Menschenseele unterwegs. *Legen Sie die Tüte an der Reling ab.* Leon öffnete den Koffer. Nahm die Plastiktüte heraus, die er mit einem Sisalband verschlossen hatte. Er zögerte. Eine Million Euro waren zwar keine Peanuts für ihn, doch seine Firma würde durch den Verlust nicht ins Trudeln kommen. Eine Million Euro dafür, dass sein Leben weitergehen konnte wie bisher. Er hätte auch das Doppelte dafür gezahlt. Sogar das Zehnfache. Wieso wollte der Erpresser nicht mehr Geld von ihm, wenn er ihn doch anscheinend so gut kannte? Noch einmal ein

Blick über den Hafen. Die anderen Schiffe. Das Meer. Dann legte Leon die Plastiktüte an die Reling. Und verließ das Schiff.

Das kleine Speedboot tauchte plötzlich aus dem Dunst auf, der noch über dem Meer lag. Leon hörte es kommen. Mit einem schnellen Satz versteckte er sich hinter einem der Lastwagen. Das Motorengeräusch wurde lauter. Kein Zweifel, das Boot kam in den Hafen. Leon holte das kleine starke Fernglas, das er spontan eingesteckt hatte, als er das Haus verließ, aus der Tasche.

Das Geräusch war verstummt. Der Hafen lag wieder still da. Hatte er sich getäuscht? Sein Blick wanderte über seine Yacht. Über den Hafen. Zurück über die Yacht. Und da sah er ihn an Deck klettern. Der Mann blickte sich um. Die paar Schritte zur Plastiktüte machte er im Bruchteil einer Sekunde. Er tastete sie ab. Und sprang plötzlich über Bord. Frustriert wollte Leon schon das Glas sinken lassen – er hatte nicht erkennen können, wer der Mann war, der das Geld geholt hatte. Er hatte nicht einmal feststellen können, ob es sich um einen Mann oder eine Frau handelte. Der dunkle Overall, den die Gestalt trug, war weit und unförmig und verbarg jedes Zeichen, ob sein Träger weiblich oder männlich war. Eine schwarze Mütze, in die Löcher für die Augen geschnitten waren, war über Gesicht und Haare gestülpt. Der Motor des Boots heulte wieder auf. Es schoss aufs Meer hinaus, das im Licht der aufgehenden Sonne smaragdgrün schimmerte. Instinktiv richtete Leon das Glas auf das Gefährt. Kannte er es vielleicht? Wusste er, wem es gehörte? Doch das schnelle Boot, das sich langsam im Dunst verlor, der noch über dem Meer lag, kam ihm nicht bekannt vor. Da fuhr sie also hin, die Million Euro. Vielleicht hatte er Glück und der Erpresser würde sich mit der Summe zufriedengeben.

Er hatte sie. Er hatte die Million Euro, die die Basis für sein neues Leben bilden würde. Hier in dieser unscheinbaren, rot-weißen Supermarkttüte befand sich seine Zukunft. Nichts würde seinem Leben mit Marie nun im Weg stehen. Er gab Gas und jagte das Boot mit aufheulendem Motor in einem wilden Ritt über die Wellen. Wow! Das war es. Der Wind, der ihm die Gischt ins Gesicht peitschte, der harte Aufschlag des Bootes auf den Wellen, sein Herz, das gegen seine Brust hämmerte, seine Atemzüge, die zu einem angestrengten Ringen um Luft wurden. Das war das Leben. Ungestüm und unberechenbar. Es war Caspar, als hätte er einen Schritt in eine neue Dimension getan. Das war er. Er, Caspar Menec, der sein Leben selbst in die Hand nahm. Der sich nie mehr etwas diktieren lassen würde. Nicht von seiner Mutter. Nicht von seinem Vater. Nicht von der Fabrik der toten Fische. Er hatte es gewagt. Und er hatte gewonnen. Als er mit einem Schrei die Mütze von seinem Kopf riss und ins Meer warf, das sich hinter dem Boot zu schäumenden Wirbeln bauschte, und den Overall gleich hinterher, befiel ihn das Gefühl von Unabhängigkeit und Freiheit, auf das er so gewartet hatte. Frei. Er war tatsächlich frei. Frei für ein Leben fernab der Pläne seiner Mutter und der bedrückenden Hoffnung seines Vaters.

Leon ließ das Fernglas sinken. Sein Blick war der eines Toten. Dumpf. In einem grauen Gesicht. Er wünschte, er hätte das Fernglas nicht dabeigehabt. Er wünschte, er hätte es nicht noch einmal auf das Boot gerichtet, das doch schon fast im Dunst verschwunden war. Es war ein letzter Impuls gewesen. Er wollte gerade in den Jaguar einsteigen; das Glas hatte er schon in seiner Jackentasche verstaut. Wieso er es noch einmal an die Augen geführt hatte, konnte er nicht sagen. Hätte er es doch nicht getan. Denn was er gesehen hatte, hatte in einer einzigen Sekunde jeden Sinn in seinem Leben in Frage gestellt. Caspar. Dieser Sohn, den er so liebte. Dieser Junge, dem er keinen Wunsch abschlagen konnte. Dieses Geschenk Gottes, das ihm vor vielen Jahren gemacht worden war und für das er jeden einzelnen Tag seines Lebens dankbar gewesen war, war der Erpresser! Caspar erpresste seinen Vater? Es war weniger die Frage, woher Caspar das Wissen über Leons Schuld hatte, mit dem er ihn erpresste. Das spielte in diesem Moment, als Leon zusammengesunken hinter dem Steuer des Jaguars saß, nicht die geringste Rolle. Es war die Frage, wieso dieser Sohn, der sein Erbe sein würde, ihn nicht um dieses Geld gebeten hatte. Wenn er eine Million brauchte, hätte er sie doch von ihm bekommen. Vielleicht hätte er ihn gefragt, wofür er das Geld benötigte, aber wenn Caspar ihm das nicht hätte sagen wollen, hätte er vermutlich nicht darauf gedrungen. Wieso also? Wieso griff Caspar zu diesem ungeheuerlichen Mittel? Leon hätte nicht sagen können, wie er sich fühlte. Erschöpft? Frustriert? Enttäuscht? Gekränkt? Er fragte sich, wieso ihn in diesem Moment kein Herzinfarkt niederstreckte. Niemanden würde das wundern. »Es war alles zu viel für den armen Mann«, würden sie sagen. »Célines Tod, die Erpressung, dann dieses ewige Schuldgefühl wegen der *Helena* und das unlösbare Zerwürfnis mit seiner Tochter Eva.« Sie würden sagen, der Infarkt sei absehbar gewesen. Kein Mensch könne sich über so viele Jahre quälen, ohne dass sein Herz angegriffen würde. Man würde ihn bedauern. Und noch viel mehr Claire und Caspar, die ihren Ehemann und Vater so plötzlich verloren hatten. Caspar würde sich womöglich schuldig fühlen. Vielleicht war das mit der Erpressung doch der Tropfen, der das Fass zum Überlaufen gebracht hatte. Claire würde ihn trösten und ihm sagen, dass er nichts dafürkönne. Dass Leon schon so lange unter viel zu großer Anspannung gelebt habe. Claire würde Caspar sagen …? Leon zog hastig den Erpresserbrief aus seiner Brieftasche. Sollte Claire …? Das konnte nicht sein. Claire und Caspar, die unter einer Decke steckten? Das war absolut unmöglich. Claire war viel zu vernünftig, dachte viel zu strategisch, um Caspar bei so einem im Grunde jugendlichen Streich zu unterstützen. Wenn Claire in ihrem

Leben je in die Situation kommen würde, jemanden erpressen zu müssen, dann würde sie sich nicht mit einer läppischen Million Euro zufriedengeben. Die niemals reichen würde, ihre hohen Ansprüche an Luxus und Bequemlichkeit zu befriedigen. Nein, das konnte nicht sein. Leon war sich sicher, dass Claire nichts von Caspars Erpressung wusste. Und in diesem Moment beschloss Leon, Claire auch nichts davon zu sagen.

Maries Blick folgte Leons Auto, als es aus dem Hafengebiet wegfuhr. Die Szene, die sie gerade beobachtet hatte, kam ihr merkwürdig vor. Vor ein paar Stunden hatte sie es nicht ausgehalten, mit Thomas in ihrem kleinen Zimmer zu sein. Plötzlich war ihr die Luft knapp geworden. Als wenn sie sie in dem verzweifelten Streit, den sie führten, ganz aufgebraucht hätten. Dabei wollte sie nicht streiten. Sie wollte Thomas nicht weh tun. Aber wie sollte sie ihm sagen, dass es vorbei war, ohne ihn zu verletzen? *Sorry, ich lieb dich nicht mehr, aber das Gute ist, es hat nichts mit dir zu tun.* Hätte sie es so ausdrücken sollen? Sie wusste ja auch nicht genau, was mit ihr passiert war. Und wann.

»Dieser Typ, der dir sein Hemd in die Wunde gepresst hat? Dieser Archäologe, den die Zeitungen als Lebensretter gefeiert haben?« Einen Moment lang hatte Thomas gehofft, dass die Sache damit durchschaubar geworden war. Dass sie mit ihr umgehen konnten. War doch klar, dass sie sich in den Typen verliebte. So etwas kommt oft vor. Opfer verliebt sich in Retter. Wieso auch nicht? Der Retter war ein Held in diesen an Helden so armen Tagen. Und manchmal braucht man eben einen Helden in seinem Leben. An dem man sich orientieren kann. Den man bewundern kann. Dem man einfach nur dankbar sein musste, wenn er einem, wie in Maries Fall, das Leben gerettet hatte. Thomas war sich sicher, dass das vorübergehen würde. Es würde nicht lange dauern, bis Marie wieder zur Vernunft kam.

Er musste nur ruhig bleiben. Sie nicht drängen. Ihr Zeit lassen. Und Geduld aufbringen.

Marie war in eine dicke Jacke geschlüpft und hatte das Haus verlassen. Auf ihrer Wanderung durch die Gassen der kleinen Stadt wollte sie ihre Gedanken ordnen. Und wusste, dass es da nichts mehr zu ordnen gab. Sie würde nach Paris zurückgehen, ja. Würde wieder anfangen zu arbeiten, ganz gewiss. Aber sie würde nicht bei Thomas bleiben. Einen Moment lang hatte sie überlegt, zu Paul zu fahren. Aber das konnte sie nicht. Sie konnte nicht mit Paul zusammen sein, während Thomas in ihrem Zimmer schlief. Sie war durch das schlafende Städtchen mäandert, dessen alte Häuser schon so viel gesehen hatten. Irgendwann hatte sie zu frösteln begonnen. Und als sich am Horizont die Ahnung des kommenden Sonnenaufgangs auftat, beschloss sie, sich im Hafenbistro einen Kaffee zu holen und ein Croissant. Michel hatte sie eines Morgens, als sie zusammen die Fische für das Café abholten, dorthin mitgenommen, und seitdem hatte sie sich immer mal wieder nach ihren morgendlichen Joggingrunden mit einem Abstecher in die kleine Kneipe belohnt. Sie war gerade in das Hafenareal eingebogen, da hatte sie einige Meter entfernt Leon Menec aus seinem Jaguar, den er zwischen zwei Lastwagen geparkt hatte, aussteigen sehen. Eigentlich nichts Besonderes. Vermutlich erwartete er eines seiner Schiffe zurück. Und wollte sich den Fang ansehen. Doch es war etwas an seiner Haltung gewesen, das sie irritiert hatte. Wieso hatte er einen Aktenkoffer dabei? Wieso wirkte er so bedrückt? Seine Haltung war nicht so aufrecht wie immer. Im Gegenteil, es schien, als würde eine Last auf seine Schultern drücken. Vielleicht war es ihr Polizisteninstinkt, der sie dazu gebracht hatte, sich im Schatten des Bistros zu verbergen und zu beobachten, was Leon tat. Und es war noch seltsamer geworden. Diese Plastiktüte, die Leon auf seiner Yacht abgelegt hatte, das Speedboot, das herangefahren war, der Mann, der sich die

Tüte geholt hatte und dann mit hoher Geschwindigkeit auf das Meer hinausgerast war. Konnte es sein, dass sie gerade Zeugin einer Erpressung geworden war? Oder hatte sie zu viele Krimis im Fernsehen gesehen? Wer weiß, vielleicht waren Lebensmittel in der Tüte und der Speedbootfahrer hatte sie abgeholt für ein Schiff, das draußen auf dem Meer lag. Möglicherweise war er ja der Schiffskoch. Was für eine blöde Idee. Natürlich würde Leon den Koch auf einem seiner Schiffe nicht mit ein paar Lebensmitteln, die er auch noch vor Tau und Tag auf seiner Yacht deponierte, versorgen. Es konnte nicht anderes als eine Erpressung sein. Aber wer erpresste Leon Menec? Und womit? Und vor allem – wenn es wirklich eine Erpressung war, wieso war Leon nicht zur Polizei gegangen? Marie war verwirrt. Alles war ihr in diesem Moment zu viel. Was ging in dieser kleinen Stadt eigentlich vor? Wieso gab es plötzlich so viele Unbekannte, die alle nichts miteinander zu tun zu haben schienen. Und die doch durch die Personen, die alle einander kannten, irgendwie miteinander verknüpft sein konnten. Sie fröstelte, als sie endlich in der kleinen Hütte des Bistros ihren Kaffee und ihr Croissant bekam. Während sie das heiße Getränk schlürfte, versuchte sie im morgendlichen Geplauder mit Theo, dem Wirt des Bistros, das Gespräch unauffällig auf Leon zu lenken. Das war nicht besonders schwierig, da Theo ihn noch aus den Zeiten, als es ihm schlecht ging, kannte. Alle hier bewunderten den Selfmademann, der es geschafft hatte, nach der Katastrophe der *Helena* so schnell wieder auf die Beine zu kommen. Und sich zu einem der wichtigsten Unternehmer der Gegend entwickelt hatte. Und zu einem der wichtigsten Arbeitgeber. Man schätzte ihn als Chef und als Mensch. So etwas war durchaus nicht normal. Aber es schien tatsächlich, als habe Leon Menec keine Fehler gemacht. Im Gegenteil, er zahlte seinen Leuten schon immer Löhne, die leicht über dem Tarif lagen, es hatte nie betriebsbedingte Kündigungen gegeben, und in besonders guten Jahren war es sogar

Brauch, dass seine Leute zu Weihnachten einen großzügigen Bonus erhielten. Eigentlich klang das alles ein bisschen zu gut, um wahr zu sein. Aber andererseits – die Leute hatten keine Veranlassung, einen Mann in den Himmel zu loben, wenn es nicht der Wahrheit entsprach, was sie ihr erzählt hatten. Und so ein Mann sollte erpresst werden? Marie beschloss Michel zu fragen, ob er sich das vorstellen könnte. Und wenn auch er verneinte, würde sie versuchen zu vergessen, was sie gesehen hatte. Oder zu sehen geglaubt hatte. Denn dann musste sie sich doch geirrt haben.

Und wenn ich Leon einfach selber frage? Möglicherweise war das ja das Einfachste. Das Nächstliegende war es allemal. Er würde sich vielleicht über ihre Frage wundern. Aber er würde ihr vielleicht eine Erklärung geben, die das ganze Geschehen als harmlos erwies.

Das Städtchen erwachte langsam zum Leben. Die Bäckerin zog die eisernen Rollläden vor den Fenstern ihres Ladens hoch, und ein verlockender Duft nach frischem Baguette und Croissants schwappte in Maries Nase. Der Fleischer öffnete seine Ladentür und nahm die neuen Lieferungen entgegen, vor dem Gemüsehändler hielt ein kleiner Lastwagen, der eine Sondergenehmigung für die Einfahrt in die Fußgängerzone hatte. Marie wich ihm aus und beschloss noch schnell beim Zeitungsladen, der in einer abgelegenen Straße lag, vorbeizugehen. Es machte ihr nichts aus, einen Umweg zu machen.

Weil sie es nicht eilig hatte, nach Hause zu kommen? Vermutlich. Denn dort würde Thomas auf sie warten. Der das Gespräch und den Streit, den sie gestern Abend gehabt hatten, bestimmt nicht auf sich beruhen lassen würde. Am liebsten wäre Marie noch Stunden durch den Ort geschlendert, nur um Thomas nicht begegnen zu müssen. Feige war das. Das wusste sie. Sie hatte ihn verletzt. Und jetzt wünschte sie sich einfach nur, ihn nicht zu treffen.

Michel war aus dem tiefen, erschöpften Schlaf, in den er gesunken war, abrupt aufgewacht, als er vor der Tür den Lärm hörte, den die Männer der Müllabfuhr machten. Er hatte einen Moment gebraucht, um sich zu orientieren. Natürlich, er war in der Garage. Wo er doch eigentlich damit hatte anfangen wollen, das hübsche kleine Auto, das Monique damals hier stehen gelassen hatte, für Marie herzurichten. Und jetzt war es schon fast acht Uhr, und er hatte noch nicht einmal herausgefunden, ob das Auto überhaupt noch fahrbereit war. Er schalt sich einen alten Esel. Im Sessel einzuschlafen. Dann hätte er gleich zu Hause in seinem Bett schlafen können. Dann würden ihm auch die Knochen nicht so weh tun. Die Sonne fiel flach durch das kleine Fenster auf das Auto, in das sich Monique auf den ersten Blick verliebte, als er es ihr damals zum zweiten Hochzeitstag geschenkt hatte.

Das ist viel zu teuer, Michel, hatte sie ausgerufen und sich sofort strahlend hinter das Steuer gesetzt. So ein hübscher kleiner Sportwagen war schon immer ihr Traum gewesen. Das wusste Michel, und als er in der Zeitung eine Anzeige gesehen hatte, in der das Auto zum Verkauf angeboten wurde, hatte er nicht gezögert und das Auto für Monique gekauft. Einen Sommer lang war sie stolz und vergnügt mit dem Cabrio gefahren. Sie hatte ihn, wenn er Landurlaub hatte, zu Spritztouren mit Picknick und allem Drum und Dran eingeladen. Michel konnte einen wehmütigen Seufzer nicht unterdrücken, als er an die Ausflüge dachte, die sie zusammen unternommen hatten. Wie gut es ihnen gegangen war. Wie glücklich sie gewesen waren. Und so sicher, dass ein wunderbares Leben vor ihnen lag.

Als das Ende über sie hereingebrochen war, hatte Monique sich geweigert, das Auto mitzunehmen. Nichts, gar nichts hatte sie von Michel haben wollen. Nicht den schönen alten Schrank, den sie gemeinsam gekauft hatten, nicht den Sessel, in den sie sich immer mit ihrem Baby zum Stillen gekuschelt hatte. Nichts.

Das Kapitel war abgeschlossen. Es sollte nichts geben, was sie daran erinnerte. Auch nicht das kleine Auto. Ein paarmal hatte Michel in den folgenden Jahren daran gedacht, das Auto zu verkaufen. Das Interesse an Oldtimern wuchs ständig. Er hätte einen guten Preis dafür erzielen können. Doch er hatte es nicht über sich gebracht. So hatte das kleine Auto in der Garage einen Dornröschenschlaf gehalten. Aus dem er es jetzt wecken wollte. Ob er Marie erzählen würde, dass das Auto ihrer Mutter gehört hatte, hatte er noch nicht entschieden. Erst wollte er es auf Vordermann bringen. Alles andere würde er später entscheiden. Es war gut, dass das Café heute Ruhetag hatte. So konnte er den ganzen Tag in der Garage verbringen und würde heute Abend vielleicht schon wissen, wann er Marie das Auto würde schenken können. Bevor er mit der Arbeit anfing, musste er aber unbedingt einen Kaffee haben und sein unvermeidliches Frühstückscroissant. Das mit der Schokoladenfüllung, das die Bäckerin in der Rue Lumière so unvergleichlich gut machte. Es würde ein guter Tag werden, das wusste er.

Das war ja ihr Vater! Einen Moment lang wunderte Marie sich, als sie ihren Vater aus der kleinen Querstraße kommen sah. Einen Coffee-to-go in der Hand und eine kleine Tüte, in der sich sicher das Schokocroissant befand, das er so liebte. Dass er sich ein Frühstück bei Madame Souril geholt hatte, wunderte sie nicht. Das machte er öfter, wie er ihr verlegen gestanden hatte, als sie ihn eines Morgens mit dem Schokoladenhörnchen erwischte.

»Ich geb es zu, es ist nicht besonders männlich, aber ich steh nun mal auf diese süßen Dinger.« Michel hatte sie angesehen wie ein Schuljunge, den man beim heimlichen Rauchen ertappt hatte. Marie musste bei der Erinnerung an diesen Moment lächeln. Wie sehr sich Männer immer bemühten, stark und männlich zu wirken. Ihre Schritte wurden schneller. Vielleicht konnte sie ihn jetzt gleich nach Leon fragen. Und ihm von ihrem Verdacht erzählen. Als sie seinen Namen rief, hatte Michel gerade die Tür zur Garage geöffnet.

»Marie? Was machst du denn hier um diese Zeit? Wir haben Ruhetag, da könntest du doch ausschlafen!«

Er wollte die Tür schließen, doch Marie stand schon neben ihm.

»Und du? Was hast du in diesem Schuppen versteckt? Schmugglerware vielleicht?«

Ehe er sich's versah, hatte Marie die Tür aufgedrückt.

»Nicht. Das ist nicht für deine Augen bestimmt, Marie. Jedenfalls jetzt noch nicht. Es soll eine Überraschung werden.«

»Aber das ist ja … Papa, das ist ja ein Peugeot 403.«

Er konnte sich nicht erklären, wieso sie ihn so erschrocken ansah.

»Jetzt, nachdem du ihn gesehen hast, kann ich es dir auch erzählen.« Er war enttäuscht, weil sie ihm mit ihrer Neugier seine Überraschung kaputtgemacht hatte. Aber wenn sie das Auto nun schon gesehen hatte, konnte er ihr auch erklären, was es damit auf sich hatte.

»Ich habe das Auto vor vielen Jahren deiner Mutter geschenkt. Ich wollte es jetzt …« Er brach ab, als er den fassungslosen Gesichtsausdruck sah, mit dem Marie um das Auto herumging. Jetzt blieb sie stehen. Starrte auf die Schnauze des Autos. Was war denn plötzlich los?

»Papa, ist das dein Auto?« Ihre Stimme war ganz klein.

»Ich hab es doch gerade gesagt, das Auto hat deiner Mutter gehört.«

»Ich habe eine Scherbe gefunden, die genau zu dem Schaden an dem linken Scheinwerfer hier passt.«

Welcher Schaden? Das Auto hatte keinen Schaden. Es war total in Ordnung gewesen, als er es das letzte Mal gesehen hatte.

»Die Scherbe lag im Gras, gleich neben der Stelle, an der Céline überfahren worden ist.«

Michel hatte keine Ahnung, wovon Marie redete. Sie war ganz weiß im Gesicht. Starrte ihn unverwandt an.

»Willst du mir nicht sagen, was passiert ist?«

»Was soll denn passiert sein? Marie, ich habe keine Ahnung, wovon du redest. Ich weiß nichts von einer Scherbe. Das Auto war immer total intakt.«

»Bis du Céline angefahren hast.«

Was sagte sie da? In Michels Kopf taumelten Maries Worte durcheinander. Das konnte sie nicht ernst meinen. Er musste sich verhört haben. Was hatte Moniques Auto mit Célines Tod zu tun?

Jetzt sah er das zerbrochene Scheinwerferglas. Er konnte sich nicht erklären, wie das passiert sein konnte. Das Auto hatte jahrelang nur in dieser Garage gestanden. Die immer abgeschlossen war. Er war nicht damit gefahren. Und es gab niemand anders, der einen Schlüssel hatte. Weder zur Garage noch für das Auto.

»Das kannst du doch nicht glauben. Dass ich etwas mit Célines Tod zu tun hätte ... Marie, wie kannst du so was auch nur eine Sekunde lang denken?«

Sie hatte es nicht glauben wollen, als Paul ihr von Claires Vermutung erzählt hatte. Sie hatte Paul gehasst in diesem Moment. Hatte ihn beschimpft. All die Argumente für Michels Schuld, die ihr durch den Kopf gegeistert waren, hatte sie weggewischt. Weil sie es nicht zulassen wollte. Weil sie nicht wollte, dass der Mann, den sie gerade erst als ihren Vater akzeptiert hatte, ein Mörder sein sollte. Und wenn kein Mörder, dann doch zumindest ein Mann, der eine sterbende Frau auf der Straße hatte liegen lassen und einfach davongefahren war, um sich seiner Strafe zu entziehen. Was sollte sie tun? Die Polizistin in ihr wusste es genau. Sie musste ihren Vater verhaften und zu den Kollegen nach Brest bringen.

Mit quietschenden Bremsen hielt ein Auto vor der Garage. Michel sah Marie an.

»Polizei. Michel Dumont, sind Sie da drin?«

»Du hast deine Kollegen schon gerufen?«

Michel machte die Tür weit auf.

»Ja?«

»Es tut mir leid, wir haben einen Hinweis bekommen, dass Sie einen Peugeot 403, Baujahr 1957, besitzen. Er soll in dieser Garage stehen.«

Als Michel Kommissar Tessier und seine Kollegin Madeleine in die Garage ließ, konnte Marie ihre Überraschung nicht verbergen.

»Ich habe das Auto gerade entdeckt. Mein Vater und ich waren schon auf dem Weg zu euch.«

Bernard Tessier musste nur einen Blick auf die linke Vorderseite des Autos mit dem zersplitterten Scheinwerfer tun.

»Monsieur Dumont, es tut mir leid, aber wir müssen Sie verhaften wegen des Verdachts der Tötung von Céline Marchand und der darauf folgenden Fahrerflucht …«

Michels fassungslosen Blick auf sie würde Marie nie in ihrem Leben vergessen. Ohne mit ihm zu reden, hatte sie die Polizei alarmiert? Sie hatte ihm nicht den Hauch einer Chance gegeben, ihr etwas zu erklären?

»Ich war es nicht. Ich habe Céline nicht getötet.«

Es war nur ein Flüstern, als sich Michel seine Jacke anzog. Ohne Marie noch einmal anzusehen, ging er mit den Polizisten zu dem Streifenwagen, der vor dem Schuppen geparkt war. Mit gesenktem Blick wartete er, bis Bernard Tessier die Tür geöffnet hatte, setzte sich auf den Rücksitz. Die Menschen, die sich inzwischen vor der Garage versammelt hatten und neugierig die Verhaftung eines der bekanntesten Bürger von Concarneau beobachteten, schien er nicht wahrzunehmen.

»Sagen Sie mir, wer Sie informiert hat? Wer wusste überhaupt davon, dass wir diesen Peugeot suchen? In der Presse habt ihr doch nichts verlauten lassen.«

»Wir wollten den Täter nicht aufschrecken. Dann hätte er ja die Möglichkeit gehabt, das Auto verschwinden zu lassen. Unsere Nachforschungen waren sehr diskret.«

»Aber irgendjemand muss davon gewusst haben. Hat der Anrufer seinen Namen nicht genannt?«

Bernard Tessier schüttelte den Kopf. Normalerweise versuchte er anonyme Hinweise zu ignorieren. Er hasste diese Art von Denunziantentum. Und wollte niemanden dazu ermutigen, indem er jedem solchen Hinweis nachging. Aber in diesem Fall? Er hatte keine Wahl, als der Anrufer sagte, dass man das Unfallauto in Michels Garage finden würde.

»Sie trauen doch meinem Vater nicht wirklich zu, dass er Céline getötet hat? Sie kennen ihn doch. Sie gehen in sein Lokal zum Essen. Sie …«

»Bis wir das Auto untersucht haben, bleibt er in U-Haft. Tut mir leid.«

»Aber wieso? Es besteht keine Fluchtgefahr. Ich verbürge mich für ihn. Und ich bin Polizistin.«

Bernard konnte Marie verstehen. Sie war es gewesen, die den Hinweis auf das Unfallauto gefunden hatte. Sie war es gewesen, die darauf gedrungen hatte, dass die Untersuchungen nicht eingestellt wurden. Und nun hatten ihre Bemühungen zu einem möglichen Täter geführt. Zu ihrem Vater.

»Was würden Sie tun, wenn Sie an meiner Stelle wären? Die Indizien sprechen eindeutig gegen Ihren Vater.«

Bernard versiegelte die Garage und nickte Marie zu. Stieg zu Michel und Madeleine ins Auto. Sie fuhren davon. Die Leute wichen zurück. Einige von ihnen waren fassungslos. Sie konnten nicht glauben, dass Michel der Täter sein sollte. Aber andere argumentierten wie der Kommissar. Man kann nun mal in die Menschen nicht hineinsehen, sagten sie. Und dass stille Wasser tief sein könnten. Und plötzlich glomm ein kleiner Funke auf. Marie bekam das Wort »Geliebte« mit. Wie durch einen Wind entfacht, entwickelte sich der Funke zu einem Feuer. »Céline«, war jetzt zu hören. Und »Sie und Michel haben sich immer gut verstanden. Sie waren beide allein. Wäre doch nicht ungewöhnlich, wenn sie sich gefunden hätten. Vielleicht hat sie ihn abgewiesen. Michel ist ein zorniger Mann.« Schon loderte die Flamme des Gerüchts lichterloh. Und die Menge konnte sich plötzlich sehr gut vorstellen, dass ein in der Seele verletzter Mann, wenn er auch noch so stolz war – wie Michel –, durchaus dazu fähig sein konnte, einen Menschen zu töten.

»Seid ihr alle verrückt geworden? Er ist einer von euch. Ihr kennt ihn. Ihr esst sein Essen. Ihr bewundert seine Kochkunst.« Maries Wutausbruch ließ die anderen verstummen. Einen Moment lang herrschte verlegene Ruhe. Dann gingen die Menschen auseinander. Ihr Tagwerk wartete auf sie. Michel Dumont aber wurde in einem Streifenwagen nach Brest gefahren, wo er dem Untersuchungsrichter vorgeführt werden sollte.

7

Marie hatte ganz vergessen, dass Thomas in Michels Haus auf sie wartete. Sie schämte sich dafür, dass sie die Verhaftung ihres Vaters als Vorwand nahm, nicht mit ihm reden zu können. Sie musste einen Anwalt suchen. Das war im Moment das Wichtigste.

Violette, die sofort gekommen war, als sie von dem Vorkommnis gehört hatte, saß vollkommen verstört am Küchentisch.

»Wie können die so was auch nur denken? Michel ist kein Mörder. Er ist der beste Mensch, den ich kenne.«

Die Kellnerin, die seit mehr als zehn Jahren für Michel arbeitete, wischte sich die Tränen aus dem sommersprossigen Gesicht.

»Hast du von dem Auto gewusst?«

»Nein. Ich hab nicht mal gewusst, dass Michel diese Garage in der Rue Saint Jacques hat. Er ist immer nur mit dem Pickup gefahren. Und vor dem hatte er einen Volvo Kombi und davor irgend so ein italienisches Auto …«

»Das heißt, du hast auch keine Ahnung, wo er den Schlüssel zur Garage und dem Auto aufbewahrt hat?«

»Soll das heißen, du verdächtigst jetzt mich? Dass ich das Auto gefahren habe?«

Violettes grüne Augen wurden fast farblos angesichts dieses Verdachts.

»Natürlich nicht. Aber, wenn er die Schlüssel irgendwo aufbewahrt hätte, wo sie frei zugänglich wären, na ja, dann könnte es ja auch ein anderer gewesen sein.«

Es war eine vage Hoffnung, die Marie durch den Kopf schoss. Aber selbst wenn sich der Untersuchungsrichter auf die Möglichkeit einließ, dass auch jemand anders Zugang zu dem Schlüssel gehabt haben konnte, dann bliebe immer noch die Frage, um wen es sich dabei gehandelt hatte.

»Michel ist verhaftet worden. Er steht im Verdacht, Céline getötet zu haben.«

Leon ließ die Hände sinken. Die Krawattenenden, die er gerade zu einem Knoten verbinden wollte, fielen auf seine Brust.

Merkwürdig, dachte Claire, als sie ihren Mann so vor dem Spiegel stehen sah. Ein Mann in Strümpfen, die Hosenbeine, die etwas zu lang auf den Fußspann fielen, die losen Enden der Krawatte, der offene Hemdkragen, wie verletzlich er da wirkte. Und dann auch noch dieser verlorene Blick dazu – durchaus auch ein wenig armselig.

»Was für ein ausgemachter Blödsinn!« Leon riss sich zusammen. »Wer hat sich denn so was ausgedacht?«

»Die Polizei hat in seiner Garage das Auto gefunden, mit dem Céline überfahren worden ist. Du erinnerst dich doch an das schnuckelige Cabrio, das er Monique geschenkt hatte. Es stand wohl all die Jahre in einer Garage, die Michel gemietet hatte.«

»Und du glaubst diesen Blödsinn?« War es Verachtung in Leons Blick, mit der er sie ansah? Claire hob die Schultern.

»Was ich glaube, ist vollkommen unwichtig. Aber gegen eindeutige Beweise kann man einfach nichts sagen.«

Leon wandte sich wieder seinem Krawattenknoten zu. Seine Hände zitterten, als er die seidenen Enden umeinanderzuwinden versuchte. Es brach alles auseinander. Caspar ein Erpresser? Michel ein Mörder? Plötzlich fühlte er sich unendlich müde. Er wollte nichts mehr hören. Nichts mehr sehen. Er wollte nichts mehr fürchten. Einfach nur still dasitzen und seinem Atem zuhören, das würde er nun gern.

»Er soll Célines Geliebter gewesen sein. Und als sie die Sache beenden wollte ...« Claires Gesicht war seinem ganz nah, als sie ihm die Krawatte aus den Händen nahm und sie mit ein paar Griffen zu einem perfekten Windsorknoten schlang.

»... hat er sie getötet? – Claire! Das glaubst du doch selbst nicht. Erstens gab es keinen Mann in Célines Leben. Das hätte ich gemerkt. Zweitens gab es in Michels Leben nach Moniques Weggang zwar hin und wieder so etwas wie eine Geliebte, aber die waren immer von außerhalb, und nach spätestens einem halben Jahr war die Sache auch beendet. Er hat nie aufgehört, Monique zu lieben. Und deswegen hatte er auch keinen Grund, nicht den geringsten Grund, Céline umzubringen. Ich kann nicht verstehen, dass du so etwas vollkommen Abwegiges glaubst.«

»Ich sagte nicht, dass ich das glaube.« Claires Stimme klang, als würde sie mit einem widerspenstigen Kind reden. »Ich habe nur erzählt, was im Ort geredet wird.«

»Lass die Leute reden. Ich werde jetzt Maître Jumas anrufen. Er soll sich sofort um Michel kümmern. Du wirst sehen, heute Abend wird er wieder zu Hause sein.«

Als Leon aus dem Raum eilte, runzelte Claire die Stirn. Sie hatte sich so viel Mühe gegeben. Konnte es sein, dass sie sich verkalkuliert hatte?

Leon war überrascht, Caspar in seinem Bett vorzufinden. Tief schlafend wie ein Baby. Nachdem er das Boot dem Verleiher in Brest zurückgebracht und das Geld in einem Bankschließfach verstaut hatte, war er mit seinem Bulli zurück zum Schloss getuckert, wo er sich sofort ins Bett gelegt hatte und in einen ruhigen Schlaf gesunken war.

Leons Blick wurde mild. Dieser Junge mit den schlafroten Backen und den langen blonden Locken, der aussah wie ein Botticelli-Engel, hatte das kalte Herz eines Teufels? Was würde er antworten, wenn er ihn jetzt aufweckte und fragte, wo die Million sei? Würde er ihn verblüfft ansehen? Nicht wissen, was er meinte? Oder würde er ihm eine hastige Lügengeschichte auftischen, wozu er das Geld brauchte und wieso er sich nicht getraut hatte, ihn zu fragen?

Mit einem leisen Seufzer setzte sich Leon auf den Stuhl, den Caspar vor Jahren knallrot lackiert hatte, ohne darauf zu achten, dass es sich um einen Stuhl aus einem der Schlösser von Napoleon gehandelt hatte. Er konnte den Blick nicht von seinem Sohn wenden.

»Wieso hast du mich verlassen?« Er verzog das Gesicht, als er das Pathos dieser Frage in sich aufschwingen fühlte. Aber war das nicht wirklich die Frage, die ihm in der letzten Zeit so sehr zu schaffen machte? Wieso hatte Céline ihn verlassen? Wieso drohte Michel, ihn zu verlassen? Und Caspar? Was gab es für einen Grund für diesen Jungen, den er liebte wie niemanden sonst auf der Welt, ihn zu verlassen?

»Was hast du gesagt?« Als Caspar die Augen aufschlug und seinen Vater vor seinem Bett sitzen sah, war er sofort hellwach.

»Hab ich verschlafen? Tut mir leid. Diese Vernissage gestern, ich hab wohl ein Glas zu viel gehabt. Gib mir drei Minuten, und ich bin einsatzfähig.« Nackt wie er war hastete er durch das unaufgeräumte Zimmer, suchte sich seine Sachen zusammen und verschwand im Bad.

»Oder willst du schon mal vorausfahren? Ich komme dann sofort …«

»Ich wollte dir nur einen schönen Tag wünschen. Ich muss nach Brest. Hab eine Menge zu erledigen.«

Caspar kam noch einmal aus dem Bad heraus. Er hatte ein Handtuch um seinen Bauch geschlungen, das er lässig festhielt.

»Nach Brest? Na, dann viel Spaß. Und mach dir keine Sorgen, ich rocke den Laden schon.«

Leon konnte nicht gehen. Es fiel ihm so schwer, in diesem hübschen Mann einen Erpresser zu sehen. Er hoffte, dass er irgendetwas würde entdecken können, das auf eine Verwechslung deutete, irgendetwas, das auf Caspars Unschuld hinwies.

»Da bin ich mir sicher. Ach, Caspar, was ich mir überlegt habe – wenn du so weitermachst, würde ich dir gern spätestens zum neuen Jahr Prokura geben.«

»Ey, super. Das freut mich, dass du mir so vertraust, Mann.«

Diese freudige Überraschung in seiner Stimme. Dieser freundschaftliche Klaps auf die Schulter. Alles gespielt?

»Ich hoffe, dass ich bis dahin auch schon so weit bin, so viel Verantwortung zu übernehmen. Du weißt ja, ich will dich nicht enttäuschen.«

Er ging nun wirklich unter die Dusche zurück. Leon hörte das Wasser prasseln. Und die raue Stimme seines Sohnes, die unbekümmert ein Beatles-Lied sang.

»Michelle, ma belle …«

Er hatte nicht mit der Wimper gezuckt, als Leon ihm die Prokura angeboten hatte. Hatte sich gefreut, wie sich jeder ehrgeizige junge Mann freuen würde. Leon verstand nicht, was Caspar für ein Spiel spielte. Er hatte keine Idee, was sein Sohn plante. Er hatte ihn verloren.

So nicht, Alter, dachte Caspar, als er sich unter der Dusche mit dem teuren Duschgel einseifte, das ihm seine Mutter immer besorgte. *Damit kannst du mich nicht aufhalten.*

Fein hatte sein Vater sich das ausgedacht. Ihm Prokura zu geben. Und ihn damit noch enger an die Firma zu ketten. Es sollte wohl ein Lob für seine Arbeit sein. Oder ein Vertrauensbeweis.

Pech gehabt. Im neuen Jahr bin ich schon längst am anderen Ende der Welt. In meinem neuen Leben …

Er hatte diesen traurigen Schimmer in den Augen seines Vaters sehr wohl gesehen. Ja, erpresst zu werden war nicht schön. Die Million würde er sicher verschmerzen. Aber das Gefühl, einem Unbekannten ausgeliefert zu sein, das musste weh tun. Er hatte es ihm gegeben. Er, Caspar, hatte den großen Leon Menec in die Knie gezwungen. Was für ein großartiges Gefühl.

Marie stieg vom Rad, als sie zu der von eindrucksvollen Eichen gesäumten Auffahrt kam, die zu Leons Schloss führte. Noch standen die alten Bäume im dichten Laub, das sich wie ein Dach über den sandigen Weg spannte. Obwohl Leon sie wiederholt eingeladen hatte, ihn einmal zu besuchen, war es nun das erste Mal, dass sie wirklich zum Schloss ging, das sich am Ende der Auffahrt prächtig aufbaute. Als wolle sie noch etwas Zeit gewinnen, schob sie ihr Rad langsam die kleine Anhöhe hinauf. Versuchte währenddessen, ihre Gedanken zu ordnen. War es wirklich richtig, Leon Menec um Hilfe zu bitten? War es nötig? Was erwartete sie überhaupt von einem Mann, von dem sie dachte, dass er erpresst wurde? Aber hatte sie denn eine Wahl? Sie kannte kaum jemanden in der Gegend. Und schon gar keinen Anwalt. An wen, wenn nicht an Leon konnte sie sich wenden? Es musste ihr einfach egal sein, was sie gesehen hatte. Falls Leon wirklich erpresst werden sollte, musste sie das von sich wegschieben. Seine Probleme gingen sie nichts an. Das Problem ihres Vaters dagegen schon. Leon musste ihm helfen.

»Marie.« Leon wunderte sich nicht, als er Marie die Auffahrt zum Schloss heraufkommen sah.

»Ich bin schon auf dem Weg nach Brest. Mein Anwalt Maître Jumas wird sich um Michel kümmern. Spätestens heute Abend ist er wieder zu Hause.«

»Genau darum wollte ich dich bitten. Ich kenne hier keinen Anwalt, und da dachte ich, dass du vielleicht ...«

»Ich hab die Sache schon in die Hand genommen. Mach dir keine Sorgen. Diese absurde Verdächtigung wird sich in kürzester Zeit in nichts auflösen.«

Er glaubte an Michels Unschuld. Marie war unendlich erleichtert. Wenigstens einer, der Michel nicht sofort verurteilte.

»Ich kann mir vorstellen, wie dir zumute ist. Der eigene Vater unter so einem fürchterlichen Verdacht. Das ist grauenvoll.«

»Du glaubst also nicht, dass Michel und Céline eine Affäre hatten?«

Leon lachte auf.

»Absurd. Vollkommen absurd. Sie hätten es niemals geheim halten können. Wir sind hier in einer kleinen Stadt. Jeder beobachtet jeden. Wenn Michel und Céline sich auch nur einmal getroffen hätten, hätte es jeder gewusst. Egal, wie geheim sie es hätten halten wollen. Und außerdem, selbst wenn Michel Céline geliebt und sie ihn nicht erhört hätte – man kann deinem Vater viel nachsagen, aber damit hätte er umgehen können.«

Leon sah die Erleichterung in Maries Gesicht. Und einen Moment lang stieg in ihm ein Gefühl des Neides auf. Womit hatte Michel diese Tochter verdient? Die ihn liebte. Die sich für ihn einsetzte. Die einfach an seine Unschuld glauben wollte. Dieser Mann, der damals sein Kind einfach aufgegeben hatte. Der sich, im Gegensatz zu ihm, nicht für sein Kind interessiert hatte. Der nichts, aber auch gar nichts für sie getan hatte. Wieso kämpfte diese junge Frau für ihren Vater? Sie hätte allen Grund gehabt, ihn fallen zu lassen. Sich von ihm abzuwenden. Einfach wegzugehen in ihr altes Leben. Jeder, sogar Michel hätte das verstanden. Aber sie blieb bei ihm. Und Caspar, der Sohn, für den er sein Leben gegeben hätte, stellte sich gegen ihn. Das war nicht gerecht.

Als Leon Marie zunickte und ihr noch einmal versprach, dass alles gut würde, glaubte sie ein Zittern in seiner Stimme zu hören. Da war etwas unter der selbstbewussten Oberfläche, die er zur Schau stellte, das nicht zu ihm passte. Das Lächeln, das aufmunternd sein sollte, hatte einen leisen Anflug von Traurigkeit. Hatte es mit der Erpressung zu tun, die ihm auf der Seele liegen musste? Sie konnte sich nicht entschließen, ihn nach den Geschehnissen am Hafen zu fragen. Falls sie mit ihrer Vermutung recht haben sollte, hatte sich Leon entschlossen, die Sache allein zu regeln. Und in diesem Moment konnte sie nichts anderes tun, als es zu akzeptieren

8

Die Ereignisse überschlugen sich. Als Paul Marie aufsuchen wollte, hörte er als Erstes von der aufgelösten Violette, was geschehen war. Michel verhaftet? Also doch. Sein Auto war es gewesen, das Céline überfahren hatte. Es hörte sich an, als gäbe es daran nicht den geringsten Zweifel. Er musste Marie finden.

Sie würde am Boden zerstört sein. Er wollte sie in die Arme nehmen. Sie trösten. Ihr sagen, dass es ihm leidtäte. Aber tat es ihm wirklich leid, dass Michel verhaftet worden war? Wenn er wirklich für Célines Tod verantwortlich war, war das gerecht. Er musste seine Strafe bekommen. Auch wenn er Maries Vater war.

Am liebsten hätte er sie gesucht. Doch er wusste nicht, wo er hätte anfangen sollen. Möglicherweise war sie ja schon nach Brest gefahren, um mit dem Staatsanwalt zu reden. Oder hatte sie ihre Sachen gepackt und war vor dieser neuen Ungeheuerlichkeit einfach geflohen? Er wünschte, sie würde sich bei ihm melden. Zuflucht und Trost bei ihm suchen. Wieso hatte sie ihn nicht angerufen? Wieso hatte sie nicht das Bedürfnis gehabt, ihm zu erzählen, was passiert war?

Die Erklärung stand in der nächsten Sekunde in der Person von Thomas Berger vor ihm. Der das Haus mit einer kleinen Reisetasche verließ und auf den Mercedes zuging, der vor dem Haus geparkt war.

»Richten Sie ihr aus, dass ich zurückfahren musste«, sagte er mit kaum unterdrücktem Ärger zu Violette, die mit ihm aus dem Haus trat.

»Ich hätte mich gern von ihr verabschiedet, aber wenn sie niemandem sagt, was sie vorhat… Sie geht ja nicht einmal an ihr Handy.«

»Sie wird bestimmt bald zurück sein.« Violette versuchte, Thomas zu beschwichtigen. Doch der winkte nur ab. Er ging an Paul vorbei zu seinem Auto. Und fuhr davon.

Paul hatte sofort erkannt, um wen es sich bei dem verärgerten Mann handelte. Das Auto mit der Pariser Nummer, die teure Reisetasche, der elegante Mantel, die ganze städtisch selbstbewusste Attitüde. Dazu die offensichtliche Verärgerung über Marie. Das konnte nur Thomas Berger sein, der Banker, mit dem Marie liiert war.

Thomas Berger war also hier. Wann war er gekommen? Und

wieso hatte ihm Marie das verschwiegen? Plötzlich verstand Paul, wieso sie in der Nacht nicht zu ihm gekommen war. Wie hätte sie das können, wenn der Mann, mit dem sie zusammenlebte, sich in Concarneau aufhielt? War er schon vor der Vernissage angekommen? Hatte sie gewusst, dass er auf sie wartete, als sie ihn in Sabines Küche geküsst hatte? Aber dieser Kuss – war er nicht so etwas wie ein Versprechen gewesen? Und eine Versöhnung? Und eine Verheißung? Plötzlich wusste er nicht mehr, ob er seinen Gefühlen trauen konnte. Wieder einmal wusste er es nicht. Andererseits, Thomas Berger war gerade weggefahren. Er war in diesem Moment, in dem es Marie einfach nicht gut gehen konnte, nicht hiergeblieben. An ihrer Seite. Er hatte sich ins Auto gesetzt und war gefahren. Würde er das tun, wenn sie noch zusammen wären?

Wieso war er nicht zu Hause? Jetzt, da sie ihn gebraucht hätte, war er nicht da. Wusste er überhaupt von Michels Verhaftung? Vielleicht saß er ahnungslos in der Uni über seinen Studien. Sie verfluchte ihr Handy zum tausendsten Mal an diesem Morgen. Wie oft hatte sie sich vorgenommen, den Akku austauschen zu lassen. Aber war es nicht immer so? Immer wenn man die verdammten Dinger am nötigsten brauchte, gaben sie den Geist auf. Sie hinterließ eine Notiz auf dem Küchentisch, küsste Merlin, der treu und geduldig auf seinen neuen Herrn wartete, auf den schönen Kopf.

»Salut, mein Schöner. Es ist so schade, dass du nicht reden kannst. Du würdest ihnen doch erzählen, dass Michel es nicht war, oder?«

Sie fröstelte, als sie auf die Terrasse des Leuchtturmhauses trat. Der Wind hatte gewechselt. War er noch gestern mild und spätsommerlich gewesen, kam er jetzt von Norden und brachte eine schneidende Kälte mit. Die Wolken hingen tief über dem Meer, dessen bleigraue Wellen mit blendend weißen, unheilverkündenden Schaumkronen versehen waren. Sie zuckte zusammen, als sie die Schreie vernahm. So qualvoll klangen sie, als würden sie vom Tod künden. Obwohl sie sie schon einige Male gehört hatte, lief ihr wieder ein Schauer über den Rücken. Vor ihren Augen erstand das Bild des Schiffes, das von der tosenden Macht der Wellen hin und her geworfen wurde. Wie ein winziges Ruderboot war es der Gewalt der Natur ausgeliefert. Unsteuerbar. Unrettbar. Das Geräusch des berstenden Stahls, als es in der Mitte auseinanderbrach, schlug über Maries Kopf zusammen, ein tiefes, fast menschliches Stöhnen, übertönt von den Todesschreien der Männer, die mit dem Schiff in der Tiefe versanken. Hatte damals alles angefangen? Als zwölf Männer ihr Leben verloren und nur ein einziger, ihr Vater, es schaffte, sich zu retten?

Die Erleichterung, die sich Pauls bemächtigte, als er Marie vor seinem Haus stehen sah, als er auf dem Motorrad herangefahren kam, wich in einer Sekunde der Sorge, als er die Verzweiflung spürte, die sich in ihrem Gesicht eingrub. Sie festhalten, sie wärmen, sie beschützen – das war es, was er tun wollte. Der Ärger darüber, dass sie ihm nichts von Thomas erzählt hatte, löste sich in dem Moment in nichts auf, als er das Zittern, das ihren Körper erschütterte, spürte.

»Paul.« Wie ein Schluchzen klang es, als sie sich an ihn drängte.

»Ich habe gehört, was geschehen ist.« Er drückte sie eng an sich. Seine Arme umschlangen sie fest. Er würde sie nicht mehr loslassen.

»Es war sein Auto. Daran gibt es keinen Zweifel. Die Scherbe, die ich gefunden habe, ist der Beweis.« Dieser furchtbar trostlose Blick, mit dem sie ihn ansah. »Wenn ich daran denke, dass die Polizei die Ermittlungen eingestellt hatte. Ich bin schuld, dass sie ihn verhaftet haben. Ich habe nicht lockergelassen. Bis ich diese verdammte Scherbe gefunden habe. Ich habe meinen Vater ins Gefängnis gebracht.«

Ihre Schuldgefühle waren übermächtig.

»Du glaubst trotzdem nicht, dass er es war?«

Paul zog sie in sein Haus. In dem Moment, als er die Tür hinter sich zuzog, herrschte Stille.

»Wenn du seinen Blick gesehen hättest. Diese Enttäuschung. Er hat geglaubt, dass ich ihn verraten hätte. Dabei hatte ich gar keine Zeit gehabt, die Kollegen zu rufen.«

»Also glaubst du …«

»Ich weiß überhaupt nicht, was ich glauben soll. Als Polizistin sehe ich die Beweise. Es muss dieses Auto gewesen sein. Von dem keiner etwas wusste. Wer also außer ihm soll es gefahren haben?«

»Aber er leugnet es?«

Ich habe Céline nicht getötet. Diese furchtbare Verzweiflung konnte doch nicht gespielt sein. Und diese Hoffnungslosigkeit in seinem Blick, als würde er wissen, dass es keine Chance für ihn gab, jemals zu beweisen, dass er unschuldig war.

Der Nordwind wuchs sich zu einem Sturm aus, der an den Fensterläden des kleinen Hauses rüttelte. Wieso konnte sie nicht einfach nur hierbleiben? In der Stille des Hauses, geschützt vor dem Wetter. Und vor allen anderen Unbilden, die ihr Leben gerade so durcheinanderwarfen wie das Schiff, das damals auf dem Meer zerbrochen war? Einfach so tun, als gäbe es nur sie und Paul und den weißen Hund. Keine Enttäuschungen, keine Ängste. Aber das war nicht sie. Sie wollte nicht weglaufen. Selbst wenn sie es gekonnt hätte – sie würde es nicht tun. So wie sie zurückgekommen war, um sich der Vergangenheit, die Michel ihr hatte vorenthalten wollen, zu stellen, so würde sie sich jetzt nicht davor drücken, sich an Michels Seite zu stellen.

Paul sah erstaunt, wie klar und entschlossen Maries Blick wieder war, als sie ihm sagte, dass sie ihrem Vater helfen müsste.

»Mein Vater ist kein Mörder. Ich muss es beweisen.«

Der Schäfer kam Paul in den Sinn. Er hatte zwar gesagt, dass er an jenem Abend weit vom Unfallort entfernt gewesen war, aber konnte es nicht sein, dass er Michels Auto irgendwo gesehen hatte?

»Ich muss mit dem Schäfer reden.« Es war, als hätte sie seine Gedanken gelesen. »Sobald der Sturm sich gelegt hat, suche ich ihn.«

Michel starrte auf den Boden der Zelle, in der sie ihn untergebracht hatten. Das Auto. Wie kam die Scherbe von dem zerbrochenen Scheinwerfer an den Unfallort? Irgendjemand musste sie dorthin gebracht haben. Irgendjemand, der ihn aus dem Weg haben wollte. Aber wer war das? Leon. Natürlich war Leon der Erste, der ihm einfiel. Aber war er zu so etwas fähig? Sie waren Freunde. Trotz allem, was zwischen ihnen stand, waren sie immer noch Freunde. Aneinandergekettet durch das Wissen um die Geschehnisse auf der *Helena*. Er konnte sich nicht vorstellen, dass Leon zu so einem perfiden Mittel gegriffen haben konnte. Außerdem – musste er nicht fürchten, dass Michel, wenn er im Gefängnis saß und jede Hoffnung verloren hatte, auch endlich über den Untergang der *Helena* reden würde? Wenn man ihn wegen Célines Tod verurteilte, hätte er nichts mehr zu verlieren. Wieso sollte er dann nicht auch gestehen, was in jener Nacht wirklich geschehen war? So dumm war Leon nicht. Er konnte es nicht gewesen sein. Wer aber war es dann? Michel war sich sicher, dass kein Mensch wusste, dass er Moniques Auto immer noch besaß. Nicht dass er absichtlich daraus ein Geheimnis gemacht hatte. Jahrelang hatte er selbst nicht an das Auto gedacht. Als Monique damals weggegangen war, hatte er es einfach nur aus den Augen haben wollen. Und deshalb den kleinen Schuppen gekauft, den er zur Garage umfunktioniert hatte. Er hatte niemandem davon erzählt, einfach weil es keinen Menschen etwas anging. Natürlich, der Schlüssel lag in einer Schublade im Restaurant. Jeder, der sich für kurze Zeit dort unbeobachtet aufhielt, hätte ihn nehmen können. Aber dazu müsste er von dem Auto gewusst haben. Und – das war das Wesentliche – er müsste den Wunsch gehabt haben, ihm zu schaden. Hatte es überhaupt einen Zweck, weiter darüber nachzugrübeln? Vielleicht war das die gerechte Strafe, die er nie bekommen hatte? War es nicht egal, weswegen man ihn einsperrte? Er hatte Unrecht getan, als er zu Leons Mitwisser geworden war. Er hatte einen Meineid für seinen Freund geschworen. Grund genug, bestraft zu werden. Vielleicht schlug das Schicksal nun zu. Vielleicht sollte er die Strafe, die ihn jetzt erwartete, einfach demütig annehmen. Reichte es nicht, wenn er wusste, dass er sie verdient hatte? Er legte sich auf das schmale harte Bett und schloss die Augen. Maries Blick, als sie das Auto entdeckte, tauchte in seiner Erinnerung auf. Diese furchtbare Enttäuschung. Er konnte es ihr nicht verübeln, dass sie dachte, er müsste etwas mit Célines Tod zu tun haben. Er hatte sie angelogen. Er hatte sie verletzt. Wieso sollte sie ihm nicht auch zutrauen, einen Menschen getötet und sich feige aus dem Staub gemacht zu haben? Er konnte die Tränen nicht zurückhalten, als er an Marie dachte. Es war gekommen, wie er es immer vermutet hatte. Er hatte es nicht verdient, glücklich zu sein. Und dieser schmale Hoffnungsschimmer, der am Horizont aufgetaucht war, als Marie zu ihm zurückgefunden hatte, war nun endgültig verschwunden. Wie hatte er auch nur glauben können, dass es für ihn eine Zukunft mit seiner Tochter gegeben hätte? Das Schicksal vergaß nichts. Es war erbarmungslos. Und er konnte nichts tun als das anzunehmen.

Als der Beamte die Zelle aufschloss, um Michel in einen Besprechungsraum zu bringen, wo Maître Jumas ihn erwartete, sagte er, er brauche keinen Anwalt. Die Entscheidung war gefallen. Michel war bereit, für sein Unrecht zu büßen.

Wenn Leon ihm den Anwalt geschickt hatte, weil er Angst hatte, dass Michel mit jeder Stunde, die er in Haft saß, verzweifelter werden und ihn am Ende vielleicht mit ins Unglück ziehen würde, so täuschte er sich. Leon hatte all die Jahre nichts von Michel zu fürchten gehabt. Er würde ihn nicht verraten. Wenn er mit seiner Schuld leben konnte, sollte er das tun. Er hatte nie versucht, ihn zu überreden, alles zu gestehen. Es war Leons Sache, wie er mit seiner Schuld zurechtkam. Michel sah keine Veranlassung, den Freund zu verraten. Er konnte sich sicher fühlen. Und Marie? Wollte er zulassen, dass sie damit lebte, einen Mörder zum Vater zu haben? Aber war das nicht der Preis, den er zu zahlen hatte? Es tat ihm weh, wenn er daran dachte, dass Marie ihn verurteilte. Aber sie würde lernen, damit zu leben. Sie würde zurückgehen nach Paris. Und eines Tages würde sie ihn vergessen haben. Es konnte nicht so schwer sein. Hatte sie doch alle die Jahre ohne ihn gelebt. Er würde sich für den Rest seiner Tage an die Erinnerung an diese kurze Zeit, die ihm mit Marie vergönnt war, klammern. Er würde ihre dunklen Augen sehen, die so aufleuchten konnten, wenn sie sich über etwas freute. Er würde ihr Lachen hören. Und ihre warme Stimme, die so sehr der Stimme von Monique glich, der einzigen Frau, die er geliebt hatte. Und die er nicht an seiner Seite hatte halten können. Ja, er war dankbar für diese Zeit mit Marie. Sie hatte angefangen, ihm zu verzeihen. Und, das glaubte er zumindest, sie hatte angefangen, ihn zu lieben. Damit würde er sich zufriedengeben. Eine Zeit der Einsamkeit stand ihm bevor. Eine Zeit der Stille. Und eine Zeit der unendlichen Demut. Es war alles richtig so. Die Zeit der Sühne war für ihn angebrochen. Er würde sie annehmen. Und hoffen, dass ihm eines Tages verziehen werden würde.

Caspar wunderte sich nicht, dass sein Vater den ganzen Tag nicht in der Firma erschien. Er hatte ihm gesagt, dass er Termine außerhalb hatte. Vermutlich würde er danach gleich nach Hause fahren. Irgendwie war es merkwürdig. Seit er im Besitz der Million war, hatte Caspar kein Problem, die Tage in der Firma abzusitzen. Er erledigte Telefonate, sprach mit den Vorarbeitern der Fabrik, zeichnete Rechnungen ab. Und setzte sogar endlich die Anzeige auf, mit der sie nach einer neuen Chefsekretärin suchten, die auf die Dauer Célines Job übernehmen sollte. Der Druck war von ihm gewichen. Er war entspannt wie nie. Und er machte alles richtig.

Vielleicht ist doch ein Geschäftsmann an mir verloren gegangen. Vielleicht hat Maman damit recht, dass man an seinen Aufgaben wächst? Möglich war alles. Aber wahrscheinlicher war, dass er nur deshalb so gelassen war, weil man das Ende seiner Tage unter den Argusaugen seiner Mutter und dem ewigen Verständnis seines Vaters absehen konnte. Er musste nur noch entscheiden, wo er mit Marie schließlich leben würde. Neuseeland hatte er inzwischen ausgeschlossen. Es war zwar weit genug weg, aber in letzter Zeit hatten immer wieder schwere Erdbeben die Inseln erschüttert. Nicht dass er Angst gehabt hätte, in einem Erdbeben das Leben zu verlieren. Aber dass er sich mit Marie gerade eine Existenz aufgebaut hatte und dann würde durch ein Beben alles in Trümmer gelegt werden – das wollte er nicht riskieren. Aber es gab in der Welt noch einige abgelegene Flecken, in die sie sich zurückziehen konnten. Und vielleicht würde er sogar seine neu entdeckte unternehmerische Begabung einsetzen können. Vielleicht würden sie ein Hotel haben. Oder eine Surfschule. Oder ein Boot-Charterunternehmen. Es kribbelte in ihm, wenn er sich die vielen Möglichkeiten durch den Kopf gehen ließ. Und je mehr er darüber nachdachte, desto spannender sah seine Zukunft aus. Er würde es schaffen. Er würde etwas aus seinem Leben machen. Auf das am Ende sogar seine Mutter stolz sein könnte. Wenn sie je davon erfahren würde. Was aber nicht der Fall sein würde, denn das war gewiss: Seine Mutter würde er zurücklassen wie seine ganze Vergangenheit. Sie würde ihm nie mehr in sein Leben hineinreden können. Das Interessante war, dass er keine Spur des Bedauerns spürte, wenn er sich seine Zukunft ohne seine Mutter ausmalte. Dabei war er doch so lange, eigentlich die meiste Zeit seines Lebens, an ihrer Seite gewesen. Er hatte sie geliebt. Er war stolz auf sie gewesen, die schönste Mutter der Schulen, die er besucht hatte. Und als er im Internat gewesen war – hatte er sich nicht darauf gefreut, sie wiederzusehen? Hatten sie nicht fröhliche Zeiten miteinander verbracht? Wieso konnte er sie nun so ohne Weiteres aus seinem Leben streichen? Die Frau, die ihn geboren, ihm das Leben geschenkt hatte? Weil es kein Geschenk gewesen war, dieses Leben. Weil sie ihn jeden Tag daran erinnert hatte, dass er ihr irgendwann etwas dafür würde zurückgeben müssen. So etwas nannte man nicht Geschenk. Es war eine Bürde, die sie ihm aufgeladen hatte. Ohne ihn zu fragen. Ohne sich darum zu kümmern, ob er diese Bürde überhaupt tragen wollte und konnte. Nun, da er dabei war, diese Bürde abzustreifen und sein Leben so zu gestalten, wie er es wollte, spürte er keine Schuld. Und keine Reue. Er hatte sich nicht einmal das genommen, was ihm nach Ansicht seiner Mutter zustand. Er hatte sich nur so viel genommen, wie er glaubte zu brauchen, um sich von der unendlichen Last seiner Herkunft zu befreien.

Der Schäfer war wie vom Erdboden verschwunden. Nicht einmal die Spuren seiner Schafherde konnten Marie und Paul entdecken, als sie ihn beim Menhir suchten und dann bei dem großen Dolmenareal, an dem ihm Paul ein paarmal begegnet war.

»Marie Lamare«, meldete sie sich am Telefon. Paul erkannte sofort, wie fassungslos Marie war, als sie hörte, was der Anrufer am anderen Ende ihr zu berichten hatte.

»Aber das ist doch nicht möglich. Wieso wollte er nicht mit dem Anwalt reden? Er hat ein Geständnis abgelegt?«

Als sie den Hörer sinken ließ, war Paul sofort klar, was passiert sein musste.

Michel Dumont hatte vor dem Untersuchungsrichter gestanden, dass er Céline Marchand getötet hatte. Er war bereit, die Konsequenzen dafür zu tragen.

»Ich muss zu ihm. Bestimmt ist ihm nicht klar, was er gesagt hat. Er war es nicht. Er kann es einfach nicht gewesen sein.«

Es war merkwürdig, aber Paul überkam in diesem Moment nicht die Ruhe, die er erwartet hatte. Er hatte sich die ganze Zeit so sehr gewünscht, dass der Tod seiner Mutter aufgeklärt würde. Und jetzt? Wo er die ganze schreckliche Geschichte hätte abschließen können, war da Maries verzweifeltes Klammern an Michels Unschuld. Wieso konnten sie es nicht einfach gut sein lassen?

»Vielleicht hat er sie nicht gesehen. Vielleicht war es ein schrecklicher Unfall.« In dem Moment, in dem er das sagte, wusste er, dass Marie das niemals akzeptieren würde.

»Wenn ihm das passiert wäre, wenn es ihm wirklich passiert wäre – glaubst du, er hätte mir in die Augen sehen können? Glaubst du, er hätte einfach weiter in seiner Küche stehen und die wunderbarsten Gerichte kochen können? Glaubst du, er hätte an Célines Grab stehen können?«

Niemals würde sie das glauben. Da musste etwas anderes dahinterstecken. Ein Gedanke stieg in ihr auf: Was, wenn er wusste er, wer es war? Vielleicht kannte er denjenigen ja und versuchte nun, ihn zu decken.

»Er hätte sich gestellt. Selbst wenn er im Schock einfach weggefahren wäre – irgendwann wäre er zur Polizei gegangen und hätte alles gestanden.«

Er wollte Marie in die Arme nehmen. Doch sie riss sich los.

»Er war es nicht. Es ist völlig undenkbar, dass er es gewesen ist.«

Sie konnte sich auch nicht erklären, woher sie diese Sicherheit hatte. Aber sie war da. Und sie würde nicht einfach hinnehmen, dass ihr Vater ins Gefängnis kam für etwas, was er nicht getan hatte.

»Du hast selbst gesagt, dass man in die Menschen nicht hineinschauen kann. Weißt du, ob er dir nicht etwas vorgemacht hat? Vielleicht ist der wahre Michel doch der Lügner und Betrüger, für den du ihn am Anfang gehalten hast.«

Marie konnte verstehen, dass Paul so dachte. Es war seine Mutter, die bei dem Unfall ums Leben gekommen war. Musste es nicht ein Trost für ihn sein, wenigstens zu wissen, wer für ihren Tod verantwortlich war?

»Du hattest nicht einmal die Gelegenheit, sie kennenzulernen. Und kämpfst doch dafür, dass ihr Tod gesühnt wird. Verstehst du nicht, dass ich ebenso für meinen Vater kämpfe?«

Natürlich verstand er das. Aber er wusste nicht, was jetzt noch zu tun sein sollte. Was konnte Marie gegen Michels Geständnis machen? Zumal es so erdrückende Beweise gab?

Wie gut sie die Menschen kannte. Claire legte den Hörer auf und war mit sich zufrieden. Wenn sie einen Moment daran gezweifelt hatte, das Richtige getan zu haben, schien ihr Plan am Ende doch aufzugehen. Wie eine Marionette, deren Fäden sie in der Hand hatte, ging Michel genau die Schritte, die sie ihm vorgab. Sie konnte sich sehr gut vorstellen, wie er in seiner Zelle saß und mit einem Mal unendlich erleichtert war. Jetzt war für ihn die Zeit der Sühne gekommen, um die er sicher jeden Abend in seinem einsamen Bett gefleht hatte. Nur einen winzigen Moment lang war sie unsicher geworden, ob alles so funktionieren würde, wie sie es sich vorgestellt hatte. Als Leon seinen Anwalt Maître Jumas ins Spiel gebracht hatte. Den Experten auch für die aussichtslosesten Fälle. Und da Michel unschuldig war, hatte zu befürchten gestanden, dass er ihn tatsächlich in kürzester Zeit frei haben würde. Seine Stimme war deutlich verärgert gewesen, als er ihr am Telefon gerade gesagt hatte, dass Michel ihn nicht einmal hatte sehen wollen, geschweige denn sich von ihm verteidigen lassen wollte. Gut dass er Leon nicht erreicht hatte. Der hätte ihm sicher die Hölle heißgemacht. Hätte ihn gezwungen, weitere Versuche zu unternehmen, zu Michel vorzudringen. Jetzt hatte sie es in der Hand. Sie würde Leon erst einmal nichts davon erzählen, dass Michel ein Geständnis abgelegt hatte. Sie würde sagen, Jumas hätte angerufen und gesagt, alles ginge seinen Gang. Und irgendwann in den nächsten Tagen würde Leon erfahren, dass Michel gestanden hatte. Und sie würde da sein. Ihn trösten. Trösten darüber, dass sich sein Freund Michel als ein feiger Mensch erwies, der Leons beste Freundin Céline getötet hätte. Im Gegensatz zu Leon, der natürlich befürchten würde, dass Michel nun auch alles andere erzählen würde, war Claire ganz ruhig. Er würde den Freund nicht mit in den Abgrund reißen. Er würde die Gelegenheit zur Sühne, die sich ihm bot, wahrnehmen. Und er würde nie mehr aus dem Gefängnis herauskommen. Zufrieden schenkte sie sich ein Glas Champagner ein. Ein weiteres Puzzlestück ihres Plans lag nun genau da, wo es hingehörte. Sie hatte es in der Hand. Sie hatte dem Schicksal ein Schnippchen geschlagen. Ihr Wille war es, der das Spiel zu einem guten Ende bringen würde. Allein ihr Wille. Nicht mehr lange, und alles würde so sein, wie es sein musste.

Als sie wieder zum Hörer griff, war ihre Stimme durch die halbe Flasche Champagner, die sie inzwischen getrunken hatte, beschwingt.

»Florence, ma chère? Ich wollte hören, wie es deinem wunderbaren Plan geht? Hast du deinen Willen bekommen?«

Wenn sie vor einem anderen Menschen Respekt hatte, dann vor ihrer Freundin Florence, die sich vor Jahren mit einem untrüglichen Gespür für Macht und Geld den reichen Bauunternehmer François LaRue geangelt hatte. Die Tatsache, dass Florence bei Paul Racine noch nicht ganz zum Ziel gekommen war, beunruhigte sie nicht. Die Angel war ausgeworfen. Und sie musste sich schon sehr in Paul Racines wissenschaftlichem Ehrgeiz täuschen, wenn er sich am Ende nicht doch durch Florences Angebot locken lassen würde. Es war schließlich immer das Geld, das den Ausschlag gab. Selbst solche Menschen wie der ehrenhafte Archäologe Paul konnten sich der Verlockung des Mammons nicht entziehen. Auch wenn es nur darum ging, seine Forschungen weiterzuführen.

»Er hat sich ein paar Tage Bedenkzeit ausbedungen. Aber ich bin mir sicher, wenn er sich mein Angebot genau ansieht, kann er gar nicht ablehnen.« Florence lachte ihr helles Lachen. Sie war es nicht gewohnt, dass man ihr einen Wunsch abschlug.

»Ich hab das Glitzern in seinen Augen gesehen. Du kannst sicher sein, dass er den Köder geschluckt hat. Vielleicht schlägt er noch ein bisschen um sich, wenn er die Schnur bemerkt, an der er hängt. Aber es ist eine Schnur aus Gold. Die ihn auf direktem Weg zu Ruhm und Ansehen führen wird.«

Ein paar Tage. Vielleicht ein paar Wochen. Dann würde dieser Spuk vorbei sein. Das Leben würde in seine ruhigen Bahnen zurückfließen. Und sie, Claire Menec, würde einen heimlichen Triumph feiern.

Mit der Nacht wuchs sich der Sturm zu einem Orkan aus. Schwarz und sternenlos hing der Himmel tief über dem Meer. Die Wellen bäumten sich immer höher, bevor ihr Kamm in die dunklen unergründbaren Wellentäler brach. Die elegante Yacht tanzte wie ein Korken auf dem brodelnden Wasser. Winzig wie ein Spielzeugschiff war sie den Gewalten der Natur ausgeliefert.

9

Sie musste mit Leon sprechen. Musste ihn fragen, ob er sich vorstellen konnte, wieso Michel dieses Geständnis abgelegt hatte. Keiner kannte Michel besser als Leon. Sie waren ihr Leben lang Freunde gewesen. Vielleicht hatte er eine Idee, was in Michel vorging. Denn mit ihr wollte Michel nicht reden.

»Der Häftling will keinen Besuch empfangen.« Wie einen Schlag mitten ins Gesicht hatte sie die Auskunft des Beamten empfunden, als sie am frühen Morgen vor dem Untersuchungsgefängnis in Brest gestanden und darum gebeten hatte, ihren Vater sehen zu dürfen.

»Das muss ein Missverständnis sein. Haben Sie ihm gesagt, dass seine Tochter ihn sprechen will?« Es hatte nichts genützt; sie musste begreifen, dass ihr Vater nicht mit ihr reden wollte.

»Vermutlich schämt er sich.« Sie hatte Pauls Erklärungsversuch mit einer Handbewegung weggewischt.

»Wofür? Er hat nichts getan.« Sie verstand es nicht. Was war denn in ihren Vater gefahren? Oder wollte er sie nicht sehen, weil er nicht vergessen konnte, dass sie für den Bruchteil einer Sekunde an seiner Unschuld gezweifelt hatte?

Vielleicht hatte Leon eine Erklärung. Der Pförtner am Eingang der Fabrik hatte ihr zwar gesagt, dass Leon noch nicht im Hause sei, aber sie hatte ihn gebeten, in seinem Büro auf ihn warten zu dürfen. Sie ging über das weitläufige Gelände, dessen Mittelpunkt die Fabrik für die Verarbeitung der Fische bildete. Lastwagen kamen. Kühltransporter wurden beladen. Es herrschte große Betriebsamkeit. Leons Firma gehörte zu den Marktführern in der Fischverarbeitung. Auch Marie schob sich hin und wieder ein Fischfilet alla Romana in die Mikrowelle oder warf sich, wenn sie sehr hungrig von der Arbeit kam, ein paar tiefgefrorene Garnelen von Menec in die Pfanne. Frisches

Brot dazu und ein Glas kühlen Sancerre. Ein Festessen. Allerdings kamen, seit sie bei ihrem Vater wohnte, solche kulinarischen Mittelmäßigkeiten, wie Michel alles Tiefgefrorene nannte, nicht mehr vor. Michels Credo war die absolute Frische. Keine Zutat, die er nicht am Morgen des Tages der Zubereitung selbst eingekauft hatte. Ob Fisch, Fleisch oder Gemüse – alles hatte in Topzustand zu sein und vor allen Dingen eben frisch.

Der Pförtner hatte ihr den Weg zu dem modernen Bürogebäude gezeigt, in dem die Verwaltung der Firma und Leons Chefbüro untergebracht waren. Eigentlich hatte sie vorgehabt, noch ein wenig über das Gelände zu streifen. Doch das Wetter war zu schön. Der Sturm, der sie mit seinem rasenden Geheul aus dem leichten Schlaf, in den sie endlich gefallen war, gerissen hatte, war so plötzlich abgeflaut, wie er gekommen war. Und war einer milden Sonne gewichen, die den Dunst über dem Meer korallenrot färbte. Wer wusste, wie oft es noch solche warmen Tage geben würde? Sie würde im Freien auf Leon warten. Er würde sicher gleich kommen, hatte der Pförtner gesagt. War er doch die Pünktlichkeit in Person. Und traf jeden Morgen Punkt neun in seiner Firma ein. Ein Blick auf die Uhr sagte Marie, dass es inzwischen halb zehn war. Vielleicht hatte Leon ja einen anderen Eingang genommen? Vielleicht war er längst in seinem Büro?

Die Türen der Büros von Leons Mitarbeitern waren geschlossen, als Marie an ihnen vorbeiging. Nur eine junge Frau, vermutlich eine Buchhalterin oder Sekretärin, kam ihr, eine Tasse Kaffee in der Hand, entgegen. Sie wies Marie den Weg zu Leons Büro.

»Im Moment hat der Chef ja keine Sekretärin. Also klopfen Sie einfach an seine Tür.«

Doch als Marie an die Tür von Leons Büro klopfte, rief niemand, sie solle hereinkommen. Sie sah sich unschlüssig um. Und dann, sie wusste nicht genau wieso, drückte sie die Türklinke herunter. Das Büro war nicht verschlossen. Ein kurzes Zögern. Dann trat sie ein. Was tat sie hier? Wieso wartete sie nicht vor der Tür? Marie spürte die Neugier in sich hochsteigen. Das Büro sah genauso aus, wie sie es sich vorgestellt hatte. Kühle, moderne Möbel. Ein beeindruckend großer Schreibtisch aus dunklem Holz beherrschte den Raum. Wer hier saß, hatte einen grandiosen Blick auf den Hafen und das Meer. Fotos an den Wänden zeigten die Schiffe der Fischfangflotte, die Leon gehörte, ein anderes Foto zeigte ihn und den französischen Staatspräsidenten, als der Leon einen Orden an die Brust heftete. Und dann war da noch ein kleineres Schwarzweißfoto, das in einiger Entfernung von den anderen hing. Es hatte nicht die Hochglanzqualität der anderen Fotos. Das Schiff, das darauf abgebildet war, trug den Namen *Helena*. An der Reling stand ein junger Leon an der Seite eines entschlossen in die Kamera lachenden Mannes: Michel. Einen Moment lang wurden Maries Knie weich. Das war ihr Vater. Jung, mit einem verwegenen Blick. Glücklich. Ja. So hatte Michel Dumont also vor dem Unglück ausgeschaut: aufrecht, selbstbewusst, lebenshungrig. So hatte sie ihren Vater in der ganzen Zeit, in der sie jetzt bei ihm war, nie gesehen. Und die Frau, die zwischen den beiden Männern stand, das musste Céline Marchand sein. Wie schön sie war mit ihren dunklen langen Haaren. Schlank, elegant in einem gut sitzenden kleinen dunklen Kostüm, zu dem sie eine helle Bluse trug. Sie sahen aus wie eine eingeschworene Gemeinschaft, diese drei Menschen. Stolz und erwartungsvoll blickten sie einer großartigen Zukunft entgegen.

Die mit dem Untergang des Schiffes nur ein Jahr später im Meer versank. Marie konnte den Blick nicht von dem Foto abwenden. Was war geschehen? Céline war tot. Der attraktive Kraftprotz neben ihr hatte gestanden, sie getötet zu haben. Der Einzige, dessen Leben nicht aus der Bahn geworfen zu sein schien, war der Dritte im Bunde, Leon Menec. Ihn hatte das

Schicksal verschont. Wieso gerade ihn? Marie schalt sich eine Närrin. Diese Frage gehörte zu dem, was sie stets unter »überflüssig« abhakte. Zu fragen: »Wieso gerade ich?« oder »Wieso nicht der andere?« hatte sie stets als müßig empfunden. Weil es niemanden gab, der einem darauf antworten konnte. Und weil es keinen Trost brachte. Es konnte jeden jederzeit treffen. Durch eine unglückliche Verkettung von Umständen, die niemand voraussehen konnte. Zum falschen Zeitpunkt am falschen Ort zu sein, das war die Erklärung, die zwar am unbefriedigendsten sein konnte, aber leider oft auch am zutreffendsten. Ein dunkler, stürmischer Herbstabend, eine Radfahrerin, die sich gegen den Wind und den Regen stemmte, ein Autofahrer, der vielleicht gerade etwas abgelenkt war. Das Ergebnis war ein tödlicher Unfall.

Zur falschen Zeit am falschen Ort. Oder war eine der Komponenten, die zu dem Unglücksfall geführt hatten, doch durch etwas zu ersetzen, durch das, was man Vorsatz nennen konnte? Jemand, der wusste, wann Céline mit dem Rad unterwegs sein würde? Der auf sie gewartet hatte? Und dann, als er sie im Scheinwerferlicht gesehen hatte, einfach aufs Gas getreten war? In einem kleinen Peugeot 403 aus dem Jahre 1957? Mord ist in fast neunzig Prozent der Fälle eine Beziehungstat. Einer der drei Menschen war tot. War doch einer der anderen der Täter? Aber wenn es Michel nicht war, was sie einfach nicht glauben wollte, blieb nur einer übrig: Leon. Leon Menec.

Wieso sollte Leon Menec den Tod seiner Mitarbeiterin und Freundin gewollt haben?

Marie schüttelte den Kopf, als hätte sie dadurch ihre verqueren Gedanken wieder in eine ordentliche Reihung bringen können.

Wo blieb Leon? Inzwischen war es zehn. Sie gab ihm noch eine Viertelstunde. Wenn er bis dahin nicht auftauchte, würde sie wieder gehen.

Sie tat, was man so tat, wenn man warten musste. Ging ein

paar Schritte in die eine Richtung, ein paar in die andere. Ihr Blick schweifte über den Schreibtisch, über die Regale an der Wand. Sie versuchte, die Beschriftungen der Ordner, die in den Regalen standen, zu entziffern. Sie waren nach Jahrgängen geordnet. Bis 2004. Wahrscheinlich Geschäftsberichte. Die ab 2004 dann elektronisch erstellt und elektronisch gespeichert wurden. Andere Ordner trugen Aufschriften wie *Saline* und *Pamina*… Anscheinend Namen von Schiffen. Sie spürte es zunächst nicht, doch ihr Blick begann nun, nach etwas zu suchen. Ging die Reihen der Ordner durch. Und fand ihn nicht. Den Ordner mit der Aufschrift *Helena*. Das konnte kein Zufall sein. Wieso versteckte Leon Menec den Ordner über die *Helena*? Sie sah sich die Ordner genauer an. Nichts. Das Jagdfieber hatte sie ergriffen. Ehe sie genau darüber nachdenken konnte, was sie da gerade tat, hatte sie schon einen verschlossenen Schrank geöffnet, der an der hinteren Wand des Büros stand. Und dann den kleinen Rollcontainer neben dem Schreibtisch. Ihre Finger wühlten sich hastig durch die Hängeordner, die in dem Container hingen. Auf keinem der »Reiter« stand der Name *Helena*. Nur Firmennamen, die sie zum Teil kannte, zum Teil auch nicht. Vermutlich enthielten die Ordner Verträge oder Vertragsangebote, das Übliche eben. Enttäuscht wollte sie den Container gerade schließen, da fiel ihr Blick auf einen schmalen Ordner, den sie überblättert hatte. Auf dem Reiter, der auf den Ordner geklemmt war, stand nur ein Kürzel: *CdP*. Vermutlich die Abkürzung für eine Firma. Von der sie noch nie gehört hatte. Doch da klingelte irgendwas bei ihr. *CdP?* Wieso kam ihr das bekannt vor? Sie nahm den Ordner nun doch aus dem Container, und in dem Moment, in dem sie ihn öffnete, wusste sie, wieso sie an dem Kürzel hängen geblieben war. *CdP, Café du Port*. Das Restaurant ihres Vaters. Ungläubig starrte sie auf die Akte. Sah auf die Schenkungsurkunde. Leon Menec hatte Michel Dumont das *Café du Port* geschenkt? Wieso hatte er das gemacht? Ein so großes Geschenk? Sicher, die beiden Männer waren Freunde. Es ist normal, wenn der eine dem anderen unter die Arme greift. Aber so ein Geschenk? Leon hätte Michel einen Kredit geben können, damit er das Restaurant kaufen konnte. Zinslos vielleicht sogar. Mit langer Laufzeit. Oder er hätte ihm das Restaurant auf Lebenszeit verpachten können. Für einen Freundschaftspreis. Aber da stand es schwarz auf weiß, Leon Menec hatte Michel das Restaurant geschenkt. Notariell beurkundet und beglaubigt am 18.12.1986. Marie stockte der Atem. *1986?* Am vierten September 1986 war Leons Schiff, die *Helena*, gesunken, deren Kapitän Michel Dumont als Einziger überlebt hatte. Und kaum drei Monate später machte Leon Michel dieses Geschenk.

Maries Gedanken wirbelten durcheinander. Es waren viele Bruchstücke, die sich fanden. Aber es war nicht so, dass sich mit jedem weiteren das Bild klarer herausgeschält hätte. Im Gegenteil, jedes Mal, wenn ein weiteres Puzzlestück herangewirbelt wurde, schien die Aussicht darauf, irgendwann das Bild tatsächlich in Gänze vor sich haben zu können, in weitere Ferne zu rücken.

»*Bonjour, mesdames.*« – Caspar. Seine Schritte kamen näher. Marie beeilte sich, den Container zu schließen. Ein schneller Blick über das Büro. Alles war wie immer.

»Caspar! Hallo. Ich bin auf der Suche nach deinem Vater.« Sie zog die Tür hinter sich zu, als hätte sie nur gerade einen Blick ins Büro geworfen und festgestellt, dass Leon nicht da war.

»Marie!« Caspar freute sich offensichtlich, sie zu sehen. »Ich wusste nicht, dass du einen Termin mit meinem Vater hast.«

»Hab ich auch nicht. Ich muss ihn aber dringend sprechen. Du weißt, dass sein Anwalt sich um die Freilassung meines Vaters bemüht hat.«

»Ich dachte, Papa sei schon in der Firma.« Tatsächlich hatte er sich gewundert, dass Leon nicht auf ihn gewartet hatte, damit sie zusammen in die Firma fuhren. Aber es kam schon hin und wieder mal vor, dass er ganz frühe Termine mit Kunden hatte. Caspar hatte erwartet, ihn in seinem Büro anzutreffen.

»Er ist bestimmt schon unterwegs.« Er nahm Maries Hand. Sein Blick wurde intensiver.

»Im ersten Moment hab ich gehofft, du wärest meinetwegen hier. Wir haben uns viel zu lange nicht gesehen.«

»Ich hab dich nach der Vernissage nach Hause gefahren, wenn du dich erinnern magst...«

Caspars Zerknirschung belustigte sie. Wie schnell er vom selbstbewussten Jungunternehmer zum verlegenen kleinen Jungen umschwenken konnte.

»Ich hab mich da wohl nicht so *comme il faut* benommen. Tut mir leid. Aber ich war so enttäuscht. Weil du keine Zeit für mich hattest.«

»Ich hatte einen Job auf der Vernissage. Was glaubst du, wie Sabine das gefunden hätte, wenn ich mich mit dir in einer Ecke herumgedrückt hätte, statt ihre Gäste zu bedienen?« Sie lachte. Caspar wollte in ihren Augen versinken. Diese wunderschönen Brombeeraugen. Wie sehr er sie liebte.

»Ich lasse uns einen Kaffee bringen, während du auf Papa wartest. Ich hab dir eine Menge zu erzählen.«

Er ließ sie in Célines Büro. Und wünschte sich in dem Moment, als Marie es betrat, dass er die Energie gefunden hätte, Célines Möbel endlich hinauszuwerfen und das Büro nach seinem Geschmack einzurichten. Marie sollte ihn für einen Mann der Tatkraft und der Energie halten. Nicht für einen, der sich ideenlos in den Habseligkeiten einer toten Druidin bewegte.

»Ich bin noch nicht dazu gekommen, Célines Möbel auszuräumen.«

Er unterbrach sich erschrocken. War es opportun, von Céline zu reden? Jetzt, da Michel verhaftet worden war, weil man ihn verdächtigte, sie getötet zu haben?

»Sorry, ich wollte nicht... Also, ich meine, ich... ich glaube nicht, dass Michel es war. Maître Jumas hat sicher schon Haftbeschwerde eingelegt und …«

»Mein Vater hat ein Geständnis abgelegt.«

Caspars Erstaunen wäre nicht größer gewesen, wenn Marie ihm erzählt hätte, dass Michel zum französischen Staatspräsidenten gewählt worden sei. Aber das war ja wunderbar. Ganz großartig! Wenn Michel im Knast blieb, gäbe es für Marie keine Veranlassung mehr, hierbleiben zu wollen. Im Gegenteil, sicher war sie furchtbar enttäuscht von ihrem Vater. Bedrückt. Vielleicht sogar verzweifelt. Sie würde sich verraten fühlen. Verlassen. Einsam. Und er, Caspar, würde sie trösten. Und ihr eine neue, aufregende Perspektive für ihr Leben bieten.

»Das tut mir leid. Michel war es wirklich? Das kann ich kaum glauben. Marie! Das ist ja schrecklich.« Seine Stimme klang mitfühlend.

»Wenn ich etwas für dich tun kann …«

Alles würde er für sie tun. Es würde das Glück seines Lebens sein, Marie jeden Wunsch von den Augen abzulesen. Sie musste es nur sagen.

»Das ist lieb von dir. Aber ich fürchte, der Einzige, der Michel helfen kann, ist dein Vater.«

Als hätte sie einen Kübel mit Eiswasser über ihm ausgegossen. Sie wollte seine Hilfe nicht? Aber er hatte doch nicht davon geredet, dass er Michel helfen wollte. Sollte der ruhig im Knast versauern.

»Ich weiß nicht, wieso er das Geständnis abgelegt hat, aber ich bin mir sicher, dass er es nicht getan hat!«

In Caspar schrie es auf. *Wieso glaubst du das nicht? Er war es.* Er musste es gewesen sein. Es passte so gut.

»Ich bin sicher, Vaters Anwalt wird ihm helfen. Mach dir keine Sorgen.« Wie verständnisvoll er klingen konnte. Wie viel Mitgefühl er in seine Augen legen konnte. Sie musste doch spüren, dass er nichts anderes wollte, als dass es ihr gut ging.

»Sag mal, was weißt du eigentlich von dieser Katastrophe damals? Dem Untergang der *Helena*?« Es gelang Caspar gerade noch, seinen Schrecken zu verbergen. Wie kam sie auf die *Helena*?

»Nicht viel. Nur dass sie abgesoffen ist mit Mann und Maus. Oh, entschuldige, dein Vater war ja der Kapitän. Wieso willst du das wissen? Das ist so lange her.«

Marie spürte diese plötzliche Unruhe in Caspar. Der jetzt aufgesprungen war und in den Gang rief, dass er bitte zwei Kaffee haben wolle. Der jetzt im Büro herumlief und sie nicht richtig ansehen konnte. Dabei wusste sie gar nicht genau, wieso sie ihn überhaupt gefragt hatte. Caspar war zum Zeitpunkt der Katastrophe noch gar nicht geboren gewesen. Sicher, das eine oder andere mochte er aufgeschnappt haben als Kind.

»Fünfundzwanzig Jahre. Es jährt sich dieses Jahr zum fünfundzwanzigsten Mal. Hast du eigentlich jemals diese Schreie gehört?«

»Du meinst, dieses Pfeifen, das der Wind macht, wenn er sich in den Felsen fängt?« Caspar bekam sofort eine Gänsehaut. Aber es war nur eine Erinnerung an die Tage, als die alten Fischer sich an seinem Schrecken geweidet hatten, wenn er die Schreie hörte. Ausgelacht hatten sie den zarten blonden Jungen. Sie hatten ihm Angst machen wollen, als sie erzählten, dass es die Seelen der Toten waren, die um Erlösung flehten. Wie viele Nächte war er schweißgebadet aufgewacht, weil er die durchsichtig grünen Wasserleichen gesehen hatte, die auf dem Meeresgrund im Wrack der *Helena* gefangen waren. Die Wellen waren durch die leeren Augenhöhlen geströmt und durch die aufgerissenen Münder, ihre knochig bleichen Arme hatten sich nach ihm gestreckt.

»Als Kind hab ich an die Schauermärchen geglaubt, die die Fischer erzählt haben. Aber ich sage dir, das ist alles Quatsch. Es gibt Wissenschaftler, die sagen, dass sich der Wind bei einer bestimmten Windrichtung in den Höhlen und Vorsprüngen der Felsen fängt und dass dadurch die unheimlichen Geräusche entstehen.«

Eigentlich war Marie bereit, diese Erklärung zu glauben. Ihr Verstand sagte ihr, dass das richtig sein müsse. Aber wenn sie daran dachte, welches Grauen die Schreie in ihr ausgelöst hatten, als sie sie zum ersten Mal gehört hatte, war sie sich nicht so sicher. Oder lag ihre Bereitwilligkeit, an übersinnliche Phänomene zu glauben, nur daran, dass sie so angeschlagen hier angekommen war? Sie hatte nicht gewusst, wer sie war. Sie hatte Grauenvolles erlebt. Sie hatte ihren Vater gefunden. Und verloren. War es da ein Wunder, dass sie sich von den Schreien beeindrucken ließ? Von dem Gedanken, dass es Dinge zwischen Himmel und Erde gab, die sich rational nicht erklären ließen?

Claire hatte eine Schlaftablette genommen, als sie zum zweiten Mal durch das Klappern der Fensterläden, an denen der Sturm zerrte, aufgeweckt worden war. Sie tat das selten, aber heute hatte sie sich einen ruhigen Schlaf verdient. Sie wollte einfach nur wegdämmern in ihrem großen warmen Bett, wollte an nichts denken. Nur tief, tief schlafen. Dass Leon nicht neben ihr lag, beunruhigte sie nicht. Wahrscheinlich saß er im Salon und starrte in die wütende Nacht und hing seinen düsteren Gedanken nach. Irgendwann würde er zu ihr kommen. Würde seinen Arm um sie legen. Sie würde es spüren, auch wenn sie noch so tief schlief. Sie würde seine Unruhe spüren. Seine aufgewühlten Gedanken. Doch sie würde nicht wirklich aufwachen. Dieses Mal nicht. Sie wusste, dass der Spuk bald ein Ende haben würde. Und sie konnte sich darauf verlassen, dass auch Leon schon bald wieder ruhig sein würde.

Als sie aufwachte, war sie geblendet von der Sonne, die auf ihr Bett schien. Mit einem Lächeln drehte sie sich um. Wollte Leon mit einer Umarmung einen guten Morgen wünschen.

Und war nun doch verblüfft, dass seine Seite des Betts immer noch unberührt war. Der Schlaf hatte sie erfrischt. Vielleicht konnte sie Leon überreden, heute mal die Arbeit zu schwänzen. Man musste diese letzten schönen Tage ausnutzen. Sie konnten nach Rennes fahren. Ein bisschen bummeln, dann in ihrem kleinen Lieblingslokal Steak und Pommes frites essen, danach vielleicht weiterfahren zu der Gärtnerei von Madame Satie, bei der sie immer die Pflanzen für den Park orderten. Sie wollte ein paar neue Rhododendronbüsche pflanzen und eine Reihe Lavendel am Weg zum Schloss entlang. Und vielleicht fand sie auch noch ein paar neue Rosensorten, die sie um den kleinen Pavillon am Ende des Parks gruppieren konnte. Sicher war Leon auf dem Sofa im Salon eingeschlafen. Sein Rücken würde ihm weh tun von der unbequemen Lage, in die einen das Sofa zwang. Als sie in ihren seidenen Morgenmantel schlüpfte, beschloss sie, Leon dazu zu überreden, sich von ihr massieren zu lassen. Auch wenn er sich immer ein wenig dagegen sträubte, weil es ihm missfiel, sich vor seiner Frau als schmerzgeplagter alter Mann outen zu müssen – am Ende gefiel ihm die Berührung durch Claires Hände doch. Und meistens führte die Massage dazu, dass er sich schließlich umdrehte und Claires Hände mit einem wohligen Aufstöhnen festhielt. Es war ein kleines, neckisches Spiel zwischen ihnen, das darin endete, dass sie miteinander schliefen.

Doch als sie in den Salon kam, sah sie, dass er leer war. Die Kaschmirdecke über der Sofalehne war noch genauso akkurat zusammengefaltet wie am Abend zuvor. Kein Glas stand auf dem Tisch. Keine leere Weinflasche. Konnte es sein, dass Leon gar nicht nach Hause gekommen war?

»Guten Morgen, Madame. Wünschen Sie das Frühstück hier einzunehmen?« Mimi trat geräuschlos in den Salon.

»Hat mein Mann schon gefrühstückt? Dann bringen Sie mir bitte nur eine Tasse Kaffee und ein Biskuit.«

Als Mimi den Kopf schüttelte und sagte, dass sie Monsieur Menec heute Morgen nicht gesehen hatte, war Claire irritiert.

»Aber er ist gestern Abend doch nach Hause gekommen? Ich habe eine Schlaftablette genommen und deswegen …«

Ihre Unruhe wuchs, als Mimi erklärte, dass sie Monsieur seit gestern Morgen nicht gesehen habe. Wo war er? Er hatte nach Brest zu Maître Jumas fahren wollen. Hatte er dort übernachtet? Weil er mit Jumas essen war und er danach keine Lust gehabt hatte, durch den Sturm nach Hause zu fahren? Aber wieso hatte er nicht angerufen? Das sah Leon nicht ähnlich. Die Angst fuhr ihr in die Glieder. Hatte er einen Unfall gehabt? Aber dann wäre sie doch benachrichtigt worden. Vielleicht war er mit dem Wagen von der Straße abgekommen und lag jetzt hilflos an der Klippe? Oder er hatte am Steuer einen Herzinfarkt gehabt? Bevor die Panik ungebremst von ihr Besitz ergreifen konnte, zwang sie sich, klar zu denken. Wahrscheinlich war der Akku seines Handys leer gewesen. Das kam öfter einmal vor, weil Leon sich nicht um diese elektronischen Hilfsmittel, die doch kein Mensch brauchte, wie er immer sagte, kümmerte. Als Céline noch lebte, hatte sie immer darauf geachtet, dass Leons Handy aufgeladen war, wenn er das Büro verließ. Natürlich! Das war der Grund. Der leere Akku von Leons Handy. Wahrscheinlich hatte er wirklich in Brest übernachtet und war dann heute Morgen direkt ins Büro gefahren.

Der nächtliche Orkan hatte ziemliche Schäden angerichtet. Stege, die auf den Strand führten, waren weggeschwemmt worden. Boote hatten sich von ihren Ankerbojen gerissen und waren in den Häfen von Douarnenez und Concarneau wild durcheinandergeworfen worden. Ein paar kleinere Fischtrawler waren in Seenot geraten. Doch wie durch ein Wunder hatte es nur Sachschäden gegeben. Menschenleben hatte der Sturm dieses Mal nicht gefordert. Max Peridot flog noch einmal die Küste mit seinem Hubschrauber ab. Er wollte sichergehen, dass er nicht irgendein Schiff in Seenot übersehen hatte. Doch es war alles glimpflich abgegangen. Die See lag ruhig unter ihm, blau und einladend. Nichts erinnerte mehr an die Gewalt, zu der sie sich in der letzen Nacht aufgebäumt hatte. Okay, alles klar – er gab per Funk durch, dass er zur Flugbasis in Brest zurückkehren würde, und flog eine weite Schleife. Und da sah er es aus dem Augenwinkel. Den weißen Flecken, der auf dem Meer lag wie ein lang gezogener Klecks Farbe. Max griff zum Fernglas. Sicher war das nur eine Plastikplane, die es aufs Meer hinausgeweht hatte, versuchte er sich zu beruhigen. Und wusste doch schon in dem Moment, als er das Fernglas an die Augen führte, dass er unrecht hatte. Es war ein Boot. Das kieloben im Wasser trieb.

Marie verlor die Geduld. Der Kaffee war getrunken. Sie hatte keinen Nerv mehr, sich auf Caspars schwärmerische Geschichten von einem Leben auf einer Südseeinsel oder wo auch immer zu konzentrieren.

»Ich muss los. Sag deinem Vater bitte, dass ich da war. Es wäre nett, wenn er mich anrufen könnte.«

Caspar wollte sie festhalten. Er hatte ihr noch nicht alles erzählt. Von der Surfschule, die er aufmachen wollte. Von Hawaii oder Madagaskar, über das er gerade eine Menge in Erfahrung gebracht hatte.

»Er kommt sicher bald. Wenn du willst, könnte ich dir inzwischen die Firma zeigen.« Alles, nur gehen sollte sie nicht. Er wollte, dass sie bei ihm blieb. Am besten jede Minute des Tages.

»Ich muss mich um das Restaurant kümmern. Wir können es nicht einfach zu lassen, nur weil der Chef…«

»…im Knast ist? Du wirst zumachen müssen, Marie. Weil Michel… na ja, wenn sie ihn verurteilen, wird es viele Jahre dauern, bis er wieder am Herd stehen kann.«

Marie sah ihn erschrocken an. Daran wollte sie gar nicht denken.

»Ich werde mich um das *Café du Port* kümmern, bis er wieder zurück ist.«

Sie küsste ihn schnell auf die Wange.

»Danke für den Kaffee, Caspar. Schönen Tag noch.« Was konnte er sagen? Was konnte er sie fragen? Es musste ihm doch etwas einfallen, mit dem er sie dazu bewegen konnte, noch eine Weile zu bleiben. Wenn sie weg war, würde es wieder düster werden in seinem Büro … Hoffnungslos. Er musste sie halten.

»Warte. Ich muss dir noch was sagen.« Seine Stimme klang viel zu hektisch. Geradezu hysterisch hörte sie sich an. Hallte schrill in seinen Ohren nach. Doch Marie schien das nicht aufzufallen, als sie sich mit einem fragenden Lächeln zu ihm umdrehte.

»Ja?«

»Ich liebe dich, Marie. Ich will mit dir zusammen sein.«

War sie schockiert? Hielt sie ihn für verrückt? Er konnte nicht weiterdenken. Hatte er es versaut?

»Entschuldigung, ich wollte dich nicht so überrumpeln. Tut mir leid. Aber ich musste dir das endlich sagen. Ich hab mich schon im allerersten Augenblick in dich verliebt, damals, als wir uns am Strand getroffen haben. Seitdem denke ich Tag und Nacht an dich.« Er konnte nichts dagegen tun. Die Erklärungen und Geständnisse rasselten wie von selbst aus seinem Mund.

Sie musste ihn für anmaßend halten. Wie konnte er auch nur denken, dass eine Frau wie Marie an ihm Interesse haben könnte? Sie, die an jedem Finger fünf Verehrer haben konnte und wahrscheinlich auch hatte – sie hatte doch nicht auf einen Surfer gewartet, der nichts im Leben zustande gebracht hatte, als bretonischer Meister zu werden. *Sag was, Marie,* flehte es in ihm. *Sag, dass du mich auch liebst. Dass du dein Leben mit mir verbringen willst. Sag es. Oder sag, dass du dich freust, aber noch etwas Zeit brauchst. Nur sag endlich etwas. Etwas, das mir Hoffnung macht.*

»Guten Morgen, Caspar. Ist Leon in seinem Büro?« Caspar wurde blass vor Wut. Seine Mutter. Wie konnte sie es wagen, in diesem Augenblick aufzutauchen?

»Er ist heute Nacht nicht zu Hause gewesen.«

Sie öffnete die Tür zu Leons Büro. Und blieb stehen. Marie sah, wie ihr Rücken sich versteifte.

»Er wird einen Termin haben. Ich versteh nicht, wieso du dich so aufregst.« Caspars Stimme hatte einen deutlich aggressiven Unterton. »Willst du ihn vielleicht auch kontrollieren?«

Als in der kühlen Stille, die plötzlich entstanden war, ein Handy zu klingeln begann, wusste Marie sofort, dass das nichts Gutes zu bedeuten hatte. Und als Claire einen Moment später stumm in die Knie ging, war sie bereit, sie aufzufangen. Es ging weiter. Die Schneise, die das Schicksal in das Leben der Menschen in Concarneau zu schlagen beschlossen hatte, wurde immer breiter.

Sechstes Buch

DER STURZ

1

Im Hafen herrschte die gedrückte Stimmung einer Beerdigung, als Leons Yacht von einem Schlepper der Wasserschutzpolizei langsam kieloben in das Hafenbecken gezogen wurde. Die kleine Menschenmenge, die sich schnell gebildet hatte, stand still und betroffen am Kai. Das war doch Leon Menecs Boot. Es gab niemanden, der die elegante Yacht nicht sofort erkannte. Was war geschehen? Und vor allem, wo war Leon?

Die Menge teilte sich, als Claire zusammen mit Caspar und Marie aus dem Auto stieg und zum Kai kam. Claire war totenblass. Ihr Blick war starr, ihre Bewegungen waren langsam. Es schien, als wäre sie in Trance.

»Was ist mit meinem Mann?« Es klang wie ein verzweifelter Aufschrei. »Wo ist Leon? Haben Sie ihn gefunden?«

»Es tut mir leid, Madame Menec.« Die Stimme von Jean Matter klang bedrückt. »Unsere Taucher haben das Boot untersucht, aber von Ihrem Mann gibt es keine Spur. Wir müssen leider davon ausgehen, dass er bei dem Sturm über Bord gegangen ist.« Der Leiter der Wasserschutzpolizei wünschte, er könnte Claire Menec irgendetwas Tröstendes sagen. Aber ihm war, genauso wie allen anderen, die das traurige Schauspiel beobachteten, klar, was der Fund der gekenterten Yacht zu bedeuten hatte. Leon Menec musste ertrunken sein. Zwanzig Seemeilen vor der Küste in einem Sturm mit Windstärke zehn und meterhohen Wellen über Bord zu gehen, das war ein Todesurteil. Selbst geübte Schwimmer hatten keine Chance, so einen Unfall zu überleben.

»Haben Sie die Suche nach ihm schon eingeleitet? Vielleicht treibt er bewusstlos irgendwo. Vielleicht ist es ihm gelungen, sich mit dem Rettungsring über Wasser zu halten. Es kann nicht sein, dass Leon tot ist. Das kann einfach nicht sein.«

Keiner wagte es in diesem Moment, Claire zu sagen, dass die Rettungsringe alle vollständig an Bord gefunden worden waren. Es gab nichts, woran Leon sich hätte klammern können.

»Wieso ist er überhaupt hinausgefahren?« In dem Moment, in dem Marie diese Frage durch den Kopf ging, stellte sie jemand aus der Menge. Ja, wieso war Leon nach so vielen Jahren, in denen er die Yacht nicht einmal betreten hatte, geschweige denn mit ihr gesegelt war, hinausgefahren?

»Ist es denn sicher, dass er überhaupt an Bord war?« Claire klammerte sich plötzlich an die Idee, dass Leon das Schiff vielleicht gar nicht gesteuert hatte. Vielleicht hatte jemand in der Nacht die Yacht gestohlen? Vielleicht war der Dieb im Sturm ums Leben gekommen. Und Leon war irgendwo an Land. Bei einem Kunden. Oder bei irgendeinem anderen wichtigen Termin. Vielleicht saß er ja gerade bei Michel im Gefängnis und wollte ihn überreden, sein Geständnis zurückzunehmen.

»Ich habe gesehen, wie er losgefahren ist. Ich hab noch gedacht, dass es schön ist, dass er die Yacht wieder einmal bewegt. Ich meine, es ist so ein schönes Schiff, und es ist doch schade …« Marcel verstummte. Er zog die blaue Strickmütze vom Kopf und knetete sie verlegen in seinen Händen. Es war kein gutes Gefühl, Zeuge einer Katastrophe zu sein. Aber er musste es doch sagen, dass er seinem Chef gestern Abend begegnet war, als dieser zu seiner Yacht ging.

»Du hast ihn gesehen, Marcel?« Claires Stimme klang schrill. »Wieso hast du ihn nicht aufgehalten? Du hast doch gewusst, dass er aus der Übung ist. Alle habt ihr es gewusst. Er ist doch seit mehr als zehn Jahren nicht mehr auf dem Wasser gewesen!« Claires Entsetzen schlug in blanke Wut um. Sie riss Marcel am Ärmel. »Wenn ihm etwas zugestoßen ist, bist du schuld. Ich werde dich zur Verantwortung ziehen, ich werde dir das Leben zur Hölle machen, ich werde …«

Ihre Stimme schlug um und brach sich in einem Schluchzen. Marie und Caspar verständigten sich mit einem Blick. Caspar legte die Arme um seine Mutter und brachte sie zurück zum Auto. Die Blicke der Fischer und Polizisten folgten ihr, als sie sich wie willenlos ins Auto setzen ließ. Und in mehr als einem Kopf wuchs ein leises Gefühl der Genugtuung. Sollte das Schicksal tatsächlich einmal bei den Menecs zugeschlagen haben? Sicher, die meisten achteten Leon Menec. Viele von ihnen arbeiten in seiner Fabrik oder auf einem seiner Schiffe. Und keiner konnte sich beklagen, dass er kein guter Chef sei. Aber war es Leon Menec nicht immer ein wenig zu gut gegangen? Hatte er nicht ein bisschen zu viel Glück gehabt? Eine florierende Firma, eine schöne junge Frau, ein hübscher Sohn … War das nun die ausgleichende Gerechtigkeit? Dass es auch die Reichen einmal traf? Die Schönen? Die, die immer auf der Sonnenseite des Lebens zu stehen schienen?

»Arme Claire.« Violette, die Bedienung aus dem *Café du Port,* sagte das leise. Und dachte gleichzeitig an ihren Chef, der im Gefängnis saß. Und zugegeben hatte, Céline getötet zu haben. Jetzt hatte er auch noch seinen Freund verloren.

Die Nachricht, dass Leon Menec auf See verschollen war, machte in Windeseile die Runde. Wie eine dunkle Welle drang der Schock durch die kleinen Gassen von Concarneau, schlug über den Köpfen der Menschen zusammen. Erst Céline, dann Michel, jetzt Leon. Es war zu viel. Wie kam es, dass das Unglück nicht aufhören wollte? Wen würde es als Nächstes treffen? Die Leute standen in den kleinen Läden zusammen und auf den

Plätzen; manche fanden sich in der dunklen Kirche zu einem Gebet. Und alle hatten den Impuls, sich in ihre Häuser zurück- und den Kopf einzuziehen. In Erwartung des nächsten Schlags, der vielleicht einen von ihnen treffen würde.

Als Sabine und Eva die Bäckerei von Madame Souril betraten, verstummten die drei Frauen, die vor dem Tresen standen und gerade noch aufgeregt miteinander geredet hatten.

»Bonjour.« Es war klar, dass Sabine und Eva noch nichts von dem Unglück gehört hatten. Sie sahen entspannt aus und vergnügt, als sie das tägliche Baguette holen wollten. Doch ein Blick auf die erstarrten Gesichter der Frauen machte ihnen klar, dass es nicht wie sonst war.

»Ist der Brotpreis wieder gestiegen?« Nur einen kleinen Moment lang wollte Sabine glauben, dass es eine alltägliche Aufregung war, die die Kundinnen der Bäckerin beschäftigte. Doch schon in dem Moment, in dem sie ihre harmlose Frage stellte, wusste sie, dass es etwas Schlimmeres sein musste.

»Haben Sie es noch nicht gehört? Es tut mir so furchtbar leid für Sie. Und vor allem für Eva.«

Leon war zwar nur Sabines Exmann. Aber alle wussten, dass sie sich immer noch sehr gut verstanden. Und Eva hatte ihren Vater verloren. Auch wenn alle wussten, dass sie schon lange keinen Kontakt mehr hatten, er blieb doch ihr Vater. Und wenn er jetzt ertrunken war, hatte die junge Frau keine Chance mehr, sich mit ihm zu versöhnen.

Es ging Sabine und Eva wie vielen Menschen, wenn sie vom Tod eines Freundes oder eines nahen Verwandten erfahren. Im ersten Moment hat man das Gefühl, als würde einem das Herz stehen bleiben. Übelkeit steigt in einem auf, die Erde scheint zu wanken, die Knie scheinen weich zu werden. Vergeblich versucht man, irgendwo Halt zu finden. Doch es ist, als wäre man in schwarze Watte gehüllt. Dem Schock folgt ein verzweifelter Moment des Unglaubens.

»Das kann nicht sein. Sie müssen sich irren. Ich habe ihn doch gerade noch gesehen.« Man ist nicht in der Lage, das Unfassbare zu fassen. Und weiß doch in seinem tiefsten Inneren, dass es wahr ist.

Sabine legte den Arm um ihre Tochter, die von einem Moment zum anderen weiß wie die Schürze der Bäckerin geworden war. Sie lehnte das fürsorglich angebotene Glas Wasser ab und führte ihre Tochter aus der Bäckerei, die sich plötzlich anfühlte wie eine Kühlkammer. Auch wenn ihr das Entsetzen selbst das Herz zu zerreißen drohte, galt ihre einzige Sorge ihrer Tochter. Die ihren Vater vor vielen Jahren verloren hatte. Die, auch wenn sie es nicht zugegeben hätte, immer gehofft hatte, ihn wiederzufinden und die jetzt in einer Sekunde all dieser Hoffnung auf eine Versöhnung mit Leon beraubt wurde. Es gab keinen Trost in diesem Moment. Nichts, was die Fassungslosigkeit, die Evas Gesicht verzerrte, hätte mildern können. Erst Céline, dann Michel, dann Leon. Sabine war es, als würde die Erde unter ihr beben. Und in die Sorge um ihre Tochter mischte sich eine tiefe Traurigkeit. Der Mann, der der Vater ihrer geliebten Tochter war, der Mann, mit dem sie einige sehr glückliche Jahre verbracht hatte, der Mann, der bis zum heutigen Tag ein wichtiger Teil ihres Lebens gewesen war, war ertrunken. In einer Nacht, die so stürmisch war wie jene, als die *Helena* untergegangen war, hatte das Meer ihn sich geholt.

Marie war da gewesen. Wie fürsorglich sie sich um ihn und seine Mutter gekümmert hatte. Sie hatte ihm geholfen, Claire, die gar nicht mehr aufhören konnte zu zittern, aufs Sofa zu betten, sie in eine warme Decke zu hüllen und mit heißem Tee zu versorgen. Sie hatte den Arzt angerufen, der gekommen war und Claire eine Beruhigungsspritze gegeben hatte, worauf sie ziemlich schnell eingeschlafen war. Und sie hatte dafür gesorgt, dass er etwas zu trinken und zu essen bekam. Sie hatte angeboten, sich bei der Polizei, die die Suche nach Leon aufgenommen hatte, laufend nach dem Stand der Dinge zu erkundigen. Sie war sogar bereit gewesen, eine Weile lang im Schloss zu bleiben und sich um Claire und ihn zu kümmern. Es war großartig, mit welcher Selbstverständlichkeit sie das tat. Sorgte man so für Menschen, die einem gleichgültig waren? Natürlich nicht, da war er sicher. Marie war bei ihm, weil sie mit ihm fühlte. Weil sie ihn trösten wollte. Weil sie ihm in diesen schweren Stunden beistehen wollte. Weil sie ihn liebte. Natürlich, etwas anderes konnte es nicht sein als eine tiefe, wahre Liebe. Die sich in Zeiten des Schmerzes und der Not am deutlichsten offenbarte. Wie gern hätte er ihr Angebot angenommen. Sie wäre bei ihm geblieben. So lange er es gewollt hätte. Sie hatte nicht an sich und ihren Kummer um Michel gedacht. Sondern nur an ihn. Aber er hatte sich als tapfer darstellen wollen. Er war nun der Mann im Haus. Er würde sich um seine Mutter kümmern. Weil er stark war. Weil auch die Trauer um seinen Vater ihn nicht ins Wanken bringen konnte. Das war es, was er Marie beweisen wollte. Dass er ein Mann war, auf den man sich in Zeiten des Unglücks stützen konnte. Er hatte sich bei ihr bedankt und ihr versichert, dass er schon klarkäme. Mit seiner Mutter. Und mit der Firma. Denn, das war ihm mit einem Schlag bewusst geworden, die Firma stand ja plötzlich ohne Chef da. Er hatte keine Wahl, er musste auf den Platz seines Vaters nachrücken. Ob er das wollte oder nicht.

Als er Marie zur Tür brachte und ihr noch einmal versicherte, dass es ihm gut ging, kam er sich zum ersten Mal in seinem Leben erwachsen vor. Das Leben hatte ihm gerade einen sehr üblen Streich gespielt, aber er war entschlossen, sich davon nicht aus der Bahn werfen zu lassen. Es tat ihm gut, dass Marie ihm versicherte, für ihn da zu sein, wenn er sie brauchte.

»Ruf mich jederzeit an, wenn du mich brauchst. Ich bringe euch gern was zu essen, aus dem Restaurant. Und auch, wenn du nur mit jemandem reden willst, sag einfach Bescheid.« Ihre Umarmung fühlte sich gut und warm an. Ihr Lächeln war tröstend. Wie gut sich das plötzlich alles fügte, dachte er, als er die Tür hinter ihr schloss. Sie wusste, dass er sie liebte. Sie stand an seiner Seite. Und nicht mehr lange, und sie würde sich endgültig zu ihm bekennen.

Als er die leisen Schritte von Mimi, der Köchin, vernahm, drückte er die Schultern durch und wandte sich zu ihr. Er wusste, dass seine Stimme männlich klang, als er ihr sagte, dass seine Mutter Ruhe brauchte.

»Wie soll es denn jetzt weitergehen?« Mimis Miene war besorgt. Und unschlüssig. Die Situation war auch wirklich merkwürdig. Sein Vater war nicht mehr da. Alle gingen davon aus, dass er tot war. Doch es gab keinen Leichnam. Also würde es keine Beerdigung geben. Nichts, was zu organisieren wäre. Keine Anzeigen mussten geschaltet werden. Keine Karten versandt. Keine Blumen ausgesucht. Nicht das Trauermahl geplant.

»Er ist nicht tot.« Claires Stimme war wie ein Hauch. Sie stand in der Tür. Durchsichtig vor Blässe. Einen Moment lang war Caspar tief erschrocken. Es war das erste Mal, dass er seine Mutter so verwundbar, so verloren sah. Die Stärke, die sie immer ausgezeichnet hatte, schien verflogen. Hier stand eine Frau, der der Boden unter den Füßen weggezogen worden war. Und doch, sie wollte nicht glauben, dass ihr Mann nicht mehr lebte.

»Solange sie ihn mir nicht bringen, glaube ich nicht, dass er tot ist. Er kann von einem anderen Boot aufgenommen worden sein. Er kann sich an ein Stück Holz geklammert haben und an Land geschwommen sein. Alles ist möglich. Leon würde mich auf so eine Weise nicht verlassen.«

»Das Wasser hat gerade noch zwölf Grad, Maman. Du weißt selbst, dass darin kein Mensch mehr als ein paar Stunden überlebt. Ich kann es ja selbst nicht fassen, aber wir müssen wohl davon ausgehen, dass Papa …«

»Nein. Davon gehen wir nicht aus. Wir gehen davon aus, dass er sich irgendwie retten konnte.«

Konnte es sein, dass sie recht hatte? Dass es ihm irgendwie gelungen war zu überleben? Dass er heute Abend oder morgen früh plötzlich vor der Tür stand? Geschwächt, aber lebendig?

»Die Polizei sucht das Meer mit Hubschraubern und Booten ab. Wenn Papa noch leben würde, hätten sie ihn längst gefunden.«

»Du kennst die Strömungen doch. Kein Mensch kann wissen, wo er hingetrieben worden ist.«

Es war klar, sie wollte sich mit all ihrer verbliebenen Kraft an den Gedanken klammern, dass ihr Mann, der sie sein Leben lang auf seinen starken Armen getragen hatte, nicht unterging wie jeder x-beliebige Schwächling. Er hatte so viele Katastrophen in seinem Leben gemeistert. Die schlimmste jetzt würde er auch überstehen. Caspar legte den Arm behutsam um seine Mutter. Zum ersten Mal war er in ihrer Beziehung der Stärkere. Es war unfassbar, aber als er sie zum Sofa zurückführte, lehnte sie ihren Kopf gegen seine Schulter. Als wollte sie wirklich von ihm gestützt werden. Als glaubte sie wirklich, dass ihr Sohn jetzt der Mann im Haus sei, auf den sie sich fortan würde verlassen können. Wie paradox das Leben doch war. Gerade hatte sich Caspar von seinem Vater und von seiner Mutter lösen können. Mit einem gewaltigen Aufwand an Stärke und Selbstüberwindung hatte er sich von seinem Vater geholt, was ihm zustand. Um in ein paar Tagen endgültig sein bisheriges Leben zu verlassen. Und da war nun mit einem Mal der Mann, in dessen Schatten er gestanden hatte, so lange er sich erinnern konnte, von der Bildfläche verschwunden. Und die Frau, die seine alles beherrschende Mutter war, erwies sich als schwach und hilfsbedürftig. Alles lag an ihm. Wie es mit ihr weitergehen würde, mit der Firma. Ja, mit seinem eigenen Leben. Niemand außer ihm würde darüber entscheiden. Wenn er gewollt hätte, könnte er einfach bleiben. Und die Nachfolge seines Vaters antreten. Soviel er wusste, war er der Alleinerbe, das hatte ihm seine Mutter ein ums andere Mal versichert. Er konnte in der Firma tun und lassen, was er wollte. Er konnte sie aber auch einfach verkaufen. Was seine Mutter zwar sicher nicht gutheißen würde, was sie letzten Endes aber nicht würde verhindern können. Egal. Es war mit einem Mal egal, was sie wollte. Was sie nicht wollte. Was sie geplant hatte. Alles Makulatur.

»Versuch ein bisschen zu schlafen, Maman.« Gehorsam wie ein Kind legte sie sich zurück aufs Sofa und schloss die Augen. So wie sie ihm immer einen Kuss auf die Stirn gegeben hatte, wenn sie ihn ins Bett brachte, als er ein kleiner Junge war, tat er das nun auch.

»Träum was Schönes.« Er legte die Kaschmirdecke über sie. Was für ein blöder Spruch. Als könne man seine Träume beeinflussen. Und als könne sie in dieser Situation einen schönen Traum haben. Die Worte waren ihm automatisch über die Lippen gekommen, so wie sie ihr damals immer automatisch über die Lippen gekommen waren. Ein Ritual, das sich in diesem Moment umkehrte. Und das heute so wenig zu bedeuten hatte wie damals. Das Wichtige war, dass sie die Kleine war, die Schwache. Verzagte. Sollte sie sich ruhig so fühlen, wie er sich immer gefühlt hatte.

»Ich gehe in die Firma und rede mit den Leuten. Sie sind sicher außer sich vor Sorge. Ich muss ihnen erklären, dass alles so weitergeht wie bisher.«

»Dein Vater wird stolz auf dich sein, wenn er zurückkommt.« Es war nur ein verschwommenes, kaum verständliches Murmeln. Aber es traf Caspar wie ein Keulenschlag. Das war das Wichtigste. Auch jetzt, da alle sicher waren, dass Leon tot war, war es für seine Frau immer noch von größter Bedeutung, dass er auf seinen Sohn stolz sein konnte. Leise schloss er die Tür hinter sich. Wie still es im Schloss war. Und wie düster. Düsterer noch als zu normalen Zeiten. Die Mädchen hatten alle Vorhänge zugezogen. In den unzähligen Leuchtern brannten Kerzen. Es war ein Totenhaus geworden. Das Leben schien erloschen. Doch in Caspar loderte eine helle Flamme. Er war lebendig. Er hatte sein Leben noch vor sich. Eine tiefe Zufriedenheit bemächtigte sich seiner. Und das Gefühl einer überwältigenden Dankbarkeit. Danke, Papa. Danke, dass du dich aus meinem Leben davongemacht hast. Du bist tot. Und ich werde endlich so leben, wie ich es immer gewollt habe.

2

»Céline, Michel, Leon. Drei Menschen, die sich seit ihrer Jugend kannten. Und jetzt ist Céline tot, Leon verschollen und der dritte, Michel, sitzt im Gefängnis.« Marie konnte nicht aufhören zu grübeln. Das Einzige, was sie sicher wusste, war, dass ihr Vater Céline nicht getötet hatte. Wusste sie es wirklich? Oder wollte sie es nur glauben? Aber wenn Michel es nicht gewesen war? Den Gedanken, dass Leon seine engste Mitarbeiterin getötet haben könnte, hatte sie doch verworfen. Aber jetzt war Leon verschwunden. Vermutlich tot. Konnte es sein, dass er doch der Fahrer des Autos gewesen war, das Céline getötet hatte? Wenn einer gewusst haben könnte, dass Michel das Auto von Monique noch besaß, dann doch Leon. Und sicher hatte er auch gewusst, wie er an den Schlüssel kommen konnte. Was, wenn Leons Verschwinden gar nicht auf einem Unfall beruhte? Was, wenn er sich das Leben genommen hatte? Aus Schuldgefühlen?

»Vielleicht hat Leon sich umgebracht.« Paul, der gerade die Spaghetti in den Topf gab, drehte sich zu Marie um. Meinte sie das ernst?

»Was sollte er für einen Grund haben? Dem Mann geht es glänzend.«

»Und wenn er … wenn er es war, der deine Mutter …«

Ach, es klang so absurd. Sie wusste es doch selbst, dass das eine vollkommen verrückte Überlegung war.

»Und dann hat er es deinem Vater in die Schuhe geschoben? Und als der dann gestanden hat, bringt er sich um?«

Nein. Das war alles nicht logisch. Paul wandte sich wieder seinem Tomatensugo zu. Er blubberte schon eine Stunde auf dem Herd, und sein intensiver fruchtiger Duft verbreitete sich in dem kleinen Haus. Er konnte sich auch keinen Reim machen auf dieses neuerliche Unglück, das die Menschen in Concarneau und vor allem Marie verunsicherte.

»Ich komme einfach nicht davon los, dass es da etwas geben muss, das wir alle nicht wissen. Etwas, das Céline, Michel und Leon verbindet.« Marie starrte in den Computer, den sie hochgefahren hatte. Die Seite der Firma Menec baute sich auf. Fotos der imposanten Fischfangflotte, der Fabrik, des Verwaltungsgebäudes. Alles beeindruckend modern. Die Zahlen, die man dazu lesen konnte, sprachen nur von Erfolg.

»Drei Monate nachdem die *Helena* untergegangen ist, hat Leon meinem Vater das *Café du Port* geschenkt. Mit dem er zum Sternekoch geworden ist. Ein Jahr nach dem Untergang der *Helena* legte Leon den Grundstein für seine Fischfabrik. Nur ein Jahr später. Das musst du dir mal vorstellen.«

»Er wird sicher eine Menge Geld von der Versicherung bekommen haben, und wenn er es klug investiert hat …« Er kam mit einem kleinen Löffel Sugo zu ihr. »Probier mal.«

»Wow, das schmeckt großartig. Woher kannst du das?«

»Das Einzige, was ich überall auf der Welt gefunden habe, was mir wirklich schmeckte, waren Tomaten. Ein bisschen Knoblauch, eine Zwiebel, das gibt es überall. Ich sag dir, ich hab damit meine sämtlichen Mitarbeiter beeindruckt.«

Marie lachte. Sie küsste ihn auf den Mund.

»Du solltest nachforschen, wann die erste Tomatensauce gekocht worden ist. Und ob die Männer die Damen damit willfährig gemacht haben.«

»Soll das heißen, ich mache dich damit gefügig?«

Es blitzte in ihren Augen, als sie ihn zu sich heranzog. Ihr Kuss schmeckte noch ein bisschen nach Tomaten. Süß, fruchtig, verheißungsvoll. Dass die Sauce nun eine weitere Stunde vor sich hin köcheln würde, machte nichts. Je länger sie auf dem Feuer stand, desto intensiver wurde der Geschmack. Aber daran dachten Marie und Paul nicht, als sie begannen, sich zu lieben.

»Was denkst du, was die Versicherung gezahlt hat für den ollen Fischtrawler?« Paul stöhnte auf. Nicht jetzt, nicht in dem Moment, in dem sich seine Erregung dem Höhepunkt näherte. Er zog Marie enger an sich, doch der Gedanke hatte schon zu sehr Besitz von ihr ergriffen. Sie sprang aus dem Bett, als hätte sie nicht noch vor einer Sekunde wohlig unter seinen Küssen geseufzt, mit denen er ihren Bauch bedeckte und sich zu ihrer Scham hinunterarbeitete.

»Eine halbe Stunde am Tag, ohne an Leon Menec zu denken, oder an deinen Vater oder …«

»An deine Mutter? Willst du damit sagen, dass du tatsächlich nicht mehr an deine Mutter denken willst?«

»Wenn ich mir überlege, dass ich sie überhaupt nicht gekannt habe, dass ich gerade mal ein paar Worte mit ihr am Telefon gewechselt habe … Es mag hart klingen, aber es gibt Stunden, an denen ich nicht an sie denke.« Er berührte ihren rührenden Nacken mit seinem Zeigefinger, fuhr die Linie der Wirbelsäule nach und drängte sich von hinten an sie. Sie lachte leise auf, als sie seine Erektion an ihrem Rücken spürte.

»Nicht ablenken. Ich muss sehen, bei wem Leon die *Helena* versichert hatte.«

Wie ein Spürhund hatte sie Witterung aufgenommen. Irgendwas war ihr in die Nase gekommen, und sie musste dem nachgehen. Ihre Finger tippten schnell auf der Tastatur, während Pauls Finger sich in ihrem Haar vergruben. So schnell wollte er nicht aufgeben. Irgendwie musste es ihm doch gelingen, diese beiden Männer Leon und Michel aus seinem Haus zu werfen. Auch wenn sie es sich in Maries Kopf schon recht gemütlich gemacht hatten.

»Da … Universal Assurance, Rennes. Hier, in dem Artikel steht, dass sie prompt bezahlt hätten. Ich ruf da mal an.«

Das war seine Chance.

»Nirgendwo in der Welt wirst du nach siebzehn Uhr noch jemanden in einem Versicherungsbüro antreffen. Das musst du morgen machen. Und bis dahin …«

Als er sie mit sanfter Gewalt zu sich herumdrehte, wehrte sie sich nur kurz. Sie ließ sich von seiner Erregung anstecken, und tatsächlich gelang es ihm, sie für fünf Minuten von den düsteren Geschehnissen abzulenken, die ihr Leben im Moment dominierten.

Auch Wochen nach ihrem Tod war Célines Grab immer mit frischen Blumen überhäuft. Ob sie wusste, dass Leon verschwunden war? Dahin, wo sie jetzt war? Die Sonne ging mit großem Getöse im Meer unter. Ein riesiger dunkelroter Ball, der am Rand tieforange zu glühen schien. Der wolkenlose Himmel war von einem gläsernen Türkis, hinter dem man die ewige Dunkelheit des Alls nicht einmal ahnen konnte. Xaviers Schafe fraßen sich die Bäuche am grünen Gras, das saftig an der Friedhofsmauer wucherte, voll. Die beiden Hunde lagen angespannt in der Nähe und verfolgten jede ihrer Bewegungen, während Xavier Céline einen neuen Strauß ihrer Lieblingskräuter brachte.

»Weißt du, was mit ihm geschehen ist?« Wie so oft führte er ein leises Zwiegespräch mit seiner toten Freundin, die er mehr vermisste als er irgendjemandem hätte sagen können. Sie hatten sich oft gesehen in diesen kühlen Stunden des frühen Tages, wenn sie mit Merlin an den Felsen entlanggewandert war, um ihre Kräuter zu sammeln. Sie hatten nicht viel geredet. Es war ein stilles Einverständnis zwischen ihnen gewesen. Nie hatte sie von dem Schmerz gesprochen, der ihr Leben überschattet hatte. Von der Reue, die sie empfunden hatte, über den von ihr gemachten Fehler, der nicht mehr gutzumachen gewesen war. Er hatte es in ihrem Blick gelesen, dass sie die Sehnsucht nach dem Kind, das sie geboren und verlassen hatte, in jeder Stunde ihres Lebens quälte. Und er hatte ihr gewünscht, dass sie doch einmal den Mut finden würde, nach ihrem Sohn zu suchen. Es hätte ihr Erleichterung verschafft, ihn zu sehen. Zu wissen, dass es ihm gut ging. Dass er ein glückliches Leben gefunden hatte. Dass seine Seele keinen Schaden genommen hatte, weil sie ihn nicht in ihrem Leben hatte haben können. Als er Paul Racine zum ersten Mal gesehen hatte beim Menhir von Kerloas, hatte er sofort gewusst, um wen es sich handelte. Es war keine äußere Ähnlichkeit zwischen ihm und Céline gewesen. Der blonde junge Mann hatte seiner dunklen Mutter in keiner Faser geähnelt. Dafür war etwas in seinem Blick, das Xavier sofort an seinen Vater erinnerte. Den Mann, von dem Céline ihr ganzes Leben nicht hatte lassen konnte. Dem sie alles geopfert hatte. Und der nichts davon wissen durfte. Hätte er sie auf Paul aufmerksam machen sollen? Hätte er ihr sagen sollen, dass ihr Sohn gekommen war, um sie zu finden? Vielleicht, wenn er die stillschweigende Vereinbarung, die zwischen ihnen herrschte, nicht über ihre Vergangenheit zu reden, einfach gebrochen hätte, vielleicht wäre dann alles anders gekommen.

»Er würde dir gefallen, Céline. Er ist attraktiv, ja. Wie sein Vater. Aber er hat dein Herz. Das traurig ist, weil er dich nicht kennenlernen durfte.«

Der Abendwind erhob sich von der See. Er zupfte an den Blüten der Sträuße, die auf Célines Grab lagen. Verwehte die ersten Blätter, die von den Bäumen fielen. Leise erhoben die verlorenen Seelen der *Helena* ihre Stimmen und schwollen zu ihrem traurigen Gesang an. Xavier empfand keinen Schrecken bei dieser Melodie des Todes. Er lebte schon so lange damit. Und in der letzten Zeit hatte er das Gefühl, dass sich eine weitere, hellere Stimme dem Gesang zugesellt hatte. Die Stimme von Céline. Sie war noch hier. Sie würde es bleiben, bis ihr Tod aufgeklärt und gesühnt war. Erst dann würde sie verstummen, und ihre Seele würde Frieden finden. Und dann, wenn eines Tages das Geheimnis um den Untergang der *Helena* gelüftet war, würden auch die Stimmen der untergegangenen Seeleute verstummen. Xavier spürte, dass alles zusammenhing. Er erkannte die Unruhe, die die Täter in sich trugen. Sie hatten Schuld auf sich geladen. Und waren nicht bereit zu sühnen. Sie hofften, dass sie unerkannt blieben in ihrem Tun. Aber sie wussten nicht, dass ihr dunkles Herz nie mehr ruhig sein würde. Nicht bevor sie nicht auch vom Tod weggeführt würden. Sein Blick schweifte über das ruhige Meer. Hatte Leon sein Grab wirklich in der Tiefe des Atlantiks gefunden? Wieso war er hinausgefahren? Was war geschehen, dass er die Einsamkeit in der unendlichen Weite gesucht hatte?

Caspar fühlte sich so gut wie nie. Die Männer und Frauen, die in der Fischfabrik arbeiteten, hingen gespannt an seinen Lippen. Stumm standen sie im Hof vor der großen Halle und lauschten seinen Worten. Seine Stimme war voll und klar, als er ihnen mitteilte, dass sein Vater zwar vermisst sei, dass man aber nicht davon ausgehe, dass er nicht mehr lebe.

»Meine Mutter und ich geben die Hoffnung nicht auf, dass Leon Menec schon bald wieder gesund unter uns weilen wird. Bis dahin bitte ich euch alle, im Sinne meines Vaters weiterzuarbeiten. Bis zu seiner Rückkehr werde ich mich um die laufenden Geschäfte kümmern. Und ich hoffe dabei sehr auf eure

Unterstützung. Denn, wie ihr wisst, bin ich ja neu in dem Geschäft …«

Es war eine Welle der Sympathie, die er zu spüren glaubte. Vermutlich waren die Leute froh, wenn in einer so ungewissen Situation wie dieser jemand die Zügel in die Hand nahm. Auch wenn er wenig Erfahrung hatte. Als sich die Versammlung auflöste und die Leute zur Nachtschicht antraten, fuhr ein kleiner Mercedes mit einer deutschen Autonummer in den Hof. Eva stieg aus.

»Caspar.« Ihre Stimme zitterte, als sie ihn fragte, ob er etwas Neues gehört habe. Und wie es ihm gehe. Und seiner Mutter. Sie sah traurig aus, als sie auf ihn zukam und ihn umarmte. Natürlich, sie hatte ja auch ihren Vater verloren.

»Ich kann das nicht fassen.« Sie hielten sich einen Moment umschlungen. Als könnten sie sich über das, was ihrem Vater widerfahren war, trösten.

»Kann ich irgendwas tun?« Eva hatte ihre Rückfahrt nach Frankfurt verschoben. Sie konnte jetzt nicht in ihrem Büro sitzen und sich mit Devisengeschäften auseinandersetzen und so tun, als wäre nichts geschehen. Aber im Atelier ihrer Mutter sitzen und aufs Meer hinausstarren, das ihr die Möglichkeit, sich mit ihrem Vater zu versöhnen, genommen hatte, konnte sie auch nicht. Sie musste etwas tun.

»Ich bin froh, dass du das fragst.« Caspar legte den Arm um seine Schwester. Er würde sie wirklich brauchen können in der Firma. Mit ihrer Erfahrung als Betriebswirtin, ihrem klaren, analytischen Verstand würde sie die Geschäftsführung der Firma weit besser handhaben können als er. Zu Evas Erstaunen klang Caspars Einladung, interimsmäßig die Firma zu leiten, ehrlich. In ihrer Welt kam es nicht so oft vor, dass Männer zugaben, von einer Aufgabe überfordert zu sein. Oder dass sie Hilfe brauchten. Schon gar nicht gegenüber Frauen. Aber Caspar schien damit kein Problem zu haben, ihr zu gestehen, dass er im Grunde viel zu wenig Erfahrung hatte, um in Leons große Fußstapfen zu treten.

»Natürlich bleibe ich und helfe dir. Das ist doch keine Frage. Wir werden zusehen, dass in den nächsten Tagen alles so weiterläuft wie bisher.«

»Und dann?« Sie wusste, was er meinte. Was würde geschehen, wenn man Leons Leiche fand? Was würde geschehen, wenn man sie *nicht* fand? Was würde Eva dann tun? Was würde auf Caspar zukommen?

»Das Wichtigste ist jetzt, dass wir das Ding erst mal zusammenhalten. Dass wir unseren Leuten und unseren Kunden ein Gefühl der Sicherheit und der Kontinuität geben. Und dann werden wir weitersehen. Ich denke, wir werden uns schon einigen. Wenn es wirklich nötig sein sollte.«

Der Rabe hüpfte über die Terrasse und pickte nach den Samen, die der Herbstwind von den Bäumen geweht hatte und die nun in den Ritzen zwischen den Granitplatten klemmten, mit denen die Terrasse belegt war. Sein schwarzes Gefieder glänzte im Licht der Außenlaternen, die Claire alle hatte anzünden lassen. So als wollte sie Leon in der Nacht den Weg nach Hause weisen. Sie presste die Stirn an das kühle Fensterglas, ihre Augen folgten dem dunklen Vogel. Totenvogel, sagten die Leute. Vogel der Weisheit hatte Leon immer gesagt, als sie ihm erzählte, dass sie die Raben nicht leiden konnte. Jetzt hob der Vogel den Kopf. Legte ihn schief und blickte mit seinen Stecknadelaugen einen Moment lang zu Claire hin. Ob er sie sehen konnte hinter dem Fenster? Sie trat einen Schritt zurück. Der Gedanke, von dem Tier beobachtet zu werden, war ihr unangenehm. Céline hätte in diesem Augenblick gesagt, dass der Rabe ihr eine Botschaft von Leon bringen würde. Aber sie war nicht wie Céline. Sie glaubte nicht an diesen übersinnlichen Quatsch. Glaubte nicht an eine Verbindung zwischen den Lebenden und den Toten. Die

Grenze, die der Tod setzte, war ihrer Meinung nach endgültig. Wer sie überschritten hatte, kehrte nicht mehr zurück. Sein Leben war zu Ende, die Tatsache seiner Existenz würde im Nebel der Geschichte verblassen. Es kam doch nicht von ungefähr, dass die Überlebenden, die Nachkommen, in schierer Verzweiflung ihren Toten Grabmale setzten. Die noch lange an sie erinnern sollten. Denn jeder, der schon einmal einen Menschen verloren hatte, wusste doch, wie schnell es ging, dass man sich nicht mehr an sein Gesicht erinnern konnte. An seine Stimme. An seine Berührung. Als ihr Vater damals mit der *Helena* untergegangen war, hatte es kaum ein Jahr gedauert, bis sie sich nur noch an ihn erinnern konnte, wenn sie ein Foto oder ein Video von ihm sah. Nicht dass es sie sehr geschmerzt hatte. Im Geheimen war sie ja froh gewesen, dass dieser Mann aus ihrem Leben verschwunden war. Doch trotzdem war ihr klar geworden, wie schnell es ging, dass ein Mensch nicht mehr präsent war. Würde es ihr mit Leon auch so gehen? Sie wollte den Gedanken wegwischen. Wieso sollte sie darüber nachdenken, wie lange sie sich an Leon nach seinem Tod erinnern würde? Er war ja nicht tot. Er konnte einfach nicht tot sein. Ein Mann wie Leon konnte sich nicht einfach so durch die Hintertür verabschieden.

»Maman. Wie geht es dir? Ich habe Eva mitgebracht.«

Es hatte nur dieses eine Wort gebraucht, und da war Claires alte Stärke wieder zurück. Eva? Was wollte sie hier? Wollte sie etwa ihr Erbe schon antreten? Kaum war Leon verschwunden, umgarnte sie Caspar und machte einen auf Familiensinn?

»Liebste Eva.« Claires Stimme war melancholisch, als sie die Tochter ihres Mannes an sich zog. »Es tut mir so leid.«

Sie küsste Eva auf die Wangen, strich ihr mit einer liebevollen Geste über das Gesicht.

»Wie geht es dir, Claire. Ich wollte fragen, ob ich was für dich tun kann?« Claire lächelte traurig. Ihr schönes Gesicht schien durch die angstvolle Ungewissheit, in der sie schwebte, verletzlich und durchsichtig zart geworden zu sein. Doch es war deutlich, dass sie versuchte, sich zusammenzureißen.

»Ich habe Angst. Ich habe Angst, dass Leon etwas zugestoßen ist. Aber ich weigere mich zu glauben, dass er nicht mehr lebt. Deswegen … Deswegen sollten wir alle uns bemühen, so weiterzuleben, wie wir es bisher getan haben.«

»Eva wird bis auf Weiteres die Geschäfte der Firma führen.«

»Aber das ist doch nicht nötig. Eva hat einen Job in Frankfurt. Liebes, das musst du nicht tun. Du musst nicht hierbleiben.«

Das war das Letzte, was Claire wollte, dass Eva sich unentbehrlich machte. Es war Caspars Aufgabe, die Firma zu leiten, wenn Leon nicht da war. Sicher, es war ein bisschen früh. Aber ein Sprung ins kalte Wasser hatte noch keinem geschadet. Doch es gelang ihr nicht, Eva davon zu überzeugen, dass sie hier nicht gebraucht wurde. Im Gegenteil, es kam noch schlimmer.

»Ich habe Eva eingeladen, für ein paar Tage im Schloss zu wohnen.« Was redete Caspar denn da? Wurde er plötzlich sentimental? »Es ist gut, wenn in schwierigen Zeiten die Familie zusammenhält. Was es auch immer für Differenzen gegeben haben mag, wir sollten sie nun vergessen.« Natürlich musste die Familie in solchen Zeiten zusammenhalten. Aber Leons Familie, das waren sie und Caspar und sonst niemand. Keiner hatte hier was zu suchen außer ihr und ihrem Sohn.

»Ruh dich aus, Claire. Ich werde mich um alles kümmern, was zu tun ist.«

»Aber es ist nichts zu tun. Leon wird zurückkommen. Man muss sich um gar nichts kümmern. Wir müssen nur geduldig sein und warten.«

»Wir werden warten, Maman. Was anderes können wir auch nicht tun. Aber wir müssen uns auch überlegen, wie es weitergehen wird, wenn … wenn wirklich das Schlimmste eingetreten ist.«

»Du willst wissen, wie es nach Leons Tod weitergehen wird?«

Ihre Stimme klang kühl und abweisend. »Das sag ich dir, mein Sohn. Wenn Leon tot ist, bist du sein Erbe. Du wirst an seine Stelle treten und das, was dein Vater aufgebaut hat, weiterführen. So gut und erfolgreich, wie er es getan hat.«

»Aber Eva ist seine Tochter, sie wird …«

»Nein. Wird sie nicht. Leon hat dich zum Alleinerben eingesetzt.«

Caspar starrte seine Mutter fassungslos an. Eva, sollte sie durch diese Neuigkeit wirklich schockiert sein, hatte sich gut im Griff.

»Aber das kann doch nicht sein. Ich will das überhaupt nicht. Eva hat genauso ein Recht zu erben wie ich. Ich werde auf jeden Fall alles mit ihr teilen.«

»Das wirst du nicht. Du wirst dich dem Willen deines Vaters beugen, Caspar. So wie es deine Pflicht als einziger Sohn ist.« Sie wandte sich mit erschöpftem Blick zu Eva.

»Es tut mir leid. Ich habe versucht, es zu verhindern, aber Leon hat sich nicht davon abbringen lassen, Caspar als Alleinerben einzusetzen. Er hatte wohl die Hoffnung aufgegeben, dass es noch einmal zu einer Versöhnung zwischen euch kommen könnte.«

»Schon gut, ich habe nichts anderes erwartet.« Eva wandte sich Caspar zu. »Ich bin sicher, du wirst ein würdiger Erbe sein.«

In Caspars Kopf stoben die Gedanken durcheinander. Alleinerbe? Sein Vater hatte ihm alles vermacht. Alles? Das war ja Wahnsinn. Er würde die Firma verkaufen und dann abhauen. Mit Marie. Okay, seiner Mutter würde er genügend Geld lassen, damit sie zeit ihres Lebens gut und luxuriös leben konnte, hier im Schloss. Aber das würde es dann auch schon gewesen sein.

»Allerdings ist eine Bedingung an das Erbe geknüpft. Du darfst die Firma nicht verkaufen. Solltest du das tun, geht der Erlös in eine Stiftung zugunsten der Familien von ertrunkenen Seeleuten.«

Okay, es gab also doch einen Pferdefuß. Das hätte er sich wirklich denken können, dass sein Vater, der wie immer von seiner Mutter gelenkt worden sein musste, ihn nicht aus der Verantwortung lassen würde. Aber hatte er das nicht vorausgesehen? Hatte er nicht deswegen zum Mittel der Erpressung gegriffen? Caspar erwiderte den forschenden Blick seiner Mutter mit einem Lächeln.

»Das war gänzlich unnötig, Maman. Ich würde doch nie darauf kommen, Papas Firma zu verkaufen. Ehrlich gesagt, ich bin ein bisschen enttäuscht, dass er mir das zugetraut hat.«

»Dein Vater hat dir vertraut. Dass diese Klausel eingefügt worden ist, war meine Idee.« Claire zog ihren Sohn an sich.

»Nicht dass ich dir nicht trauen würde. Aber ich kenne das Leben. Und ich weiß, dass es Situationen gibt, in denen einem die Pflichten zu viel werden können. In denen man die Verantwortung loswerden will. Und einfach allem den Rücken kehren will.« Wie recht sie hatte mit ihrem Gefühl. Caspar verkniff sich ein höhnisches Lächeln. Sie kannte ihn besser, als ihr vielleicht bewusst war. Aber dass er Vorsorge getroffen hatte für genau den Fall, der nun eingetreten war, das ahnte sie nicht. Obwohl sie glaubte, in sein Herz sehen zu können, war es ihm gelungen, es vor ihr verschlossen zu halten. Seine heimlichen Pläne waren allein seine Sache. Und es würde nicht mehr lange dauern, bis er sie umsetzen würde.

Als Marie vor dem kleinen weißen Auto stand, trieb es ihr die Tränen in die Augen. Wie glücklich musste ihre Mutter gewesen sein, als Michel es ihr geschenkt hatte. Und dann hatte sie es einfach zurückgelassen. So wie sie ihr ganzes Leben mit Michel einfach zurückgelassen hatte. Hatte sie wirklich nie mehr daran gedacht? Hatte es ihr nicht das Herz zusammengezogen, wenn sie so einen Peugeot auf der Straße gesehen hatte? Oder war in ihr die Wut aufgestiegen über den Mann, mit dem sie ihr ganzes

Leben geplant hatte und den sie dann verlassen musste? Ausgerechnet mit diesem Auto sollte ihr Vater nun Céline Marchand totgefahren haben?

Paul hatte sich zuerst geweigert, mitten in der Nacht nach Concarneau zu fahren und in Michels Garage, die von der Polizei versiegelt worden war, einzubrechen.

»Ich darf das, ich bin die Polizei«, hatte Marie gesagt, als sie kurzerhand das Siegel von der Garagentür entfernt hatte. Sie wusste nicht, was sie zu finden hoffte. Aber vielleicht gab es ja eine Spur an dem Auto, die auf den wahren Fahrer hindeutete. Sie musste das Auto untersuchen, bevor am nächsten Morgen die Spurensicherung kommen würde, um es nach Brest zu holen. Blitzsauber war es. Keine Spur von Schlamm oder Dreck war zu sehen. Dabei hatte es in der Nacht von Célines Tod doch geregnet. Die Straße, auf der der Unfall geschehen war, war nass und schlammig gewesen. Deutete die Tatsache, dass das Auto so sauber war, nicht darauf hin, dass es gar nicht gefahren worden war?

»Der Täter könnte es hinterher gewaschen haben.« Paul hatte recht. Natürlich. Wenn Michel wirklich mit dem Auto unterwegs gewesen wäre, hätte er versucht, alle Spuren zu beseitigen. Aber wieso hatte er dann den kaputten Scheinwerfer, der ihn schließlich verraten hatte, nicht ersetzt?

»Vermutlich hat er nicht so schnell einen Ersatz gefunden. Bei Oldtimern ist das manchmal etwas schwierig.« Auch damit hatte Paul recht. Aber das Entscheidende war doch, dass es einfach kein Motiv gab. Es gab keinen Grund, wieso Michel Céline getötet haben sollte.

Paul beobachtete Marie, die unruhig um das Auto herumging. Er wünschte sich, einen Hinweis darauf finden zu können, dass Michel das Auto nicht gefahren hatte. Vielleicht würde die Spurensicherung ja Fingerabdrücke finden, die auf den Täter hinwiesen. Aber war es nicht eher wahrscheinlich, dass er Handschuhe getragen hatte? Wenn jemand tatsächlich so viel kriminelle Energie hatte, Michel die Tat in die Schuhe zu schieben, dann würde er sicher an etwas so Banales gedacht haben, wie auf keinen Fall Fingerabdrücke zu hinterlassen.

Marie stand jetzt still vor dem Auto ihrer Mutter. Da war etwas. Sie wusste es. Irgendetwas war an dem Auto, das ganz klar bewies, dass ihr Vater es nicht gefahren haben konnte. Sie musste es nur finden. Womöglich wenn sie sich hineinsetzte? Vielleicht würde sie dann eine Idee haben, was es sein konnte. Sie öffnete die Tür und setzte sich auf den Fahrersitz aus rotem Leder. Wollte den Sitz zurückschieben, um bequem sitzen zu können. Aber es ging nicht. Sie hob den kleinen Hebel an der Seite an und stemmte sich mit den Füßen gegen den Boden. Aber der Sitz rührte sich nicht. Irgendetwas klemmte. Sie saß eingezwängt da. Die Knie berührten das Lenkrad. Noch einmal versuchte sie, mit aller Kraft den Sitz zurückzuschieben. Es ging nicht. Der Sitz saß bombenfest, als wäre er angeschweißt.

Mein Gott, das war es doch! Das war der Beweis! Das war der Beweis, dass ihr Vater das Auto nicht gefahren haben konnte. Der Sitz war so weit vorn, dass nicht einmal sie das Auto hätte fahren können. Ihr Vater war fast einen Meter neunzig groß. Er hätte es nicht geschafft, sich hinter das Lenkrad zu klemmen, ohne den Sitz zurückzuschieben. Geschweige denn das Auto fahren können. Sie hatte den Beweis gefunden! Dieses Auto konnte auf keinen Fall von ihrem Vater gefahren worden sein.

Paul zuckte zusammen, als er Maries Aufschrei hörte. Sie stieg aus, kniete sich hin, versuchte von außen den Sitz zu verschieben. Auch das ging nicht. Er war festgerostet in den Jahren, in denen das Auto in der Garage gestanden hatte.

»Er kann es nicht gefahren haben. Kein Mensch, der größer ist als meine Mutter, kann dieses Auto gefahren haben. Paul! Ich hab den Beweis gefunden. Ich kann beweisen, dass mein Vater das Auto nicht gefahren hat.«

Es war so einfach, dass es fast verrückt war. Wer auch immer versucht hatte, Michel die Schuld an Célines Tod in die Schuhe zu schieben, hatte nicht daran gedacht, dass der große Mann niemals hinter das Steuer des kleinen Autos gepasst hätte. Marie kamen vor Erleichterung die Tränen. Was auch immer ihr Vater in der Vergangenheit getan hatte – Célines Mörder war er nicht.

3

Claires zarte Teetasse aus Limoges-Porzellan klirrte, als sie sie auf den Unterteller zurückstellte. Ihre Hand zitterte. Das konnte nicht wahr sein. Michel war frei? Er hatte doch gestanden. Er hatte doch zugegeben, dass er Céline getötet hatte. Wieso lief er jetzt frei herum?

»Das ist völlig unmöglich. Man lässt bei uns keinen Mörder bis zu seiner Verhandlung auf freiem Fuß.« Caspar musste sich verhört haben. Irgendein dummes Gerücht aufgeschnappt haben, von denen in den letzten Tagen so viele durch den Ort waberten.

»Nein. Es ist wahr. Marie selbst hat es mir gesagt. Ihr Vater ist frei. Und die Anklage wurde fallen gelassen.«

Claire hielt sich am Küchentisch fest. Der Boden schien unter ihr zu schwanken. Was war passiert? Wieso verdächtigte man Michel nicht mehr? Die Beweise für seine Tat waren doch eindeutig gewesen. Caspar konnte ihr nicht sagen, wieso man Michel plötzlich freigelassen hatte. Er hatte Marie getroffen, als er auf dem Weg in die Firma war. Sie hatte gestrahlt. War einfach nur glücklich gewesen. Ihr Vater war frei. Und nicht mehr verdächtig.

»Das ist doch eine gute Nachricht, Maman.« Er spürte, dass

seine Mutter außer sich war. Und konnte sich nicht erklären, wieso sie sich nicht für den alten Freund freute.

»Es hat doch sowieso niemand geglaubt, dass er es getan hat. Ich meine, wir kennen Michel doch. Er wäre zu so etwas niemals fähig gewesen.«

»Niemand weiß, wozu der andere fähig ist. Glaubst du wirklich, man kann in die Seele eines Menschen sehen?« Sie musste sich zusammennehmen. Sie durfte ihre Enttäuschung niemandem zeigen. Auch nicht ihrem Sohn, der sofort zu ihr nach Hause gekommen war, um ihr die gute Nachricht zu überbringen. Natürlich, er hatte gedacht, dass es auch für sie eine gute Nachricht sei. Er wollte, dass sie etwas hatte, über das sie sich freute. Das war lieb von ihm gewesen.

»Danke, dass du gleich gekommen bist, um mir das zu erzählen. Ich habe mir tatsächlich Gedanken gemacht, wie es Michel im Gefängnis gehen würde. Aber jetzt ist ja alles gut. Wenigstens für ihn.« Und nur für ihn, dachte sie. Denn, wenn Michel nicht mehr verdächtigt würde, hieß das, dass die Polizei nun nicht mehr nur nach dem Fahrer des Autos fahnden würde, sondern auch nach demjenigen, der mit so viel Aufwand versucht hatte, den Verdacht auf Michel zu lenken. Ihre Gedanken rasten. Konnte es sein, dass ihr Plan in sich zusammenfiel? Sie musste sich zusammenreißen. Und einen Schritt nach dem anderen gehen. Und vor allem durfte sie ihr Ziel nicht aus den Augen verlieren.

Caspar spürte, dass ihm die Zeit davonlief. Michel war nicht mehr im Knast. Also würde es sehr viel schwerer werden, Marie davon zu überzeugen, von hier wegzugehen. Wie glücklich sie ausgesehen hatte. Ihr Vater war frei. Sicher würde sie sich in den nächsten Tagen besonders liebevoll um ihn kümmern. Sie würde versuchen, ihm zu helfen, den Schock der Anklage und die Tage im Untersuchungsgefängnis zu vergessen. Sie würde für ihn da sein wollen. Alles tun, dass es ihm gut ging. Und was war mit ihm? Er hatte gerade seinen Vater verloren. Musste sie sich nicht auch um ihn kümmern? Hatte sie das nicht versprochen? Doch vielleicht dachte sie, jetzt, da Eva ins Schloss gezogen war, würde er sie nicht mehr brauchen. Vielleicht hatte er sich zu stark gegeben. Zu männlich. Vielleicht traute sie ihm ja wirklich zu, dass er den Tod seines Vaters ganz gut allein verarbeiten konnte. Den Tod seines Vaters? Er war erstaunt, wie geläufig ihm dieser Gedanke inzwischen war. Wieso trauerte er nicht mehr um seinen Vater? Der ihn ganz sicher geliebt hatte. War er ein schlechter Mensch? Weil er sich insgeheim freute, dass sein Vater nicht mehr da war? Dieses leuchtende Denkmal, das ihm seine Mutter zeit seines Lebens als Vorbild hingestellt hatte. Jetzt endlich würde der Schatten von Leon Menec, in dem er sich immer nur wie ein unscheinbarer Schemen vorgekommen war, verblassen und er, Caspar, würde endlich von der Sonne beschienen werden. Er würde wachsen. Würde an Ansehen und Gewicht gewinnen. Bis man eines Tages nicht mehr sagen würde, dass er der Sohn von Leon Menec sei. Sondern dass Leon Menec der Vater des bekannten und beliebten Caspar gewesen sei. Er spürte eine ungeahnte Kraft in sich wachsen. Eine Tatkraft. Und Zuversicht. Die er nie in sich vermutet hätte. Er würde seinen Weg gehen. Und Marie mit ihm.

Michel konnte es kaum glauben, dass er hier saß und von seinem besten Bordeaux trank. An einem Tisch vor seinem Lokal, auf den die warme Herbstsonne schien. Ihm gegenüber Marie. Und dieser Paul Racine, der zusammen mit Marie gekommen war, um ihn vom Gefängnis abzuholen. Jetzt, da er die Freiheit wieder genoss, konnte er sich nicht mehr erklären, wie es gekommen war, dass er zugegeben hatte, Céline getötet zu haben. Wieso er einfach aufgegeben hatte. Bereit gewesen war, den Rest seiner Tage im Gefängnis zu verbringen. Nicht nur von seiner Tochter, sondern auch vom Rest der Welt für einen Mörder gehalten. Das Leben war doch viel zu wertvoll, als dass man es so achtlos beiseiteschob. Natürlich, er hatte vor vielen Jahren einen fürchterlichen Fehler gemacht. Aber hatte er nicht lange genug darunter gelitten? War es nicht Strafe genug gewesen, dass er sein Leben einsam und geplagt von Schuldgefühlen mehr schlecht als recht hinter sich gebracht hatte? Sollte nicht auch ein Mann wie er eine Chance bekommen?

Marie merkte, dass ihr Vater ihr nicht zuhörte.

»Papa. Wo bist du mit deinen Gedanken?«

»Entschuldige, Liebes. Ich habe mir gerade vorgestellt, wie es gewesen wäre, dich nie mehr zu sehen. Eine furchtbare Vorstellung. Was hast du gesagt?«

Marie hatte es nicht übers Herz gebracht, Michel zu sagen, was mit Leon passiert war. Er war so dankbar gewesen, aus dem Gefängnis zu kommen. So glücklich. Er sah zum ersten Mal seit sie ihn kannte mit einem gewissen Optimismus in die Zukunft. Aber sie musste es ihm sagen. Er durfte es nicht zufällig von irgendjemandem auf der Straße erfahren.

»Es ist etwas passiert, als du im Gefängnis warst. Mit Leon Menec.«

Leon? Es war etwas mit Leon passiert. Michels Herz setzte einen Schlag aus. Leon. Der strahlende, unbesiegbare Leon?

Er sollte ertrunken sein? Er sollte mit der Yacht hinausgefahren und nicht mehr zurückgekommen sein? Das war unmöglich. Leon fuhr nicht mehr aufs Meer. Genauso wenig wie er, Michel. Das Meer hatte ihnen zu viel genommen. Niemals würden sie sich ihm wieder anvertrauen. Das konnte nicht sein. Es konnte einfach nicht sein, dass Leon auf dem Grunde des Meeres lag. Ein Autounfall, ja, so etwas passiert. Auch ein Herzinfarkt. Oder ein Schlaganfall. Das wäre grausam. Aber möglich. Aber dass er auf dem Meer umgekommen sein sollte …

»Wieso sollte er hinausgefahren sein? Er hätte das niemals gemacht.«

»Er ist gesehen worden, Papa. Es gibt keinen Zweifel, dass er mit der Yacht hinausgefahren ist.« Marie wünschte, sie könnte ihrem Vater etwas anderes sagen. Sie wünschte, sie könnte den frohen Blick, den er noch vor ein paar Minuten gehabt hatte, wieder auf sein Gesicht zaubern.

»Also hat es ihn am Ende doch geholt…« Michels Stimme war zu einem Flüstern herabgesunken. Sein Blick ging hinaus auf das unendliche Blau, das an diesem Sonnentag so harmlos und unschuldig dalag.

»Es gibt Leute, die glauben, dass er sterben wollte. Kannst du dir das vorstellen? Wieso sollte Leon sich umbringen?«

Michel gab ihr keine Antwort. War es möglich? War es wirklich möglich, dass die Schuld ihn eingeholt hatte? Dass er es nicht mehr ausgehalten hatte, damit zu leben? Aber wieso jetzt? Wieso nach so vielen Jahren? Er, der immer behauptet hatte, jede Nacht selig wie ein Baby zu schlafen, er sollte jetzt vor seinen Alpträumen, die er immer geleugnet hatte, davongelaufen sein? In den Tod? Dunkel senkte sich das schlechte Gewissen wieder auf Michel. Hatte Leon gefürchtet, dass er ihn verraten würde? Dass er angesichts der zu erwartenden Strafe endlich sein Gewissen erleichtern würde? Weil es ja sowieso nicht mehr darauf angekommen wäre? Hatte er gedacht, er würde ihn mit in den Abgrund reißen? Hatte er sich deswegen das Leben genommen? Weil er den drohenden Skandal fürchtete? Den Ruin all dessen, was er für sich und für seine Familie aufgebaut hatte? War es möglich, dass er lieber in den Tod gegangen war, als Claire und Caspar zuzumuten, ihn als Mörder und Betrüger verurteilt zu sehen?

»Kannst du dir einen Grund vorstellen, wieso sich Leon Menec umgebracht haben sollte?«

»Nein.« Michel sah Marie in die Augen. Er würde den Freund

nicht verraten. Er hatte es vor fünfundzwanzig Jahren nicht getan. Und er hatte es nicht im Gefängnis getan. Und er würde es niemals tun. Schon gar nicht, wenn Leon wirklich tot war.

»Es tut mir leid, Madame Menec, aber das ist nicht so einfach. Solange man den Leichnam Ihres Mannes nicht gefunden hat, gilt er nicht als tot, sondern nur als vermisst. Und da gibt es keinen Grund, das Testament zu eröffnen.«

Maître Jumas war selbst noch schockiert über den Segelunfall seines alten Freundes Leon. Er, der zehn Jahre älter war als Leon, hatte immer damit gerechnet, vor seinem Freund zu sterben. Wie oft hatte er Leon beim Tennis oder beim Wurftaubenschießen Stichworte hingeworfen, die dieser eines Tages bei seiner Trauerfeier in seine Rede einflechten sollte. Und nun war der Jüngere vor ihm gegangen. Ein Mann, der noch voller Kraft und voller Pläne war. Der eine schöne Frau und einen inzwischen wohl auch hoffnungsvollen Sohn an seiner Seite hatte. Das Schicksal war ungerecht.

»Ich will ja auch nicht glauben, dass er nicht wiederkommt. Im Gegenteil, ich bin in meinem tiefsten Inneren überzeugt, dass es so sein wird. Vielleicht wurde er von einem Fischer aufgelesen und hat das Gedächtnis verloren, vielleicht wurde er auf eine der kleinen Inseln gespült und wartet auf Rettung, vielleicht war er ja doch nicht auf dem Schiff, sondern in dem Hotel in Rennes, das vorgestern abgebrannt ist. Er könnte alle seine Papiere verloren haben und jetzt im Krankenhaus liegen. Vielleicht im Koma. Und niemand weiß, wen man benachrichtigen soll.« Sie hätte tausend weitere Möglichkeiten aufzählen können, was Leon passiert sein mochte.

»Aber ich muss an die Firma denken. Unsere Leute und unsere Kunden werden bald schon unruhig werden. Man muss ihnen Sicherheit geben, dass alles so weitergehen wird wie bisher. Dass Caspar die Geschäfte übernimmt und …«

»Caspar und Eva, meinen Sie.«

»Wieso Caspar und Eva? Leon hat das Testament zu Caspars Gunsten geändert. Er hat ihn als Alleinerben eingesetzt.«

»Leon hatte vor, sein Testament zu Caspars Gunsten zu ändern. Das stimmt. Wir haben darüber geredet. Und ich habe auch ein neues Testament aufgesetzt.«

»Aber?«

»Aber er ist nicht mehr dazu gekommen, es zu unterschreiben. Es tut mir leid. Falls Leon wirklich tot ist, werden Eva und Caspar zu gleichen Teilen erben.«

Sie hasste ihn. Ihr Herz brannte lichterloh vor Enttäuschung und Bitternis und vor schwarzglühendem Hass. Er hatte es ihr versprochen. Er hatte ihr versprochen, das Testament zu ändern. Und er hatte es versäumt. Den Termin immer wieder verschoben. Weil es nicht wichtig war. Weil er doch noch so fit war und sich so jung fühlte. Weil nach Célines Tod sowieso alles anders war. Jetzt war es zu spät. Er hatte ihre Pläne zerstört. Alles, was sie sich für ihren Sohn ausgemalt hatte. Für Caspar, der auch sein Sohn war. Sein einziger Sohn. Wie hatte er das tun können? Wie hatte er sterben können, ohne sein Versprechen gehalten zu haben?

Dekan Patou war nervös. Sicher, er schätzte den jungen Kollegen, den er eingestellt hatte. Er war stolz darauf gewesen, dass Paul Racine aus den vielen Möglichkeiten, die er gehabt hatte, sich die Universität von Brest ausgesucht hatte. Man schmückte sich gern mit vielversprechenden jungen Wissenschaftlern, die nicht nur frischen Wind in ihre Fakultät brachten, sondern sicher auch die Universität mit den zu erwartenden Forschungen unter dem Glanz internationalen Ruhms erstrahlen lassen würden. Dass Florence LaRue sich ausgerechnet um Paul Racine bemühte für ihr Forschungsprojekt in ihrem Heimatland, hatte Dekan Patous Entscheidung schon sehr schnell gerechtfertigt. Doch nun war etwas Unerwartetes geschehen. Paul Racine schien sich nicht für Florence LaRues Angebot erwärmen zu können. Als wenn es nur um seine persönliche Entscheidung ginge. Patou war sich im Klaren, dass der Geldfluss, mit dem schon François LaRue die Universität unterstützt hatte und den seine Witwe Jahr um Jahr aufs Neue fließen ließ, sehr schnell versiegen konnte. Es gab genug andere Unis, die ebenso sehr in Geldnot waren wie die von Brest, und es gab sicher genauso viele junge Wissenschaftler, die das Angebot von Florence ohne zu zögern annehmen würden. Der heutige Anruf der Sponsorin hatte ihre Ungeduld deutlich gemacht. Paul Racine habe nun wahrlich lange genug Zeit gehabt, über ihr Angebot nachzudenken. Sie würde noch bis Ende der Woche warten. Wenn sie bis dahin keinen positiven Bescheid hätte, würde sie sich nach einem anderen Leiter für ihr Projekt umsehen. Patou hatte ihr eilig versichert, dass Paul selbstverständlich an dem Projekt mehr als interessiert sei. Schon morgen würde er sich melden. Mit einer Zusage.

»Es tut mir leid, aber ich kann das Angebot nicht annehmen.« Dekan Patou war nicht überrascht, als er Pauls endgültige Antwort hörte. Aber er war wütend. Und einen Moment lang dachte er darüber nach, Paul die Pistole auf die Brust zu setzen. Wenn er das Angebot nicht annehmen könne, dann müsse sich die Uni eben von ihm trennen. Doch war das klug? Sollte er sich wirklich von einem Mann wie Racine trennen? Oder war es nicht geschickter, nach einer anderen Lösung zu suchen. Vielleicht konnte er das Projekt ja anschieben. Ein halbes Jahr vor Ort sein und es dann einem Kollegen, den er bis dahin eingearbeitet haben würde, übergeben? Vielleicht könnte er als eine Art supervisierender Mentor agieren? Vielleicht als Berater, der nur hin und wieder vor Ort sein würde. Ob sich die eitle Gönnerin darauf einlassen würde, war zwar noch die Frage, aber da wollte Patou auf Pauls Charme und seinen guten Ruf vertrauen. Paul

Racine nur halb zu haben war immer noch besser, als einen unbekannten Wissenschaftler, der sich den Ruhm, mit dem sich auch Florence zu schmücken hoffte, erst noch erarbeiten musste.

»Wieso will sie ausgerechnet mich? Hat sie Ihnen das mal erklärt? Ich hatte nicht den Eindruck, dass sie sich überhaupt für Archäologie interessiert.« Patou war das »Wieso« einigermaßen egal. Madame rief, und man hatte zu folgen. Es war ganz einfach. Er erinnerte Paul an die prekäre finanzielle Situation der Uni. Und daran, dass er als Mitglied der Professorenschaft durchaus auch eine Verantwortung für seine Studenten und für die Universität insgesamt habe. Wenigstens reden sollte er nochmals mit Florence LaRue. Und sie im besten Fall von einer der vorgeschlagenen Varianten überzeugen. Das war das Mindeste, was er als Dekan von ihm erwarten konnte.

Die Leute hatten gehört, dass Michel Dumont wieder frei war, und sie kamen in Scharen, um ihm zu versichern, dass sie keinen Augenblick an seine Schuld geglaubt hatten. Selbst wenn das nicht immer der Wahrheit entsprach, auf jeden Fall waren sie froh, dass sie sich nicht in Michel getäuscht hatten. Dass er doch der gute Mensch war, für den sie ihn hielten. Denn es gab kaum Schlimmeres als die Erkenntnis, dass der Mensch, den man sein Leben lang kannte und schätzte, sich als ein Mann mit einer dunklen Seite erwies. Von der man keine Ahnung hatte. Von der man sich aber im Nachhinein durchaus bedroht fühlen konnte. Was auch immer die Beweggründe seiner Gäste waren, bei ihm zu essen, das Lokal war voll und Michel stürzte sich in die Arbeit. Die Fischsuppe war grandios wie immer. Der Barsch im Salzmantel ein Gedicht. Er war wieder in seinem Element und freute sich über die Komplimente, mit denen er überhäuft wurde. Und doch war da etwas in ihm, das ihn beunruhigte. Es war nicht die Trauer um seinen besten Freund Leon. Die war normal. Da war dieses eigentümliche Gefühl, dass etwas nicht stimmte mit ihm. War es wirklich das, was er sich von seiner Zukunft erwartete? Ein Leben als Koch? Ging ihm nicht alles viel zu selbstverständlich von der Hand? Die Fischsuppe, die er blind kochen konnte? Die Pommes Dauphines, die schmelzend zart daherkamen wie immer? Die Hektik in der Küche ließ ihm keine Zeit zum Nachdenken. Doch es war, als würden die Zweifel wie kurze, weiße Blitze durch seinen Kopf schießen. Es erinnerte ihn an früher, als er hin und wieder am Hafen gestanden und seine Karre mit frischem Fisch beladen hatte. Wenn dann einer der großen Trawler ausgelaufen war, hatte ihn einen winzigen Moment lang dieses Gefühl von Neid durchschnitten. Brennend. Glühend. Schmerzhaft. Er hatte es sofort weggeschoben. Wollte es nicht beachten. Nicht ernst nehmen. Sich nicht davon verführen lassen. Und hatte es vergessen. Bis zum nächsten Mal, da es aufgetaucht war. Mit der Zeit waren die Abstände größer geworden, und seit Marie in sein Leben getreten war, war das Gefühl überhaupt nicht mehr aufgetaucht. Bis jetzt.

Marie hatte ihrem Vater angeboten, in der Küche auszuhelfen. Es war ihr klar, dass sie sich langsam Gedanken darüber machen musste, wie ihr berufliches Leben weitergehen sollte. Das Normalste wäre, wenn sie nach Paris in ihren Beruf als Polizistin zurückkehren und die Ausbildung zur höheren Laufbahn als Kriminalpolizistin antreten würde. Das war ihr Plan gewesen, bevor sie angeschossen worden war. Aber es war merkwürdig, dieses Leben in Paris erschien ihr plötzlich so weit weg. Wollte sie wirklich dort weitermachen, wo sie vor einigen Wochen aufgehört hatte? Konnte sie das? Einfach so tun, als wäre nichts geschehen. Während sie die Karotten für die Wildschweinsauce würfelte, verloren sich ihre Gedanken. Da war ihr Vater, dem sie sich immer näher fühlte, da war dieses schroffe Land, in das sie sich inzwischen verliebt hatte. Da war Paul. Dieser Mann, der ihr das Leben gerettet hatte und mit dem sie wunderbare Tage und noch schönere Nächte verbrachte. Es war nicht nur das Wissen darum, dass sie nicht mehr leben würde, wenn Paul in Paris nicht spontan gehandelt hätte, als sie auf dem Pflaster gelegen hatte und zu verbluten drohte. Jedes der Ereignisse der letzten Wochen schien sie einander näher gebracht zu haben. Célines Tod. Michels Verhaftung. Sogar Leons Verschwinden, das eigentlich mit ihnen beiden nichts zu tun hatte. Aber ebenso wie sie schien Paul zu spüren, dass alle drei Ereignisse etwas miteinander zu tun hatten, dass selbst sie, die nie in diesem Landstrich gelebt hatten, in die Geheimnisse um die Menschen, von denen sie abstammten, verstrickt waren. Sie kannte die Antwort. Bevor sie nicht herausgefunden hatte, was es war, was Leon, Céline und Michel – und dadurch auch sie und Paul – verband, würde sie nicht wissen, wie ihr Leben weitergehen sollte. Nur eins war ihr klar: Sie wollte Paul nicht verlieren. Egal für welchen Weg sie sich schließlich entscheiden würde, er würde immer mit Paul zu tun haben.

»Florence LaRue stellt mir ein Ultimatum.« Marie hatte nicht mitbekommen, dass Paul die Küche betreten hatte, und fuhr erschrocken herum. Das Angebot. Sie hatte es vollkommen vergessen in den letzten Tagen. Ihr Herz klopfte mit einem Mal so heftig, dass sie das Messer, das sie in der Hand hatte, weglegen musste. Hatte Paul sich entschieden? Würde er dieses verlockende Angebot, das man als Wissenschaftler in seiner Position eigentlich nicht ablehnen durfte, annehmen? Er musste es annehmen. Er hatte ihr erklärt, wie selten es vorkam, dass man eine Forschung mit einem derart sicheren finanziellen Polster durchführen konnte. Er wäre ein Idiot, wenn er ablehnen würde.

»Dekan Patou setzt mir quasi das Messer auf die Brust. Einer Florence LaRue sagt man nicht ab.« Pauls Blick suchte den von Marie. Er hoffte ein Signal in ihren Augen zu sehen. Hoffte, dass sie ihm sagen würde, dass er nicht gehen sollte.

»Was haben Sie denn mit der schönen Florence zu tun?« Michel hatte gehört, was Paul gesagt hatte.

»Sie möchte, dass Paul ein Forschungsprojekt in Vietnam leitet, das sie finanziert. Es ist ein echt tolles Angebot.«

»Die kleine Florence. Wer hätte das gedacht, dass sie einmal so weit oben in der Gesellschaft mitmischen würde.« Michel briet die Karotten, die Marie gewürfelt hatte, in einer eisernen Pfanne scharf an. Sein Blick war nachdenklich.

»Du kennst Florence LaRue?«

»Jeder kannte sie hier. Sie war eine Schulfreundin von Claire. Wunderschön. Wie eine orientalische Prinzessin hat sie ausgesehen. Ihr Vater war Louis Moussi, ein Segelmacher. Ihre Mutter, die schöne Kim, war ein vietnamesisches Flüchtlingskind gewesen.«

Marie sah ihn ungläubig an. Wie passte Florence LaRue denn nun in dieses Bild? Plötzlich fühlte es sich so an, als sei sie nicht von ungefähr ausgerechnet jetzt auf der Bildfläche erschienen.

»Sie war schön. Und sehr klug. Hatte nach dem Abitur angefangen, Kunstgeschichte zu studieren. Obwohl alle hier gedacht hatten, dass sie Model werden müsste. Mit ihrem Aussehen. Aber dann war alles anders gekommen. Sie hatte sich François LaRue geangelt. Und war mit ihm nach Paris gegangen, nachdem er seine Traktorenfirma verkauft hatte.«

»Und jetzt sitzt sie auf einem Millionenerbe und ist eine der berühmtesten Sponsorinnen Frankreichs. Die sich jeden Wissenschaftler kaufen kann, der ihr gefällt.«

»Ich bin nicht käuflich, falls du das damit sagen willst.« Paul wusste nicht, was in Maries Kopf vorging. Aber so weit kannte er sie inzwischen schon, um ihr anzusehen, dass sie die wildesten Vermutungen anstellte. Was glaubte sie? Dass die schöne Florence nicht an ihm als Wissenschaftler interessiert war, sondern an ihm als Mann? Das konnte sie doch nicht im Ernst meinen. Allerdings, wenn er sich an den Abend in Paris erinnerte, hatte da nicht etwas Flirrendes in der Luft gelegen? Hatte er nicht eine leise Verheißung in Florences goldenen Augen zu sehen geglaubt, als sie sich mit einem Wangenkuss von ihm verabschiedet hatte?

Marie wartete, bis Michel in den Gastraum verschwand.

»Kann es sein, dass sie nur versucht, dich von hier wegzulocken?« Aber wieso sollte sie das tun? Sie kannte ihn nicht. Sie wusste nicht, dass Céline Marchand seine Mutter war. Sie hatte nicht die geringste Ahnung davon, dass er nicht glauben konnte, dass Céline durch einen Unfall ums Leben gekommen war.

»Ich fürchte, langsam sehen wir überall Gespenster. So was kann einen irre machen, Marie.«

»Ich verstehe es ja auch nicht. Aber kommt es dir nicht komisch vor, dass alles, was hier passiert, in irgendeiner Weise mit allen anderen Geschehnissen verknüpft zu sein scheint? Immerhin ist Florence mit Claire Menec in die Schule gegangen. Es ist doch möglich, dass sie immer noch Kontakt haben.«

»Ja und? Wieso auch nicht? Claire ist doch genauso ein Opfer wie ich. Ihr Mann ist verschollen. Du willst doch nicht behaupten, dass Florence LaRue etwas damit zu tun hat?« Marie hatte immer mehr das Gefühl, sich einem Labyrinth aus Geheimnissen zu verlaufen. Immer wenn sie das Gefühl hatte, kurz vor dem Ausgang zu stehen, tat sich vor ihr eine neue Mauer auf. Hinter der sich eine weitere unerwartete Biegung verborgen hatte. Je tiefer sie in das Labyrinth vordrang, desto mehr hatte sie das Gefühl, den Ausgang nie erreichen zu können. Nur das eine war ihr mit einem Schlag klar. Sie würde hier nicht weggehen. Nicht bevor sie die Knoten der Geheimnisse, in die hier alle in irgendeiner Weise verwickelt waren, entwirrt hatte.

Sie musste Fakten schaffen. Claire hielt in ihrer Bewegung inne. Wenn alle davon überzeugt waren, dass Leon ums Leben gekommen war, würde Eva wahrscheinlich begreifen, dass es keinen Sinn hatte hierzubleiben. Sie würde Caspar die Geschäftsführung überlassen und zurück nach Frankfurt gehen. Hatte sie nicht gesagt, dass sie nur so lange bleiben würde, bis Leon zurückkäme? Wenn sie begriffen haben würde, dass er nicht mehr wiederkam, würde sie sich zurückziehen. Dass Leon sein Testament noch nicht geändert hatte, musste sie ja nicht erfahren. Genauso wenig wie Caspar. Claire schaltete den CD-Player mit der indischen Musik, die ihre Qi-Gong-Übungen immer begleitete, aus. Es hatte keinen Sinn, die Übungen zu machen, wenn sie sich nicht darauf konzentrieren konnte. Seit Leon verschwunden war, konnte sie sowieso nichts anderes denken als das, wie es nun weitergehen würde. Ohne ihn. Denn auch wenn sie sich anfangs hatte einzureden versucht, dass er den Segelunfall überlebt hatte – inzwischen war sie bereit zu akzeptieren, dass es anders war. Ihr Mann war tot. Sie hatte getobt und geschrien, als die Polizei ihr mitgeteilt hatte, dass man die Suche nach Leon einstellen würde. Dass es keine Chance gebe, ihn nach mehr als zwei Tagen, die er verschollen war, noch lebend zu finden. Sie hatte gedroht, sich mit dem Polizeipräsidenten in Verbindung zu setzen. Und wenn das nichts nutzen würde, die Presse einzuschalten. Doch als der Schock, der sie gelähmt hatte, abgeklungen war, hatte sie eingesehen, dass sie sich der Realität stellen musste. Ihr Mann war nicht mehr am Leben. Und sie als seine Witwe hatte nun die Pflicht, alles zu regeln. Sicher, Maître Jumas hatte ihr klargemacht, dass es eine Weile dauern würde, bis man einen Menschen, der bei einem Schiffsunglück verschollen war, für tot erklären lassen konnte. Und so lange würde es auch dauern, bis das Testament eröffnet werden konnte. War das nicht auch eine Chance? Solange das Testament verschlossen bei Maître Jumas lag, gab es niemanden außer ihm und ihr, der seinen wahren Inhalt kannte. Sie konnte also ruhig Caspar und Eva gegenüber behaupten, dass das Testament geändert worden war. Caspar würde sich in seine Aufgaben und Pflichten finden. Eva würde, möglicherweise untröstlich, aber zu stolz, um Leons letzten Willen anzufechten, in ihr Leben in Deutschland zurückkehren. Und wer weiß, vielleicht würde sich ja unter Leons Unterlagen ein Exemplar seines geänderten Testaments finden, das schließlich, wenn man seinen Tod amtlich bestätigte, auftauchen würde? Sie atmete tief durch. Die Phase der Schwäche war überwunden. Sie hatte die Zügel wieder in der Hand. Wenn nun auch noch Florence bei Paul Racine erfolgreich war, würde sie nichts mehr zu fürchten haben.

Claires Anruf erreichte Caspar im Hafen von Brest, wo er gerade den Scheck für die Motoryacht unterschrieb, die er gekauft hatte. Das Schiff hatte er nun. Eine große luxuriöse Yacht mit einem starken Motor. Die einige Monate lang sein Zuhause sein würde. Und das von Marie. Nicht mehr lange, und sein Traum würde in Erfüllung gehen.

»Ich habe vor, eine Feier für Leon auszurichten. Man muss den Leuten, die ihn gekannt und geliebt haben, die Möglichkeit geben, seiner zu gedenken.«

»Du willst eine Trauerfeier veranstalten? Bevor klar ist, was mit Papa geschehen ist?« Caspar war überrascht über den Sinneswandel seiner Mutter. Hatte sie sich nicht gerade noch an die Idee geklammert, dass Leon lebte? Dass er jeden Augenblick zurückkommen konnte?

»Es soll keine Trauerfeier sein. Eher ein Moment des Erinnerns an ihn. An sein volles, glückliches Leben. An seine Liebe und seine Fürsorge für uns. Und an sein Lebenswerk, die Firma. Ich bin sicher, er wird spüren, wenn wir zusammenkommen und an ihn denken. Und wo auch immer er sein mag, es wird ihn in seinem Herzen berühren.«

Seine Mutter hatte es zeit seines Lebens geschafft, ihn zu überraschen. Woher nahm sie jetzt diese Stärke und Entschlossenheit? Hatte sie sich nun tatsächlich mit Leons Tod abgefunden? Caspar wusste nicht, ob ihm diese neue Wendung gefallen sollte. Was bezweckte seine Mutter wirklich mit so einer

Feier? Wollte sie vor allen die trauernde Witwe geben? Wollte sie sich im Mitgefühl von Leons Freunden suhlen? Oder war sie wirklich bereit, das Kapitel ihres Lebens mit Leon Menec abzuschließen? Eigentlich konnte ihm das nur recht sein. Je besser sie sich fühlte, desto eher konnte er verschwinden. Er würde kein schlechtes Gewissen haben müssen, sie allein zu lassen. Sie würde zurechtkommen. Ohne Leon. Und ohne ihn. Natürlich würde er ihr helfen, die Feier zu gestalten. Er würde mit Michel über das Essen reden. Und mit Madame Satie über den Blumenschmuck. Und wenn es sein musste, würde er auch für eine angemessene Musik sorgen, die an diesem Abend gespielt werden sollte. Hauptsache, Claire schöpfte keinen Verdacht, was seine wahren Pläne anging. Er bestärkte sie darin, die Feier so bald wie möglich zu veranstalten. Denn je eher sie stattfand, desto eher würde er sich aufmachen können.

Noch heute würde er mit Marie reden. Vielleicht hatte sie ja Zeit, mit ihm nach Brest zu kommen und sich die Yacht anzusehen? Ob sie ihr wirklich gefallen würde? Oder sollte er doch noch diese beigen Polster und Vorhänge austauschen lassen. Vielleicht gegen ein frisches Blau? Oder ein dunkles Rot? Was war eigentlich Maries Lieblingsfarbe? Er würde sie fragen. Sobald er sie sah, würde er herausbekommen, was ihr gefiel. Und endlich auch, wo sie sich hinsehnte. Denn noch immer hatte er nicht entschieden, wo er schließlich mit ihr seine Zelte aufschlagen würde.

4

Sabine hatte nicht erwartet, dass sie so traurig sein würde. Sie war schon so lange von Leon geschieden. Wie kam es also, dass die Nachricht von seinem Unfall sie so unglaublich tief treffen konnte? Es war nicht nur das Mitgefühl mit Eva, die nun keine Chance mehr haben würde, sich mit ihrem Vater auszusprechen, das ihr das Herz so schwer machte. Es war ein tiefer, dunkler Schmerz, der sich in ihr Herz bohrte. Sicher, es hatte eine Zeit gegeben, in der sie diesen Mann geliebt hatte. Er war ihre erste große Liebe gewesen. Er war der Vater ihres einzigen Kindes. Aber er war auch der Mann, den sie verlassen hatte, als ihr bewusst wurde, wie sehr er sich von ihr entfernte. Als Leon sich nach dem Untergang der *Helena* mit einer wahnsinnigen Energie in den Aufbau seines neuen Unternehmens gestürzt hatte, als er jede Stunde des Tages und der Nacht damit verbrachte, neue Pläne und Strategien zu entwickeln, hatte sie gespürt, dass sie und auch ihre Tochter keinen Platz mehr in seinem Leben hatten. Und sie hatte begriffen, dass es besser für sie war, einen Schlussstrich zu ziehen und ein eigenes Leben aufzubauen. Sie hatte diesen Schritt nie bereut. Zumal er in ihr Kräfte freisetzte, von denen sie nichts geahnt hatte. Wenn sie Leon nicht verlassen hätte, hätte sie es niemals gewagt, aus der Malerei, die sie bis dahin nur als Hobby betrieben hatte, einen Beruf zu machen. Sie hätte die Lust und die Freude, die sie heute bei jedem Bild empfand, das sie malte, nie kennengelernt. Und auch nicht das jubelnde Glücksgefühl, das sie überkam, wenn sie merkte, dass ihre Bilder die Betrachter wirklich ansprachen. Ihnen etwas sagten. Sie war ihren Weg gegangen. Selbstbewusst und erfolgreich. Ausgefüllt von ihrer Kunst. Aber nun stand sie vor der weißen Leinwand, und sie fühlte sich leer. Zum ersten Mal seit langer Zeit wollte ihr nicht einfallen, was sie malen konnte.

Sicher, da war dieser erste Impuls gewesen, die Gefühle, die sie überwältigten, in ein Bild umzusetzen, doch jetzt war da nichts. Nur eine graue Leere. Vielleicht wenn sie mit Eva geredet hätte? Vielleicht hätte sich die Trauer auflösen lassen in Kreativität. Aber Eva war zu Claire und Caspar ins Schloss gezogen. Sabine hatte das befürwortet. Sie konnte sich vorstellen, wie verzweifelt Claire und vor allem Caspar sein mussten; da war es nur richtig, dass Eva zu ihnen rückte. Sie würde Caspar in seiner Trauer stützen können. Und wer weiß, vielleicht war das auch der Moment, in dem sie Claire endlich verzeihen konnte. Dass sie ihr den Vater weggenommen hatte, wie Eva nie aufgehört hatte zu denken.

Sie zuckte zusammen, als das Telefon die Stille im Atelier zerriss. Und noch mehr erschrak sie, als Eva ihr mitteilte, dass Claire sie zu einer Feier zu Leons Gedenken einladen wollte.

»Eine Trauerfeier? Ist das nicht zu früh? Man hat doch Leons Leichnam noch nicht einmal gefunden?«

Sabine starrte aus dem Fenster auf das Meer, das sich in der Dunkelheit der Neumondnacht nur ahnen ließ. Sie öffnete die Tür. Der Wind trug das Rauschen der Wellen herein. Natürlich war es richtig, Leons Tod zu akzeptieren. Es konnte nichts Schlimmeres geben, als Wochen und Monate, vielleicht sogar Jahre, im Ungewissen bleiben zu müssen. Immer zu warten. Immer zu hoffen. Und doch tief in sich zu wissen, dass alles Warten vergebens war. Aber hatte Eva nicht erzählt, dass Claire sich weigerte, Leons Tod zu akzeptieren? Dass sie sich mit aller Kraft an die winzige Hoffnung klammerte, dass er es geschafft haben könnte, irgendwie zu überleben? Sabine hatte das gut verstanden. War es ihr doch genauso gegangen. Sie hatte auf das Meer gesehen. Und gehofft, dass ein Schiff Leon aufnehmen würde. Oder dass er es schaffen würde, sich an ein Stück Holz zu klammern.

Jetzt also die Trauerfeier, die keine sein sollte, sondern eher so etwas wie eine Feier von Leons Leben. Sie sagte Eva, dass sie für die Einladung dankte, dass sie aber nicht wusste, ob sie kommen würde.

»Du musst kommen.« Eva ließ nicht zu, dass ihre Mutter sie in so einer Situation allein ließ. Es war schon seltsam genug für sie, täglich Claire zu begegnen in dem Haus, in dem sie mit Leon gelebt hatte. Überall die Beweise zu sehen, dass hier ein Paar miteinander gelebt hatte, dessen einer Teil ihr Vater gewesen war. Aber sie hatte sich vorgenommen, die Zähne zusammenzubeißen und zu tun, was getan werden musste. Da konnte sie von ihrer Mutter auch verlangen, dass sie ihre Pflicht tat. Nicht die Pflicht Claire gegenüber, die gab es nicht. Nicht einmal die Verpflichtung Leon gegenüber. Aber die Schuldigkeit Eva gegenüber. Sabine hatte die Pflicht, ihrer Tochter zur Seite zu stehen an einem Abend, an dem man ihres toten Vaters gedenken würde.

Sabine fing an zu frösteln. Sie beschloss, sich eine Jacke zu holen und noch ein paar Schritte am Strand spazieren zu gehen. Die Seeluft würde ihr guttun. Vielleicht würde sie auch auf andere Gedanken kommen. Sie ließ die Tür offen und ging durch den großzügigen Atelierraum zu dem Stuhl, über dem ihre dicke Strickjacke hing. Und blieb plötzlich stehen. War da ein Geräusch? Sie drehte sich um. Alles war wie immer. Wahrscheinlich war draußen eine Eule vorbeigeflogen. Sie schlüpfte in die Jacke, suchte nach ihrem Schal, den sie an der Garderobe hängend fand. Sie schlang ihn um sich. Ein Lächeln huschte über ihr Gesicht. Wie alt war dieser Schal inzwischen? Leon hatte ihn ihr von einer Reise mitgebracht, als sie noch zusammen waren. Sie hatte sich sofort in die leuchtenden Rottöne verliebt, die ihrem Gesicht so eine Frische verliehen. Im Lauf der Zeit hatte sie sich manch einen anderen Schal gekauft, der genauso schön und so warm war wie Leons Schal. Und doch hatte sie sich nicht von ihm trennen können. Wahrscheinlich wird er irgendwann in Fetzen von mir fallen, dachte sie. Und war bei dem Gedanken sofort betrübt. Es war merkwürdig, wie sehr man an vertrauten Dingen hängen konnte. Egal wo es sie auf ihren Reisen hingetrieben hatte, immer war dieser Schal dabei gewesen. Im Flugzeug schlang sie ihn um sich, wenn sie schlafen wollte. In Mexiko hatte sie ihn in den kühlen Nächten wie eine Stola benutzt. Auf ihrer Reise zum Nordkap hatte sie ihn sich nicht nur um den Hals, sondern auch um den Kopf gewunden. Auch Eva hatte sie, als sie noch ein Baby war, oft in den Schal gewickelt. Das Kind war jedes Mal sofort ruhig geworden, wenn es die wärmende rote Wolle um sich gespürt hatte. Es war, als wäre der Schal ein Stück von ihr. Sie wusste nicht, ob das damit zusammenhing, dass er ein Geschenk von Leon gewesen war, das sie immer daran erinnerte, wie glücklich sie mit diesem Mann gewesen war? Vielleicht war es auch nur eine alte Gewohnheit, die sie nicht ablegen konnte. Oder wollte.

»Ach, Leon.« Sie spürte ihren Erinnerungen nach. Wie schnell die Zeit vergangen war. Vieles war so anders gekommen, als sie es sich als junge Frau vorgestellt hatte. Nicht dass es schlecht gewesen war, was sie erlebt hatte. Im Gegenteil, sie hatte sich eigentlich die meiste Zeit sehr wohl gefühlt in ihrem Leben. Aber dass sie Leon nun nicht mehr wiedersehen sollte, war unfassbar. Wieso begriff man die Endlichkeit des Lebens immer nur in solchen Momenten? Wenn es wirklich vorbei, wenn nichts mehr zu ändern war. Alles, was man irgendwann mal noch hätte sagen wollen, würde nun ungesagt bleiben. Sie fragte sich, ob sie sich Leon gegenüber anders verhalten hätte, wenn sie gewusst hätte, wie kurz die Spanne sein würde, die ihnen noch blieb. Als sie die Tür hinter sich schloss und der stärker werdende Wind in ihr Gesicht schnitt, spürte sie, dass ihr die Tränen in die Augen traten. Nur wegen des Windes? Oder war es diese entsetzliche Trauer in ihr, die sie weinen ließ?

Merlin hatte seinen Kopf schwer auf Maries Fuß gelegt. Ein Zeichen seiner Freude, dass sie endlich einmal wieder ruhig an Pauls Tisch saß. Marie lächelte, als sie seinen warmen Atem an ihrem Knöcheln spürte. Armer Hund. Sie hatten nicht viel Zeit für ihn gehabt in den letzten Tagen.

»Er hat es schwer gehabt mit uns, der arme Kerl.« Paul nickte. Auch er hatte ein schlechtes Gewissen gehabt, wenn er Merlin morgens im Haus zurücklassen musste, um an die Uni zu gehen.

»Wir sind seine Familie geworden. Und er kann es nicht leiden, wenn wir nicht alle zusammen sind.« Er stellte Marie ein Glas Wein hin und kniete sich zu dem großen Hund, um seinen dicken Nacken zu kraulen.

Marie beobachtete die beiden lächelnd. Es schien, als wären sie in den letzten Stunden alle ruhiger geworden. Paul. Der Hund. Und sie auch.

»Du bist dir wirklich sicher, dass du das Angebot von Florence LaRue ablehnen willst?« Sicher, sie hatte sich gefreut, als Paul ihr seinen Entschluss mitgeteilt hatte. Aber war das nicht ein zu großes Opfer? Würde er es nicht eines Tages bereuen, dieses interessante Projekt nicht geleitet zu haben? Er hatte ihr versichert, dass nicht sie der Grund für seinen Entschluss war. Konnte sie ihm das glauben? Hätte sie ihn nicht bestärken müssen, nach Vietnam zu gehen?

Paul schien ihre Gedanken lesen zu können. Er richtete sich auf und nahm sie in die Arme. Zog sie an sich. Wie gut sich das anfühlte. Wie unendlich vertraut. Und wie sicher. Dieser Mann war ihr Schicksal. Sie wollte mit ihm leben.

»Ich liebe dich, Marie.« Ja. Das spürte sie. Das hatte sie in jedem Moment gespürt, in dem sie mit ihm zusammen war. Und auch in den Momenten, in denen er nicht da war. Und in denen sie die Sehnsucht nach ihm fast zerriss.

»Wie kannst du so was sagen? Wir kennen uns doch noch gar nicht lange.« Als wenn es ihr nicht genauso gegangen wäre. Es war Liebe. Einfache, wahrhaftige Liebe, die in diesen unfassbar turbulenten Wochen zwischen ihnen entstanden war. Er musste keine Antwort geben. Er musste nur da sein.

»Ich freue mich darauf, alles von dir zu erfahren.« Pauls Lippen suchten ihren Mund.

»Und wenn du etwas rausfindest, was dir nicht gefällt?«

»Dann werde ich es als eine Seite akzeptieren, die auch zu dir gehört. Mal abgesehen davon, dass ich mir nicht vorstellen kann, dass es an dir Seiten gibt, die schrecklich sind oder unangenehm.« Ihr Lachen wurde heiser. Ihr Atem ging schneller, als er anfing, sie auszuziehen.

»Du kannst dir nicht vorstellen, wie froh ich bin, dass du nicht weggehen willst. Weil ich mir einfach nicht vorstellen kann, wie es sein sollte, ohne dich zu sein. Ich glaube, in dem Moment, in dem du in den Flieger nach Vietnam gestiegen wärst, hätte ich angefangen zu weinen. Und nicht mehr aufgehört, bis du wieder zurückgekommen wärst.« Es war so einfach. Und so schön. Sie gehörten zusammen. Und sie würden sich nicht mehr trennen. *Bis der Tod uns scheidet.* Als Marie das dachte, riss sie einen Moment erschrocken die Augen auf. Wieso überlegte sie sich so etwas? Sie wollte nicht daran denken, dass eines Tages der Moment kommen würde, in dem einer von ihnen sterben könnte. Und den anderen allein zurücklassen würde. Sie wollte nur das Jetzt genießen. Und nicht an etwas denken, was weit in der Zukunft lag. Jetzt wollte sie mit Paul glücklich sein. Was morgen kommen würde, war unwichtig.

Als sie seinen Körper, der vor Lust zu glühen schien, auf sich spürte, war der Gedanke an den Tod entschwunden. Sie lebten. Und sie waren zusammen. Etwas anderes zählte nicht.

Als Sabine zu ihrem Atelier zurückkam, fühlte sie sich erfrischt. Der Spaziergang hatte ihr gutgetan. Sie fühlte sich zum ersten Mal seit Tagen gestärkt. Und die Lust zu malen war wieder in ihr erwacht. Die Furcht vor der leeren weißen Leinwand war einer energischen Kraft gewichen. Sie würde die ganze Nacht durch malen. Und sie spürte, dass etwas Schönes entstehen würde. Sie schloss die Tür auf. Sie würde sich noch schnell einen Tee machen und dann sofort mit der Arbeit beginnen. – Aber wieso brannten die Lichter im Atelier nicht mehr? Sie hatte sie doch angelassen, als sie weggegangen war. Wie sie sie immer anließ, wenn sie in der Nacht aus dem Haus ging. Sie mochte es, wenn das Haus schon aus der Ferne wie eine Laterne leuchtete, wenn sie zurückkam. Es gab ihr jedes Mal ein warmes Gefühl des Nachhausekommens. In ihr kleines, sicheres Reich. Das jetzt in vollkommener Dunkelheit dalag. Die Furcht, die sie einen Moment beschlich, schüttelte sie sofort ab. Wahrscheinlich war mal wieder eine Sicherung durchgeknallt, weil zu viele Lampen brannten. Sie hatte sich schon oft vorgenommen, einmal alle Leitungen in dem Haus von einem Elektriker prüfen zu lassen. Sie würde das wirklich bald in Angriff nehmen. Jetzt musste sie sich erst einmal durch den dunklen Raum zum Sicherungskasten vortasten. Sie schob sich vorsichtig in das Zimmer. Überall standen Farbtöpfe und leere Rahmen herum, dort eine alte Vase, in die sie schon lange keine Blumen mehr tat, weil sie leckte, hier der kleine Tisch, auf dem das Telefon stand. Und da vor dem Tisch …

Sabines Atem stockte, als sich aus dem Sessel, den sie von ihrer Mutter geerbte hatte, eine Gestalt erhob. Ihre Stimme versagte. Das Herz schlug ihr bis zum Hals.

»Bitte erschrick nicht, Sabine. Ich bin es.«

Leon? Das war Leons Stimme. Aber das war vollkommen unmöglich. Sie musste sich das einbilden. Wer war der Fremde, der da vor ihr stand?

»Ich habe das Licht ausgemacht, weil ich nicht wollte, dass mich jemand hier sieht.«

Es war wirklich Leon!

»Leon! Oh, mein Gott. Leon, du lebst.« Ihre Augen hatten sich inzwischen an die Dunkelheit gewöhnt, und sie erkannte den Mann, den alle Welt für tot hielt.

»Wo bist du gewesen? Weißt du, dass alle sich furchtbare Sorgen um dich machen? Claire und Caspar sind außer sich. Und Eva erstickt fast an ihrem Kummer.«

Wie schlecht er aussah mit seinem grauen Dreitagebart. Und wie furchtbar dünn in diesem merkwürdigen blauen Arbeitsoverall, der ihm viel zu groß war. Ihre Worte überschlugen sich. Es gab so viel zu fragen. Was war passiert? Wo war er gewesen? Wie ging es ihm überhaupt? Und, vor allem: Wusste seine Familie schon Bescheid, dass er lebte?

Sie griff zum Telefon. Wollte Claire anrufen. Caspar Bescheid sagen.

»Sie werden überglücklich sein, dich wiederzuhaben.«

Doch Leon hielt ihre Hand fest.

»Nicht.«

Sie verstand ihn nicht. Was meinte er? Dass sie Claire nicht anrufen sollte?

»Ich bin einen Tag im Meer getrieben. Dann hat mich ein Fischer aufgenommen. Er wollte sofort der Polizei Bescheid sagen, aber …«

»Du wolltest nicht, dass wir erfahren, dass du überlebt hast? Du wolltest uns alle im Ungewissen lassen? Wie konntest du so etwas tun?«

Die Wut, die in ihr aufstieg, kollidierte mit der unfassbaren Erleichterung darüber, dass er noch lebte. Und brach sich sofort im Unverständnis über sein Verhalten. Sie starrte ihn an. Und sie erkannte den leeren Blick eines Verlorenen. Plötzlich war alles unwichtig. Sie umarmte ihn. Hielt ihn einfach fest. Sie hielt diesen Mann, den sie immer nur als stark und entschlossen gekannt hatte, fest und spürte, wie ein heftiges Zittern seinen mager gewordenen Körper schüttelte. Mitgefühl überwältigte sie. Dieser Mann musste Furchtbares erlebt haben. Und ihr fiel nichts anderes ein, als ihn zu beschimpfen.

»Was ist mit dir? Was ist dir passiert? Sag es mir, Leon.«

Seine Stimme war grau, als er ihr von dem Unfall erzählte. Wie er in den Sturm gekommen war. Wie er verzweifelt versucht hatte, das Schiff gegen die gewaltigen Brecher zu steuern, wie es schließlich kenterte und er, kurz bevor die Yacht unterzugehen drohte, in die schäumende schwarze Dunkelheit gesprungen war.

»Ich dachte, das wäre das Ende. Und, weißt du, einen Moment lang war es mir, als wäre das richtig. Ich wollte mich ergeben. Wollte, dass das Meer mich holt. Es schien so einfach. Und so richtig.« Aber da war etwas in ihm gewesen, das stärker war. War es schierer Lebenswille? Auf jeden Fall hatte er zu kämpfen begonnen. Hatte es nicht zulassen wollen, dass das Meer ihn verschlang.

»Und du hast es wirklich geschafft. Das ist ein Wunder, Leon. Anders kann man das nicht nennen. Ein wirkliches Wunder.« Sie wollte ihn ins Auto packen und zum Schloss bringen. Was sollte sie auch anderes tun? Leon lebte. Seine Familie musste das erfahren.

»Noch nicht. Ich kann ihnen noch nicht gegenübertreten.«

Aber wieso nicht? Sabine verstand nicht, was in Leon vorging. Wieso wollte er nicht, dass Claire und Caspar und Eva erfuhren, dass er am Leben war?

»Ich war bereit zu sterben. Es wäre so einfach gewesen, nicht mehr da zu sein. Alles hinter mir zu lassen.«

Was wollte er hinter sich lassen? Er war ein glücklicher Mann mit einem erfüllten Leben. Wieso wollte er nicht dorthin zurückkehren?

»Nur einen Tag. Oder zwei. Gib mir diese Zeit. Dann werde ich wissen, was zu tun ist. Ich flehe dich an, Sabine. Hilf mir.«

Sabine dachte an Eva, die so verzweifelt war, weil sie ihren

Vater verloren hatte. Wenigstens ihrer Tochter musste sie doch sagen, dass …

»Ich werde alles in Ordnung bringen. Ich verspreche es dir. Aber ich brauche Zeit, um meine Gedanken zu ordnen. Um zu begreifen, was eigentlich vor sich geht.«

»Eva ist außer sich vor Schmerz, weil sie nicht mehr dazu gekommen ist, sich mit dir zu versöhnen. Sie ist meine Tochter. Du kannst nicht von mir verlangen, dass ich ihr den Schmerz nicht nehme, wenn ich es kann.«

»Wieso sollte sie um mich trauern? Sie hat sich die ganzen letzten Jahre geweigert, mit mir zu reden. Sie hat jeden Versuch, den ich unternommen habe, mich ihr zu nähern, abgeblockt.« Seine Stimme war hart.

»Jeden Versuch? Du bist ihr aus dem Weg gegangen. Die Briefe, die sie dir geschrieben hat, sind ungeöffnet zurückgekommen. Und wenn sie Claire gebeten hat zu vermitteln – und das hat sie oft getan –, ließest du ihr ausrichten, dass sie nicht mehr deine Tochter sei.«

Leon schloss die Augen. Wollte er die Wahrheit nicht hören? Hatte er wirklich kein Interesse an seiner Tochter, nicht einmal in dieser Situation? Einen Augenblick lang wünschte sich Sabine, Leon würde einfach wieder verschwinden. Was er von ihr verlangte, war unmenschlich. Sie konnte ihm nicht helfen. Sie wollte ihm nicht helfen. Doch da war etwas in der Haltung dieses Mannes, das sie innehalten ließ. Diese Müdigkeit. Diese Verzweiflung. Diese Unsicherheit, die sein verlorener Blick ausstrahlte.

»Ich kann dir nicht zumuten, mich zu verstecken, du hast ja recht.« Er ging zur Tür. »Nur um eins bitte ich dich: Lass mich selbst entscheiden, wann ich wieder auftauche.« Der Wind fauchte in das Atelier, als er die Tür öffnete, um zu gehen. Wenn er jetzt in die Dunkelheit hinausging, würde sie ihn dann wiedersehen?

»Bleib. Ich verstehe zwar nicht, was in dir vor sich geht, aber ich kann dich nicht gehen lassen. Zwei Tage, Leon. Du kannst zwei Tage bleiben. Aber dann musst du entscheiden, was du tun willst.«

Als sie seine Hand nahm, erschrak sie, weil sie so eisig war. Als würde die Kälte des Atlantiks immer noch in seinen Knochen stecken. Nur in seinen Knochen? Oder auch in seiner Seele? Was war nur mit ihm geschehen?

5

Die wehen Töne des Cellos erfüllten das Schloss, das mit Hunderten von Kerzen beleuchtet war. Leon hatte die a-Moll-Sonate von Franz Schubert sehr geliebt. Und die junge Cellistin Mireille, die Claire über eine Agentur engagiert hatte, verlieh der melancholischen Musik einen berührenden Zauber.

Vielleicht war es ja richtig, was Claire geplant hatte? Die Gäste, die alle zunächst zurückhaltend bis empört auf Claires Vorhaben reagiert hatten, eine Feier für Leon zu veranstalten, ließen sich schon im ersten Moment, in dem sie die Halle des Schlosses betraten, von der Atmosphäre, die Claire geschaffen hatte, gefangen nehmen. Es war der Ort, an dem Leon gelebt hatte. Er war erfüllt von den Klängen des Cellos und dem betörenden Duft der weißen Lilien, die in Dutzenden großer Vasen arrangiert waren. Das Kerzenlicht tauchte die Halle in eine flackernde Feierlichkeit, die dem Anlass angemessen schien. Claire trug ein schlichtes weißes Kleid, das seidig ihren schmalen Körper umwehte, als sie die Treppe in die Halle herabkam. Ihre Haare waren zu einem tiefen Chignon gewunden, das Gesicht leuchtete in seiner ungeschminkten Blässe. Ihr Lächeln hatte einen traurigen Beiklang, als sie die Gäste begrüßte, die stumm auf das große Foto von Leon sahen, das auf einem kleinen Tisch in der Nähe der Musikerin aufgestellt war.

»Ich freue mich, liebe Freunde, dass ihr gekommen seid, um mit mir ein paar Stunden an meinen Mann Leon zu denken. Wir wollen versuchen, die Traurigkeit nicht überhandnehmen zu lassen. Vielmehr wollen wir über ihn reden, wollen die Musik hören, die er geliebt hat. Den Duft der Lilien riechen, den er gemocht hat. Wir wollen seine Lieblingsspeisen essen und den Champagner trinken, mit dem er und ich so oft auf unser Glück angestoßen haben. Wir wollen ihm einfach gemeinsam eine Zeitlang nahe sein.«

Sabine und Eva, Caspar und Michel, Maître Jumas und seine schöne Frau Iris, Leons Vorarbeiter Marius und die Arbeiterinnen Stefanie und Laurette waren beeindruckt von Claires Haltung, die zugleich eine gewisse Traurigkeit spüren ließ wie auch die Hoffnung, Leon lebend wiederzusehen. Und eine unerwartete Gefasstheit.

Mimi, die Köchin, die als Einzige ihre Tränen nicht unterdrücken konnte, reichte zusammen mit den beiden Mädchen Champagner und Canapées, während Claire ihre Gäste einzeln begrüßte. Jedem gab sie das Gefühl, ganz besonders erfreut zu sein, dass er gekommen war.

Caspar war wie so oft beeindruckt von der Stärke seiner Mutter. Wie gut sie aussah. Und wie gut sie ihre Trauer verbergen konnte. Oder gab es da gar nichts zu verbergen? Mehr als einmal hatte er sie beobachtet, als sie sich mit den Vorbereitungen dieses Abends beschäftigt hatte, und sich jedes Mal gefragt, ob sie möglicherweise nur deshalb so stark war, weil sie im Grunde gar nicht um Leon trauerte. Aber dann hatte er ihr Schluchzen gehört, als er spät nachts an ihrem Schlafzimmer vorbeigegangen war. Und sie hatte ihn gedauert in ihrer verzweifelten Einsamkeit.

»Du kannst dir nicht vorstellen, wie froh ich bin, dass die Polizei den Verdacht gegen dich hat fallen lassen.« Claires Umarmung war offen und herzlich. »Ich bin mir sicher, dass keiner, der dich kennt, auch nur eine Sekunde geglaubt hat, dass du schuld sein könntest.«

Claires Wärme und Mitgefühl berührten Michel. Wie erstaunlich es doch war, dass sie im Moment ihres eigenen Schmerzes in der Lage war, daran zu denken, wie es Michel in den letzten Tagen gegangen war.

»Wo hast du Marie gelassen? Sie hatte doch gesagt, dass sie auch kommen würde?«

Michel hub gerade an, zu erklären, dass sich Marie ein paar Minuten verspäten würde, weil ihr Freund in der Uni aufgehalten worden sei, da krachte es hinter ihnen gewaltig. Ein Tablett voller Champagnergläser ging zu Boden, die Gläser zersplitterten auf dem Marmor, der Inhalt ergoss sich zu einer großen Pfütze. Es war nur der Bruchteil einer Sekunde, in dem Caspar sich nicht im Griff hatte. Als er Marie die Halle betreten sah. Hand in Hand mit diesem Wissenschaftler Paul Racine.

»Marie. Schön, dass du es geschafft hast.« Wenn Claire beim Anblick von Maries Begleiter genauso verstört war wie ihr Sohn, hatte sie sich doch wesentlich besser im Griff.

»Monsieur Racine. Was für eine Überraschung. Ich wusste nicht, dass Sie gemeint waren, als Marie mich fragte, ob sie einen Freund mitbringen dürfe.« Claires Kiefer schmerzten von dem Lächeln, zu dem sie sich zwang. Paul Racine in ihrem Haus. An der Seite von Marie Dumont. Célines Sohn und Michels Tochter. War das Zufall? Oder ein grausamer Scherz des Schicksals, das diese beiden verlorenen Kinder zusammengeführt hatte?

»Ich hoffe, das ist in Ordnung für Sie, Madame Menec. Ich kenne Ihren Mann ja nicht persönlich. Allerdings muss ich sagen, dass ich in der kurzen Zeit, in der ich mich hier aufhalte, schon sehr viel von ihm gehört habe. Ich bedaure seinen Unfall sehr.«

Caspar stand schwer atmend in der Küche. Er hatte vorgegeben, Lappen und Besen zu organisieren, um das Champagnerdesaster vom Boden aufzuwischen. Doch jetzt stand er bewegungslos vor dem großen Tisch. Wie im Schock. Sie hatten sich an den Händen gehalten. Sie hatten sich in die Augen gesehen. Er hatte den Arm um sie gelegt. Um Marie. Die seine Frau sein würde. Dieser Typ, den er zuletzt bei Sabines Vernissage gesehen hatte, hatte sich offensichtlich in der Zwischenzeit seiner Liebsten bemächtigt. Er musste sie verhext, unter Drogen gesetzt, gefügig gemacht haben. Aber das war unmöglich. Marie gehörte doch ihm, Caspar. Keinem anderen. Und wenn ihre Augen auch noch so strahlten, wenn sie diesen Kerl ansah, das konnte nicht echt sein.

»Du musst ihn wegschicken.«

Claire war besorgt in die Küche gekommen, als Caspar nicht mehr auftauchte. Mimi hatte das Champagnerdesaster längst beseitigt, die Gäste hatten Platz genommen, das Essen konnte beginnen.

»Von wem redest du, Liebling?«

»Dieser Typ, Paul Racine. Er hat hier nichts verloren. Er hat Papa überhaupt nicht gekannt.« Claire konnte Caspars Aufregung verstehen. Er war eifersüchtig auf Paul. Dass von ihm noch eine ganz andere Gefahr ausging, ahnte er nicht.

»Marie hatte mich gefragt, ob sie ihn mitbringen kann, und ich habe selbstverständlich Ja gesagt. Er scheint ein netter Mann zu sein. Also komm jetzt bitte, wir wollen anfangen zu essen.«

Caspar wusste, dass er sich zusammenreißen musste. Seine Mutter durfte keinen Verdacht schöpfen. Sie durfte nicht erfahren, dass er in Marie verliebt war. Also durfte sie auch nicht erfahren, dass er fürchtete, Paul Racine könnte ihm Marie wegnehmen.

»Tut mir leid, Maman. Ich fürchte, ich bin im Moment ein bisschen empfindlich. Natürlich weiß ich, dass du Maries Freund nicht wegschicken kannst, nur weil ich ihn unsympathisch finde.«

Claire umarmte ihren Sohn. Er hatte sich so tapfer gehalten in der letzten Zeit, dass sie es ihm nachsah, dass er nun einen kleinen Ausraster hatte.

»Mach dir keine Gedanken, du wirst ihn kein zweites Mal sehen müssen. Zufällig weiß ich, dass er schon bald wieder von hier weggehen wird. Er hat wohl ein Forschungsprojekt in Vietnam.«

Eigentlich hätte Caspar beruhigt sein müssen. Aber je länger der Abend dauerte, desto mehr wuchs in ihm eine panische Angst. Denn nicht nur, dass Marie und Paul ganz offensichtlich ein Liebespaar waren, was Caspar an ihren Blicken und diesen kleinen, scheinbar unauffälligen Berührungen erkannte, auch Michel schien sich gut mit Paul zu verstehen. Und sogar Sabine freute sich ganz offensichtlich, den berühmten Archäologen wiederzusehen. Je zufriedener Claire mit dem gelungenen Abend war, desto trüber wurden Caspars Gedanken. Es konnte doch nicht sein, dass alles umsonst gewesen sein sollte. Dass Marie am Ende nicht mit ihm kommen wollte, weil es plötzlich einen Typen namens Paul Racine in ihrem Leben gab. Während sich die Gespräche, die von kurzen Cellostücken unterbrochen wurden, um Leon und sein Leben rankten, während Claire und ihre Gäste sich die Anekdoten über Leon zuwarfen, versank Caspar immer mehr in seinen Befürchtungen. Und als er die Gäste kurz nach Mitternacht zu ihren Autos brachte und sie verabschiedete, wusste er zumindest, dass er den Kampf um Marie nicht aufgeben würde. Im Gegenteil, er hatte gerade begonnen.

Als hätte Leon geahnt, dass Claire die a-Moll-Sonate spielen lassen würde, hatte er sie instinktiv mit einem einzigen Griff in Sabines CD-Sammlung gefunden und aufgelegt. Wie so oft wurde er schon nach den ersten Takten der Musik ganz ruhig. Es war ein merkwürdiges Gefühl, hier, in Sabines Atelier, in der Dunkelheit zu sitzen und zu wissen, dass in seinem Schloss gerade die Menschen, die er liebte oder mit denen er befreundet war, bei seinem Lieblingsessen, Rehmedaillons mit Himbeerconfit und Pommes Dauphines, saßen und über ihn redeten. Und dabei so taten, als glaubten sie wirklich, dass er noch lebte. Sabine hatte sich eigentlich entschuldigen wollen. War sie schon unsicher gewesen, ob sie hingehen sollte, als sie noch dachte, dass Leon tot sei, so war sie ganz sicher gewesen, dass sie es nicht tun würde, nachdem Leon bei ihr aufgetaucht war. Es würde ihr schon eine Ausrede für Claire einfallen. Und wenn es die berühmte Migräne war, zu der auch Claire hin und wieder griff, wenn sie sich vor etwas drücken wollte. Doch Leon hatte darauf bestanden, dass sie das Versprechen, das sie Eva gegeben hatte, nicht brach.

»Du hast gesagt, du wirst ihr beistehen, das musst du jetzt auch tun.«

»Ich soll neben Eva sitzen und so tun, als würde ich um dich trauern? Wie pervers ist das denn?« Sie hasste den Gedanken, ihrer Tochter etwas vormachen zu müssen. Aber sie hatte sich darauf eingelassen, Leon Unterschlupf zu gewähren. Und ihn nicht zu verraten. Was blieb ihr also anderes übrig, als sich nach außen hin genauso zu verhalten, wie sie es immer tat?

Leon hatte ihr nachgesehen, als sie in der Abenddämmerung das Haus verlassen hatte. Aufrecht wie immer. Mit ihrem lang ausschreitenden federnden Gang war sie auf ihr Auto zugegangen. Und als sie ihm, bevor sie einstieg, einen Blick zuwarf, war darin sowohl eine gewisse Portion Ungeduld wie auch diese nachdenkliche Traurigkeit, mit der sie ihn auch damals angesehen hatte, als sie mit Eva ins Auto gestiegen war und das Schloss und ihn verlassen hatte. Wenn man ihn gefragt hätte, was er jetzt, in diesem Moment, für Sabine empfand, und wenn man ihn gezwungen hätte, ganz ehrlich zu sein, dann wäre es ihm nicht schwergefallen zu sagen, dass er sie liebte. Denn das war die Wahrheit. Er hatte niemals aufgehört, sie zu lieben. Sie hatten sich getrennt. Vor allem deswegen, weil es Sabine mit ihm nicht mehr ausgehalten hatte.

»Ich kenne dich nicht mehr. Ich habe keine Ahnung, was in dir vorgeht. Ich habe das Gefühl, dass du mich überhaupt nicht mehr an deinem Leben teilhaben lässt.« Sie hatte recht gehabt. Nach dem Untergang der *Helena* hatte er sich in die Arbeit gestürzt. Alle Kraft, die er hatte, hatte er dazu verwandt, sich und der Welt zu beweisen, dass er kein Versager war. Und vor allem kein schlechter Mensch.

Bin ich ein schlechter Mensch, Sabine? Viele Jahre nachdem sie getrennte Wege gegangen waren, hatte er in ihrem Garten gesessen, bei einer Tasse Kaffee, und hatte ihr diese Frage gestellt. Voller Angst, was sie darauf antworten würde.

»Das bist du«, hatte sie ohne zu zögern gesagt. Und dabei gelächelt. Noch heute sah er ihre farbverschmierte Hand, die sie auf die seine legte. Hörte ihre Stimme mit dem warmen Timbre. Sah ihren spöttisch-liebevollen Blick, mit dem sie ihm bis in die Tiefe seiner Seele gesehen hatte. »Du bist ein schlechter Mensch. Wie wir alle in gewisser Weise schlechte Menschen sind. Weil es gar nicht anders geht. Kein Mensch kann nur gut sein. Oder doch, ein Einsiedler vielleicht, der irgendwo in einem fernen Gebirge weit weg von den Menschen in einer Höhle haust. Aber auch er, wenn er beschließt, nicht mehr nur Kräuter und Früchte zu essen, sondern mal diesen Hasen zu schlachten, den er ein ganzes Frühjahr voller Freude beobachtet hat, wird zu einem schlechten Menschen. Weil er das Tier nicht tötet, um sein Überleben zu sichern, sondern einfach nur, weil er die

Schnauze vollhat von der vegetarischen Küche und endlich mal wieder ein Stück Fleisch zwischen die Zähne bekommen will.« Sie hatte sich lustig über ihn gemacht. Hatte ihm signalisiert, dass solche Gedanken müßig sind. Koketterie möglicherweise. »Es geht nicht darum, ob dich irgendjemand für einen schlechten Menschen hält. Es geht darum, ob du denkst, dass du etwas in deinem Leben besser machen könntest.« Und damit hatte sie ihn allein gelassen. Und er war sicher, dass sie gewusst hatte, dass das nicht das gewesen war, was er sich von ihr gewünscht hatte. Denn im Grunde wollte er Absolution von ihr. Vergebung. Für die Sünden, die er begangen hatte. Nicht nur seiner Tochter Eva gegenüber. Aber das konnte sie nicht. Sie konnte ihm nicht vergeben. Und selbst wenn, und das wusste Sabine vermutlich genau, selbst wenn sie ihm vergeben hätte, wären immer noch die Schuldgefühle geblieben, die er sich machte. Und die nicht verschwinden würden, solange er lebte.

Leon hatte nicht gemerkt, dass die Musik längst verstummt war. Er saß in der völligen Dunkelheit des Ateliers. Sabine hatte ihn gefragt, wieso er zu ihr gekommen war. Er hatte eine Frau, einen Sohn. Menschen, die ihn liebten und um ihn trauerten. Aber er war zu ihr gekommen. Weil sie die Einzige war, die nicht von seinem Tod profitieren würde? Weil sie die Einzige war, die wusste, was er zu tun hatte? Sie hatte es immer gewusst. Und sie hatte ihn nie gedrängt. Sie hatte ihm keinen Vorwurf gemacht. Hatte ihm nicht gesagt, was sie für richtig oder falsch hielt. Jetzt, in dieser dunklen Stunde, in der die Menschen, von denen er annahm, dass sie ihn liebten, um ihn trauerten, jetzt, zum ersten Mal, konnte er sich eingestehen, dass er deswegen nicht aufgegeben hatte, als das Meer ihm die Chance geboten hatte, einfach aus diesem Leben zu verschwinden. Er hatte nicht deshalb um sein Leben gekämpft, weil er so sehr daran hing. Er hatte es nicht verlassen können, weil er es nicht wagte, mit der Schuld, die er auf sich geladen hatte, vor seinen Richter zu treten, von dem er nicht einmal wusste, ob er wirklich an ihn glaubte. Als er sich auf der Yacht davongemacht hatte, war es tatsächlich eine Flucht gewesen. Eine Flucht vor der Erkenntnis, dass der einzige Mensch, den er mit seinem ganzen Herzen liebte und von dem er angenommen hatte, dass er diese Liebe erwiderte, ihn betrogen hatte. Hintergangen. Erpresst. Sein Sohn Caspar, den er für das Licht seines zweiten Lebens gehalten hatte, viel mehr als Claire das je hätte sein können. Dieser Junge, dem er jeden Wunsch, wie groß oder absurd oder vermessen er auch gewesen wäre, erfüllt hätte, dieser Junge hatte ihn erpresst. Es war nicht das Geld, um das es Leon ging. Es war diese bittere Erkenntnis, dass sein Sohn ihm nicht vertraute. Dass er lieber zum Verbrecher wurde, als seinen Vater um etwas zu bitten. Wenn Claire es gewesen wäre, die er sicherlich liebte, wäre er nicht so tief getroffen gewesen. Claire mit ihren Wünschen und Absichten war für ihn ein offenes Buch. Für sie gab es nur Caspar und für ihn würde sie wie eine Löwenmutter alles tun. Vermutlich wäre sie sogar eines Verbrechens fähig. Aber Caspar? Der liebenswürdige Junge? Leons Enttäuschung darüber, dass er ihn nicht kannte, war mindestens so groß wie seine Verbitterung darüber, dass sein Sohn ein Erpresser war. Was hätte er anderes tun sollen, als einfach wegzugehen? Sicher, sein Anwalt hätte gesagt, zeig ihn an. Claire hätte gesagt, vergib ihm. Michel hätte gesagt, zeig ihm, dass du ihn liebst. Céline hätte gesagt, denk nicht an dich. Denk daran, dass du sein Vater bist. Und immer sein wirst. Egal was er dir antut. Und egal was du ihm antust.

Und Sabine hätte ihn daran erinnert, dass er schon seine Tochter verloren hatte. Er hatte mit niemandem geredet. War einfach weggelaufen. Und als der Sturm kam, hatte er sich in sein Schicksal ergeben. Und er hatte überlebt. Um jetzt, endlich, zu begreifen, dass es nicht um Caspar ging. Nicht um Claire. Nicht um Sabine. Nicht um Michel. Es ging allein um die Frage seiner eigenen Schuld. Die nicht dadurch aufgewogen wurde, dass sein

Sohn ihn ins Herz getroffen hatte. Die nicht dadurch gesühnt werden konnte, dass er Michel ein Restaurant kaufte, was letztendlich nichts anderes war, als ihn zum Schweigen zu verpflichten. Und nicht dadurch, dass er sich so sehr bemühte, ein guter Mensch zu sein. Es gab nur einen einzigen Weg für ihn. Nur wenn er ihn ging, würde er Frieden finden. Das wusste er. Aber er wusste auch, dass dann nichts mehr so sein würde wie früher.

6

»Was hast du mit dem kleinen Menec gemacht?« Paul küsste Marie nach jedem Wort auf einen anderen Teil ihres Körpers.

Sie kicherte wie ein Schulmädchen, das gekitzelt wurde.

»Was soll ich mit ihm gemacht haben? Ich hab ein paar Mal mit ihm geredet. Er ist irgendwie süß.«

»Der Junge ist bis über beide Ohren in dich verknallt. Sag nicht, dass dir das nicht aufgefallen ist.«

»So ein Quatsch. Ich könnte seine Mutter sein.« Nach dem Abend im Schloss, der bei aller Emotionalität auch etwas Absurdes gehabt hatte in Claires verzweifeltem Versuch, nicht auszusprechen, was alle Anwesenden dachten, nämlich dass der Mann, dessen man sich erinnerte, natürlich nicht mehr am Leben war, waren Paul und Marie ausgehungert übereinander hergefallen. Sie hatten sich auf dem Teppich geliebt und unter der Dusche und waren schließlich erschöpft ins Bett gefallen. Paul spielte den Eifersüchtigen, der es nicht aushielt, dass Marie Caspar Hoffnungen gemacht habe. Die wiederum gab sich empört. Was er denn von ihr denke, sei sie schließlich doch mit ihm so gut wie verlobt und würde keinen Gedanken an andere junge Männer verschwenden.

»Trotzdem, es hatte etwas Verzweifeltes, wie er dich angesehen hat. Und als er dich nicht nach Hause fahren durfte, weil du mit mir gekommen bist, hab ich einen Moment geglaubt, dass er mich gleich niederschlägt.«

»Caspar?« Marie lachte laut auf. Der sanfte Caspar, der noch dazu ganz gefangen in der Trauer um seinen Vater war? Niemals würde er auch nur einer Fliege etwas zuleide tun.

»Und jetzt will ich nicht mehr über andere Männer reden, wenn ich mit dir im Bett bin.« Sie legte sich lachend auf ihn. Und eine Sekunde später hatten sie nicht nur Caspar, sondern auch den Rest der Welt vergessen.

Der erste Schnee hatte ein glitzerndes Tuch über das Land gelegt. Viel zu früh, vollkommen unerwartet, stürzte er das Land am Atlantik, in dem die Menschen milde, schneefreie Winter gewohnt waren, ins Chaos. Die Autobahnen glichen Rutschbahnen, die Flugplätze waren gesperrt, in den meisten Betrieben kamen die Menschen zu spät oder gar nicht zur Arbeit. Während diejenigen, die in ihren Autos in Schneeverwehungen stecken blieben, über die weiße Überraschung fluchten, konnten sich andere an der strahlenden Pracht gar nicht satt sehen. Alles schien anders an diesem Morgen. Die Düsternis der letzten Tage war einer blendenden Helligkeit gewichen, die wie ein Zeichen war für das Neue, das nun zu geschehen hatte.

Denn dass etwas geschehen musste, war mit einem Mal allen klar. Claire wusste genauso, was zu tun war, wie Caspar. Leon war entschlossen, seinen Weg endlich zu gehen. Paul und Marie, die sich vergnügt und unbekümmert mit Merlin eine Schneeballschlacht geliefert hatten, beschlossen jeder für sich, die Vergangenheit, die sie so schwer belastet hatte, endgültig ruhen zu lassen. Es war die Gegenwart, die wichtig war. Die Zukunft, der sie optimistisch entgegensahen. Alles, was gewesen war, würden sie hinter sich lassen.

Im Gegensatz zu den Autofahrern, die mit den Schneemassen nicht zurechtkamen, lenkte Paul, der es gewohnt war, bei jedem Wetter und allen Straßenverhältnissen ans Ziel zu kommen, sein Motorrad vorsichtig über die kleinen Nebenstraßen nach Brest. Er setzte Marie in der Nähe der Anwaltskammer ab. In der Nacht hatte sie beschlossen, nicht mehr als Polizistin zu arbeiten. Sie würde eine Anwaltskanzlei eröffnen. Nicht nur in ihrem privaten Leben, sondern auch was ihre berufliche Zukunft betraf, sollte es einen wirklichen Neuanfang geben. Nach einem langen, innigen Kuss verabredeten sie, sich heute Abend bei Michel zu treffen und ihm von ihren Plänen zu berichten. Paul würde nach einem kurzen Abstecher in der Uni hinaus zum Menhir von Kerloas fahren. Er war gespannt, ob sich die Messungen, die er bisher vorgenommen hatte, unter der Ebenmäßigkeit der Schneedecke verifizieren ließen. Als Marie sich noch einmal umdrehte und Paul nachsah, der sein Motorrad vorsichtig durch den Matsch lenkte, in den sich der Schnee in der Stadt inzwischen verwandelt hatte, lächelte sie glücklich. Alles würde gut werden. Sie ging die Straße entlang auf das Gebäude der Anwaltskammer zu. Und gerade, als sie es fast erreicht hatte, blinkte ein Sonnenstrahl, der sich seinen Weg durch die enge Häuserschlucht gesucht hatte, auf und blendete sie. Sie kniff die Augen zusammen und entdeckte verblüfft, dass sie genau vor einem Haus stand, in dem die Versicherung Universal Assurance ihre Brester Dependance hatte. Die Versicherung, bei der Leon Menec damals die *Helena* versichert hatte. Sie schüttelte den Kopf. Nein, das war kein Zeichen, das war nur Zufall. Sie würde nicht hineingehen. Sie würde nicht nach dem Unfall der *Helena* fragen. Das alles gehörte der Vergangenheit an. Schon lag ihre Hand auf dem Türgriff. Die Tür ging auf. Und Marie betrat das Büro von Christian Fandang, dem Leiter des Brester Büros der Universal Assurance.

Eva wartete vergeblich in Leons Büro auf Caspar. Sie erinnerte sich nicht daran, dass er ihr gesagt hätte, er habe an diesem Vormittag einen Termin außerhalb. Sie versuchte ihn auf dem Handy zu erreichen. Doch da schaltete sich immer nur die Mailbox ein.

»Ich muss dich sprechen, Caspar. Es ist wichtig. Ruf mich an. Oder komm am besten gleich ins Büro.« Sie musste mit ihm über diese merkwürdigen Entdeckungen reden, die sie gemacht hatte, als sie am Morgen die Bücher durchgegangen war. Dabei hatte alles, was sie in den letzten Tagen gesehen hatte, sehr gut ausgeschaut. Die Zahlen waren gut. Umsätze und Einnahmen hervorragend. Die Firma stand seit Jahren schuldenfrei da. Mit jährlich steigenden Gewinnen. Aber heute war sie auf ein Konto gestoßen, das sie stutzig machte. Es war ganz offensichtlich ein privates Konto. Die Auszahlungen waren immer direkt von Leons Computer ausgegangen. Hatten sich, wie Eva sofort überprüft hatte, nicht in Célines Dateien niedergeschlagen. Das an sich wäre nicht ungewöhnlich gewesen. Im Gegenteil, wieso sollte Leon kein privates Konto führen? Monatliche Summen waren davon abgebucht worden für einen Verein zur Unterstützung Hinterbliebener verunglückter Seeleute, aber auch, was Eva nicht nur überraschte, sondern ihr die Tränen in die Augen trieb, regelmäßige Zahlungen auf ein Konto, dessen Codewort »Eva« war. Konnte es sein, dass ihr Vater ein Konto für sie eingerichtet hatte, von dem niemand etwas wusste? Auf dem mehr als drei Millionen Euro lagen? Wieso hatte er das gemacht? Wenn er sie doch von ihrem Erbe ausgeschlossen hatte. Ob Claire und Caspar davon wussten? Es war seltsam, wie sehr diese Entdeckung Eva berührte. Es ging ihr gar nicht um die hohe Summe, die er offenbar heimlich für sie beiseitegelegt hatte. Was sie ins Herz traf, war die Tatsache, dass er an sie gedacht hatte. Dass er ihr offensichtlich etwas Gutes tun wollte. Und wenn es nur um Geld ging. Das Wichtigste aber, was sie entdeckt hatte, war, dass Leon von diesem Konto vor Kurzem die Summe von einer Million Euro abgehoben hatte. In bar. Und dieses Geld war nirgendwo wieder aufgetaucht. Eine Million Euro? Eva hatte sich sofort mit dem Direktor von Leons Bank verbinden lassen. Aber der hatte sich zum einen auf das Bankgeheimnis berufen und zum anderen, nach Evas dringender Nachfrage, schließlich durchblicken lassen, dass Leon auch ihm nicht gesagt hatte, wozu er das Geld brauchte. Die einzige Idee, die Eva hatte, war, dass Leon das Geld genommen und sich doch abgesetzt hatte. Er könnte den Unfall vorgetäuscht haben und nun mit diesem Geld an irgendeinem fernen Ort ein neues Leben führen. Aber war eine Million nicht sehr wenig? Angesichts des immensen Vermögens, das Leon besaß? Sie musste mit Caspar reden. Möglicherweise hatte er eine Vorstellung, wozu Leon das Geld gebraucht hatte.

»Traktoren? Die *Helena* hatte fünfzig Traktoren geladen, als sie unterging? Ich dachte, es sei ein Fischtrawler gewesen?« Marie war überrascht, als Christian Fandang ihr den Versicherungsschein vorlegte, mit dem belegt wurde, dass Leon Menec die Ladung der *Helena* mit einer Summe von damals fünfundzwanzig Millionen Francs versichert hatte. Aber es kam noch viel heftiger. Die Traktoren waren eine Lieferung der Firma LaRue aus Quimper. Leons Schiff hatte sie nach Irland befördern sollen. Leon hatte Geschäfte mit François LaRue gemacht? Dem verstorbenen Mann von Florence LaRue?

»Das war damals gar nicht unüblich, dass Fischtrawler auch Transporte fuhren«, wusste Monsieur Fandang zu berichten. Es sei die Zeit der Fischereikrise gewesen. Viele Fischer hatten plötzlich um ihre Existenz bangen müssen und sich mit Transporten über Wasser gehalten. Das klang in Maries Ohren logisch und nachvollziehbar. Und trotzdem. Dass Leon ausgerechnet die Traktoren für François LaRue transportiert hatte?

Ihre Alarmglocken klingelten so laut, dass sie vergaß, weswegen sie eigentlich nach Brest gekommen war. Ob sie wollte oder nicht, wenigstens dieser Spur musste sie noch nachgehen. Ob sie allerdings Paul etwas davon erzählen würde, wusste sie noch nicht. Vielleicht würde sich ja alles als harmlos erweisen. Dann würde sie das Kapitel *Helena* beruhigt abschließen können.

Auf den Straßen war der Schnee inzwischen getaut. Paul konnte die Fahrt zum Menhir genießen. Wie er es schon öfter getan hatte, nahm er die Nebenstraße, die an den Klippen entlangführte. Er liebte den Blick aufs Meer, das sich an diesem Tag strahlend blau gegen den Schnee abhob, der die Wiesen und sogar den Strand noch bedeckte. Vielleicht war er ein bisschen zu schnell. Vielleicht übersah er auch einen Rest Schnee, der noch auf der Straße lag. Als die Kugel ihn traf, riss es ihn in voller Fahrt von der Maschine, und er flog über die Klippe. Instinktiv griff er nach den Zweigen eines Ginsterbuschs, die wie die langen, dünnen Arme einer Qualle über die Felsen hingen. Tief unter ihm brodelte das Meer. Jetzt erst spürte er den brennenden Schmerz in seiner Brust. Das warme Blut rann in Strömen über seinen Körper. Es dauerte einen Moment, bis er begriffen hatte, was geschehen war. Jemand hatte auf ihn geschossen. Er hatte die Herrschaft über sein Motorrad verloren, und nun hing er an einem fadendünnen Ast über dem Abgrund. Seine Füße tasteten nach einem Halt. Panik stieg in ihm auf. War das das Ende? Wenn der Ast, an den er sich klammerte, brach, hatte er keine Chance. Sein Körper würde am Fuß der Klippen zerschellen.

»Hilfe!« Wie sollte ihn hier jemand hören? Zu dieser Tageszeit und vor allem bei diesem Wetter war doch kein Mensch auf den Klippen unterwegs. Er wusste, dass es sinnlos war, gegen das Rauschen des Meeres anzuschreien. Aber hatte er eine Wahl? Aus eigener Kraft würde es ihm nicht gelingen, sich zu retten.

»Hilfe!« Ein Mensch wenigstens musste in der Nähe sein.

Derjenige, der auf ihn geschossen hatte. Ein Jäger, der auf einen Hasen gezielt hatte? In diesem Fall würde er doch versuchen, ihm zu helfen. Aber niemand tauchte auf. Der Ast gab langsam nach. Lange würde es nicht mehr dauern, bis er brach. Jetzt spürten seine Zehen einen winzigen Felsvorsprung. Doch sie rutschten davon ab. Zu glitschig waren die Klippen von der ständigen Gischt des Meeres.

»Ist da jemand? Helfen Sie mir?« War da nicht ein Schatten über ihm? Da musste doch jemand sein.

»Hier bin ich. Helfen Sie mir. Ich kann mich nicht mehr lange halten.« Die Kraft in seinen Armen ließ nach. Nicht mehr lange und er würde abstürzen.

Caspar lächelte zufrieden. Als er sah, wie Paul Racine von seinem Motorrad katapultiert und mit Schwung über die Klippen geschleudert wurde, hatte sein Herz einen Sprung gemacht. Dieses Problem war gelöst. Paul Racine war Geschichte. Er trat näher an die Klippe. Einen Blick wollte er auf die zerschmetterte Leiche des Mannes werfen, der ihm sein Glück hatte streitig machen wollen. Nicht mit ihm. Mit ihm machte man so etwas nicht. Er war nicht der Mann, der tatenlos zusah, wie seine Pläne von einem Fremden torpediert wurden. Als er Pauls Hilferuf im Tosen der Wellen vernahm, erstarrte er. Wieso lebte dieser Mensch noch? Er sollte tot auf den Felsen liegen.

»Ich weiß, dass da jemand ist. Helfen Sie mir doch.« Caspar sah die weißen Knöchel von Pauls Hand, die sich an den Ast des Ginsterbusches klammerte. Mit einem Tritt könnte er ihn erlösen. Aber wieso eigentlich? Sollte er doch noch ein paar Minuten leiden, bis ihn endgültig die Kraft verließ. Ein paar letzte Minuten, in denen er sich fragen konnte, was er falsch gemacht hatte. Ob er erkennen würde, wer sein Richter war? Ob er begreifen würde, dass es Caspar war, den er gestern bei Claires Feier mit keinem Blick beachtet hatte? Vielleicht sollte er sich ihm zeigen? Paul Racine würde sterben in der Erkenntnis, dass es nicht ungesühnt bliebe, wenn man sich mit Caspar Menec anlegte.

»Ich kann mich nicht mehr halten. Bitte, wer auch immer da oben ist, helfen Sie mir.« Nein. Er sollte sterben mit der Ungewissheit darüber, wer ihm das angetan hatte. Er sollte in die Tiefe stürzen und noch im Fallen darüber nachdenken, wer dieses unerwartete Ende herbeigeführt hatte. Caspar trat von der Klippe zurück. Adieu, Monsieur Racine. Fallen Sie gut. Er hatte jetzt Besseres zu tun, als auf den endgültigen Absturz seines Feindes zu warten.

Sabine hatte frische Croissants geholt und Kaffee gemacht. Nach dem Frühstück würde sie Leon wegschicken. Sie wollte die Verantwortung für sein Versteckspiel nicht weiter tragen. Sie klopfte an die Tür des winzigen Gästezimmers, in dem sie ihn untergebracht hatte. Als sie keine Antwort bekam, trat sie ein. Und sah, dass Leons Bett leer war. Sollte er gegangen sein, ohne sich zu verabschieden? Der Leon, den sie von früher kannte, hätte das nicht getan. Aber der Mann, den sie ein paar Tage beherbergt hatte? Der ihr so fremd erschien? Ob er sich wohl endgültig aus dem Staub gemacht hatte? Oder war er schon auf dem Weg zum Schloss?

»Fünfzig Traktoren?« Das faltige Gesicht des alten Mannes verzog sich zu einem zahnlosen Grinsen. »Da hat man Ihnen aber einen Bären aufgebunden. Fünfzig Traktoren, das wäre ja mehr als eine Jahresproduktion gewesen. Sie müssen sich irren, Mademoiselle. Fünf vielleicht oder zehn. Aber niemals hatte François den Auftrag gehabt, fünfzig Traktoren nach Irland zu liefern.«

Marie hatte am Stadtrand von Quimper nach der Traktorenfabrik LaRue gesucht. Doch an der angegebenen Adresse hatte sie nur noch eine verlassene, von Unkraut und Rosen überwucherte Ruine gefunden. Was hatte sie erwartet? Sie wusste doch, dass François LaRue vor fünfundzwanzig Jahren die Bretagne verlassen hatte und in Paris zu einem der erfolgreichsten Bauunternehmer des Landes geworden war. Hatte sie wirklich gedacht, dass sie ein florierendes Unternehmen vorfinden würde, in dem man ihr auch noch gestattete, sich die Buchhaltungsunterlagen des letzten Vierteljahrhunderts anzusehen? In dem Moment, als sie sich enttäuscht abwenden wollte, hatte sie der alte Mann angesprochen. Natürlich kannte er François. Sein Sohn war mit ihm in die Schule gegangen. Und er selbst hatte als Mechaniker in François' Fabrik gearbeitet, bis er sie aufgegeben hatte.

»Es waren gute Traktoren, die wir gebaut haben.« François' Vater hatte die Fabrik damals aufgebaut aus dem Nichts. Eine Schande, dass der Sohn sie dann einfach aufgelöst hatte, um in Paris das große Glück zu machen. Und das hatte er wahrhaftig. Mit den Traktoren hätte er das nie erreicht. Dafür war die Fabrik viel zu klein gewesen. Mit den großen Konkurrenten vor allem aus Übersee hätte er niemals mithalten können. Das Merkwürdige war, dass François nicht einmal versucht hatte, die Fabrik zu verkaufen. Ein paar hunderttausend Francs hätte er sicher dafür bekommen. Aber das schien er nicht nötig gehabt zu haben. In Marie begann es zu kribbeln. Sie hatte immer das Gefühl gehabt, dass es um den Untergang der *Helena* ein Geheimnis gab, und jetzt spürte sie, dass sie ganz nahe daran war, es zu lösen. Aber vielleicht irrte der Alte sich auch. Mit seinen neunzig Jahren oder mehr brachte er vielleicht einiges durcheinander. Es konnte doch sein, dass sein Gedächtnis ihn im Stich ließ, was die Produktionszahlen anging. Schließlich hatte sie bei der Versicherung den Lieferschein gesehen. Fünfzig Traktoren waren Leon Menec geliefert worden. Für die irische Firma, die genau diese fünfzig Traktoren geordert hatte. Und wenn er sich nicht irrte? Wenn es wirklich nur fünf gewesen waren? Oder höchstens zehn? Dann hätten Leon und François einen großangelegten Versicherungsbetrug begangen, mit dessen Gewinn sie sich beide eine neue Existenz hätten aufbauen können. Aber wenn sie wirklich vorgehabt hatten, die Versicherung abzuzocken, dann hätten sie es doch nicht darauf ankommen lassen, dass es ausgerechnet in der Zeit, in der die *Helena* auf dem Weg nach Irland gewesen war, vielleicht zu einem Sturm kommen würde. Dann hätten sie nachhelfen müssen. Und dann wären sie nicht nur für den Untergang des Schiffes verantwortlich gewesen, sondern hätten auch den Tod der zwölf Seeleute in Kauf genommen. Sie wären nicht nur Betrüger. Sie wären auch Mörder. Diese Erkenntnis verschlug Marie den Atem. Wenn das wirklich zutraf, was spielte dann ihr Vater für eine Rolle in diesem verbrecherischen Spiel? Der als Einziger überlebt hatte?

Paul hatte keine Kraft mehr. Noch ein paar Sekunden und dann würde er sich nicht mehr an dem Ast, der erstaunlicherweise immer noch hielt, festklammern können. Nebel war aufgekommen. In großen Schwaden waberte er vom Meer gegen das Land. Hüllte den verzweifelten Mann, dem langsam die Sinne schwanden, ein. Das Tosen des Meeres wurde leiser, Paul spürte, dass ihm die Sinne zu schwinden begannen. Das war es also wirklich. Er würde sterben. Sollte er noch einmal um Hilfe rufen? Es hatte keinen Sinn. Er war allein. Selbst wenn jetzt ein Auto an der Klippe entlanggefahren wäre oder sogar ein Radfahrer die kleine Straße befuhr, er würde ihn nicht hören. Wieso ließ er nicht einfach los? Und machte der Angst ein Ende? War es wirklich so schlimm, das Sterben? Einfach loslassen und in das weiße Nichts fallen. Der Sturz würde kurz sein. Bevor er es merkte, würde er aufgeschlagen sein. Die Knochen würden bersten, seine Lunge würde platzen von der Wucht des Aufpralls, sein Herz würde in Stücke gerissen, bevor er realisiert haben würde, dass das nun wirklich das Ende wäre.

Er sah Maries Gesicht vor sich. Ihre dunklen Augen, die vor

Lust geglüht hatten, als sie sich gestern geliebt hatten. Er hörte ihr flirrendes Lachen, als sie sich ausgemalt hatten, dass sie zwölf Kinder haben würden. Er wäre so gern mit ihr alt geworden. Wie sie wohl aussehen würde, wenn die Jahre ihre Spuren in ihrem Gesicht hinterlassen hätten? Er hätte jede Falte an ihr geliebt. Marie. Sein letzter Gedanke sollte Marie gelten. Ich liebe dich, Marie, dachte er, ich hätte alles getan, um dich glücklich zu machen. Jetzt verließ ihn die Kraft endgültig. Der Ast rutschte aus seiner Hand. Er fiel. Nichts verband ihn mehr mit der sicheren Erde. Er fiel durch das weiße Nebelgewölk. Gleich würde er auf den Felsen aufprallen. Gleich würde es vorbei sein.

Marie spürte einen heftigen Stich in ihrem Herzen. Sie trat auf die Bremse, lenkte das Mietauto, mit dem sie unterwegs war, an den Straßenrand. Keuchend stieg sie aus. Reckte sich, holte tief Luft. Ihr Herz schlug zum Zerspringen. Pauls Gesicht tauchte vor ihrem inneren Auge auf. War etwas mit ihm? Nervös suchte sie in ihrer riesigen Beuteltasche nach dem Handy. Wo war es nur? Sie musste mit Paul reden. Sie fand es. Wählte. Und hörte nur Pauls Stimme auf der Mailbox. Liebenswürdig forderte er den Anrufer auf, eine Nachricht zu hinterlassen. Er würde zurückrufen so schnell er konnte.

»Geht es dir gut, Liebster? Ich muss dir was erzählen. Ich glaube, ich habe das Geheimnis der *Helena* gelüftet. Ich bin auf dem Weg zu meinem Vater. Dort werde ich dir alles erzählen.«

Sie zwang sich, ein paar Mal tief durchzuatmen. Paul ging es gut. Natürlich ging es ihm gut. In zwei Stunden würde sie ihn im *Café du Port* treffen. Und sie würden Michel fragen, was damals wirklich auf der *Helena* geschehen war.

Leon Menec. Einen irrsinnigen Augenblick lang glaubte Paul Leons Gesicht in dem alles einhüllenden Nebel zu sehen. War es seine Hand, die in letzter Sekunde nach ihm gegriffen hatte?

Leon Menec war tot. Dessen war Paul sich sicher. Also musste er auch tot sein.

»Ruhig. Seien Sie ganz ruhig. Gleich ist es vorbei.« Als es ihm schwarz vor den Augen wurde, spürte er einen grellen Schmerz in seiner Brust. Hörte seinen eigenen gellenden Schrei. Und dann war alles ruhig. Alles war gut. Nichts tat Paul Racine mehr weh. Mit einem tiefen Seufzer fiel er in einen bodenlosen Abgrund. Der Mann, der sich über ihn beugte, lächelte. Célines Sohn hatte wahrhaftig einen Schutzengel gehabt, der ihn, als er die Schwelle des Todes schon fast überschritt, im letzten Moment behütet hatte.

Claire setzte mit raschem Schwung die Unterschrift unter das Schriftstück, das vor ihr lag. »Leon Menec«, stand da. Und sie war sich sicher, dass niemand würde beweisen können, dass die Unterschrift nicht von Leon selbst war. Sie hatte die ganze Nacht hindurch geübt. Hatte Leons Unterschrift Hunderte Male nachgeschrieben. Bis sie sicher war, den richtigen Schwung draufzuhaben. Dann hatte sie die Unterschrift freihändig geschrieben. Ein ums andere Mal. Und sie war immer flüssiger geworden. Bis sie tatsächlich aussah, als sei es Leons echte Unterschrift auf dem Testament, das Claire morgen zu Maître Jumas bringen würde.

Sie habe es unter Leons Unterlagen gefunden. Dieses neue Testament. Sicher, der Text, der Caspar zum Alleinerben machte, war mit dem Computer geschrieben. Aber die Unterschrift und das Datum vor zwei Wochen würden ausreichen als Beweis, dass Leon alles, was er besaß, seinem Sohn vermachen wollte. Da Eva immer davon ausgegangen war, dass ihr Vater sie enterbt hatte, würde sie das Testament auf keinen Fall anfechten. Und andere Erben gab es nicht. Jedenfalls keine offiziellen. Alles würde in Ordnung kommen, so wie es Leon gewollt hatte. Zwar würde es noch eine Zeit dauern, bis sie ihren Mann endgültig für tot erklären lassen konnte, doch die Tatsache, dass ein gültiges Testament vorhanden war, würde Caspar die Möglichkeit geben, Leons Platz in der Firma endgültig einzunehmen. Claire schenkte sich einen Whisky ein.

»Kann ich auch einen haben?« Claire zuckte zusammen, als sie Caspars Stimme hinter sich vernahm. Hastig schob sie das Testament und die Seiten, die voll waren mit ihren Versuchen, Leons Unterschrift nachzuahmen, unter die lederne Schreibtischunterlage. Wie kam Caspar dazu, Leons Büro zu betreten ohne anzuklopfen? Hatte er alle Manieren vergessen? Doch sie kam nicht dazu, ihren Sohn anzufahren. Wie sah er denn aus? Blass. Das blonde Haar wirr in die Stirn hängend. Er sah aus, als sei ihm der leibhaftige Teufel begegnet.

»Wo bist du gewesen? Eva hat hundertmal angerufen, weil sie dich sprechen will.« Sie reichte ihm ein Glas, das er in einem Zug austrank.

»Ich habe dich etwas gefragt. Du bist jetzt der Chef, Caspar, du kannst nicht einen ganzen Tag untertauchen, ohne dass irgendjemand weiß, wo du bist.«

»Ich hatte zu tun, Maman. Glaub mir, es war wichtig.«

Er schenkte sich einen weiteren Whisky ein. Nahm aber dieses Mal nur einen kleinen Schluck. Er strich sich das Haar aus der Stirn. Und da war wieder dieses Lächeln, mit dem er sie bezaubert hatte, seit er ein kleiner Junge war.

»Hast du gehört, dass Paul Racine tot ist?« Claire zuckte zusammen. Sollte das wahr sein? War das Glück ihr auch in dieser Sache endlich hold?

»Er ist mit dem Motorrad im Schnee ausgerutscht und über die Klippen gestürzt. Jemand hat es wohl beobachtet und die Polizei alarmiert.«

»Mein Gott. Das ist ja furchtbar. Arme Marie. Ich hatte den Eindruck, dass sie sehr in Monsieur Racine verliebt ist. Hat es ihr schon jemand gesagt?«

»Sie haben wohl versucht, sie zu erreichen. Aber keiner weiß, wo sie den ganzen Tag war.«

Das war das einzige Problem, das Caspar in diesem Augenblick noch hatte. Er hatte Marie nicht gesehen. Er hatte ihr nicht sagen können, dass sie Paul Racine vergessen konnte. Dass sie nun endgültig frei für ihn war. Alles andere hatte er erledigt. Er hatte die Yacht in Brest abgeholt und in den Hafen von Concarneau gebracht. Hatte Lebensmittel gekauft für die lange Reise. Ein paar schicke Klamotten für Marie. Und einen Ring mit einem großen Brillanten, den er in seiner Jackentasche trug. Sein Plan ging auf. Schon in ein, zwei Tagen würde er mit Marie in das neue Leben starten. Ob er sich von seiner Mutter verabschieden sollte? Ob er ihr sagen sollte, dass er für ihre Pläne nicht mehr zur Verfügung stand? Er würde darüber nachdenken. Ein wenig Zeit hatte er ja noch. Obwohl, wenn er es sich richtig überlegte, er würde einfach gehen. So wie sein Vater sich ohne Abschied aus dem Staub gemacht hatte. Es würde keine Tränen geben, keine Versuche, ihn zurückzuhalten, keine Vorwürfe, weil er seiner sogenannten Pflicht als Erbe nicht nachkommen würde. Seine Mutter würde es überleben. Sie würde traurig sein, natürlich. Aber sie würde neue Pläne schmieden. Und sich neue Ziele suchen. Dessen war er sich sicher.

Claire beobachtete ihren Sohn und fragte sich, was in ihm vorging. Wieso wirkte er mit einem Mal so ruhig? So entspannt? Lag es am Alkohol? Oder hatte er wieder einmal Drogen genommen? Sie würde ihm klarmachen, dass dies nun endgültig vorbei sein müsste. Er war Leons rechtmäßiger Nachfolger. Schon morgen würde Maître Jumas ihm das verkünden. Und als solcher wäre kein Platz mehr in Caspars Leben für Ausschweifungen jeglicher Art. Schon bald würde sie sich nach einer geeigneten Frau für ihn umsehen. Einer Frau, die ihm den Rücken stärkte und ihm Halt geben könnte, wenn sie einmal nicht mehr sein würde. Natürlich würde das noch lange dauern. Doch Claire hatte gelernt, vorausschauend zu planen. Das Leben ging so schnell vorbei. Und es hatte immer wieder Überraschungen bereit. Auf die galt es vorbereitet zu sein. Immer. In jeder Sekunde des Lebens.

7

»Das ist nicht wahr.« Maries Stimme überschlug sich vor fassungslosem Schmerz, als Michel ihr mitteilte, was er von der Polizei erfahren hatte.

»Paul ist nicht tot. Er lebt. Er kommt hierher. Wir wollen dir sagen, dass wir hier in der Bretagne bleiben. In deiner Nähe.« Sie versuchte sich aus Michels Armen loszureißen. Wie konnte er behaupten, dass Paul nicht mehr lebte? Über die Klippe sollte er gestürzt sein? Aber man hatte in dem Nebel seinen Leichnam noch nicht gefunden. Das war absurd. Das war vollkommen absurd.

»Der Mann, der bei der Polizei angerufen hat, hat alles gesehen. Er sagte, er hätte versucht, Paul zu helfen, aber bevor er seine Hand erreichen konnte, sei er abgestürzt.«

Michel brannte das Herz vor Schmerz, als er Maries Fassungslosigkeit sah. War er schuld an ihrem Unglück? Wenn er sie nicht hierhergebracht hätte, würde sie ein zufriedenes Leben in Paris führen.

»Er hat mir das Leben gerettet. Er ist mein Schicksal. Ich werde mit ihm leben. Bis ans Ende unserer Tage.« Marie weigerte sich, Michel zu glauben. Und dann erinnerte sie sich an den stechenden Schmerz, der ihr ins Herz gefahren war. War das in der Sekunde gewesen, in der Paul starb?

Hatte sie es gespürt, dass er sie verließ? Waren sie so eng miteinander verbunden, dass sie den Moment seines Todes mit empfand? Als Marie aufsprang, riss sie die weiße Tischdecke mit sich. Das Geschirr zerschmetterte auf dem Boden, die Gläser zersprangen in tausend winzige Scherben. Was war los mit ihr? Seit wann glaubte sie etwas, ohne es zu sehen? Bevor sie Pauls Leiche nicht gesehen hatte, würde sie nicht an seinen Tod glauben. Wer war überhaupt dieser anonyme Anrufer? Seit wann glaubte sie alles, was irgendein Verrückter ins Telefon brabbelte?

»Ich gehe nach Hause. Paul ist einfach irgendetwas dazwischengekommen. Ein Gespräch mit seinem Dekan. Oder er hat einen Platten am Motorrad. Oder was weiß ich. Es ist sicher irgendetwas Harmloses. Er wird nach Hause kommen. Und ich werde da sein. So einfach ist das.«

Ohne ihren Vater noch einmal anzusehen, stürzte sie aus dem Lokal. Draußen holte sie tief Atem. Die kalte Schneeluft füllte ihre Lunge. Und machte ihren Kopf klar. Und sie erinnerte sich daran, was sie ihren Vater hatte fragen wollen.

»Sag mir, wieso die *Helena* untergegangen ist.« Michel starrte seine Tochter an. Sie war vollkommen verändert. Ihr Blick war ungetrübt, der Zweifel und die Fassungslosigkeit, die sich ihrer gerade noch bemächtigt hatten, waren wie weggeblasen.

»Der Sturm. Ich habe es dir doch erzählt, der Sturm war fürchterlich. Die Brecher waren mehr als zehn Meter hoch. Sie war ein altes Schiff und …«

»Die Wahrheit, Papa. Wie habt ihr es hinbekommen, dass sie ausgerechnet unterging, als sie die Traktoren geladen hatte? War es eine Bombe?«

Michel konnte seinen Schrecken vor seiner Tochter nicht verbergen. Also war am Ende alles umsonst gewesen.

»Ihr habt eine Bombe gelegt, um sie zu versenken? Und es war euch vollkommen egal gewesen, dass mit ihr eure zwölf Kameraden im Meer versanken?« Marie Stimme war leise. Michel musste nicht mehr antworten. Sie sah an seinem Blick, dass sie recht hatte. »Das Restaurant war dein Anteil? Leon und François bauten sich eine neue Existenz auf, und du wurdest mit dem Restaurant belohnt.« In Marie stieg eine tiefe Traurigkeit auf. Sie hatte ihm alles vergeben. Jede Lüge. Sogar seinen Versuch, ihr ihre Vergangenheit wegzunehmen. Sie hatte nur den verzweifelten Mann gesehen, der seine Frau und seine Tochter verloren hatte.

»Das hat Maman dir nicht verzeihen können. Dass du ein Mörder bist.«

Und das würde sie ihm auch nicht verzeihen. Dass er um des Geldes willen die Matrosen, die ihm als Kapitän der *Helena* anvertraut waren, ins Verderben geschickt hatte. Sie wartete seine Antwort nicht ab. Was hätte er ihr auch sagen können. Es gab keine Entschuldigung für das Verbrechern, das er begangen hatte.

Michel sah seine Tochter weggehen. Dass sie in einem Punkt unrecht hatte, war nicht mehr wichtig. Es würde nichts ändern, wenn er ihr erzählte, dass er von Leons Plan nichts gewusst hatte. Nachdem er wie durch ein Wunder aus den Fluten gerettet worden war, hatte Leon ihn im Krankenhaus besucht. Michel hatte ihm auf den Kopf zugesagt, dass eine Bombe an Bord gewesen sein musste. Und dass er, sobald er wieder einigermaßen klar denken konnte, zur Polizei gehen und alles erzählen würde. Aber Leon hatte ihn angefleht, nichts zu sagen. Er hatte ihm versichert, dass er vorgehabt hatte, ihn per Funk zu warnen. Eine Stunde bevor die Bombe explodieren sollte, wollte er Michel sagen, dass er mit den Männern das Schiff verlassen musste. Die *Helena* wäre untergegangen, und die Männer wären am Leben geblieben. Doch Leon hatte nicht damit gerechnet, dass in dieser Sturmnacht das Funkgerät an Bord ausfallen würde. Er hatte Michel nicht warnen können. Die Bombe, die mit einem Zeitzünder ausgestattet war, war explodiert. Und Leon hatte nichts anderes tun können, als auf der Terrasse des Schlosses zu stehen.

Und darauf zu warten, dass ihm mitgeteilt würde, dass sein Schiff untergegangen war.

»Es war ein Unfall, Michel. Bitte glaub mir, ich hatte nie vor, meine Männer zu opfern.« Leons Entsetzen war echt gewesen. Aber andererseits, wenn Michel jetzt zur Polizei gehen würde, würde er die Männer nicht mehr lebendig machen. Er aber, Leon, würde für die Hinterbliebenen sorgen können, sobald er seinen Teil der Versicherungssumme in den Händen haben würde. Er war der Einzige, der das Leid der Frauen und Kinder, die ihre Männer und Väter verloren hatten, ein wenig mildern konnte. Auch das hatte Michel nicht richtig überzeugen können. Leon hatte Schuld auf sich geladen. Und dafür musste er bestraft werden. Michels Gerechtigkeitssinn ließ keine andere Möglichkeit zu. Bis Leon ihn daran erinnerte, dass er ihm etwas schuldig sei. Hatte er seinem Freund nicht einmal das Leben gerettet? Jetzt war der Zeitpunkt gekommen, die Gegenleistung zu fordern. Michel verdankte Leon sein Leben. Jetzt konnte er Leon das Leben schenken. Und Michel hatte geschwiegen. All die Jahre hatte er niemandem gesagt, was auf der *Helena* geschehen war. Außer, in einer schwachen Stunde, seiner Frau Monique. Diese hatte längst bemerkt, wie sehr sich ihr Mann nach dem Unglück verändert hatte. Anfangs hatte sie es auf den Schock zurückgeführt, den Michel erlitten hatte, weil es ihm nicht gelungen war, sein Schiff und seine Mannschaft sicher durch den Sturm zu führen. Doch, als Michel angefangen hatte zu trinken und irgendwann schon den Tag mit einer halben Flasche Aquavit begonnen hatte, hatte Monique angefangen, Fragen zu stellen. Immer und immer wieder hatte sie gebohrt. Bis eines Tages die Wahrheit aus ihm herausgeplatzt war.

»Du musst zur Polizei gehen und alles gestehen.« Moniques Haltung war klar. Es interessierte sie nicht, dass Michel Leon sein Leben verdankte. Leon hatte zwölf Männer auf dem Gewissen. Und selbst wenn er ihren Tod nicht beabsichtigt hatte, musste er dafür büßen. Michel war nicht fähig gewesen, Moniques Bitte, die ganz schnell zu einer Forderung geworden war und dann zur Bedingung, wenn sie bei ihm bleiben sollte, zu entsprechen. Er hatte sich für seine Treue zu Leon entschieden. Und seine Frau war mit seiner Tochter aus seinem Leben gegangen.

Was sollte es für einen Zweck haben, Marie dies alles zu erzählen? Auch wenn er von der Bombe nichts gewusst hatte, er hatte die Täter gedeckt. Allein dafür musste er bestraft werden. Aber sollte er wirklich jetzt, da François und Leon tot waren und nicht mehr zur Rechenschaft gezogen werden konnten, noch zur Polizei gehen? Sollte er nun auch das Leben von Claire und Caspar, die Leon geliebt hatten, zerstören? Nicht nur dass sie damit leben müssten, dass Leon ein Betrüger gewesen war, verantwortlich für den Tod seiner Männer, würde sie verzweifeln lassen. Sie würden, da die Versicherung die Summe, die sie damals gezahlt hatte, zweifelsohne zurückfordern würde, alles verlieren. Sie würden gedemütigt und mittellos zurückbleiben. Die letzten unschuldigen Opfer von Leons Machenschaften. Das wollte Michel ihnen nicht antun. Also würde er demütig die schlimmste Strafe annehmen, die er sich vorstellen konnte. Er würde, und dieses Mal endgültig, seine Tochter verlieren.

Paul erwachte aus seinem tiefen Schlaf. Er sah sich um. Wo war er? Es sah aus, als wäre er in einer Hütte. Die rohen Holzwände, das schmale hölzerne Bett mit der dünnen Matratze, ein kleiner, aus Brettern zusammengezimmerter Tisch und davor ein einfacher alter Stuhl, das alles konnte er im flackernden Licht eines Kaminfeuers erkennen.

»Hallo?« Er hatte keine Ahnung, wo er war. Und wie er hierhergekommen war. Konnte es sein, dass diese Hütte Leon gehörte? In dem Moment, in dem er sich die Frage stellte, sah er verschwommen Leons Gesicht vor sich.

»Halten Sie durch, ich hole Hilfe.« Bevor er fragen konnte, wieso er noch am Leben sei, war Leon im Nebel verschwunden und hatte ihn am Rand der Klippe liegen lassen. Pauls Hand fuhr unter das raue leinene Hemd, das er anhatte. Die Wunde? Hatte er nicht aus einer Schusswunde geblutet, als er an der Klippe hing? Er stand auf. Und zu seinem Erstaunen fühlte er sich nicht schwach. In einer Spiegelscherbe, die an der Wand über dem kleinen Kamin hing, sah er sein Gesicht. Keine Schramme, keine Wunde. Im Gegenteil, er sah frisch und rosig aus. Langsam hob er das Hemd. Und es bestätigte sich, was er gefühlt hatte. Seine Brust war unversehrt. Da war keine Wunde. Keine Spur von Blut. Hatte er sich alles nur eingebildet? Waren der Schuss und sein Sturz nur ein Traum gewesen, aus dem er gerade erwachte?

»Ich sehe, es geht Ihnen gut« Hinter Paul trat der Schäfer in die Hütte. Natürlich, ihm musste sie gehören. Wieso war er nicht gleich darauf gekommen, als er den langen Stock an der Wand gesehen hatte und die Gerätschaften, von denen er jetzt wusste, dass man mit ihnen Käse herstellen konnte.

»Was ist passiert? Haben Sie mich gerettet?«

Xavier Leonard gab Paul einen Schluck von der frischen Schafsmilch, die er gerade gemolken hatte, und reichte ihm einen Kanten Brot, den er aus einem Baumwollsack nahm.

»Essen Sie, das wird Ihnen guttun.«

»Hat sich Leon Menec bei Ihnen versteckt? Sagen Sie ihm, dass ich ihn sprechen will. Ich will mich bei ihm bedanken. Er hat mir wohl das Leben gerettet.«

Der Schäfer lächelte. Und schwieg. Pauls Irritation wuchs.

»Oder hab ich mir das alles nur eingebildet? Bin ich einfach mit dem Motorrad gestürzt und habe mir den Kopf angeschlagen? Verdammt, jetzt reden Sie doch endlich.«

»Ihre Mutter würde sagen, Ihre Zeit ist noch nicht gekommen.«

»Meine Mutter? Die mich sofort nach der Geburt einfach weggegeben hat? Wenn Sie von Céline Marchand sprechen, sie hat keine Ahnung von mir gehabt.« Paul hatte genug von dieser merkwürdigen Situation. Er suchte seine Sachen zusammen, die frisch gewaschen über dem Stuhl und dem Kopfende des Bettes hingen. Er zog sie hastig an. Er musste nach Hause. Er musste zu Marie, die sich sicher schon Sorgen um ihn machte.

»Was auch immer Sie für mich getan haben, ich danke Ihnen. Aber jetzt muss ich gehen.«

»Sie sollten versuchen, Céline zu vergeben.«

»Ach ja? Wieso sollte ich das? Weil sie Angst gehabt hat vor einem Leben als alleinerziehende Mutter? Ich sag Ihnen was, es gibt Tausende von Frauen, die es schaffen, allein für ihr Kind zu sorgen. Wenn sie mich gewollt hätte, hätte sie mit mir leben können.«

»Eben das sollten Sie verzeihen, dass sie nicht die Kraft gehabt hatte, es zu wollen. Dass sie sich gegen Sie entschieden hat, um den Mann, den sie liebte, nicht zu verlieren.«

»Soweit ich weiß, gab es in ihrem Leben keinen Mann. Also hat sie ihn trotzdem verloren. Obwohl sie mich ihm geopfert hat.«

»Sie hat ihn nicht verloren. Weil sie ihn nie besessen hatte. Obwohl sie ihm näher war als irgendein anderer Mensch.«

Pauls Ungeduld wuchs. Er wollte nicht mehr an Céline Marchand denken. Und im Grunde wollte er ihr auch nicht verzeihen.

»Legen Sie den Hass ab, den Sie in Ihrem Herzen tragen. Sie können nie sicher sein, ob er nicht irgendwann anfängt, Ihr Leben zu vergiften. Céline hat ihre Schuld gesühnt. Sie war ein einsamer, unglücklicher Mensch, der sich nicht verzeihen konnte, ein einziges Mal im Leben einen Fehler gemacht zu haben. Sie sind Ihr Sohn. Sie hat Ihnen das Leben geschenkt. Allein deswegen sollten Sie aufhören, sie zu hassen.«

Als Caspar aus dem Schloss auf sein Auto zurannte, kam ihm Eva entgegen.

»Wo bist du den ganzen Tag gewesen? Ich muss mit dir reden.«

»Tut mir leid, ich hatte zu tun. Lass uns morgen reden, ja?« Er umschlang sie brüderlich mit einem um Vergebung heischenden Lächeln.

»Ich hab noch einen Termin. Sorry, Schwesterchen.«

Sie hielt ihn am Arm fest.

»Kannst du dir vorstellen, wieso dein Vater eine Million in bar abgehoben hat?«

Caspar lachte hell auf. Woher sollte er das wissen? Vielleicht wollte er Claire ein Haus schenken? Oder sich eine Schwimmhalle bauen lassen.

»Was weiß ich, mein Vater hat sich nicht in seine Pläne sehen lassen.«

»Kann es sein, dass es eine andere Frau gibt, mit der er vielleicht abgehauen ist?«

Caspar konnte sein Amüsement über Evas Vorstellungen kaum verbergen. Sein Vater würde sich doch nicht mit einer Million zufriedengeben. Die würde gerade mal ein halbes Jahr reichen, wenn man den Luxus bedachte, den er gewohnt war. Und außerdem, wenn Caspar etwas sicher wusste, dann, dass sein Vater keine andere Frau hatte. Er hatte Claire geliebt. Und ihn. Und er hätte sie beide nie wegen irgendeiner Affäre verlassen.

»Vielleicht hat er das Geld jemandem gegeben, der es braucht. Was weiß ich.«

Noch ein Kuss und dann fuhr er mit seinem Bulli davon. Dass er dieses Auto, das er vor ein paar Jahren einer verkifften Truppe Surfer abgekauft hatte, zurücklassen musste, kränkte ihn wirklich. Er würde es vermissen. Mehr als alles andere.

Er machte das alte Radio an, als er Richtung Concarneau

brauste. »Surfin'« von den Beach Boys schien den alten VW-Bus regelrecht durchzuschütteln. Caspar sang die Hymne aller Surfer lauthals mit. Ein endloser Sommer lag vor ihm.

Leon küsste Sabine zärtlich auf die Wangen.

»Ich danke dir, Sabine.«

»Was wirst du jetzt tun?« Sabine hatte sich gefreut, als Leon aus dem Nebel aufgetaucht war. Er habe sich verlaufen, sagte er. In Gedanken versunken hätte er nicht auf den Weg geachtet und plötzlich nicht mehr gewusst, wo er war. Wenn er nicht zufällig auf den Schäfer gestoßen wäre, der ihm den Weg zurück zu Sabines Haus gewiesen hatte, wäre er inzwischen wahrscheinlich in Biarritz.

»Ich werde nach Hause gehen. Und ich werde meiner Frau und meinem Sohn sagen, wer ich bin. Und was ich getan habe. Ich hoffe, sie werden mir verzeihen. Vielleicht können sie ja sogar zu mir halten. Und auf mich warten, wenn ich ins Gefängnis gehe.«

Sabine zog Leon an sich. Er war schon lange nicht mehr der gedankenlose junge Mann, der keine Skrupel gehabt hatte, wenn es darum ging, reich und mächtig zu werden. Er war gereift. Und möglicherweise auch geläutert. Er würde endlich die Verantwortung für seine Taten übernehmen. Und dafür liebte sie ihn.

»Viel Glück, Leon.« Mehr konnte sie nicht sagen.

»Danke, Sabine. Danke für alles.« Es wäre der Zeitpunkt gewesen, sich loszulassen. Leon hätte endlich gehen müssen. Doch da fanden sich plötzlich ihre Münder. Und sie versanken in einem verzweifelten, sehnsuchtsgeladenen Kuss. »Geh nicht weg«, flehte ihr Körper stumm. »Bleib bei mir. Für immer.« Leon trug Sabine auf ihr großes, mit bunten mexikanischen Decken bedecktes Bett. Und als sie sich liebten, war es so vertraut, als wären seit dem letzten Mal keine zwanzig Jahre vergangen.

Marie sprang auf, als sie Pauls Schritte herankommen hörte.

Sie riss die Tür auf.

»Da bist du ja endlich.« Sie wollte Paul in die Arme fallen und erstarrte in ihrer Bewegung. Der Himmel hatte aufgerissen, und im fahlen Licht des Halbmonds erkannte sie, dass es nicht Paul war, der vor der Tür stand, sondern Caspar. Der sie sofort und ohne zu zögern an sich zog.

»Es tut mir so leid, Marie. Ich weiß, dass ihr befreundet wart. Es ist so schrecklich.«

Marie machte sich ungeduldig los. Wovon er rede, wollte sie wissen. Und wusste es natürlich ganz genau. Caspar hatte wie alle anderen davon gehört, dass Paul ums Leben gekommen sein musste.

»Ich dachte, du sollst an so einem Abend nicht allein sein. Du musst dich ja zu Tode fürchten in diesem Haus.«

»Ich bin nicht allein, Merlin ist bei mir. Und weißt du was, er liegt ganz ruhig vor dem Kamin. Das ist eine Bestätigung für mich. Wenn Paul etwas passiert wäre, würde Merlin sicher verzweifelt winseln. Oder an der Tür kratzen und hinauswollen, um Paul zu suchen.«

Sie ließ Caspar ins Haus. Auch wenn sie im Grunde allein auf Pauls Rückkehr warten wollte, war es doch sehr nett von Caspar, dass er gekommen war, um nach ihr zu sehen.

»Willst du ein Glas Wein? Oder lieber einen Tee?«

»Wein ist schon in Ordnung.« Während sie die Flasche Rotwein aus dem Schrank holte, sah Caspar sich um. Hier also hatte dieser Mann gelebt. In diesem Bett am Fenster hatte er geschlafen. Mit Marie? Hatte er mit Marie wohl geschlafen? Waren sie schon so weit gewesen, dass sie ihm ihren Körper geschenkt hatte? Sein Herz wummerte gegen seine Brust, seine Hände verknoteten sich ineinander, wie um die Nervosität, die in ihm aufstieg, zu unterdrücken. Und wenn schon, sie hatte es sicher nicht gern getan. Er wird sie überrumpelt haben. Vielleicht sogar gezwungen. Vielleicht hatte sie ihm ja sogar ihren Körper geschenkt. Aber ihre Seele war rein geblieben. Unschuldig. Weil ihre Seele ihm gehörte.

Marie reichte ihm das Glas. Hoffentlich trank er es schnell aus. Sie wollte nicht, dass er hier sein würde, wenn Paul zurückkam. Obwohl sie die ganze Zeit versucht hatte, Paul anzurufen, und immer nur bei der Mailbox gelandet war, war sie überzeugt, dass er jeden Moment zur Tür hereinkommen würde. Ohne auf Caspars Worte zu achten, trank sie einen Schluck Wein und lauschte in die Nacht hinaus.

»Entschuldige, was hast du gesagt?« Er hatte ihren Arm berührt und sich beklagt, weil sie ihm nicht zuhörte.

»Ich habe eine Yacht gekauft. Mit der wir um die Welt fahren können.«

»Tatsächlich, eine Yacht? Weißt du, das finde ich tapfer von dir. Ich meine, wo doch dein Vater gerade auf See …« Sie unterbrach sich verlegen. Wie taktlos, ihn so plump auf den Tod seines Vaters anzusprechen.

»Du meinst, wo er gerade ertrunken ist? Du musst keine Angst haben, der Verkäufer hat mir versichert, dass unsere Yacht unsinkbar ist. Sie haben da so Techniken, die sind ganz neu. Ich hab zwar nicht verstanden, wie das geht, aber ich vertraue dem Schiff hundertprozentig. Wir werden uns irre wohlfühlen darauf. Und wenn wir dann einen Ort gefunden haben, an dem wir bleiben können, dann können wir sie ja verkaufen und uns ein …«

»Ehrlich gesagt, Caspar, ich habe keine Ahnung, wovon du redest.«

»Natürlich weißt du das. Ich rede von dir und mir. Von unserem Leben. Morgen oder übermorgen werden wir in See stechen und uns einen Platz suchen, der …«

»Ich weiß nicht, wie du darauf kommst, dass ich mit dir fahre. Caspar. Es tut mir leid, aber ich glaube, da liegt ein Missverständnis vor. Ich bin mit Paul zusammen. Ich liebe ihn. Und wir werden …«

»Paul Racine ist tot!« Caspar schrie es Marie ins Gesicht. Wenn sie es nicht verstehen wollte, musste er es ihr so deutlich sagen.

»Du bist frei, Marie. Du kannst gehen, wohin du willst.«

»Aber ich will nirgendwo hingehen. Ich werde mit Paul hier leben. In diesem Haus.«

Sie spürte, dass Caspar immer aufgeregter wurde. Was war das für ein Wahnsinn? Wie kam er bloß auf so eine verrückte Idee? Sie hatte ihm doch nie Hoffnungen gemacht.

»Kann es sein, dass du was genommen hast? Geh jetzt lieber nach Hause, Caspar. Morgen wird es dir sonst peinlich sein, was du alles gesagt hast.«

Sie schob ihn sacht zur Tür.

»Ich bin müde. Ich will jetzt schlafen.«

Es war klar, Paul Racine hatte sie noch immer in seinem Bann. Caspar überlegte fieberhaft, wie er sie davon überzeugen konnte, dass der Mann, der sich ihrer bemächtigt hatte, wirklich tot sei. Sollte er mit ihr zu den Klippen fahren? Ihr Pauls Leiche zeigen? Aber in der Dunkelheit war das sinnlos. Sie würden nichts sehen. Vielleicht musste er nur warten? Mit der Zeit würde sie akzeptieren, dass Paul nicht zurückkam. Aber er hatte keine Zeit. Er musste endlich losfahren. Alles war bereit. Wenn sie nur gewollt hätte, würden sie noch heute Nacht starten können.

»Es wird ein wunderbares Leben, Marie. Stell dir das doch einmal vor. Palmen, weißer Strand, türkisblaues Meer. Und wir in einer Hütte aus Palmzweigen. Wir werden im Paradies leben, Marie.«

Langsam wurde er ihr unheimlich. Er hatte sich in etwas hineingesteigert. Sie musste ihn loswerden. Jetzt. Sofort.

»Komm, ich bringe dich zu deinem Auto. Dann fährst du

nach Hause und schläfst dich richtig aus. Es war einfach zu viel für dich in letzter Zeit.«

Sie wollte ihn nicht verstehen. Anscheinend glaubte sie nicht, dass er sie liebte. Panik stieg in ihm auf. Wie sollte er sie überzeugen? Die Zeit lief ihm davon. Er musste weg von hier. So schnell wie möglich.

»Vielleicht hast du recht. Ich bin wirklich ziemlich erschöpft.«

Marie war erleichtert darüber, dass er doch so schnell einlenkte. Sie öffnete die Tür, und sie traten zusammen in die Sternennacht. Sie fröstelte, weil sie es versäumt hatte, eine Jacke anzuziehen. Aber sie würde ja gleich wieder im Haus sein. Caspar spürte ihren Schauder. Sanft legte er den Arm um sie.

»Tut mir leid, dass ich so mit der Tür ins Haus gefallen bin. Ich dachte, wir wären uns einig.«

Sie spürte wie sein Griff härter wurde. Aber sie wehrte sich nicht dagegen. Gleich würde er im Auto sitzen und nach Hause fahren. Und sie würde sich einen Tee machen und am Fenster sitzend auf Paul warten.

Der Schlag auf ihre Schläfe kam vollkommen überraschend. Sie hatte keine Möglichkeit auszuweichen. Mit einem leisen Laut sank sie in sich zusammen.

»Es tut mir leid, Marie. Aber es geht nicht anders.« Caspar nahm Maries schlaffen Körper auf die Arme. Wie leicht sie war. Und wie gut ihr Haar duftete. Er drückte einen leisen Kuss auf ihren Mund.

»Alles wird gut.«

8

Der Morgen graute, als Leon das Schloss betrat. So fremd hatte er sich in diesem Gebäude, das er vor fast zwanzig Jahren gekauft hatte, noch nie gefühlt. Die große, hohe Halle mit der weit geschwungenen Treppe und dem riesigen Kerzenleuchter, der von der Decke hing, schien ihm mit einem Mal unanständig protzig. Hatte er sich hier wirklich wohlgefühlt? Oder hatte er es sich nur eingeredet? Sabine hatte damals nur maliziös gelächelt, als er ihr erzählte, dass er für sich und seine junge Familie das Schloss der Familie Rouen gekauft hatte, das kurz vor dem endgültigen Verfall stand.

Natürlich brauchte kein Mensch ein Schloss, um angenehm und luxuriös leben zu können. Es hätte genug prächtige Häuser und Villen gegeben, die er hätte kaufen können. Aber Claire hatte sich auf den ersten Blick in das alte Gemäuer verliebt. In glühenden Farben hatte sie ihm ausgemalt, wie herrlich es sein würde, hier zu leben. Wie wohl sich ihr kleiner Sohn hier fühlen würde und wie sehr sie es genießen würde, ein ihrem gesellschaftlichen Stand gemäßes großes Haus zu führen. Er hatte sich an der Begeisterung seiner jungen Frau geweidet, war stolz gewesen, ihr jeden auch noch so ausgefallenen Wunsch bei der Renovierung zu erfüllen. Und sie hatte Geschmack und Stil bewiesen. Das Haus war ihm und seiner Familie wirklich ein Heim geworden.

Seltsamerweise empfand er bei dem Gedanken, dass ihm das Schloss die längste Zeit gehört haben würde, wenn er erst einmal zur Polizei gegangen wäre, nicht das geringste Bedauern. Es würde verkauft werden, genau wie seine Firma, um mit dem Erlös die Versicherungssumme, die er sich damals erschlichen hatte, zurückzuzahlen. Selbst wenn er nicht im Gefängnis landen würde, was angesichts der Zeit, die vergangen war, und der Tatsache, dass sich nicht beweisen ließ, dass er eine Bombe gelegt hatte, durchaus möglich war, würde er sich ohne Mühe damit abfinden, noch einmal von vorne anzufangen. Er dachte an Sabines warmen weichen Körper, den er gerade noch geliebt hatte. Es war wie eine Erinnerung an gute Zeiten gewesen. Und wie ein Versprechen für die Zukunft. Hatte er tatsächlich eine Zukunft mit dieser großartigen Frau? Die ihn liebte. Aber nicht brauchte. Die ihm zum Abschied gesagt hatte, dass sie ihn immer lieben würde. Dass sie aber nicht erwartete, dass er noch einmal zu ihr zurückkehren würde. Denn sie wusste, dass er mit Claire glücklich gewesen war. Und ja vielleicht auch wieder sein könnte. Unsicher lauschte Leon in die morgendliche Stille des Schlosses. Einfach umzudrehen und wegzugehen war der Impuls, der in ihm erwuchs. Aber er war so lange ein Feigling gewesen. Sein neues Leben wollte er nicht mit einem mutlosen Rückzug beginnen. Jetzt wehten von ferne die Klänge der indischen Melodien an sein Ohr, die Claire immer hörte, wenn sie ihre Qui-Gong-Übungen machte. Er hatte nie verstanden, was sie an dieser fremden Musik so beruhigend fand, die ihn eher nervös machte. Sollte er sie stören? Sie hasste es, bei ihren Übungen unterbrochen zu werden. Er beschloss zu warten. Eine halbe Stunde Galgenfrist, dachte er und verzog das Gesicht. Eine halbe Stunde und dann würde er seine Frau mit der Wahrheit über sich konfrontieren. Vielleicht würden sie dann auch Caspar wecken, denn was er zu sagen hatte, ging auch ihn etwas an. Er wusste nicht, ob er seinen Sohn darauf ansprechen würde, dass er ihn erpresst hatte. Vielleicht würde er stillschweigend über das Vorgefallene weggehen. Und seinen Sohn im Glauben lassen, dass er nicht wusste, was er getan hatte. Möglicherweise konnte der Junge nun mit der erpressten Million weggehen. Und woanders ein neues Leben anfangen. Möglicherweise war er ihm das sogar schuldig.

Als Leon sein Büro betrat, roch er sofort den Duft von Claires

Maiglöckchenparfüm. Also war sie in seinem Büro gewesen. Was hatte er anderes erwartet? Sie musste glauben, dass er tot sei. War es da nicht das Natürlichste, dass sie sich mit seinen Unterlagen vertraut machte? Vielleicht hatte sie nach seiner Lebensversicherung gesucht. Oder auch nur nach den Papieren für seinen Jaguar. Es war egal. Was immer er auch vor ihr verborgen hatte, jetzt wollte er es ihr sowieso erzählen.

Er setzte sich an den großen Schreibtisch, den er bei einem Pariser Antiquitätenhändler erstanden hatte. War es Wehmut, die er fühlte, als er über das glatt polierte Holz strich? Ein wenig Wehmut durfte er sich schon zugestehen in diesem letzten Augenblick, in dem sich alles noch einmal so anfühlte wie immer. In einer halben Stunde würde alles vorbei sein.

Claire tauchte selbstvergessen in das Ritual ihrer Übungen ab. Zum ersten Mal seit Leons Verschwinden war sie aufgewacht und hatte das Bedürfnis gehabt, ihren Körper durch die traditionellen Bewegungen des Qi-Gong zu trainieren. Kaum waren die ersten Klänge der Musik durch den weitläufigen Gymnastikraum geschwebt, war sie automatisch in das sanfte Dehnen und Strecken geglitten, das nicht nur der körperlichen Ertüchtigung diente, sondern auch der geistigen Konzentration. Alles, was sie in den letzten Tagen bis an den Rand der Erschöpfung beschäftigt hatte, war weit weg. Sie war Ruhe. Und sie war ganz bei sich selbst.

Als sie eine halbe Stunde später aus der Dusche kam und durch die Halle zu ihrem Schlafzimmer gehen wollte, um sich für den Besuch bei Maître Jumas fertigzumachen, sah sie, dass aus Leons Büro ein Streifen Licht in die noch dunkle Halle fiel. War Caspar dort? Erschrocken dachte sie an die Papiere, die sie unter die lederne Schreibunterlage geschoben und dort vergessen hatte.

Sie öffnete die Tür.

»Caspar, was machst du so früh in …?«

Die Stimme versagte ihr, als Leon sich zu ihr umdrehte.

»Es tut mir leid, wenn ich dich erschreckt habe.«

»Leon. Oh, mein Gott. Ich habe es gewusst. Ich habe es die ganze Zeit gewusst, dass du nicht tot bist.« Sie war in seinen Armen, umarmte ihn, küsste ihn. Drängte sich an ihn. Lachte und weinte zugleich.

»Komm, wir müssen Caspar wecken. Er ist so unglücklich, seit du verschwunden bist. Und dann musst du uns alles erzählen, wo du warst, wie es dir ergangen ist. Wer dich gerettet hat. Oh, entschuldige, ich rede zu viel. Willst du erstmal einen Kaffee? Frische Croissants haben wir noch nicht. Aber es ist noch Kuchen da. Oder ich könnte dir ein Ei machen oder …«

Die Worte sprudelten aus ihrem Mund. Aufregung und Freude mischten sich zu einer irren Heiterkeit, die Leon ganz verlegen machte.

»Warte Claire, lassen wir Caspar doch noch ein bisschen schlafen. Ich muss mit dir reden. Es ist wichtig.«

Hatte er etwa das gefälschte Testament gefunden? Ein Blick auf den Schreibtisch belehrte sie eines Besseren. Die Schreibunterlage lag unverrutscht da.

»Natürlich. Es tut mir leid, du musst ja denken, ich bin irre. Aber das bin ich auch. Die Tage ohne dich waren so furchtbar. Ich war so verzweifelt. Weil alle mir einreden wollten, dass du nicht mehr zurückkommen würdest. Ich solle mich darauf einrichten, Witwe zu sein.«

Er hielt ihre Hände fest. Sie musste ihm zuhören. Er musste es ihr jetzt sagen. Jetzt hatte er den Mut, zu allem zu stehen, was er getan hatte. Ob das morgen noch einmal der Fall sein würde oder übermorgen, das wusste er nicht.

»Hör mir bitte zu, Claire. Ich hatte in den letzten Tagen viel Zeit zum Nachdenken. Und ich weiß jetzt endlich, was ich tun muss. Was ich schon sehr lange hätte tun sollen.«

Caspar wusste schon längst nicht mehr, wie viele Kilometer er mit dem Bulli in dieser Nacht zurückgelegt hatte. Nur fahren. Nicht stehen bleiben, einfach nur fahren. Zu mehr war er nicht fähig gewesen. Zuerst war er nach Concarneau an den Hafen gefahren. Er hatte Marie aufs Boot bringen und davonfahren wollen. Doch gerade als er an den Hafen kam, kehrten die ersten Fischerboote von ihrem Fang zurück. Hektisches Treiben begann. In dem er auf gar keinen Fall die bewusstlose Marie aufs Schiff bringen konnte. Er hatte Michel zugewinkt, der sein Auto erkannt und ihm zugerufen hatte, ob er seine Schiffe kontrollieren wollte. Er hatte gelacht und ihm gesagt, dass er eigentlich auf dem Weg zum Strand sei in der Hoffnung, dass es heute noch einmal eine gute Welle geben würde. Dann hatte er den Bulli gewendet und war davongefahren. Seitdem kurvte er auf den teilweise vereisten Straßen herum. Nervös. Und enttäuscht, weil Marie ihm so viele Schwierigkeiten machte. Als sie aus ihrer Ohnmacht aufgewacht war, hatte sie angefangen, auf ihn einzureden. Dass er sich unglücklich mache, dass er sie freilassen solle. Dass das alles doch keinen Wert habe. Er hatte sie angeschrien, dass sie den Mund halten sollte. Aber sie hatte nicht aufgehört, auf ihn einzureden. Und als er in einem kleinen Waldstück angehalten hatte, um zu pinkeln, hatte sie, kaum hatte er die Tür geöffnet, angefangen um Hilfe zu rufen. Was war ihm anderes übrig geblieben? Er hatte ihr mit der Taschenlampe, die neben seinem Sitz lag, noch einmal einen Schlag an die Schläfe gegeben, und als sie das Bewusstsein verloren hatte, hatte er sie gefesselt und mit einem Taschentuch geknebelt. Die Tränen stiegen ihm in die Augen, als er sie so verschnürt daliegen sah. So hatte er sich das nicht vorgestellt. Irgendwas lief hier gerade entsetzlich schief.

»Ruhe bewahren. Du musst einfach nur Ruhe bewahren. Und dann wird alles gut.« Er würde abwarten bis zur Mittagszeit. Dann war am Hafen meistens Ruhe. Vor allem im Herbst, wenn die Touristen zu Hause in ihren warmen Stuben saßen. Wenn er Glück hatte, würden die Fischer im Bistro zu Mittag essen, und er könnte Marie unbeobachtet unter Deck schaffen. Bis dahin aber musste er vermeiden, dass sie irgendjemandem begegneten.

Claire sah Leon verständnisvoll an.

»Du darfst jetzt nicht an uns denken, mein Liebster. Ich habe ja nicht gewusst, wie sehr du dich die ganzen Jahre gequält hast. Natürlich gehst du zur Polizei. Und wenn du willst, werde ich dich begleiten.«

Leon war überrascht über Claires Reaktion. Er hatte erwartet, dass sie versuchen würde, ihn zu überreden, alles auf sich beruhen zu lassen. Dass sie sagen würde, dass ein Geständnis die toten Seeleute auch nicht wieder lebendig machen würde. Dass sie ihn daran erinnerte, dass auch ihr und Caspars Leben wie ein Kartenhaus in sich zusammenstürzen würden. Er hätte alles verstanden. Und sich am Ende doch dafür entschieden, zur Polizei zu gehen.

»Mein armes, liebes Herz. Wenn ich daran denke, wie unglücklich du gewesen sein musst wegen der *Helena*. Dabei hast du doch wirklich keine Schuld daran, dass die Besatzung mit untergegangen ist.«

Meinte sie das wirklich ernst? Immerhin war ihr Vater auch unter den Opfern gewesen. Leon sah, wie sie schauderte.

»Mir ist kalt. Ich gehe schnell nach oben und ziehe mir etwas an. Danach reden wir weiter.« Sie küsste ihn mit so viel Zartheit und Liebe, dass Leon einen Augenblick lang dachte, dass er ihr das alles nicht antun könnte. Fast wäre er ihr nachgegangen und hätte gesagt, dass das alles natürlich nur Überlegungen seien. Und dass er selbstverständlich nichts tun würde, was auch ihr Leben verändern würde. Doch dann sah er das Blatt Papier, das unter seiner Schreibunterlage lag. Fast unabsichtlich zog er es heraus. Um dann eilig die anderen Papiere auch hervorzuziehen. Ein Testament von Leon Menec?

Claire schloss die Tür hinter sich und lehnte sich von innen dagegen. Jetzt, da sie allein war, konnte sie sich nicht mehr beherrschen. Ihr Körper zitterte vor Wut. Hatte sie sich im ersten Moment doch wirklich gefreut, Leon am Leben zu wissen, war sie jetzt außer sich vor Zorn. Wie konnte er es wagen, ihr Leben zu zerstören? Wie konnte er es wagen, so egoistisch zu sein? Bedeuteten sie und Caspar ihm überhaupt nichts? Wieso war er überhaupt zurückgekommen, wenn es ihm doch nur darum ging, seine lächerlichen Schuldgefühle loszuwerden? Hätte er nicht einfach wegbleiben können? Aber nein, er dachte nur an sich. Dass er sie und Caspar in die Armut und damit ins Unglück stürzen würde, das schien ihn nicht zu interessieren. Ihre Erbitterung wuchs mit jeder Sekunde, in der sie über Leons sentimentalen Wunsch, seine Schuld endlich zu sühnen, nachdachte. Wie hatte sie diesen Mann bewundert. Seine Kraft, mit der er nach dem Untergang der *Helena* sein Imperium aufgebaut hatte, hatte ihr ebenso imponiert wie seine ständige liebevolle Sorge um sie und ihren Sohn. Und nun erwies er sich als eine schlappschwänzige Memme, die Angst davor hatte, eines Tages mit ihrer Schuld ins Grab zu sinken. Sie konnte nicht zulassen, dass er das tat. Irgendwie musste sie verhindern, dass er alles zerstörte, was sie sich vom Leben erträumt hatte. Sie zwang sich zu ein paar leichten Qi-Gong-Übungen, die ihren Pulsschlag sofort absenkten und ihre Konzentration auf das Wesentliche lenkten.

Leon stand am Fenster und sah in den grauen Morgen hinaus. Er war ganz ruhig. Er hatte das gefälschte Testament in Fetzen gerissen und in den Papierkorb geworfen. Er würde Claire nicht darauf ansprechen. Sie hatte nur getan, was sie glaubte tun zu müssen, angesichts der Tatsache, dass er tot sein sollte. Insgeheim bewunderte er sie. Ob Caspar ahnte, mit welchen Löwenkräften seine Mutter darum kämpfte, dass ihm das zukam, was ihm ihrer Meinung nach zustand? Wenn sie in ihrem Leben wirklich einen Menschen liebte, mit jeder Faser ihres Herzens, dann war es ihr Sohn. Er ahnte, dass sie seinen Entschluss, endlich reinen Tisch zu machen, nicht billigen würde. Aber er war entschlossen, sich nicht davon abbringen zu lassen. Irgendwann würde sie es verstehen. Und dann würde sie ihm auch verzeihen.

Als er sie eintreten hörte, drehte er sich um.

Sie sah blendend aus in ihrem schwarzen Kostüm, dessen Bleistiftrock eine Handbreit über dem Knie endete und ihre schönen Beine in den Mittelpunkt rückte. Was war sie nur für eine bemerkenswerte Frau.

»Da bist du ja. Ich wollte dir sagen, dass ich mir vorstellen kann, dass das alles ein großer Schock für dich sein muss. Aber ich hoffe, dass du verstehst, dass ich nicht anders handeln kann.«

Claire lächelte, als sie die kleine Pistole auf ihn richtete, die er ihr einmal geschenkt hatte, damit sie sich im Schloss auch wirklich sicher fühlen konnte, wenn er auf Reisen war.

»Nein, Leon. Ich verstehe dich nicht.« Ihre Stimme war ruhig. Ihr Blick entschlossen.

»Was soll das? Claire? Was hast du vor?« Er konnte nicht glauben, dass sie das tun würde. Sicher wollte sie ihm nur Angst einjagen. Aber auf ihn schießen, das würde sie nicht tun.

»Du hättest nicht zurückkommen sollen.« Ihre Augen glänzten kalt und fremd, als sie die Waffe entsicherte. Leon sah sie ungläubig an. Als der Schuss fiel, warf er sich zu Boden. Doch sie hatte ihn getroffen. Bevor sein Körper auf dem polierten Parkett aufschlug, waren ihm schon die Sinne geschwunden.

9

Marie lag zusammengekrümmt im Fußraum des Bully. Ihr Kopf schmerzte von den Schlägen, die ihr Caspar versetzt hatte. Die Plastikbänder, mit denen er ihre Hände und Füße zusammengeschnürt hatte, schnitten tief in ihr Fleisch. Der Knebel füllte ihren Mund aus, sodass sie nur durch die Nase atmen konnte. Es war unfassbar, dass ihr das passierte. Dass dieser Junge, den sie zu kennen glaubte und den sie ungeheuer sympathisch gefunden hatte, sie mit Gewalt verschleppen wollte. Wieso hatte sie nicht bemerkt, dass das, was sie für freundschaftliche Gefühle gehalten hatte, umgeschlagen war in einen psychotischen Wahn? Aber er war einfach immer nett gewesen und freundlich. Wie ein guter Freund. Sicher, er hatte sie vielleicht einmal zu oft berührt. Sein Blick war möglicherweise auch zu verlangend tief gewesen. Und hatte nicht Paul auch gesagt, dass Caspar in sie verliebt sei? Aber gab es so etwas nicht immer wieder einmal? Dass jemand in einen anderen verliebt war und begreifen musste, dass der andere seine Gefühle nicht erwiderte? Das war der Lauf der Welt. Man hatte sich damit abzufinden, dass nicht immer alles so lief, wie man es sich wünschte. Aber Caspar konnte sich anscheinend nicht abfinden. Plötzlich lief es Marie kalt den Rücken herunter. Hatten seine Augen nicht merkwürdig geleuchtet, als er ihr erzählt hatte, dass Paul tot sei? Konnte es sein? Sie wagte es nicht, den Gedanken zu Ende zu denken … Aber dass sie hier in Caspars Auto geknebelt und gefesselt außer Gefecht gesetzt war, machte doch deutlich, wozu Caspar in seinem Wahn fähig war. Er betrachtete sie als sein Eigentum, das hatte sie inzwischen begriffen. Jedes Mittel war ihm recht, sie an sich zu binden. War ihm auch jedes Mittel recht gewesen, den Mann auszuschalten, den er als seinen Nebenbuhler empfinden musste? Konnte es sein, dass er der anonyme Anrufer bei der Polizei gewesen war, der von Pauls Unfall berichtet hatte? Marie schossen die Tränen in die Augen. Konnte es sein, dass er Paul von der Klippe gestoßen hatte? Sie musste ihn dazu bringen anzuhalten. Und sie loszubinden. Sie musste versuchen zu fliehen. Musste versuchen, Paul zu finden. Wenn er wirklich von der Klippe gestürzt war, vielleicht lebte er ja noch? Vielleicht konnte er noch gerettet werden? Sie begann mit den Füßen gegen den Boden zu schlagen. Wenn Caspar doch endlich aufhören würde, diese verdammte Beach-Boys-CD zu spielen. Dann würde er sie hören. Er würde denken, dass sie austreten musste. Anhalten. Ihre Fesseln, zumindest die an den Füßen lösen. Und sie konnte versuchen wegzulaufen. Doch Caspar reagierte nicht auf das Klopfen. Das Einzige, was er hörte, waren die Songs der Surferband, die von Sonne und ewigem Glück am Strand erzählten.

Michel trat in einen Hauseingang, als ihm Caspars auffälliger Bulli durch die enge Gasse entgegenkam. Viel zu schnell fuhr der Junge wieder mal. Die Leute spritzten vor ihm weg wie die Hasen.

»Langsamer, Caspar, du bist hier nicht auf der Autobahn.« Er winkte dem Jungen, der das Fenster herunterkurbelte und ihn entschuldigend anlächelte.

»Sorry, Mann, ich war mit meinen Gedanken woanders.«

Ihr Vater. Marie hörte die Stimme ihres Vaters und versuchte verzweifelt, seine Aufmerksamkeit zu erregen. So heftig sie konnte, schlug sie mit den Füßen gegen den Autoboden. Versuchte trotz des Knebels zu schreien. Doch Caspar drehte einfach die Musik höher. Und Marie wusste, dass Michel, wenn er das Klopfen ihrer Füße tatsächlich hören könnte, es höchstens als die wummernden Bässe der Musik wahrnehmen würde.

»Ciao, Michel.« Caspar strahlte Maries Vater an. »Mach's gut.«

»Ja, du auch. Ach, und falls du Marie sehen solltest, könntest du ihr sagen, dass sie sich melden soll, Paul und ich machen uns langsam Sorgen, weil wir sie nicht erreichen können.«

»Klar, mach ich.« Caspar gab Gas. Paul? Paul machte sich Sorgen? Das war unmöglich. Paul Racine war tot. Oder sollte er den Sturz doch überlebt haben? Caspar wusste, dass die Zeit gegen ihn arbeitete. Er musste endlich loskommen. Egal was am Hafen los sein würde. Er musste Marie auf sein Schiff bringen und losfahren. So schnell wie möglich.

Michel sah Caspars Bulli in die Straße zum Hafen einbiegen. Irgendetwas gefiel ihm an dem Jungen nicht.

Paul war irritiert, als er Marie nicht in seinem Haus vorfand. Michel hatte doch gesagt, dass sie hier auf ihn warten würde.

»Wo ist sie, Merlin? Kannst du mir das nicht sagen?« Der Hund hatte sich wie ein Wilder auf ihn gestürzt, als er das Haus betreten hatte. Seine Freude, ihn zu sehen, war wie immer überschwänglich. Er stellte sich auf die Hinterbeine und versuchte Paul das Gesicht abzulecken. Dabei wimmerte er wie ein Baby.

»Ist ja gut. Ich bin ja wieder da. Alles in Ordnung, mein Bester. Aber jetzt sag mir, wo Marie ist?«

Vielleicht hatte sie sich ja zu einem Spaziergang aufgemacht. Mit dem Auto, das sie seit ein paar Tagen fuhr, war sie jedenfalls nicht losgefahren. Er sah nachdenklich auf die beiden Weingläser, die auf dem Tisch standen. Hatte sie Besuch gehabt? War sie mit ihm weggefahren? Wenn ja, wer war das gewesen? Und wieso hatte sie ihm keine Nachricht hinterlassen? Michel hatte ihm erzählt, dass Marie die Einzige gewesen war, die Zweifel an der Nachricht von seinem Unfall gehabt hatte. Also, wenn sie wirklich geglaubt hatte, dass er zurückkommen würde, wieso war sie dann nicht hier? Ein ungutes Gefühl beschlich ihn. Wer war hier gewesen und hatte mit Marie Wein getrunken? Hatte er etwas damit zu tun, dass sie verschwunden war? Er schüttelte den Kopf. Er musste aufhören, in allem, was passierte, eine Katastrophe zu sehen. Wahrscheinlich ging Marie in diesem Moment am Strand spazieren. Wollte einfach frische Luft haben und sich ein bisschen bewegen, bevor sie jeden Moment zum Haus zurückkommen würden.

»Komm, Merlin, gehen wir ihr entgegen.« Der Hund sprang davon, kaum hatte Paul die Tür geöffnet.

»Hierher, Merlin, komm, wir nehmen den direkten Weg zum Strand.« Er war den schmalen Steg, der sich zwischen den Felsen zum Strand hinunterwand, schon fast ganz gegangen, da hörte er Merlins aufgeregtes Bellen. Was hatte der Hund? Wahrscheinlich hatte er einen Kaninchenbau entdeckt. Er pfiff nach ihm. Rief ihn, als er nicht auftauchte. Und stieg schließlich den Weg wieder hinauf zum Haus. Merlin stand mit wild wedelndem Schwanz neben Maries kleinem Auto, das am Wegesrand geparkt war. Er ließ sich durch nichts dazu bewegen, zu Paul zu kommen. Er würde ihn an die Leine nehmen müssen, wenn er Marie wirklich am Strand entgegengehen wollte. Als er bei Merlin ankam, sah er, was den Hund so aufregte. Zwischen den Felsbrocken, die den Weg begrenzten, lag ein Stück blauer Stoff. Paul bückte sich und hob es auf. Das war Maries Tuch, das sie oft um den Hals gewunden trug.

Er fragte sich, wie das Tuch hierherkam. Marie musste es verloren haben. Aber wieso hatte sie nicht gemerkt, dass ihr das Tuch vom Hals gerutscht war? Wieso hatte sie es nicht gleich wieder aufgehoben? Die unbekannten Reifenspuren neben Maries Auto bestätigten ihm, dass Marie tatsächlich Besuch gehabt haben musste. War sie mit ihm weggefahren?

»Weißt du, wer Marie in meinem Haus besucht haben könnte?«

Michel verstand die Sorge, die in Pauls Gesicht geschrieben stand. Es sah Marie einfach nicht ähnlich, nicht erreichbar zu sein. Und auf die vielen Nachrichten, die sie abwechselnd auf die Mailbox gesprochen hatten, nicht zu reagieren.

»Keine Ahnung. Ich hab nur Caspar davon erzählt. Er war kurz im Lokal gewesen, um zu hören, wie es Marie ging. Er hatte von deinem Unfall gehört und machte sich Sorgen.«

»Caspar Menec? Meinst du, er ist zu meinem Haus gefahren? Und sie ist dann mit ihm weggefahren?«

»Das ist sie sicher nicht. Ich hab Caspar vor einer Stunde gesehen, da war er allein in seinem Auto.«

Paul ließ der Gedanke an den jungen Menec nicht los. Der intensive Blick fiel ihm wieder ein, mit dem Caspar Marie angestarrt hatte bei der Feier für Leon.

»Ist er in Marie verliebt?«

»Viele Männer dürften in Marie verliebt sein. Wieso nicht auch Caspar? Wieso fragst du?«

Paul konnte darauf keine Antwort geben. Es war ja nur so ein Gefühl, dass da irgendwas nicht stimmte.

»Vielleicht frage ich ihn einfach, ob er Marie wirklich besucht hat. Er hat sie ja möglicherweise irgendwo abgesetzt. Hast du gesehen, wo er hingefahren ist?« Michel deutete zum Hafen. Paul machte sich auf den Weg.

Eva sah Claire verblüfft an, als sie ohne anzuklopfen die Tür zu Leons Büro aufriss.

»Entschuldige, dass ich störe. Hast du Caspar heute schon gesehen? Er war heute Nacht nicht zu Hause, und ich muss dringend mit ihm reden.«

»Du kannst dich gern hinten anstellen. Ich hab ihm gestern Abend gesagt, dass wir Redebedarf haben. Und daraufhin ist er heute schon gar nicht im Büro erschienen. Kann es sein, dass er überhaupt keine Lust auf die Arbeit hier hat?«

»Im Gegenteil. Er nimmt das alles sehr ernst.« Claire versuchte nicht nur Eva zu überzeugen, sondern auch sich selbst. Es durfte einfach nicht sein, dass Caspar seine Pflichten schon jetzt vernachlässigte. Ausgerechnet in der Zeit, in der er beweisen musste, dass er durchaus die Fähigkeit hatte, in die Fußstapfen von Leon zu treten. Auch wenn sie momentan noch ein bisschen groß erschienen. Aber das war jetzt nicht so wichtig. Sie musste ihn finden. Er musste ihr mit Leon helfen. Seine Leiche lag immer noch in seinem Büro. Sie hatte es abgeschlossen und im stillen Schloss nach Caspar gesucht. Nur um zu entdecken, dass sein Bett in dieser Nacht unberührt geblieben war. Es kam auf jede Minute an. Sie hatte sich genau überlegt, was sie ihrem Sohn sagen würde.

»Dein Vater hatte sich wie ein Verrückter aufgeführt. Ich vermute, die Nacht in der kalten See hat seinen Verstand getrübt. Er hat geschrien und getobt. Ich hatte keine Ahnung, was er eigentlich wollte. Und plötzlich hatte er die Waffe in der Hand. Ich wollte sie ihm entreißen, und da ist der Schuss losgegangen.«

Sie wusste, dass Caspar ihr helfen würde, Leons Leiche verschwinden zu lassen. Wieso auch nicht? Alle hielten ihn doch sowieso schon für tot. Sie mussten ihn nur an einer Stelle ins Meer werfen, wo eine starke Strömung herrschte. Der Leichnam würde auf Nimmerwiedersehen in den Fluten verschwinden. Aber dazu musste sie Caspar erst einmal finden. Wo konnte er nur sein?

In diesem Moment klingelte das Telefon. Ein Bootshändler war am Apparat, der auf der Suche nach Caspar Menec war. Er hatte vergessen ihm zu sagen, dass auf der Yacht, die Caspar gekauft hatte, keine Rettungswesten waren. Bevor er das erste Mal rausfuhr, musste er sich unbedingt welche besorgen.

»Caspar hat sich eine Yacht gekauft?« Eva und Claire sahen sich verblüfft an. Keine von beiden hatte davon etwas gewusst. Claire beeilte sich wegzukommen. Ein irres Gefühl bemächtigte sich ihrer. Sollte Caspar das Gleiche tun wollen wie sein Vater? Sollte er abhauen wollen? Sie im Stich lassen?

Sabine hatte den ganzen Morgen auf Leons Anruf gewartet,

Nicht dass er ihr versprochen hatte, ihr zu erzählen, wie seine Rückkehr von Claire und Caspar aufgenommen worden war. Und vor allem sein Plan, zur Polizei zu gehen. Trotzdem hatte sie es nicht gewagt, vom Telefon wegzugehen. Wenn es schiefgelaufen sein sollte, wenn Claire etwas dagegen gehabt hätte, dass er endlich zu seiner Schuld stehen wollte, möglicherweise hätte er jemanden gebraucht, mit dem er reden konnte. Doch er hatte sich nicht gemeldet. Ob sie das einfach als ein gutes Zeichen werten sollte? Doch wenn sie ehrlich war, konnte sie sich nicht vorstellen, dass Claire so ohne Weiteres auf alles, was ihr das Leben in den letzten Jahren so angenehm gemacht hatte, verzichten würde. Ein seltsamer Impuls trieb sie dazu, zum Schloss zu fahren. Vielleicht konnte sie ja vermitteln? Vielleicht konnte sie Leon helfen, Claire von der Notwendigkeit seines Plans zu überzeugen?

»Madame Menec ist nicht im Haus.« Mimi wusste nicht, wo Madame hingegangen war. Sie hatte sie nur kurz gesehen heute Morgen, als sie danach fragte, ob Caspar schon gefrühstückt hatte.

»Und Monsieur Menec? Ist der noch hier?« Mimis verwirrter Blick machte Sabine deutlich, dass sie keine Ahnung davon hatte, dass Leon zurückgekehrt war. Als Sabine ihr erklärte, dass Leon heute Morgen wieder ins Schloss kommen wollte, traten der alten Köchin die Tränen in die Augen. Sie war eine treue Seele, und die Freude darüber, dass ihr Chef nicht tot war, überwältigte sie.

»Ich habe ihn wirklich nicht gesehen. Und Madame hat auch nichts davon erwähnt, dass Monsieur wieder da ist.« In Sabine stieg eine unheimliche Angst auf. Wieso hatte Claire Mimi nicht gesagt, dass Leon noch lebte? Was war hier geschehen? Sie fragte Mimi, ob sie etwas dagegen habe, wenn sie in Leons Büro nachsehe. Vielleicht wartete er ja dort auf Claire? Als sie die Tür zu Leons Büro abgesperrt fand, wuchs sich ihre Angst zu Panik aus. Hatte Leon sich eingeschlossen?

»Leon. Ich bin es, Sabine. Mach bitte auf. Leon. Bitte. Hörst du mich?«

Es kam keine Antwort.

»Er ist nicht da, Madame. Sonst würde er Ihnen doch aufmachen.«

»Und wenn er nicht in der Lage ist zu öffnen?« Die Vision, dass Leon sich etwas angetan haben könnte, nahm Sabine für einen Moment den Atem. Sie raste auf die Terrasse hinaus. Durch die Terrassentür sah sie Leon auf dem Boden liegen. Um seinen Kopf breitete sich eine Blutlache aus.

Es war einfacher gewesen, als er es sich gedacht hatte. Caspar war mit dem Auto bis ganz nah an die Liegestelle seiner Yacht herangefahren. Hatte nur einen kurzen Moment gewartet. Dann hatte er Luft geholt, die Seitentür geöffnet, die gefesselte Marie auf den Arm genommen und war mit einem Sprung auf dem Schiff gewesen, wo er Marie sofort in die Kajüte gebracht hatte. Niemand hatte etwas bemerkt. Niemand hatte ihn aufgehalten. Vorsichtig hatte er die Yacht aus dem Hafen gelenkt. Und fuhr nun mit Vollgas hinaus aufs Meer.

Er hatte es geschafft. Marie und er waren auf dem Weg in ihr Glück. Kein Mensch würde sich ihnen mehr entgegenstellen. Alles war gut. Er stellte den Autopilot ein und ging zu Marie in die Kajüte. Ihre Augen sahen ihn flehend an.

»Es tut mir leid, Marie. Ich wollte dir nicht wehtun. Aber du hast mir keine Wahl gelassen.«

Sie deutete mit den Augen auf ihre Hände. Erschrocken sah er, wie tief die Plastikfesseln in ihr Fleisch schnitten. Ob er es wagen konnte, sie loszumachen? Was konnte schon passieren? Alles konnte passieren. Sie konnte über Bord springen. Oder versuchen, ihn zu überwältigen. Das würde ihr freilich nicht gelingen. Denn er war sowohl größer als auch stärker als sie. Aber trotzdem, er wollte es nicht auf einen Kampf ankommen lassen. Der doch zwangsläufig wieder darin enden würde, dass er sie niederschlagen musste.

»Ich nehme dir den Knebel ab. Von mir aus kannst du gleich losschreien. Aber es wird dich keiner hören. Keiner außer den Möwen. Und die werden dir nicht helfen können.« Als er ihr den Knebel aus dem Mund nahm, erwartete er, dass sie ihn als Erstes beschimpfen würde. Doch Marie sagte nichts. Sie rang nach Atem. Es sah aus, als wäre ihr Mund vollkommen ausgetrocknet. Und wirklich, das Erste, was sie mühsam hervorbrachte, war: »Durst.«

Er beeilte sich, eine Flasche Wasser zu holen, und hielt sie ihr vorsichtig an den Mund. Sie trank hastig in viel zu großen Zügen, was zur Folge hatte, dass sie sich verschluckte. Sie hustete keuchend. Und als er ihr half, sich aufzurichten, rammte sie ihren Kopf in seinen Bauch. Die Luft blieb ihm weg.

»Was soll das? Ich gebe dir was zu trinken, und das ist der Dank?« Er wollte den Knebel gleich wieder in ihren Mund stopfen. Doch Marie drehte den Kopf weg.

»Tut mir leid. Ich wollte das nicht. Bitte, nicht wieder knebeln.«

Die Worte kamen mühsam aus ihrem Mund. Und sie klangen demütig. Caspar setzte die Flasche noch einmal an ihren Mund. Und strich ihr dann über die Wange.

»Weißt du, manche Leute muss man zu ihrem Glück zwingen. Sie wissen nicht, was gut für sie ist. Aber ich, ich weiß es, Marie. Ich weiß ganz genau, was gut für dich ist.«

»Das glaube ich dir.« Er sah sie überrascht an. Hatte er das richtig verstanden?

»Ich liebe dich, Marie. Und deswegen weiß ich, dass du sehr schnell begreifen wirst, dass ich nur dein Bestes will.«

»Wenn du wirklich mein Bestes willst, dann mach mir die

Fesseln ab. Ich habe Angst, dass sie mir die Blutzufuhr abschnüren.«

Sein Lächeln erstarrte in einer Grimasse. Hielt sie ihn wirklich für so dumm?

»Ich werde nicht über Bord springen. Ich verspreche es dir. Ich werde hier bei dir bleiben.«

Konnte er das glauben? Hatte sie so schnell begriffen, dass er ihr Schicksal war?

Er lockerte die Fessel an den Händen. Sie stöhnte leise auf, als das Blut wieder in ihren Fingern zirkulierte.

»Danke. Das ist sehr lieb von dir.« Sie bewegte ihre verkrampften Finger, die langsam wieder rosig wurden.

»Ich hab es nicht gewusst, aber ich liebe dich auch, Caspar. Ich bin froh, dass du mich gezwungen hast, mit dir zu kommen.« Ihre Worte klangen wie Engelsgesang in seinen Ohren. Sie liebte ihn. Sie hatte es endlich gesagt. Sie freute sich auf ein Leben mit ihm. Er küsste sie auf den Mund. Und wirklich, sie erwiderte seinen Kuss. Zum ersten Mal seit er sie kannte, küssten sie sich wie ein richtiges Liebespaar. Ihm wurde schwummrig vor den Augen. Hastig stand er auf. Hatte sie das beabsichtigt? Dass er weich wurde? Und sie ihm ihren Willen aufzwingen konnte? Das hatte seine Mutter schon nicht geschafft. Natürlich würde er sie irgendwann losbinden. Aber das hatte noch Zeit. Erst wenn sie weit genug vom Festland entfernt waren, dass sie keine Chance hatte zurückzuschwimmen, würde er den nächsten Schritt machen.

»Geh nicht weg, Caspar. Bleib bei mir. Ich mag nicht allein sein hier unten.«

Er achtete nicht auf ihre Worte. Sondern ging zurück an Deck, wo ihm die Seeluft den erhitzten, verwirrten Kopf kühlen würde.

Paul kam an den Hafen und sah Caspars VW-Bus am Kai stehen. Aber das Auto war leer. Und von Caspar war nichts zu sehen.

»Er wird mit seiner Yacht rausgefahren sein«, sagte ein Fischer achselzuckend, als er ihn fragte, ob er Caspar gesehen hatte. Sie hatten alle staunend die Luxusyacht betrachtet, als Caspar sie vor ein paar Tagen in den Hafen gefahren hatte. Wie der Junge angegeben hatte. Ja, das war sein neues Schiff. Mit dem er auf Weltreise gehen würde, hatte er geprahlt. Und die Fischer hatten sich gewundert, wie er so kurz nach dem Tod seines Vaters so fröhlich sein konnte. Ernst genommen hatten sie ihn nicht. Weltreise? Wie konnte er auf Weltreise gehen, wenn er doch die Leitung der Firma übernehmen musste? Diese Idee würde ihm seine Mutter schon austreiben.

Ob jemand gesehen hatte, dass Marie mit ihm an Bord gegangen war? Nein, daran konnte sich keiner erinnern. Überhaupt hatte ihn sowieso niemand an Bord gehen sehen. Nicht mit und nicht ohne Marie. Aber die Yacht lag nicht mehr an ihrem Liegeplatz. Also musste er rausgefahren sein.

Paul sah ratlos auf das Meer. Wo war Marie? Wieso sollte sie mit Caspar weggefahren sein? Zum wiederholten Mal wählte er die Nummer ihres Handys. Und zuckte zusammen, als er den typischen Glockenton, den sie sich aufs Handy gespielt hatte, ganz in der Nähe hörte. Wo war sie? Er sah sich um. Sie war nicht zu sehen.

»Marie?« Er ging dem Ton nach. Und fand das Telefon im Fußraum des Bullis. Sie war in Caspars Auto gewesen? Und jetzt war sie nicht mehr da. Also gab es nur eine Möglichkeit. Er musste sie mit auf seine Yacht genommen haben.

Ein Boot. Er brauchte jetzt ein schnelles Boot, mit dem er die Yacht einholen konnte.

»Ich brauche ein Boot. Ich zahle auch gut. Wem gehört dieses Rennboot, das dahinten liegt.« Marie hätte sich in seiner Situation nicht darum geschert, wem das Boot gehörte. Sie wäre hineingesprungen und damit losgebraust. Ein Schlüssel wurde ihm zugeworfen. Miguel, der Segelmacher, der in seiner Freizeit Bootsrennen fuhr, grinste ihn an.

»Hol sie dir zurück, die Kleine.« Als wenn es um einen Wettstreit um eine Frau ginge. Als wenn Caspar ihm die Liebste ausgespannt hätte. Aber war es jetzt nicht egal, was die Leute dachten? Paul sprang in das schnittige Aluboot und ließ den Motor an.

»Moment, ich komme mit.« Claire war am Hafen aufgetaucht. Sekundenschnell hatte sie begriffen, was vorgefallen sein musste. Und noch viel mehr. Im Gegensatz zu den Fischern, die Paul anfeuerten, sich die Frau seines Herzen wiederzuholen, und die das Ganze nur für ein lustiges Spiel hielten, war ihr sofort klar, was Caspar vorhatte. Und das würde sie vereiteln. Sie sprang zu Paul ins Boot.

»Fahren Sie los.«

Paul wusste, dass er keine Zeit dafür hatte, sie zu überreden, wieder an Land zu gehen. Diese Frau sah aus, als wäre sie zu allem entschlossen. Vielleicht wäre es ja sogar von Vorteil, sie dabeizuhaben. Falls Caspar, wie er inzwischen befürchtete, Marie wirklich entführt hatte, würde seine Mutter vielleicht in der Lage sein, ihn zu überreden, aufzugeben. Er startete den Motor, und das schnelle leichte Boot schoss davon aufs Meer hinaus.

Marie spürte, wie die Yacht Fahrt aufnahm. Was hatte Caspar vor? Wohin wollte er sie bringen? Sie wusste, dass sie keine andere Wahl hatte, als sein Spiel mitzuspielen. Sie konnte nicht einschätzen, wie gefährlich die Situation für sie wirklich war, aber eines war klar: Wenn sie sein Vertrauen nicht gewinnen konnte, bestand die Gefahr, dass er vollends die Kontrolle über sich verlor. Und wozu er dann fähig war, wollte sie sich gar nicht ausmalen. Während sie ununterbrochen auf ihn einredete – sie wusste, dass er sie hören konnte –, nestelte sie an der Handfessel, die er Gott sei Dank lockerer gemacht hatte. Wenn es ihr gelingen würde, ihre Hand aus der Fessel zu ziehen, würde sie sich schnell auch der Fußfesseln entledigen können. Was sie dann tun würde, das würde sie dann sehen.

»Es ist ein herrliches Schiff, das du für uns gekauft hast, Caspar. Ich würde mir gern alles ansehen. Ist das Bad auch so luxuriös wie die Kajüte?« Sie sagte nichtige Dinge, um ihren Entführer in Sicherheit zu wiegen. Und tatsächlich, jetzt hatte sie es geschafft, ihre Hand ganz schmal zu machen und aus der Fessel zu ziehen. Jetzt musste sie nur noch an die Messer kommen, die bestimmt in einer der Schubladen der Küchenzeile verborgen waren. Unauffällig robbte sie näher an die Schränke heran. Jetzt durfte Caspar nur nicht nach hinten kommen. Sie sagte, dass sie sich auf ihre Reise freue. Und dass sie es gar nicht erwarten könne, in wärmere Regionen zu kommen. Wie herrlich es sein würde an einem karibischen Strand. Nur sie und er. Und der weiße Strand, der bestimmt von Palmen gesäumt würde.

»Du willst in die Karibik?« Caspar drehte sich zu Marie um, die in ihrer Bewegung erstarrte.

»Ja, ich war noch nie dort, und ich habe gehört, es soll paradiesisch sein. Wir werden uns fühlen wie Adam und Eva.« Sie hielt die Hände verschränkt. Wenn er nur nicht merkte, dass sie nicht mehr gefesselt waren. Er lächelte ihr zu. Plötzlich schien diese unheimliche Spannung von ihm abzufallen. Er schien endlich ruhig zu werden.

»Ich freue mich, dass du das so siehst. Ich habe ein kleines Eiland gefunden, auf dem nur zwei oder drei Häuser stehen. Wir werden uns fühlen, als wären wir allein auf der Welt.«

Jetzt war sie nahe genug an dem Wandschrank angelangt. Hoffentlich liefen die Schubladen auf der Luxusyacht geräuschlos. Sie zog sie auf. Hielt inne, wo sah er gerade hin? Noch ein Augenblick, und sie würde das Messer in der Hand haben.

»Diese Wahnsinnigen, sie haben uns die Polizei auf den Hals gehetzt!« Caspars Stimme überschlug sich vor Wut. Er riss das Boot herum. Marie flog durch die Kajüte. Krachte in eine Ecke weit weg von dem rettenden Messer.

»Bist du verrückt geworden? Was machst du denn?« Kaum hatte sie die Worte geschrien, bereute sie es, sich nicht in der Gewalt gehabt zu haben.

»Du hältst mich für verrückt?« Er schrie wütend auf. Und wieder riss er das Steuer herum, das Boot machte eine enge Rechtskurve, und Marie flog gegen den Küchenschrank. Jetzt nicht nachdenken, die Schubladen eine nach der anderen aufziehen. Schnell. Bevor er merkte, was sie tat. Sie hatte das Messer in der Hand. Schnitt hastig die Fußfesseln durch. Und dieses Mal konnte sie sich an den Beinen des festgeschraubten Tisches festhalten, als er das Boot in die andere Richtung riss.

»Die anderen sind verrückt. Wieso lassen sie uns nicht in Ruhe?« Marie gelang es aufzustehen. Sie musste an Deck. Sie musste ihn überwältigen, bevor er es mit seiner wahnsinnigen Raserei schaffte, das Boot zum Kentern zu bringen. Sie war fit und gut trainiert. In der Polizeischule hatte man ihr einige wichtige Kampfsport-Bewegungen beigebracht. Wenn es ihr gelang, Caspar zu überraschen, müsste sie eine reelle Chance haben.

Sie schoss aus der Kajüte und versetzte ihm einen Tritt in den Rücken. Aus dem Augenwinkel sah sie, dass sich ihnen ein kleines Boot mit hoher Geschwindigkeit näherte, dahinter folgten zwei Boote der Wasserschutzpolizei. Die Erleichterung darüber, dass Hilfe ganz nah war, machte sie einen winzigen Augenblick unvorsichtig. Caspar, den ihr Tritt zu Boden geworfen hatte, griff nach ihren Beinen und zog sie unter ihr weg. Marie krachte mit dem Kopf auf das Deck. Ihr schwanden die Sinne. Bevor es dunkel um sie wurde, hörte sie Caspars wutentbrannte Stimme.

»Du miese kleine Nutte. Das wirst du bereuen. Wenn ich dich nicht kriege, wird dich auch kein anderer kriegen.«

Plötzlich wurde die Yacht vor ihnen langsamer. Was war geschehen? War Caspar der Treibstoff ausgegangen? Oder gab er auf? Paul steuerte das kleine Boot nahe an die Yacht heran. Und dann sah er es. An Deck stand Caspar. Einen Arm hatte er um Marie geschlungen, die mit geschlossenen Augen wie eine Puppe wirkte. Paul zog die Luft ein. Was war mit ihr? Er steuerte sein Boot so nahe an die Yacht, dass er ohne Mühe hinauf an Deck springen konnte.

»Bleib, wo du bist. Oder sie ist tot.« Er sah das Messer blitzen, das Caspar an Maries Kehle hielt.

»Um Gottes willen, Caspar, mach dich nicht unglücklich. Lass das Messer fallen und …«

»Sie wird sterben, wenn ihr nicht aufhört, mich zu verfolgen.« Caspars Stimme klang hoch und schrill.

»Lass sie gehen. Du hast doch keine Chance.«

»Wenn hier einer keine Chance hat, dann bist es du. Sie gehört mir. Wir wollen miteinander leben. Das wirst du nicht verhindern. Und du, Maman, auch nicht.«

Sie waren so nahe an dem Schiff, dass sie sehen konnten, wie seine Hand, in der er das Messer hielt, zitterte. Sie mussten sich zurückhalten. Denn Caspar hatte sich offensichtlich nicht unter Kontrolle.

»Sie ist nichts für dich, Caspar. Sie liebt dich nicht. Du wirst eine andere finden. Eine, die …«

»Hör auf!« Ein kleiner Blutstropfen lief Maries Hals hinunter. Es war klar, er würde nicht scheuen, sie zu töten, wenn sie nicht taten, was er sagte.

Die beiden Polizeiboote, die in See gestochen waren, kurz nachdem Michel sie alarmiert hatte, kamen mit gedrosselten Motoren näher.

»Ich bringe zuerst sie um und dann mich. Wenn ich sie nicht haben kann, wird sie auch kein anderer haben.« Caspars irrsinnige Wut steigerte sich zur unkalkulierbaren Raserei.

Paul wusste nicht, was er tun sollte. Sollte er wirklich abdrehen und diesen Verrückten mit Marie an Bord wegfahren lassen? Alles in ihm widersetzte sich dieser scheinbar einzigen Möglichkeit, Marie zu retten.

»Lass mich an Bord kommen, Liebling. Es ist noch nicht zu spät.«

»Verschwinde, Maman. Verschwinde endlich aus meinem Leben.«

Plötzlich brach er in ein unheimliches Lachen aus. Was für eine tolle Situation. Zum ersten Mal in seinem Leben sah er seine Mutter hilflos. Zum ersten Mal war er der Starke, der bestimmte, was geschehen würde.

»Damit hast du nicht gerechnet, was? Dass ich einmal nicht nach deiner Pfeife tanzen würde. Ich wünsche dir ein schönes Leben, Maman. Au revoir.«

Paul sah, wie Caspar den Gashebel betätigte. Wenn er jetzt nicht handelte, würde er Marie nicht lebend wiedersehen.

Und da geschah das Unerwartete. Marie drehte sich aus den Armen des überraschten Caspar. Durch die Wucht der unerwarteten Bewegung fiel ihm das Messer aus der Hand. In diesem Augenblick sprang Paul mit einem waghalsigen Satz an Bord der Yacht. Marie war schon über Caspar, den sie mit einem gekonnten Polizeigriff auf den Bauch warf. Schon kniete sie auf seinem Rücken, zog seine Arme straff nach oben, sodass er sich nicht mehr bewegen konnte. Caspars Wutgeheul übertönte das Motorengeräusch und den aufkommenden Wind. Es brach sich erst an den tief hängenden Wolken. Und endete in dem verstörten Gewimmer eines kleinen Jungen.

Als die Polizisten nur Sekunden später die Yacht geentert und Caspar in Gewahrsam genommen hatten, rutschten Marie die Beine weg. Die Anspannung löste sich in einem aus der Tiefe ihrer Brust kommenden Seufzer.

»Paul. Ich wusste, dass du lebst.« Sie sank in Pauls Arme und wollte nur eins. Dass er sie festhielt. Jetzt. Morgen. Und an jedem neuen Tag, der kommen würde.

10

»Was bist du nur für ein Typ? Du hättest tot sein müssen. Kein Mensch kann den Sturz von der Klippe überleben. Marie, nimm dich in Acht. Er ist ein Monster. Er ist ein gefährliches, widerliches Schwein.«

Es war erstaunlich, was Caspar für Kräfte entwickeln konnte. Die beiden Wasserschutzpolizisten, die eigentlich nur ein Auge auf den mit Handschellen gefesselten Jungen haben sollten, konnten ihn kaum davon abhalten, sich auf Paul zu stürzen und mit den aneinandergefesselten Händen auf ihn einzuschlagen. Rasend vor Wut riss er sich los, stürzte wieder auf Paul zu.

»Nimm dich zusammen, Caspar.« Es war Claires kühle Stimme, die den Jungen in der Bewegung erstarren ließ. Er sank auf seinen Platz zurück und sagte von da an kein Wort mehr. Nur hin und wieder warf er einen Blick voll tödlichem Hass auf seine Mutter.

»Er hat nicht gewusst, was er getan hat. Die Liebe zu dieser Frau hat ihn blind gemacht. Es ist doch nichts passiert. Sie werden sehen, in ein paar Tagen wird er wieder ganz der Alte sein.«

Claire redete leise auf die Polizisten ein. Sie musste verhindern, dass ihr Sohn ins Gefängnis kam. Sie brauchte ihn. Sie durfte nicht zulassen, dass er ihr weggenommen würde.

»Ganz der Alte!« Das hatte sie sich so gedacht. Ließ ihn von der Polizei und diesem Monster einfangen, beschnitt seine Freiheit und hoffte, dass alles wie früher sein würde. Niemals würde er das zulassen. Eher würde er den Rest seines Lebens im Gefängnis vergammeln, als zu seiner Mutter zurückzugehen. Ob Marie auf ihn warten würde? Sie hatte doch gesagt, dass sie ihn liebte. Bestimmt würde sie ihn im Gefängnis besuchen. Sie würde ihm zur Flucht verhelfen. Sie würden abhauen. Zusammen würden sie bis ans Ende der Welt fliehen. Marie würde zu ihm stehen. Sie hatte doch begriffen, dass sie zu ihm gehörte. Während Caspar sich weiter in seine Illusionen verstrickte, beobachtete Marie Claire. Wie sie um ihren Sohn kämpfte. Egal was er getan hatte, sie würde zu ihm stehen.

»Er ist ein guter Junge. Er muss jetzt die Leitung unserer Firma übernehmen, wo sein Vater tot ist. Das müssen Sie doch verstehen. Er wird gebraucht.« Es hatte etwas von Wahnsinn, was Claire da ununterbrochen zu den Polizisten sagte.

»Die Entscheidung, ob Ihr Sohn in U-Haft kommt, liegt nicht bei uns, Madame Menec.«

Mehr mussten die Polizisten nicht sagen. Und alle auf dem Boot wussten, dass es keinen Zweifel daran gab, dass Caspar für das, was er getan hatte, ins Gefängnis gehen würde. Er hatte Marie entführt. Das war kein Kavaliersdelikt. Und dann war da noch der Mordversuch an Paul, den er praktisch zugegeben hatte. Nein, so schnell würde Caspar das Gefängnis nicht mehr verlassen. Der einzige Wunsch, den Claire wirklich in ihrem Leben gehabt hatte, würde nicht in Erfüllung gehen.

Am Kai hatte sich eine Menschenmenge versammelt. Stumm beobachteten die Leute, wie Paul Marie die Hand reichte und sie von dem Polizeiboot herunterführte. Michel fiel ein Stein vom Herzen. Sie war unversehrt. Bis auf ein kleines Pflaster am Hals gab es kein Zeichen dafür, dass Caspar ihr etwas angetan hatte. Er wagte es nicht, auf sie zuzugehen. Nur sein Blick folgte Marie. Traurig. Hoffnungslos. Sie lebte, das war das Wichtigste.

»Er hat nur einen Ausflug mit ihr machen wollen. Das ist doch nicht verboten. Er hat ihr nichts getan. Seht sie euch doch an. Es geht ihr gut.« Claire redete auf die Leute ein, wie sie es zuvor bei den Polizisten getan hatte. Sie ging dicht neben ihrem Sohn, der jeder ihrer Berührungen geflissentlich auswich.

»Ihr kennt ihn doch. Ihr wisst doch, dass er keiner Fliege etwas zuleide tun kann. Er ist Leon Menecs Sohn. Und sein Nachfolger. Er ist ein guter Mensch. Wie es sein Vater auch war.«

Das Polizeiauto, das Caspar nach Brest bringen würde, wartete vor der Brücke, die in die Altstadt führte. Die Menge öffnete sich für die kleine Prozession, die Claire nun hoch erhobenen Hauptes anführte. Sie würde sich nicht davon abbringen lassen, mit Caspar ins Untersuchungsgefängnis zu fahren. Wenn es sein musste, würde sie die ganze Nacht auf den Untersuchungsrichter warten, um ihn dann von Caspars Unschuld zu überzeugen.

»Macht euch keine Sorgen«, rief sie den Leuten zu. »Er wird schon morgen wieder in seinem Büro sein und seiner Pflicht nachkommen. Er ist ein guter Junge. Er ist der beste Sohn, den man haben …«

Ihre Stimme versiegte. Was machte Leon hier? Das konnte nicht sein. Leon war tot. Endgültig tot. Er konnte gar nicht hier stehen. Neben Sabine und seinem Anwalt Maître Jumas.

»Du widerlicher Schwächling!« Claires Stimme überschlug sich, als sie auf Leon zustürzte und wie wild auf ihn einzuschlagen begann.

»Es ist alles deine Schuld. Du hast ihn immer verwöhnt, und das ist das Ergebnis.«

Ein Polizist versuchte Claire von Leon Menec wegzureißen, der blass, aber aufrecht mit einem Verband um seinen Kopf auf seine Familie wartete.

»Was willst du noch? Wieso bist du nicht tot? Ich habe dich doch erschossen.«

Ein Raunen ging durch die Menge. Was hatte sie gesagt?

Dass sie auf Leon geschossen hatte? Seine eigene Frau hatte versucht, ihn zu ermorden? Claire, die schöne, elegante, liebenswürdige Claire Menec, hatte ihren Mann töten wollen.

»Du hättest mehr trainieren müssen, Claire. So hat Sabine mich rechtzeitig gefunden. Ich vermute, sie hat mir das Leben gerettet.«

In diesem Moment wusste Claire, dass alles verloren war. Eine unheimliche Ruhe ging von ihr aus, als sie auf Leon zutrat und mit gesenkter Stimme sagte, dass sie ihn nie geliebt habe. Es war ihr immer nur um ihren Sohn gegangen.

Das einzige Wesen auf der Welt, das es wert gewesen war, geliebt zu werden.

»Ich habe alles für ihn getan. Für deinen einzigen Sohn, Leon.«

Zu aller Erstaunen wandte sie sich nun an Paul, der den Arm um Marie gelegt hatte und das Schauspiel, das ihnen Claire bot, ebenso fasziniert wie angewidert beobachtete wie die anderen Leute auch.

»Sie haben kein Recht auf Leons Erbe.« Ein böses Lachen entfuhr ihrer Kehle. »Und stellen Sie sich vor, es gibt auch nichts mehr zu erben. Nichts, rien, nothing, nada. Sie haben sich falsche Hoffnungen gemacht, Monsieur Racine. Ihr Vater hat Sie nicht nur Ihr Leben lang verleugnet, er hat auch dafür gesorgt, dass weder Caspar noch ich noch Eva noch Sie auch nur einen Cent erben werden.«

11

Der Frühling kam mit lauen Winden über das Land. Tausende von Narzissen und Veilchen blühten unter den Eichen, die Schafe weideten in dem jungen, saftigen Gras, das frisch um die Menhire spross. Michel Dumont holte zum letzten Mal die Zeitung, die der Bote jeden Tag vor der Tür des *Café du Port* deponierte. Der Gastraum war schon leer, gestern hatten die Stühle und Tische, das Geschirr und die Töpfe bei einer Auktion neue Besitzer gefunden. Marie und Paul kamen mit frischen Croissants zum letzten gemeinsamen Frühstück. Merlin sah Michel mit traurigem Hundeblick an.

»Hast du es gelesen, Papa, Claire ist gestern verurteilt worden. Zwanzig Jahre Gefängnis und danach Sicherungsverwahrung. Sie wird den Rest ihres Lebens hinter Gittern verbringen.«

Michel schenkte Kaffee in ihre Tassen, den sie auf der Mauer vor dem Lokal sitzend tranken.

»Wie hat sie es nur geschafft, uns alle mehr als zwanzig Jahre lang zu täuschen? Sie war so schön. So charmant. Und so unheimlich verliebt in Leon. Sie schien Caspar die beste Mutter zu sein, die man sich vorstellen kann.«

Den ganzen langen Winter hatten die Menschen von Concarneau fast täglich neue Einzelheiten über die grausamen Taten der Claire Menec erhalten. Es hatte sie fassungslos gemacht. Zu erfahren, dass es Claire gewesen war, die Céline Marchand getötet und versucht hatte, Michel die Schuld in die Schuhe zu schieben. Zu hören, dass sie tatsächlich auf ihren Mann geschossen hatte und ihn im Meer versenken wollte. Als die Polizei aber um Weihnachten herum in Claires Zimmer ein Streichholzheftchen aus dem Pariser Hotel Ritz gefunden und Marie sich daran erinnert hatte, dass man auch bei Hubert Polin, dem Junkie, der auf sie geschossen hatte, auf eins dieser Streichholzheftchen gestoßen war, musste die Anklage ein weiteres Mal verändert werden. Denn als sie die Spur einmal aufgenommen hatte, fand die Polizei schnell heraus, dass Hubert Polin nicht ein zufälliger Amokläufer gewesen war. Sondern dass er an jenem Tag, als ihn Marie und ihr Kollege Jean angehalten hatten, auf dem Weg war, einen Auftrag von Claire Menec auszuführen: Er sollte einen jungen Wissenschaftler namens Paul Racine töten, der, wie sich herausstellte, nicht nur der Sohn von Céline Marchand, sondern auch ihres Chefs Leon Menec war.

So hatte also nicht nur Paul an jenem schicksalhaften Tag Marie das Leben gerettet. Auch sie hatte durch den Versuch, den rasenden Amokfahrer zu stoppen, verhindert, dass er seinen Auftrag ausführen konnte. Und damit Paul das Leben gerettet.

Leon hatte gestanden, dass er am Untergang der *Helena* schuld gewesen war. Michel hatte zugegeben, dass er zwar nicht Mittäter, aber doch ein nachträglicher Mitwisser war. Michel war freigesprochen worden. Leon hatte man zu einer hohen Geldstrafe und fünf Jahren Gefängnis auf Bewährung verurteilt. Am Tag nach dem Urteil hatte er sich in einen Flieger nach Südamerika gesetzt, der über dem Meer explodiert und abgestürzt war. Am Ende hatten sich die Fluten des Atlantiks Leon Menec doch geholt. Caspar war immer tiefer in seine Psychose geglitten. Man hatte ihn in eine psychiatrische Klinik gebracht, wo er, ohne große Aussicht auf Heilung, den Rest seiner Tage verbringen würde.

»Bist du wirklich sicher, dass du es noch einmal wagen willst?« Marie umarmte ihren Vater. Sie würde ihn vermissen wenn er jetzt noch einmal als Kapitän eines Öltankers auf große Fahrt ging. Aber sie wusste, er musste es tun. Er musste noch einmal versuchen, an das Leben anzuknüpfen, das in jener Nacht am 4. September vor mehr als einem Vierteljahrhundert mit dem Untergang seines Schiffes zu Ende gewesen war.

Er würde zurückkommen, das versprach Michel seiner Tochter und küsste sie auf die Wangen. Spätestens zur Taufe ihres Kindes würde er wieder da sein. Und dann würde er sich zur Ruhe setzen und all das, was er mit seiner Tochter nicht hatte erleben dürfen, mit seinem Enkelkind machen.

»Ich werde eurem Kind ein ganz hervorragender Großvater sein, das verspreche ich euch.« Und Marie wusste, dass er alles daransetzen würde, dieses Versprechen zu halten.

Michel küsste seine Tochter noch einmal, gab Paul die Hand und trug ihm auf, gut auf Marie und das Kind, das sie erwartete, aufzupassen. Er setzte seine alte Kapitänsmütze auf und ging auf den Hafen zu, wo ihn sein Schiff erwartete.

Marie lehnte sich an Pauls Schulter. Der weiche Frühlingswind trug den Duft der Narzissen und des Meeres heran. Würzig. Süß. Und ein wenig bitter. So wie das Leben.

Sie nahm Pauls Hand und legte sie auf ihren Bauch. Das Kind, das sie in der Nacht nach der gescheiterten Entführung gezeugt hatten, strampelte wild.

12

Xavier Leonard legte einen Strauß frischer Frühlingskräuter auf Célines Grab.

»Hörst du die Stille, Céline?« Nur das Rauschen des Frühlingswindes in den jungen Blättern der Eichen war zu hören. Das Wispern des neuen Grases. Und das zufriedene Blöken der Schafe. Das Wehklagen der toten Seemänner war verstummt. Die Schuld war gesühnt. Ihre Seelen waren erlöst.